한국 민요의 미학

정한기(鄭漢琪)

경북 김천 출생
고려대학교 문과대학 국어국문학과 졸업
서울대학교 대학원 국어국문학과 졸업(문학석사 · 문학박사)
현, 전주교육대학교 국어교육과 조교수

〈저서〉

『여행문학의 표현과 창작배경』
『중세여행 체험과 문학교육』(공저)
『조선통신사 사행록 연구총서 3』(공저)
『조선후기 민요자료 정리와 분류』(공저)
『조선후기 시가와 여성』(공저)

한국 민요의 미학

초판 인쇄 2015년 01월 22일
초판 발행 2015년 01월 30일

지은이 정한기 ▎**펴낸이** 박찬익 ▎**편집장** 권이준 ▎**책임편집** 김경수
펴낸곳 도서출판 박이정 ▎**주소** 서울시 동대문구 천호대로 16가길 4
전화 02) 922-1192~3 ▎**팩스** 02) 928-4683 ▎**홈페이지** www.pjbook.com
이메일 pijbook@naver.com ▎**등록** 1991년 3월 12일 제1-1182호

ISBN 978-89-6292-743-6 (93810)

* 책값은 뒤표지에 있습니다.

한국 민요의
미학

정한기 지음

도서
출판 박이정

이 책은 필자가 민요에 대하여 공부한 결과물들을 엮은 것이다.

필자는 대학원에 진학한 후 '민족적 정서'가 무엇인지를 공부하고 싶었다. '민족적 정서'를 알기 위해서는 민요를 공부하여야 한다고 생각하였다. 석사학위논문 '상여소리의 구성과 죽음의식'은 이러한 생각에서 이루어진 결과이다. 석사학위논문을 쓸 때에 짧은 노랫말로 이론을 만드는 것이 어려웠다. 박사과정에 진학한 뒤에는 '민족적 정서'를 공부한다는 것이 '내 역량으로 감당할 수 있는 것인가?'하는 회의(懷疑)가 생겼고, 시간이 더 지난 뒤에는 '세계화의 시대에 민족적 정서란 것이 적당한 주제인가?'하는 의문도 들었다. 이와 같은 여러 가지 생각으로 처음에 가졌던 생각은 점차 잊혀 졌고, 박사학위를 받은 이후에는 여행문학과 가사문학의 연구에 집중하여 민요와는 더욱 멀어졌다.

그러다가 2004년 경남대학교 인문과학연구소에서 연구 교수로 재직하면서 조선후기 문집에서 민요자료를 찾고 정리하는 작업을 하게 되었다. 매일 매일 연구소에 가는 것이 즐거웠고 자료를 찾는 재미에 시간 가는 줄도 몰랐다. 이 작업을 마치고 민요에 대한 관심이 다시 살아났다. 민족적 정서란 무엇인가? 민요시에 수용된 민풍(民風)·민요적 정서란 무엇인가? 민풍이 수용되어 어떤 효과가 있는가? 작업이 끝난 뒤에 떠오른 의문들이다. 이 의문들에 대한 답을 구하기 위하여 민요시와 채록 민요를 대상으로 연구를 진행하였다. 민요시에서 민풍이 어떤 역할을 하는지 살펴보는 것, 채록 민요에 나타난 민요적 정서가 무엇인지를 살펴보는 것이 연구의 중심이다. 민요시에서 발견된 문제를 채록 민요에서 확인하려 하였고, 채록 민요에서 제기된 문제를 민요시에서 확인하려 하였다. 이와 같은 연구로 얻어진 결과물을 책으로 엮게 되었다.

여기에 실린 글들은 기왕에 발표된 것들이다. 제1부는 채록 민요에 대하여 연구한 글들을 모은 것이고 제2부는 민요시에 대하여 연구한 글들을 모은 것이다. 책의 제목을 '한국 민요의 미학'이라고 붙였다. 분에 넘치는 제목이다. 실린 글들이 민요에 나타난 문학적 의미를 살펴보는 것들이라 이렇게 한 것이고 제목에 걸맞게 연구할 것을 다짐하여 이렇게 한 것이라 이해해 주면 좋겠다.

이 책은 필자가 공부를 시작할 때 민요를 접하도록 해주신 권두환 선생님으로부터 비롯된다. 선생님께 감사의 말씀을 올린다. 2004년 작업을 하면서 편안하게 연구할 수 있도록 많은 도움을 주신 최재남 선생님께 감사드리고, 함께 근무하였던 성기각 선생님과 이힐한·김은지·문정혜 선생님께 감사드린다. 필자가 연구하는 바를 애정 어린 시선으로 지켜봐 주시는 고전문학 선후배 선생님들께 감사드리고, 민요에 대한 분석이 실상에서 벗어나지 않도록 도움을 주신 한국민요학회 선후배 선생님께 감사드린다. 박이정 출판사의 박찬익 사장과 편집부 김경수 님께 감사드린다.

2015년 1월
전주 서학동(棲鶴洞) 연구실에서
정한기

| 차례 |

제2부 민요시의 미학

제1부

· · ·

채록 민요의 미학

제1장

상여소리의 구성과 죽음의식에 대한 연구

1. 머리말

1.1. 문제제기

선후창 민요는 독창·교환창 민요에 비하여 연원이 오래 되었다.[1] 그리고 선후창 민요의 창자는 독창·교환창 민요에 비하여 음악적 능력, 기억력, 창의력 등에서 전문성이 요구된다. 또한 선후창 민요는 선소리꾼과 받는 소리꾼이 있어 집단성이 있고, 현장과 밀착된 특징도 있다. 선후창의 형식은 고려속요, 경기체가, 잡가 등을 포함한 국문시가 전반에서 두루 나타나고 있다. 선후창 민요에 관심을 기울이지 않을 수 없다.

선후창 민요 가운데 상여소리는 창자의 음악적 능력과 기억력, 창의력에서 다른 선후창 민요의 창자에 비하여 전문성이 더욱 요구된다. 그리고 장례의식이라는 특정한 상황에서만 가창되기 때문에 현장과 노랫말이 밀착된 정도가 강하고 노랫말이 보존된 정도도 탁월하다. 또한 상여소리

---

[1] 장덕순 외 공저, 『口碑文學槪說』(일조각, 1973), 90면; 정동화, 『韓國民謠의 史的 硏究』(일조각, 1981), 90면.

는 죽음의 문제를 다루고 있어 서정성이 풍부하기도 하다. 상여소리에 대한 관심은 선후창 민요 연구에서 제기되는 노랫말의 구성에 대한 문제, 서정 양식의 연구에서 제기되는 정서와 진술방식의 문제를 해결할 수 있는 실마리를 제공한다는 점에서 의미가 있다.

상여소리에 대한 연구는 민요 일반에 대한 분류 차원에서 자료를 소개하거나[2], 상여소리에 나타난 내용을 인생무상, 슬픔, 처절 등과 같이 인상적이고 단편적으로 언급하는 것에서 시작되었다.[3] 본격적인 연구는 김성배 선생의 논의[4]에서 비롯되었다. 김성배 선생은 상여소리의 기능, 창자, 구조, 형식 등을 종합적으로 연구하였다. 김성배 선생은 상여소리의 기능을 종교적 신앙의 기능, 힘과 흥겨움을 주는 기능, 작별가적 기능, 인생가적 기능, 신선가적 기능, 진리성의 기능 등으로 지적하였고, 상여소리의 구조는 서두, 본사, 후렴이라고 하였다. 상여소리에 대한 본격적이고 종합적 연구라는 점에서 의의가 있으나, 일관된 목적 없이 기능과 구조, 창자의 특징에 대한 사실을 나열된 감이 있다.

이러한 점을 극복하려 한 것이 임헌도 선생의 연구이다.[5] 임헌도 선생은 상여소리의 단락을 부모은공(父母恩功), 탄노(歎老)사설, 신병타령, 혼비백산, 가련인생, 무의무탁, 포박대령, 공덕심판, 적선여경, 단죄무한, 권선징악 등 11개로 나누고, 상여소리에 나타난 죽음의식은 "영혼불멸관(靈魂不滅觀)과 권선징악적 인과응보(勸善懲惡的 因果應報)"라고 하였다. 상여소리의 단락을 나누고 죽음의식을 살펴보았다는 점에서 의미가 있는 작업이었으나 상여소리의 대상 자료를 완전 전승형에만 국한시킨 한계가 있다.

강문순 선생은 상여소리에 드러난 죽음의식을 살펴보려 하였다.[6] 실제

---

2) 고정옥, 『朝鮮民謠硏究』(수선사, 1949), 206면.
3) 임동권, 「香頭 소리」(동서문화 5월호, 1978).
4) 김성배, 「한국의 향두가 연구」, 『民俗文學硏究』(정음문화사, 1985).
5) 임헌도, 「香頭歌의 分段的 考察」, 논문집 17집(공주사범대학교, 1978).

가창에 근접한 자료를 선택하였고, 상여소리에 나타난 죽음의식을 무가와 비교하였다는 점에서 의의가 있다. 그러나 죽음의식을 분석하는 과정에서 공통된 내용을 추출하고 분류하는 작업이 없고, 고정 노랫말만을 대상 자료로 하여 창작 노랫말에 대한 언급이 없다.

손종흠 교수는 의식요 전반에 나타난 한국인의 의식(意識)을 살펴보는 가운데 하위항목으로 상여소리를 설정하였다. 상여소리에 나타난 죽음의식의 양상을 숙명의식, 기원의식, 허무의식, 사후심판의식, 영원의식 등이라고 하였다.[7] 이 연구에서는 상여소리만의 독자적인 성격이 부각되지 못하였으며 의식요 연구의 하위항목으로 설정됨으로써 상여소리에 나타난 내용 분류와 구성에 대한 논의로는 나아가지 못하였다.

박희선 선생은 상여소리에 나타난 문체와 내용, 죽음의식을 살펴보려 하였다.[8] 상여소리의 문체는 독백, 나열, 은유, 대구, 직유라고 하였고, 내용은 한탄, 인생무상, 이별, 교훈과 효도라고 하였으며, 죽음의식은 허무의식, 숙명의식, 불교의식 등이라고 하였다. 문체는 상여소리뿐만 아니라 구비시가 전반에 있는 것이고 내용과 죽음의식은 손종흠 교수와 강문순 선생의 견해와 크게 다르지 않다.

오미지 선생은 상여소리의 장르를 살펴보았다.[9] 헤르나디의 장르론을 원용하여 상여소리는 서정이 중심이라고 하였다. 이 연구는 선행 연구와는 다른 시각에서 상여소리의 문학성을 살펴보려 하였다는 점에서 의의가 있다. 그러나 상여소리는 죽음을 다루어 그 장르적 특성이 서정임이 자명한 것이어서 연구 목적 자체가 흐려진 점이 있다.

류종목 교수는 상여소리의 유형, 죽음의식, 기능 등을 살펴보았다.[10]

---

6) 강문순, 「喪輿소리 硏究 - 죽음 意識을 中心으로」(이화여자대학교 석사학위논문, 1982).
7) 손종흠, 「儀式謠에 나타난 韓國人의 意識」(연세대학교 석사학위논문, 1983).
8) 박희선, 「韓國民謠 輓歌의 文學的 硏究」, 『한성어문학』 2집(한성대학교 국어국문학과, 1983).
9) 오미지, 「香頭歌 선소리의 性格硏究 - 장르論을 중심으로」(중앙대학교 석사학위논문, 1986).

상여소리의 유형을 회심곡, 이별형, 유택허무형, 즉흥창작형으로 분류하
였고, 죽음의식은 일원적 내세관(一元的 來世觀)과 이원적 내세관(二元
的 來世觀)이 복합된 것으로 보았다. 상여소리의 기능은 이별적 기능,
예행적 기능, 위안을 주는 기능, 축원적 기능 등이 있다고 하였다. 이
연구에서는 유형 분류에 일관된 기준을 찾기 어려운 점이 있다. 회심곡과
즉흥창작형이 전승형태에 따른 분류라면 이별형과 유택허무형은 노랫말
의 내용에 따른 분류이다.

  신찬균 선생은 상여소리에 나타난 죽음의식을 살펴보았다.[11] 상여소
리의 내용에는 인생무상, 심판의식, 인과응보, 극락왕생, 석별지정, 불효
의식 등이 있다고 하였고, 상여소리의 구조는 서두와 본사 후렴으로 나누
어진다고 하였고, 죽음의식은 현세지향적(現世指向的) 부활의식(復活意
識)과 영혼불멸사상(靈魂不滅思想)이 있다고 하였다. 이 연구에서는 상
여소리를 전승형과 창작형으로 나누어 죽음의식을 고찰하지 못하였고,
불교에 나타나는 영혼불멸사상을 상여소리의 전반적 특징으로 지적한
것도 동의하기 어렵다.

  이완형 선생은 내용분류, 유형, 죽음의식으로 나누어 상여소리의 전반
적인 특징을 살펴보았다.[12] 내용 분류에서 한탄류와 이별, 경계 등 세가지
로 나누어 번잡함을 해소한 면이 있고, 전승형태를 기준으로 상여소리의
유형을 회심곡형과 즉흥창작형으로 나누었고, 죽음의식은 현세주의적
(現世主義的)인 경향(傾向)과 계세적(繼世的) 염원(念願)이 나타난다고
하였다. 이 연구는 선행 연구에서 제기되었던 내용 분류와 유형 설정의
문제점을 극복한 점에서 의의가 있다. 그런데 내용 분류에서 한탄(恨歎)
이라는 용어의 개념이 명확하지 않고, 이별과 한탄의 차이점이 명확하지

---

10) 류종목, 『韓國民間儀式謠研究』(집문당, 1989); 류종목, 「葬禮儀式謠의 儀式構造內的
    機能」, 『古典詩歌의 理念과 表象』(崔珍源博士停年記念論叢 간행위원회, 1991).
11) 신찬균, 『韓國의 輓歌』(삼성출판사, 1990).
12) 李緩衡, 「韓國 輓歌의 研究」(충남대학교 석사학위논문, 1990).

않으며, 전승 형태로 유형을 나누었으나 각각의 유형에 대한 설명이 부족하다.

이상의 연구사 개관에서 상여소리에 대한 선행 연구는 연구 목적을 상여소리에 나타난 향유자들의 죽음의식을 살펴보는 데에 두고 이러한 목적을 수행하기 위하여 내용을 분류하고 유형을 설정한 것으로 보인다. 선행 연구가 드러내고 있는 문제점은 다음과 같다.

첫째, 유형의 설정에서 전승 형태를 기준으로 하고 있으나, 유형의 구체적인 특징을 지적하고 못하고 있다. 둘째, 내용 분류에서 선소리꾼이 상두꾼에게 지시하거나 유족을 향하여 노잣돈을 요구하는 노랫말이 있는데 이 노랫말을 하나의 항목으로 설정하지 못하였다. 셋째, 상여소리의 구성에 대한 연구가 이루어지지 않았다. 넷째, 죽음의식에서 상여소리만의 독자적인 성격을 부각시키지 못하였다.

상여소리가 주목되는 이유는 구성과 죽음의식 때문이다. 그러나 선행 연구에서는 이러한 점들을 살펴보는 것이 완벽하게 이루어지지는 않았다. 그래서 본고는 상여소리의 구성(構成)과 죽음의식을 살펴보는 데에 목적을 둔다.

이러한 목적을 수행하기 위하여 제2장에서는 상여소리의 유형을 분류하고 각 유형이 지니고 있는 특징을 살펴보고, 제3장에서는 내용의 차원에서 전체 상여소리 각편들이 공통적으로 지니고 있는 구성요소(構成要素)를 추출하고 이러한 구성요소들이 지니고 있는 진술방식을 검토하여 상여소리의 구성 형식을 살펴보고, 제4장에서는 상여소리의 구성형식이 드러내고 있는 특징을 바탕으로 상여소리의 죽음의식을 살펴보고자 한다. 상여소리의 독자적인 특징을 부각시키기 위하여 시조, 잡가 등과 비교할 것이다.

1.2. 자료개관

　본고에서 다루는 자료는 대부분 기왕에 채록된 것들로써 현장 채록본의 생생한 자료와는 차이가 있다. 그런데 본고의 목적은 상여소리의 작시 원리를 현장론적인 방법론으로 접근하려는 것이 아니라 상여소리 각편이 공통으로 취하고 있는 구성형식과 죽음의식이다. 때문에 기왕의 채록된 자료 중 현장의 상황이 상세히 설명되어 있는 자료와 필자의 채록자료를 보완 적용하면 논지의 전개에 문제가 없을 것으로 생각된다. 상여소리의 채록 자료집은『한국구비문학대계』,『한국민요집(韓國民謠集)』,『향두가 · 성조가(香頭歌 · 成造歌)』,『경북민요(慶北民謠)』,『한국만가집』,『울산울주지방민요자료집』,『남도민속고』,『한국민간의식요연구(韓國民間儀式謠研究)-부록』등이 있다.13) 이 가운데『한국구비문학대계』,『경북민요』,『울산울주지방민요자료집』등은 작품 수가 많을 뿐만 아니라, 채록된 자료도 가장 믿을 만하다. 이 자료집에 수록된 자료를 기준 자료로 선정한다.『한국민요집』,『향두가 · 성조가』는 작품 수가 많고 채록 연대가 가장 앞선 것이므로 선택한다. 그런데『향두가 · 성조가』에는 상여소리와 달구질 소리의 구분 없이 '향두가', '상여메는 소리', '향도가'라는 명칭으로 혼합되어 있다. 달구질 소리는 산세(山勢)를 나열하고 무덤이 명당길지(明堂吉地)임을 내세우는 내용이 주를 이루어 묘지명당(墓地明堂)이 주제인 것이 대부분이다. 그래서『향두가 · 성조가』에 수록된 자료는 묘지명당이란 주제를 나타내는 것을 제외한 자료만을 대상으로 한다.『한국민간의식요-부록』과 필자의 채록자료는 현지에서 직접 채록한 완결본이고 개작의 혐의가 없으므로 선택한다. 본고에서 사용할 자료집은 아래와 같다.

---

13) 이 가운데『한국만가집』과『남도민속고』는 작품의 수록 편수가 많으나 편저자의 개작 흔적이 보이는 곳이 있으므로 본고의 자료로는 제외하였다.

① 『한국구비문학대계』 전82권[14]
② 임동권 편, 『한국민요집(韓國民謠集)』 전7권[15]
③ 김성배 편, 『향두가 · 성조가(香頭歌 · 成造歌)』[16]
④ 조동일 편저, 『경북민요(慶北民謠)』[17]
⑤ 울산대학교 인문과학연구소 편, 『울산울주지방민요자료집』[18]
⑥ 류종목, 『한국민간의식요연구(韓國民間儀式謠研究)』[19]
⑦ 부록 : 필자의 채록자료[20]

　그런데 이들 자료집에는 출상 당일 가창된 상여소리뿐만 아니라 출상 전날 상주들을 위로하고 운상을 연습하기 위하여 가창되었던 '상여놀이 상여소리'가 포함되어 있다. '상여놀이 상여소리'는 상주들을 위로하고 연습하는 것이라는 목적에 맞게 노랫말의 내용이 조흥(助興)과 위로(慰勞)에 치중되어 있다. 출상 당일의 상여소리와는 차이가 있다. 그래서 본고는 출상 당일에 가창된 상여소리만을 대상으로 하고 '상여놀이 상여소리'는 제외한다.

　또한 상여소리의 메기는 소리는 2음보가 1행인 것, 4음보가 1행인 것, 6음보가 1행인 것이 대부분이다. 이와 같은 형식에서 현저하게 이탈한 자료들은 대상 자료에서 제외한다. 메기는 소리의 노랫말만을 기준으로 하였을 때 위 자료집에는 4음보 4행으로 각편이 완결되는 것에서부터 4음보 50행 이상으로 각편이 완결되는 것이 혼재되어 있다. 4음보 10행 이하인 각편은 노랫말의 양이 적어 전승형인지 창작형인지 판별하기가 용이하지 않다. 그래서 유형의 설정과 구성형식의 고찰에서는 4음보격

---

14) 이하 『구비』로 약칭.
15) 이하 『한민』으로 약칭.
16) 이하 『향두가』로 약칭.
17) 이하 『경북』으로 약칭.
18) 이하 『울산』으로 약칭.
19) 이하 『의식요』로 약칭.
20) 이하 『채록』으로 약칭.

11행 이상의 자료만 대상으로 하고 4음보 10행 이하의 자료는 참고로
한다. 자료집과 자료집에 수록된 각편의 수 및 대상 자료의 수를 표로
제시하면 아래와 같다.

자료집 \ 구분내용	대상자료 (272편)		제외자료 (8편)		각편 총수 (280)
	11행 이상	10행 이하	율격 파탄	상여 놀이	
① 『구비』	67	60	4	2	133
② 『한민』	33	53			86
③ 『향두가』	38	6	2		46
④ 『경북』	2				2
⑤ 『울산』	6	5			11
⑥ 『의식요』	1				1
⑦ 『채록』	1				1
	148편	124편	6편	2편	280편

2. 상여소리의 유형

상여소리의 유형 분류에 대한 선행 연구 중 대표적인 것은 류종목
교수의 연구와 이완형 선생의 연구이다. 류종목 교수는 상여소리의 유형
을 전승형태(傳承形態), 주제(主題), 소재(素材)[21]에 따라 이별형, 유택허
무형, 회심곡형, 즉흥창작형으로 분류하였다. 유형 분류의 기준이 너무
많아 유형 설정에 혼란을 야기한 감이 있다. 기준의 혼란이 극복된 것이
이완형 선생의 연구이다. '고정틀을 어떻게 표출하는가[22]하는 전승형태

---

21) 류종목, 앞의 책. 109면.
22) 이완형, 앞의 논문, 76면.

(傳乘形態)라는 단일한 기준을 적용하여 회심곡형과 즉흥창작형으로 분류하였다. 전승형태란 '상여소리 각편이 선소리꾼에 의하여 어떻게 조직(組織, composition)[23] 되는가?' 하는 조직원리(組織原理)와 관련된 문제이다. 구비물은 구연자에 의하여 기억재생(記憶再生)과 창작(創作)으로 조직되고 있다. 전승형태라는 것은 결국 구연자가 구비물을 조직할 때 기억재생에 치중하느냐 창작에 치중하느냐에 따라 달라진다. 본고에서의 유형 설정도 이러한 점에서 이완형 선생의 견해와 동궤에 놓인다.

그런데 유형 설정에서 선행 연구가 드러내고 있는 문제점은 전승 형태의 개념을 구연자가 기억재생과 창작 중 어느 쪽에 치중하고 있는가라는 측면에서만 다루어 기준의 설정이 치밀하지 못하였다는 점이다. 즉 기억재생(記憶再生)의 양상과 창작의 양상에 일정한 특징을 드러내고 있다는 점을 간과한 것이다.[24] 또한 선행 연구는 유형 설정을 위한 분석 단위의 기준을 제공하지도 못하였다.

그래서 본고에서는 먼저 선소리꾼이 상여소리를 전승 노랫말의 기억재생에 치중하여 조직하는가, 창작에 치중하는가를 기준으로 유형을 설정하고 이어 분석 단위를 설정한 다음 이러한 단위를 기준으로 기억재생과 창작의 각각의 유형이 지닌 구체적 특징을 언급하는 순서로 진행하고자 한다.

앞에서 본고는 연구의 대상 자료를 272편으로 선정하고 유형과 구성을

---

23) 서대석, 『韓國巫歌의 研究』(문학사상사, 1992), 111면.
24) 구비시의 기억재생(記憶再生)과 창작(創作)의 양상 및 원리에 대한 연구는 서사시에 집중되었다. Albert B. Lord의 The Singer of Tales, Harvard University Press, 1973; 조동일의 『敍事民謠研究』(계명대학교 출판부, 1983); 서대석의 『韓國巫歌의 研究』, 문학사상사, 1992; 김병국의 「口碑敍事詩 로서 본 판소리 辭說의 構成方式」, 『판소리의 바탕과 아름다움』(인동, 1990); 박경신의 「巫歌의 作詩原理에 대한 現場論的 研究」(서울대학교 박사학위논문, 1991) 등이 대표적인 업적이다. 상여소리의 유형설정과 유형의 특징에 대한 설명은 이러한 선행 업적을 바탕으로 한 것이다. 그런데 상여소리는 서사시로 인식되는 것이 아니기 때문에 구비 서사시의 조직 양상인 서사구조의 이해, 기억재생과 삽입가요적 창작과는 차이가 있다.

살펴보기 위하여 4음보 11행 이상의 자료로 제한한다고 하였다. 이들 자료는 총 148편이다. 148개 각편들은 노랫말의 양상에서 크게 두 가지의 형태를 드러낸다. 대표적인 자료를 예시하면 다음과 같다.

① 『향두가』 (27~28면)
(1)아버님전에 뼈를빌고 어머님전 살을 비고
(후렴) 〈위홍 위홍〉
칠성님전 명을비고 (2)한두살에 철을몰라
부모은공 못다갚고 무정세월 여류더라
원수백발 달려드니 인생칠십 고래희라
없던망령 절로나니 망령들어 변할소냐
이팔청춘 소년들아 늙은망령 웃들마소
눈어둡고 귀먹으니 망령이라 흉을보며
구석구석 웃는모양 절통하고 애달프다
하릴없고 하릴없네 홍안박명 늙어지니
다시젊지 못하리라
(3)인간칠십 다살아도 병든날과 잠든날과
걱정근심 다제하면 다사십이 못되나니
어제오늘 성턴몸이 저녁나절 병이들어
부르나니 어머니요 찾으나니 냉수로다
인쌈녹용 약을스니 약덕이나 입을소냐
판수들여 경읽은들 경덕이나 압을소냐
재미쌀되 쓸고쓸어 명산대천 찾아가서
상탕에 마지짓고 중탕에 목욕하고
황초한쌍 불갖추고 소지석장 드린후에
지성발원 극진하니 어느부처 감동하리
하릴없이 죽겠고나 (4)열시왕전 부린사자
월직사자 일직사자 열시왕의 명을받아
우수철퇴 비껴들고 좌수에는 오라사슬

비껴들도 활등같이 굽은길로
살대같이 달려와서 닫은문을 박차면서
성명석자 부른후에 실낱같은 이내목을
한번잡아 나꿔내니 혼비백산 나죽겠네
(5)일가친척 많다마는 어늬일가 대산가며
처자권속 있다하나 어늬처자 등장하리
나는간다 나는간다 북망산천 나는간다
명사십리 해당화야 꽃진다고 설워마라
명년삼월 봄이오면 너는다시 피려니와
이내인생 죽어지면 어느시절 다시오리

② 『구비』 8-6 (291~294면)
어제아래 살았더니 간단말이 웬말인고/
대궐같은 집을두고 간단말이 웬말인고/
이제가면 언제오노 생각하니 한심하네/
상주님은 통곡해도 시물너이 대미군은 우줄우줄 춤을추네/
명사십리 해동화야 꽃진다고 설워마소/
꽃은지만 춘삼월이 닥치오만 다시피어 오건마는/
사람한번 가고보면 다시올줄 모르는고/
상주이별 손자이별 이별하고 갈라하니 눈물나서 못가겠네/
이다리를 건널라니 노자가 없어서 못간다네/
맏상주 들어보소 손자상주 들어보소/
이다리를 굽어가면 언제다시 건나오나/
맏상주 들어보소 노자가없어 못간다니 호시한번 하여주소/
북망산이 머다해도 저건네 저산이 북망이라/
태산같이 험한길을 갈라카니 낭파로세/
잔잔하네 잔잔하네 시물너이 대미군들 얼시구나 잔잔하네/
상주님은 통곡하고 스물너이 대미군들 이리저리 춤을추네/

자료 ①『향두가』는 노랫말 전체가 전승 노랫말이 우세하게 나타나고 있고 자료 ②『구비』는 '명사십리…모르는고'와 '북망산…북망이라'가 전승 노랫말일 뿐 나머지는 창작 노랫말이 우세하게 나타나고 있다. 결국 자료 ①은 선소리꾼이 전승 노랫말의 기억재생에 치중하여 상여소리를 조직(組織)한 것으로 전승형(傳承型) 상여소리이고, 자료 ②는 선소리꾼이 창작에 치중하여 상여소리를 조직한 것으로 창작형(創作型) 상여소리이다. 이러한 기준에 따라 전승형과 창작형의 각편 수를 살펴보면 아래 표와 같다.

	전승형 각편 수(비율)	창작형 각편 수(비율)	수록 각편 총 수
①『구비』	10(14.8%)	57(85.1%)	67
②『향두가』	13(33.4%)	25(66.6%)	38
③『한민』	4(12.2%)	29(87.8%)	33
④『울산』	0	6	6
⑤『경북』	0	2	2
⑥『의식요』	0	1	1
⑦『채록』	0	1	1
각편 수	27(18%)	121(82%)	148

전승형이 18%인 반면 창작형은 82%로 다수를 차지한다. 이것은 선소리꾼들에게 창작형이 상여소리의 대표적인 유형으로 인식되고 있음을 보여주는 것이다. 기억재생과 창작으로 유형을 분류하였는데, 기억재생과 창작에는 각각 고유한 특징을 드러내고 있다. 이에 관한 논의를 하기 위하여 분석 단위를 설정하자.

앞에 제시한 자료 ①『향두가』를 살펴보면 노랫말은 의미상 결속력을 지니고 있는 부분과 결속력을 지니지 않는 부분으로 나뉜다. 결속성의 문제는 문장의 차원과 문장 이상의 차원으로 나눌 수도 있다. 문장의 차원이란 문장과 문장 간의 결속력을 따지는 것이고 문장 이상의 차원이란 문장들의 집합과 문장들의 집합 간의 결속력을 따지는 것이다.

문장과 문장이 결속력을 유지하는 방법에는 동일요소를 반복(Recurrence)하는 것과 문장의 패턴을 반복(Parallelism)하는 것, 같은 내용을 다른 형태로 표현하는 환언화(換言化, Paraphrase)[25] 등이 있다.

a) 한두살에 철을몰라   부모은공 못다갚고
   무정세월 여류더라
b) 원수백발 달려들어   인간칠십 고래희라
c) 없던망령 절로나니   망령들어 별할소냐
d) 이팔청춘 소년들아   늙은망령 웃들마소
   눈어둡고 귀먹으니   망령이라 흉을 모며
   구석구석 웃는몽양   절통하고 애달프다
e) 아릴없고 하릴없네   홍안박명 늙어지니
   다시젊지 못하리라

자료 ①『향두가』의 (2)는 다섯 개의 문장으로 되어 있다. 첫 번째 문장인 a)에서 '무정세월 여류하다'는 세월이 빠르다는 말로 늙음을 의미한다. 두 번째 문장인 b)에서 '원수백발 달려들다'는 '백발이 되다'라는 말이니 역시 늙음을 의미한다. c)의 '(늙어)망령들다'와 d)의 '(늙어)소년의 비웃음을 받다, 눈이 어둡고 귀가 먹다'도 늙음을 의미한다. e)의 '홍안(紅顔)이 박명(薄命)으로 늙다'는 늙음이라는 의미를 직접 표현한 것이다. 결국 (2)의 다섯 개 문장은 늙음이라는 동일한 의미를 '세월이 흐르다' · '백발이 되다' · '망령이 들다' · '소년이 비웃다' · '귀먹고 눈 어둡다'로 다르게 표현한 환언화이다. 따라서 늙음이라는 의미를 중심으로 하나의 단위를

---

25) 김태옥, 「시의 형상화 과정과 Discourse Analysis」, 『영어영문학』 31권 4호(한국영어영문학회, 1985), 682면과 신은경, 「唱詞의 有機性이 缺如된 詩歌에 대한 一考察 – 雜歌를 중심으로」, 『鄭然粲先生回甲記念論叢』(탑출판사, 1989), 391면 참조.

설정할 수 있다. 그런데 이러한 늙음이라는 의미 단위는 밑에 이어지는
노랫말과는 의미상 결속력을 지니고 있지 않다.

a) 인간칠십 다살아도	병든날과 잠든날과
걱정근심 다제하면	단사십이 못되나니
어제오늘 성튼몸이	저녁나절 병이들어
부르나니 어머니요	찾으나니 냉수로다
b) 인삼녹용 약을쓰니	약덕이나 입을소냐
c) 판수들여 경익은들	경덕이나 알을소냐
d) 재미쌀되 쓸고쓸어	명산대천 찾아가서
상탕에 마지짓고	중탕에 목욕하고
황초한쌍 불갖추고	소지한장 드린후에
지성발원 극진하니	어느부처 감동하리
e) 하릴없이 없이	죽겠고나

　자료 ①『향두가』의 (3)은 다섯 개의 문장으로 되어 있다. a)는 '병이
들다'라는 의미를 나타내고 있다. b)·c)·d)는 각각 약덕, 경덕, 부처의
덕이라는 단어에서만 차이가 있지 '…하니, …이나, …할소냐' 등 동일한
문장 패턴을 반복하여 '치병(治病)을 위해 노력하나 허사(虛事)이다'라는
의미를 지니게 한다. 결국 a)는 득병(得病)을 b)·c)·d)는 치병(治病)을
의미한다. a)와 b)·c)·d) 등은 득(得)과 치(治)라는 의미에서 차이를
보이고 있을 뿐 병(病)을 공통적인 의미로 삼고 있어 하나의 단위로 결속
된다. 그런데 이러한 병이라는 단위는 의미상 단위 자체 내에서는 결속력
이 있으나, 앞에서 언급한 늙음이라는 단위에 대해서는 독립성을 지니고
있다. 이러한 자체 내의 결속력과 단위 간의 독립성을 기준으로 단위를
설정하며 이것을 단락(段落)이라 지칭한다. 이러한 기준으로 자료 ①『향
두가』를 살펴보면 자료 ①『향두가』는 (1)탄생, (2)늙음, (3)병, (4)저승사

자의 도래(到來), (5)망자(亡者)의 탄식 등의 의미를 지닌 다섯 개의 단락
으로 되어 있다.

그러면 이러한 단락들은 상호 간에 어떤 관련성을 지니고 있는가?
이 의문은 단락들이 서사단락인가 그렇지 않은가라는 문제와 관련된다.
결론부터 말하면 이 단락들은 서사단락이 아니라 "작품을 전개하는 방식
상의 표현(表現)이나 기술(記述)"²⁶⁾의 단위이다. 이것에 대한 논의는 전
승형 상여소리에서 다루어질 것이다.

이상에서 전승형 상여소리를 중심으로 분석의 단위를 설정하였다. 창
작형 상여소리에 이러한 단위의 설정이 타당한가를 적용해 보고자 한다.
창작형 상여소리의 고정 노랫말에는 탄생, 늙음, 저승사자의 도래라는
단락들이 나타나고 있다. 전승형에서 의미를 기준으로 설정한 단위가
창작형에도 적용된다.

그런데 문제는 창작형에서 '명사십리'로 시작되는 노랫말과 '북망산'으
로 시작되는 노랫말이다. 전승형에서 이들 노랫말은 '망자의 탄식'이라는
단락에 포함되고, 여기에 포함된 다른 노랫말들과 대등한 관계를 가진
소단락(小段落)들이다. 그런데 창작형에서 이들 노랫말은 망자의 탄식이
란 단락에 포함되지 않고 자료 ②『구비』(8-5, 291~294면)에 제시된 것과
같이 창작 노랫말들 속에 독립적으로 존재하며 노랫말 자체에 고정성을
지니고 있다. 따라서 전승형에서 소단락이었던 것들이 창작형에서는 단
락(段落)이 되는 것이다.

2.1. 전승형 상여소리

전승형(傳承型) 상여소리란 구연자가 구비물을 조직(組織)하는 일반

---

26) 서대석 교수는 작품을 전개하는 방식상의 표현(表現)이나 기술(記述)을 서술(敍述)이
   라고 하였고, 서사(敍事)와 구별되는 것이라고 하였다. (서대석, 앞의 책, 133면).

원리인 기억재생(記憶再生)과 창작(創作)에서 노랫말의 기억재생에 치중하는 상여소리이다. 단락들이 어떤 양상을 보이는지 살펴보자.

자료 ①『향두가』(27~28면)에서 전승 노랫말은 (1)탄생 단락, (2)늙음 단락, (3)병 단락, (4)저승사자 도래 단락, (5)망자의 탄식 단락 등으로 되어 있음을 살펴보았다. 전승형 상여소리 27편에 존재하고 있는 단락들을 모두 찾아 순차적으로 배열하면 아래와 같다.

    1) 이 세상에서 인간이 최고로 귀하다.   (서사)
    2) 사람은 부모님의 은혜로 탄생하였다.   (탄생)
    3) 자라면서 부모공을 갚지 못하고, 늙게 되었다.   (늙음)
    4) 병이 들어 치병의 노력을 하였으나 허사이고 결국 죽게 되었다.
                                             (병)
    5) 저승사자가 찾아와서 故人에게 떠날 것을 재촉하다.
                            (저승사자의 도래)
    6) 저승으로 가게 되니 슬프다.   (망자의 탄식)
    7) 저승사자는 故人을 이끌고 저승으로 향해 가다.
                           (저승사자의 압송)
    8) 저승에 당도하여 저승문을 통과하다.   (저승의 당도)
    9) 저승의 모습이 삼엄하다.   (저승의 모습)
    10) 저승에서 심판관이 죄인과 선인을 심문 처결하다.
                             (저승심판)
    11) 우리도 선심을 닦아 극락으로 갑시다.   (결사)

위의 단락들은 '인간이 탄생하여 늙고 병들고 죽어 저승에 가서 심판을 받는다'라는 내용으로 이루어져 있다. 이러한 내용은 가사 회심곡(回心曲) 중 인간의 죽음과 교훈을 다루고 있는 별회심곡(別悔心曲)계열[27]과

---

27) 가사 중 회심곡(回心曲)이라는 제목을 가진 작품은 12편이 있다. 12편은 불교적 교화와 신앙생활의 고취에 중심을 두고 있는 회심곡(回心曲)계열과 인간의 죽음과 교훈에 중점을 두고 있는 별회심곡(別悔心曲)계열로 나누어진다. 별회심곡 계열의 저본은

일치한다. 그 구체적인 양상을 비교하기 위하여 별회심곡(別悔心曲)계열 작품들 중 저본(底本)에 해당하는『조선가요집성(朝鮮歌謠集成)』소재 〈별회심곡(別悔心曲)〉[28]과 전승형 상여소리를 들면 다음과 같다.

① 『조선가요집성』, 〈별회심곡〉
(1) 서사(序辭)
世上天地 萬物中에 사람밧게 또잇는가
여보시오 施主님네 이내말삼 들어보소

(2) 탄생(誕生)
이世上에 나온사람 뉘德으로 나왓는가
釋迦如來 功德으로 阿父님前 뼈를빌고
於母님전 살을빌며 七星님前 命을빌고
帝釋님전 복을빌어 이내一身 誕生하니

(3) 늙음
한두살에 철을몰라 父母恩德 알을손가
이삼십을 당하여도 父母恩功 못다갑하
어이업고 애달고나 無情歲月 如流하야
怨讐白髮 도라오니 切痛하고 애달도다
人間七十 古來稀라 없는망령 절노난다
······················(中略)··················

(4) 병(病)
人間百世 다스라도 病든날과 잠든날과
걱정근심 다除하면 單四十도 못살人生

『조선가요집성(朝鮮歌謠集成)』소재 별회심곡이다. 이 자료를 본고의 비교 자료로 선택하였다. 상세한 논의는 김성배의『韓國 佛敎歌辭의 硏究』(문왕사, 1974)와 김주곤 의「回心曲硏究」,『논문집』4집(대구한의과대학, 1986) 참조.
28) 김태준 편,『朝鮮歌謠集成』(조선어문학회, 1934), 168~176면.

어제오날 성튼몸이 저녁나절 병이들어
纖纖하고 弱한몸에 泰山가튼 병이드니
부르나니 어머니요 찾는것이 冷水로다
人蔘鹿茸 藥을쓰나 藥效驗 잇을손가
판수불러 說經한들 經의德을 입을손가
.....................(中略).....................

(5) 저승사자의 도래(到來)
第十前에 보도轉輪大王 열시王에 부린使者
日直使者 月直使者 열시왕의 名을받아
한손에 철봉들고 또한손에 창검들며
쇠사슬을 빗겨차도 활둥갓치 굽은길로
살대갓치 달려와서 다든문을 박차면서
뇌성갓치 소래하도 성명삼자 불러내여
어서가자 밧비가자 뉘분부라 거역하며
뉘영이라 지체할가
.....................(中略).....................

(6) 망자의 탄식(歎息.)
애고답답 서른지고 일를어이 하잔말가
불쌍하다 이내신세 인간하직 망극하다
明沙十里 海棠花 꼿진다고 설어마라
명년삼월 봄이오면 너는다시 피련만은
우리인생 한번가면 다시오기 어려워라
북망산에 돌아갈제 엇지갈고 심산험로
한정업난 길이로다 언제다시 도라오랴
이세상을 하직하니 불상하도 가련하다

(7) 저승사자의 압송(押送)
일직사자 손을끌고 월직사자 등을밀어

풍우갓치 재촉하여 천방지방 모라갈제
노픈대는 나자지고 나즌대는 노파진다
惡衣惡食 모은재산 먹고가며 쓰고가랴
사자님아 사자님아 내말잠간 들어주오
······················(中略)····················

(8) 저승의 당도(當到)
이렁저렁 여러날에 정생원문 다달으니
우두나찰 마두나찰 소래치며 달라들어
인정달라 비는구나 인정쓸돈 반푼업다
······················(中略)····················

(9) 저승의 모습
대령하고 기다리니 옥사장이 분부듯고
남녀죄인 등대할제 정신차려 살펴보니
열시왕이 좌계하고 최판관이 문서잡고
남녀죄인 잡아들여 다짐밧고 봉초할제
어두귀면 나찰들은 전후좌우 벌어서서
긔치창검 삼열한대 형벌긔구 차려노코
대상호령 기다리니 엄숙하기 칙량업다

(10) 저승심판(審判)
남자죄인 잡아들여 형벌하며 뭇는말이
이놈들아 드러보라 선심하랴 발원하고
인세간에 나아가서 무삼선심 하엿는가
바른대로 아뢰여라 용방비간 뻔을바다
님금님게 극간하여 나라에 충성하며
부모님게 효도하여 가범을 세윗시며
배곱픈이 밥을주어 아사구제 하엿는가
헐벗은이 옷을주어 구란공덕 하엿는가

조흔곳에 집을지어 행인공덕 하엿는가
깁흔물에 다리노하 월천공덕 하엿는가
·······················(中略)·····················

(11) 결사(結辭)
선심하고 마음닥가 불의행사 하지마소
회심곡을 허슈말고 善心功德 아니하면
우마형상 못면하고 구렁배암 못면하네
조심하여 수신하라 수신제가 능히하면
치국안민 하오리니 아못조록 힘을쓰오
적덕을 아니하면 신후가 참혹하니
바라나니 우리형제 자선사업 만히하네
내생길을 잘닥가서 극락으로 나아가세

② 『향두가』(33~38면)
(1) 서사(序辭)
일시입명은 극락세계 나무아미타불
천지는 분단후에 삼남화상 일어나니
세상천지 만물중에 사람밖에 또있는가
여보시오 시주님네 이내말씀 들어보소

(2) 탄생(誕生)
이지상에 나온사람 뉘덕으로 생겨났나
불보살님 은덕으로 아버님전 뼈를타고
어머님전 살을베고 칠성님전 명을타고
제석님전 복을타고 석가여래 제도하여
인생일신 탄생하니

(3) 늙음
한두살에 철을몰라 부모은공 모르다가

이삼십을 당해오니 애옥한 고생살이
부모은공 갚을손가 절통하고 애통하다
·····················(中略)·····················

(4) 병(病)
인간백년 다살아야 병든날 잠든날
걱정근심 다제하면 단사십도 못사누나
어제오늘 성턴몸이 저녁나절 병이들어
섬섬하고 약한몸이 태산같은 병이드니
부르나니 어머니요 찾는것이 냉수로다
인삼녹용 약을먹은들 약덕인들 입을손가
판수불러 경읽은들 경의덕을 입을손가
·····················(中略)·····················

(5) 저승사자의 도래(到來)
십왕전에 부리던사자 십왕전에 명을받아
일직사자 월직사자 한손에 베자들고
또한손에 철퇴들고 와과사슬 비껴 차고
활둥같이 굽은길로 살대같이 달려들어
천둥같이 호령하면 성명삼자 불러내며
어서가자 바삐가자 뉘분부라 거사리며
뉘명이라 지체할까
·····················(中略)·····················

(6) 망자의 탄식(歎息.)
애고답답 설운지고 혼배백산 나죽겠네
불쌍하다 이내일신 인간타락 망극하다
명사십리 해당화야 꽃진다고 설워마라
명년삼월 돌아오면 너는다시 피려니와
인생한번 돌아가면 다시오기 어려워라

이세상을 하직하고 북망산에 가리로다
어찌갈꼬 심산유곡 정처없는 길이로다
불쌍하고 가련하다 언제다시 돌아오리

(7) 저승사자의 압송(押送)
월직사자 등을밀고 일직사자 손을끌고
천방지방 몰아갈제 높은데는 얕아지고
얕은데는 높아지니 시장하고 숨이차다
애옥하고 고생살이 알뜰살뜰 모은전량
먹고가나 쓰고가나 세상이 허사로다
························(中略)····················

(8) 저승의 당도(當到)
그럭저럭 열나흘만에 저승원문 다다르니
우두나찰 마두나찰 소리치며 달려들어
인정달라 하는소리 인정쓸돈 많이없다
························(中略)····················

(9) 저승의 모습
대령하고 기다리니 왕사장이 분부하여
남녀죄인 잡아들어 다짐받고 문초할제
귀명청죄 나졸들이 전후좌우 벌려서서
기치창검 삼열한데 형장기구 차려놓고
대상호령 기다릴제 엄숙하기 측량없다

(10) 저승심판(審判)
남녀죄인 잡아들여 차례차례 정구하여
나림한후 형벌하고 묻는말이 이놈들아 보아라
선심하고 발원하여 진세간에 나가더니
무슨선심 하였느냐 바른대로 아뢰이라

용왕비간 본을바다 한산극진 충성하며
중자왕생 호칙하여 흔정신성 효도하며
늙은이를 공경하고 형제간에 우애하고
제공화눈부에 무슨화목 하였으며
붕우유신 하였느냐 선신공덕 하나니
무슨선심 하였느냐 바른대로 아뢰어라

　자료 ①은『조선가요집성(朝鮮歌謠集成)』소재 〈별회심곡(別悔心曲)〉
이고 자료 ②는『향두가』소재 전승형 상여소리 중 전승 노랫말이 비교적
완전하게 재현된 각편이다. 노랫말 전체의 비교에서 ②전승형 상여소리
는 〈별회심곡(別悔心曲)〉과 크게 차이가 없다. 다만 (10)저승 심판(審判)
단락에서 〈별회심곡〉은 저승심판이 남자 죄인, 남자 선인(善人), 여자
죄인, 여자 선인(善人)의 심판으로 되어 있으나, ②전승형 상여소리는
남자죄인의 심판만으로 되어 있는 점이 차이이다. 결국 자료 ②전승형
상여소리는 생략에 의한 노랫말의 부분적 축소는 있으나, 전체적으로
(1)서사에서 (10)저승심판 단락이 〈별회심곡〉의 노랫말과 일치한다. 이
것을 보아 전승형 상여소리에서 전승 노랫말의 근원은 별회심곡계열임을
알 수 있다.
　그런데 자료 ②전승형 상여소리는 〈별회심곡〉의 (11)결사 단락이 탈락
되어 〈별회심곡〉에 비하여 하나의 단락이 빠져 있는 상태이다. 이러한
단락의 존재와 탈락을 기준으로 전승형 상여소리 27편이 지니고 있는
단락의 존재 양상을 살펴보면 아래 표와 같다.

단락의 양상	『구비』	『향두가』	『한민』	각편수
① (1) (2) (3)	1편	1편		2편
② (1) (2) (3)　　　　(6)	4편			4편

③ (1) (2)　　(4)　　(6)		1편		1편
④ 　　　　　(4) (5) (6)		1편		1편
⑤ (1) (2) (3) (4)　(6)	1편	2편	2편	5편
⑥ (1) (2) (3) (4) (5) (6)		3편	1편	4편
⑦ 　　　　　(4) (5) (6)　　　(10)		1편		1편
⑧ (1) (2) (3) (4)　(6)	2편			2편
⑨ (1) (2) (3) (4) (5) (6)　　(10)		1편		1편
⑩ (1) (2) (3) (4) (5) (6) (7) (8)　(10)	1편	1편		2편
⑪ (1) (2) (3) (4) (5) (6) (7) (8) (9)(10)		1편		1편
⑫ (1) (2) (3) (4) (5) (6) (7) (8)　(10)(11)	1편			1편
⑬ (1) (2) (3) (4) (5) (6) (7) (8) (9)(10)(11)		2편		2편
	10편	13편	4편	27편

　11개의 단락 중 서사와 결사 단락은 작품의 시작과 끝을 알리고 탄생 단락에서부터 저승심판 단락까지 독립된 이야기이다. 단락의 비교는 서사와 결사 단락을 제외한 탄생 단락에서부터 저승심판 단락까지의 독립된 이야기에 국한한다.

　⑪과 ⑬은 (2)에서 (10)까지의 단락이 구비되어 있고, ⑩과 ⑫는 (9)저승 모습만이 생략되었을 뿐 대부분의 전승 노랫말의 단락들이 완전히 구비되어 있다. 이것은 '인간이 탄생하여 늙고 병들어 죽어 저승에 가서 심판을 받는다'는 줄거리를 지니고 있다. 탄생의 과정에서부터 심판의 과정까지 완전히 재현되어 있다. 완전 전승형(完全 傳承型)에 속한다.

　⑧은 (7)·(8)·(9)단락이 생략되고 ⑨는 (5)·(7)·(8)·(9)단락이 생략되었다. ⑧과 ⑨는 (2)탄생에서 (6)망자의 탄식 단락까지 늙음과 죽음의 과정이 이어지다가 저승심판으로 온다. 전체 줄거리에서 '저승사자가 데려가다' '저승에 당도하다' '저승모습이 삼엄하다'라는 저승노정과 도착

부분이 생략되어 줄거리에 파탄을 일으킨다. 결국 전체 줄거리 중 어느 한 부분이 생략되어 유기적 배열에서 파탄이 일어난다. 불완전 전승형(不完全 傳承型)에 속한다.

⑦은 병·저승사자 도래·망자의 탄식·저승심판 등의 단락이 있다. 죽음의 과정과 저승 심판의 과정이 구비되어 있으나, 탄생·늙음·저승 사자 압송·저승당도·저승모습 등의 단락은 생략되어 있다. ⑤·⑥은 탄생과 늙음, 죽음의 과정이 구비되어 있다. (7)(8)(9) 저승노정과 저승도 착, (10)저승심판 과정은 생략되어 있다. 탄생 과정과 죽음의 과정에만 단락들이 응집되어 있다. 결국 전체 과정 중 부분적인 과정에서만 단락들 이 응집되어 있고 나머지 과정은 생략되거나, 단락들이 산만하게 흩어져 있다. 부분 전승형(部分 傳承型)에 속한다.

①·②·③·④ 등은 각각 죽음의 과정, 탄생의 과정이 구비되어 있으 나, 나머지 단락들은 생략되거나 흩어져 있어 단편적으로 단락이 응집되 어 있다. 이처럼 하나의 과정만 단락들이 응집되어 있는 것은 단편 전승형 (斷片 傳承型)에 속한다.

완전 전승형은 9개의 단락 중 한 두 개가 탈락되어 있으나, 전체적으로 전승 노랫말의 단락들을 순서에 맞게 배열하려는 의도가 강한 각편이고 불완전 전승형은 시간적 순서는 기억하고 있으나, 단락에 대한 기억이 부족하여 유기적 순서에서 부분적으로 파탄이 일어나는 각편이다. 부분 적 전승형은 전체적인 시간적 순서를 기억하지 못하고 부분적인 단락 배열의 기억만을 가지고 있으며 응집력이 강한 단락들을 제외한 나머지 단락들은 창자의 기억에 떠오르는 대로 산발적으로 배열되어 있다. 단편 전승형은 창자가 전체적인 시간적 순서를 기억하지 못하고 부분적인 단락 배열만을 기억하고 있으나, 단락의 배열에서 응집력이 강한 단락군 (段落群) 하나에 국한되고 있다. 부분 전승형이 2개 이상의 단락군을 갖추고 있는 것과는 차이가 있다. 결국 완전 전승형과 불완전 전승형은 전체의 시간적 순서를 기억하여 전체를 재현하려는 의도가 강한 각편인 반면 부분 전승형과 단편 전승형은 전체의 시간적 순서를 기억하지 못하고 부분의 단락군만을 재현하려는 의도가 강한 각편이다. 총 27편 중 완전 전승형 6편, 불완전 전승형 3편, 부분 전승형 9편, 단편 전승형이 9편이다. 부분 전승형과 단편 전승형이 전체의 66.6% 차지하고 있고, 불완전 전승형 중에도 산발적으로 단락을 배열하는 각편들도 있다. 이러한 사실로 보아 전승형 각편들은 단락들이 부분적이고 독립적인 단위로 기억되고 있고 완전한 재현보다는 단락들이 응집력이 있는 것끼리 모여 재현되는 단락군 재현(段落群 再現)이 우세하게 나타난다.

결국 전승형 상여소리에서 선소리꾼이 기억재생하는 것은 시간적 순서가 아니라 단락을 기억나는 대로 재현하고 있으며, 이러한 단락을 재현할 때 단락 중 상호 응집력이 강한 것을 모아 재현하는 경향이 있다.

단락군의 양상에서 (2)탄생 단락과 (3)늙음 단락이 동시에 탈락하거나 재현되는 응집력을 보이고 있어 하나의 단락군을 형성하고, (4)병 단락과 (5)저승사자 도래 단락 (6)망자의 탄식 단락 등이 하나의 단락군을 형성하며, (7)저승사자 압송과 (8)저승당도 (9)저승모습 단락 등이 하나의 단락군을 형성하고 (10)저승 심판 단락이 하나의 단락군을 형성한다.

전승형에서 선소리꾼은 전승 노랫말을 기억 재생하려는 의도가 강하며 전승 노랫말을 하나로 인식[29]하여 재생하는 재현(再現)의 성격을 지니고 있다. 전승 노랫말을 재현할 경우 응집력이 강한 단락들을 모아 재현하려는 단락군(段落群)으로 재현(再現)하는 경향이 있다.

이제 구비물의 조직 원리 중 두 번째 사항인 창작에 대하여 살펴 보자. 창작은 크게 단어차원, 문장차원, 단락차원에서 이루어진다. 본고에서는

---

29) 전승형에서 전승 노랫말을 하나로 인식하고 있음은 전승 노랫말과 〈별회심곡〉과의 비교에서 전승 노랫말의 근원이 〈별회심곡〉 하나로 고정되어 있는 것을 보아 알 수 있다.

단어와 문장보다는 단락 내에서의 창작 양상을 살펴보고자 한다. 창작의 양상은 크게 노랫말의 첨가와 노랫말의 축소로 나눌 수 있다. 전승형에서 노랫말이 축소되는 경우에는 단락 내에서 단어와 문장이 생략 또는 탈락되는 것이다. 이러한 생략과 탈락은 선소리꾼의 기억 역량에 의한 것으로 노랫말을 새롭게 창작하려는 것은 아니다. 그대로 옮기려는 의도이다. 전승형에서 노랫말의 첨가는 전승형의 단락 내에서 기존의 노랫말에 새로운 노랫말을 첨가하는 방향으로 이루어지고 있다. 그러면 창작되는 구체적 양상은 어떠하며 창작된 노랫말은 어떤 성격을 지니고 있는가?

　전승형에서 창작이 이루어진 단락은 (3)늙음 단락과 (6)망자의 탄식 단락이다. 전승형 상여소리 27편 중 창작이 이루어진 것은 4편으로 완전 전승형 1편, 불완전 전승형 1편, 부분 전승형 1편, 단편 전승형 1편이다. 기억 재생의 양상과는 관계없이 창작이 가능함을 알 수 있다. 창작의 구체적인 양상을 살펴보기 위하여 자료 ①〈별회심곡(別悔心曲)〉과 자료 ②『향두가』(33~38면)에서 늙음 단락과 망자의 탄식 단락을 비교한다.

　　①『조선가요집성』, 〈별회심곡〉
　　한두살에 철을몰라 父母恩惠 알을손가
　　이삼십을 당하여도 父母恩功 못다갑하
　　어이업고 애달고나 無情歲月 如流하야
　　怨讐白髮 도라오니 切痛하고 애달도다
　　人間七十 古來稀라 없든망령 절노난다
　　망령이라 흉을보고 구석구석 웃는모양
　　애달고도 설은지고 切痛ᄒ고 痛憤ᄒ다
　　할수업다 할수업다 紅頭白髮 늙어간다
　　人間에 公道를 뉘가능히 막을손가

　　②『향두가』(33~38면)
　　한두살에 철을몰라 부모은공 모르다가

이삼십을 당해오니 애옥한 고생살이
부모은공 갚을손가 절통하고 애통하다
머리뽑아 신을삼고 살을베어 창을박고
이를빼어 징을걸어 어버님도 신으시오
부모은공 못다갚고 무정세월 약유하여
원수백발 달려드니 인생칠십 고래희라
없던망령 절노난다 마음이야 변할소냐

위 노랫말은 〈별회심곡〉의 늙음 단락과 전승형 상여소리의 늙음 단락
이다. 전승형 상여소리에서 '머리뽑아 신을삼고 …… 아버님도 신으시오'
는 창작된 노랫말이다. 늙음 단락은 보은(報恩)의 불가능과 늙음의 도래
(늙게 되다)가 중심 의미를 이루고 있다. 〈별회심곡〉은 '부모은공 못다갚
하 어이업고 애달고나'라는 단편적인 화자의 탄식으로 '보은의 불가능'이
라는 의미를 형성하고 있다. 창작된 노랫말인 '머리를 뽑아 신을 삼다'
등의 목록은 보은의 불가능이란 의미에 종속되어 창작되고 있다. 경험적
이고 사실적인 목록들의 열거는 단락의 의미를 구체화하는 역할을 한다.

①『조선가요집성』, 〈별회심곡〉
처자의 손을잡고 萬端說話 다못하여
정신차려 살펴보니 약탕관을 버려노코
지성구호 극진한들 죽을목숨 살릴손가
옛늙은이 말들으니 저생길이 멀다드니
오날내게 당하여선 대문밧기 저생이라
친구벗이 만타한들 어느뉘가 동행할가
일가친척 만타흔들 어느일가 동행할가
구사당에 하직하고 신배당에 허배하고
대문박걸 썩나서니 적삼내여 손에들고
혼백불로 초혼하니 업든곡성 낭자하다

② 『향두가』(33~38면)
처자식의 손을잡고 만단설화 귀언하고
정신차려 둘러보니 구십각 아버님이
상탕관을 벌여놓고 한모금 더받아라
두모금 더받아라 한숨짓고 한숨지며
혼비백산 나죽겠네 윗목을 바라보니
팔십각 어머님이 미음그릇 앞에놓고
한숟갈 더받아라 두숟갈 더받아라
눈물짓고 앉은모친 혼비백산 나죽겠네
지성구호 극진한들 죽음명을 살릴소냐

위 노랫말은 〈별회심곡〉과 전승형 상여소리에서 망자의 탄식 단락을 비교한 것이다. ①〈별회심곡〉에서 '지성으로 구호하다'라는 단편적인 내용이 ②『향두가』소재 전승형 상여소리에서 '아버님의 상탕관을 벌여놓고' 간호하는 모습과 '어머님의 미음 그릇을 앞에 놓고' 간호하는 모습으로 구체화되어 있다. 이것은 '지성으로 구호하다'라는 동일한 의미를 〈별회심곡〉에서는 '지성구호 극진한들 죽을목숨 살릴손가'와 같이 화자의 탄식으로 표현되고 있으나, 전승형의 창작 부분에서는 지성으로 구호하는 모습을 열거하여 구체적으로 묘사되고 있다. 이러한 사실로 보아 전승형 상여소리에서 창작은 단락 내의 의미에 종속되어 이루어지고 단락의 의미를 구체화, 사실화하는 방향으로 이루어지고 있음을 알 수 있다.
이상 전승형 상여소리의 유형적 특징은 기억재생의 측면에서는 응집력이 강한 몇 개의 단락들이 모이려는 단락군(段落群)으로 재현(再現)되는 것이고, 창작의 측면에서는 단락의 의미에 종속되어 단락의 의미를 구체화하고 사실화하는 방향으로 이루어지는 것이다. 그런데 전승형 상여소리는 전승 노랫말을 기억재생하는 측면이 우세하기 때문에 단락군 재현이 지배적인 특징이다.

그러면 전승형 상여소리의 유형적 특징인 단락군 재현의 구체적 원리
는 무엇인가? 단락군(段落群)의 양상을 보면 탄생 단락과 늙음 단락이
하나의 단락군을 형성하고, 병 단락과 저승사자 도래 단락과 망자의 탄식
단락 등이 하나의 단락군을 형성한다. 각각의 단락군은 단락들이 인과관
계로 응집되기보다는 진술방식으로 응집되는 것으로 보인다. 앞에 제시
한 표에서 ③⑤⑧의 두 번째 단락군에서 병 단락 다음에는 저승사자 도래
단락이 와야 하는데 망자의 탄식이 이어진다. 이것은 병 단락과 저승사자
도래 단락이 진술방식 상 유사성이 있으나, 망자의 탄식 단락은 병 단락과
진술방식에 차이를 보이고 있어 진술방식(陳述方式)이 교체된 것이다.
이에 대한 상세한 논의는 제3장 상여소리의 구성에서 다루어질 것이다.

2.2. 창작형 상여소리

전승형 상여소리는 선소리꾼의 노랫말 조직 원리인 기억재생과 창작
중 기억재생이 우세한 것이고 기억재생과 창작의 측면으로 나누어 살펴
본 결과 단락군 재현을 유형적 특징으로 하고 있음을 확인하였다. 창작형
(創作型) 상여소리의 분석에서도 동일한 기준을 적용할 것이다.

기억재생의 측면에서 창작형에 고정적으로 있는 단락들은 탄생(誕生)
단락, 늙음 단락, 저승사자 도래 단락, 망자의 탄식 단락, 저승심판 단락
등이다. 특히 망자의 탄식 단락은 전승형에서 다섯 개의 소단락으로 구성되
며 소단락들은 각각 대등하게 존재하고 있다. 소단락의 노랫말들은 전승형
에서 망자의 탄식 단락에 포함되는 소단락이나, 창작형에서는 하나의 단락
으로 취급된다. 창작형에서 고정된 단락들을 제시하면 아래와 같다.

    (1) 저승길이 머다드니/   대문밖이 저승일세/
        북망산이 머다더니/   앞남산이 북망일세/[30]

(2) 명사십리 해당화야   꽃진다고 설워마라
     명년삼월 돌아오면   너는다시 피려니와
     인생한번 돌아가면   다시오기 어려워라
     ·······················(中略)·······················

(3) 친구벗이 많다한들   어느친구 대신가며
     일가친척 많다한들   어느일가 등장갈까

(4) 구사당에 허배하고   신사당에 하직하고
     대문밖을 썩나서니   적삼내어 초혼하니
     없던곡성 낭자하네[31]

(5) 처자의 손을잡고   만단설화 다못하여
     정신차려 살펴보니   약탕관을 내려놓고
     지성으로 구호극진한들   죽을목숨 살을손가[32]

창작형 상여소리의 고정 단락에는 (1)(2)(3)(4)(5)와 같이 〈별회심곡〉과 동일한 전승 단락들만 존재하는 것이 아니라 아래에 제시하는 (6)(7)과 같이 잡가(雜歌)와 시조 등의 장르에 공통으로 존재하는 단락도 있다.

(6) 춘초는 연연록이요 인생은 귀불귀라/
     우리인생 늙어지면 다시젊기 어려워라/
     요순우탕 문무두공 공맹안증 대성현도/
     한분죽음 못면하고 굴삼여네 춘몽이요/
     당강수선 건운비는 옥작교에 처령이요/
     채미하든 백이숙제 수양산에 아사하고/
     말잘하는 소진장의도 열국제왕 다달래고/
     염라왕을 못달래고 영결종천 되는구나/

---

30) 『향두가』, 443면.
31) 『향두가』, 33~36면.
32) 『향두가』, 71면.

통일천하 진시황도 육국제신 다달래고/
삼천궁녀 시위하고 동남동녀 오백인을/
사구평대 저문날에 여산황초 뿐이더라/
하물며 소인이야 한분죽음 면할끼나/
우리인생 한분가면 움도싹도 아니나네/[33]

(7) 흙을파고 들어가니 삐는녹아 녹두청산에 물이되고
살은썩아 부투방에 흙이된다 어느누귀 날찾아오리
어느누귀 날찾아오리 황퇴흙을 옷을삼고
짚파릴나 동무를삼고 어느자식이 날찾아오며
어느친구가 날찾아오나[34]

결국 창작형 상여소리에 고정되어 존재하는 노랫말에는 탄생 단락,
늙음 단락, 병 단락, 저승사자 도래 단락, 망자의 탄식[(1)(2)(3)(4)(5)]단락,
저승심판 단락, 여러 장르에 공통으로 존재하는 (6)(7)의 단락 등이 있다.
각 단락들이 창작형 상여소리에 나타나는 비율을 살펴보면 표본 추출한
39편[35]의 창작형 상여소리에서 탄생 단락은 3편, 늙음 단락이 5편, 병
단락이 5편, 저승사자 도래 단락이 3편, (1)'대문 밖'[36] 단락이 17편, (2)'해
당화' 단락이 14편, (3)'대신가리' 단락이 5편, (4)'구사당에 허배' 단락과
(5)'처자(妻子)와 만단설화' 단락은 없고, 저승심판 단락은 1편이다. 여러
장르에 공통적인 단락인 (6)'중국영웅' 단락은 7편, (7)'무덤의 외로움'
단락은 10편이다. 따라서 창작형 상여소리의 고정 노랫말은 주로

33) 『구비』 8-10, 261면.
34) 『구비』 7-7, 662~663면
35) 『구비』 16편이고, 『향두가』 23편이다.
36) '저승길이 멀다더니 대문밖이 저승이네'라는 단락에서 중심의미는 죽음(저승길)의
갑작스러움(대문밖)이며 이러한 중심의미를 형성하는 핵심단어는 "대문밖"이다. "대
문밖"이란 지칭은 단락의 의미를 형성하는 핵심단어로써 단락의 명칭을 삼은 것이다.
이하 "해당화" "대신가리" "중국영웅" 등도 이러한 기준에 의거하여 단락의 명칭으로
징칭한 것이다.

(1)(2)(3)(6)(7)의 단락들 있음을 알 수 있다.

그런데 (1)(2)(3)의 단락들은 전승형에서 언급한 전승 노랫말인 〈별회심곡〉과 일치하는 것이지만, (6)(7)단락은 상여소리뿐만 아니라 시조·잡가 등의 장르에 공통적으로 존재하는 것이다. 이것은 전승형의 경우 기억재생하는 전승 노랫말은 〈별회심곡〉 하나로 일정하지만, 창작형의 경우 기억재생하는 전승 노랫말은 〈별회심곡〉 하나가 아니라 다양한 장르에 걸쳐 있음을 나타낸다.

창작형의 고정 노랫말이 여러 장르(〈별회심곡〉 포함)에 공통으로 있는 것임은 이러한 고정 노랫말이 상여소리만의 독창성을 지닌 것으로 인식하는 것이 아니라 죽음이라는 의미를 지닌 장르에는 공통적으로 나타날 수 있는 것임을 드러낸다. 즉 원래 하나의 장르와 작품에 고정되어 있던 것이 여러 장르에서 차용(借用)됨을 의미한다. 결국 전승형에서 기억재생은 재현(再現)의 성격을 지니고 있으나, 창작형은 차용(借用)의 성격을 지닌다.

단락의 형성에서 전승형은 단락들이 상호 응집력을 보이는 것끼리 묶이는 단락군 재현(段落群 再現)을 특징으로 한다고 하였다. 이에 비하여 창작형은 단락들이 일정하게 모이는 것이 아니라 단편적(斷片的)으로 산만하게 흩어져 있다. 이것은 선소리꾼이 전승 노랫말의 기억재생에서 하나의 단락 이후에 다른 단락이 와야 된다는 의식보다는 동등한 단락들을 보유한 상태에서 어느 것을 사용해도 무방하다는 의식을 드러내는 것이다.

이제 조직 원리의 두 번째 항목인 창작의 측면에서 창작형의 특징을 살펴보자.

(1) 북망산이 멀다해도   방문앞이 북망일세
   간다간다 나는 간다   내가간다고 애원을말고

그후사를 잘거닐라라	오마난 하여간에 일러주게
천하일부 석순이도	죽어진께 허사더라
말잘하는 소진갱이도	육국왕 다달개도
염라대왕 못달개서	그도역시 죽어졌다[37]

위 노랫말은 창작형 상여소리의 전체 노랫말 중 일부분을 제시한 것이다. 전승형에서 창작 노랫말은 단락의 의미에 종속되어 있다고 언급하였다. 창작형에서 창작 노랫말은 고정 노랫말의 의미에 종속된 것이 아니라 상호 대등한 관계를 유지한다. 그렇다면 창작형에서 고정 단락과 창작 노랫말은 대등하게만 존재하고 상호 간의 연관성을 찾을 수 없는 것인가? 창작 노랫말의 두 가지 형태인 (1)과 아래 제시한 (2)를 비교해 보자

(2) 북망산천 멀다해도	택볕밑이 이아니냐
가자가자 어서가자	하관시간 늦어온다
서른두명 상두군아	발맞추어 가자시라
가는세월 잡아매어	인생백발 막아보자
공중화초 피었다가	찬바람에 떨어지니
유수같은 무정세월	끊임없이 흘러가니
이팔청춘 소년들아	백발부모 괄세마라[38]

(1)에서 창작 노랫말은 고정 노랫말과 대등하게 존재하였다. 진술 주체가 망자라는 점이 동일하고 죽음이라는 거시적인 의미도 일치한다. 그런데 (2)에서 창작 노랫말은 앞의 노랫말인 '북망산이 머다해도 택볕밑이 이아니냐'와 뒤의 노랫말인 '가는세월 잡아매어 인생백발 막아보자'와 진술 주체뿐만 아니라 거시적인 의미에서도 이질적이다. 결국 창작형에서 창작 노랫말은 고정 단락과 대등하게 존재하지만, 진술 주체와 거시적

---

37) 『구비』 7-5, 352면.
38) 『구비』 8-8, 701~702면.

의미에서 일치하는 것도 있고, 진술 주체와 거시적인 의미에서 이질적인 것도 있다. 전자(前者)는 거시적인 의미와 진술 주체가 일치함으로써 고정 단락과 창작 노랫말 사이에 진술방식 상의 일정한 연관성을 지니고 있다. 그러나 후자(後者)는 일정한 연관성이 없다. 전자와 같이 진술방식에서 연관성을 따질 수 있는 노랫말의 창작은 연상창작(聯想創作)에 가깝고, 연관성을 따질 수 없는 노랫말의 창작은 즉흥창작(卽興創作)에 가깝다.

3. 상여소리의 구성

상여소리의 유형(類型)에는 기억재생에 치중하는 전승형과 창작에 치중하는 창작형이 있다. 각각의 유형은 기억재생과 창작의 측면에서 일정한 특징이 있다. 전승형은 기억재생의 측면에서 단락군 재현을 특징으로 한다. 창작형은 창작의 측면에서 연상창작을 지배적인 특징으로 한다.

여기서는 이러한 특징들이 나타날 수 있는 근원이 무엇인가를 살펴보고자 한다. 그 근원은 상여소리의 구성과 관련된다.

선행 연구에서는 상여소리에 나타난 내용을 몇 가지로 분류하였을 뿐 구성의 문제로까지 나아가지 못 하였다. 선행 연구에서 제기된 문제점과 본고가 해결할 과제를 제시하면 다음과 같다. 첫 번째 문제는 구성요소의 기준을 내용[39]에 두고 있으나 기준이 모호하다는 것이다. 선행 연구에

---

39) 상여소리의 구성요소에 대한 선행연구는 '내용'을 기준으로 하고 있으며 박희선, 신찬균, 이완형의 견해가 대표적이다. 박희선은 한탄, 인생무상, 이별, 교훈과 효도로 신찬균은 인생무상, 심판의식, 인과응보, 극락왕생, 석별지정, 불효의식을 지적하고 있다. 한탄과 인생무상은 구별되기 어려운 것으로 하나의 항목으로 묶을 수 있으며 이별과 석별지정(惜別之情)도 이별이라는 점에서 하나의 항목으로 묶을 수 있다. 교훈과 효도, 심판의식과 인과응보, 극락왕생은 선행(善行)을 권장하는 것이므로 하나의 항목으로 묶을 수 있다. 이러한 점에 착안하여 이완형은 내용을 한탄, 이별, 경계(교훈)로 분류하였다. 결국 선행 연구는 상여소리의 구성요소를 한탄, 이별, 경계(교훈)이라는 세 가지의 내용으로 보고 있다.

서 내용이라고 언급한 한탄이나 이별은 내용이라기보다는 표현과 작중 상황에 대한 명칭이다. 그리고 한탄(恨歎)이라는 용어의 개념도 모호하다. 두 번째 문제는 선소리꾼이 상두꾼에게 지시하는 내용이나 노잣돈을 요구하는 것 등을 내용에 포함시키지 않았다는 것이다. 세 번째 문제는 내용만 분류하였을 내용이 상여소리 한편에 구체적으로 어떻게 나타나는지 언급하지 않았다는 것이다.

첫 번째와 두 번째 문제는 상여소리에 산재되어 있는 다양한 내용들을 상위의 개념으로 묶을 수 있는 구성요소에 대한 것이라면 세 번째와 네 번째 문제는 구성요소가 구성에 적합한 것이어야 하며 구성의 근원을 해결하는 것이어야 한다는 것이다.

이러한 문제에 착안하여 본고에서는 내용분류라는 용어 대신 구성요소(構成要素)라는 용어를 사용한다. 내용분류는 상여소리에 나타난 내용들을 몇 개의 항목으로 분류한 것이다. 내용의 범위와 개념이 모호하므로 구성요소(構成要素)라는 용어를 사용하는 것이다.

앞에서 제기한 네 가지 문제점 중 다양한 내용들을 묶을 수 있는 상위개념을 살펴보자. 이별이나 한탄, 망자의 탄식, 저승사자 도래 등은 망자가 말을 하는 것이라면 유족들에게 노잣돈을 요구하고 상두꾼에게 지시하는 것은 선소리꾼이 말을 하는 것이다. 즉 상여소리에 산재해 있는 다양한 내용들은 작품 내에서 '누가 말을 하는가'에 따라 묶을 수 있을 듯하다. 작품 내의 진술 주체를 기준으로 이별, 망자의 탄식, 탄생, 병 등과 같은 내용들은 망자의 진술이라는 하나의 항목으로 묶을 수 있다. 선행 연구에서 간과하였던 노잣돈을 요구하거나 상두꾼에게 지시하는 내용들은 선소리꾼의 진술이라는 하나의 항목으로 묶을 수가 있다. 결국 진술 주체에 따라 상여소리의 구성요소는 크게 망자(유족)의 진술, 최판관(崔判官)의 진술, 선소리꾼의 진술 등이 있다. 진술 주체에 의한 구성요소는 내용을 포함하고 있다. 그 내용은 지배적인 것에서 부차적인 것으로 다양하다.

즉 망자(유족)의 진술에서 중심 내용은 슬픔의 말하기인 비탄(悲嘆)[40]인데 지배적인 내용이 있는 반면에 탄생·병·저승사자 도래 등과 같은 부차적인 내용도 있다.

네 가지 문제점 중 두 번째 문제는 전승형과 창작형에 모두 적용될 수 있는 것이어야 하며 성격이 모호하지 않아야 한다는 점이다. 전승형은 망자(유족)의 진술과 최판관의 진술이 나타나고, 창작형은 망자(유족)의 진술과 최판관의 진술과 선소리꾼의 진술이 모두 나타난다. 진술 주체에 따른 분류가 전승형과 창작형에 일관되게 적용될 수 있다. 기준의 성격에서 보면 한탄·이별 등과 같이 화자의 태도와 말하는 내용이 복합된 것이 아니라 누가 말하는가에서 누구에 초점을 둔 것이므로 기준이 모호하지 않다. 세 번째 문제인 구성요소와 구성과의 관계에서 제2장 상여소리의 유형에서 전승형은 단락군의 재현을 특징으로 하고 창작형은 연상창작을 특징으로 한다고 하였다. 이러한 단락군 재현과 연상창작의 토대는 진술방식과 관련된다. 그러므로 진술 주체에 따른 구성요소의 설정은 구성의 문제를 해결하기에도 적합하다. 네 번째 문제는 실제 선소리꾼이 진술 주체를 의식하면서 구연하고 있느냐하는 것이다. 이러한 문제는 실제 선소리꾼이 언급한 아래의 자료가 유효한 지침이 될 것이다.

이 노래(상여소리)를 부르려면 사전에 준비가 필요하다고 했다. 망인이 살아서 고생한 일이나 호강한 일들을 가까운 사람에게 물어서 그 주요 내용을 기억해 두었다가 앞소리를 한다고 했다.[41]

---

40) 비탄(悲嘆)은 비애(悲哀)와 탄식(歎息)이 복합된 용어이다. 비애(悲哀)는 사랑하는 사람의 상실이나, 사랑하는 이를 대신하는 추상적인 것들, 예를 들어 조국, 자유, 이상과 같은 것의 상실에 대한 규칙적인 반작용이다. (Sigmund Freud, Trauer und Melancholie, Psychologie des Unbewuβten BAND 3, S.Fischer Verlag, 1975, 198면) 결국 비탄(悲嘆)은 상실에 대한 슬픔의 표출을 의미한다.
41) 『구비』 7-9, 639면.

선소리꾼이 상여소리를 할 때 망인이 살아서 고생한 일과 호강한 일을 진술하려고 한다는 것은 상여소리에 망인이라는 진술 주체를 부각시킨다는 것을 의미한다. 선소리꾼이 진술 주체를 의식하며 구연하고 있음을 알 수 있다.

3.1. 상여소리의 구성요소

상여소리의 구성요소(構成要素)는 '누가 말하고 있는가'하는 점에서 진술 주체를 기준으로 분류하였다. 이러한 진술 주체에 따른 구성요소는 내용과 관련된 것이고 진술방식은 상여소리의 구성과 관련된다. 선소리꾼은 상여소리를 실제 청중들에게 전달한다. 이때 전달의 경로는 아래와 같다.

선소리꾼이 상여소리를 실제 청중들에게 전달하는 방식은 선소리꾼 자신이 상여소리에 개입하여 전달하는 방식과 작품내적 작자(이하 서술자)[43]가 작중화자의 진술에 개입하여 전달하는 방식과 서술자의 개입

---

42) Seymour Chatman, 김경수 역, 『영화와 소설의 서사구조』(민음사, 1990), 183면을 참조
하여 상여소리에 맞게 다시 쓴 것이다.
43) 작품내적 작자를 실제 작자와 구별하여 '공식적 기록자' 또는 '제 2의 자아'로 지칭하며

없이 작중화자의 자유화법으로 전달하는 방식이 있다. 망자(유족)의 진술
과 최판관의 진술은 서술자의 개입이 있거나 서술자의 개입이 없이 작중
화자의 자유화법으로 진술된다. 선소리꾼의 진술은 상여소리에 선소리
꾼이 개입하여 선소리꾼의 목소리로 진술된 것이다. 즉 망자와 최판관의
진술은 서술자의 개입여부에 따라 진술방식이 결정되며 선소리꾼의 진술
은 선소리꾼의 개입여부에 따라 진술방식이 결정된다.

이러한 서술자, 선소리꾼의 개입여부를 기준으로 각각의 구성요소에
서 진술방식이 구체적으로 어떻게 나타나는지 살펴보자. 서술자의 개입
은 시점(pint of view)[44]과 관련된 것으로 진술된 노랫말이 누구의 시점으
로 일관하는가와 누구의 시점에 누구의 시점이 개입되었는가의 문제이
다. 그리고 상여소리는 죽음을 다루고 있는 의식(儀式)에서 불리는 것이
므로 관행적 표현(慣行的 表現)이 있을 수 있다. 이러한 표현(表現)도
진술방식에 대한 검토에서 함께 다룰 것이다.

구성요소에서 진술방식에 대한 모색은 상여소리가 독립적인 단락들과
창작 노랫말이 대등적으로 존재하기 때문에 상여소리 한편을 다루지
못하고 고정단락 또는 창작 노랫말로 나누어 살펴볼 수밖에 없다.

3.1.1. 망재(유족)의 진술

망자(亡者, 유족)의 진술은 전술하였듯이 진술의 주체가 망자(유족)로

독자는 불가피하게 공식적인 기록자의 상을 구상하며 작품내적 작자는 중립성을
유지하는 것이 아니라 모든 가치에 대하여 작품에 관여를 한다. (Wayne C. Booth,
이경우 외 역, 『小說의 修辭學』, 한신문화사, 1990, 82면와 Symour Chatman, 위의
책, 179면 참조). 본고에서는 작품 내적 작자를 실제 작자인 선소리꾼과 작중화자와
구별하기 위하여 서술자로 지칭한다.
44) 목소리는 사건과 존재들이 청중들에게 전달되는 수단이나 화법을 지칭하며 시점은
표현을 의미하는 것이 아니라 표현이 만들어 내는 전망을 의미하는 것으로 표현
속에서의 관점이나, 세계관, 심리를 지칭하는 것이다.(Symour Chatman, 위의 책, 185
면과 B. Uspensky, 김경수 역, 『소설구성의 시학』, 현대대소설사, 1992, 28면 참조).

형상화된 것이다. 진술 주체가 망자로 형상화되었다는 것은 선소리꾼과 진술 주체가 분리되어 작중화자가 설정되었음을 의미한다. 그런데 이러한 진술에는 서술자가 개입하여 진술되는 것과 망자(유족)의 자유화법으로 진술되는 것이 있다. 서술자의 개입은 작중화자의 진술 속에 서술자의 시점이 개입되어 진술의 내용이 작중화자의 것인지 서술자의 것인지 모호하게 된 진술이다. 이 진술은 서술자의 시점이 우세한 서술과 작중화자의 시점이 우세한 서술된 독백으로 나눌 수 있다.

1) 작중화자의 진술

① 극적 독백(劇的 獨白, dramtic monologue)

명전공포 앞세우고	내가 간단말이 웬말인가/
앞으로갈꺼나 뒤으로갈거나	이집마당을 못믿어서 못가겠네[45]
선자산 산골마다	나무비고 풀비던일
곰곰이 생각하니	어지그진가 생각나네
앞뒤뜰 너린들에	논갈고 밭갈던일
곰곰이 생각하니	스을프고도 가소롭네[46]
못가겠네 못가겠네	그리운 내집아
그리운 내고향을	그리운 내고향아
버리고 못가겠네	그리운 내자석아[47]

위 노랫말은 화자인 '나'가 '나'를 향하여 말하고 있으므로 1인칭 독백이다. 이때 화자는 죽음의 상태에서 앞으로 떠나야 하는 망자로 떠남에 직면

---

45) 『구비』 5-5, 268면.
46) 『儀式謠』, 286면.
47) 『향두가』, 150면.

하여 자신이 옛날에 나무하고 풀을 베던 경험들을 회상하고 있다. 망자라는 작중인물로 형상화된 것이다. 결국 위 노랫말에서 화자는 서술자나 실제 작자인 선소리꾼의 개입 없이 작품 내에 설정된 작중화자가 되는 것이다. 작중화자는 자신을 지향하여 '못가겠네' '내가 간단말이 웬말인가'와 같이 감정을 직설적으로 표출하여 자신을 표면에 드러내기도 한다.

뒷산은염염 멀어지고   앞산은점점 가까워올때/
막막하다 저산천은   나를오라고 손을치고/
밝게사던 이승님은   캄캄하기도 어이없네/[48]

작중화자의 드러남은 화자의 죽음에 대한 갈등을 노출하는 것이며 대궐 같은 집과 정든 고향과 이 집 마당과 같이 현세적 생활에 대한 애착이 포함된 것이다. 작중화자의 자기 지향적 진술이 화자 자신을 드러내고 있음은 화자의 기질·개성 등이 은연 중 드러나게 되는 극적 독백(劇的 獨白)[49]임을 뜻하며 실제 청중들을 작품에 몰입[50]시키는 구실을 한다.

② 말건넴과 인물雙방의 대화체

가네가네 내가가네 이제가면 못오는길 아주가고 영떠나네/
친구분네 잘있거라 동네방네 잘있거라 나는간다 북망산천/
이제나가면 언제나올가 오는날짜는 알수가 없네/
처자식도 다버리고 친구갑장 다버리고 나는간다 북망산천/[51]

---

48) 『구비』 8-10, 793면.
49) 극적 독백(劇的 獨白)은 '서술자의 개입이 없이' 작중인물에 의한 진술이라는 측면과 작중인물의 '개성, 기질이 드러나야 된다'는 측면이 복합된 것이다.(S. W. Dawson, 천승걸 역, 『劇과 劇的 要素』. 서울대학교 출판부, 1984와 Alex Preminger ed. Princeton Encyclopedia of Poetry and Poetics, Princenton University. 1974, 199~200면 참조).
50) 김흥규, 「판소리에 있어서의 悲壯」, 『판소리』(전북애향본부, 1988), 149면 참조.
51) 『구비』 6-1, 477~478면.

울지마라 울지를마라   이동상주야 울지를마라
부모선산을 잘쓰고보면   후세만대 춘추만대
부귀영화를 누리면서   춘추만대를 이끄리라/52)

　작중화자인 망자가 청자를 지향하는 경우에는 특정인만을 지칭하는
것이 아니라 친구 분네, 동네방네, 자식, 며느리 등과 같이 남은 자 전체를
포함한다. 그래서 청자는 특정인으로 형상화되기 보다는 남아 있는 친지,
가족 전체이고 종합하면 유족(遺族)이다. 진술된 내용은 "나는 가네"와
같은 이별(離別)을 선언(宣言)하는 것과 "울지마라" "부모선산을 잘 쓰고
잘 살아라"와 같은 위로(慰勞)가 대표적이다. 위로에는 "잘있거라"'"너무
슬프지마라" 등과 같이 슬픔을 달래는 단편적인 것도 있지만, 유족(遺族)
에 대한 축원(祝願)을 드러내기도 한다.

잘있거라 잘있거라/   우리자녀 잘있거라/
발끝마다 도와주고/   곳곳마다 너를도와/
황천국을 나는간다/53)

　망자가 유족을 향하여 발끝마다 도와주고 곳곳마다 너를 도와 유족이
잘 살 수 있도록 할 것이라고 한다. 유족이 잘되기를 바라는 축원이다.
자식들을 잘 기르고 오래오래 부귀영화를 누리라고 하는 것, (며느리에
게) 형제들끼리 사이좋게 지내라고 하는 것 등이 축원의 예이다. 작중화
자의 청자지향 진술은 "가는 가네" 또는 "잘 있거라"와 같은 일방적인
말건넴이다. 이 말건넴은 주로 "-네"란 어미로 끝나 작중화자가 어떤
사람, 사건, 상황을 알았다는 인식과 절제된 감탄54)을 나타낸다. 즉 죽음

---

52) 『한민』 4권, 400면.
53) 『구비』 8-10, 793~794면.
54) '가네 가네'에서 '네'라는 종결어미에는 '어떤 사람, 사건, 상황을 알았다'는 인식적
　　기능이 있고, 화자의 절제된 감탄이 있다. 김준오, 『詩論』(삼지원, 1993), 278면.

에 직면한 작중화자는 절제된 감정을 유지하는 것이다. 또한 말건넴에는 "처자식도 다 버리고 친구까지 다 버리고"라는 표현에서 알 수 있듯이 작중화자가 청자인 유족에 대하여 애착을 지니고 있음도 드러낸다. 결국 작중화자의 말건넴에는 작중화자의 청자에 대한 애착이 있으면서도 그것이 절제되어 표출된다.

작중화자의 감정은 절제되어 있으나, 청자에 대한 애착은 있으므로 청자는 그 말건넴을 듣고 정서적으로 반응하게 된다. 그런데 실제 노랫말에는 이러한 반응이 생략됨으로써 실제 청중들이 작품에 대체되는 효과[55]가 있다. 이러한 대체 효과는 실제 청중들이 작품에 몰입할 수 있는 동기를 부여한다. 또한 말건넴은 작중화자가 청자와의 관계를 통하여 화자의 구체적 모습을 보여주기도 한다. 청자가 동네친구들로 설정되었을 때 망자는 동네에서 생활하던 친구로 형상화된다. 청자가 외동 상주로 설정되었을 때 망자는 아들을 달래는 자상한 아버지로 형상화된다. 이러한 관계 설정으로 실제 청중들은 인물이 인물을 상대로 말을 건네는 것과 같은 공감을 가지게 된다.

가네가네 나는가네/　　　이문전을 하직하고/
인간정처 나는가네/　　　인제가면 언제가네/
내년삼월 봄이되어/　　　중구난동 잎이피고/
꽃이피면 오려는가/[56]

위 노랫말은 작중화자의 말건넴에 대하여 청자가 '인제 오려는가'라고

---

55) 말건넴과 인물 쌍방의 대화체에서 실제 청중의 대체 효과는 청자의 반응이 유발되는 대목에서 이러한 반응을 생략함으로써 획득되는 것과 인물쌍방의 대화체에서 주변 정보를 생략함으로써 획득되는 것이 있다. 이러한 청중의 대체 효과를 내용과 의미를 극적으로 표현하였다고 하여 극화(劇化)된 시의(詩意)라는 용어를 사용하기도 한다. 극화된 시의에 대한 것은 임종찬, 『時調文學의 本質』(대방출판사, 1986), 196면 참조.
56) 『구비』 3-1, 609~610면.

묻는 것이다. 이 진술은 서술자의 '말하기를' 또는 '라고 말하다'와 같은 개입이 없는 인물 쌍방의 자유직접화법의 대화체로 되어 있다. 이러한 인물 쌍방의 대화는 자문자답의 성격이 아니라 작중인물과 작중인물 간의 감정을 드러낸 것이다. 작중화자인 망자는 '가다'라고 표현하여 죽음을 담담하게 받아들임에 비하여 유족은 '언제 오나'라고 표출하여 죽음을 거부하고 돌아올 것을 바라고 있다. '가다'와 '가지마라(돌아오다)'라는 상반된 감정이 망자와 유족이라는 상이한 작중화자의 대화를 통하여 드러난다. 이러한 상반된 감정의 공존은 죽음이라는 상황에 대한 갈등이 있음을 말한다. 실제 청중들은 인물쌍방의 대화체를 통한 갈등의 표출로 극적 긴장감을 획득할 수 있다. 이것이 상여소리에 몰입할 수 있는 여건을 제공한다.

이제 작중화자가 유족인 경우를 살펴보자. 작중화가가 유족일 때는 망자를 청자로 설정한 말건넴이 주로 나타난다.

> 오늘날에 떠나시면   돌아올길을 기약하소/
> 명년삼월 봄이오면   꽃은다시 피련마는/
> 인생일장 춘몽이라   언제다시 돌아올꼬/
> 등솥에 앉힌밥이   싹나거든 오실라요/
> 한번가면 못오실거   이다지도 야속하오/[57]

위 노랫말에서 화자는 망자에게 돌아올 날을 기약해 달라고 호소하는 유족(遺族)이다. 유족이 망자를 향한 말건넴에는 망자가 돌아오기를 바라는 갈망이 가장 많다. 그런데 유족의 갈망은 말건넴 자체로 성립하는 것보다는 앞에서 제시한 자료[58]와 같이 망자의 말건넴과 결합된 인물쌍방의 대화체를 형성하는 것이 보편적이다. 회귀의 갈망은 이별에 대한

---

57) 『구비』 8-7, 237면.
58) 『구비』 3-1, 609~610면.

기다림을 나타내는 것으로 이별한 여성화자의 진술과 일치하는 면이
있다.

　　가는님은 날잊었나　　　　　오래한번도 아니온다/
　　새벽서리 찬바람에　　　　　울고가는 저기락은/
　　한양성주 가거들랑　　　　　이몸소식을 전코가소/59)

　그래서 상여소리에는 가는 님을 기다리는 이 몸으로 지칭되는 이별한
여성화자의 목소리가 나타나곤 한다. 그런데 유족의 진술은 노랫말 표면
에 지향 대상이 생략되어 있으므로 님을 지향 대상으로 언표한 이별한
여성화자의 목소리는 상여소리 본래의 표현이 아니라 잡가와 서정 민요
등에서 차용된 것으로 보인다. 유족이 망자를 지향하는 말건넴에는 회귀
의 갈망 외에 축원(祝願)도 있으나, 보편적인 것은 아니다.

　　안심하고 떠나소서　　　　　모든서름 잊으소서/
　　간다한들 잊지말고　　　　　명년이때 돌아오소/
　　··························(中略)··························
　　안심하고 기옵소서　　　　　부디부디 잘가소서
　　왕생극락 하옵시거든　　　　후생에 만날인정
　　서로대해 만단지수　　　　　의심없이 하옵소서
　　가오가오 잘가소서　　　　　극락세계 잘가소서
　　··························(中略)··························
　　자손만대 유지하고　　　　　후히후히 도와주소/60)

　유족은 망자에게 부디부디 잘 가셔서 왕생극락 하시기를 축원(祝願)한
다. 유족의 축원은 망자의 축원과 유사하다. 작중화자의 감정은 자제되어

---

59) 『구비』 5-6, 453면.
60) 『구비』 8-8, 701~702면.

있으나 청자에 대한 애착은 포함되어 있다.

2) 서술과 서술된 독백

망자(유족)의 진술에 서술자의 시점이 개입되어 진술된 내용이 작중화자의 것인지 서술자의 것인지 모호한 경우가 있다. 이것을 서사학에서는 서술(敍述)된 독백(獨白, narrated monologue)[61]또는 대용서술(代用敍述, substitutionary narration)[62], 자유간접화법 등이라 한다. 본고에서는 서술자의 개입 정도에 따라 작중화자의 목소리보다 서술자의 목소리가 부각되는 것을 서술(敍述, narration)이라 하고 서술자의 목소리보다 작중화자의 목소리가 부각된 것을 서술된 독백이라 한다.

서술은 서술자의 개입이 강한 경우로 작중화자의 말을 유도하는 ①부가 진술(또는 유도 진술), ②작중화자의 비언어적 행위에 대한 설명, ③시간(공간)적 요약, ④배경묘사, ⑤사건과 사실에 대한 서술자의 주석 등이 포함된다.[63] 서술된 독백은 서술자의 개입이 적은 경우로 말한 사람은 서술자이나 감정을 느낀 사람은 작중화자와 같이 목소리와 시점이 불일치 하거나, 서술자의 말인지 작중화자의 말인지 분간이 되지 않는 상태를 말한다.

먼저 서술자의 개입이 큰 서술에 대하여 살펴보자.

   (1) 십왕전에 부리던사자   십왕전에 명을받아
        일직사자 월직사자   한손에 배자들고
        또한손에 철퇴들고   와과사슬 비껴차고
        활등같이 굽은길로   살대같이 달려들어
        천등같이 호령하며   성명삼자 불러내여

---

61) Seymour Chatman, 앞의 책, 243면.
62) Paul Hernadi, 김준오 역, 『장르론』(문장, 1983), 225면.
63) Wayne C. Booth, 앞의 책, 171~187면과 Seymour Chatman, 앞의 책, 267~279면 참조.

(2) 어서가자 바삐가자 (3) 뉘분부라 거사리며
　　뉘영이라 지체할가 (4) 실날같은 이내목에
　　팔둑같은 쇠사슬을 　　한번매어 끌어내니
(5) 혼비백산 나죽겠네 　　사자님네들은 이내
　　말씀 들으시오 　　시장한데 점심이나
　　잡수시고 　　신발이나 고쳐신고
　　노자나 가지고가세 (6) 만단계유 애걸한들
　　저사자 들을손가[64]

　　위 노랫말은 전승형 상여소리 중 저승사자의 도래 단락이다. 위 노랫말
은 전체적으로 서술자의 목소리인지 작중화자의 목소리인지 분간되지
않는다. (1)은 십왕전(十王殿)에서 부리던 사자가 망자를 찾아와서 뇌성
(雷聲) 같이 소리하며 성명 삼자를 불러내어 망자를 끌어낸다. 저승사자
의 행위가 어떠하다는 식으로 인물의 행위를 요약하여 제시하고 있다.
이러한 요약은 서술에 해당하는 것이다. 서술자의 목소리를 강하게 느낄
수 있다. 저승사자가 와 망자를 향하여 어서가자 바삐 가자고 재촉한다.
그것이 (2)이다. 작중화자인 저승사자의 진술이다. 저승사자의 재촉에
(3)에서 뉘 분부라 거스르며 뉘 명이라 지체할까라고 한다. 망자의 목소리
가 우세하다. 저승사자를 거스를 수 없다고 판단하는 주체는 망자이다.
뿐만 아니라 죽음은 피할 수 없는 것이라는 일반적인 판단으로 서술자가
주체라고도 볼 수 있다. 망자와 서술자의 시각이 혼합되어 있다. 이러한
성격에서 목을 끌어내는 저승사자의 행위인 ④가 이어진다. "이내 목"이
라고 하였으니 망자의 진술이라고 짐작할 수 있으나, 목을 끌어내는 저승
사자의 비언어적 행위를 설명하고 있으므로 서술자의 시각이 개입된
표현이다. "실날 같은"도 서술자의 판단이 개입되어 표현된 것이므로
(4)는 서술에 해당한다. 저승사자의 행위에 대하여 (5)에서 망자는 "혼비

---

64) 『향두가』, 34면.

백산(魂飛魄散) 나 죽겠네”라며 독백을 하고 저승사자를 향하여 “사자님 네들은 말씀 들으시오……노잣돈이나 가지고 가세”라며 애걸하며 말을 건넨다. (6)에서는 망자의 이러한 애걸도 소용없는 것이라는 서술자의 판단이 이어진다.

작중화자의 목소리를 느낄 수 있는 것은 저승사자가 망자를 향하여 재촉하는 것(2)과 이러한 재촉에 대하여 망자가 독백하거나 저승사자를 향하여 진술하는 것(5)이다. 이러한 작중화자의 진술에 서술자는 (1)과 같이 저승사자 도래의 과정을 요약하거나 (3)·(6)과 같이 사건에 대하여 주석을 하고, (4)와 같이 저승사자의 행위에 대하여 설명하고, (6)과 같이 주석을 함으로써 개입을 하고 있다. 이것은 저승사자 도래 단락이 서술자의 목소리와 작중화자의 목소리가 불분명한 상태에서 작중화자의 목소리는 (2)·(5)로 약한 반면 서술자의 목소리는 강하게 나타나고 있음을 뜻하므로 저승사자 도래 단락이 서술이란 진술방식이 강하게 나타나고 있음을 뜻한다. 이러한 서술의 진술방식에는 저승사자 압송 단락, 저승당도 단락, 저승모습 단락이 포함된다.

이지상에 나온사람	뉘덕으로 생겨났나
불보살님 은덕으로	아버님전 뼈를타고
어머님전 살을베고	칠성님전 명을타고
제석님전 복을타고	석가여래 제도하여
일생일신 탄생하니[65]	

위의 노랫말은 전승형 상여소리 중 탄생 단락이다. 탄생 단락은 ‘탄생이 어떻게 이루어졌다’는 사실은 알 수 있지만, 망자가 어떤 상태로 어떤 모습을 하고 있는 지는 드러나지 않고 있다. 극적독백이 망자가 “못가겠

---

65)『향두가』, 33면

네"라고 하거나, 앞으로도 뒤로도 갈수 없는 어쩔 수 없는 망자의 모습을
드러내는 것과는 대조를 이룬다. 작중화자의 진술 중 극적독백은 망자의
개성과 기질이 표면에 드러나고 있으나, 탄생 단락의 진술은 작중화자의
개성이 드러나지 않고 일신의 탄생이 '이러이러하다'라는 식으로 서술자
가 요약하고 있다. 이와 같은 성격의 단락에는 병 단락이 포함된다.
　작중화자의 목소리가 강한 서술된 독백을 살펴보자.

(1) 부모은공 못다갚고　　　　　무정세월 약유하여
　　원수백발 달려드니　　　　　인생칠십 고래희라
　　없던망령 절로난다　　　　　마음이야 별할소냐
　　이팔청춘 소년들아　　　　　노인의망령 웃지마라
　　눈어둡고 귀먹으니　　　　　망령이라 웃는모양
　　절통하고 애닲도다　　　　　하릴없고 하릴없다
　　홍안백발 되었으니　　　　　다시 젊지 못하리라[66]

(2) 명사십리 해당화야　　　　　꽃진다구 설어마라/
　　명년삼월 봄이되면　　　　　너는다시 피려니와/
　　인생한몸 죽어지면　　　　　움이나나 싹이나나/[67]

(3) 명전공포 앞세우고　　　　　내가간단말이 웬말인가/
　　앞으로갈꺼나 뒤으로갈꺼나　이집마당을 못믿어서 못가겠네/[68]

　(1)은 늙음 단락이고 (2)는 해당화 단락이며 (3)은 작중화자 진술 중
극적독백이다. 탄생 단락에서는 인간의 탄생이 '어떠하다'라는 설명으로
되어 있으나, 늙음 단락에서는 "없던 망령 절로난다"와 "절통하고 애닲도

---

66) 『향두가』, 33면.
67) 『구비』 1-4, 966면.
68) 『구비』 5-5, 268면.

다 하릴없고 하릴없다"와 같이 화자의 감정이 노출되고 있다. 즉 탄생 단락은 서술자의 목소리가 강하게 나타나고 있으나, 늙음 단락은 작중화자의 목소리가 강하게 나타나고 있다. 이러한 작중화자의 표출성은 해당 화 단락에서도 일치한다. "죽어지면 움이 나나 싹이 나나"라는 탄식은 작중화자의 죽음에 직면한 상황에서의 목소리를 느끼게 한다. 그런데 늙음 단락, 해당화 단락의 진술은 극적독백과 비교하였을 때 다시 차이가 있다. 극적독백은 '내가 간단 말이 웬말인가'·'이집 마당을 못 가겠네'와 같이 진술 주체를 '나'라는 작중인물로 표시하거나 '이집'과 같이 근칭을 사용함으로써 진술이 작중인물의 것임을 나타내고 있다. 또한 '웬말인가' '못믿어서 못가겠네'처럼 화자의 기질과 개성을 표면에 노출시킴으로써 진술의 주체가 인물의 것임을 분명히 하고 있다. (2)해당화 단락은 '인생 한몸[69]'으로 표현된 것처럼 진술 주체가 생략되거나 '우리'라고 표시하여 진술의 내용이 화자 자신의 것일 수도 있고 서술자의 것일 수도 있으며, 인간 모두의 것일 수도 있음을 나타내고 있다. 또한 늙음 단락은 감정이 표면화되고 있으나 극적독백의 '못가겠네' '간단말이 웬말인가'에 비하여 그 정도가 약하다. 이러한 주관성의 약화는 진술의 내용이 인물의 것임을 나타내는 지표를 모호하게 한다. 진술 주체의 모호성으로 (1)늙음 단락과 (2)해당화 단락의 진술은 서술된 독백이 된다.

3.1.2. 최판관의 진술

망자(유족)의 진술은 서술자의 개입 정도에 따라 서술과 서술된 독백과 작중화자의 진술 등으로 나뉘고 비탄(悲嘆)이라는 내용이 진술방식에 따라 편차를 보이고 있음을 언급하였다.

최판관의 진술은 진술의 주체가 최판관(崔判官)[70]으로 형상화된 노랫

---

69) '인생한몸'은 '우리인생'으로 표현되는 경우도 있다.

말들이다. 최판관은 청자를 지향하여 헐벗은 사람이나 강을 건너는 사람에게 공덕(功德)을 베풀라고 권장한다. 공덕의 수혜자가 헐벗은 사람과 강을 건너는 사람이라는 것은 선행(善行)의 범위가 망자와 유족의 관계에 국한된 것이 아니라 세상에 놓여 있음을 의미하여 공덕에 초점을 두고 있음은 선행이 종교적인 것임을 의미한다. 그래서 최판관 진술의 내용은 선행을 권장하는 교훈(敎訓)이지만, 세상에 대한 것과 종교적인 것을 강조한 것이다.

이러한 내용은 진술방식에 따라 효과가 달라질 수 있으므로 진술방식을 살펴보자. 진술방식의 모색은 서술자의 개입 여부라는 동일한 기준이 적용되며 최판관의 진술은 저승심판이라는 하나의 단락에 한정되어 있으므로 저승심판 단락을 중심으로 살펴보기로 한다.

1) 작중화자의 진술

부하부순 사랑하고/	붕우유신 하얐나냐/
배고픈사람 밥을주어/	기식공덕을 하고왔나/
헐벗은사람 옷을주어/	구난공덕 하고왔나/
깊은물에 다리놓아/	월천공덕을 하고왔나/
서왕모에 선관되어/	반도소임 되려느냐/
옥제앞에 선임하여/	요지연에 가려느냐/
수명장수 부귀하여/	부자몸이 되려느냐/

······························(中略)······························

제후왕비가 되려느냐/   부귀공명을 하려느냐[71]

---

70) 저승에서 심판하는 자는 상여소리 노랫말에서는 '재판관(裁判官)'과 '최판관(崔判官)'
이 있다. 〈별회심곡(別悔心曲)〉 계열 5편은 모두 최판관(崔判官)으로 되어 있고 상여
소리에서도 최판관(崔判官)으로 된 경우가 많다. 이러한 사실로 본고에서는 최판관
(崔判官)으로 지칭한다. 최판관은 '저승에서 사자(死者)의 선악을 판단하는 벼슬아치'
란 뜻이다. 재판관은 최판관의 와전으로 보인다.
71) 『儀式謠』, 294면.

위 노랫말은 창작형 상여소리 중 저승심판 단락이다. 진술을 인용하기 위한 서술자의 인용투어나 서술자의 주석, 인물의 행위에 대한 설명이 없이 최판관의 진술만 있다. 최판관은 작중인물로 설정되어 자유직접화법으로 진술하고 있다. 이러한 작중화자의 진술은 주로 불완전 전승형과 창작형 상여소리에 나타나고 있다.

작중화자의 진술은 '하였느냐, 되려느냐'의 식으로 청자에 대한 말건넴의 진술방식을 취하고 있다. 이러한 말건넴은 망자(유족)의 말건넴과 비교가 된다. 망자(유족)의 진술은 '나는가네'와 '잘있거라'와 같은 종결형을 취하며 청자에 대한 애착으로 청자의 정서적 반응을 유발한다. 그런데 최판관 진술은 '하였느냐, 되려느냐'의 종결형으로 청자에게 행위, 태도를 추궁하는 논쟁적 성격을 띤다. 청자의 정서적 반응보다는 청자의 행위와 태도를 변화시키려는 설득적인 의도를 나타내고 있다. 또한 말건넴은 남자(여자) 선인(善人), 남자(여자) 악인(惡人) 등과 같은 구체적인 청자를 생략하고 설제 청중들을 지향하고 있다. 이러한 성격은 작중화자의 진술이 실제 청중을 지향하는 설득적 말건넴으로 진술되게 한다.

2) 서술

(1)	최판관이 문서잡고		남녀죄인 잡아들여

································(中略)································

	남자죄인 잡아들여	(2)	형벌하며 뭇는말이
(3)	이놈들아 드러보라		선심하랴 발원하고
	인세간에나아가서		무삼선심하엿는가
	바른대로 아뢰여라		나라에 충성하며

································(中略)································

	너의죄목 엇지하리.		죄악이 심중하니
	풍도옥에 가두리라	(4)	착한사람 불러드려
	위로하고 대접하며	(5)	몹쓸놈들 구경하라

(6) 이사람은 선심으로　　　　극락세계 가올지니

이아니 조흘손가　　　(7) 소원대로 무를적에

(8) 네원대로 하여주마　　　　극락으로 가랴느냐

연화대로 가랴느냐　　　　선경으로 가랴느냐

장생불사 하랴느냐　　　　서왕모의 사환되여

반도소임 하랴느냐　　　　네소원을 아리여라

·····························(中略)·····························

어서밧비 행사하자　　　(9) 저른사람 선심으로

귀히되여 가나니라　　(10) 대웅진에 초대하야

다과올려 대접하며　　　　몹쓸놈들 잡아내려

(11) 착한사람 구경하라　　　　너희놈은 죄중하니

풍도옥에 가두리라　　(12) 남자죄인 처결한후

여자죄인 잡아들여　　(13) 엄형국문 하난말이

(14) 너에죄목 들어바라　　　　시부모와 친부모께

지성효도 하엿느냐　　　　동생항열 우애하며

친척화목 하얏느냐

·····························(下略)·····························

위 노랫말은 〈별회심곡(別悔心曲)〉의 저승심판 단락이다. 서술자는 (1)에서 최판관의 행위를 설명하고 최판관의 말을 인용하기 위하여 (2)에서 '묻는 말이'와 같이 인용 투어를 사용한다. 이러한 서술자의 개입이 있은 다음 최판관이라는 작중화자는 (3)에서 '이놈들아 들어봐라'와 같이 남자죄인을 심문한다. (4)는 다시 서술자의 입장에서 착한 사람들을 대접하는 최판관의 행위를 설명한 것이고, (5)는 최판관이 착한 사람에게 '몹쓸 놈들 구경하라'고 권유하는 작중화자의 진술이다. (6)은 최판관이 심판하는 행위에 대하여 서술자가 '이아니 조흘손가'라고 해석하는 서술자의 주석이다. (7)에서 서술자가 최판관의 말을 인용하기 위한 '소원대로 무를 적에'와 같은 인용 투어가 있은 다음 (8)에서 남자선인의 소원을 묻는 작중화자의 진술이 이어진다. (9)는 이러한 최판관의 행위에 대한 서술자의 주석이고, (10)은 서술자가 최판관이 선인(善人)을 대접하고 죄인(罪人)을 잡아들이는 행위를 설명한 것이다. (11)은 (3)·(5)와 같은 작중화자의 진술이다. (12)는 서술자가 최판관의 행위를 설명한 것이고, (13)은 작중화자의 말을 유도하기 위한 인용 투어이며 (14)는 작중화자의 진술이다.

결국 작중화자의 진술은 최판관이 남자죄인을 청자로 하여 죄목(罪目)을 심문하는 (3)과 최판관이 남자선인을 청자로 죄인구경을 청하는 (5)와 최판관이 남자선인을 청자로 하여 소원을 묻는 (8)과 최판관이 남자죄인을 청자로 하여 선인구경을 청하는 (11)과 최판관이 여자죄인을 청자로 죄목을 심문하는 (14)이다. 작중화자의 진술은 죄목(罪目)·구경·소원이라는 내용을 죄인과 선인이라는 청자로 바꾸어 가면서 반복하고 있다.

이러한 작중화자의 진술은 서술자의 개입이 없는 것으로 말건넴의 방식을 취하고 있다. 그런데 위에 제시한 노랫말에는 (1)·(4)·(10)·(11)과 같은 인물 행위에 대한 서술자의 설명, (2)·(7)·(13)과 같은 인용 투어, (6)·(9)와 같은 서술자의 주석이 나타나고 있다. 그래서 작중화자의 진술은 (3)·(5)·(8)·(14)로 약화되어 있는 반면 서술자의 목소리는 (1)·(2)·(4)·(6)·(7)·(9)·(10)·(11)·(12)·(13)로 부각되고 있다. 이러한 성격은 위 노랫말이 작중화자의 진술보다 서술자의 목소리가 우세하게 나타나는 서술이라는 진술방식을 취하고 있음을 알게 한다. 최판관의 진술이라는 구성요소에서 서술이란 진술방식을 지닌 노랫말은 〈별회심곡〉과 완전 전승형 상여소리에 주로 나타나고 있다.

3.1.3. 선소리꾼의 진술

선소리꾼의 진술은 노랫말에 실제 작자인 선소리꾼의 목소리가 나타나는 것이다. 선소리꾼의 진술은 노잣돈의 요구와 상두꾼에 대한 지시와 흥겨움 등을 내용으로 한다. 슬픔의 말하기인 비탄과는 반대가 되는 조흥(助興)이 중심 내용이다. 중심 내용이 망자(유족) 진술에 반대된다. 선소리꾼 진술의 진술방식은 진술 주체가 선소리꾼으로 고정된 것이므로 서술자의 개입 정도보다는 '누구를 지향하느냐'에 따라 달라진다.

1) 유족 지향

이다리를 건널라니	노자가없어서 못간다네
맏상주들어보소	손자상주 들어보소
이다리를 굽어가면	언제다시 건너오나
맏상주 들어보소	노자가없어서 못간다니
호시한번 하여주소72)	

선소리꾼이 유족을 지향하여 노잣돈을 요구하는 내용이다. 위 노랫말에서 선소리꾼은 맏상제를 청자로 하여 노자가 없어 못 간다며 노잣돈을 요구하고 있다. 그런데 선소리꾼은 다리를 못 건너는 망자의 행위와 노자가 없어 못 가겠다는 망자의 생각·느낌을 자신의 목소리로 맏상제에게 전달하고 있다. 결국 선소리꾼이 망자의 시점에 개입하여 표현한 것이다.

이러한 선소리꾼의 개입은 망자의 모습을 변화시킨다. 망자가 자신의 시점과 목소리로 표현되는 작중화자의 진술에서는 감정을 노출하거나 유족과의 관계를 설명함으로써 죽음에 갈등하는 인간 상이나 인자한 아버지의 모습이나 근엄한 시아버지의 모습을 유지하고 있다. 그런데 선소리꾼이 개입된 진술에서는 망자의 모습이 '호시한번 바래서' 자식들에게 '노잣돈'을 달라고 애걸하는 현세적이고 이해 타산적인 촌로(村老)의 모습을 취하고 있다. 이러한 망자의 모습은 죽음에 갈등하고 인자하고

---

72) 『구비』 8-6, 293면.

근엄한 아버지와 시아버지의 모습을 촌로의 모습으로 비속화(卑俗化)시킨다. 망자의 비속화는 실제 청중들로 하여금 망자의 진술에서 형성되었던 망자의 모습에서 이탈하게 한다. 이 이탈은 인물의 육성에 동화되어 형성되었던 슬픔을 해소시키는 구실을 한다.

2) 상두꾼 지향

장례의식에서 선소리꾼이 상두꾼에게 지시하는 것은 노랫말뿐만 아니라 다양한 형태로 이루어지고 있다. 이러한 선소리꾼의 지시는 선후창 민요의 특징을 부각시킬 수 있는 자료가 된다. 먼저 선소리꾼의 상두꾼에 대한 지시와 이러한 지시로 알 수 있는 선소리꾼의 기능을 알아보고 노랫말만을 대상으로 상두꾼 지향의 진술이 지니고 있는 진술방식에 대하여 알아보기로 하자.

장례의식은 출장 전날의 상여놀이와 출상(出喪)·성분(成墳)으로 진행된다. 출상 전날의 상여놀이에서 선소리꾼은 다음 날의 운상을 원활하게 수행하기 위하여 상두꾼의 운상에 대한 예행 연습을 지휘 감독한다. 출상 당일의 운상에서 상여는 출발과 정지를 수차례 반복하는데 선소리꾼이 상여의 출발과 정지를 지시한다. 상여가 움직이는 중에도 선소리꾼은 상두꾼의 빠르기를 조절할 뿐만 아니라 위험물을 지시하고, 상두꾼들의 동작을 통일시키고, 받는 소리를 이끌어 내고, 받는 소리의 변화를 지시하고, 노동의 피로를 위무한다. 또한 상여가 집과 마을을 떠날 때에는 선소리꾼이 상두꾼들의 연기를 지휘하기도 한다. 이러한 지시는 선소리꾼이 메기는 소리[73]를 하거나 몸짓을 하거나 요령(鐃鈴)소리 또는 북소리를 냄으로써 이루어지고 있다. 결국 선소리꾼은 운상 전반에 걸쳐 상두꾼을 지휘 감독하는 것으로 장례의식의 진행을 이끌어 가는 연출가(演出家)

---

[73] 메기는 소리에 의한 지시는 메기는 소리에 지시의 내용을 담는 것과 받는 소리를 메기거나 메기는 소리의 박자를 빠르게 하는 방식이 있다.

로서의 기능을 한다.

상두꾼에 대한 선소리꾼의 지시 중 노랫말에 나타난 것은 '가세 가세 어서가세'와 같이 상두꾼들이 빨리 행동할 것을 지시하는 것과 '올라갈 때 내리보고 내려갈 때 올리보고'와 같이 위험물을 알려주는 것, '열두꾼 상두님네 발맞추어 열을 맞추어'와 같이 동작과 소리의 통일을 지시하는 것, '고이고이 잘모시소 술을돌라 하시면은 술도주고'와 같이 노동의 피로를 위무(慰撫)하는 것, '사람은 많고 소리는 적소'와 같이 소리를 이끌어 내는 것 등이 있다. 이러한 지시는 모두 선소리꾼의 연출가로서의 기능을 뒷받침하는 예이다. 선소리꾼은 청중들에게 감동을 주도록 노랫말을 표현하는 가창자로서의 기능뿐만 아니라 상두꾼을 지휘 감독하는 연출가로서의 기능도 함께 수행한다. 메기는 소리에 이러한 기능을 적절히 조화시켜 나타내고 있음을 알 수 있다.

메기는 소리에는 선소리꾼의 지시가 두 가지 이상이 결합되어 존재한다.

사람은많은데 소리는 적소/　　　먼데사람 듣기나좋게/
절에어른들 보기두좋게/　　　일심합력 조력하면/
오늘두 저믄시에/　　　　　　녹음방초 승화시에/
때는좋다 봄이로다/　　　　　목이말라 이러한가/
목이나마르면 술두나있지/　　배가곯아 이러한가/
배고프며는 밥두있네/　　　　시두늦구 때두늦어/
어서나바삐 달려가세/[74]

'사람이 많은데 소리가 적다'라는 것은 소리를 이끌어 내는 지시이고 '목이 마르면 술두나있지'는 노동의 피로를 위로하는 것, '어서나바삐 달려가세'는 빠르기를 지시하는 것으로 위 노랫말은 세 가지 지시가 복합되어 있다.

---

74) 『구비』 2-2, 637~638면.

그런데 선소리꾼이 상두꾼을 지향하는 진술은 선소리꾼의 연출가로서의 기능을 나타낼 뿐 아니라 작품 내에서 독자적인 역할을 수행하고 있다. 작품 내에서 어떤 역할을 하는지 살펴보자.

한번가면 못오실거   이다지도 야속하오/
도원도리 편시춘은   곳곳마다 논가던데/
사람하나 평생에는   이다지도 허망할까/
알뜰살뜰 모안재산   묵고가면 쓰고가나/
서른서이 상두꾼아   발을맞차 따러가자/
목마르면 술을묵고   배고프면 밥을묵고/[75]

위 노랫말은 창작형 상여소리의 노랫말 중 일부분을 제시한 것인데 앞부분은 작중화자인 망자가 사람의 평생이 이다지도 허망할까라고 감정을 노출한 극적독백이다. 이러한 진술은 비탄을 중심 내용으로 하고 인물의 육성에 근접한 표현으로 실제 청중들로 하여금 작품에 몰입하여 슬픔을 공감하게 한다. 그런데 갑자기 선소리꾼이 "서른서이 상두꾼"을 지향하여 "발을 맞추고 술을묵고"라고 진술하여 이질적인 목소리가 끼어들고 있다. 이러한 끼어듦은 진술 주체가 망자로 지속되다가 갑자기 선소리꾼으로 전환(轉換)되는 것으로 한 인물이 동일한 어조로 진술하고 있던 상황에서 제삼의 인물이 갑자기 끼어들 때 듣는 사람들에게 의외감이나 당혹감을 일으키는 것과 같다. 작중화자의 목소리에 침잠하였던 실제 청중들을 인물의 목소리에서 벗어나게 하는 효과가 있다. 실제 청중들은 망자의 진술이 지니고 있던 갈등 상태와 인물의 육성으로 슬픔에 침잠하였다가 선소리꾼의 목소리가 끼어듦으로 이 침잠에서 벗어나게 된다.

총각가문이 아무리좋다해도   창달에미가 못들어간다/

---

75) 『구비』 8-7, 238면.

잘두간다 너거리야	창달이에미가 암만좋아도/
김상덕이애미가 못따라간다/[76]	

파란춘상 만화방천/	때는좋다 범인화야/
죽장마여 단표저루/	산천경계를 구경가세/[77]

칠산바대는 윤선이노는디	이집안에는 꽃가마가노네/[78]

위 노랫말은 상두꾼에 대한 구체적 지향이 없으나 '즐겁게 논다'라는 내용을 지니고 있어 상두꾼의 피로를 위무하는 기능을 한다. 주로 동작의 통일을 지시하거나 받는 소리를 이끌어 내거나 할 때의 노랫말과 결합되어 있다. '즐기고 논다'라는 내용은 비탄과는 상반되는 즐거움만을 나타낸다. 망자의 진술이 비탄이라는 동일한 목소리를 유지하고 있음에 반하여 위 노랫말은 이질적인 목소리를 형성하고 있다. 따라서 위 노랫말은 망자의 진술·인물의 육성에서 이질적인 목소리로의 전환이 이루어지는 것으로 실제 청중들로 하여금 작중화자의 진술에서 형성된 슬픔을 해소시키는 역할을 한다.

3.2. 상여소리의 구성

상여소리의 구성요소(構成要素)는 진술 주체를 기준으로 망자(유족)의 진술과 최판관의 진술과 선소리꾼의 진술이 있다. 망자(유족)의 진술은 죽음에 대한 비탄(悲嘆)을 중심 내용으로 하고, 최판관의 진술은 죽음과 관련된 교훈(敎訓)을 중심 내용으로 하고, 선소리꾼의 진술은 죽음에

---

76) 『구비』 2-1, 371면.
77) 『구비』 1-8, 571~572면.
78) 『구비』 5-5, 269면.

대한 비탄을 해소하는 조흥(助興)을 중심 내용으로 한다.

각각의 구성요소는 특징적인 진술방식을 지닌다. 망자(유족) 진술은 서술(敍述)과 서술(敍述)된 독백(獨白)과 작중화자(作中話者)의 진술이 있고, 최판관의 진술은 서술(敍述)과 작중화자(作中話者)의 진술이 있고 선소리꾼의 진술은 유족을 지향하는 진술과 상두꾼을 지향하는 진술이 있다.

이제 이러한 구성요소의 내용과 진술방식을 바탕으로 상여소리의 구성에 대하여 살펴보자. 상여소리의 구성에 대한 논의는 크게 세 가지 측면에서 접근이 가능하다. 첫째, 구성요소의 양상에 대한 것이다. 상여소리에 '어떤 구성 요소들이 나타나고 있는가?'하는 것으로 내용과 관련된다. 둘째, 구성형식에 대한 것이다. 상여소리의 유형에서 지적한 단락군 재현과 연상창작의 구체적 원리를 밝혀내는 것이다. 셋째, 구성효과에 대한 것이다. '이러한 구성형식에 의한 효과는 무엇인가'하는 것을 살펴보는 것이다.

세 가지의 접근은 전승형과 창작형에 따라 논의되어야 하며 결국에는 양자의 관계를 언급하여 상여소리의 원형에 대한 추론으로 나아가야 한다.

3.2.1. 전승형 - 서술과 서술된 독백의 교체

상여소리의 구성에 대한 세 가지 측면을 전승형 상여소리에서 살펴볼 것이다. 전승형 상여소리에서 전승 노랫말의 근원은 〈별회심곡〉에 두고 있으며 전승 노랫말을 기억재생하는 양상에 따라 완전 전승형(完全 傳承型), 불완전 전승형(不完全 傳承型), 부분 전승형(部分 傳承型), 단편 전승형(斷片 傳承型) 등이 있다고 하였다. 이러한 편차로 구성요소의 양상과 구성형식 및 그 결과인 구성의 효과에서도 편차가 유발될 것이다.

구성요소의 양상에 대하여 살펴보자.

〈별회심곡〉은 11개의 단락으로 구성되어 있으며 이중 독립된 이야기는 (2)탄생 단락에서 (10)저승심판 단락까지이다. (2)탄생 단락에서 (9)저승모습 단락까지는 망자(유족)의 진술이고 (10)저승심판 단락은 최판관의 진술이다. 〈별회심곡〉은 망자의 진술과 최판관의 진술로 구성되며 비탄과 교훈이 중심 내용이다. 이러한 양상은 (2)에서 (10)까지의 단락들이 구비되어 있고 (9)저승모습 단락만이 탈락된 완전 전승형과 일치하고 불완전 전승형도 망자의 진술과 최판관의 진술로 구성되므로 구성요소에서 일치한다. 그런데 부분 전승형은 (2)·(3)·(4)·(5)·(6) 등의 단락으로 되어 있어 최판관의 진술이 탈락되고 망자(유족)의 진술만으로 구성되어 비탄이라는 내용만을 지닌다. 이러한 구성요소와 내용은 단편 전승형에도 같다. 결국 전승형 상여소리에서 전승 의도가 약한 쪽일수록 망자(유족)의 진술만으로 노랫말이 구성되고 내용은 비탄(悲嘆)이 중심이다.

〈별회심곡〉의 11개 단락 중 (1)서사와 (11)결사의 진술방식을 살펴보자.

세상천지 만물중에   사람밧게 또잇는가
여보시오 시주님네   이내말삼 들어보소

위 노랫말은 서사이다. 서사에서 '이내말'은 다음에 이어질 '인간이 탄생하여 늙고 병들어 죽어 저승에 가서 심판을 받는다'라는 독립된 이야기를 지칭하는 것이며 '이내'는 서술자 자신을 지칭한다. 그러므로 서사는 '서술자'가 '인간이 최고이니 지금부터 하는 말을 들어 보아라'라는 식으로 독립된 이야기가 시작됨을 알리는 것이다.

선심하고 마음닥가   불의행사 하지마소
회심곡을 업신여겨   선심공덕 아니하면

우마형상 못면하고	구렁배암 못면하네
조심하여 수신하라	수신제가 능히하면
치국안민 하오리니	아뭇조록 힘을쓰오
적덕을 아니하면	신후가 참혹하니
바라나니 우리형제	자선사업 만히하네
내생길을 잘닥가서	극락으로 나아가세
나무 아미타불	나무관세음보살

위 노랫말은 결사이다. 결사는 '독립된 이야기를 참고 삼아 불공을 열심히 하여 극락으로 가자'라는 교훈적인 내용이다. 서술자의 말로 직접 전달한 것이다. 이것은 이야기가 끝이 났음을 알리고 그것을 통하여 생각할 바를 제기한다. 〈별회심곡〉은 서사에서 이야기가 시작됨을 알리는 서술자의 말로 되어 있고 독립된 이야기를 진술한 다음 다시 서술자의 말로 끝을 알리는 액자식 구성(額子式 構成)이다.

독립된 이야기는 모두 9개의 단락으로 구성되어 있다. 9개의 단락들은 탄생 단락과 늙음 단락이 하나의 단락군을 형성하고 병 단락과 저승사자 도래 단락과 망자의 탄식 단락이 하나의 단락군을 형성한다. 탄생 단락과 병 단락과 저승사자 도래 단락은 모두 진술 주체가 작중화자인지 서술자인지 모호한 상태에서 인물의 행위에 대한 묘사, 사건에 대한 주석 등 서술자의 목소리가 강한 서술의 진술방식을 취하고 있다. 늙음 단락과 망자의 탄식 단락은 작중화자의 목소리가 강하게 나타나는 서술된 독백의 진술방식을 취하고 있다. 결국 첫 번째 단락군의 응집은 서술자의 목소리가 강한 서술이라는 진술방식과 작중화자의 목소리가 강한 서술된 독백이라는 진술방식이 교체되고 있다. 두 번째 단락군인 병 단락과 저승사자 도래 단락과 망자의 탄식 단락 등의 응집도 서술과 서술된 독백의 교체에 있다.

완전 전승형은 (2)에서 (10)까지의 단락이 구비되어 있으므로 〈별회심곡)과 유사한 각편이다. 그런데 단락이 탈락되는 경우에는 세 번째 단락군인 저승모습의 단락에서 주로 이루어 지고 있다. 또한 불완전 전승형에서도 세 번째 단락군이 탈락되는 경향을 보이고 있다. 이것은 〈별회심곡〉에서 완전 전승형과 불완전 전승형으로 올수록 서술의 진술방식을 취하는 세 번째 단락군이 탈락된다. 이러한 경향은 세 번째 단락군과 네 번째 단락군이 서술과 서술로 이어지는데 하나의 서술을 제거함으로써 서술과 서술된 독백의 교체라는 구성형식이 강화되는 측면을 보이는 것이다.

부분 전승형은 첫 번째 단락군과 두 번째 단락군으로 구성되어 있는데 각각 서술과 서술된 독백이 교체되고 있으므로 구성형식이 두 개의 단락군에 걸쳐 반복되고 있는 것이다. 단편 전승형은 첫 번째 단락군만으로 구성된 것, 첫 번째 단락군에 망자의 탄식 단락이 결합된 것, 두 번째 단락군만으로 구성된 것의 세 가지 종류가 있다. 세 가지 종류는 모두 서술과 서술된 독백의 교체로 구성된 것이다.

결국 전승형 상여소리의 유형적 특징인 단락군 재현의 원리는 서술과 서술된 독백이라는 진술방식의 교체라는 것을 알 수 있다.

진술방식에서 서술은 서술자의 목소리가 강한 것이고 서술된 독백은 작중화자의 목소리가 강한 것이다. 서술된 독백은 서술에 비하여 작중인물의 형성이 용이하여 실제 청중들을 작품에 동화시킬 수 있는 여지가 있으나 서술은 작중인물의 형성이 용이하지 않아 실제 청중들을 작품에서 이화시킬 수 있는 여지가 있다. 따라서 전승형 상여소리의 구성형식인 서술과 서술된 독백의 교체는 실제 청중들을 상여소리에서 이완시켰다가 다시 몰입시키는 효과를 지니고 있다.

서술과 서술된 독백의 교체는 죽음에 대한 문제와 관련된다. 서술은 저승사자 도래 단락, 저승사자 압송 단락 등에 주로 나타난다. '죽음은 무엇인가'라는 죽음의 형상화에 치중되어 있다. 서술된 독백은 늙음 단락과 망자의 탄식 단락에 주로 나타난다. 작중화자가 죽음에 처했을 때의 태도에 치중되어 있다.

3.2.2. 창작형 – 서술된 독백과 작중화자 진술의 교체

창작형 상여소리의 구성요소를 찾기 위하여 창작형 상여소리를 한편 예시하고 구성요소를 지적한 다음 창작형 상여소리 121개 각편을 대상으로 구성요소를 추출하여 창작형 상여소리가 공통으로 지니고 있는 구성요소를 확정할 것이다.

(1) 어제아래 살았더니   간단말이 웬말인고
     대궐같은 집을두고   간단말이 웬말인고
     지금가면 언제오노   생각하니 한심하네
(2) 상주님은 통곡해도   시물너이 대미군은
     우줄우줄 춤을추네
(3) 명사십리 해동화야   꽃진다고 설워마소
     꽃은지만 춘삼월이   닥치오만 다시피어
     오건마는 사람한번   가고보년 다시올줄 모르는고
     상주이별 손자이별   이별하고 갈라하니
     눈물나서 못가겠네
(4) 이다리를 건널라니   노자가없어서 못간다네
     맏상주 들어보소   손자상주 들어보소
     이다리를 굽어가면   언제다시 건너오나
     맏상주 들어보소   노자가없어 못간다니
     호시한번 하여주소
(5) 북망산천이 얼마나멀어   한번가만 못오는고
     꽃은 피어 화삭이요   잎은피어 청산이네
(6) 수물너이 상두군들   한몸으로 소리하소
     험한길이 닥쳤으니   발을조심해 잘갑시다

(7) 북망산이 머다해도　　　　저건네저산이 북망산이라
　　태산같이 험한길을　　　　갈라카니 낭파로세
(8) 잔잔하네 잔잔하네　　　　시물너이 대미군들
　　얼시구나 잔잔하네　　　　상주님은 통곡하고
　　스물너이 대미군들　　　　이리저리 춤을추네[79)]

　위 노랫말은 다양한 진술들이 복합되어 있다. 진술 주체에 따라 나누어
보면 (1) · (2) · (3) · (4) 등은 망자(유족)의 진술이고 (2) · (4) · (6) · (8)
등은 선소리꾼의 진술이다. 내용은 비탄과 조흥이다. 이러한 방식으로
121개 창작형 상여소리의 구성요소를 살펴보면 아래 표와 같다.[80)]

	①망자 (유족)+ 선소리꾼 +최판관	②망자 (유족) +선소리 꾼	③망자 (유족)	④망자 (유족) +최판관	⑤선소리 꾼	각편 수
『구비』	1	37	17	1	1	57
『향두가』		5	20			25
『한민』		13	14		2	29
『울산』		3	3			6
『경북』			2			2
『의식요』	1					1
『채록』			1			1
	2(2%)	58(48%)	57(47%)	1(1%)	3(2%)	121

　위 표에서 한편의 창작형 상여소리가 망자(유족)의 진술과 선소리꾼의
진술과 최판관의 진술로 구성된 것(①), 망자(유족)의 진술과 최판관의

---

79) 『구비』 8-6, 291~294면.
80) 구성요소 중 선소리꾼의 진술은 한편의 상여소리에서 산, 언덕을 오를 때 불린 노랫말
　　은 제외하고 나머지 노랫말만을 대상으로 추출한 것이다.

진술로 구성된 것(④), 선소리꾼의 진술만으로 구성된 것(⑤) 등은 소수의 비율을 차지한다. 이러한 사실은 창작형 상여소리가 선소리꾼의 진술만으로 구성된 것은 적으며, 구성요소 중 최판관의 진술이 창작형 상여소리에서는 소수임을 나타낸다. 창작형 상여소리 한편은 망자(유족) 진술과 선소리꾼의 진술로 구성되거나(②), 망자(유족)의 진술만(③)으로 구성된다. 이것을 보아 창작형 상여소리의 공통적인 구성요소는 망자(유족)의 진술과 선소리꾼의 진술이며 비탄과 조흥이 중심 내용이다.

창작형 상여소리는 연상창작이 유형적 특징인데 연상창작의 원리를 살펴보자.

북망산천 머다허니	문턱밑에가 북망산이라/
못가겠네 못가겠네	차마서러서 내못가겠네/
공든하내 백발이요	면치못헐것 인생죽엄이라/[81]

위 노랫말에서 고정 단락과 창작 노랫말은 '죽음' 또는 '간다'라는 포괄적 의미에서는 일치한다. 고정 단락은 '죽음은 갑작스럽다'라는 의미이고 창작 노랫말은 '떠나지 못하겠다'라는 의미로 의미상 상호 대등적이다. 그런데 고정단락은 객관적 표현이 우세한 반면 창작 노랫말은 주관적 표현이 우세하다. 이것은 고정 단락과 창작 노랫말이 진술방식 상에 일정한 관련성이 있음을 나타낸다. 이러한 사실로 보면 창자는 앞 노랫말의 진술방식에서 연상동인을 찾아 다음의 노랫말을 창작하였을 가능성이 크다. 이러한 연상창작(聯想創作)은 망자(유족)의 진술에서 주로 나타난다.

연상창작은 고정 단락에서 연상 동인을 찾는 경우와 창작 노랫말에서 연상 동인을 찾는 경우가 있다. 먼저 고정 단락에서 노랫말이 창작되는 경우를 살펴보자.

---

81) 『구비』 6-2, 306면.

명사십리 해당허야/　　　　　꽃이진다고 서러마오/
명년삼월 봄이오면/　　　　　꽃은다시 피련만은/
우리인생 한번가면/　　　　　다시오기 어렵도다/
북망산천 돌아갈제/　　　　　어찌할꼬 빈손목에/
한정없는 길이로다/　　　　　천하명당 찾어가니/
어두메가 명당이오[82]

위 노랫말은 '해당화'라는 고정 단락에 '북망산천'이하의 창작 노랫말이
결합된 것이다. 고정 단락은 진술의 주체가 작중화자인지 서술자인지
모호한 상태에서 작중화자의 목소리가 강하게 나타나는 서술된 독백으로
진술된 것이고 창작 노랫말은 작중화자가 자신을 지향하여 말하는 극적
독백으로 진술된 것이다. 고정 단락과 창작 노랫말의 결합에서 또 다른
경우는 아래 노랫말과 같다.

저승길이 머다해도　　　　　방문앞이 저승이고/
북망산이 머다해도　　　　　뒷동산이 북망이다/
자석자석 내자석아　　　　　너거를 기를적에 맡을다몬 하겠네/
맏상주는 걱정상주　　　　　둘째상주는 호강상주/
세째상주 맡을하만　　　　　눈물상주가 세째상주다/[83]

위 노랫말에서 '대문밖'이라는 고정 단락은 서술된 독백으로 진술된
것이고 창작 노랫말은 작중화자가 청자를 지향하는 말건넴으로 진술된
것이다. 앞에 제시한 자료에서 창작 노랫말은 극적독백의 진술방식이었
고, 여기서 창작 노랫말은 말건넴의 진술방식이다. 그런데 극적독백과
말건넴은 작중인물이 설정된 것으로 화자의 개성·기질이 드러나는 진술
임에는 일치한다. 결국 선소리꾼이 고정 단락의 서술된 독백이라는 진술

---

82) 『구비』 2-7, 292~293면.
83) 『구비』 8-8, 480면.

방식에서 연상동인을 찾아 작중화자 진술로 노랫말을 창작하고 있음을 알 수 있다.

창작 노랫말과 창작 노랫말이 결합된 경우를 살펴보자.

(1) 간다간다 나는간다   북만산천을 나는간다/
    나는나는 간다마는   자식들을 못있겠네/
    나는나는 간다마는   부모님모시고 잘살어라/
    중천에뜬 저야달은   대한천하를 비치것만/
    나는나는 간다마는   내신세를어쩔거나/[84]

(2) 엇째갈꼬 어채   저골짜게 어채갈고/
    들어보소 들어보소   누를보고 내가가네/
    산설고야 물선곳에   누를보고 내가가네/
    스물너이 상두꾼아   서른너이 호상꾼에이/
    어찐할꼬 어찌할꼬   내신세를 어찌할꼬/
    어제는 살어생시   오늘날에 왜이런고/
    내가살어 생신때는   가친척 많건마는/
    어예갈꼬 어예갈꼬   이곳두고 어예갈꼬/
    저승길이 문전이라   내갈곳도 다가간데이/
    잘있어라 잘살어라   여러분요 잘살어레이/
    일가친척도 잘살고요   친척도야 잘살어레이/
    친구벗아 잘있거라[85]

(3) 가네가네 나는가네/   이문전을 하직하고/
    인간정처 나는가네/   인제가면 언제가네/
    내년삼월 봄이되어/   중구난동 잎이피고/
    꽃이피면 오려는가/[86]

---

84) 『구비』 6-6, 813~814면.
85) 『구비』 7-9, 1119면.
86) 『구비』 3-1, 609~610면.

위 노랫말은 창작 노랫말과 창작 노랫말이 결합된 것이다. (1)의 노랫말은 말건넴의 진술방식과 극적독백의 진술방식이 교체된 것이고 (2)의 노랫말은 극적독백의 진술방식과 말건넴의 진술방식이 교체된 것이다. (3)에서 '가네가네'는 망자가 유족을 지향하여 말건넴을 하고 있으며 이를 받아서 유족들이 '인제가면'이라고 망자에게 말건넴을 하고 있다. 망자와 유족이라는 상이한 작중화자가 서로 말을 주고 받는 인물쌍방의 대화체이다. 창작 노랫말과 창작 노랫말의 결합에서는 극적독백과 말건넴의 교체이거나 인물쌍방의 대화체가 있다.

극적독백에서는 작중화자가 죽음에 직면하여 '못가겠다'라며 죽음에 대한 갈등이 있는 상태이나, 말건넴에서는 '나는 가네'라고 하여 죽음에 대한 갈등이 없는 상태이다. 이러한 상반된 상태는 인물쌍방의 대화체에서도 마찬가지이다. 망자의 진술은 갈등이 없는 상태이나, 유족의 진술은 '언제오나'와 같이 회귀를 갈망하는 것이다. 결국 창작 노랫말과 창작 노랫말의 결합에서는 작중화자의 상반된 태도가 진술방식으로 표출되는 것이다. 선소리꾼은 앞의 창작 노랫말에 갈등이 없는 말건넴의 진술방식을 취하고 다음에 이어질 노랫말은 갈등이 있는 극적독백이나 인물의 대화체의 진술방식을 취한다.

창작형 상여소리의 유형적 특징인 연상창작의 원리는 서술된 독백과 작중화자 진술의 교체, 극적독백과 말건넴의 교체, 인물쌍방의 대화체이다. 이것이 창작형 상여소리의 구성형식이다.

이러한 세 가지의 구성형식이 작품 전체에 어떻게 실현되고 있는지 살펴보자.

(1) 알뜰살뜰 잘살라고	힘도쓰고 애도쓰고 했건마는
간다간대이 나는간대이	대궐겉은 요내집을
원앙글이 비워놓고	북망산천 나는간대이

(2) 북망에산천이 좋다해도　　　한번가면 언제오나
　　 이내이날을 기다려도　　　　평풍에그린학이 나래쳐도
　　 너의집은 막죽있다　　　　　가매솥에 삶은개가
　　 경경짓어도 아니온다　　　　동솥에 삶은팥이
　　 싹이터져도 못오신다
(3) 천금같은 며늘아가　　　　　대궐같은 이내집은
　　 저한테다 맽거놓고　　　　　북망산천 내가나마
　　 어린손자 잘데루고　　　　　천석백대 만대유전
　　 부귀영화 부대부대　　　　　잘살아래[87]

　위 작품은 창작 노랫말만으로 구성된 것이다. (1)은 망자의 말건넴이고
(2)는 유족의 응답이고 (3)은 망자의 말건넴이다. (1)에서 (3)까지는 인물
쌍방의 대화체 방식을 사용하고 있다. 창작형 상여소리는 세 가지의 구성
형식 중 두 가지 이상이 복합되기도 한다.

(1) 하직이라 하직이라　　　　　우리집이 하직일세/
　　 하적이라 하직이라　　　　　우리집이 하적일세/
　　 나간다고 서러말고　　　　　집안조치나 잘해주소/
　　 불쌍하다 불쌍하다　　　　　외동상주 불쌍하네/
　　 잘있어소 잘있어소　　　　　동네양반들 잘있어소/
(2) 진지가면 언제오나　　　　　명년춘삼월 다시오나/
(3) 명사십리 해당화야　　　　　꽃이진다고 서러마라/
　　 명년이라 춘삼이라　　　　　다시피며는 꽃아닌가/
　　 인생한번 죽어지면　　　　　갱소년이 어려워라/
　　 이팔청춘 소년들아　　　　　백발을보고 탄실마라/
　(이하 선소리꾼의 진술은 생략하였다)[88]

87) 『구비』 7-9, 639~641면.
88) 『구비』 8-5, 526~529면.

위 노랫말은 고정 단락과 창작 노랫말로 구성된 것이다. (1)은 망자의 말건넴이고 (2)는 유족의 응답으로 (1)에서 (2)까지의 노랫말은 인물쌍방의 대화체이다. (1)과 (2)가 작중화자의 진술임에 비하여 (3)은 서술된 독백이다. (1)에서 (3)까지의 노랫말은 작중화자 진술에서 서술된 독백으로 교체된 것이다. 위 작품은 앞 노랫말의 진술방식에서 연상동인을 찾아 창작하고 있다. 그 연상의 원리는 진술방식의 교체이다.

한편의 상여소리는 서술된 독백과 작중화자 진술의 교체, 극적독백과 말건넴의 교체, 인물쌍방의 대화체라는 세 가지 형식을 이용하여 앞 노랫말의 진술방식에서 연상하여 다음 노랫말을 창작하여 한편을 구성한다. 이러한 세 가지 구성형식 중 우위를 차지하는 것은 어느 것인가?

창작형 상여소리는 창작 노랫말만으로 구성된 것보다 고정 단락과 창작 노랫말로 구성된 것이 보편적이다. 또한 작중화자의 진술은 극적독백과 인물쌍방의 대화체를 포괄하는 개념이다. 따라서 세 가지의 구성형식 중 서술된 독백과 작중화자 진술의 교체가 창작형 상여소리의 대표적인 구성형식이다.

이러한 구성형식은 어떤 효과가 있는가?

작중화자의 진술은 화자의 기질과 개성을 표출하여 실제 청중들을 작품에 몰입시킬 수 있는 여지를 제공한다.[89] 서술된 독백은 작중화자 진술에 비하여 화자의 개성이 부각되지 못하므로 실제 청중들을 작품에서 이완하게 한다. 이러한 성격은 실제 창자의 언급에서도 드러난다. 아래의 자료는 상여소리와 노랫말이 비슷한 무가와 창자의 언급을 제시한 것이다.

---

89) 이점은 상여소리의 구성요소 중 망자(유족)의 진술에서 진술방식을 언급하면서 지적하였다.

*설명(말로)

송기철 : 여기에 인지 또 자손들한테도 슬프게 할라믄 슬프게 하고
        좀, 쪼끔 좀 맘을 좀 진정(鎭靜)을 시키줄라믄

*창(唱)으로

⋯⋯⋯⋯⋯⋯⋯⋯⋯⋯⋯⋯⋯(中略)⋯⋯⋯⋯⋯⋯⋯⋯⋯⋯⋯⋯⋯

(1) 인제가면 고만인데 명사십리 해동화야/
    꽃진다 잎진다 설워마라 명년삼월(明年三月) 봄이오면 너는 다시
    도 피련마는
    우리인생(人生) 한번가면 다시오기가 어려워라/
(2) 춘초는 연년록이요⋯⋯/ 왕손은 귀불귀라⋯⋯/
    봄풀은 연년이 풀은풀은 푸러지고
    우리시상 한번가면 다시오기 어려워라/
    삼편갑자 동방석이도 제죽을 날자를 모르시고
    글잘짓는 진시왕도 글귀를몰러 황천갔나⋯⋯
    돈많은 산석궁이 돈이많은 석숭(石崇)이는⋯⋯
    금전(金錢)이없어 황천(黃天)갔나
    살아생전(生前)에 석숭이지 죽어지니 허사(虛事)로고나⋯⋯/
    천하일색(天下一色)에 양귀비(楊貴妃)도 살아생전(生前)에 양귀
    비지 죽어지니
    허사로다⋯⋯/

⋯⋯⋯⋯⋯⋯⋯⋯⋯⋯⋯⋯(下略)⋯⋯⋯⋯⋯⋯⋯⋯⋯⋯⋯⋯90)

  (1)과 (2)는 창작형 상여소리의 고정 단락인 해당화 단락, 중국영웅
단락과 일치한다. 해당화 단락과 중국영웅 단락의 진술방식은 서술된
독백이다. 창자는 이러한 서술된 독백의 진술방식이 실제 청중들을 진정
시킬 수 있는 방식임을 인식하고 있다. 결국 창작형 상여소리의 구성형식
인 서술된 독백과 작중화자 진술의 교체는 실제 청중들이 작품에 대한
이완과 몰입을 교체하도록 하는 효과가 있다. 실제 청중들의 작품에 대한

---

90) 서대석, 박경신 편, 『安城巫歌』(집문당, 1990), 462~463면.

이완과 몰입은 죽음에 대한 의식과 관련된다. 서술된 독백과 작중화자의 진술은 비탄을 중심 내용으로 하며 죽음의 형상화보다 죽음에 대한 화자의 태도에 중점을 둔다.

창작형은 망자(유족)의 진술과 선소리꾼의 진술로 구성되며 비탄과 조흥을 내용으로 한다. 창작형의 구성형식은 서술된 독백과 작중화자 진술의 교체이다. 구성형식은 창작형 상여소리의 유형적 특징인 연상창작의 구체적 원리가 되는 것으로 실제 청중들을 상여소리에 이완시켰다가 다시 몰입하게 한다. 이와 같은 진술방식의 교체는 죽음에 대한 화자의 태도가 교체되는 것과 같다.

전승형과 창작형은 구성형식이 진술방식의 교체라는 점과 실제 청중들을 상여소리에 이완시켰다가 다시 몰입시킨다는 점에서 일치한다. 그러나 전승형은 비탄과 교훈이 중심 내용인 반면 창작형은 비탄과 조흥이 중심 내용이라는 점에 차이가 있고, 진술방식에서 전승형은 서술에 근접한 반면 창작형은 작중화자의 진술에 근접하다는 점에서 차이가 있다.

그러면 이러한 결과를 바탕으로 하였을 때 상여소리는 전승형과 창작형 중 어느 것을 원형으로 설정할 수 있는가?

자료집에 있는 상여소리는 1950년대까지 소급할 수 있으며 상여소리의 노랫말로 전승형과 창작형이 모두 수록되어 있기 때문에 자료집을 바탕으로 '어느 것이 원형이다'라고 속단하기는 어렵다. 그래서 원형의 모색은 장례의식을 토대로 전승형과 창작형 중 장례의식에 적합한 것을 살펴보는 방식으로 논의를 진행하고자 한다.

현재 장례의식의 특징을 요약하면 아래와 같다.

① 상여와 선소리꾼은 망자로 인격화(人格化)되어 있다.[91]

---

91) 이승과 이별하는 대목에서 상여는 망자의 하직인사와 망자가 떠나기 싫어하는 모습을 형용하는데 이것을 보아 상여가 망자로 인격화(人格化)됨을 알 수 있다. 상여의 정지

② 상여는 이승과 이별하는 대목인 집을 떠날 때, 마을을 떠날 때, 다리를 건널 때, 산을 넘을 때 정지(停止)를 한다.[92]

③ 장례의식은 상두계·호상계 등과 같은 치장조직(治葬組織)에 의하여 마을 공동체의 상호부조 속에서 치뤄진다.

④ 선소리꾼은 장례의식의 전과정에서 연출가(演出家)로서의 역할을 한다.

장례의식이 지니고 있는 ①의 특징은 선소리꾼이 망자로 인격화되어 있으며 그 매개체가 상여와 상여소리임을 나타낸다. 선소리꾼이 망자로 인격화된다는 것은 상여소리의 가창이 망자의 인물형성에 충실해야 한다는 것을 의미한다. ②의 특징은 선소리꾼이 망자의 '떠나기 싫음'이라는 행위를 매개로 하여 수고비를 얻고자 하는 목적이 있음을 나타낸다. 망자의 '떠나기 싫음'과 '수고비 요구'가 적절히 조화되기 위하여 선소리꾼은 작중화자의 진술에 자신의 의도가 개입된 진술방식을 취해야 한다. ③의 특징은 장례의식이 공동체의 유대 강화[93]라는 목적을 지니고 있고, 상호부조를 통하여 슬픔과 슬픔의 해소가 공존하고 있음을 나타낸다. 슬픔과 슬픔의 해소가 공존하는 것은 선소리꾼이 노랫말에 비탄뿐만 아니라 조흥도 함께 표현되어야 함을 의미한다. ④의 특징은 장례의식에서 선소리꾼은 가창자일 뿐만 아니라 연출가임을 나타낸다. 선소리꾼은 연출가로서의 기능을 수행하기 위하여 노랫말에 상두꾼에게 지시하는 내용의 말을 포함시켜야 한다.

와 이동은 선소리꾼의 동작과 일치하고 있는데 이것은 상여와 선소리꾼이 동일시됨을 나타내는 것이다.

92) 이승과 저승의 대목에서 상여가 정지하여 나자돈을 요구하는 것은 全國의 장례의식에 공통적인 것으로 조사보고되어 있다. 상세한 설명은 『韓國民俗綜合調査報告書』 경기편(문화재관리국, 1969-1979), 80면; 충남편 117면; 충북편 89면; 전북편 164면; 필자의 채록자료 참조.

93) 정승모, 「喪, 葬 制度의 歷史와 社會的 機能」, 『韓國 喪掌禮』(국립민속박물관, 1990), 181면.

장례의식의 두 번째·세 번째·네 번째 특징은 상여소리의 구성요소가 망자(유족)의 진술뿐만 아니라 선소리꾼의 진술이 있어야 됨을 나타내고 첫 번째 특징은 상여소리의 진술방식이 작중화자의 진술에 근사하여야 함을 나타낸다. 이러한 사실로 보아 장례의식에 적합한 상여소리는 창작형이고, 상여소리의 원형은 창작형 상여소리로 볼 수 있다. 상여소리는 창작형만으로 불리다가 구성형식이 유사하고 죽음의 의식(儀式)에서 가창되는 노래라는 공통점[94]을 지닌 전승형 상여소리가 유입되어 현재의 전승형 상여소리와 창작형 상여소리가 공존하게 된 것이다.

현전하는 창작형 상여소리의 최고(最古) 모습은 판소리의 삽입가요[95]에서 찾을 수 있으나, 단편적인 것이고 그 시기가 19세기까지밖에 소급되지 않는다. 그래서 창작형 상여소리의 연원은 작품외적인 사실들인 장례의식과 치장조직(治葬組織)과 선소리꾼·상두꾼에 대한 역사적 기록을 토대로 추정할 수밖에 없다.

장례의식의 네 가지 특징 중 치장조직과 선소리꾼·상두꾼의 존재에 대한 언급은『태종실록』·『세종실록』등 조선전기의 기록들에 나타난다. 조선전기에는 인근 마을사람들이 모여서 치장하였으나, 조선후기로 오면서 촌락의 범위가 확대되어 하나의 촌락단위에서 치장이 가능하게 되었다.[96] 이러한 치장의 과정에서 마을사람들이 치장조직을 결성하게 되는데 대표적인 것이 향도(香徒)이다. 향도는 조선전기에는 치장뿐만 아니라 농사일도 함께 하는 복합공동체 조직이었으나, 17세기 후반 향도 자체에 내포되었던 공동 노동의 기능을 두레에 물려줌에 따라 치장의 기능만 남게 되었다.[97] 결국 지금의 상두계·호상계와 같은 치장조직에

---

94) 전승형 상여소리는 별회심곡에 뿌리를 두고 있는데 별회심곡은 '죽은자를 천도하기 위한 佛敎儀式인 和請에서 주로 불려지며 창작형 상여소리와 구성형식이 유사하다
95) 판소리에 상여소리가 삽입되어 있는 자료는『申在孝本 沈淸傳』·『申在孝本 興甫歌』·『申在孝本 가루지기 打令』·『一蓑本 春香傳』·『裵裨將傳』등이다. 김성배,「한국의 향두가 연구」,『民俗文學研究』(정음 문화사, 1985), 367~368면 참조.
96) 정승모, 앞의 논문, 181면 참조

의한 장례의식은 조선전기에서 그 연원을 찾을 수 있으며 조선후기(17세기 후반)에 보편화된 현상이다.

다음의 기록은 17세기 후반 치장조직의 모습을 보이고 있다.

"마을의 무뢰배로 무리를 지어 횡행하는 자를 포청(捕廳)에서 잡아 다스리면서 그 소종래(所從來)를 따져 본 즉 향도계(香徒契)에 연유하는 것이었습니다. 향도란 것은 마을의 백성들이 계를 만들어 무리를 모아 송종(送終 : 장례)에 쓰고자 하는 것으로 사대부(士大夫)와 여러 궁가(宮家)도 많이 참가하고 있습니다. (中略) 상여를 멜 때는 작란하여 치고 받아 못하는 짓이 없습니다. (中略) 별도로 향약의 법에 의하여 도성인(都城人)들이 상(喪)을 치를 때는 그 동리로 하여금 각각 스스로 상구(相求)토록 경조(京兆 : 한성부)에서 두루 불러 식(式)을 정하는 것이 어떻겠습니까?" 상께서 모두 좋다고 하셨다.[98]

좌의정 민정중(閔鼎重, 1628-1692)이 숙종에게 치장조직인 향도의 폐단을 지적하고 향약의 법에 의거하여 치장하는 제도의 개선을 주장한 것이다. 향도의 폐단을 '상여를 멜 때 작란'하는 것으로 보았다. 이것은 현재 장례의식의 진행 중 다리나 산을 오를 때 정지하여 노잣돈을 요구하는 것을 장난으로 인식하는 것이 그 예이다. 장례의식에서 장난은 행위뿐만 아니라 선소리꾼의 진술에도 있다. 상여소리 향유자들이 선소리꾼이 노랫말을 통하여 망자를 비속화시킬 때 장난으로 인식하고 있다. 특히 유가의 가풍이 엄격한 집안에서 이를 철저히 금하는데 그 이유 가운데 하나가 망자가 비속화되는 것이 효에 벗어나기 때문이다.[99] 그래서 위의

---

97) 이태진, 「17·8세기 香徒 조직의 分化와 두레 발생」, 『진단학보』 67호(진단학회, 1989).

98) 『肅宗實錄』 권15 肅宗 十年 2月 25일. "都下無賴輩, 結黨橫行者, 已自捕廳捕治, 而推其所從來, 則實由於香徒契. 所謂香徒者, 都下民人, 結契聚徒, 以爲送終之用. 士大夫諸宮家, 亦多入參. (중략) 擔喪之時, 作亂鬪歐, 無所不爲. (중략) 別依鄕約之法, 都人送喪時, 則使其洞里, 各自相救, 令京兆詢問定式何如?' 上竝可之".

기록을 토대로 추정해 보면 상여소리에는 선소리꾼의 진술이 포함되었을 것이고, 선소리꾼의 진술을 필수로 하는 창작형 상여소리가 숙종 때에는 존재하였을 것이다. 신재효본 판소리에서 창작형 상여소리를 확인할 수 있고, 이 작품들이 19세기경에 수립된 점을 감안하면 19세기에는 창작형 상여소리가 보편화되었을 것이다. 이러한 사실로 보아 숙종 때와 19세기 사이에는 창작형 상여소리가 존재하였을 것으로 추정된다.

4. 상여소리의 죽음의식

상여소리의 죽음의식에 대한 선행 연구는 '죽음을 어떻게 해석하는가' 하는 죽음의 형상화를 기준으로 하고 있으며[100] 죽음에 처한 화자[101]의 태도는 거론되지 않았다. 이러한 견해는 상여소리에 나타난 죽음의식의 독자성을 드러내기에는 미흡함이 있다.[102] 또한 전승형과 창작형의 죽음

---

99) 필자가 채록한 자료는 유가적인 전통이 강한 집안의 장례의식에서 채록된 것이다. 장례의식이 진행되는 도중 상가(喪家)의 사람들에 의하여 선소리꾼이 노잣돈을 요구하는 노랫말이 저지되었다. 상가에서는 이러한 노랫말이 유가적 가풍에 어긋나는 것으로 보고 있다. 즉 민간에서는 호상(好喪) 때 노잣돈 요구가 보편화되어 있으나, 유가(儒家)의 사대부집에서는 호상(好喪) 때에도 장난으로 보고 있으며 이렇게 인식하는 이유는 망자가 비속화되기 때문인 것으로 보인다.

100) 선행 연구에서는 상여소리에 나타난 죽음의식을 현세지향의식(現世指向意識), 단절의식(斷絕意識) 숙명의식(宿命意識), 내세지향의식(來世指向意識)이라고 지적하였다. 이러한 결론은 '죽음이 어떻게 해석되는가'하는 죽음의 형상화를 기준으로 한 것이다.(강문순, 앞의 논문, 49면와 손종흠, 앞의 논문, 33~35면와 신찬균, 앞의 책, 220~221면와 류종목, 앞의 책, 173~174면 참조).

101) 상여소리의 구성에서 화자를 실제 작자(선소리꾼), 작품내적 작자(서술자), 작중화자의 층위로 나누어 살펴보았다. 화자란 '상여소리에서 말하는 자'를 지칭하는 것으로 선소리꾼, 작품내적 작자(서술자), 작중화자가 복합된 것이다.

102) 죽음의식에 대한 연구에서는 그 대상 장르가 향가, 시조, 민요, 무가 등에 두루 걸쳐 있다. 향가에 나타난 죽음의식은 단절의식(斷絕意識)과 초월의식(超越意識), 시조에 나타난 죽음의식은 현세지향의식(現世指向意識)과 숙명의식(宿命意識), 민요에 나타난 죽음의식은 현세지향의식(現實指向意識)과 숙명의식(宿命意識)과 단절의식(斷絕意識)과 초월의식(超越意識), 무가에 나타난 죽음의식은 현실지향의식(現

의식을 구분하지 않아서 현세지향의식(現世指向意識)과 내세지향의식 (來世指向意識)이 상여소리에 공통으로 나타나고 있다는 견해[103]와 이중 하나만 나타나고 있다는 견해[104]가 나눠지는 문제점도 있다.

본고에서 죽음의식을 찾는 방식은 '죽음을 어떻게 해석하고 있는가'하는 죽음의 형상화뿐만 아니라 '죽음에 처하였을 때 화자는 어떻게 반응하는가'하는 화자의 태도도 아울러 살펴볼 것이며 전승형과 창작형을 나누어 살펴볼 것이다. 이러한 작업으로 도출된 결과를 다른 장르와 비교하여 상여소리에 나타난 죽음의식이 지닌 독자성을 살펴보고자 한다.

4.1. 상여소리의 죽음의식

죽음의 형상화는 죽음에 대한 해석이며 선행 연구에서 이룩한 결과에서 크게 벗어나지 않는다. 죽음에 처한 화자의 태도는 진술방식과 관련된 것으로 제3장에서 논의한 구성형식에 대한 결론을 확인하는 작업이 될 것이다.

實指向意識)과 영혼재생의식(靈魂再生意識)과 낙관적 인생관(樂觀的 人生觀) 등이 라고 하였다. 향가, 시조, 민요, 무가에 공통적인 죽음의식은 현실지향의식, 단절의식, 숙명의식 등이다. 이러한 결론은 상여소리에 나타난 죽음의식으로 지적한 현실지향 의식, 단절의식, 숙명의식과 차이가 나지 않는다. 향가에 나타난 죽음의식은 이인복, 『韓國文學에 나타난 죽음意識의 史的硏究』(열화당, 1987)와 박태상, 「신라 향가에 나타난 죽음의식의 고찰」, 『논문집』 3집(한국방송통신대학, 1984) 참조. 시조에 나타난 죽음의식은 이인복, 위의 책 참조. 민요에 나타난 죽음의식은 임동권, 『韓國民謠硏究』(이우출판사, 1980)와 박태상, 「민요에 나타난 한국인의 죽음의식 및 한(恨)에 대한 고찰」, 『논문집』 7집(한국방송통신대학, 1987) 참조. 무가에 나타난 죽음의식은 유동식, 「죽음에 대한 韓國人의 哲學」, 『문학사상』 17호(문학사상사, 1974) 참조.
103) 신찬균, 앞의 책, 220~221면와 류종목, 앞의 책, 173~174면 참조.
104) 강문순, 앞의 논문, 49면 참조.

4.1.1. 전승형-내세지향성과 일원적 의식

전승형 상여소리는 서술과 서술된 독백의 교체로 구성된다. 서술에서는 주로 죽음의 형상화가 나타나고 서술된 독백에서는 주로 죽음에 대한 화자의 태도가 나타난다. 전승형에서 죽음의 형상화와 죽음에 대한 태도가 어떻게 나타나고 있으며 이것은 죽음에 대한 어떤 의식을 나타내고 있는지 살펴보자.

1) 죽음의 형상화 - 내세지향성(來世指向性)

전승형 상여소리의 늙음 단락과 망자의 탄식 단락에서 죽음의 형상화를 살펴보자.

부모은공 못다갚고   무정세월 약유하여
원수백발 달려드니   인생칠십 고래희라
없던망령 절로난다   마음이야 변할소냐
이팔청춘 소년들아   노인의 망령이라 웃지마라
눈어둡고 귀먹으니   망령이라 웃는 모양
절통하고 애닯도다   하릴없고 하릴없다
홍안백발 되었으니   다시젊지 못하리라[105]

늙음은 물 흐르듯이 다가와 절통하고 애달픈 것이지만 하릴없이 받아들여야 하는 불가피한 것이며 한번 지나가면 다시 젊지 못하는 것이다. 이러한 불가피하고 불회귀한다고 인식하는 것은 과거와 현재에 대한 단절의식(斷絕意識)을 드러내는 것이다. 단절의식은 망자의 탄식 단락에서 명확하게 드러난다.

---

105) 『향두가』, 33면.

명사십리 해당화야	꽃진다고 설워마라
명년삼월 돌아오면	너는다시 피려니와
인생한번 돌아가면	다시오기 어려워라[106]

해당화와 같은 자연물은 한번 죽어도 다시 살아나지만, 우리 인생은 다시 오지 못하는 것이다. 죽음은 한번 가면 돌아오지 못하는 것으로 현실과 단절된다. 현실과의 단절이라는 인식에서 전승형 상여소리는 현세와 내세 중 어느 쪽을 지향하고 있는가?

다음은 저승사자 도래 단락과 저승사자 압송 단락과 저승심판 단락이다.

(1) 십왕전에 부리던사자   십왕전에 명을받아
　　일직사자 월직사자   한손에 베자들고
　　또한손에 철퇴들고   와과사슬 비껴 차고
　　활등같이 굽은길로   살대같이 달려들어
　　……………………………(中略)………………………………
(2) 월직사자 등을밀고   일직사자 손을끌고
　　천방지방 몰아갈제   높은데는얕아지고
　　얕은데는 높아지니   시장하고 숨이차다
　　……………………………(中略)…………………………[107]

위 노랫말은 전승형 상여소리 중 저승사자 도래 단락((1))과 저승사자 압송 단락((2))을 제시한 것이다. (1)·(2)에서 죽음은 저승사자가 잡아 가는 것으로 형상화된다. 저승사자는 열시왕전에 명을 받아 내려온 자이다. 열시왕은 불교에서 영혼이 후생의 몸을 받을 때까지 중간 세계에 머물 때 영혼을 심판하는 자[108]이다. 따라서 죽음이 열시왕의 명을 받은

---

106) 『향두가』, 35면.
107) 『향두가』, 34~38면.
108) 이홍우 외 공저, 『한국적 사고의 원형- 그 원천과 흐름』(한국정신문화연구원, 1988), 107면.

저승사자에 의하여 저승으로 가는 것이라고 해석한 것은 죽음이란 중간 세계에 안착하는 것을 의미한다.

이어 저승에서 심판을 받는다.

헐벗은이 옷을주어   구난공덕 하였는가
좋은곳에 집을지어   행인공덕 하였는가
깊은물에 다리놓아   월천공덕 하였는가
병든사람 약을주어   활인공덕 하였는가
높은산에 불당지어   중생공덕 하였는가
좋은밭에 원두심어   행인해갈 하였는가
부처님께 공양드려   마음닦고 선심하여
염불공덕 하였는가[109]

망자가 이승에서 행한 선과 악으로 심판된다. 망자가 '이승에서 할 일을 하였냐'라는 당위와 '이승에서 하지 말아야 할 것을 잘 지켰는가'하는 금기에 초점을 두고 있다. 당위는 만인에게 덕을 베푸는 종교적인 선한 행위(功)와 불도를 수행하는 행위(德)를 강조하고 있다. 즉 선과 악의 기준을 종교적인 행위에 두고 있다. 이러한 선악을 기초로 선인(善人)은 부귀영화의 몸이나 장생불사의 몸으로 다시 태어나거나 극락으로 가고 악인(惡人)은 지옥으로 가게 된다. 결국 저승심판은 이승에서의 선악에 따라 저승에서 복과 화를 받는다는 인과응보(因果應報)의 사상을 나타내고 있다.

서왕님의 사환되어   반도소임 하려느냐
남중절색 되어나서   요지연에 가려느냐
백만군중 도독되어   장수몸이 되겠느냐

---

109) 『향두가』, 15면.

남자되어 가려느냐   재상부인 되려느냐

제오왕후 되려느냐110)

죽은 자가 복을 받는 경우 남중절색·도독·남자·재상부인 등으로
다시 태어나게 된다. 이것은 죽음이 죽음으로 끝나는 것이 아니라 인간으
로 다시 태어난다는 윤회사상(輪廻思想)을 나타내고 있다.

결국 저승사자 도래 단락과 저승사자 압송 단락과 저승심판 단락을
중심으로 살펴본 죽음의 형상화는 죽음이 저승으로 형상화되어 있으며
저승(來世)에 대한 지향성을 드러내고 있다. 이러한 저승에 대한 지향성
은 죽음이 현실과 단절된다는 인식에서 내세를 지향하는 의식을 드러낸
것이다. 저승은 영혼이 머무는 중간세계로 설정되어 있고, 이승의 행위에
따라 복(福)과 화(禍)를 받는다는 인과응보의 사상을 나타내고 있고, 죽음
은 삶의 시작이라는 윤회사상을 나타내고 있다. 이러한 양상은 상여소리
의 독자적인 것이 아니라 불교의 죽음의식111)을 드러내는 것이다.

2) 죽음에 대한 화자의 태도 - 일원적 의식(一元的 意識)

전승형은 죽음으로 현실과 단절한다는 단절의식과 저승을 지향하는
내세지향성을 드러내고 있다. 이제 전승형에서 죽음에 대한 화자의 태도
를 중심으로 죽음의식을 살펴보자. 죽음에 처한 화자의 태도는 죽음이라
는 갈등 요인에 대한 화자의 반응을 의미한다.

심리학에서 갈등은 외적 요인 또는 내적 요인에 의하여 화자의 감정적
평형(a state of equilibrium)112)이 깨어진 상태를 말한다. 외적 요인에

---

110) 『향두가』, 16~17면
111) 불교의 죽음의식은 중유(중간세계)의 존재에 대한 인식과 인과응보 사상과 윤회사상
    을 특징으로 하고 있다.(이홍우 외, 앞의 책, 106~109면 참조).
112) R. S. Peters, Freud's Theory, SIGMUND FREUD - Critical Assessments, Routledge,

의한 갈등을 외적 욕구불만이라 지칭하며 내적 요인에 의한 갈등상태를 내적 욕구불만 또는 내적갈등이라 지칭한다.[113] 상여소리의 갈등은 외적 요인인 죽음·늙음에 의하여 유발되고 있으나, 외적 요인을 지향하는 것이 아니라 내면적 문제로 이해하려는 태도를 보이고 있으므로 내적갈등 또는 주관적 갈등[114]의 성격을 지니고 있다. 내적갈등은 욕구와 욕구를 저지하는 힘의 대립이며 이러한 대립에 의하여 감정의 평형이 깨어진 상태이다. 이러한 상태에서 화자는 감정의 평형을 찾으려고 노력하게 된다.

화자가 감정의 평형을 찾는 방식에는 크게 네 가지가 있다. 첫 번째 방식은 갈등을 해소하지 않고 노출하는 것[115]이고, 두 번째 방식은 욕구를 억압하여 갈등을 수용하는 것이고, 세 번째 방식은 갈등의 주체를 화자에서 다른 주체 또는 사물로 대체하여 갈등을 수용하는 것이며, 네 번째 방식은 희화화로 갈등을 해소하는 것이다. 결국 상여소리에서 화자가 내적갈등의 상태에서 감정의 평형을 찾는 방식은 갈등을 노출하는 것, 갈등을 수용하는 것, 갈등을 해소하는 것 등이 있다. 희화화에 의한 갈등해소는 선소리꾼의 진술에서 다루었다.

다음은 전승형에서 늙음 단락과 망자의 탄식 단락이다.

부모은공 못다갚고   무정세월 약유하여
원수백발 달려드니   인생칠십 고래희라
없던망령 절로난다   마음이야 별할소냐

1989, 37면.

113) S. Freud, 김성태 역, 『정신분석입문』(삼성출판사, 1993), 309~312면과 Calvin S, Hall, 지경자 역, 『프로이트심리학입문』(홍신문화사, 1993), 96~129면 참조.
114) 내적갈등은 화자가 갈등요인을 지향하는 것이 아니라 자신의 내면을 지향하여 정서적 해소를 모색하는 것이므로 주관적 갈등이라고 지칭하기도 한다.(김대행, 『高麗詩歌의 情緖』(새문사, 1990), 287면 참조).
115) 김대행 교수는 갈등 노출을 감정의 평형을 찾는 하나의 방식에 포함시켰다. 김대행, 『시조 유형론』(이화여자대학교 출판부), 1989, 275~276면.

이팔청춘 소년들아　　　　　노인의망령 웃지마라
눈어둡고 귀먹으니　　　　　망령이라 웃는모양
절통하고 애닯도다　　　　　하릴없고 하릴없다
홍안백발 되었으니　　　　　다시 젊지 못하리라[116]

　늙음 단락에서 화자는 늙음이라는 외적 자극에 의하여 내부에서 늙기
싫다는 욕구가 생성된다. 이때 화자는 늙음의 원인이 되는 세월을 지향하
는 것이 아니라 자신의 내면을 지향하고 있으며 늙기 싫다는 욕구와
늙을 수 밖에 없는 현실 사이의 갈등상태에서 늙기 싫다는 욕구를 억압하
여 늙음은 어쩔 수 없는 것으로 수용한다.

명사십리 해당화야　　　　　꽃진다구 설어마라/
명년삼월 봄이되면　　　　　너는다시 피려니와/
인생한몸 죽어지면　　　　　움이나나 싹이나나/[117]

　망자의 탄식 단락에서 화자는 내적갈등의 상태에서 인간과 자연물을
대비하고 있다. 자연물은 다시 살아나지만 인간은 한번 죽으면 다시 살아
나지 못한다. 죽음이라는 화제를 공유하는 해당화를 불러 들여 죽음이라
는 문제를 공유(共有)하고 있다. 이러한 공유에서 자연질서와 인간질서가
다른 점을 인정함으로써 죽으면 움도 싹도 나지 않는 어쩔 수 없는 것으로
수용한다.

저승길이 머다드니/　　　　　대문밖이 저승일세/
북망산이 머다드니/　　　　　앞남산이 북망일세/[118]

---

116) 『향두가』, 33면.
117) 『구비』 1-4, 966면.
118) 『구비』 1-2, 443면.

주체를 공유하는 방식은 주체를 구체적으로 설정하지 않은 경우에도 드러난다. 위 노랫말에서 표면에 죽음에 대한 갈등이 보이지 않는 이유는 죽음의 문제가 자신만이 아니라 대문밖에 나서면 누구나 당할 수 있는 것이라는 주체의 공유에 의존하고 있기 때문이다. 선행 연구에서 상여소리에 극심한 갈등이 드물다고 보는 것은 이러한 억압과 주체를 공유하는 방식으로 갈등을 수용하기 때문이다.

결국 전승형에서 죽음에 처한 화자는 죽음을 수용하는 태도로 감정의 평형 상태를 유지하고 있다. 이러한 태도는 죽음에 대한 갈등과 수용이 공존하는 것이 아니라 수용이라는 단일한 태도를 유지하는 것으로 상여소리 향유자들의 죽음에 대한 일원적 의식(一元的인 意識)을 반영한 것이다.

4.1.2. 창작형 – 현세지향성과 이중적 의식

창작형의 구성형식은 서술된 독백과 작중화자 진술의 교체인데 두 진술방식에서는 모두 죽음의 형상화보다는 죽음에 처한 화자의 태도가 두드러지게 나타난다. 따라서 창작형의 죽음의식은 죽음의 형상화보다는 죽음에 대한 화자의 태도가 중심이 될 것이다.

1) 죽음의 형상화 – 현세지향성(現世指向性)

창작형 상여소리의 고정단락은 해당화 단락, 대문밖 단락, 대신가리 단락 등이 있고, 시조·잡가 등에도 두루 보이는 중국영웅 단락, 무덤의 외로움 단락 등이 있다. 이 중 해당화 단락, 대문밖 단락, 대신가리 단락 등은 전승형의 노랫말과 일치한다. 따라서 창작형 상여소리에서도 죽음은 불가피하며 불회귀하는 것으로 해석되는 것이 있고, 현실과 단절된다는 의식을 드러내는 것이 있다. 이러한 단절의식은 시조·잡가 등에 두루 보이는 단락에서도 일치하고 있다. 중국영웅 단락에서 춘초는 매년 푸르지만 우리 인생 늙어지면 다시 젊기는 어렵다고 한 것은 현재는 과거의 시간과 단절되는 것이며 우리 인생 한번 가면 움도 싹도 나지 않는다고 한 것은 죽음은 현재의 시간과 단절됨을 나타낸다. 결국 전승형과 창작형은 죽음이 현실과 단절되는 것이라는 해석에서는 일치한다. 그런데 전승형은 단절의식을 바탕으로 내세지향을 보이나 창작형에서는 다른 양상을 보인다.

인제가면 언제오료   오매는한을 일러주오/
삼각산 나린줄기   평지되면 오시려나/
평풍에 그린수탉   멍멍짖으면 오시려나
박연폭포 찢는물이   마르거던 오시려오/[119]

화자가 죽음에 대하여 "언제 오시려오"라고 탄식하는 것 속에는 현실의 삶이 지속되기를 바라는 마음이 있다. 이러한 마음이 직설적으로 표출되기도 한다.

가기싫네 못가겠네   차마서뤄 못가겠네
친구두고는 못가겠네/
어이를갈거나 어이를갈거나 심산험로를 어이를갈고/
날짐성도 쉬어넘고 구름도 쉬어넘는
심산험로를 어이갈고/
못가겠네 가기싫네   내집두고 못가겠네
친구두고서는 못가것네/[120]

화자가 현실의 삶이 지속되기를 바라는 마음이 '못가겠네' '죽기 싫다'라고 직설적으로 표출되었다. 그리고 창작형 상여소리에는 윤회와 인과응

119) 『구비』 1-4, 966면.
120) 『구비』 6-1, 476~477면.

보를 나타내는 노랫말이 드물다. 결국 창작형 상여소리에서는 한번 죽으면 다시 돌아오지 않는다는 단절의식에서 내세를 인정하지 않고 현실의 삶이 지속되기를 바라는 현세지향성(現世指向性)[121]을 드러내고 있다.

2) 죽음에 대한 화자의 태도 – 이중적 의식(二重的 意識)

창작형에서 죽음에 대한 화자의 태도는 서술된 독백과 작중화자의 진술에 모두 나타난다. 서술된 독백은 노랫말의 대부분이 전승형과 일치하므로 화자의 태도는 죽음의 수용으로 나타난다. 다만 시조·잡가 등에 유행하는 노랫말이기도 한 중국영웅 단락과 무덤의 외로움 단락 등은 창작형에만 있는 것이다.

춘초는 연연록이요 인생은 귀불귀라/
우리인생 늙어지면 다시젊기 어려워라/
요순우탕 문무두공 공맹안증 대성현도/
한분죽음 못면하고 굴삼여네 춘몽이요/
당강수선 건운비는 옥작교에 처령이요/
채미하든 백이숙제 수양산에 아사하고/
말잘하는 소진장의도 열국제왕 다달래고/
염라왕을 못달래고 영결종천 되는구나/
통일천하 진시황도 육국제신 다달래고/
삼천궁녀 시위하고 동남동녀 오백인을/
사구평대 저문날에 여산황초 뿐이더라/
하물며 소인이야 한분죽음 면할끼나/
우리인생 한분가면 움도싹도 아니나네/[122]

위 노랫말은 중국영웅 단락이다. 화자는 '죽기 싫다'라는 욕구와 '죽어

---

121) 강문순, 앞의 논문, 61면과 이완형, 앞의 논문, 46면 참조.
122) 『구비』 8-10, 261면.

야만 한다'는 현실 사이에서 갈등한다. 이러한 갈등에서 화자는 죽음에 직면한 자신의 문제를 문무·주공·공맹자 등과 같은 중국의 영웅들을 끌어 들여 피치 못할 것으로 받아들이고 있다. 이것은 해당화를 끌어 들인 것과 동일한 방식이다. 화자가 죽음을 수용하는 태도이다. 결국 창작형 상여소리에서 서술된 독백으로 진술된 노랫말은 죽음을 수용하는 태도를 취하고 있다.

그런데 창작형 상여소리는 서술된 독백과 작중화자 진술의 교체로 구성되어 있으므로 창작형 상여소리의 죽음의식은 두 가지 진술방식의 복합 속에서 논의되어야 한다.

> (1) 명사십리 해당허야/   꽃이진다고 서러마오/
>   명년삼월 봄이오면/   꽃은다시 피련만은/
>   우리인생 한번가면/   다시오기 어렵도다/
> (2) 북망산천 돌아갈제/   어찌할고 빈손목에/
>   한정없는 길이로다/   천하명당 찾어가니/
>   어두메가 명당이오/[123]

위 노랫말은 (1)서술된 독백과 (2)작중화자의 진술이 교체되어 구성된 것이다. (1)에서 화자는 해당화를 끌어들여 죽음을 수용하는 태도를 취한다. 그런데 (2)에서 화자는 죽음에 대하여 죽음은 한정 없는 길로 어찌할까라고 주저한다. 죽기 싫은 욕구와 현실 사이의 갈등상태를 드러내고 있다. 작중화자의 진술에는 극적독백뿐만 아니라 말건넴과 인물쌍방의 대화체도 포함된다. 말건넴에는 화자가 죽음을 수용하는 태도가 있으면서 삶에 애착하는 태도도 있다. 그래서 서술된 독백에 비하여 갈등이 노출된 상태이다. 인물쌍방의 대화체는 떠남과 돌아옴이 대립되어 있어

---

123) 『구비』 2-7, 292~293면.

갈등이 노출된 상태이다. 따라서 서술된 독백과 작중화자 진술의 교체에는 죽음에 대한 수용적 태도와 갈등적 태도가 복합된 이중적 태도를 보인다.

이러한 이중적 태도는 극적독백과 말건넴의 교체, 인물쌍방의 대화체에서도 드러난다.

> (1) 대궐같은 요내집에 　　　　　원앙같이 비어놓고
> 　　　어느누를 맽겨두고 　　　　북망산천 기아무리
> 　　　좋다하건마는 이내혼저히 　내가사가네헤-
> 　　　곰곰이도 생각해도 　　　　막죽이고 하적이고
> 　　　이거리저거리 문전마다 　　잔소리잔소리 누빌제
> (2) 천금같은 아들아가 　　　　만금같은 며늘아가
> 　　　어린손자 잘데루고 　　　　천석백대 만대유전
> 　　　부귀영화 굽이굽이 　　　　부대부대에 너잘살아래이
> 　　　영이별로 나는 간데이[124]

위 노랫말은 극적독백과 말건넴이 교체되어 구성된 것이다. (1)의 극적독백에는 화자가 죽게 된다면 좋은 집을 비워 놓고 떠나야 한다며 떠나기 싫다는 욕구를 드러내고, 이 거리 저 거리 문전을 누비던 현세적인 삶을 애착하며 죽음에 대하여 갈등한다. (2)의 말건넴에는 화자가 유족에 대하여 부귀영화로 잘 살고 손자를 잘 돌보라며 현세적 삶에 대한 애착을 보이면서도 내가 간다라고 하여 죽음을 수용하는 모습도 보이고 있다. 극적독백과 말건넴의 교체에는 죽음에 대한 갈등과 수용의 상반된 태도가 복합되어 있는 것이다.

> (1) 가네가네 나는가네/ 　　　　이문전을 하직하고/

---

124) 『구비』 7-9, 592면.

인간정처 나는가네/   (2) 인제가면 언제가네/
내년삼월 봄이되어/   중구난등 잎이피고/
꽃이피면 오려는가/[125]

위 노랫말은 망자의 말건넴에 대하여 유족이 응대하는 인물雙방의 대화체이다. 망자의 말건넴은 화자가 '나는가네'로 죽음을 수용하는 태도를 보이고 있으나. 유족의 응대는'언제오나'라는 말의 반복으로 죽음을 거부하는 태도를 보이고 있다. 죽음에 대한 상반된 태도가 짝을 이루고 있다.

결국 창작형 상여소리는 대표적인 구성형식인 서술된 독백과 작중화자 진술의 교체와 구성형식의 구체적 양상인 극적독백과 말건넴의 교체, 인물雙방의 대화체 등에서 죽음에 대한 화자의 태도는 죽음의 수용과 갈등이라는 서로 상반되는 태도가 복합되어 있다. 이것은 창작형 상여소리는 죽음에 대한 화자의 태도가 이중적인 것임을 보여주는 것이며 상여소리 향유자들의 죽음에 대한 이중적 의식을 반영한 것이다.

이제 창작형 상여소리가 지니고 있는 갈등에 대하여 좀 더 세밀하게 살펴보자. 이러한 미세한 차이가 상여소리의 독자성을 확보하는 것이 될 수 있기 때문이다.

어제아래 살았더니 간단말이 웬말인고/
대궐같은 집을두고 간단말이 웬말인고/[126]
지금가면 언제오노 생각하니 한심하네/

위 노랫말은 극적독백의 진술방식으로 죽음에 대한 갈등을 노출하고 있다. 이 노랫말에서 화자는 집을 대궐이라고 표현한 것에서도 알 수

---

125) 『구비』 3-1, 609~610면.
126) 『구비』 8-6, 291면.

있듯이 현세적인 삶에 대한 관심을 지니고 있다. 이러한 삶에 대한 관심은 다양한 양상으로 나타나고 있다.

칠순백순 노부모를 나여두고 가니꺼네 눈을감고 못가겠네/[127]

화자가 죽음에 대한 갈등이 있는 상태에서 칠십 노모를 걱정하고 있다. 떠나야 한다는 현실과 떠나기 싫다는 욕구 사이의 갈등에서 노모에 대한 집착을 나타낸 것이다.

곰곰이도 생각해도 막죽이고 하적이고
이거리저거리 문전마다 잔소리잔소리 누빌제
꿈과같이 생각하고[128]

이 거리 저 거리 누비며 문전마다 잔소리를 하던 현세적인 삶은 꿈과 같은 것이다. 현세적인 삶이 더 이상 이루어질 수 없다는 단절의식을 나타낸다. 이러한 의식에서 현세적인 삶에 대한 애착을 보이고 있을 뿐이다.

결국 화자는 죽음에 직면하여 떠나야 한다는 현실과 떠나기 싫다는 욕구 사이에서 갈등하는 상태에서 부모·자식·집·마을·정상적인 생활 등 현세적인 삶에 대한 걱정과 애착을 보이고 있다. 이러한 애착은 화자가 죽음으로 현세적인 삶들이 이루어 질 수 없다는 인식을 한 상태에서 이루어진다. 이것은 화자가 죽음을 현세에 대한 단절로 인식하고 있으나 완전한 단절이 아닌 미련(未練)[129]이 있음을 보여주는 것이다.

---

127) 『구비』 8-8, 481면.
128) 『구비』 7-9, 592면.
129) 일반적으로 미련(未練)은 소원성취(wishfulfillment)의 염원, 대상의 현존에 대한 기대 (expection) 등 욕구의 실현이라는 뜻으로 사용된다. 본고에서는 넓은 의미에서는 욕구의 실현이지만 구체적으로는 화자의 현실에 대한 애착(愛着)과 의존(dependent) 하는 태도라는 뜻으로 사용한다. (김종은, 「素月의 病的 - 恨의 精神分析」, 『문학사상』 20호, 1974와 J. Cumming ed., Encyclopedia of psychology, London : Search Press,

4.2. 시조 · 잡가와의 비교

상여소리의 죽음의식은 단절의식을 공통으로 한다. 전승형은 내세지향성과 일원적 의식을 창작형은 현세지향성과 이중적 의식을 나타내고 있다. 전승형은 불교의 죽음의식을 수용한 것이므로 창작형의 죽음의식이 상여소리의 독자성을 확보하는 것이다. 창작형은 현세지향성과 이중적 의식뿐만 아니라 현실에 대한 미련(未練)의 태도를 보이고 있다.

이러한 결과를 토대로 여타 장르와 비교하여 상여소리의 죽음의식이 지니고 있는 특징을 확고히 하고자 한다. 죽음의식에 대한 선행 연구에서는 향가, 시조, 민요, 무가 등을 대상으로 하였다. 향가에서 화자는 남은 자로 떠나는 자인 상여소리와는 차이가 있다. 무가는 전승 노랫말과 진술방식에서 상여소리와 공통점130)이 많아 상여소리의 죽음의식과 대동소이하다.131) 그래서 장르 간의 변별성을 찾을 수 있는 시조와 잡가132)를 비교 대상으로 선정한다.

비교의 기준은 죽음에 대한 화자의 태도이다.

4.2.1. 시조와의 비교

선행 연구에서 시조의 죽음의식은 죽음의 형상화를 기준으로 하였을 때 현실지향성(現實指向性)과 단절의식(斷絕意識)이라고 하였다.133) 이

1972와 H.B English and A. C. English, A Comprehensive Dicitionary of psychological and psychoanalytical terms, Longmans Green and Co., 1959, 49면 참조).

130) 무가(巫歌)는 '작중화자 진술'과 '서술된 독백'이란 진술방식을 취하고 있는 점에서 창작형 상여소리와 유사하다.

131) 강문순, 앞의 논문, 84~87면 참조.

132) 민요의 죽음의식에 대한 연구는 민요와 잡가를 구분하지 않고 혼합하여 취급하고 있다. 민요는 화자가 주로 남은 자로 설정되어 있으며 임을 지향하고 있어 상여소리와 차이가 있으나, 잡가는 화자의 측면과 지향대상이 화자 자신이라는 점에서 상여소리와 유사하다.

133) 이인복, 앞의 책, 111~117면 참조.

것은 죽음의 형상화라는 측면에서 창작형 상여소리의 죽음의식과 일치함을 나타낸다.

죽음에 대한 화자의 태도라는 측면에서 창작형 상여소리와 시조를 비교하여 보자. 시조의 죽음의식에 대한 선행 연구[134]에서는 시조에 나타난 죽음에 대한 화자의 태도를 크게 다섯 가지로 나눈다.[135]

① 죽음은 어쩔 수 없는 것으로 인식하고 탄식하는 태도
② 죽음은 어쩔 수 없는 것으로 인식하고 술 마시고 노는 도피·체념의 태도
③ 죽음은 어쩔 수 없는 것으로 인식하고 다른 대상에 투사하여 갈등을 수용하는 태도
④ 죽음에 대하여 원망하고 기원하는 태도
⑤ 인간의 의지로 죽음을 극복하려는 태도

이 중 탄식하는 태도는 죽기 싫다며 갈등을 노출하는 것으로 상여소리에서 갈등을 노출하는 것과 일치하고 수용의 태도에서도 감정의 평형을 유지하려 한다는 점에서 상여소리와 일치한다.

少年 十五二十時를 믜양만 너겨더니
三四五六十이 語言間의 지나거다

---

134) 서대석, 「時調에 나타난 時間意識」, 『韓國詩歌文學硏究』(신구문화사, 1983); 김대행, 『시조 유형론』(이화여자대학교 출판부), 1989, 271~280면; 이인복, 앞의 책, 111~118면.
135) 시조에 나타난 죽음의식에 대하여 이인복 선생은 현세지향성과 체념(諦念)의 태도와 도피적 태도 등이 있다고 하였고, 김대행 선생은 도피·체념·탄식 등 갈등을 노출하는 태도와 다른 대상에 투사하여 갈등을 수용하는 태도와 희화화를 통하여 갈등을 해소하는 태도가 있다고 하였다. 서대석 선생은 김대행 선생의 견해에 원망하는 태도와 기원하는 태도와 죽음(시간)을 극복하고자 하는 태도를 첨가하였다. 결국 선행 연구에서 지적한 시조에 나타난 죽음에 대한 화자의 태도는 탄식하는 태도, 체념(도피)하는 태도, 수용하는 태도, 원망(기원)하는 태도, 극복하는 태도 등 다섯 가지가 된다. 이인복, 앞의 책; 김대행, 앞의 책; 서대석, 앞의 논문.

남은 히 七八十으란 秉觸夜遊 ᄒ로리다.[136]

그런데 체념하는 태도는 죽음에 대한 갈등에서 술을 마시거나 병촉야유(秉燭夜遊)하는 도피의 자세[137]를 나타내는 것이다. 시조에는 보편적으로 나타나는 것이나, 상여소리에는 드문 것이다. 시조와 창작형 상여소리의 이러한 차이점은 죽음에 대하여 원망하는 태도에서 더욱 뚜렷하다.

나의 未平ᄒ 뜻을 日月셰 뭇줍ᄂ니
九萬里 長天에 무스일 빗얏바셔
酒色에 못 슬믠 이몸을 수이 늙게 ᄒᄂ고[138]

화자는 늙음에 대한 갈등 상태에서 외적 대상인 일월(日月)에게 원망하는 태도를 나타내고 있다. 창작형 상여소리가 자신을 지향하는 내적갈등을 나타내는 것과는 대조된다. 이것을 보아 창작형 상여소리와 시조의 차이점은 상여소리의 화자는 현실에 대한 미련를 두고 있으나, 시조는 체념하거나 외적 대상에게 원망하는 것이다.

萬匀을 늘려내야 길게길게 노흘쇼아
九萬里長天에 가ᄂ히를 자바믹야
北堂의 鶴髮老親을 더듸늙게 ᄒ리이다[139]

또한 시조는 화자가 만근의 노끈으로 가는 해를 매어 늙음을 극복하려는 적극적인 태도를 보이고 있으나 상여소리는 이러한 태도가 없다는 점이 차이이다. 그런데 주목해야 할 점은 시조에서 화자는 죽음에 대한

---

136) 정병욱 편저, 『時調文學事典』(신구문화사, 1982), 284면.
137) 서대석, 앞의 논문, 211면.
138) 정병욱 편저, 앞의 책, 85면.
139) 정병욱 편저, 앞의 책, 177면.

단일한 태도를 나타내고 있다는 것이다. 창작형 상여소리와 시조에서 공통으로 나타나는 노랫말을 통하여 이것을 살펴보자.

> 桃花李花杏花芳草들아 一年春光 恨치마라
> 너희는 그러도 與天之無窮이라
> 우리는 百歲뿐이니 그를 슬허ᄒ노라[140]

위 작품에서 초·중장과 종장의 "우리는 百歲뿐이니"까지의 노랫말은 창작형 상여소리의 고정 단락인 해당화 단락과 일치한다. 창작형 상여소리는 단락의 끝이 주로 "우리 인생 한번 가면 다시 오지 못하니라"로 되어 있어 죽음을 수용하는 태도를 보인다. 이에 비하여 시조는 "그를 슬허ᄒ노라"로 되어 있어 갈등하는[141] 태도를 보이고 있다. 창작형 상여소리는 고정 단락과 의미상 대등한 관계를 지닌 창작 노랫말이 이어져 수용과 갈등이라는 상반된 태도가 복합되어 있다. 그런데 시조의 "그를 슬허ᄒ노라"는 앞 노랫말과 의미상 대등한 관계를 지닌 것이 아니라 전체 노랫말을 총결하는 성격을 지니고 있어 갈등이라는 단일한 태도를 유지하고 있다.

4.2.2. 잡가와의 비교

죽음의 형상화라는 측면에서 잡가와 상여소리는 현실지향성과 단절의식[142]을 공통으로 한다. 죽음에 대한 화자의 태도라는 측면에서 잡가와 비교하자.

---

140) 정병욱 편저, 앞의 책, 162면.
141) 김대행 교수는 시조에서 "그를 슬허 하노라"라는 종장의 종결어미 투어가 갈등이 갈등인 채로 작품 속에 그대로 남아 있는 갈등이 노출된 상태라고 보았다.(김대행, 앞의 책, 276면)
142) 이인복, 앞의 책과 박태상, 앞의 논문 참조.

인싱 죽어지면 만수장림에 운무로구나
청츈을 잇기여 가면서 놀아를 봅세다
·····················(2, 3연 省略)·····················
아하 노자노자 노자젊어 청춘의 몸딕로 노잔다
나만코 빅수를 날니면 못놀니로구나[143]

　　화자는 늙음에 대하여 늙고 싶지 않다는 욕구와 현실 사이에서 갈등하
고 있으며 그 갈등을 극복하거나 수용하지 못하고 "노자 놀자"와 같이
체념한다. 이것은 잡가의 일반적인 화자의 태도로 지적될 수 있다. 갈등
을 표출하는 방식에서도 상여소리는 "어쩔끄나 내신세를 어쩔끄나"·"어
제는 여기서 자고 내일은 어디로 가는가"와 같이 갈등의 주체인 화자가
극적독백으로 표출하고 있다. 이에 비하여 잡가는 "인생죽어 지면 만수장
림에 운무이구나"·"늙어면 놀지도 못하는구나"와 같이 갈등 주체가 인간
모두이며 화자의 모습은 구체적으로 형상화되어 있지 않다. 이것을 보아
잡가와 상여소리의 차이점은 잡가에서는 체념의 태도가 보이나 상여소리
에서는 미련의 태도가 보인다는 것과 잡가에서는 갈등의 주체가 명확하
게 형상화되어 있지 못하다는 것이다. 상여소리의 고정 단락인 해당화
단락, 중국영웅 단락 등은 잡가에서도 유행하는 노랫말이다.

　　(1) 옛날옛적에 진시황도/　　　만성제후가 되었으니/
　　　　인간하직을 못면하고/　　　청유어산 저문날에/
　　　　한낱티끌 뿐이로다/[144]

　　(2) 진시황의 만리쟝셩　　　　　억만세나 밋엇더니
　　　　려산에 평디되고
·······························(中略)·······························

---

143) 〈긴수심가〉. 정재호 편저, 『韓國雜歌全集 3』(계명문화사, 1989), 305면.
144) 『구비』 3-1, 611면.

106　한국 민요의 미학

인싱부득 긩쇼년은　　　　넷글에 닐너스니
일싱이 츈몽이라　　　　　아니놀지는 못ᄒ리라[145]

    (1)은 상여소리이고 (2)는 단가 〈불수빈〉이다. 진시황과 초패왕, 소진, 장의 등 능력이 뛰어난 중국영웅들도 죽음을 피하지 못하였으므로 우리 인생도 죽는 것이 당연하다는 뜻이다. 이 뜻은 상여소리와 잡가에 공통된다. 하지만 잡가는 단락 끝에 "아니놀지는 못ᄒ리라"라는 노랫말로 전체 노랫말을 총괄한다. "아니놀지는 못ᄒ리라"라는 노랫말은 죽음에 직면하자 현실의 문제를 피해 놀자는 뜻으로 죽음에 대한 체념을 나타낸다. 또한 잡가는 상여소리와 같은 이중적 의식을 형성하지 못하고 단일한 의식을 형성한다. 죽음에 대한 수용적 태도가 지속되다가도 끝에 "아니 놀지는 못ᄒ리라"라는 노랫말이 붙여짐으로써 갈등하는 것으로 총괄화된다. 이러한 성격은 시조에서 "그를 슬허 하노라"로 총괄하는 것과 같다.

5. 맺음말

    본고는 상여소리에 대한 선행 연구에서 상여소리에 나타난 구성과 죽음에 대한 정서와 진술방식을 살펴보는 데에 간과한 점이 있다고 생각되어 진술방식에 초점을 두고 상여소리의 구성과 죽음의식을 살펴보는 데에 목적을 두었다. 이러한 목적을 이루기 위하여 유형을 설정하고 구성요소를 추출한 다음 구성요소가 지니고 있는 진술방식을 분석하여 상여소리의 구성형식을 살펴보고 그 결과로 상여소리에 나타난 죽음의식을 살펴보는 순서로 논지를 전개하였다.

    상여소리의 유형은 기억재생과 창작을 기준으로 전승형 상여소리와

---

145) 〈불수빈(不須嚬)〉. 정재호 편저, 앞의 책, 71면.

창작형 상여소리로 나뉜다. 전승형 상여소리는 기억재생의 측면에서 응집력이 강한 단락들이 모여서 재현되는 단락군 재현(段落群 再現)이라는 특징을 지니고 있다. 단락군이 재현되는 양상에 따라 완전 전승형, 불완전 전승형, 부분 전승형, 단편 전승형 등으로 나뉜다. 창작형 상여소리는 창작의 측면에서 고정 단락과 창작 노랫말이 대등적으로 존재하고 연상 창작(聯想創作)이라는 특징을 지니고 있다.

상여소리의 구성요소는 진술 주체에 따라 나눠지며 망자(유족)의 진술, 최판관(崔判官)의 진술, 선소리꾼의 진술 등이 있다. 망자(유족)의 진술은 비탄(悲嘆)을 중심 내용으로 하고, 그 진술에는 서술(敍述), 서술(敍述)된 독백(獨白), 작중화자(作中話者) 진술 등 세 가지이다. 최판관의 진술은 교훈(敎訓)을 중심 내용으로 하고, 그 진술에는 서술, 작중화자의 진술 등 두 가지 진술방식이 있다. 선소리꾼의 진술은 조흥(助興)을 중심 내용으로 하고, 그 진술에는 유족 지향의 진술, 상두꾼 지향의 진술 등 두 가지 진술방식이 있다.

전승형은 망자(유족)의 진술과 최판관의 진술로 구성되고 비탄과 교훈이 중심 내용이다. 전승형은 서술과 서술된 독백의 교체로 구성된다. 이것은 유형적 특징인 단락군 재현의 원리가 된다. 이러한 구성형식은 실제 청중들을 작품에 이완하였다가 몰입하게 하는 효과가 있다. 그리고 죽음에 대한 일원적 의식을 나타내기도 한다. 창작형은 망자(유족)의 진술과 선소리꾼의 진술로 구성되고 비탄과 조흥이 중심 내용이다. 창작형은 서술된 독백과 작중화자 진술의 교체로 구성된다. 이것은 유형적 특징인 연상창작의 원리가 된다. 이러한 구성형식은 실제 청중을 작품에 이완하였다가 몰입하게 하며 죽음에 대한 이중적 의식을 나타낸다. 전승형과 창작형의 공통점은 진술방식의 교체에 의한 구성이다. 민간의 장례의식이 창작형에 부합하는 특징을 지니고 있고 전승형이 불교의 장례의식(葬禮儀式)에서 불린 〈별회심곡〉에 근원을 두고 있는 것을 보아 상여소리의 원형은 창작형이고 전승형은 진술방식과 장례의식(葬禮儀式)이라는 공통점 때문에 후대에 수용된 것임을 알 수 있다.

죽음의식은 죽음의 형상화라는 측면과 죽음에 처한 화자의 태도라는 측면에서 접근이 가능한데 선행 연구에서는 전자에 치중하여 상여소리가 지닌 독자성을 확보하는 데에는 미흡함이 있다.

전승형은 죽음의 형상화라는 측면에서 단절의식을 바탕으로 내세지향성을 드러내고 있으며 내세지향성의 구체적 양상이 중간세계의 설정과 인과응보 사상과 윤회사상이다. 이것은 불교의 죽음의식과 일치한다. 죽음에 대한 화자의 태도에서 죽음을 수용하는 태도로 일관하는 일원적 의식을 나타내고 있으며 이것은 불교의 죽음의식과 일치한다. 이것을 보아 전승형의 죽음의식은 상여소리 본래의 것이 아니라 불교에서 수용된 것임을 알 수 있다.

창작형은 죽음의 형상화라는 측면에서 단절의식을 바탕으로 삶을 희구하는 현세지향성을 보이고 있고 죽음에 대한 화자의 태도라는 측면에서 수용의 태도와 갈등의 태도가 복합된 이중적 의식을 나타내고 있다. 특히 죽음에 대한 갈등에서 화자는 현세적인 삶에 대한 걱정과 애착을 보이는 미련(未練)이 있음이 특징이다.

이러한 결과를 시조·잡가에 나타난 죽음의식과 비교하였다. 시조와 잡가는 죽음의 형상화에서는 단절의식과 현세지향성을 나타내 창작형 상여소리와 일치한다. 죽음에 대한 화자의 태도라는 측면에서 시조와 잡가에서는 죽음에 대한 수용 또는 갈등이라는 일원적 의식을 나타내고 죽음에 대한 갈등에서 체념의 태도를 나타낸다. 이에 비해 창작형 상여소리에서는 죽음에 대한 수용과 갈등이 복합된 이중적 의식을 나타내고 죽음에 대한 갈등에서 미련의 태도를 나타낸다. 이러한 결과로 보아 상여소리의 특징적인 죽음의식은 이중적 의식과 미련의 태도이다.

본고는 비구조적인 민요를 대상으로 작품의 구성을 살펴보았고, 그 결과를 토대로 죽음의식을 살펴보았다. 비구조적인 민요의 구성을 살핀 점, 구성과 죽음의식과의 상관성을 살핀 점, 화자의 태도를 중심에 두고 민요의 서정성을 살핀 점 등은 본고의 의의라 볼 수 있다. 그러나 채록된 본문만을 대상으로 하여 현장의 상황을 뒷받침하지 못한 점, 상여소리의 구성형식과 여타 선후창 민요의 구성과 비교를 하지 못한 점 등이 부족하다. 이 점들은 앞으로 계속 노력해야 할 과제로 보인다.

【부록(附錄) – 채록자료】

1. 가창(歌唱) 시기와 가창자(歌唱者)

  1) 가창 시기 : 1993. 3.

  2) 가창 장소 : 경상남도 창녕군 이방면 모곡리, 회정 이종민 선생의
          전통 유교 장례식.

  3) 가창자 : 선소리꾼 – 김쾌식(49)
          상두꾼 – 마을 사람들

2. 선소리꾼에 대한 설명

김쾌식은 중학교를 졸업하고 이발업을 하는 사람으로 창녕군 군청 소재지에 있는 장의사(葬儀社)와 연결된 전문 선소리꾼이다. 그는 이발업을 하던 중에도 장례의식에 와서 상여소리를 불러 달라는 요청을 받곤 하였는데 지금은 노래를 부르는 것이 본업이 되어 이발업은 다른 사람에게 맡겨 놓았다고 한다. 창녕에서 출생하여 지금까지 살고 있는 토박이로 창녕군뿐만 아니라 경북 청도까지 출장을 갈 정도로 목청 좋은 선소리꾼으로 소문이 났다.

3. 장례하는 곳의 상황

상가(喪家)에서 장지까지의 거리는 약 200m이고 작은 다리가 2개 있으며 주로 평지이고 산을 하나 오르면 장지이다. 오전 9시 40분경에 운상을 시작하여 오전 11시경에 장지에 도착하였으며 점심 식사 후 12시에 하관하였다.

4. 장례의 진행과 상여소리

천구(遷柩)

상가(喪家) 밖에 두었던 관을 친지들이 들고 집에서 20m 가량 떨어진 공터에 있는 상여틀 위에 올려놓았다. 상여틀은 시신이 옮겨지기 1시간 전에 상두꾼들에 의하여 짜인 것이다. 상여틀에 시신을 올리자 상여를 만들고 발인제(發靷祭)를 시작하였다.

발인제(發靷祭) 후(後)

상두꾼들이 상여의 제자리에 들어섰다. 선소리꾼이 북을 치자 상두꾼들이 상여를 들어올렸다. 상여를 들어올리자 선소리꾼은 북채로 북머리를 치고 다시 상여대를 친 다음 메기는 소리를 시작하였다. 상두꾼은 제자리에서 상여를 가볍게 흔들고 있다가 선소리꾼이 방향을 잡아 돌자 상두꾼도 선소리꾼이 도는 방향을 따라 돌았다. 공터를 한 바퀴 돌아서 마을 중앙 쪽으로 향하였다. 선소리꾼은 메기는 소리를 할 때 북머리를 치고 상두꾼들이 받는 소리를 할 때는 북편을 쳤는데 이러한 반주 형태는 운상(運喪)이 끝날 때까지 동일하였다.

세상천지	사람들아/
관세나	보살/[146)
이내말슴	들어보소/
우리인생	태어날제/
뉘덕으로	태어났소/
석가여래	공덕으로/
어머님의	뼈를받아/
부모님의	살을빌어/
이내인생	탄생하여/

---

146) 이하 받는 소리 같음. 생략.

한두살에	철을몰라/
부모공을	갚을쏘냐/
지성심이	돈독하여/
부모공을	갚으나시나/
우리부모	날기르실제/
오나죽어	묵어나가심/
우리부모	인제가면/
언제다시	오실건가/

(선소리꾼 : 요쪽으로 돌리주이소, 인사하고 갑시다예)

선소리꾼은 북편을 동일한 음으로 계속 쳤고 상두꾼은 상여를 집 쪽으로 돌렸다. 선소리꾼이 "자 하직인사하고 갑시다"라고 하자 상두꾼들이 무릎을 굽혀 상여를 낮추었다가 다시 높이는 동작을 두 번 반복하였다. 하직인사가 끝나자 마을의 중앙으로 운상하기 시작하였다.

관세음	보살/
관시나	보살/
세상천지	사람들아/
관시나	보살/[147]
이내말씀	들어보소/
우리인생	태어날제/
뉘덕으로	태어났소/
석가여래	공덕으로/
아버님에	뼈를받아/
칠성님의	명을빌어/
어머님네	살을빌어/
우리인생	태어나서/
한두살에	철을몰라/

---

147) 이하 받는 소리 같음. 생략.

부모공을   못다나갚고/
지성심이   돈독하여/
부모공을   갚으나시다/
우리부모   인제가면/
언제다시   오실건가/
내년이때   제사날에/
우리부모   다시오나/
명사십리   해당화야/
꺾어진다고   서러마소/
내년춘삼월   봄이오면/
너는다시   피련마는/
우리인생   한번가면/
다시못올   길이라요/
담배골코   모은재산/
갖어가요   쓰고나가요/
대궐같은   집을두고/
칠성판이   왠말인가/
일가친척   많다나해도/
어느친척이   대신가료/
친구벗이   많다나해도/
어느친구가   대신가료/
어제같이   성턴몸이/
오늘칠성판이   왠말인고/
인생살이   슬프도다/
정든집아   정든처요/
어찌하여   간단말고/
이팔청춘   소년들아/
이를두고   웃지마라/
어제같이   청춘인걸/
오늘백발이   왠말인고/

동네어른   친지분들/
잘있으소   나는가요/
아침나절   성틴몸이/
저녁 무렵   병을실어/
인삼녹용   약을쓴들/
약효력이   있단말가/
관세음   보살/
스물너이   상두나꾼아/
발을맞춰   운상하소/
애닯고도   애닯도다/
우리인생이   애닯도다/
한번낳다   한번가요/
잠시쉬었다   가는인생/
어제고도   어제노를/
오늘백발이   왼말인가/
칠성님의   공을빌어/
수명장수   하신영감/
보살님의   염불받아/
극락세계로   인도하여/
천리만리   떠나간들/
어찌이부락   잊을손가/
인생백년   살다해도/
걱정근심   떨고나보니/
인생백년도   못살고가요/
너날적에   나도나고/
내날적에   넘도나나건만/
가자가자   어서나가자/
내갈길이   천리오요/
목마르니   물을줘요/
급수공덕을   받았던가/

배고프니	밥을줘요/
인생공덕을	받았던가/
관세음	보살/
찾어가자	찾어나가자/
명지산을	찾으나가자/
명지산을	찾어나가면/
잔디밭을	이불삼아/
챔새소리	벗을삼아/
바람소리	샘을삼아/
어찌	웬말인고/
청춘호시절	다간이래/
이렇게도	슬퍼든가/
세상천지	만물중에/
사람밖에	또있던가/
여보시오	시주님아/
이내말을	들어보오/
우리인생	한번가면/
다시못올	길이로요/
이팔청춘	소년들아/
백발보고	웃지마소/

(상두꾼 : 우리 돌아야 되는거 아이가)

마을의 중앙에 도착하자 선소리꾼은 북편을 동일한 음으로 치다가 북머리 한 번 친 다음 상여대를 치자 상두꾼이 상여를 내려놓았다. 상두꾼이 상여를 내려 놓을 때 평형을 유지하도록 선소리꾼이 "가만히 있어"라고 상두꾼들에게 주의를 주었다. 마을의 중앙에서 거리제를 지낸 다음 거리제에서 남은 음식을 상두꾼과 선소리꾼이 나누어 먹고 휴식을 취하였다.

거리제 후에 장례를 맡아 보는 사람이 다시 운상이 시작됨을 알렸다.

상두꾼들이 상여의 제자리에 들어섰다. 선소리꾼이 상여의 좌우로 돌면서 북을 동일한 음으로 빠르게 치자 상두꾼들이 상여를 들어올렸다. 상두꾼이 운상할 자세를 잡자 선소리꾼이 북머리를 한번 치고 상여대를 한번 치자 운상이 시작되었다. 운상 중 선소리꾼은 메기는 소리를 하면서 상여의 전후좌우로 왔다 갔다 하며 상두꾼의 동작을 살폈다.

어어 어어허 어화라넘차 애애호/
어어 어어허 애화넘차 애해요/
슬프고도 슬프도다 우리인생이 슬프도다/
어어 어어허 애화넘차 애해요/[148]
천년만년 살줄알고 애써애써 모은재산/
가져가고 쓰고가나 원통하고 억울하요/
인생백년 산다해도 근심걱정 하다보면/
인생백년을 못살고가네 억울하고 억울하다/
찾어가자 찾아가자 명지산을 찾어나가자/
명지산을 찾어가니 잔디밭을 이불삼아/
참새소리 요람삼아 바람소리 벗을삼아/
배고프니 밥을주어 인생공덕을 받았는가/
목마르니 물을주어 일성공덕을 받았는가/
동네어른 친지분들 잘있어소 나는가요/
(상여가 경로당 앞을 지나게 되었다.)
이친구 저친구 친구중에 술친구가 제일이라/
명사십리 해당화야 너꽃진다고 설러마소/
명년삼월 봄이오면 너는다시 피련마는/
우리인생 한번감면 다시못올 길이로다/
고향산천 두고가니 애통하고도 애통하네/
청춘호시절 한번없이 이렇게도 간단말가/
명지산이 멀다마소 저건너가 명지로요/

---

148) 이하 받는 소리 같음. 생략.

북망산천 가는길에 이렇게도 멀단말가/
굽이굽이 가는길에 낮은데는 높아지고
높은데는 낮아지고 허둥지둥 가는길에/
비나이다 비나이다 칠성님전에 비나이다/
에헤 에헤요 에화나넘차 에헤호/
너날적에 나도나고 너날적에 넘도낳건만/
아침나절 성튼몸이 저녁나절 병이들어/
무녀불러 굿을한들 굿덕이나 있을손가/
스물너이 상두꾼아 발을맞춰 운상하소/
에헤 에헤요 에화나넘차 에헤요/
가오가오 나는가오 정든집으로 내가가니/
우리자녀 잘되라고 칠성당을 모았건만/
수명장수 영화로다 오늘이영화 어디누었나/
천리만리 간다한들 어찌하여 잊을손가/
바삐가자 발을맞춰 어서가자 발을맞춰/
연꽃에다 밥을말아 연잎에다 반찬실어/
대한수에 배를띄워 극락으로 가는길에/
가오가오 나는가오 정든집두고 친구를두고/
인제가면 언제오나 언제가면 다시오나/
에호 에에호 에화나넘차 에헤호/
산천초목 가는길에 이렇게도 멀단말가/

산을 오르기 전에 다리가 있고 다리와 산의 거리가 5m 정도이다. 다리를 건너기 전에 상두꾼이 제자리걸음을 하였다.

(상두꾼 : 십 원도 안 받고 그냥가나? 선소리꾼 : 쫌 쉬었다 가제.)
　　　찾어가자 찾어가자 이명지를 찾어가니/
(상두꾼 : 저승 몬드간다. 선소리꾼 : 장난 함 합시이더. 장난 함해요)
　　　산도좋고 물도좋은데 어찌내가 간단말가/

백관님들 들어보소 우리부모 가시는 길에/
우리부모 인제가면 언제다시 오시려나
(상주측 : 좀 가자. 선소리꾼 : 좀 쉬었다 가제. 호상이니 끼네.)

상두꾼들이 제자리걸음을 하다가 상가 측의 요청에 의하여 산을 오르
기 시작하였다.

에하넘차/
에하넘차
넘차넘차/
넘차넘차
스물너이/
넘차넘차/[149]
상두꾼요/
발을 맞춰/
운상하소/
잘도하요/
에하넘차/
높은데는/
낮춰주소/
낮은데는/
높아주고/
에하넘차/
너날적에/
나도나고/
내날적에/
넘도났건난/
에화넘차/

---

149) 이하 받는 소리 같음. 생략.

불쌍하다/
애달프다/
애고쓸쓸/
우리인생/
슬프도다/
한번났다/
한번가니/
어느누가/
막을손가/
우리부모/
이제가면/
슬프도다/
에화넘차/
넘차넘차/
에화넘차/
상두꾼들/
굽혀주소/
우측분은/
낮차주소/
잘도하요/
잘도하요/
어느누가/
상두꾼을/
탓하리오/
에화넘차/
스물너이/
상두꾼요/
잘도하요/
발을맞춰/
좌측분은/

굽히주소/
뒤에분은/
발을맞춰/
운상한들/
살펴줘요/
넘차넘차/
에하리넘차/
에화넘차/
앞에분은/
낮차주소/
넘차넘차/
에화넘차/
에화넘차/

　상두꾼이 상여의 균형을 잡지 못하여 상여가 기울어지고, 상두꾼들의 행동이 통일되지 않아 주위가 소란스러웠다. 선소리꾼은 북을 동일한 음으로 계속 쳐 주위를 집중시키고 상여가 균형을 유지하도록 하였다. 묘 터의 앞에서 상두꾼들은 제자리걸음을 하였고, 선소리꾼은 느린 속도로 메기는 소리를 하였다.

　　(선소리꾼 : 여서 염불 좀 하고 예. 여기서 극락가시라고 염불 좀
　　　　　　해야겠어요)
　관세음 보살/
　관세음 보살/150)
　세상천지 사람들아/
　이내말씀 들어보소/
　우리인생 태어날제/
　뉘덕으로 태어났소/

---

150) 이하 받는 소리 같음. 생략.

석가여래 공덕으로/

아버님의 뼈를타서/

(선소리꾼 : 똑같이 내려 놓읍시다. 아 수고 했습니다.)

5. 선소리꾼과 면담한 자료

※( )는 조사자의 주(註)이다.

점심 식사를 하는 동안 선소리꾼 김쾌식과 대화를 나누었다.

김쾌식 : 제가 가로(옆으로) 북을 매고 다닐 때 발이 맞나 어깨가
맞나 상여가 쉴 때와 똑같이 내라야 되는데 혹시 앞에서
먼저 내라뿌던가 뒤에서 먼저 내라뿌만 이래 짝이 안 맞을
때는 그걸 맞추기 위해서 가로(옆으로) 다닌다 아입니까.

조사자 : 그러면 상두꾼의 발이 맞지 않으면 어떻게 지시를 합니까?

김쾌식 : 저가 북으로 맞춘다 아입니까. 앞에 사람들이 먼저 나사될
때는 북을 한 번 더 치지요. 눈치를 해 준다 아입니까. 운상을
할 때도, 상주 백관들이 볼 때도 운상을 똑같이 내리고 똑같
이 올리고 운상할 때도 출발할 때도 길을 가다가 가도요
상여가 찍을(기울) 때가 있습니다. 이짝으로(이쪽으로) 삐
딱할 때가 있고 발을 맞차기 위해서 제가 왔다 갔다 하는
것입니다. 그리고 아까 "스물너이 상두꾼아 발을 맞춰 운상
하소" 자기네들이 발을 맞춘다 아입니까.

조사자 : 소리가 맞지 않을 때는 어떻게 지시를 합니까?

김쾌식 : 소리를 새로 맞추어 주지요. "스물너이 상두꾼이 발을 맞춰
운상하소" 또 "노래불러 운상하소" 노래 부르는 것은 우리
경상도 노래를 부르는 것이고 "후렴을 잘하소"이기지요.

성분(成墳)을 하는 것을 보았으나, 달구질 소리는 하지 않아 선소리꾼
김쾌식과 대화를 계속하였다.

조사자 : 상여를 좌우로 가볍게 움직일 때 소리와 이동할 때 소리가 다릅니까?

김쾌식 : 다르지요.

조사자 : 그러면 어느 때 더 슬프게 해야 합니까?

김쾌식 : 본가 집에서 발인 모시고 출상할 때 제일 슬프게 해야 하고 안상주님들도 계시고 모두 계시기 때문에 그렇게 하는 기고. 그런데 오늘은 보니까 상두꾼들이고 본가에서 운상을 빨리 하자 이래 가지고 실력을 다 못냈지요.

조사자 : 거리제 다음 출발할 때는 어떻게 합니까?

김쾌식 : 그때는 이자 경노 노인들도 계시고 부락의 일가친척들도 노지(路祭)를 한번 모십니다. 노지(路祭)를 지나고 나서는 친구, 벗도 있고 동네 일가친척들도 계시는데 그 서서 조금 조금 노래를 해줘야지요. 그기까지는 "관세음보살"을 했지 만 동네밖에 나와서는 틀리게 안 부릅디까? "에애 에해요 에화넘차 에헤요"

조사자 : 달구소리는 똑같은 빠르기로 하십니까?

김쾌식 : 조금 늦지요. (조사자 : 제일 처음에는 조금 늦고) 예. (조사 자 : 나중에는) 계속 그대로 나가지요. 대나무에 새끼를 걸 어가지고 백관을 찾고 맏상주, 맏사우 찾아가지고 봉분 다진 다고 상두꾼들이 욕봤다고 백관들이 찾아와서 돈을 걸지요.

선소리꾼이 집으로 돌아가고 조사자는 마을에 남아서 이후의 상황을 지켜보았으나 별다른 것이 없어 김쾌식의 집을 찾아가 대화를 계속하였 다. 김쾌식은 자신이 보유하고 있는 노랫말을 공책에 적어 놓고 장례식 때 그대로 한다고 하면서 공책을 보여주었다.

조사자 : 후렴을 바꿀 때는 어떻게 합니까?

김쾌식 : 후렴. 제가 앞소리를 한다 아닙니까? 제가 앞소리를 하면

상두꾼들이 따라서 합니다. 한참하다가 내가 한 번씩 넣어
준다 아닙니까?

선소리꾼의 생애에 대한 질문을 하였다.

김쾌식 : 지신밟기할 때 열 다섯 살 때부터 따라다녔어요. 그때 나는
친 것은 아니고 상쇠치는 분이 참 재미있어요. 그래서 집에
와서 이제……
조사자 : 상여소리는 언제부터 하시게 되었습니까?
김쾌식 : 스물다섯 때부터.
조사자 : 계기가 어떻게 되어서 하게 되었습니까? 앞소리 하시는 분
이 마을에 계시잖아요?
김쾌식 : 그것도 제가 어깨너머로 배웠어요. 하시는 것을 보고 잘
한다고 생각했죠. 어떤 때는 슬플 때도 있고. 그래서 집에
와서 회심곡이 책이 하나 있었어요. 그래서 외워가지고 내
한번 합시다. 이렇게 된거야. 그래 한번 해봐라. 그래 요대로
한께 잘한다. 이래 된거야. 창녕농고에서 서무 선생님이 니
요래 해봐라. 인쇄를 해가지고 갔다 줍디다. 그래 요거를
베껴 가지고 그래 나간거 아닙니까? 참상(慘喪)일 때는 눈물
흘릴 때가 많습니다. 오히려 제가 북을 치다가 눈물 흘릴
때가 있고 오늘 같은 호상(好喪)에는 춤도 다리를 버떡 버떡
들고 운상하는 분이 후렴만 잘 해주시면 제가 춤도 추고
그렇게 합니다. 오늘 같은 날은 호상이지마는 성주 이씨
가문에서 그래 하지 마라. 그래서 오늘은……. 가다보면 노잣
돈도 걸고 새끼에다 돈을 이래 줄줄이 걸어놓습니다. 그게
"장난" 아닙니까? 호상에 대해서 하는 거지 참상에서는 못합
니다. 경북 청도까지 나아갑니다. 청도는 관세음보살을 안
하고 관암보살을 하고 창녕에서는 관세음보살을 하지요.
조사자 : 관세음보살에 무슨 뜻이 있습니까?
김쾌식 : 신을 맞추기 위해서지요. 자기네들(상두꾼들)이 발을 맞추

가면서 내 앞소리에 대해서 신이 난다. 처음에는 서글프지 않습니까 발인 모시고 집을 떠날 때는 안상주님들하고 전부 울어 샀는 바람에…….

조사자 : 오늘의 장례처럼 운상 거리가 짧은 데가 아니고 한 삼십 리 길 가실 때 쉬어야 되잖아요?

김쾌식 : 삼십 리 길 같으면 서너 번씩 쉬지요.

조사자 : 쉴 때는?

김쾌식 : 쉴 때는 지방마다 계원이 있으면 유사가 한 분 있습니다. 유사가 발인제 모신 음식을 싸가지고 우리가 목마르다카만 한 잔씩 줍니다. 그전에는 (상여를 내려 놓을 때) 덕석을 깔았는데 요즘은 평지에 물기 없고 좋은 자리에 쉬지요.

조사자 : 쉬자고 할 때 노랫말에…….

김쾌식 : 제가 이제 뒤로 다닐 때는 피곤하지 싶으면 아이고 요자리에 서 쉬자 그러면 방틀을 한번 뚝뚝 뚜두립니다. 상두꾼들이 눈치를 채고 그러면 북을 이제 "둥둥둥" 낮차 안 뚜두립니까? 쉬자고 하는 것입니다. 낮출 때도 제가 옆으로 안다닙니까 똑같이 내라라 이건데 (상여를) 처음 미는 사람은 뒤에는 낮찼뿌고 앞에는 천천히 내랐뿌고 이렇단 말이야. 백관들하 고 상주들 볼 때는 참 민망스러워요. 어떤 백관들은 저한테 막 욕을 합니다. 왜 운상을 못 한다고.

조사자 : 그러면 출발할 때…….

김쾌식 : 다 자리에 더간다 아닙니까 다 더가면 북을 "둥둥둥"치면 자리에 다더가고 난 뒤에 방틀을 한번 뚜드립니다. 방틀을 한번 뚜두리면 미라 카는 것이 아닙니까. 미고 나면 "에헤"하 면 완전히 미고 발을 맞추라 까는 것입니다. 발을 맞추고 염불을 하고 나간다 아닙니까? 길을 나서 가지고 다리 호상 같으며는 장난을 백관, 큰사위님, 작은사위님 찾습니다. 찾 을 때는 "우리부모 인제가면/ 다시못올 길이로다/ 우리부모 가시는길에/ 노자없이 어이갈고/" 돈을 안 내면 내가 뒤로 안갑니까. 뒤로 가 가지고 상주들 앞에 가가지고 북을 안

칩니까 "대한강을 건널라하니/ 사공없이 못가겠소/ 사공은
있다마는 노자 없이 어이가노" 동네를 나올 때는 천천히
나오지만 동네를 벗어나면 걸음이 빨라지지요. 원칙은 걸음
이 빨라지면 안 되지요. 상두꾼들이 발이 "가자가자 어서가
자 내갈길이 천리로다" 상두꾼들이 빨리 가자는 소리지요.
집을 떠날 때는 노래는 늦어지지만 운상꾼들의 발은 빨라지
지요.

조사자 : 길을 갈 때 회심곡이 반복될 수도 있잖아요?

김쾌식 : 이거는 틀리지. 이것(동네를 나서기 전의 회심곡)은 동네
안에서 노래하는 것이고 동네 밖에 노래하는 것이지? 원칙
은 경로당에서 한번 쉬어가지고 인사를 한번하고 그래가야
되는데 이놈의 백관은 자꾸 가자고 앞에서 설치대는 바람에
기자들은 자꾸 내 앞에 마이크를 대는 바람에 정신이 없어.

달구질 소리에 대하여 질문하였다.

조사자 : 다질 때는 몇 명 정도 들어갑니까?

김쾌식 : 오륙 명은 맹 돌아가면서 내가 돈다 아닙니까 돌고 백관들도
와서 따라서 돌고 내가 북을 치면서 이 다리로 이래 밟고
이래 밟고 내 따라서 자기네들도 하지요. 여기서는 작대기를
안 들고. 띠 입히는 사람은 띠 입히고 합니다.

조사자 : 여기서는 몇 번 다집니까?

김쾌식 : 세 번 다지는데 상가에서 그만해라 그러면 두 번 다지지요.
요새는 장비가 좋으니까 포크레인 가지고 곽드갈 자리에
……. 그전에는 궂은 일 할 사람 다섯 명 보내지 않습니까
개토제를 지내고 행상(行喪) 올라가기 전에 산신제를 지낸다
아닙니까. 호상일 때도 슬픈 소리도 합니다. "우리부모 인제
가면 언제다시 오실까나" · "우리자녀 잘 되라고 칠성탑을
모았다" 안 캅디까 너거 잘 되라고 이만큼 노력했다. "담배골
코 모은재산 가져가고 쓰고가나" · "대궐같은 집을두고 내가

어찌간단 말고" · "옥토같은 전답두고 내가어찌 간단말가"

상여놀이에 대하여 질문하였다.

> 김쾌식 : 어제 저녁에 계원들을 모셔놓고 안주하고 한상 차려 놓습니
> 다. 빈상여로 제가 초청해 가면 백관들 상주들은 담에 죽 서고
> 백관들은 그 밑에 서고 빈상여로 마당을 한 바퀴 두릅니다.
> 내나 오늘하는 식대로 그대로 두릅니다. 운상꾼들이 빈상여를
> 미고 큰 백관 맏사위를 안태웁니까. 맏사위를 태우는 것이
> 돈 우를려고 그러는 것입니다. 호상이니까 돈을 걸어라 이거
> 지요 만약에 장모가 돌아가시며는 사위사랑 장모사랑 아닙니
> 까 장인이 돌아가시도 사랑이 그만큼 깊었다 이거지요.
>
> 조사자 : 소리를 연습하십니까?
>
> 김쾌식 : 저는 연습도 없습니다. 당일날 가서 그 집 가문 되는대로
> 처음에는 회심곡 그대로 나가다가 상가집 가문대로 또 다른
> 것을 할 수도 있고 합니다.

제2장

민요 〈산유화〉의 통시적 양상

1. 머리말

〈산유화〉는 민요·한시·현대시 등의 다양한 문학양식으로 창작 향유되었으며, 백제의 옛 노래에서부터 현대시에 이르기까지 유구한 역사가 있으며, 호서·영남·관서 등 다양한 지역에서 향유되었다. 이러한 사실로 보아 〈산유화〉는 민족적 정서가 응축된 대표적인 작품군 가운데 하나이다. 〈산유화〉를 담고 있는 다양한 문학양식 가운데 기층은 민요이다. 민요 〈산유화〉의 정서를 찾는다면 〈산유화〉가 오랜 기간 다양한 문학양식으로 수용되고, 다양한 지역에서 주목 받은 이유도 밝힐 수 있을 것이다. 또한 민요와 한시·현대시 등과의 관계도 밝힐 수 있을 것이다. 이런 점에서 민요 〈산유화〉에 대한 연구는 문학적 의의가 크다고 보인다.

본고에서 민요 〈산유화〉에 주목한 이유도 여기에 있다. 하지만 민요 〈산유화〉의 정서를 찾는 일은 만만치 않다. 지역적·시대적으로 그 양상이 다양하기 때문이다. 먼저 민요 〈산유화〉에 대한 정리가 필요하다. 그 정리의 핵심은 민요 〈산유화〉에 나타난 정서의 역사적 전개라고 생각한다. 정서의 역사적 전개란 시대별로 나타난 정서와 그 정서가 나타나게 된 이유를 설명하는 것이다. 이러한 설명으로 〈산유화〉가 다양한 문학양식으로 주목받은 이유, 정서의 정체, 민족적 정서로써의 가능성을 밝힐 수 있을 것이다. 20세기 이전의 채록 민요가 없는 현 단계에서 이 작업은 문헌기록으로 진행할 수밖에 없다. 문헌기록은 민요 〈산유화〉에 대한 단편적인 언급, 민요 〈산유화〉를 듣고 개작한 것, 민요 〈산유화〉의 한역으로 인정될 만 한 것 등으로 다양하다. 이러한 자료로 '정서의 역사적 전개'를 살펴보는 것은 목적의식이 앞서 자료를 확대 해석하거나 오독할 가능성을 배제할 수 없다. 그래서 본고는 자료의 실상에서 벗어나지 않는 범위에서 민요 〈산유화〉에 나타난 주된 내용을 통시적으로 정리하는 작업을 하고자 한다. 이러한 작업이 있은 다음 정서에 대한 본격적인 논의를 한다면 오류를 줄일 수 있을 것으로 판단한다.

〈산유화〉에 대한 선행연구에는 〈산유화〉란 명칭의 유래와 〈산유화〉의 근원,[1] 〈산유화〉의 문헌기록과 부여지방 〈산유화〉의 성격,[2] 〈산유화〉의 정체성,[3] 〈산유화〉의 유형,[4] 〈산유화〉의 상징구조,[5] 민요 〈산유화〉의 노동요로써의 기능[6]을 살펴본 것이 있다. 이러한 작업 가운데 통시적 양상을 부분적으로 언급한 논의가 있다. 그 논의를 요약하면 다음과 같다.

---

1) 안동주, 「〈산유화가〉론」, 『한국언어문학』 34집(한국언어문학회, 1995); 김선풍, 「〈산유화가〉고(기 1)」, 『한국민속문화연구총서』 5(중앙대학교 한국민속학연구소, 1997).
2) 김균태, 「〈산유화가〉연구-부여군 세도면 〈산유화가〉를 중심으로」, 『한국 판소리·고전문학연구』(아세아문화사, 1983).
3) 최재남, 「조선후기 민요의 실상과 한시의 민풍 수용」, 『장르교섭과 고전시가』(월인, 1999).
4) 조재훈, 「산유화가 연구」, 『백제문화』 7, 8합집(공주대학교 백제문화연구소, 1975); 김영숙, 「산유화가의 양상과 변모」, 『민족문화논총』 2·3집(영남대학교 민족문화연구소, 1982); 김기현, 「산유화가의 전승과 교섭 양상」, 『어문논총』 21호(경북대학교 국어국문학과, 1987); 손찬식, 「〈산유화가〉연구-문헌 기록으로 본 〈산유화가〉의 계열과 그 성격」, 『인문학연구』 33집(충남대학교 인문과학연구소, 2006).
5) 박혜숙, 「〈산유화〉의 창작 근원과 상징 구조 연구」, 『문학한글』 4호(한글학회, 1990).
6) 졸고, 「문집 소재 조선후기 민요자료에 나타난 민요의 통시적 양상」, 『문집소재 조선후기 민요자료 정리와 분류』(보고사, 2008).

조재훈 선생은 남녀상열(男女相悅)을 담은 백제가요가, 백제 멸망 이후 남녀상열을 담은 노래와 새로 생긴 무상(無常)을 담은 백제유민(百濟遺民)의 노래로 전승되다가, 경상도 지방으로 퍼져 백제유민의 비가(悲歌)를 연상시키는 노래로 변용되었다고 하였다.[7] 김영숙 교수는 현 채록 민요를 토대로 부여지방의 〈산유화〉가 선산지방과 관서지방으로 전파되어 새로운 노래가 이루어졌다고 하였다.[8] 손찬식 교수는 백제노래 〈산유화〉에 특히 주목하였다. 의자왕대 〈산유화〉는 남녀상열적인 요소를 내포한 노래이고, 백제 멸망 이후 부여 지역에서는 백제 멸망과 관련된 한이나 무상감을 담은 노래로 전승되고, 백제와 무관한 여타의 지역은 〈산유화〉의 원래 형태로 전승되다가 오랜 세월이 흘러 노동요로 변형되어 원노랫말이 일실되었을 것이라고 하였다.[9] 김선풍 선생은 〈산유화〉의 원류는 신가(神歌)인데 민요화 과정에서 남녀상열(男女相悅)의 노래가 되었다고 하였고,[10] 안동주 교수는 본래 〈산유화〉는 사천신악태평(事天神樂太平)의 노래이었다가 차츰 변하여 남녀의 애정이나 생의 무상 등을 노래하여 남녀상열(男女相悅)이란 말이 나오게 되었다고 하였다.[11]

본고에서는 이상의 선행연구를 수용한다. 수용에서 보더라도 다음과 같은 의문이 있다.

첫째, 백제 멸망 이전의 〈산유화〉는 어떤 모습인가?
둘째, 백제노래 〈산유화〉는 관서지방·영남지방으로 전파되었는가? 전파되었다면 어떤 변화가 있는가?
셋째, 백제노래 〈산유화〉, 향랑노래 〈산유화〉, 기타계열 〈산유화〉의 관계는 무엇인가?

---

7) 조재훈, 앞의 논문, 236면.
8) 김영숙, 앞의 논문, 141면.
9) 손찬식, 앞의 논문, 75~76면.
10) 김선풍, 앞의 논문, 10면.
11) 안동준, 앞의 논문, 163면.

백제 멸망 이전의 〈산유화〉에 대하여 선행연구에서는 『증보문헌비고』의 기록을 토대로 남녀상열(男女相悅)의 황음(荒淫)한 노래라고 하였다.[12] 이 견해는 현 채록 민요에 〈산유화〉란 제명(題名)으로 남녀 간의 애정을 담은 노동요가 있음을 염두에 둔 것이다. 이 견해를 그대로 받아들인다면 백제 멸망 이후 〈산유화〉는 남녀상열을 내용으로 한 〈산유화〉·새로 생긴 백제유민의 〈산유화〉가 공존하였고, 백제 지역·영남 지역·관서 지역의 현 채록 민요에서 남녀의 애정을 담은 〈산유화〉는 백제 멸망 이전의 남녀상열을 담은 〈산유화〉를 계승한 것이라는 주장도 배제할 수 없다. 그런데 이 견해를 그대로 받아들이기에는 미심쩍은 부분이 있다. 김균태 교수도 남녀상열지사(男女相悅之辭)라 한 것은 백제 멸망 후 군왕에 대한 그리움과 애환을 남녀 간의 애정으로 치환하여 표현한 것이라고 하여[13] 부정적 견해를 제시한 바 있다. 이사질(李思質, 1705~?)은 〈산유화보사 소인(山有花補詞 小引)〉에서 백제 멸망 이전의 〈산유화〉에 대하여 남녀상열지사(男女相悅之辭)·처완(悽惋)과는 다른 견해를 피력하였고, 그가 쓴 〈어난난곡(於難難曲)〉에서 의자왕의 본정(本情)을 노래한 제1~3수의 주된 내용도 처완(悽惋) 등의 정서와는 다르다. 김선풍 선생과 안동준 교수도 민요가 되기 전의 〈산유화〉는 신가(神歌) 또는 사천신악태평(事天神樂太平)의 노래일 것으로 추정한 바 있다. 백제 멸망 이전의 〈산유화〉에 대한 재론이 필요하다.

백제노래 〈산유화〉의 지역적 전파에 대하여 선행연구에서는 현 채록 민요를 토대로 백제노래 〈산유화〉가 관서지역·영남 지역으로 전파되었다고 하였다.[14] 영남 지역으로의 전파에 대해서는 백제 지역 〈산유화〉가 연원이 오래되었고, 현 채록 민요에 백제노래 〈산유화〉와 유사한 자료들

---

12) 조재훈, 앞의 논문, 236면; 손찬식, 앞의 논문, 75~76면.
13) 김균태, 앞의 논문, 436면.
14) 조지훈, 「산유화고」, 『고대신문』, 1948.3.25(『조지훈전집』 7(일지사, 1973), 142~143면); 조재훈, 앞의 논문, 236면; 김영숙, 앞의 논문, 141면; 손찬식, 앞의 논문, 75~76면.

이 영남 지역에 보이고, 백제노래 〈산유화〉와 영남 지역 〈산유화〉가 비가(悲歌)·비애(悲哀) 등의 공통점이 있다는 것을 근거로 들고 있다. 전파의 근거인 현 채록 민요는 『한국민요집』 소재 경북 지방 민요로 소개된 〈산유화가1〉과 경북 예산 지방 민요로 소개된 〈산유화가2〉이다.[15] 〈산유화가1〉은 『조선의 민요』의 작품을 재 수록한 것이다. 『조선의 민요』의 해설에서는 이 작품에 대하여 "부여 고적보존회(扶餘 古蹟保存會)가 발간(發刊)"한 자료라 하여[16] 부여지방 노래임을 분명히 하였다. 〈산유화가2〉는 『조선민요집성』에서 부여지방 민요로 소개한 〈메나리〉[17]와 노랫말이 같다. 이러한 사실로 보아 현 채록 민요에서 전파된 자료를 찾을 수 없다. 또한 문헌자료에서 영남지방으로 전파되었다는 뚜렷한 근거도 찾을 수 없다. 이것을 보아 백제노래 〈산유화〉가 영남지방으로 전파되었다고는 보이지 않는다. 백제노래가 관서지방으로 전파되었다는 근거는 조지훈 선생이 1948년 소개한 관서지방 〈산유화〉이다. 관서지방에 〈산유화〉가 있었다는 것은 인정되지만, 영남 지역의 것인지 백제 지역의 것인지가 의문이고, 전파 시기가 언제인지도 의문이다. 본고에서는 학계에서 언급하지 않은 자료인 권헌(權攇, 1713~1779)의 〈산화사 병서(山花詞 幷序)〉로 관서지방으로의 전파시기와 변모된 양상을 살펴보고자 한다.

백제노래 〈산유화〉·향랑노래 〈산유화〉·기타계열 〈산유화〉의 관계는 민요 〈산유화〉의 통시적 양상의 핵심에 해당한다. 손찬식 교수는 백제 멸망 이전에는 백제노래 남녀상열의 〈산유화〉가 있었고, 백제 멸망 이후 백제 지역은 백제유민의 〈산유화〉와 남녀상열의 〈산유화〉가 공존하였고, 여타의 지역은 남녀상열의 〈산유화〉가 있다가 노동요로 변형되

---

15) 경북 지방 민요로 소개된 〈산유화가1〉과 경북 예산 지방 민요로 소개된 〈산유화가2〉는 임동권, 『한국민요집 1』(집문당, 1961), 26~27면에 수록되어 있다.
16) 장사훈·성경린, 『조선의 민요』(국제문화사, 1949), 223면.
17) 김상엽·최상수·방종현, 『조선민요집성』(정음사, 1948), 211면.

었다고 추정하였다. 이 견해에서 수많은 의문이 생긴다. 백제 지역에서 백제유민의 〈산유화〉는 그 이후 어떤 변모를 거치는가? 백제 지역 이외의 지역에서 민요 〈산유화〉는 어떤 모습이고 어떤 변모를 거치는가? 백제노래 〈산유화〉와 향랑노래 〈산유화〉의 변모에서 공통점은 무엇인가? 백제노래·향랑노래와 관련이 없는 민요 〈산유화〉는 왜 〈산유화〉란 제명(題名)을 가지는가?

이와 관련하여 최재남 교수는 〈산유화〉는 백제노래·향랑노래에 한정된 것이 아니라 "메나리토리라는 일정한 선율을 담고 있는 노래"로 선율과 내용에 일정한 상관관계가 있어서 "탄식과 슬픔의 노래 목메어 부르는 아린 삶의 소리"이지만, 지역적으로 메나리토리의 선율을 기본으로 하지 않는 지역에서도 〈산유화〉란 이름으로 불리어 지고 있다는 점에서 지역적 특성과 사설의 내용을 함께 고려해야 특징을 분명하게 이해할 수 있을 것이라고 하였다.[18] 〈산유화〉는 특정 지역의 음악이 같기 때문에 붙어진 명칭이고, 그 내용은 "탄식과 슬픔"을 공통으로 하지만, 지역과 노랫말의 내용을 함께 고려해야 한다는 뜻으로 이해된다. 앞으로의 연구 방향을 제시한 것으로 파악된다.

백제노래·향랑노래와 무관한 민요 〈산유화〉가 있었을 가능성을 완전히 배제할 수 없다.[19] 백제노래·향랑노래와 관련 없는 민요 〈산유화〉의

---

18) 최재남, 앞의 논문, 199면.

19) 손찬식 교수는 백제노래 〈산유화〉·향랑노래 〈산유화〉와 관련 없는 민요 〈산유화〉 자료로 權克中(1585~1659)의 〈山有花 刺農政廢也〉·姜栢(1690~1777)의 〈山有花 陋荒所謂山有花歌 俚而不雅 采詩者何取焉 遂廣其意作三章〉·權思潤(1732~1803)의 〈聞山有花有感 并序〉·姜浚欽(1768~1833)의 〈造山農歌〉·李濟永(1799~1871)의 〈山有花 六曲〉을 들었다. 권극중의 〈산유화〉는 작자가 백성들의 疾苦를 알릴 목적으로 백성들의 생활 풍속 등을 수집하여 쓴 시를 모은 「新樂府諷諭詩」에 수록된 것으로 민풍을 수습한 창작시에 가깝다. 권사윤의 〈산유화〉와 이제영의 〈산유화〉는 본고에서 향랑노래 〈산유화〉와 관련된 것으로 보고 있다. 강준흠의 〈조산농가〉는 영남 지역 모내기 노래와 밀접한 관련이 있어 향랑노래 〈산유화〉를 언급하면서 다룰 것이다. 결국 강백의 〈산유화〉만 남는다. 18세기경에 이 노래가 있다는 점에서 백제노래·향랑노래 〈산유화〉와 관련 없는 민요 〈산유화〉가 있었을 가능성을 완전

확산은 음악과 관련된 것으로 보인다. 백제노래·향랑노래와 관련 없는 〈산유화〉인 강준흠(姜浚欽, 1768~1833)의 〈조산농가〉가 18세기 후반에서 19세기 초에 보인다. 이 시기 민요 〈산유화〉는 그 기능이 농업노동요로써 뿐만 아니라, 모내기 노래·나무꾼 노래·나물캐는 노래로 확대된다.[20] 이러한 사실은 다양한 기능과 다양한 노랫말의 〈산유화〉가 18세기 이후 확대되었고, 〈산유화〉란 제명(題名)이 지역의 대표적인 민요를 지칭되었을 가능성이 크다. 아울러 국악계에서 〈산유화〉를 지역의 대표 음악으로 감주한 점을 볼 때 백제노래·향랑노래와 관련 없는 〈산유화〉의 확산은 〈산유화〉 음악과 관련된 명칭일 가능성이 크다. 본고에서는 그 가능성을 살펴볼 것이다.

문제는 〈산유화〉의 노랫말이다. 최재남 교수는 〈산유화〉란 제명의 노랫말은 "탄식과 슬픔"일 것이라고 언급한 바 있다. 이러한 탄식과 슬픔이란 언급은 백제노래 관련 〈산유화〉와 향랑노래 관련 〈산유화〉에 집중되어 있다.[21] 이것을 보아 민요 〈산유화〉의 정서는 '탄식과 슬픔'이고, 백제노래 관련 〈산유화〉와 향랑노래 관련 〈산유화〉가 중심이다. 그런데 이러한 정서의 공통점은 "지역과 노랫말"을 고려할 때 가능하다. 즉 지역에 따라 정서에 차이가 있을 수 있다는 것이다. 결국 민요 〈산유화〉의 통시적 양상은 탄식과 슬픔이라는 공통된 정서를 지니면서 지역적인 차이를 살펴볼 수 있는 백제노래 〈산유화〉와 향랑노래 〈산유화〉가 적당하다. 이것을 대상으로 민요 〈산유화〉의 통시적 양상을 살펴보고자 한다.

히 배제할 수는 없다.

20) 졸고, 앞의 논문, 39~51면.

21) 백제노래 관련 〈산유화〉에 대한 언급은 悽挽(『증보문헌비고』)·使人涕漣漣(尹昶山, 〈山有花 百濟歌〉)·哀唱(李師命, 〈山有花歌吟〉)·哀傷(權攇, 〈山花詞 並序〉) 등이다. 향랑노래 관련 〈산유화〉에 대한 언급은 悽惋(權思潤, 〈聞山有花有感 并序〉)·纏緜悽惻(李學逵, 〈夜聞隣人唱山有花有懷却寄伯津〉·〈山有花〉) 등이다.

2. 백제노래와 관련된 민요〈산유화〉의 통시적 양상

백제 멸망 이전 백제노래〈산유화〉와 관련된 기록은『증보문헌비고』
와 이사질(李思質, 1705~?)의 〈산유화보사 소인(山有花補詞 小引)〉이다.
두 기록의 전문(全文)을 제시하면 다음과 같다.

　　산유화가는 남녀상열지사(男女相悅之辭)로 가락이 슬프고 구슬퍼,
반려옥수(伴侶玉樹)와 같다고 한다.[22)

　　산유화는 호서(湖西)의 농요(農謠)이다. 세상에 백제왕이 남긴 음악
이라고 전하는 것이다. 내가 일찍이 부여의 나이 많은 노인에게서 의자
왕 때에 산유화와 고유란이 있었는데 산유화는 농가(農家)에 떨어지고
고유란은 없어져 전하지 않는다고 들었다. 지금 현의 북쪽에 고란사가
있는 것이 그 증거이다. 내가 농가(農家)에서 들었는데 한 사람이 일어
나 시요(時謠)로 부르면 여러 농부가 어난난(於難難)으로 화답하였다.
이른바 어난난이란 것은 산유화의 본조(本調)이다. 지금 남아 있는 것
은 단지 이것뿐이다. 때문에 후대 사람들이 그 소리에 의거하여 타언(他
言)으로 읊은 것이다. 사사로이 그 성조를 논한다면 초나라의 만조와
같은 것이다. 논두렁 사이에서 은근히 시작하여 들판과 구름 밖으로
높이 걸리는 듯하다. 한 번은 멀고 한 번은 가까워 밝은 듯하다. 그윽하
고 또한 원망하는 듯하여 절로 망국의 생각이 일어난다.

　　그런데 의자왕이 망국의 군주라는 것이 오히려 이상하다. 난난(難難)
은 태평의 곡이다. 이것이 어찌 정(正)과 제(淫)가 서로 섞인 것이겠는
가? 무릇 어(於)는 발어사이다. 난난은 창업도 어렵고 수성도 어렵다는
것이다. 이렇기 때문에 지금의 악가(樂家)에 태평소의 곡으로 〈산유화〉
가 있다. 하나의 피리로 전체 음을 난난으로 연주하여 그 편안할 때
위험을 잊지 않음이 있다. 시종 경계로써 두려워하여 태평연악(太平宴

---

22) "山有花歌 男女相悅之詞 音調悽捥 如伴侶玉樹云"『增補文獻備考』권264「藝文考」
　　附歌曲類.

樂)의 장소에서 그 간절함이 이와 같다. 이것이 가히 정악(正樂)이라
할 만하다. 오직 저 교사한 아이들이 어둡고 총명하지 않아 음란한
음 어지러운 음에 탐닉하여 선왕의 음악이 무엇인지를 알지 못하여
태평성대에 일어난 흥(興)으로 희락(戱樂)의 사이에 잡다하게 섞이니
진실로 그 더러움을 알겠다. 또한 혹 헛되이 그 아름다움만 좋아하고
그 소리의 원류를 깨닫지 못하는 것인가? 나름대로 애석하나 역시 죄가
되는 것은 아니다. 지금 산유화의 곡조는 전하지 않는다. 나름대로
생각하니 (지금 노랫말의) 뜻은 산유화 고유란의 향기에서 일어난 흥에
불과하고 정을 더하고 뜻을 잃는데 도울 뿐이다. 가히 노래를 잃음으로
써 정을 가린 것이다.

지금 이에 산유화 고유란 2구를 합하여 노랫말 9장을 지어 〈산유화보
사〉라고 이름 지었다. 대개 산유화는 섞인 이름이다. 오히려 그 남겨진
음을 채록한 것일 뿐이다. 노랫말은 9장인데 9를 나누어 3을 삼았다.
일은 본조(本調)로 의자왕의 본정을 서술하였다. 일은 변조(變調)로
유민(遺民)의 추억하는 감상을 부쳤다. 일은 상조(傷調)로 후대의 경계
하는 거울이 있다. 책을 이루고 끝에 어난난으로 종지하였으니 그 남겨
진 노래로 인한 것이다. 아아, 이것은 노랫말을 본받은 것이 아니라
사람들의 느릿한 흥이다. 나름대로 감히 옛사람의 경계와 감상의 뜻에
부쳤다.[23]

---

23) "山有花湖中農謳 世傳百濟王遺譜也 余嘗聞於扶餘故老 義慈有山有花皇有蘭兩歌
國亡之後 山有花落於農家 皇有蘭逸而無傳 今縣北有寺皇蘭 此其徵也 余聽於農家
一人以時謠起唱 則衆農夫和之而於難難 其所謂難難者 卽山花本調 而但今所存者
只此而已 故後之人 依其聲而永之以他言也 邪若論其聲調則類楚聲曼調 而隱發於
畝畝之間 高揭於野雲之外 一遠一近 了了然 幽且怨 自然有亡國之思也 然猶怪義慈
亡國之主也 難難太平之曲也 是何正滛之相混也 夫於發語辭也 難難者 創業難守
成難 是故今之樂家有太平簫曲 而一管全音弄以難難 使致其安不忘危 懼以終始之
戒 於太平宴樂之場者 其丁寧懇切如此 此可爲樂之正者也 惟彼狡童昏而不聰 惟滛
聲亂音 是耽而不知先王之樂爲何物 則使其興於盛世者 雜之於戲樂之間者 誠知其
藝也 抑或徒悅其美而不曉其聲原者 邪然則可哀也 亦不足罪也 今山有花曲調雖不
傳 竊惟 其意不過乎寓興於山花皇蘭之香 以助其濃情蕩志者也 其可以歌亡而掩情
乎 今於是乎 合山有花皇有蘭兩句 作詞九章 名之曰山有花補詞 蓋以山有花渾名者
猶其遺音可採故耳 詞凡九章 九分爲三 一曰本調 以述義慈之本情 一曰變調以寓遺
氓之追感 一曰傷調以存後代之懲鑑 而逐篇 而末亂之以於難難者 因其遺唱焉 嗚呼
此非效詞人謾興也 竊敢自付於古人懲感之義云爾" 李思質,『韓山世稿』권12「翁齋

손찬식 교수는『증보문헌비고』의 남녀상열지사(男女相悅之辭)는 〈산유화〉의 노랫말을 염두에 둔 것이고 대부분의 기록에서 백제 패망의 주요한 요인을 의자왕의 황음(荒淫)과 그와 관련된 실정(失政)에 두고 있음을 상기하면 의자왕 당대에 향유되었던 〈산유화〉는 남녀상열적 요소를 내포한 노래였을 것이라고 하였다.[24] 그런데 〈산유화보사 소인〉의 기록에서는 백제 의자왕 대의 〈산유화〉는 정악(正樂)이었다고 하였다. 그리고 〈산유화〉의 본조인 어난난(於難難)에서 난난(難難)은 창업도 어렵고 수성도 어렵다는 뜻을 담은 태평의 곡이고, 태평소의 곡으로도 태평연악(太平宴樂)에서 불렸다고 하였다.[25] 즉 제왕의 국가 경영에 교훈을 주는 곡으로 제왕이 백성들을 잘 다스려 태평을 이룬다는 뜻이다. 이사질은 이러한 노래의 성격에 비추어 볼 때 의자왕을 망국의 군주라고 하는 것에 의문을 표시하기도 하였다. 〈산유화〉가 태평의 곡이라면 〈산유화〉는 처완(悽惋) 등의 부정적 정서가 포함되지는 않을 것이다. 의자왕 대의 〈산유화〉와 관련된 이사질의 〈어난난곡(於難難曲)〉제1~3수[26]의 내용도『증보문헌비고』의 기록과는 다르다. 제1수는 천년 만세토록 님께서 늙지 않아 화자가 아침마다 저녁마다 변치 않고 보고 또 본다는 것이고, 제2수는 화자가 아침마다 저녁마다 변치 않고 기다려 님과 함께 만세 천년토록 즐거움을 누리자는 것이고, 제3수는 군왕께서 늙지 않고 화자

稿」(국립중앙도서관 소장본)

24) 손찬식, 앞의 논문, 75면.

25) 柳夢寅(1559~1623)의 〈遊頭流山錄〉에도 태평소로 산유화 곡을 부른다(吹太平簫山有花之曲)는 기록이 있다. 17세기에 악곡의 명칭으로 '산유화지곡'이 있었을 것으로 추정된다. 柳夢寅,『於于集後集』 권6 〈遊頭流山錄〉(『한국문집총간』 63, 588면).

26) 이사질은 18세기의 농요 〈산유화〉를 듣고 〈산유화보사〉를 지었다. 〈산유화보사〉는 9장인데 3으로 나누어 첫 번째 것은 本調로 의자왕의 본정을, 두 번째 것은 變調로 유민의 감상을, 세 번째 것은 傷調로 후대의 경계하는 거울을 읊었다. 그런데 〈산유화보사〉는 전하지 않는다. 다만 이사질이 지은 9장으로 된 〈於難難曲〉만 전한다. 〈어난난곡〉의 9장은 셋으로 나뉘어 각각 本調·變調·詩調라고 하였다. 〈산유화보사〉와 유사하다. 이런 점에서 볼 때 〈어난난곡〉의 제1~3수는 本調로 백제 멸망 이전 의자왕 대의 〈산유화〉와 관련된다.

또한 함께 있으니 만세 천년토록 님과 함께 즐긴다는 내용이다.[27] 화자는 님의 만수무강을 기원하고, 님에게 변함없이 함께 있을 것을 다짐하며, 님과 함께 즐거움을 누리기를 기원한다. 님은 제3수의 "군왕무노첩장재 (君王無老妾長在)"라는 구절로 보아 군왕을 지칭한다. 곧 군왕의 만수무강을 축원(祝願)하고, 신하로서의 변치 않는 절개를 노래한 것으로 볼 수 있다. 『증보문헌비고』의 처완(悽惋) 등의 부정적 정서와는 다르다.[28]

그렇다면 『증보문헌비고』의 기록을 어떻게 이해할 것인가? 반려(伴侶)는 육조(六朝) 제(齊)나라의 후주(後主) 고위(高緯)가 지은 악곡으로 제나라의 패망과 관련된 슬픈 곡이고, 옥수는 옥수후정화(玉樹後庭花)로 남조(南朝) 진후주(陳後主)가 즐긴 악곡으로 진나라의 패망과 관련된 곡이다. 종합하면 『증보문헌비고』에 기록된 〈산유화〉는 남녀상열지사이고, 슬픈 노래이고, 망국의 노래라는 것이다. 이러한 기준에 맞는 것은 의자왕 대의 〈산유화〉가 아니라 백제 멸망 이후의 〈산유화〉가 적당하다.

백제 멸망 이후 〈산유화〉는 백제유민(百濟遺民)의 노래로 주된 내용이 백제에 대한 무상감이다.[29] 화자가 백제 유민이란 점은 무상감이란 정서가 '백제 멸망'이라는 특정한 사건에 바탕을 둔 특정화자의 것이라는 점을 의미한다. 비록 자주 거론된 기록들이기는 하지만 백제유민의 노래 〈산유화〉를 보기로 하자. 이사명(李師命, 1647~1689)의 〈산유화가음(山

---

27) "2-03-01-10-01 山有花兮皐有蘭 皐蘭長翠山花丹 千年萬歲君無老 暮暮朝朝看復看 於難難", "2-03-01-10-02 其二 山有花兮皐有蘭 採蘭爲佩花爲冠 朝朝暮暮妾長在 萬歲千年歡復歡 於難難", "2-03-01-10-03 其三 君王無老妾長在 山有花兮皐有蘭 萬歲千年朝復暮 與君相看與君歡 右三章本調" 李思質, 『翁齋集』권9(최재남·정한기·성기각 공저, 『조선후기 민요자료 정리와 분류』 2-03-01-01(보고사, 2008), 260~261면). 최재남·정한기·성기각 공저, 『조선후기 민요자료 정리와 분류』(보고사, 2008)은 이하 『조선후기 민요자료 정리와 분류』로 약칭한다. 번호는 이 책에 기재된 작품번호로 이하 같다.

28) 손찬식 교수도 〈어난난곡〉 제1~3수는 "표면적으로는 백제의 패망을 〈산유화가〉와 관련하여 의자왕의 荒淫 및 失政에 기인했다고 하는 여느 시인들과 다소 다른 인식을 보여준다"고 하였다. 손찬식, 앞의 논문, 81~82면.

29) 이에 대한 내용은 손찬식, 앞의 논문, 82~83면 참조.

有花歌吟)〉에서는 "5월 풀은 연기처럼 자욱한데 아낙네[遊女]의 노랫소리 무논에 가득하네. 예부터 유민들은 옛 주인을 슬퍼하니, 지금의 슬픈 노래 그때와 비슷하네"(제1수)라고 하였다.[30] 유민들이 옛 주인이 사라졌음을 슬퍼한다. 윤창산(尹昶山, 1597 ~?)의 〈산유화 백제가(山有花 百濟歌)〉에서는 유민들이 산유화를 불렀는데 그 노래는 사람을 슬프게 하고 천년을 이어온 대궐 터를 탄식한다고 하였다.[31] 유민이 백제의 역사가 사라졌음을 슬퍼한다. 이사질의 〈어난난곡〉에서 유민의 심정과 관련된 것은 제4~6수[32]이다. 제4수는 부여(扶餘)의 왕기(王氣)가 사라진 것에 대한 슬픔이다. 제5수는 영원한 자연에 대비하여 홍군취수(紅裙翠袖, 삼천궁녀)는 사라졌다는 슬픔이다. 제6수는 성곽이 퇴락하였음을 슬퍼한 것이다. 화자는 백제유민이다. 이러한 백제유민이라는 특정화자는 이후 다른 양상을 보인다.

임영(林泳, 1649~1696)은 〈산유화〉의 곡은 남아 있으나 노랫말은 남아 있지 않다고 하였고,[33] 이사명은 전술하였듯이 지금의 무논에서 부른 아낙네의 슬픈 노래는 유민들이 옛 주인이 사라졌음을 슬퍼하는 그 때와 비슷하다고 하였다. 즉 유민의 노래는 사라졌지만, 지금의 민요 〈산유화〉가 그것과 유사하다는 것이다. 그렇다면 어떤 점이 유사하고 다른 점은

---

30) "2-03-01-03-01 江南五月草如烟 遊女行歌滿水田 終古遺民悲舊主 至今哀唱似當年"『扶餘古今詩歌集』(『조선후기 민요자료 정리와 분류』, 250면).

31) "2-03-01-02 〈山有花 百濟歌〉 百濟之國檀佳麗 當時歌舞矜豪奢 一年三百六十日 强半君王不在闕 黃金飾輦七寶車 東風出遊無時歇 鐵馬聲來巖花翻 繁華到此那可論 潭波驚沸毒龍死 扶風王氣冷如水 興廢悠悠奈若何 遺民但唱山有花 山有花使人涕漣漣 歎息宮墟一千年"『扶餘古今詩歌集』(『조선후기 민요자료 정리와 분류』, 249면).

32) "2-03-01-10-04 其四 庚信樓船下大灘 扶餘王氣一朝殘 世間最是無情物 山有花兮皇有蘭 於難難", "2-03-01-10-05 其五 春色郁隨伯氣殘 年年依舊到江干 紅裙翠袖今何去 山有花兮皇有蘭 於難難", "2-03-01-10-06 其六 城郭摧頹春物殘 川原寂寞暮雲寒 落花巖畔皇蘭寺 山有花兮皇有蘭 右三章變調" 李思質, 『翁齋集』권9(『조선후기 민요자료 정리와 분류』, 260~261면).

33) "2-03-01-04 〈山有花百濟舊曲也 有音而無詞 戲效憶秦娥體爲之)" 林泳, 『滄溪集』권1 (『조선후기 민요자료 정리와 분류』, 250~251면).

무엇인가?

이사질은 앞에 인용한 〈산유화보사 소인〉에서 18세기 때에는 산유화
의 본조는 어난난(於難難)만 남았고, 노랫말은 18세기 당대의 시요(時
謠)·타언(他言)으로 불렀는데 "논두렁 사이에서 은근히 시작하여 들판
과 구름 밖으로 높이 걸리는 듯"하고 "그윽하고 또한 원망하는 듯하여
절로 망국의 생각"이 일어나게 한다고 하였다. 망국의 생각은 백제유민의
〈산유화〉와 관련이 있을 것이고, 논두렁에서 시작한 노랫말이란 농가생
활의 내용과 관련이 있을 것이다. 18세기 민요 〈산유화〉와 관련된 〈어난
난곡〉의 제7~9수[34]를 보기로 하자.

제7수는 백제유민의 남겨진 곡이 농가 아낙네로 이어졌다고 하였다.
백제유민의 〈산유화〉와 관련이 있다. 제8수는 여인이 아침 저녁으로
문을 나서 일을 하지만, 꽃들이 성패에 관계 않듯이 여인은 슬픔과 기쁨에
관계하지 않는다는 것이고,[35] 제9수는 앞 언덕이 멀어지고 뒷산이 높아지
는 속에 봄비가 내려 들녘의 농부들이 기뻐한다는 것이다. 그런데 이
자료로 백제유민 〈산유화〉의 변모된 정서를 추정하기는 어렵다. 제7수는

---

[34] "2-03-01-10-07 기칠 熊津의 봄빛은 예나 지금이나 한창이네. 산유화여 고유란이여.
遺曲은 느릿하게 이어져 농가 아낙네가 부르나, 보리밭 어느 곳에서 朱欄畵閣을 물어
보나. 어난난(其七 態津春色古今闌 山有花兮皇有蘭 遺曲謾敎農女唱 麥田何處問朱欄
於難難)", "2-03-01-10-08 기팔 아침 저녁 없이 문을 나서 바라보네. 산유화여 고유란이
여. 꽃들이 어찌 일찍이 성패와 관계 있으리, 여인들도 슬픔과 기쁨이 있음을 돌보지
않네(其八 無朝無暮出門看 山有花兮皇有蘭 卉物何曾關成敗 女娘不省有悲歡)", "2-03
-01-10-09 기구 앞 언덕이 멀어지고 뒷산이 높네. 산유화여 고유란이여. 북리 동촌에
봄비가 내리는데, 서쪽 밭 남쪽 논에서 남녀가 기뻐하네. 오른 쪽 삼장은 시조이다(其
九 前皐迢遞後山巋 山有花兮皇有蘭 北里東村春雨裡 西疇南畆女男歡 右三章詩調)"
李思質, 『翁齋集』권9(『조선후기 민요자료 정리와 분류』, 261면).

[35] 손찬식 교수는 "꽃들이 어찌 일찍이 성패에 관계 있으리(卉物何曾關成敗)"라는 구절
에 대하여 "백제 패망의 관계를 설의적 수법을 통하여 부정하고 있다"고 하였다.
본고에서는 이사질이 〈산유화보사〉에서 18세기 농요 〈산유화〉는 '논두렁 사이에서
일어난 것'이라는 언급, 제9수가 농가생활을 내용을 한다는 점에서 여인이 아침 저녁
없이 문을 나서는 것을 밤낮 없이 일하는 것으로 보았고, 그 일의 고통에서도 꽃을
통하여 悲歡의 달관을 배운다는 뜻으로 해석하였다. 손찬식, 앞의 논문, 83면.

백제에 대한 무상감이 주된 내용이다. 백제유민의 노래가 농가 아낙네에게 남겨짐과 백제 영화[주란화각(朱欄畵閣)]의 사라짐을 대비하여 작자가 백제에 대한 무상감을 토로한 것이다. 백제유민의 〈산유화〉와 유사한 정서를 지닌 〈산유화〉가 노동요로 불렸다는 것만 짐작할 수 있다. 백제유민의 노래가 18세기 이후 민요 〈산유화〉로 전승된 면을 권헌(權攇, 1713~1770)의 〈산화사 병서(山花詞 並序)〉로 살펴볼 수 있다.

이 자료는 권헌이 당대 평양에서 가창된 〈산유화〉를 듣고 개작한 작품이다. 그는 〈산유화〉를 개작하면서 다음과 같이 언급하였다.

> 내가 기양(岐陽, 필자 주 : 평양)에 거주하였다. 농사하는 노파와 강가의 아이들이 무리를 지어 소매를 날리며 〈산유화〉 몇 곡을 불렀다. 소리는 느리고 말은 빨랐다. 간간이 슬픈 것으로 그 곡을 조절하였다. 그 소리가 매우 슬펐다. 비록 정음과는 맞지 않으나 느리거나 빠르고 높은 것은 죽지사의 맑고 그윽함이 있었다. 단지 전하는 옛 곡이 〈산유화〉〈고유란〉 등 몇 곡에 지나지 않고 여항의 더러운 음이 섞여 매우 조야하였다. 역시 그 변화를 볼만한 것은 아니다. 드디어 산화사 15수를 지어 마을 남녀 수십 인으로 하여금 부르게 하여 그 음을 바로잡음으로써 듣기에 적당하고자 할 따름이다.[36]

권헌은 평양에 살면서 농사하는 노파와 강가의 아이들이 부르는 민요 〈산유화〉를 듣는다. 그는 그 노래가 여항의 더러운 소리가 섞여 매우 천하고 상스럽다고 보았다. 그래서 〈산유화〉를 개작한다. 권헌은 이수재(李秀才)가 부른 백제노래 〈산유화〉를 듣고 그 노래에는 고국(故國)을

---

[36] "2-03-01-11 子居岐陽 農婆江童 結團揚袂 歌山有花數疊 緩聲促辭 間以凄調節其曲 其聲哀傷過甚 雖不協正音而按節激仰 有竹枝縹緲之思 但其舊曲所傳 不過山有花皐有蘭等數曲 而雜以閭巷媟音 繁蔓倉儜 亦不足以觀其變焉 遂作山花詞十五疊 使里中男女十數輩 唱之 以正其音 蓋欲取適於聽聆 云爾" 權攇,『震溟集』권4(『조선후기 민요자료 정리와 분류』, 261면).

상심(傷心)하는 것이 있어 그로 하여금 눈물을 흘리게 한다고 하였다.[37] 위 기록에서도 전하는 옛 곡이 〈산유화〉〈고유란〉 등 몇 곡에 지나지 않는다고 하였다. 〈고유란〉은 백제노래로 간주되는 것이다. 그가 개작한 〈산화사〉 15수 가운데 백제와 관련된 소재가 5수나 된다. 이 점들을 보아 그가 들은 민요 〈산유화〉는 백제노래 〈산유화〉이다. 개작한 〈산화사〉는 민요 그대로는 아니며 작자의 시각이 개입된 것이다. 다만 그가 백제노래 〈산유화〉를 듣고 개작하였고, 백제노래 〈산유화〉와 관련된 백제에 대한 무상감이 5수나 보이는 점을 보아 그가 들은 〈산유화〉의 주된 정서는 어느 정도 유지하였을 것으로 보인다. 이러한 관점에서 백제노래 〈산유화〉의 18세기의 모습과 백제노래 〈산유화〉가 관서지역으로 전파되었을 때의 모습을 추정해 볼 수 있을 듯하다. 〈산화사 병서〉는 7언 절구 15수이다. 소재별로 분류하면 백제와 관련된 것, 여인, 경물 등이다.

백제와 관련된 것은 총 5수이다.[38] 제5수는 백제 지역의 경치를 읊은 것이고, 제7수는 당나라와의 전투에 대한 사실을 읊은 것이다. 두 작품은 뚜렷한 정서가 보이지 않는다. 제1수는 백제 지역에 천년의 노래가 있다고 읊은 것이고, 제14수는 황궁에는 사람이 없고 명월만 있다고 읊은 것이고, 제15수는 백제 지역에는 퉁소와 북소리만 있다고 읊은 것이다. 백제에 대한 무상감이다.

여인을 소재로 한 것은 총 4이다.[39] 노래하는 가녀(家女)로 모내기

---

37) "2-03-01-12 傷心故國起秋塵 唱得新詞淚滿巾 他日更從釣臺望 落花風雨定愁人" 權擥, 『震溟集』권4 〈聞李秀才唱子山花百濟詞有贈〉(『조선후기 민요자료 정리와 분류』, 264면).

38) "2-03-01-11-01 扶蘇山下鹿遊蹤 元帥臺前鶴棲松 花落千年歌一疊 箇中雲雨暗青楓", "2-03-01-11-05 大王浦口草迢迢 泗沘河頭不上潮 縱有江花春自發 等閒風雨不曾饒", "2-03-01-11-07 黃山險東五星峽 炭峴高當立石關 蘇子上來龍一釣 長鳴雷鼓海雲間", "2-03-01-11-14 百尺清江寫翠娥 望湖亭上奏笙歌 秋槐葉落宮南陌 大內無人明月多", "2-03-01-11-15 東望叢湖北沘河 扶蘇舊國水雲多 中流簫鼓空堪賞 不似橫汾漢武歌", "2-03-01-11-13 十萬唐兵奪海關 旌旗遙望水雲間 中有木枾驚消息 湖上殘軍哭不還" 權擥, 『震溟集』권4(『조선후기 민요자료 정리와 분류』, 261면).

작업의 정경을 묘사한 것(제2수)을 제외한 나머지는 일정한 내용을 보인
다. 가파른 바위에 저녁 구름이 있고 포구에는 새가 있는데 유자(遊子)는
와서 눈물지게 노래하고 미인(美人)은 부서진 누대에서 노래한다고 한
것(제6수), 물가에서 눈물 흘리는 처녀와 눈물 흔적이 있는 단풍나무가
있는데 (여인이) 낙화(落花)를 한(恨)한다고 한 것(제10수), 여인들이 봄
답청에서 부른 노래에 (작자가) 눈물과 정을 억제하기 어렵다고 한 것(제
11수) 등이다. 여인의 슬픔이 주된 내용이다. 유자(遊子)와 미인(제6수)·
이별을 상징하는 낙화(落花)(제10수) 등의 구절로 보아 여인의 이별에
대한 슬픔으로 추측된다.

경물을 소재로 한 것은 총 5수이다. 백제유민 〈산유화〉의 정서가 변모
된 양상을 살펴볼 수 있어 주목된다. 5수는 다음과 같다.

> 하늘 찌를 절벽에서는 조수(鳥獸)가 슬피 울고, 위아래 여울에서는
> 노젓기가 느리네.
> 두견은 눈물 없이도 피맺힌 소리를 내니, 울음이 산화(山花)에 있으
> 니 몇 가지에 인가?   (제3수)

> 언덕의 꽃은 연지(臙脂)와 같고, 언덕 아래 바위는 화장한 눈썹 같네.
> 한스럽게도 꽃의 품성은 바위와 같지 않아, 피리로 동풍을 얻어 슬픔
> 을 짓네.   (제4수)

> 광석(廣石)의 여울물은 높아 화살촉 물결이고, 초벽(峭壁)의 까마귀
> 는 연우(煙雨) 가에서 우네.
> 동풍(東風)에 핀 꽃이 매우 신고(辛苦)하니, 광풍(狂風)은 서가(西家)

---

39) "2-03-01-11-02 穉稭靑靑新水生 大堤春日草齊平 縞巾縚髻誰家女 無朝無暮唱歌行",
   "2-03-01-11-06 巉巖蒼壁暮雲堆 魚涌江中浦鳥哀 遊子唱來雙淚落 美人曾唱破樓臺",
   "2-03-01-11-10 她女凌波泣茜裙 靑楓染得淚痕殷 花落東風片時恨 夜鳥啼月復啼雲",
   "2-03-01-11-11 蘭鬢寶鬌踏春行 唱得雲間第一聲 箇裏何人能制淚 我今掩抑難爲情" 權
   懀, 『震溟集』권4(『조선후기 민요자료 정리와 분류』, 261면).

에 떨어지도록 치지 마오.   (제8수)

강남(江南) 강북(江北)에 저녁 조수가 밀려오니, 이십 팔 여울에 새롭
게 비가 맑네.
장노(長老)는 삼 일 동안 골짜기에 올라가지 않았으니, 눈물짐이
원숭이 울음 때문만은 아니네.   (제9수)

강두(江頭)에서는 날마다 물이 동쪽으로 흐르고, 산상(山上)에서는
해마다 꽃이 절로 피네.
춘광(春光)으로 애끓는데, 곡(曲) 중에 전해 오는 것을 다시 감내하네.
                                                               (제12수)[40)]

　제3수는 슬피 우는 날짐승·느릿한 배·산화(山花) 가지에 있는 두견
울음 등의 경물로 슬픔을 나타낸다. 제9수도 강의 조수(潮水)·원숭이
소리 등의 경물로 슬픔을 나타낸다. 제4수는 꽃은 연지와 같고 바위는
눈썹을 그린 듯한데 꽃의 품성은 바위와 같지 않아 이에 대한 슬픔을
피리소리로 보낸다는 내용이다. 슬픔의 이유는 꽃의 품성이 바위와 같지
않기 때문이다. 꽃의 품성이 바위와 같지 않다는 것은 바위는 무한하지만
꽃은 금방진다는 뜻으로 보인다. 무한한 바위와 유한한 꽃의 대비이다.
제8수는 여울에는 물결이 있고 절벽에는 까마귀가 우는데 봄바람에 핀
꽃이 떨어진다는 내용이다. 꽃이 떨어진 것 즉 꽃의 유한성에 대한 슬픔이
다. 제12수는 강에는 물이 있고 산 위에는 꽃이 있는데 이러한 춘광(春光)
으로 애를 끓는다는 내용이다. ‘애를 끓는다’는 것은 아름다운 경물에서

---

40) “2-03-01-11-03 層壁攀天鳥獸悲 上灘下灘撑舟遲 杜鵑無淚一聲血 啼在山花第幾枝”,
　　 “2-03-01-11-04 上岸花似搽臙脂 下岸石如畵黛眉 卻恨花性不如石 管得東風作許悲”,
　　 “2-03-01-11-08 廣石灘高竹箭波 峭壁烏啼煙雨涯 東風花發太辛苦 狂風莫打落西家”,
　　 “2-03-01-11-09 江南江北暮潮生 二十八灘新雨晴 長老三朝莫上峽 淚不下爲猿三聲”,
　　 “2-03-01-11-12 江頭日日水東回 山上年年花自開 最是春光腸欲斷 更堪翻入曲中來” 權
　　 擗,『震溟集』권4(『조선후기 민요자료 정리와 분류』, 261면).

유발된 시름으로 볼 수도 있다. 하지만, 강은 매일 절로 흐르고 꽃은 매년 절로 핀다는 제1~2구의 내용으로 보아 애를 끊는 것은 제1~2구와 반대되기 때문인 것으로 보인다. 이렇게 본다면 강과 꽃은 항상 새로워지지만, 아름다운 춘광은 짧기만 하여 슬프다는 뜻으로 이해된다. 물과 꽃의 무한성에 대한 춘광(春光)의 유한성을 대비한 것이다. 이상 제4·8·12수는 주로 '무한한 자연'과 '유한한 자연'의 대비로 이루어짐이 특징적이다.[41] 유한한 자연은 유한한 인생을 비유한 것으로 보인다. 인생에 대한 무상감이다.

이상의 자료로 보아 18세기 백제노래 〈산유화〉의 변모는 크게 두 가지로 볼 수 있다. 첫째, 여인의 사랑이 있는 점이다. 1948년 관서지방 〈산유화〉로 소개한 자료[42]에 남녀의 사랑이 주된 내용인 점을 보아 18세기 백제노래 〈산유화〉가 전파되면서 이 지역에서 남녀의 사랑을 내용으로 한 〈산유화〉가 있었을 것으로 추정된다. 둘째, 무상감의 변화이다. 〈산화사〉에는 백제에 대한 무상감과 인생에 대한 무상감이 있다. 백제에 대한 무상감은 백제유민이라는 특정화자의 정서라고 하였다. 인생에 대한 무상감은 인간이라면 누구나 공감하는 것이다. 즉 특정화자의 정서가 18세기에는 인간이면 누구나 화자가 될 수 있는 보편화자[43]의 정서로 변모한 것이다.

---

41) 김소월의 〈산유화〉는 '꽃이 피고 꽃이 지는' 무한한 자연인 '산'과 '저 만치 혼자 피어있는' 유한한 자연인 '꽃'의 대비로 되어 있다. 위 자료와 유사하다. 18세기 이후 관서지방 민요 〈산유화〉와 김소월의 〈산유화〉가 관련이 있을 것으로 보인다.

42) 조지훈, 「산유화고」, 『고대신문』, 1948.3.25(『조지훈전집7』(일지사, 1973), 142~143면).

43) 본고에서 보편화자란 공동체의 보편적 경험을 바탕으로 진술되고, 공동체의 일원이면 누구나 그 경험에 쉽게 들어갈 수는 노래의 화자를 말한다. 성기옥 선생은 민요는 한 개인의 산물이 아닌 공동의 산물로서 개인적 관심사가 아닌 공동의 관심사를 공동의 경험 양식에 기대서 노래하는 것이 통례로 서정민요의 자아는 공동체의 일원이면 누구라도 서정적 주체로서 노래의 경험에 쉽게 뛰어들 수 있는 집단성이 강조되는 이른바 보편적 자아의 개방성을 특징으로 한다고 하였다. 성기옥, 「公無渡河歌 研究」(서울대학교 박사학위논문, 1988), 89면.

19세기 이후 백제노래 〈산유화〉가 전승된 자료는 다음과 같다.

산유화혜(山有花兮) 산유화(山有花)야 저꽂이피여 농사일시작하여
저꽂이지도록 필역하세 얼얼널널상사뒤어여 뒤여상사뒤

산유화혜(山有花兮) 산유화(山有花)여 저꽂이피여 번화함을 자랑마
라 구십소광(九十韶光)잠간간다 얼얼널널상사어여 뒤여상사뒤

추영봉에날쓰고사자강에달진다저날쩌서들에나와저달저서집에도
라간다 얼널널상사어여뒤여상사뒤

농사짓는일이밧부것만부모처자구제하기 뉘손을기다릴고 얼얼널널
상사뒤 어여뒤여상사뒤

부소산이놉하잇고구룡포가놉하잇다 부소산도평디되고 구룡포도평
원되니 세상일뉘가알고 얼얼널널 상사뒤 어여뒤여상사뒤[44]

1926년 유곡동인(柳谷洞人)이 부여를 여행하며 그곳에 전하는 〈산유
화〉를 소개한 것이다.[45] 1948년 편한 『조선민요집성』[46]과 1949년 편한
『조선의 민요』[47]에 동일한 노랫말이 부여지방 〈산유화〉로 소개되었다.
1961년 편한 『한국민요집』에는 부여지방 산유화로 〈산유화요4〉가 있는
데 총 9개의 연 가운데 7개의 연이 〈산유화〉(1926)와 같다.[48] 1976년

---

44) 柳谷洞人, 「勝區古今 錦江의 流域」, 『동아일보』 1926.7.22.
45) 이 자료는 이하 〈산유화〉(1926)로 칭한다.
46) 김상엽 · 최상수 · 방종현, 『조선민요집성』(정음사, 1948), 194~195면.
47) 장사훈 · 성경린, 『조선의 민요』(국제문화사, 1949), 224~226면.
48) 〈산유화요4〉의 제3~4연 "산유홰혜 산유화혜/ 부소산 높아있고/ 구룡포는 깊어있다/
  (후렴)// 산유홰혜 산유화혜/ 부소산도 平地되고/ 구룡포도 平原이라/ (후렴)"과 〈산유
  화〉(1926)의 제5연, 제5~6연 "산유홰혜 산유화혜/ 충령봉에 해가뜨고/ 사비강에 달이
  진다/ (후렴)// 산유홰혜 산유화혜/ 저해가떠서 들에나가/ 저달져서 집에온다/ (후렴)"
  과 〈산유화〉(1926)의 제3연, 제7연 "산유홰혜 산유화혜/ 저꽃필때 농사짓고/ 저꽃질때

채록된 부여군 세도면에서 전승되는 모내기 노래인 〈긴 산유화〉와 〈자진 산유화〉에는 백제를 그리워하는 백제유민의 심정을 담은 노랫말이 있고,[49] 4개의 연이 〈산유화〉(1926)와 같거나 유사하다.[50] 이것을 보아 〈산유화〉(1926)는 현재까지 이어진 것이라 생각된다.

〈산유화〉(1926)는 총 5연 가운데 제1연·제3연·제4연은 농가생활이 내용이다. 제2연·제5연은 무상감이 주된 내용인데 백제유민의 〈산유화〉와는 다르다. 제2연은 꽃이 번화하고 아름다운 빛을 자랑하지만 한 계절만 피고 그 시간도 잠깐이듯, 인생도 짧고 그 기간도 잠깐이라는 인생에 대한 무상감이다. 제5수는 〈산유화〉(1926)와 〈산유화요4〉·부여

타작하네/ (후렴)"과 〈산유화〉(1926)의 제1연, 제8연 "산유해혜 산유화혜/ 농사짓기 힘들것만/ 부모처자 어이하리/ (후렴)"과 〈산유화〉(1926)의 제4연, 제9연 "산유해혜 산유화혜/ 번화함을 자랑마소/ 구십춘광 덧없에라 (후렴)"과 〈산유화〉(1926)의 제2연이 같다. 〈산유화요4〉는 임동권, 『한국민요집 1』, 집문당, 1961, 27~28면 참조.

49) 〈긴 산유화〉는 느리게 모를 심을 때 부른 것이다. 제6연은 "산유화야 산유화야/ 어입 포에 남당산은/ 어찌 그리 유정튼고/ 매년 팔월 십육일은/ 왼 아낙네 다 모인다/ 무슨 모의가 있다던고/ 아 / 에헤에 아아 에헤/ 에헤이 에헤이 에에에. 어어어 어어어 루 / 상사이 뒤여"이다. 입포는 의장왕이 나당연합군을 피한 곳이다. 백제유민이 의장왕 대의 일을 그리워하는 심정이 있다. 제4연은 "산유화야 산유화야/ 이런 일이 왼 말이냐/ 용머리를 생각하며/ 구룡포에 버렸으니/ 슬프구나 어화벗님/ 고국충성 돗다헌데/ 아 / 에헤에 아아 에헤/ 에헤이 에헤이 에에에. 어어어 어어어루 / 상사이 뒤여"이다. 백제의 왕업이 사라진 것과 백제에 충성을 다하지 못한 것을 슬퍼한다. 백제유민의 심정이다. 노랫말은 1976년 채록된 것으로 『부여군지6 부여의 민속문화』, 부여군지편찬위원회, 2003, 276~280면에 수록되어 있다. 『한국구비문학대계』 4-5 충남 부여군, 한국학중앙연구원, 1984, 978~980면에 1982년에 채록된 노랫말이 수록되어 있다. 『부여군지』와 적은 차이만 있을 뿐 동일하다.

50) 〈자진 산유화〉는 빠르게 모를 심을 때 부른 것이다. 제2~3연 "산유화야 산유화야/ 어화 어화 상사뒤여 // 네꽃 피어 자랑마라/ 구십소망 장관같다/ 어화 어화 상사뒤여" 로 〈산유화〉(1926)의 2연과 같다. 제11연 "산유화야 산유화야/ 해가 뜨면 영일루요/ 달이 뜨면 망월대라/ 어화 어화 상사뒤여"는 3연과 유사하다. 제12연 "산유화야 산유화 야/ 농사일이 바쁘건만/ 부모형제 구제하세/ 어화 어화 상사뒤여"는 4연과 같다. 제8-9 연 "넓고 넓은 구룡뜰에/ 오곡 꽃이 더욱 좋다/ 어화 어화 상사뒤여 // 구룡포 넓은 들에/ 못줌소리 한창이요/ 어화 어화 상사뒤여"는 5연과 유사하다. 〈자진 산유화〉는 『부여군지6』, 280~282면에 수록된 것이다. 『구비문학대계』에는 "취영봉(鷲靈峰)에 달이뜨고/ 사비강(泗沘江) 달이진다/ 어화어화 상사뒤요"가 더 있다. 이 노랫말은 〈산유화〉(1926)의 3연과 같다.

군 세도면의 〈자진 산유화〉가 모두 차이를 보인다. 〈산유화〉(1926)는 높은 부소산과 구룡포가 평원이 되는 것처럼 세상 일은 모른다는 것이다. 부소산·구룡포란 지명을 보아 백제에 대한 무상감으로 볼 수 있다. 그런데 세상은 모른다는 것은 백제 멸망의 사실로 인생에 대한 깨달음을 얻었다는 의미로도 볼 수 있다. 백제유민이라는 특정화자가 약화되었다. 〈산유화요4〉에서는 "세상일뉘가알고"라는 말이 생략되고, 1976년 〈자진 산유화〉에서는 구룡뜰과 구룡포가 평지 되어 "오곡 꽃이 피고 못줌소리 가 한창"인 농가생활의 공간으로 대체된다. 이러한 양상은 백제에 대한 무상감이 약화되고 인생에 대한 무상감과 농가생활이 부각된 것으로 파악된다. 결국 백제유민이란 특정화자의 백제에 대한 무상감은 18세기 이후 계승과 함께 보편화자의 인생에 대한 무상감으로 변모하기도 한다.

이러한 변모와 함께 백제 지역에는 백제유민의 〈산유화〉와 관련 없는 농가생활만을 내용으로 한 민요 〈산유화〉가 보이기도 한다. 자료는 충북 논산군 은진면에 거주하는 향촌 사족인 윤우병(尹禹炳, 1853~1930)이 19세기 후반에 지은 〈농부가〉이다. 이 작품에 김매기할 때 부른 〈산유화〉가 소개되어 있다.[51) 형식과 내용은 현재 채록된 전남지역의 농업노동요와 큰 차이가 없다.[52)

---

51) 관련 구질은 다음과 같다. "끓는 물에 김을 매니 한출첨배(汗出沾背) 목욕 감고/ 산유 화(山有花)를 노래하니 그 곡조(曲調)에 하였으되/ 어서 오소 어서 오소 우리 군정(軍 丁) 어서 오소/ 이 농사를 힘 써 지어 나라 상납(上納) 하온 후에/ 앙사부모(仰事父母) 먼저 하고 부휵처자(俯畜妻子) 하여서라/ 풍년(豐年) 흉년(凶年) 한을 마라 흉년(凶年) 인들 매양 들랴/ 뒤 뚝 밑에 저 동무야 호미질을 잘 하여라 / 앞바로테 바람쇠야 소리 곡조(曲調) 잘 받아라/ 비 오신다 비 오신다 건너 산에 들어온다/ 우아공전(雨我 公田) 몬저 하고 수급아사(遂及我私) 후에로다/ 하룻날을 근력(勤力)하면 십일생계(十 日生計) 되나니라/ 오날에는 앞들 메고 내일에는 뒷들 메자/ 강구연월(康衢煙月) 격양곡은 고금이 다를손가/ 도도취흥(陶陶醉興) 못이기어 호미들고 춤도 추며/ 장구 차고 우줄 우줄 종일토록 즐겨하니/ 시화연풍(時和年豐) 호시절에 농부 낙업(樂業) 좋을시고" 尹禹炳, 〈農夫歌〉(유탁일, 「농부가주해」, 『한국문학논총』 2집(한국문학회, 1979), 116~135면).

52) 〈농부가〉 소재 〈산유화〉의 형식은 4음보 1~2행으로 하나의 의미단위를 이루어 4음보 1~2행으로 하나의 연을 이루는 전남지역의 농업노동요와 그 형식이 같다. 내용은

왜 보편화자의 무상감으로 변모하고, 백제노래 〈산유화〉와 관련 없는 민요 〈산유화〉가 보이는가?

> 〈산유화가음〉
> 백제 때의 가요이다. 지금 봄여름 사이에 농부와 채녀들이 부르고 상화하지 않음이 없다. 모두 남녀상열지사이고 음조가 슬프고 간드러 져 듣는 자가 마음을 상하게 하니 지금의 〈수심가〉 〈아리랑타령〉 〈매화 요〉 등의 류가 이것이다.[53]

이 기록은 1926년에 편찬된 책에 수록된 이사명(李師命, 1647~1689)의 〈산유화가음(山有花歌吟)〉에 대한 설명이다. "지금의 수심가"라는 구절 로 보아 1926년경에 편찬자가 쓴 글이다. 〈산유화〉가 백제가요로 지금 농업노동요로 불리고, 내용은 남녀상열지사(男女相悅之辭)이고, 음조가 슬퍼 사람을 상심하게 한다는 것이다. 널리 알려진 사실이다. 지금의 〈수심가〉·〈아리랑타령〉·〈매화요〉와 같다는 구절이 주목된다. 〈수심 가〉·〈매화타령〉·〈아리랑타령〉은 주지하듯이 서도잡가·경기잡가· 〈경기아리랑〉 또는 〈본조아리랑〉의 명칭으로 20세기 초반 대중들에게 유행한 노래이다. 〈산유화〉가 〈수심가〉·〈매화타령〉·〈아리랑타령〉처 럼 유행한 민요란 뜻이다. 20세기 초 〈산유화〉가 두루 유행한 민요라면 적어도 19세기경에는 〈산유화〉가 지역 민요의 대표명사로 사용되었을

호미질을 잘하고 곡조를 잘 받으라는 선소리꾼의 작업에 대한 지시, 하룻날의 노력으 로 십일의 생계가 이루어진다는 작업에 대한 독려, 흉년이 매양 들지 않을 것이라는 풍년에 대한 기원, 농사를 지어 나라에 바친 다음 부모와 처자를 먹인다는 유교적 윤리이다. 전남지역 노동노동요와 그 내용이 같다. 전남지역의 농업노동요에 대한 것은 나승만, 「전남지역의 들노래 연구」(전남대학교 박사학위논문, 1990), 130~150면 참조.

53) "〈山有花歌吟〉 百濟時歌謠也 至今春夏之際 農夫採女無不謳吟相和 皆是男女相悅之 辭 而音調悽愡裊挪 聞者傷心 今之愁心歌俄來俚打令及梅花謠之類是" 석진형 편, 『夫 餘古今詩歌集』(대화상회, 1926), 58면.

개연성이 있다. 이러한 대표적인 민요가 되면서 그 음악이 지역 민요의 대표적인 음악이 되었을 가능성도 있다.

이러한 가능성에서 보면 백제유민의 〈산유화〉와 관련 없는 〈산유화〉도 음악만 같다면 〈산유화〉란 명칭이 사용되었을 것이다. 또한 18세기 이후 민요 〈산유화〉는 농업노동요·모내기 노래·나물 캐는 노래·나무꾼 노래 등 다양한 기능에서 불려진다. 이 사실로 〈산유화〉의 명칭이 노랫말과 기능은 다르지만 그 음악만 같으면 붙여졌을 가능성, 노랫말에 공통되는 정서가 있으면 붙여졌을 가능성이 있음을 알게 한다. 즉 18~19세기 백제유민 〈산유화〉와 정서가 유사한 노랫말의 〈산유화〉가 파생되어 다양한 노동요로 불렸고, 백제유민 〈산유화〉의 음악이 지역의 대표적인 음악이 되어 백제유민의 〈산유화〉와 관련 없는 〈산유화〉로 확산되었을 것으로 보인다. 다양한 노동요로 불리면서 '무상감'이란 공통 정서를 유지하지만, 백제유민 〈산유화〉가 원래 가지고 있던 특정화자는 보편화자로 전환된다.

3. 향랑노래와 관련된 민요 〈산유화〉의 통시적 양상

향랑노래 〈산유화〉는 향랑고사 속에서 향랑이 부른 〈산유화〉이다. 향랑고사는 주지하듯이 경상도 선산(善山) 지방에 살았던 열녀 향랑의 이야기이다. 그 내용을 요약하면 다음과 같다. 향랑의 남편은 그녀에게 패악(悖惡)을 부린다. 향랑은 견디지 못하고 친정으로 온다. 계모가 박대한다. 외삼촌에게 의탁하였으나 개가를 권유하여 뜻을 꺾으려 한다. 시댁으로 돌아온다. 시아버지는 개가하라고 한다. 향랑은 돌아갈 곳이 없어 낙동강가 지주연(砥柱淵)으로 간다. 초부들에게 전해달라며 〈산유화〉를 부른 다음 낙동강에 빠져 죽는다. 그 때 선산 부사였던 조구상(趙龜祥,

1645~1712)이 그 일을 방백에게 고하여 조정에 알려지게 된다. 숙종 30년 (1704)에 정려문이 내려진다.

향랑고사와 향랑이 부른 〈산유화〉는 조구상이 1704년에 쓴 글54)이 대표적이다. 그 글에 실린 향랑이 부른 〈산유화〉는 다음과 같다.

> 하늘은 어이 높고 멀며, 땅은 어이 넓고 아득한가.
> 천지 비록 넓다 해도, 한 몸 기댈 곳 없구나.
> 차라리 이 못에 뛰어들어, 고기 뱃속에 장사 지내리.
> 天何高遠 地何曠邈
> 天地雖大 一身靡託
> 寧投此淵 葬於魚腹

전체적으로 화자가 오갈 데 없는 자신의 신세를 한탄한 것이다. 그 신세는 "기댈 곳이 없구나[一身靡託]"라는 말에 집약되어 있다. 기댈 곳이 없다는 것은 향랑고사에서 시댁·친정·외삼촌 집에서 쫓겨난 향랑의 행적과 같다. 이런 관점으로 보았을 때, 향랑노래에서 제1~4구는 여인의 오갈 데 없는 상황이고, 제5~6구는 상황에 대한 대응으로 선택한 죽음이다. 이러한 시상전개는 향랑고사의 '친정과 시가에서 쫓겨남→향랑의 죽음'이란 전개와 같다. 이야기에서의 향랑의 경험과 노래에서의 화자의 경험이 같다고 볼 수 있다. 향랑노래의 신세한탄은 이러한 특정한 경험에 토대를 둔 특정화자의 말이다. 18세기의 문헌자료부터 20세기 초의 채록 민요까지에서 신세한탄이 있는 민요 〈산유화〉는 나물 캘 때 부른 〈산유화〉와 나무할 때 부른 〈산유화〉이다.

나물 캘 때 부른 〈산유화〉 자료에는 권사윤(權思潤, 1732~1803)의 〈문산유화유감 병서(聞山有花有感 并序)〉가 있다. 병서에서 작자는 도사(陶

---

54) 趙龜祥, 『猶賢集』〈烈女香娘圖記〉(국립중앙도서관 소장본).

沙)에서 아버지의 산소를 성묘하고 돌아오는 길에 나물 캐는 여인(採女)들
이 부르는 〈산유화〉를 들었다고 하였다.[55] 권사윤이 들은 채녀들이 부른
노래는 경북 내륙지역[56]의 나물 캐는 노래이다. 그 노래는 "돌아가리
돌아가리, 어버이께서 집에 계시니, 집으로 돌아가려네. 어버이께서 오래
오래 사시기를 바라네"이다. 이 구절에 대하여 권사윤은 부친을 잃은
자신의 심정을 보태어 "〈산유화〉 가운데에는 생각하는 바가 있는데 아버
지를 오랫동안 보지 못함에 집으로 돌아가고자 하"는 것이라고 하였다.[57]
이 노래의 화자는 아버지가 집에 있음에도 오랫동안 돌아가지 못하는
신세이다. 친정에 계모가 있어 아버지를 보고 싶어도 보지 못한 향랑의
신세와 유사하다. 향랑고사에 견인된 특정화자의 신세한탄은 1932년 소
개된 경북 성주(星州)에서 나물 캘 때 부른 〈산노래〉[58]에서도 확인된다.
그 노랫말은 "기경가자 기경가자 / 산에놀나 기경가자 / 나물뜨더 엽혜끼
고 / 꽃은꺾어 머리꼿고 / 닙흔뜨더 치금불고 / 만고장판 기경가자 /

---

55) "2-03-01-14 〈聞山有花有感 并序〉余自孤露以後 心事常悽感 雖野村謳野謠 苟有思親
   之語 未嘗不傷神而釀涕也 一日往陶沙省塋歸路 見採女且行且歌 其歌曰 歸兮歸兮 親
   在家兮欲歸家 願二親兮眉壽 畫鷄鳴兮喬成麻 其聲悽惋其辭悲惻 有足感動人者 遂飜
   出其語 因以所感者足成" 權思潤, 『信天齋集』 권1(『조선후기 민요자료 정리와 분류』,
   265면).

56) 권사윤의 부친 權正運(1713~1780)은 본관이 안동으로 안동에 살다가 陶沙 安美洞에
   안장되었다. 〈陶沙幽居〉란 시를 지은 金弘濟(1661~1737)는 경북 奉化에서 평생을
   살았다. 이것을 보아 陶沙는 경북 내륙지역인 봉화 또는 안동 지역이다. 權思潤,
   『信天齋集』 권5 〈先考成均生員府君家長〉(국학진흥원 소장본); 金弘濟, 『北壁先生文
   集』 권1 〈陶沙幽居〉(국학진흥원 소장본).

57) "遲遲春日步山阿 有女行唱山有花 山有花中何所思 思親不見欲歸家 爾有親在歸卽見
   奈我歸家不見何 山有花中何所願 願親眉壽畫鷄鳴 爾有親在宜爾祝 如我爲誰祝遐齡
   下女休唱山有花 曲到高時我涕零" 權思潤, 『信天齋集』 권1(『조선후기 민요자료 정리
   와 분류』, 265면).

58) 이 노래와 유사한 것으로 이병기 선생이 향랑노래의 번역이라며 소개한 〈산유화〉가
   있다. 그 노래는 "기경가자 기경가자 / 만고장판 기경가자 / 하늘이 높고 땅이 넓어도/
   이 몸 담을 곳 없네"이다. 〈산노래〉와 반복구가 같고 내용이 유사한 점을 보아 비록
   제목은 〈산노래〉이나 〈산유화〉와 깊은 관련이 있는 민요임을 알 수 있다. 김기현
   교수와 김선풍 선생도 그 관련성을 언급한 바 있다. 김기현, 앞의 논문, 107면; 김선풍,
   앞의 논문, 15면.

친정에도 하직이요 / 싀집에도 하직이요 / 어듸로 갈거나"이다.[59] 산에 올라 나물 뜯는다는 언급을 보아 나물 캘 때 부른 노래이다. 화자는 친정에도 하직하고 시집에도 하직하여 어디에도 갈 데 없는 신세이다. 친정과 시댁에서 쫓겨나 오갈 데 없는 향랑의 신세와 유사하다.[60] 특정화 자의 신세한탄이다.

이것과는 다른 신세한탄의 민요 〈산유화〉는 19세기 후반의 가사 〈화전 가라〉에 있는 〈산유화〉로 확인할 수 있다.[61] 그 노랫말이 현 채록 민요 어사용과 비슷하다. 〈화전가라〉에 있는 〈산유화〉 구절과 어사용은 다음 과 같다.

> 이맛을 당할소냐 이때가 어느쌔고 / 생각하고 생각한이 춘풍삼월 좋은때라 / 만자천홍 불근꽃은 사랑키도 그지업다 / 머리에도 꼽아보 고 입으로도 물어보고 / 좋은꽃을 손에쥐고 산유화 노래하고 / 너는 엇지 피었는고 너는다시 봄이오면 / 쏘다시 피련만은 우리인생 죽어 지면 / 다시오기 막막하다 / 동자에 너본덕택 바람끝에 피엿난가 / 곳곳이 우는새는 춘흥을 잡아내고 / 청춘에 피는꽃은 춘절을 도왓 더라[62]

> 구야 구야 가마구야 신에 신공산 아라알 갈가마구야/ 니 몸은 젊어지 는 마는 우리 인생은 늙어지는데/ 세상천지 사람들아 어허허/ 우리 인생 한분가면 다시 젊기 어렵더라/ 에헤 후후야 에헤 이후후[63]

---

59) 이재욱, 「소위 산유화가와 산유해 미나리의 교섭」, 『신흥』 6호, 1931.12, 73면(김기현, 앞의 논문, 107면 재인용).
60) 김기현 교수는 〈산노래〉의 "마지막 3행이 향랑의 심정을 그대로 들어내 보인 부분"이 라고 하였다. 김기현, 앞의 논문, 107면.
61) 규방가사 가운데 산유화란 말이 나오는 작품은 〈금오산칰미졍유람가(金烏山採薇亭 遊覽歌)〉, 〈화전가라〉, 〈귀천긔힝다젼틱슈쟉〉, 〈권본 화전가〉이다. 〈권본 화전가〉는 교합본으로 그 원작을 판별할 수 없다. 〈귀천긔힝다젼틱슈쟉〉은 향랑의 〈산유화〉를 소개한 것이고, 〈금오산칰미졍유람가(金烏山採薇亭遊覽歌)〉는 산에서 내려올 때 산 유화를 부른다는 언급만 있고 노랫말은 없다.
62) 작자미상, 〈화전가라〉 (권영철, 『규방가사1』(한국학중앙연구원, 1979), 272~278면).

첫 번째 자료는 〈화전가라〉로 경북 영양군에서 수습한 것이다. 창작시기는 19세기말 20세기 초이다.[64] 화자는 꽃에게 말을 건넨다. '너'는 순환하고 무한하지만 '우리'는 유한하다는 것이다. 인생에 대한 무상감이다. 그런데 주목되는 것은 '너'와 '우리'이다. '너'에 대비하여 '우리'는 죽으면 다시 오지 못한다는 것이다. '너'에 대비된 우리의 신세에 대한 것이다. 인생의 무상감은 전술하였듯이 인간이면 모두 느낄 수 있는 것이다. 따라서 화자는 특정인이 아닌 보편인이며 누구나 쉽게 참여할 수 있는 것이다. 이 점은 노랫말에서 '우리'라는 지칭에서도 확인된다. 이러한 양상은 두 번째 자료인 현 채록 어사용과도 유사하다. 젊은 '너'에 대비한 유한한 '우리'의 신세에 대한 한탄이다.[65] 이와 같은 자료에는 이재욱 선생이 1932년 소개한 '지리산 갈가마구'로 시작하는 경북지방의 〈산유화〉를 들 수 있다.[66] 주된 내용은 화자가 무상한 인생의 신세를 한탄한 것이다.

신세한탄을 내용으로 하는 민요 〈산유화〉에는 현 채록 어사용과 관련된 이제영(李濟永, 1799~1871)의 〈산유화 육곡(山有花 六曲)〉도 있다.[67]

---

63) 권오경, 「〈사설시조〉와 〈어산영〉의 작시법 비교」, 『어문론총』 30호(경북어문학회, 1996), 30면 재인용.

64) 말미에 "경자년 삼월 삼오일 우리들의 추억화전가"라는 기록이 있다. 경자년은 1840년 1900년 1960년일 수 있는데 작품이 수록된 자료집이 1979년에 간행된 것을 보아 1840년 또는 1900년인 것으로 보인다.

65) 권오경 교수도 이 구절에 대하여 인생의 무상함에 대한 인식으로 신세를 한탄하는 것이라고 하였다. 권오경, 앞의 논문, 30면.

66) 노랫말은 다음과 같다. "어듸후후야 시내섬곡 가리갈 가마구야/ 잔 솔 밭을 넘어/ 굵은 솔 밭으로/ 넘어 가는구나/ 허허후후야/ 가리갈가마구야 이후후/ 동모네야 벗님네야/ 어서 가자 바삐 가자/ 점심도 늦어 가고/ 술도 늦어 간다/ 허허후후야/ 가리갈가마구야 이후후 / 산천초목(山川草木)은 젊어 가고/ 우리 부모는 늙어 간다/ 공산낙목(空山落木) 일분토(一墳土)에/ 왕후자제(王候子弟)도/ 한 번 가면 그만이라/ 허허후후야, 가리갈가마구야 이후후" 이재욱, 앞의 논문, 73면(김기현, 앞의 논문, 106면 재인용).

67) 최재남 교수는 〈산유화 육곡〉의 제1수는 나무꾼 노래인 어사용에서 "구야 구야 가마구야 지리산 갈가마구야"로 시작하는 것과 같고, 제4수는 조동일 교수가 경북 민요로 소개한 "남날적에 나도나고 내날적에 남도 났건만"이란 노랫말과 유사하다고 하였다. 최재남, 「조선후기 민요의 실상과 한시의 민풍 수용」, 『장르교섭과 고전시가』(월인, 1999), 196면.

현 채록 어사용에서 신세한탄은 남과 대비하여 고생하는 신세를 한탄한 것·무상한 인생인 신세를 한탄한 것이 중심이다.[68] 〈산유화 육곡〉의 제3수·제4수·제6수를 보기로 하자.

나의 강대한 힘은 산에서 피폐하고, 빼어난 수레는 벌판 없는 습지에 있네.
종일토록 부지런히 일해도 겨우 한 보만 나아가, 등의 채찍은 번개와 같네.　　　　　　　　　　　　　　　　　　　　　　　　　　　　(제3수)

새벽이 되자 할미가 사십 리를 쏘고, 아침 해가 돋자 주민이 밥을 짓네.
내가 날 적에 또한 다른 사람도 난 날인데, 빈 들판에서 어찌하여 범과 들소를 따르는가.　　　　　　　　　　　　　　　　　　　　　(제4수)

오늘은 나무하여 어버이 방을 따뜻하게 하고, 내일은 나무하여 관청 세금 체납에 충당하네.
이 몸에 병이 많아 허둥거리고 또 근심하나, 어버이 편안하시고 관청 에 잡히지 않기를 바라네　　　　　　　　　　　　　　　　　(제6수)[69]

제3수는 강대한 힘을 가진 소가 힘이 다하도록 종일토록 부지런히 수레를 끌며 산과 습지를 다녔지만 결과는 채찍이다. 고생하는 소로 화자의 신세를 비유한 것이다. 제4수에서 화자는 자신이 태어날 때에 남도

---

68) 권오경, 「〈어사용〉의 명칭과 사설 유형」, 『한국민요집』 3(한국민요학회, 1995), 108~112면; 권오경, 앞의 논문, 30면; 김헌선, 「민요 〈어사용〉의 현지분포 사설유형 시사적 의의 고찰」, 『한국 구전민요의 세계』(지식산업사, 1996), 315~320면.

69) "2-03-01-22-03 儂家大武瘦於山 風車雨縛無原濕 盡日服勤一步差 背上鞭撻如雷急", "2-03-01-22-04 曉達姑射四十里 暾將出兮居人炊 我生亦一他生日 曠野胡爲虎兒隨", "2-03-01-22-06 今日採供親突煖 明日採當官稅連 多病此身遑且恤 但願親康官不拘" 李 濟永, 『東阿集』 권2(『조선후기 민요자료 정리와 분류』, 270면). 제3수에서 大武는 樂舞의 하나·소의 강한 힘·강대한 무력이란 뜻이 있다. 시 전체가 산에서 수레를 끄는 상황이므로 대무는 소의 강한 힘이란 뜻으로 보인다.

태어났는데 남과 대비하였을 때 자신은 빈 들판에서 범과 들소를 따라다니며 농사를 지어야하는 신세를 한탄한다. 제6수에서 화자는 매일 열심히 나무하지만, 결과는 병과 근심을 얻는다. 화자는 농사의 고생에서 오는 신세를 한탄한 것이다. 화자가 농사로 고생하는 신세를 한탄한 점, 남과 대비하여 신세를 한탄한 점은 현 채록 어사용과 유사하다. 신세한탄이란 점은 향랑노래 〈산유화〉와 같다. 그런데 향랑노래 〈산유화〉는 남편·친정·시댁에서 쫓겨난 특정한 경험을 바탕으로 한 특정화자의 신세한탄이라면 〈산유화 육곡〉은 농가생활을 하는 자는 누구나 겪는 경험을 바탕으로 한 보편화자의 신세한탄이다.

이상의 향랑노래 〈산유화〉는 특정화자의 신세한탄이다. 그 신세한탄이 18세기 이후 나물캐는 노래, 나무꾼 노래로 전승된다. 전승되면서 향랑고사와 관련된 특정화자의 신세한탄으로 계승되기도 하지만 변모를 거치기도 한다. 그 변모는 무상한 인생의 신세·농가생활의 고생에서 오는 신세 등이다. 누구나 공감하고 참여할 수 있는 보편화자의 신세한탄이다.

이와 함께 19세기경 영남 지역에는 농가생활만을 내용으로 하는 민요 〈산유화〉가 있었을 것이다. 그 자료는 강준흠(姜浚欽, 1768~1833)의 〈조산농가(造山農歌)〉이다. 황해도 은율에서 농부들이 모내기(또는 김매기)하며 부른 〈산유화〉를 듣고 적은 것이다. 현 채록 영남 지역의 모내기 노래와 형식과 내용이 유사하다.[70] 비록 황해도 지역의 〈산유화〉 자료이지만, 형식과 내용이 영남 지역 모내기 노래와 유사한 것을 보아 영남 지역에도 농가생활만을 내용으로 하는 〈산유화〉가 있었을 것이다. 1816년에 창작된 정학유(丁學游, 1786~1855)의 〈농가월령가〉의 5월령에서는 모내기 철에는 〈메나리〉를 부른다고 하였다.[71] 19세기에 영남 지역에

---

70) 姜浚欽의 〈造山農歌〉에 대한 것은 최재남, 앞의 논문, 177~180면 참조.
71) "때 미쳐 오는 비를 뉘 능히 막을쏘냐/ 처음에 부슬부슬 먼지를 적신 후에/ 밤 들어

향랑노래 〈산유화〉와 관련 없는 〈산유화〉가 있었다.

왜 18~19세기에 보편화자의 신세한탄으로 변모하거나, 향랑노래 〈산유화〉와 관련 없는 〈산유화〉가 보이는가?

이학규(李學逵, 1770~1835)는 그의 시 〈산유화〉에서 향랑이 지은 〈산유화〉는 지금 노랫말은 없고 성조(聲調)만 전하는데 영남에서는 매년 봄에 산나물을 캐거나 모를 심을 때 느리고 흐느끼는 소리가 들린다고 하였다.72) 그리고 〈야문린인창산유화유회각기백진(夜聞隣人唱山有花有懷却寄伯津)〉에서는 〈산유화〉는 마을 사람들이 향랑의 일을 슬퍼하여 물가로 나와 답가(踏歌)로 불렀는데 그 노랫말은 다양하고 지금은 영남의 사대부 여인들이 임풍대월(臨風對月)하며 부른다고 하였다.73) 영남 지역에서 19세기에는 향랑노래 〈산유화〉의 원 노랫말은 없어지고 그 음악만 전한다. 그 음악에 다양한 노랫말들이 붙여 답가(踏歌)로 불리거나 나물 캘 때·모내기 할 때·임풍대월(臨風對月)할 때 불린다. 19세기에 향랑노래 〈산유화〉의 음악이 영남 지역에 광범위하게 퍼졌을 것으로 짐작된다.

산유화의 음악을 국악계에서는 '산유화(山有花)제' 또는 '메나리조'라고 한다. 산유화와 메나리를 같은 것으로 보고 있다.74) 최영년(崔永年, 1856~1935)은 1925년 〈산유화〉는 향랑이 지은 것으로 그 음악이 전하는

_____

오는 소리 패연히 드리운다/ 관솔불 둘러앉아 내일 일 마련할 제/ 뒷 논은 뉘 심고 앞 밭은 누가 갈꼬/ 도롱이 접사리며 삿갓은 몇 벌인고/ 모찌기는 자네 하소 논삼기는 내가 함세/……/ 아기어멈 방아 찧어 들바라지 점심하소/ 보리밥과 찬국에 고추장 상치쌈을/ 식구를 헤아리되 넉넉히 능을 두소/ 샐 때에 문에 나니 개울에 물넘는다/ 메나리 화답하니 격양가 아니런가" 丁學游, 〈농가월령가〉(박성의 교주, 『농가월령가 · 한양가』, 민중서관, 1974, 33면).

72) "2-03-01-18 〈山有花〉本一善里婦香娘怨歌……今其詞已失 聲調猶傳 嶺外每春時采山及揷秧 聞其曼聲嗚咽 纏綿悽惻" 李學逵, 『洛下先生集』(『조선후기 민요자료 정리와 분류』, 268면).

73) "2-03-01-17 〈夜聞隣人唱山有花有懷却寄伯津〉山有花 爲洛東里娘作也……里人哀之 出水濱 聯袂踏歌 其詞不一 纏綿悽惻 今南土士女 每臨風對月 抵節哀吟 聲振林樾". 李學逵, 『洛下先生集』(『조선후기 민요자료 정리와 분류』, 267면).

74) 이보형, 「메나리조(산유화제)」, 『한국음악연구』 2집(한국국악회, 1973), 127면; 이보형, 『서도민요와 경기민요의 선율구조연구』(문화재연구소, 1992).

데 지금의 메너리라고 하였고[75] 차상찬(車相瓚)은 1932년의 글에서 향랑 고사를 소개한 다음 "봄철이 되면 영남의 젊은 녀자들은" 나물을 뜯으러 가며 구슬픈 목소리로 향랑이 부른 "메나리(山有花)를 부른다"고 하였 다.[76] 메나리의 직접적 연원을 향랑노래 〈산유화〉에 두고 있다. 메나리가 보이는 초기의 문헌은 신재효본 〈박타령〉이다. 흥부 부인이 박을 타며 "메너리목"으로 노래하는 대목[77], 놀부 부인이 박통 위에 앉아 "경상도 메나리조"로 울며 박 타는 것을 말리는 대목[78] 등이다. 영남 지역의 대표 음악을 메나리로 본 것이다.

이러한 기록을 보아 19세기에는 향랑노래 〈산유화〉의 음악이 영남 지역 민요의 대표적인 음악이 되었을 것이다. 답가 · 나물캐기 노래 · 모 내기 노래 등의 지역 민요가 이 음악으로 불렸고, 〈산유화〉란 명칭이 붙는다. 또한 민요 〈산유화〉는 18세기 이후에 농업노동요 · 모내기 · 나 물캐기 · 나무하기 등 다양한 기능의 노동요로 불렸다. 이 사실로 민요 〈산유화〉의 명칭이 노랫말은 다르지만 그 음악만 같으면 붙여졌을 가능 성, 노랫말에 공통되는 정서가 있으면 붙여졌을 가능성이 있음을 알게 한다. 즉 18~19세기 향랑노래 〈산유화〉와 정서가 유사한 노랫말의 〈산유 화〉가 생겨 다양한 기능의 노동요로 불렸고, 향랑노래 〈산유화〉의 음악 이 지역의 대표적인 음악이 되어, 음악은 같지만 노랫말은 향랑노래 〈산 유화〉와 관련 없는 〈산유화〉로 확산되었을 것으로 추정된다.

---

75) "2-03-01-25 〈山有花〉 肅宗二十四年 善山民婦香娘 夫死守節 父母欲奪志 乃作此曲而 哀之 投洛東江而死 世傳其曲 今之메너리 洛東烟水碧於紗 腸斷春歌踏浪沙 如見貞娥 紅淚滴 滿山風露血斑花" 崔永年, 『海東竹枝』 中編 「俗樂遊戲」(『조선후기 민요자료 정리와 분류』, 271면).
76) 차상찬, 「민요에 나타난 애화(2)」, 『별건곤』 57(1932.11).
77) "興甫宅이 메나리 목청으로 제법 메겨 여보소 世上 사람 내 노래 들어 보소" 신재효, 강한영 교주, 『申在孝 판소리사설集』(교문사, 1984), 385면.
78) "박통 위에 걸터 엎어져 慶尙道 메나리調로 한참을 울어내니" 신재효, 강한영 교주, 앞의 책, 441면.

4. 맺음말

〈산유화〉는 창작 향유된 문학양식이 다양하고 시기가 오래되었으며 지역적으로 다양하여, 민족적 정서를 읊은 대표적인 작품군 가운데 하나라고 생각한다. 따라서 〈산유화〉에 나타난 정서를 찾는 것은 문학적으로 중요한 일이다. 이와 같은 작업을 하기 전에 필요한 것이 민요 〈산유화〉의 통시적 양상을 정리하는 것이라고 생각하였다. 〈산유화〉의 정서는 처완(悽捥)·한(恨) 등의 슬픔이 중심이고, 그 슬픔이 나타난 〈산유화〉는 백제노래와 관련된 민요 〈산유화〉와 향랑노래와 관련된 민요 〈산유화〉가 중심인 것이 사실이다. 이에 본고는 백제노래와 관련된 민요 〈산유화〉와 향랑노래와 관련된 민요 〈산유화〉를 대상으로 하였다. 통시적 양상을 살펴본 결과를 요약하면 다음과 같다.

첫째, 백제노래와 관련된 민요 〈산유화〉의 통시적 양상이다.

백제 의자왕 대 〈산유화〉는 축원(祝願) 등 긍정적 정서가 주된 내용이다. 이러한 내용으로 보아 의자왕 대의 〈산유화〉는 백제 멸망 이후 민요로 전승된 것으로는 보이지 않는다. 백제 멸망 이후 〈산유화〉는 백제유민이란 특정화자의 백제에 대한 무상감이 주된 내용이다. 18세기 이후 백제유민 〈산유화〉는 민요로 불리면서 계승과 변모를 거친다. 그 변모는 특정화자의 백제에 대한 무상감에서 보편화자의 인생에 대한 무상감으로 된 것, 백제노래 〈산유화〉와 관련 없는 농가생활을 내용으로 하는 〈산유화〉로 확산된 것이다. 이러한 변모는 18세기~19세기에 민요 〈산유화〉가 다양한 기능의 노동요로 불리고, 백제노래 〈산유화〉의 음악이 지역 민요의 대표 음악이 됨과 관련된다. 다양한 기능의 노동요로 불리면서 백제노래 〈산유화〉와 정서가 유사한 보편화자의 〈산유화〉가 생겼고, 음악은 백제노래 〈산유화〉와 같으나 노랫말은 백제노래 〈산유화〉와 관련 없는 〈산유화〉로 확산된 것으로 추정된다.

둘째, 향랑노래 〈산유화〉의 통시적 양상이다.

18세기 향랑노래 〈산유화〉는 향랑이란 특정화자의 신세한탄이 주된 내용이다. 18세기 이후 향랑노래 〈산유화〉는 민요로 불리면서 계승과 변모를 거친다. 그 변모는 특정화자의 신세한탄에서 보편화자의 무상한 인생에 대한 신세한탄과 농사생활에서의 고생에 대한 신세한탄으로 된 것, 향랑노래와 관련 없는 농가생활을 내용으로 하는 〈산유화〉로 확산된 것이다. 이러한 변모는 18세기~19세기에 민요 〈산유화〉가 다양한 기능의 노동요로 불리고, 향랑노래 〈산유화〉의 음악이 지역 민요의 대표 음악이 됨과 관련된다. 다양한 기능의 노동요로 불리면서 향랑노래 〈산유화〉와 신세한탄이란 내용을 공유하는 보편화자의 〈산유화〉가 생겼고, 음악은 향랑노래 〈산유화〉와 같으나 노랫말은 향랑노래 〈산유화〉와 관련 없는 〈산유화〉로 확산된 것으로 추정된다.

이상에서 〈산유화〉는 특정화자의 특정 경험에 바탕을 둔 정서로 출발하였다가 민요로 전승되면서 보편화자의 보편 경험에 바탕을 둔 정서로 변모한다. 이러한 변모는 민요 〈산유화〉의 기능이 다양해지고 민요 〈산유화〉의 음악이 지역의 대표적인 음악이 됨과 관련된 것으로 보인다. 이러한 결과에서 보았을 때 본고는 〈산유화〉로 민요의 보편화자란 특징이 실현되는 양상을 구체적으로 살핀 점에서 의의를 찾을 수 있을 듯하고, 입론의 과정에서 필자가 찾을 수 있는 자료를 최대한 찾고 활용하였다는 점에서 의의를 찾을 수 있을 듯하다. 하지만 처음에 제기하였던 〈산유화〉의 핵심적인 물음에는 답을 하지 못하였다. 〈산유화〉에 공통되는 슬픔이란 정서가 무엇인가 하는 점이다. 이 물음은 〈산유화〉를 수용한 문인들의 창작시를 아울러 검토할 때 좀 더 분명해 질 것이다. 잠정적이지만 필자의 생각에는 민요 〈산유화〉는 인간의 본원적인 문제에서 야기된 슬픔을 다룬 것 같다. 무상감은 '영원(무한)과 순간(유한)'이란 생사(生死)의 문제이다. 신세한탄은 가정생활에서의 '귀속과 소외', 농가생활에서의 '부귀

(평안함)와 빈곤(고생)'에서 생긴 것이다. '부귀(평안함)와 빈곤(고생)'은 부귀하고 평안한 사람과 대비한 가난하고 고생하는 화자의 소외감으로 볼 수 있을 듯하다. 이렇게 본다면 무상감이 인간의 생사(生死) 문제이고, 신세한탄은 인간과 인간이 관계하는 사회(社會) 문제로 인간의 본원적 문제와 관련 있을 듯하다.

제3장

영남 지역 〈나무꾼노래〉에 나타난 신세탄식의 양상과 의미

1. 머리말

신세탄식[1]이란 화자가 부정적인 자신의 처지와 형편을 탄식한 것이다.[2] 다시 말하면 신세탄식은 1인칭 화자가 바라는 바가 이루어질 수 없는 현실에서 주관적 감정을 토로한 것이다. 서정이 바라는 바가 이루어질 수 없는 현실에서 바라는 바를 추구하는 것을 바탕으로 함[3]을 감안하면 신세탄식은 서정의 중심이 된다. 이러한 신세탄식이 표출된 것에는 노동요·비기능요·유행민요·기록시가 등이 있다. 서정을 중심에 두고 노동요와 유행민요의 관련성, 민요와 기록시가의 관련성 등을 살펴볼 수 있는 중요한 주제이다. 신세탄식이 표출된 다양한 자료 가운데 신세탄식의 순수함이 온축(蘊蓄)된 것이 민요이고, 민요 가운데 노동요가 중심

---

1) 유사한 용어로 '신세한탄', '신세타령'이 있다. 신세한탄에서 恨歎은 한을 탄식한 것으로 자료 선정에서 恨에 대한 개념 규정이 선행되어야 한다. 본고에서 이것을 감당하기에 어려운 점이 있다. '신세타령'에서 타령은 주로 유행민요에 쓰인다는 점에서 적당하지 않다.
2) 김지영·김기범, 「한국인의 자기신세 조망양식으로서 팔자의 이야기 분석과 통제신념과의 관계 분석」, 『한국심리학회지 : 사회문제』 11(한국심리학회, 2005), 87면.
3) 성기옥, 「공무도하가 연구」(서울대학교 박사학위논문, 1988), 70면.

이다. 주지하듯이 민요는 노동에서 나온 것이고, 민요의 순수함이 온축된 것이 노동요이기 때문이다.[4] 이러한 노동요 가운데 신세탄식이 잘 드러난 것 가운데 하나가 영남 지역의 〈나무꾼노래〉이다.

〈나무꾼노래〉에 나타난 신세탄식을 찾았다고 하더라도 그것이 무슨 의미가 있는가? 하는 점이 문제이다. 이 문제와 관련하여 선행 연구에서는 다음과 같은 점을 제기하였다.

첫째, 〈나무꾼노래〉에 나타난 신세탄식의 특징은 무엇인가?
둘째, 〈나무꾼노래〉에 나타난 신세탄식과 〈산유화〉의 공통점은 무엇인가?

김헌선 교수는 영남 지역 〈어사용〉의 선율과 노랫말이 〈논매기노래〉에 사용될 수 있고, 〈어사용〉의 노랫말에서 빈도수가 높은 것은 "봉덕이, 전형적인 신세한탄, 과부의 신세한탄, 부모에 대한 그리움" 등이고 과부의 신세한탄은 여성민요의 노랫말인데 〈어사용〉에 전용된 것이라고 하였다.[5] 본고에서는 이 논의를 모두 수용한다. 수용에서 보더라도 의문은 '〈나무꾼노래〉에 나타난 신세탄식과 〈논매기노래〉에 나타난 신세탄식은 무엇이 같다는 것인가? 여성민요에 나타나는 과부 신세탄식이 왜 〈어사용〉에 전용되었는가?'라는 점이다. 이것은 '〈나무꾼노래〉에 나타난 신세탄식의 특징이 무엇인가?'라는 물음으로 집약된다. 이러한 물음이 공시적(共時的)인 면에서 〈나무꾼노래〉의 의미를 찾는 연구라면 통시적(通時的)인 면에서 〈나무꾼노래〉의 의미를 찾는 연구가 있다.

김기현 교수는 〈산유화〉란 명칭을 지닌 민요에는 백제의 멸망을 바탕으로 세사의 무상감을 나타내고 있는 농요(부여지방), 순수한 농요(부여

---

4) 고정옥, 『조선민요연구』(수선사, 1949), 18면.
5) 김헌선, 「민요 〈어사용〉의 현지분포, 사설유형, 시사적 의의 고찰」, 『한국구전민요의 세계』(지식산업사, 1996), 302~328면.

지방), 애정을 바탕으로 한 농요(관서지방), 향랑의 고사를 바탕으로 한 농요(영남 지역)가 있다고 하였다.[6] 본고에서 관심을 둔 것은 영남 지역의 〈산유화〉이다. 자세히 보기로 하자. 김기현 교수는 이재욱 선생이 1932년에 소개한 경북 성주(星州) 지방의 〈산노래〉는 향랑이 부른 〈산유화〉에 닿아 있고, 이재욱 선생이 1932년에 소개한 나무하면서 부른 〈산유화〉와 1980년에 채록된 나무하면서 부른 〈산유회〉와 1979년에 채록된 나무하면서 부른 〈어사용(1)〉 등은 "삶의 無常感"을 공통으로 한 동일한 작품으로 "산유화가나 〈어사용〉은 기본 골격이 같은 노래"로 그 시원이 같음을 보여준다고 하였다.[7] 영남 지역 〈산유화〉에 대한 통시적 양상이 선명하며, 〈나무꾼노래〉의 의미를 〈산유화〉와 관련시킨 점도 주목된다. 본고는 이 결과를 수용한다. 그래도 의문은 '〈나무꾼노래〉와 〈산유화〉가 "기본 골격을 같이 하는 노래"라면 기본 골격이 무엇인가?'라는 점이다. 삶의 무상감이란 점은 추측할 수 있다. 이것이 유일한 것인가? 이 의문은 '〈나무꾼노래〉에 나타난 신세탄식과 〈산유화〉의 공통점은 무엇인가?'라는 물음으로 집약된다.

첫 번째 물음과 두 번째 물음은 별개의 것이 아니다. 〈나무꾼노래〉에 나타난 신세탄식의 특징이 밝혀져야 〈산유화〉와의 공통점이 설명될 수 있기 때문이다. 〈나무꾼노래〉의 특징은 다른 것과의 비교로 드러날 것이다. 본고의 제2장에서는 〈논매기노래〉·〈밭매기노래〉와 비교하여 그 특징을 살펴보고자 한다. 제3장에서는 그 특징을 바탕으로 문헌에 수록된 영남 지역의 〈산유화〉와 비교하고자 한다.[8]

---

6) 김기현, 「산유화가의 전승과 교섭 양상」, 『어문논총』 21호(경북대학교 국어국문학과, 1987), 97~118면.
7) 김기현, 앞의 논문, 97~118면.
8) 〈나무꾼노래〉·〈논매기노래〉·〈밭매기노래〉의 자료는 『한국구비문학대계』 경상북도·경상남도편(한국학중앙연구원, 1980~1986)과 『한국민요대전』 경상북도·경상남도편(문화방송, 1994~1995)과 조동일 편, 『경북민요』(형설출판사, 1982)와 울산대학교 인문과학연구소 편, 『울산울주지방민요자료집』(울산대학교 출판부, 1990) 등에 수록된

2. 〈나무꾼노래〉에 나타난 신세탄식의 양상

선행 연구에서는 〈나무꾼노래〉 노랫말의 종류를 열두 가지[9] 또는 아홉 가지[10]로 제시하였다. 이 가운데 희극적인 면이 섞인 것, 처녀·총각의 유혹과 결합에 대한 내용으로만 이루어진 것, 유흥이나 긍정적인 정서로만 이루어진 것 등을 제외한 각편의 수를 제시하면 다음 표와 같다.

	『한국구비문학대계』	『한국민요대전』	『경북민요』	『울산울주지방민요자료집』	
경상북도	16편(22-6)[11]	20편(24-4)	11편(15-4)		47편
경상남도	10편(19-9)	5편(7-2)		14편(25-11)	29편
합계	26편	25편	11편	14편	76편

신세는 화자의 부정적인 현재 상태이고, 탄식은 지향성이다. 그 지향성에는 현재의 신세에 있을 수도 있고, 미래의 해결에 있을 수도 있다. 미래의 해결이란 화자가 생각 속에서 해결 가능성을 내다보는 것이다. 즉 해결에 대한 전망(展望)이다. 결국 신세탄식에는 '어떤 신세를 어떻게

것이다. 『한국구비문학대계』 경상북도·경상남도편(한국학중앙연구원, 1980~1986)은 이하 『한국구비문학대계』로 약칭하고, 『한국민요대전』 경상북도·경상남도편(문화방송, 1994~1995)은 『한국민요대전』으로, 조동일 편, 『경북민요』(형설출판사, 1982)는 『경북민요』로, 울산대학교 인문과학연구소 편, 『울산울주지방민요자료집』(울산대학교 출판부, 1990)은 『울산울주지방민요자료집』으로 약칭한다.

9) 권오경, 「〈어사용〉의 명칭과 사설 유형」, 『한국민요집』 3(한국민요학회, 1995), 113~114면.

10) 이정아, 「어사용에 나타난 탄식의 양상과 의미」, 『한국고전문학』 18집(한국고전연구회, 2008), 321~350면.

11) '22'는 『한국구비문학대계』 경상북도편에 수록된 〈나무꾼노래〉의 각편 수이고 '6'은 제외한 각편의 수이다. 이하 같다.

전망(展望)하는가 하는 점이 필수적이다.

먼저 신세의 내용이다. 〈나무꾼노래〉에는 인생무상을 표출한 것, 부모가 없는 신세를 표출한 것, 짝이 없는 신세를 표출한 것, 일만 하는 신세를 표출한 것, 임이 없는 신세를 표출한 것 등이 있다. 하나만 표출된 것과 두 가지 이상이 복합된 것이 있다. 그 양상을 정리하면 다음과 같다.

◎ 하나의 신세탄식만이 있는 각편
    일만 하는 신세   20편
    임이 없는 신세   16편
    짝이 없는 신세   7편
    인생무상   8편
    부모가 없는 신세   4편
◎ 두 가지 이상의 신세탄식이 복합된 각편
    짝이 없는 신세 + 일만 하는 신세   6편
    부모가 없는 신세 + 일만 하는 신세   3편
    인생무상 + 일만 하는 신세   3편
    인생무상 + 짝이 없는 신세 + 일만 하는 신세   2편
    인생무상 + 임이 없는 신세   1편
◎ 기타   6편

〈나무꾼노래〉에서 중심은 일만 하는 신세, 임이 없는 신세이다. 인생무상은 양쪽에 걸쳐있고, 짝이 없는 신세와 부모가 없는 신세는 주로 일만 하는 신세에 포함된다. 두 경우를 중심으로 살펴보자.

2.1. 일만 하는 신세

어어어 날은 따뜻하고 / 이놈팔자 와 이렇터노 / ① 미신짝도 짝이 있고 / 토시락짝도 짝이있고 / 헌치같은 내팔자 / ② 주야장천 남의집살

이해서 / 개캉앉아서 마주앉아서 / 밥을벌어 먹고사나 / 이런팔자 더럽
은팔자 / 언제나나도 부귀득명 / 한번하고 / 남과같이 살아갈꼬 / 아이고
답답 내팔자야 / 내팔자 내신세가 / 웬일로 이지경이 / 되단말고 / 내신세
이리될줄 / 나몰랐네 / 어떤사람 팔자좋아 / 부귀득명 하올적에 / 분벽사
창 고대광실 / 높은 집에 사모핀경달고 / 동남풍이 드러부니 / 풍경소래
오래나고 / 북창청풍 달밝은데 / 분벽사창 좋은방에 / 위풍없이 평풍치
고 / 목지다 황새병 / 목짜르다 자래병 / 맛좋은 기당주는 / 내주량에
펑펑먹고 / 호풍신에 있는몸이 / 풍설없이 풍덩하게 / 잘지내는데 /
개와돼지같이 / 나는요모양 요꼴로 / 이래시월을 / 보내고 말겠는가[12]

『한국구비문학대계』 경상북도편 7-4 〈나무꾼노래〉 568면

①은 짝이 없는 신세이고, ②는 일만 하는 신세이다. ②에서 화자는
남의 집에서 머슴으로 사는 신세이다. 그 신세를 타인(他人)과의 대응으
로 드러낸다. 타인은 고대광실에 살며 그 집에 달린 풍경(風磬)은 동남풍
에 한들한들한다. 병풍을 쳐 외풍이 없는 방에서 좋은 병에 담긴 계당주
(桂當酒)를 마시고 싶은 대로 마신다. 한들한들 여유를 즐기는 신세이다.
화자는 이것과 반대이다. 그 반대의 양상은 주로 농사일을 못 면하고
장가 한번 못 간 신세[13], 농부가 되어 풀지게를 아기 삼고 지게목발을
친구 삼는 신세[14], 지게 등받이를 매일 붙이고 다니는 신세[15], 우장 삿갓
에 김매러 다니는 신세[16], 밥만 먹고 태산준령을 왕래하는 신세[17] 등이다.
일만 하는 신세가 지배적이다. 그 외에 머슴의 신세[18], 아이를 낳지 못하

---

12) 원번호와 빗금(/)은 필자가 한 것이다. 빗금(/)은 행을 구분한 것으로 수록된 책에
   따른 것이다. 이하 같다.
13) 『한국구비문학대계』 경상남도편 8-7 〈어사용(1)〉 208면.
14) 『한국민요대전』 경상북도편 CD 14-38 〈포항 어사용〉.
15) 『한국구비문학대계』 경상북도편 7-9 〈신세타령(어사용)〉 577면.
16) 『한국구비문학대계』 경상북도편 7-11 〈어사용〉 858면.
17) 『한국구비문학대계』 경상남도편 8-5 〈산유회(2)〉 506면.
18) 『한국구비문학대계』 경상북도편 7-4 〈나무꾼노래〉 568면, 『한국민요대전』 경상남도
   편 CD 3-9 〈고령 어사용-산유화〉.

는 신세[19], 병이 든 신세[20], 아내가 없고 돈도 없어 첩도 못 얻는 신세[21] 등이 있다. 이것은 화자의 개인적인 경험을 담은 것이다. 이것을 보아 〈나무꾼노래〉에서는 일만 하는 신세에 개인적인 경험을 보탤 수 있음을 알 수 있다. 타인과 나의 대응은 부유한 타인과 가난한 나의 대응이다. 신분·빈부 등 사회생활에 바탕을 둔 타인과의 괴리감이다. 이와는 다른 대응도 있다. 그것이 '사물(또는 자연)과 나의 대응'이다. 〈나무꾼노래〉에 나타난 사물(또는 자연)과 나의 대응을 정리하면 다음과 같다.

> (가) 사물(또는 자연)은 짝이 있으나 나는 짝이 없음
>   이 노랫말, 일만 하는 신세, 임을 잃은 신세
> (나) 사물(또는 자연)은 밤이 되면 집으로 찾아가나 나는 갈 곳이 없음
>   이 노랫말, 임을 잃은 신세, 부모가 없는 신세
> (다) 사물(또는 자연)의 현상은 해결이 가능하나 나의 수심(愁心)은 해결이 불가능함
>   이 노랫말, 일만 하는 신세, 임을 잃은 신세

(가)는 화자가 자신의 신세를 '짚신도 짝이 있고 도시락도 짝이 있으나, 키(箕)와 같이 짝이 없다'라고 한 것이다.[22] 이 노랫말로만 각편이 이루어진 것이 2편[23]이고, 이 노랫말과 일만 하는 신세가 결합된 것이 4편[24]이고, 이 노랫말과 임을 잃은 신세와 결합된 것이 1편[25]이다. 화자는 장가

---

19) 『한국구비문학대계』 경상북도편 7-2 〈갈가마구 노래, 어사용〉 506면, 『울산울주지방 민요자료집』 〈사용 9〉 195면.
20) 『한국민요대전』 경상북도편 CD 11-21 〈울진어사용〉.
21) 『경북민요』 #193 86~87면. #는 작품번호이다. 이하 같다.
22) "……내팔자야 외신짝도 짝이 있고 토신짝도 짝이 있고 어허어 짝이 있는데/ 칭이 같은 내 팔자야" 『한국구비문학대계』 경상북도편 7-4 〈어사용〉 480면.
23) 『한국구비문학대계』 경상북도편 7-4 〈어사용〉 480면, 『경북민요』 #183 82면.
24) 『한국구비문학대계』 경상북도편 7-4 〈나무꾼노래〉 568면, 『한국구비문학대계』 경상남도편 8-5 〈산유회(2)〉 506면, 8-5 〈산유회(3)〉 534면, 8-8 〈어사용〉 245면.

못간 나무꾼일 수도 있고, 임을 잃은 여성일 수도 있다. 화자의 신세가 특정한 것이 아니라 보편적이다. (나)는 화자가 자신의 신세를 '짐승들은 밤이 되면 집으로 찾아가나 자신은 찾아갈 곳이 없다'라고 한 것이다.[26] 이 노랫말로만 각편이 이루어진 것이 1편[27]이고, 임을 잃은 신세와 결합된 것이 1편[28]이고, 부모가 없는 신세와 결합된 것이 1편[29]이다. 화자는 임을 잃은 여성일 수도 있고, 부모가 없는 나무꾼일 수도 있다. 화자의 신세가 특정한 것이 아니라 보편적이다. (다)는 화자의 수심(愁心)을 내용으로 한다. 까마귀가 검은 것(또는 목이 짧은 것)은 온 조선이 아는 것과 내 속의 병은 모르는 것의 대응[30], 산천의 불을 끄는 것과 내 속의 불을 끄지 못 하는 것의 대응[31], 만첩산중의 고드름은 봄바람으로 풀어지는 것과 내 가슴 속의 수심은 풀어지지 않는 것의 대응[32] 등이 그 예이다. 愁心으로만 각편이 이루어진 것이 2편[33]이고, 일만 하는 신세와 결합된 것이 2편[34]이고, 임을 잃은 신세와 결합된 것이 3편[35]이다. 화자는 일만 하는 나무꾼일 수도 있고, 임을 잃은 여성일 수도 있다. 화자의 신세가 특정한 것이 아니라 보편적이다.

---

25) 『울산울주지방민요자료집』〈사용 24〉 206면.
26) "……갈가마구애이 큰솔밭 위데두고 잔솔밭에 어무품에 잠자로드제 에에이이" 『경북민요』 #185 83면.
27) 『경북민요』 #185 83면.
28) 『경북민요』 #188 84~85면.
29) 『한국민요대전』 경상남도편 CD 5-9 〈양산 어사용〉.
30) "귀야귀야 귀야귀애 가마귀야 니발달린 당나귀야 시발달린 통노귀야 니새끼검다고 한탄마라 니껌은줄은 온조선이 다알건마는 계룹겉이 이내몸에 태산겉은 병이든줄은 어느누가 알아주리" 『경북민요』 #196 88면.
31) "……가리 갈갈마구야 산천초목에 타는 불은 만 초군이 끄건마는 이 내 심정 타는 불은 어느 님이 끄건마는……" 『한국민요대전』 경상북도편 CD 2-32 〈경주 어사용〉.
32) "……만첩산중 고드름은 봄바람이 풀어내고 이 내 가슴 속단풍은 어느 누가 풀어주나……" 『한국민요대전』 경상북도편 CD 10-3 〈영천 어사용〉.
33) 『경북민요』 #195 88면, #196 88면.
34) 『한국구비문학대계』 경상북도편 7-9 〈신세타령〉 577면, 『경북민요』 #192 86면, #194 87면.
35) 『한국구비문학대계』 경상북도편 7-6 〈어새이〉 251면, 『한국민요대전』 경상북도편 CD 2-32 〈경주 어사용〉, 『울산울주지방민요자료집』〈사용 8〉 193면.

(가)·(나)·(다)의 노랫말에서 화자의 신세는 보편성을 띤다. 왜 보편성을 띠는가? 이 노랫말에서 대응되는 사물에는 화자의 주관적 감정의 개입이나 해석이 없다. 주관적 감정의 개입이나 해석이 없다는 것은 이 노랫말이 객관적 사실로 제시되었다는 뜻이다. 그 객관적 사실은 세상의 당연한 이치·자연의 당연한 이치이다. (가)에서 짚신·도시락 등이 짝이 있다는 것은 세상의 당연한 이치이고, (나)에서 까마귀가 밤이 되면 집을 찾는 것은 자연의 당연한 이치이고, (다)에서 까마귀가 검은 것을 아는 것·산천의 불을 끄는 것은 세상의 당연한 이치이고 만첩산중의 고드름이 봄에 녹는 것은 자연의 당연한 이치이다. 화자의 신세는 이러한 세상·자연의 당연한 이치와 대립된다. 세상과의 괴리감(乖離感)이다. 그 괴리감은 당연한 이치·완전함에 대립된다는 점에서 불완전한 인간으로서의 한계에 기인한다. 이것은 "청천 하늘엔 별도나 많고 / 우리네 살림살이 수심도 많다"라고 하였을 때 "하늘과 지상, 별과 수심, 천상적인 것과 인간적인 것의 대립"에서 생긴 인간의 근원적인 "괴리감(乖離感)"을 노래한 것과 유사하다.[36] 이러한 괴리감은 〈나무꾼노래〉에 나타난 해결전망의 특징과도 관련된다. 해결전망을 살펴보자.

가세 가세 어서 가세 너른 들판 일하러 가세/ 동해동산 돋은 해는 나절반이 다 되간대/ 배는 고파 등에 붙고 목도 말라 못하겠네/ 아이고 답답 나 신세야 농사 백성이 웬 말인고/ 남 날 적에 나도 나고 나 날 적에 남 났는데/ 이내 팔자 무신 죄로 농사 백성이 되었는고/ 아이고 답답 못하겠네/ 허리 허리 이내 허리 다 부러진다. 다 부러지네/ …/ 불쌍하고 가련한 이내 몸이 어데 가서 사 오리까/ 바늘같은 이 내 몸이/ 넓고 넓은 이 세상에 어디 가서 살 곳 없노/ 아이고 답답 못하겠다
『한국민요대전』 경상북도편 CD 3-20 〈구미 어사용〉

36) 김열규, 『한국인의 시적 고향』(문리사, 1978), 183면.

화자는 반나절이 되도록 일만 하여 배가 고프고 목이 마르다. 이러한 고통 속에서 자신은 남과 같이 태어났으나 고통스런 일만 해야 하는 농부의 신세가 되었다고 탄식한다. 이 신세에서 화자는 어디 가서 살까라고 생각한다. 해결에 대한 전망(展望)이다. 그 전망에서 바늘 같이 작은 몸임에도 넓고 넓은 세상 어디에도 살 곳이 없다. 좌절이다. 넓고 넓은 가능성이 모두 차단된 것이다. 해결의 가능성이 전혀 없는 절대적인 좌절이다. "발길 가는 데로 찾어가자 어데 간들 날이 세어 동서남북 이십사방 다 댕기도 내 갈 길이 전혀 없네".37) 발 길 가는 데로 찾는 것은 해결의 전망이다. 그런데 동서남북 사방에 갈 길이 전혀 없다. 모든 곳에서의 좌절이다. "나무하러 가나 헐시구나 올라가면 신세타령이 여게로다 오두루 가면은 할거있나 오두루 가면은 재미나나"38). 산에 나무하러 올라가도 재미도 없고 할 것도 없다. 매일 같은 일의 반복이며 이것을 벗어나는 것도 불가능하다. "죽자하니 청춘이고 살자하니 고생"이다.39) 화자가 이러지도 못하고 저러지도 못한다. 해결의 가능성이 전혀 없는 절대적인 좌절이다. 부모에 대한 그리움도 절대적인 좌절과 관련된다.

　　울 엄마야 울 엄마야 / 산 높고 골 짚은데 어이 월출동령에 달이 솟고 오오 일락서산에 해 떨어지고 오오우에/ 치받아 보이 만학천봉이고 낼받아 보니 칠암절백 어이/ 울 엄마는 어데 가고 어이 날 찾을 줄 모르는고/ 까막깐치도 해가 지믄 은제 놋제로 가리 물고/ 잔 솔밭을 다 지내고 어어이 굵은 솔밭을 찾아 들고 어이/ 물 밑에 송에 새끼 바우 밑을 찾어든데 에이/ 울 엄마는 어데 가고 날 찾을 줄 모리는고 오 울 엄마야 울 엄마야/ 어예하꼬 밤은 침침 야삼경에 이화월백 적막한 데어에 야월공산에 두견 울고 오이/ 울 엄마는 어데 가고 엄마엄마 부르치니 에에에에/ 한 번 불러 대답 없고 오이 두 번 불러도 대답없고

---

37)『한국민요대전』경상남도편 CD 6-14 〈창녕 나무꾼신세타령-산타령(어산영)〉
38)『한국구비문학대계』경상남도편 8-11 〈산타령〉 549~550면.
39)『한국구비문학대계』경상북도편 7-13 〈어사용(1)〉 802면.

이 삼시 분을 거드치니/ 산이 마치 대답한다 하 울 엄마야 울 엄마야
어데 가고 날 찾을 줄 모르는고 오오/ 아이고 아이고 울 엄마야 어어어에
나는 나는 어이하꼬 오오
　　　　　　『한국민요대전』경상남도편 CD 5-9 〈양산 나무꾼신세타령-어산영〉

　화자는 해가 졌을 때도 만학천봉과 층암절벽이 둘러싸인 곳에서 일만
하는 신세이다. 이러한 때에 자연물들은 모두 집으로 돌아간다. 어머니만
있다면 까마귀가 집에 돌아가는 것처럼 돌아갈 수 있다고 생각한다. 즉
어머니는 화자의 신세를 해결하는 자이다. 화자가 직접 "우리엄마 울
아부지요 / 날 살리주소 날 살려주소"[40]라며 호소하기도 하고, "저 건너
폭포에 물 떨어지는 저 소리는 우리 부모 개장국에 흰밥 말아 놓고 날
부르는 저 소리"[41]라며 화자가 바라는 것을 실현시켜 주는 자로 어머니를
회상하는 것도 같은 예이다. 해결자로 어머니를 상정한다는 점에서 해결
의 전망(展望)이 근원적인 것에 기대고 있다. 어머니를 잃은 신세라는
점에서 좌절이다. 따라서 근원적이고 절대적인 좌절이다.
　절대적인 좌절이란 나무꾼이 신세에 대한 해결의 가능성이 전혀 없다
고 전망한 것이다. 해결의 가능성이 전혀 없다는 것은 인간이 어찌 할
수 없는 것으로 생사(生死)・운명(運命)과 같은 인간의 근원적인 한계와
유사하다. 세상과의 괴리감은 완전함에 대립된 인간으로서의 불완전함
에 기인한다. 이러한 사실로 보면 나무꾼은 자신의 신세를 인간이 근원적
으로 해결할 수 없는 절대적인 좌절로 전망하고 그 전망을 바탕으로
세상과의 괴리감을 표현한다.

---

40) 『한국민요대전』경상남도편 CD 3-13 〈밀양 나무꾼 신세타령〉.
41) 『한국민요대전』경상북도편 CD 13-13 〈청송 어사용〉, 『경북민요』#186 83면.

2.2. 임을 잃은 신세

화자의 절대적인 좌절을 바탕으로 한 세상과의 괴리감이 임을 잃은 신세에서도 확인되는지 살펴보자.

> (가) 날 다리가소 날 다리가소 어 명천 하늘님네 날 다리가소 / 에
> 인지 가면 언제 오꼬 어허 날이 새만 오실랑가 닭기 울어도
> 아니 오네 / 아이고 답답 내 팔자야 이 내 팔자 이리 될 줄
> 어느 누가 알아 주리 / 후우
>
> 『한국민요대전』 경상북도편 CD 5-7 〈김천 어사용〉

> (나) ① 후여 가마구여 지리지루산 갈가마구여 / 너도 또한 님을
> 잃고 임 찾아 가는 길에 울음 울구 너를 건너이/ 나도 또한
> 님을 잃고 임 찾아 가는 길에 너를 보니 눈문 생각 절로 나네
> / 너 팔자나 내 팔자나 어이그리 무정한고 / ② 짚신 짝이도
> 짝이 있고 청천에 뜬 외기럭이도 짝을 맞차 가건마는 / 내 팔자
> 기박하다 헌챙이 같은 내 팔자여 무정하기 짝이 없다.
>
> 『울산울주지방민요자료집』 〈사용 24〉 206면

(가)는 임이 없는 신세에 대한 화자의 직설적인 탄식이다. 화자의 외로움은 임과의 사별(死別) 때문인지 이별 때문인지 불분명하다. '임은 한번 가서 오지 않으니 언제 오는가'[42]라며 탄식한 것, '보고 싶다'라고 탄식한 것[43] 등과 같다. '임이 오다'로 외로움이 해소된다. 따라서 해결의 가능성이 있음을 전제로 한 좌절이다. 비절대적인 좌절이다. 이것과 다른 것이 (나)이다.

(나)에서 화자는 기러기가 임을 잃었듯이 임을 잃은 신세이다. ②에서 그 신세를 짝이 있는 사물들과의 대응으로 표현한다. 임을 잃은 신세에서

---

42) 『울산울주지방민요자료집』 〈사용 3〉 191면.
43) 『한국민요대전』 경상북도편 CD 10-3 〈영천 어사용〉.

대응의 표현이 보이는 각편은 5편이고, 대응의 노랫말로만 각편이 이루어진 것이 6편이다. 이 노랫말에서 대응은 앞의 인용문과 같은 '사물(또는 자연)과 나의 대응'이다. 이 대응은 전술하였듯이 세상과의 괴리감을 나타낸다. 이러한 괴리감이 절대적 좌절과 관련되는지 살펴보자. 화자는 임을 잃었다는 점에서 (가)의 화자와는 다르다. 즉 화자는 임을 사별(死別)한 과부(寡婦)일 가능성이 크다. 임을 사별하였다는 점에서 만남의 가능성이 전혀 없는 절대적인 좌절이다. 이러한 절대적인 좌절이 잘 드러난 것이 다음의 노랫말이다.

> 치라치라 말말아라/ 어허허 어어 어어어(이하 생략)/ 갱주같은 넓은 지린 너를두고 어이가리 임아임아 우런임아 어데갔다 인제왔너허/ ① 하늘 같은 서방님이 태산 같은 병이들어 ②비녀를 팔고 쪽잠을 팔아 대한 약국에 약을 지어어 어어 청로화로에 불피와 놓고/ 한손으로 부채 들고 또한 손으로 임머리 짚구우/ ③원싯놈의 잠이 들어 임 가신 줄도 몰랐구나 아이/ ④영창을 반만열고 달을 보고 탄식하니 달지는 줄도 몰랐구나 심신이 산락하여 이웃집에 놀루가니 이집에 가도 남편있고 저집에 가도 가장있어 희희락락 하건마는
>
> 『한국구비문학대계』 경상북도편 7-13 〈어사용(3)〉 899면

남편이 병이 들어(①), 비녀를 팔고 쪽잠을 팔아 약을 사 정성으로 달여 먹였으나(②), 임은 죽었다(③). 임의 죽음을 확인하는 과정에서 화자는 잠이 들어 임의 임종을 보지 못하였다고 자책(自責)한다. 과거에 임의 마지막 모습을 보지 못하였던 것에 대한 아쉬움이다. 따라서 화자는 임의 죽음으로 임의 모습을 영원히 볼 수 없다는 것을 전제한다. 만남의 가능성이 전혀 없는 절대적인 좌절이다. 이러한 만남이 불가능하다는 전망은 임이 북망산천에 누워 화자의 말에 대답도 없는 것[44], 임은 영영 가셨기

---

44) 『울산울주지방민요자료집』〈사용 21〉 203면.

때문에 임과의 만남은 죽어서 가능하다고 한 것[45] 등에서도 확인된다.

3. 〈논매는소리〉와 〈밭매는소리〉에 나타난 신세탄식과의 비교

3.1. 〈논매는소리〉에 나타난 신세탄식과의 비교

〈논매는소리〉는 일정한 주제를 지닌 단편적이고 독립적인 단위의 노랫말이 이어지는 경우가 지배적이다. 그 단위들은 각각의 단위 내에서는 결속력을 보이지만, 다른 단위와는 독립적이다. 본고에서는 일정한 주제를 지니고 다른 단위의 노랫말과는 독립적인 것을 단락(段落)[46]이라고 한다. 〈논매기노래〉에서 신세탄식이 드러난[47] 각편과 단락의 수를 제시하면 다음 표와 같다.

	『한국구비문학대계』	『한국민요대전』	『경북민요』	『울산울주지방민요자료집』	
경상북도	9편(18-9) 13단락	26편(57-31) 30단락	4편(15-11) 6단락		39편 49단락
경상남도	4편(12-8) 6단락	7편(7-0) 9단락		3편(6-3) 3단락	14편 18단락
합계	13편 19단락	33편 39단락	4편 6단락	3편 3단락	53편 67단락

---

45) 『한국민요대전』 경상북도편 CD 8-5 〈안동 어사용〉.
46) 段落의 사전적인 뜻은 긴 글을 내용에 따라 나눌 때 하나 하나의 짧은 이야기 토막이다. 본고에서는 일정한 주제를 지닌 단편적인 단위의 노랫말이란 뜻으로 사용한다. 단락에 대한 것은 졸고, 「상여소리의 구성과 죽음의식에 대한 연구」(서울대학교 석사학위논문, 1994), 12면 참조.
47) 신세탄식이란 내용을 담지 않은 단락에는 작업에 대한 지시와 독려를 내용으로 하는 것, 해학적인 것, 처녀와 총각이 문답한 것, 서사민요가 삽입 된 것 등이 있다.

신세탄식에는 인생무상에 대한 것이 27개 단락, 일만 하는 신세에 대한 것이 27개 단락, 임이 없는 신세에 대한 것이 13개 단락이다. 일만 하는 신세에 대한 탄식과 임이 없는 신세에 대한 탄식을 중심으로 살펴보자.

> (가) 어떤 사람은 팔자 좋아/ 에이여 우 상사디여(이하 받는 소리 생략)/ 고대광실 높은 집에 / 사모에다 핑경달고/ 들민 한들 날민 한들 / 이 내 팔자 잘못 타서 / 먹고 나면 땅만 파고 / 자고 나도 땅만 파네
> 　　　　『한국민요대전』 경상남도편 CD 3-2 〈고령 논매는 소리〉

> (나) 어떤 사람은 팔자 좋아 구대광실 높은 집에 부채질만 설렁 설렁 오오호이 소오호리 자알도호 허이네/ 에헤이헤에에이 소오리 자알도 허이네/ 오호 오이 유월염철 한더우에에이 나락도좋고 좋기도하고오호 땅파는심이 얼마나조은고오 에헤이헤이 소오호리
> 　　　　『한국구비문학대계』 경상북도편 7-8 〈논매기 노래〉 211면

> (다) 오호조고야/ 반달같은 논빼미 서마지기 논빼미가/ 오호조고야/ 우린님은 어대가요 곳곳마중 연기나도 우리님은 연기낼줄 모리딘고 서마지기 논빼미에 달짝이도 다매가도 임아임아 우리님아 어대가고 저녁할중 모리딘도 노저어야
> 　　　　『한국구비문학대계』 경상북도편 7-5 〈논매기 노래〉 411면

> (라) 다 간다 나는 간다 너를 두고 나는 간다 내가 간들 아주 가나 아주 간들 이별쏘냐 에헤이요호 /상하 사호디요/ 에헤이 인지 가면 언제 오노 명년 이때 다시 오나 이 내 나를 이래 두고 니가 그렇게 가면 어찌 하노
> 　　　　『한국민요대전』 경상북도편 CD 12-1 〈의성 논매는 소리〉

　(가) · (나)는 일만 하는 신세이고 (다) · (라)는 임이 없는 신세이다.

(가)에서 화자는 일만 하는 신세를 탄식한다. 〈논매는소리〉에는 일하는 모습으로 신세를 탄식한 경우와 '타인과 나의 대응'으로 탄식한 경우가 있다. 일하는 모습으로 탄식한 예는 불같이 더운 날에 논매기하는 것[48], 구곡계단 같은 고개에서 유월염천에 김매기로 구슬 같은 땀이 나는 것[49] 등이다. (가)는 화자가 '타인과 나의 대응'으로 탄식한 것이다. 고대광실에 사는 타인은 오가며 한들한들한다. 한들한들은 휴식과 여유이다. 일과는 반대이다. 이러한 예는 타인은 부채질만 설렁설렁하는 것[50], 장기와 바둑을 두는 것[51], 동남풍에 풍경소리가 나는 것[52] 등이다. 이에 비하여 화자는 먹고 나면 땅을 파고 자고 나면 땅만 판다.[53] 일만 하는 신세이다. 여유와 일의 대응이고, 일에 한정된 사항으로만 대응이 이루어진다. 농사현장에 밀착된 것이다. 또한 부분적이기는 하지만 신세탄식의 부정적인 정서가 차단되기도 한다.[54] (나)의 첫 번째 화자는 신세를 탄식한다. 두 번째 화자는 고생하면 가을에 나락이 좋을 것이라며 위로한다. 선소리꾼이 가을의 결실을 제시하며 노동을 독려하는 것과 같다. 노동현장에 밀착된 것이다.

(다)는 임이 없는 신세를 '타인과 나의 대응'으로 탄식한 것이고, (라)는 직설적으로 탄식한 것이다. (다)에서 화자는 논매기가 끝나갈 무렵이 되어 허기가 진다. 타인의 집에서는 저녁밥을 하는 연기가 나지만 자신은 임이 없어 연기가 나지 않는다. 임이 없는 신세가 농사현장에서 유발된

---

48) 『울산울주지방민요자료집』 〈논매기노래 3〉 182면.
49) 『울산울주지방민요자료집』 〈논매기노래 4〉 183면.
50) 『한국구비문학대계』 경상북도편 7-4 〈논매기노래〉 570면.
51) 『한국민요대전』 경상북도편 CD 10-2 〈영천 논매는 소리〉.
52) 『한국민요대전』 경상북도편 CD 12-19 〈청도 논매는 소리〉, 『한국민요대전』 경상남도편 CD 8-4 〈함안 논매는 소리-상사소리〉.
53) 『한국구비문학대계』 경상북도편 7-9 〈논매기 노래〉 1111~1112면.
54) 일만 하는 신세에 대한 탄식이 있는 27개 단락 가운데 4개의 단락에서 부정적 정서의 차단이 보인다. 4개의 단락이 있는 각편은 『한국구비문학대계』 경상북도편 7-8 〈논매기 노래〉 210면, 『한국구비문학대계』 경상남도편 8-11 〈논매기 노래〉 787면, 『경북민요』 #171 51면, 『울산울주지방민요자료집』 〈논매기 노래 4〉 183면 등이다.

것이다. 임이 없는 신세에서 대응이 있는 4개의 단락 가운데 3개의 단락[55]이 위의 노랫말과 같다. (라)에서 화자는 임이 언제 올 것인가를 물으며 기다리고 있다. 미래에 임이 온다면 해결이 가능한 비절대적인 좌절이다.

3.2. 〈밭매는소리〉에 나타난 신세탄식과의 비교

화자의 신세탄식이 드러난 각 편[56]의 수를 제시하면 다음 표와 같다.

	『한국구비 문학대계』	『한국민요 대전』	『경북 민요』	『울산울주지방 민요자료집』	
경상 북도	3편(7-4)	1편(8-7)	없음		4편
경상 남도	2편(10-8)	0편(1-1)		2편(2-0)	4편
합계	5편	1편		2편	8편

인생무상, 일만 하는 신세, 임이 없는 신세에 대한 탄식을 내용으로 한다. 일만 하는 신세로만 각편이 이루어진 것이 3편, 임이 없는 신세로만 각편이 이루어진 것이 4편, 인생무상과 임이 없는 신세와 일만 하는 신세가 복합된 것이 1편이다. 일만하는 신세와 임이 없는 신세를 중심으로 살펴보자.

---

55) 『한국구비문학대계』 경상북도편 7-5 〈논매기 노래〉 381면, 『한국구비문학대계』 경상북도편 7-5 〈논매기 노래〉 411면, 『한국민요대전』 CD 13-12 〈청송 논매는 소리〉.
56) 제외한 각편에는 서사민요・〈달노래〉・〈정선아라리〉・처녀 총각의 유혹과 문답・유흥적인 것 등이다. 〈밭매기노래〉에 나타난 서사민요에 대한 것은 박선애, 「시집살이 노래 연구」(성균관대학교 박사학위논문, 2005), 1~175면과 강정미, 「〈밭매기 노래〉의 사설 특성 연구」(부경대학교 석사학위논문, 2008), 1~76면을 참조하였다.

(가) 이밭골은 이리키질고 장장추월 긴긴날에 해는 잡아 땡긴겉이
　　 길고 이노릇을 어이할꼬/ 땀은나서 지드랑에 찔찔하고 못할노
　　 릇은 이노릇이다 / 허허뿔사 농부신세가련쿠나 주야장천 먹고
　　 나면 일이로다 / 못 배운 죄로 동방훤하만 날샌줄알고 밥그릇
　　 높으면 생일인줄알고 이를 어찌할꼬오 / 내신세 이리될줄 내몰
　　 랐네

　　　　　　　　　『한국구비문학대계』 경상북도편 7-4 〈밭매기 노래〉 571면

(나) 불거치 덥은 날에 거치나 짓은 밭을 한골매고 두골매고 삼세골
　　 거둬매니/ 다른이 점슴 다오는데 나아네점슴은 아니오나 우런
　　 님은 어데로가고 점슴가리 안바치노

　　　　　　　　　『한국구비문학대계』 경상북도편 7-5 〈밭매기 노래〉 1142면.

(다) 어떤 사람으는 팔자좋아서 고대광실 높은 집에 사모에는 핑경
　　 을 달고/ 앞대문에는 용기리고 뒷대문에는 봉기리고/ 날다리고
　　 가거라 날다리고 가거라 / 한양낭군아 나를 다리고 갈거나에/
　　 슬프다 우러님아 임이종종 나를 생겨써주소 설마낸들 넘모리것
　　 나/ 동화겉이 살찌던 몸이가 속절없이 절꼴이지고/ 삼단같은
　　 요내머리 지초리가 되었으니/ 시집을 삼년살고나니 내신세가
　　 이리키되니/ 어는 정들고 정든님이 알아서 주울까/ 우지마라
　　 내사랑아 설마낸들 모리것나/ 요내맴이 요러키 절골이 되니
　　 임아 내몸을 만치보소/ 동화겉이 살찐몸이 속절없이 절골이
　　 졌고/ 삼단같은 요내머리 한가닥도 엄서졌네

　　　　　　　　　『울산울주지방민요자료집』 〈밭매기 노래 2〉 187면

　　(가)는 일만 하는 신세이다. 긴 해에 밭매기를 하니 겨드랑에서는 땀이
난다. 일하는 모습으로 신세를 나타낸 것이다.

　　(나)·(다)는 임이 없는 신세이다. (나)에서 화자는 불같이 더운 날
밭매기를 하여 허기기 진다. 다른 사람들의 점심은 다 오는데 나의 점심은
오지 않는다. 이것은 임이 없기 때문이다. 임이 없는 신세를 타인과의

대응으로 표출하였으며, 그 신세는 고된 노동에서 유발된 것이다. 〈밭매기노래〉에서 대응이 있는 노랫말은 총 3개의 각편인데 동일한 노랫말[57]이 확인되기도 하고, 유사한 노랫말[58]도 확인된다. (다)에서는 해결의 전망을 확인할 수 있다. 화자는 시집살이 삼년을 살고 나니 논두렁의 꽃과 같이 살쪘던 몸은 뼈가 드러나는 모습이 되었고, 숱이 많고 긴 머리는 회초리처럼 가늘어지고 한 가닥도 남지 않게 되었다. 이러한 신세에서 화자는 임에게 자신을 데려가라고 호소한다. 현재로는 해결이 불가능하지만 미래에 임의 존재로 해결이 가능한 비절대적인 좌절이다.

3.3. 〈나무꾼노래〉에 나타난 신세탄식의 의미

〈나무꾼노래〉에 나타난 신세탄식의 특징을 영남 지역에서 불렀다고 기록된 문헌 소재 〈산유화〉와 비교하자. 문헌 소재 〈산유화〉 관련 자료는 다음과 같다.

(가) 향랑이 부른 〈산유화〉의 노랫말
조구상(趙龜祥, 1645~1712)의 〈열녀향랑도기(烈女香娘圖記)〉에 수록된 향랑의 노래
이안중(李安中, 1752~1791)의 〈산유화(山有花)〉에 수록된 향랑의 노래
경북 성주(星州) 지역의 〈산노래〉(1932년)

(나) 향랑과 관련 없는 〈산유화〉의 노랫말
권사윤(權思潤, 1732~1803)의 〈문산유화유감 병서(聞山有花有感 并序)〉에 수록된 〈산유화〉
이제영(李濟永, 1799~1871)의 〈산유화 육곡(山有花 六曲)〉
작자미상의 〈화전가라〉에 수록된 〈산유화〉

---

57) 『한국구비문학대계』 경상북도편 7-5 〈밭매기 노래〉 754면.
58) 『한국민요대전』 경상북도편 CD 10-19 〈예천 밭매는 소리〉.

(다) 〈산유화〉에 대한 언급
　　　이학규(李學逵, 1770~1835)의 〈산유화(山有花)〉·〈야문린인
　　　창산유화유회각기백진(夜聞隣人唱山有花有懷却寄伯津)〉
　　　차상찬(車相瓚, 1932)

　(가)는 향랑이 부른 〈산유화〉의 노랫말이다. 향랑의 이야기를 소재로
한 산문과 한시 가운데 조구상의 글은 향랑이 부른 〈산유화〉를 수록한
最古의 대표적인 자료이다. 이안중의 시는 향랑의 노래를 듣고 작가가
쓴 것이다. 〈산노래〉는 이재욱 선생이 경북 성주(星州) 지역의 여인들이
풀을 뜯을 때 부른 노래를 1932년에 소개한 것이다. 향랑이 부른 〈산유화〉
와 유사하다.

　(나)는 향랑의 이야기와는 관련이 없는 〈산유화〉의 노랫말이다. 권사
윤(權思潤, 1732~1803)은 경상북도 내륙의 도사(陶沙)에서 아버지의 산소
를 성묘하고 돌아오는 길에 나물 캐는 여인(採女)들이 부른 〈산유화〉를
듣고 그 노랫말을 소개하였다. 그리고 그 노래에 자신의 생각을 보태어
시를 짓기도 하였다. 이제영(李濟永, 1799~1871)의 〈산유화 육곡(山有花
六曲)〉에서 화자는 농부이다. 현 채록 민요 〈어사용〉과 노랫말이 유사한
대목이 있다. 작자미상의 〈화전가라〉는 경북 영양군에서 수습된 것이다.
창작시기는 19세기말 20세기 초이다.[59] 화전가류 규방가사의 하나로 노
랫말 속에 여인들이 〈산유화〉를 부른다는 기록이 있고 관련 노랫말이
있다.

　(다)는 〈산유화〉에 대한 노랫말은 없고 〈산유화〉에 대한 관련 기록만
있다. 이학규(李學逵)(1770~1835)는 〈산유화〉란 시에서 향랑이 부른 〈산
유화〉는 지금 노랫말은 없고 성조(聲調)만 전하는데 영남에서는 매년

---

59) 말미에 "경자년 삼월 삼오일 우리들의 추억화전가"라는 기록이 있다. 庚子年은 1840
　　년·1900년·1960년 등이다. 작품이 수록된 자료집이 1979년에 간행된 것을 보아
　　경자년은 1840년 또는 1900년이다.

봄에 산나물을 캐거나 모를 심을 때 느리고 흐느끼는 소리가 들린다고 하였다.[60] 〈야문린인창산유화유회각기백진(夜聞隣人唱山有花有懷却寄伯津)〉에서는 〈산유화〉는 마을 사람들이 향랑의 일을 슬퍼하여 물가로 나와 답가(踏歌)로 불렀는데 그 노랫말은 다양하고 지금은 영남의 사대부 여인들이 임풍대월(臨風對月)하며 부른다고 하였다.[61] 차상찬(車相瓚)은 1932년의 글에서 향랑고사를 소개한 다음 "봄철이 되면 영남의 젊은 녀자들은" 나물을 뜯으러 가며 구슬픈 목소리로 향랑이 부른 "메나리(山有花)를 부른다"고 하였다.[62]

이상의 기록을 보면 〈산유화〉는 나물 캘 때(권사윤・이학규・차상환), 나무할 때(이제영), 모내기할 때(이학규), 비기능요(〈화전가라〉・이학규)로 불렀다. 이러한 다양한 기능에서 볼 때 〈산유화〉란 제명(題名)을 지닌 민요는 영남 지역의 메나리토리로 불린 민요를 통칭하는 것이라 볼 수 있다.[63] 이것을 부정하는 것은 아니다. 다만 문학적인 연구가 이루어져야 한다고 강조하고 싶다. 필자는 영남 지역에서 백성들이 부른 〈산유화〉와 영남 지역의 〈나무꾼노래〉에는 공통점이 있다고 본다. 이 글에서는 그것을 살펴보고자 한다.

향랑이 부른 〈산유화〉는 경상도 선산(善山)지방에 살았던 열녀 향랑의 이야기 속에 전하는 노래이다. 그 때 선산 부사였던 조구상(趙龜祥,

---

60) 李學逵, 『洛下先生集』〈山有花〉 (최재남・정한기・성기각, 『조선후기 민요자료 정리와 분류』(보고사, 2008), 268면) "本一善里婦香娘怨歌.……今其詞已失, 聲調猶傳. 嶺外每春時采山及揷秧, 聞其曼聲嗚咽, 纏縣悽惻". 최재남・정한기・성기각, 『조선후기 민요자료 정리와 분류』(보고사, 2008)는 이하 『조선후기 민요자료 정리와 분류』로 약칭한다.
61) 李學逵, 『洛下先生集』〈夜聞隣人唱山有花有懷却寄伯津〉(『조선후기 민요자료 정리와 분류』, 267면). "山有花, 爲洛東里娘作也.……里人哀之, 出水濱, 聯袂踏歌. 其詞不一, 纏綿悽惻. 今南土士女, 每臨風對月, 抵節哀吟, 聲振林樾".
62) 차상찬, 「민요에 나타난 애화(2)」, 『별건곤』 57(1932.11).
63) 김기현, 앞의 논문, 111~113면; 최재남, 「조선후기 민요의 실상과 한시의 민풍 수용」, 『장르교섭과 고전시가』(월인, 1999), 198~199면; 졸고, 「민요 〈산유화〉의 통시적 양상」, 『고전문학과 교육』 17집(한국고전문학교육학회, 2009), 246~248면.

1645~1712)이 1704년에 쓴 〈열녀향낭도기(烈女香娘圖記)〉에 실린 향랑
이 부른 〈산유화〉는 다음과 같다.

> 하늘은 어이 높고 멀며, 땅은 어이 넓고 아득한가.
> 천지 비록 크다 해도, 한 몸 기댈 곳 없구나.
> 차라리 이 못에 뛰어들어, 고기 뱃속에 장사 지내리.
> 天何高遠, 地何曠邈.
> 天地雖大, 一身靡託.
> 寧投此淵, 葬於魚腹.[64]

하늘은 높고 땅은 넓지만, 화자가 기댈 곳은 없다. 화자가 곤궁한 신세
를 탄식한 것이다. 화자는 큰 천지 즉 온 세상·모든 것에서 기댈 가능성
이 없다. 가능성이 전혀 없는 절대적인 좌절이다. 또 다른 각도에서 보면
천지(天地)에서는 광활하여 기댈 곳이 많음에 비하여 내가 있는 곳에서는
기댈 곳이 없다는 뜻으로도 이해된다. 이렇게 본다면 '사물(또는 자연)과
나의 대응'이다. 배경고사를 배제하고 본다면, 화자의 탄식은 절대적인
좌절을 바탕으로 한 세상과 나의 괴리감이다. 이후의 작품을 제시하면
다음과 같다.

> 산엔 꽃이 있으나, 내겐 집이 없네.
> 내게 집이 없으니, 꽃만 못 하네.
> 山有花, 我無家. 我無家, 不如花.[65]

李安中, 〈山有花〉 제1수

기경가자 기경가자 / 산에놀나 기경가자 / 나물뜨더 엽헤끼고 / 꽃은
꺾어 머리꽂고 / 닙흔뜨더 치금불고 / 만고장판 기경가자 / 친정에도

---

64) 趙龜祥, 『猶賢集』〈烈女香娘圖記〉(국립중앙도서관 소장본).
65) 李安中, 〈山有花〉金鑢, 『潭庭叢書』권30(『조선후기 민요자료 정리와 분류』, 265~266면).

하직이요 / 싀집에도 하직이요 / 어듸로 갈거나[66]

〈산노래〉(경북 星州)

  이안중(李安中, 1752~1793)은 향랑이 부른 노래가 너무 비리(鄙俚)하여 다시 고친다고 하였다.[67] 총 3수 가운데 제2~3수는 절개를 읊은 것이다.[68] 향랑의 이야기를 작가가 서정시로 창작한 것이다. 향랑 노래와 유사한 것은 제1수이다. '자연과 나의 대응'이다. 산에 꽃이 있는 것은 당연한 것이다. 이러한 자연의 당연한 이치에 나는 괴리되어 있다. 세상과의 괴리감이다. 그런데 화자의 신세는 '집'이 없는 것이다. 이것은 시댁·친정·외삼촌의 집에서 쫓겨난 향랑의 신세와 유사하다. 즉 세상과의 괴리감이라는 인간의 근원적인 신세와 향랑의 이야기에 나타난 특정한 신세가 복합된 것이다. 향랑의 이야기에 좀 더 견인된 〈산유화〉는 경북 星州에서 나물 캘 때 부른 〈산노래〉이다. 화자는 친정에도 하직하고 시집에도 하직하여 어디에도 갈 데 없는 신세이다. 친정과 시댁에서 쫓겨나 오갈 데 없는 향랑의 신세와 유사하다.[69] 결국 향랑이 부른 〈산유화〉와 이안중이 쓴 〈산유화〉는 세상과의 괴리감을 핵심으로 한다.

  향랑이 부른 노래와는 관련 없는 〈산유화〉가 있다. 그 노랫말은 다음과 같다.

  (가) 돌아가리 돌아가리, 어버이께서 집에 계시니 집으로 돌아가려네.

---

66) 이재욱, 「소위 산유화가와 산유해 미나리의 교섭」, 『신흥』 6호(1931.12), 73면(김기현, 앞의 논문, 107면 재인용).

67) 李安中, 〈山有花〉 金鑢, 『潭庭叢書』 권30(『조선후기 민요자료 정리와 분류』, 265~266면). "善山女香娘, 臨節時, 作比曲而死. 其曲甚俚, 故更作之".

68) 李安中, 〈山有花〉 金鑢, 『潭庭叢書』 권30(『조선후기 민요자료 정리와 분류』, 265~266면). "山有花, 桃與李. 桃李雖相雜, 桃樹不開李花"(제2수), "李白花, 桃紅花. 紅白自不同, 落亦桃花"(제3수).

69) 김기현 교수는 〈산노래〉의 "마지막 3행이 향랑의 심정을 그대로 들어내 보인 부분"이라고 하였다. 김기현, 앞의 논문, 107면.

어버이께서 오래오래 사시기를 바라네, 그림 속의 닭이 울면
교목으로 삼을 삼으리

歸兮歸兮, 親在家兮欲歸家.

願二親兮眉壽, 畵鷄鳴兮喬成麻.[70]

權思潤, 〈聞山有花有感 幷序〉

(나) 새벽이 되자 할미가 사십 리를 쏘듯 하고, 아침 해가 돋자 주민들
이 밥을 짓네.

내가 날 적에 또한 다른 사람도 난 날인데, 빈 들판에서 어찌하여
범과 들소를 따르나 (제4수)

曉達姑射四十里, 暾將出兮居人炊.

我生亦一他生日, 曠野胡爲虎兕隨.[71]

李濟永, 〈山有花 六曲〉 제4수

(다) 이맛을 당할소냐 이째가 어느째고 / 생각하고 생각한이 춘풍삼
월 좋은때라 / 만자천홍 불근꽃은 사랑키도 그지업다 / 머리에
도 꼽아보고 입으로도 물어보고 / 좋은꽃을 손에쥐고 산유화
노래하고 / 너는엇지 피었는고 너는다시 봄이오면 / 쏘다시
피련만은 우리인생 죽어지면 / 다시오기 막막하다 / 동자에
너본덕택 바람끝에 피엿난가 / 곳곳이 우는새는 춘흥을 잡아내
고 / 청춘에 피는꽃은 춘절을 도왓더라[72]

작자미상, 〈화전가라〉

(가)는 권사윤(權思潤, 1732~1803)이 성묘하고 돌아오는 길에 경북 내
륙지역인 도사(陶沙) 지역에서 나물 캐는 여인들이 부른 〈산유화〉를 듣고
옮긴 것[73]이다. 화자는 부모가 그리워 돌아가고자 하며, 부모가 그림에

---

70) 權思潤, 『信天齋集』 권1(『조선후기 민요자료 정리와 분류』, 265면).

71) 李濟永, 『東阿集』 권2(『조선후기 민요자료 정리와 분류』, 270면).

72) 권영철, 『규방가사 1』(한국학중앙연구원, 1979), 272~278면.

73) 權思潤, 『信天齋集』 권1(『조선후기 민요자료 정리와 분류』, 265면). "余自孤露以後,
心事常悽感, 雖野村謳野謠, 苟有思親之語, 未嘗不傷神而釀涕也. 一日往陶沙省塋歸

그린 닭이 울 때까지 오래 살기를 바란다. 화자가 어떤 신세에서 이런 말이 나온 것인지는 명확하지 않다. 이 노래를 듣고 권사윤은 부친을 잃은 자신의 심정을 보태어 "산유화 가운데 무엇을 생각하는가? 어버이 못 보아 집으로 돌아갈 생각이네. 너는 어버이 계시니 돌아가면 보겠지만, 나는 집에 가도 뵙지 못하는 걸 어찌하리. 산유화 가운데 무엇을 바라는가? 어버이가 그림 속 닭이 울 때까지 오래 사시기를. 너는 어버이 있으니 마땅히 축수하지만 나는 누구 위해 오래 살기를 빌까?"라고 하였다.[74] 권사윤이 지은 시를 통하여 채녀들이 부른 〈산유화〉 속에 화자의 부모에게 돌아가고자 하는 욕구가 있다는 것을 알 수 있다. 그리고 부모를 잃은 처지에서는 이 욕구에 개인적인 경험을 보탤 수 있다는 뜻으로 이해된다.[75]

(나) 이제영(李濟永, 1799~1871)의 〈산유화 육곡(山有花 六曲)〉에 대하여 선행 연구에서는 〈나무꾼노래〉와 유사함을 언급하였다.[76] 할미는 새벽에 일어나 사십 리를 활을 쏘듯 분주하게 다니며 일을 하고 주민들은 새벽에 일어나 밥을 한다. 새벽과 아침이 대를 이루고 있고, 사십 리를 활을 쏘듯 분주한 것과 밥을 하는 것이 대를 이루고 있다. 따라서 할미는 주민과 대를 이룬다. 주민들이 식사를 준비함에 비하여 할미는 일을 한다.

路, 見採女且行且歌. 其歌曰 '歸兮歸兮, 親在家兮欲歸家. 願二親兮眉壽, 畫鷄鳴兮喬成麻'. 其聲悽惋其辭懇惻, 有足感動人者. 遂穌出其語, 因以所感者足成'.

74) 權思潤, 『信天齋集』 권1(『조선후기 민요자료 정리와 분류』, 265면). "遲遲春日步山阿, 有女行唱山有花. 山有花中何所思, 思親不見欲歸家. 爾有親在歸卽見, 奈我歸家不見何. 山有花中何所願, 願親眉壽畫鷄鳴. 爾有親在宜爾祝, 如我爲誰祝遐齡. 下女休唱山有花, 曲到高時我涕零".

75) 〈나무꾼노래〉에서는 부모가 없는 신세에 대한 탄식이 있고 부모를 일찍 여읜 가창자의 개인적인 경험이 보태져 그 그리움이 강하게 드러난 경우도 있다. 권사윤이 채녀들이 부른 〈산유화〉를 듣고 지은 시도 부친을 여읜 개인적인 경험을 보탠 것이다. 이러한 사실로 보아 〈나무꾼노래〉와 〈산유화〉에는 원래 부모에 대한 그리움이 있고 여기에 개인적 경험을 보탤 수 있는 것으로 추측된다. 부모를 일찍 여읜 가창자의 경험이 보태진 〈나무꾼노래〉는 『한국구비문학대계』 경상북도편 7-8 〈어새이(어사용)〉 918면, 『한국민요대전』 경상북도편 CD 11-21 〈울진 어사용〉 등이다.

76) 최재남, 앞의 논문, 196면.

이어 내 날 적에 남도 나고 남 날 적에 나도 났는데 나는 빈 들판에서 일만 하는 신세라고 탄식한다. 일만 하는 신세를 타인과 나의 대응으로 표현하였다. 〈화전가라〉에서 화자는 꽃에게 말을 건넨다. 자연은 순환하고 무한하지만 인간은 유한하다는 것이다. 이와 같은 자료에는 이재욱 선생이 1932년 소개한 '지리산 갈가마구'로 시작하는 경북 선산(善山)지방의 〈산유화〉를 들 수 있다.[77]

이상을 정리하면 다음과 같다.

> (가) 사물(또는 자연)과 나의 대응을 통한 세상과의 괴리감
> (나) 타인과 나의 대응을 통한 일만 하는 신세
> (다) 부모에게 돌아가고자 하는 욕구
> (라) 인생무상

〈산유화〉에 나타난 인생무상이 〈어사용〉에 닿아 있음은 선행 연구에서 밝힌 바 있다. 타인과 대응된 일만 하는 신세도 〈나무꾼노래〉에서 쉽게 찾을 수 있다. 결국 문헌 소재 〈산유화〉와 〈나무꾼노래〉의 공통점은 세상과의 괴리감, '타인과 나의 대응'을 통한 일만 하는 신세, 인생무상, 부모에게 돌아가고자 하는 욕구 등이다. 부모는 인간에게 근원적인 존재인데 〈나무꾼노래〉에서는 화자의 신세를 해결하는 자이고, 화자는 현재 부모가 없다. 이런 점에서 부모에 대한 호소는 근원적이고 절대적인 좌절을 나타낸다. 이러한 결과에 비추어 보면 부모에게 돌아가고자 하는 욕구는 절대적인 좌절과 관련된다. 네 가지 가운데 〈논매기노래〉에도 보이는 것은 인생무상, 타인과 나의 대응을 통한 일만 하는 신세 등이다. 따라서 〈나무꾼노래〉와 〈산유화〉의 핵심적인 공통점은 절대적인 좌절을 바탕으로 한 세상과의 괴리감이다.

---

77) 이재욱, 앞의 논문, 73면(김기현, 앞의 논문, 106면 재인용).

4. 맺음말

본고는 영남 지역의 〈나무꾼노래〉에 나타난 신세탄식과 문헌 소재 〈산유화〉의 공통점을 살펴보는 데에 목적이 있다. 〈나무꾼노래〉는 신세 탄식이 주를 이루며 〈논매기노래〉와 유사한 점이 있고, 〈산유화〉와 공통 점이 있다는 것이 선행 연구의 결과이다. 본고에서는 이 결과를 수용하면 서 〈나무꾼노래〉의 특징이 무엇이고, 〈산유화〉와의 공통점이 무엇인가 하는 점에 의문을 가졌다. 그래서 신세탄식에 초점을 두고 〈나무꾼노래〉 의 특징을 찾고 그 결과를 〈산유화〉와 비교하였다. 요약하면 다음과 같다.

첫째, 〈나무꾼노래〉에 나타난 신세탄식의 양상이다.

〈나무꾼노래〉에 나타난 신세탄식의 내용은 일만 하는 신세와 임을 잃은 신세가 중심이다. 신세탄식은 '사물(또는 자연물)과 나의 대응', '타 인과 나의 대응'으로 표현된 경우가 빈번하다. 사물(또는 자연)과 나의 대응은 여러 신세에 두루 통용될 수 있는 보편성을 띠고, 사물(또는 자연) 은 세상의 당연한 이치·자연의 당연한 이치를 나타낸다. 세상과 자연의 당연한 이치는 인간이 어쩔 수 없는 세상의 질서로 인간의 근원적인 문제와 관련된다. 이러한 사실로 보아 사물(또는 자연)과의 대응은 세상 과의 괴리감·인간의 근원적인 괴리감을 나타낸다. 신세의 해결전망에 서 화자는 해결의 가능성이 전혀 없다는 절대적인 좌절을 나타낸다. 〈논 매는소리〉·〈밭매는소리〉에서 화자는 타인과 나의 대응으로 신세를 탄 식한다. 그리고 그 대응은 노동현장에 밀착된 것이다. 〈논매는소리〉· 〈밭매는소리〉에서 화자는 신세의 해결은 현재에는 불가능하나 미래에는 가능하다는 비절대적인 좌절을 드러낸다. 이러한 사실로 보아 〈나무꾼노 래〉에 나타난 신세탄식의 특징은 절대적인 좌절을 바탕으로 한 세상과의 괴리감이다.

둘째, 〈나무꾼노래〉에 나타난 신세탄식의 의미이다.

문헌 소재 〈산유화〉에 나타난 신세탄식의 내용에는 인생무상, 사물(또는 자연)과 나의 대응을 통한 세상과의 괴리감, 타인과 나의 대응을 통한 일만 하는 신세, 부모에게 돌아가고자 하는 욕구 등이 있다. 이것이 〈나무꾼노래〉와 문헌 소재 〈산유화〉의 공통점이다. 인생무상 · 타인과의 대응을 통한 일만 하는 신세는 〈논매는소리〉에서도 확인된다. 따라서 〈나무꾼노래〉와 문헌 소재 〈산유화〉의 핵심적인 공통점은 절대적인 좌절감을 바탕으로 한 세상과의 괴리감이다.

본고에서는 선행 연구에서 제기한 문제에 대한 답을 살펴보는 것으로 논의를 진행하였다. 이 과정에서 필자가 찾을 수 있는 자료는 모두 찾아 논의의 신빙성을 높이려고 하였고, 자료를 접근할 때 서정을 중심으로 하여 문학적으로 해석하려 하였다. 이 점이 본고의 의의이다. 하지만 〈나무꾼노래〉에서 찾은 '근원적인 괴리감'이란 것이 민요 일반으로 확장하였을 때 〈나무꾼노래〉의 독자성을 확보할 수 있는가 하는 점에 대한 전망을 제시하지 못하였다. 이 전망은 유행민요 · 비기능요와의 비교 작업이 이루어진 후에 가능할 것이다. 이 작업을 이후의 과제로 남긴다.

제4장

영남 지역 〈모심는소리〉의 애정(愛情) 노랫말에 나타난 정서(情緒)와 그 의미

1. 머리말

영남 지역 〈모심는소리〉는 애정을 화제로 한 노랫말들이 풍성하고, 4음보격의 2행이 서로 대응되는 교환창으로 불린 노동요이다. 애정이란 화제가 풍성하다는 점에서 정서를 찾기에 용이하고, 노동요란 점에서 그 정서가 통속민요나 유행민요에 비하여 순수할 것이며, 교환창 민요란 점에서 그 정서가 독창으로 부르는 민요와는 다를 것이다. 따라서 영남 지역 〈모심는소리〉의 애정 노랫말에 나타난 정서를 살펴보는 것은 노동 요가 지닌 정서라는 측면과 교환창 민요가 지닌 정서라는 측면에서 연구 의의가 크다. 〈모심는소리〉에 대한 문학적인 측면에서의 선행 연구에서 는 노랫말의 구성과 형상화에 대한 것이 중심을 차지하고 정서에 대한 연구는 소략한 편이다.[1] 그런데 영남 지역 〈모심는소리〉의 애정 노랫말

---

[1] 영남 지역 〈모심는소리〉에 대한 노랫말의 구성과 형상화에 대한 대표적인 연구에는 윤여탁, 「이앙요연구」(서울대학교 석사학위논문, 1984)와 장유정, 「교환창 모노래의 2행시 구성방식 연구」(서울대학교 석사학위논문, 1998) 등이 있다.

에 나타난 정서를 찾았다고 하여 그것이 무슨 의미가 있는가 하는 점이 문제이다. 민요에 나타난 정서는 자체로도 의미가 있을 수 있지만 기록 시가와의 관련성 속에서도 의미를 살펴볼 수 있다. 그 기록 시가 가운데 하나가 조선 후기의 한시이다. 조선 후기의 한시에 민요적 정서가 수용되었다는 것은 주지의 사실이다. 그런데 조선 후기의 한시에 수용된 민요적 정서가 무엇인가 하는 점이 의문이다. 〈모심는소리〉에 나타난 정서는 조선 후기의 한시에 수용된 민요적 정서를 살펴볼 수 있는 기준을 제공한다는 점에서 의미가 있다.

조선 후기의 한시 가운데 영남 지역 〈모심는소리〉와 관련된 것은 '모심기(種秧, 揷秧, 移秧)'·'모심는 소리(秧歌, 移秧歌)'란 시제(詩題)가 붙은 영남 지역에서 창작된 작품들이다. 이 한시들 가운데 애정을 화제로 한 한시에는 필자가 확인한 바로는 이학규(李學逵, 1770~1834)의 〈종앙사(種秧詞)〉·〈앙가 오장(秧歌 五章)〉과 박치복(朴致馥, 1824~1894)의 〈이앙사 삼절(移秧詞 三絶)〉 등이 있다. 비교를 위해서는 〈모심는소리〉 관련 한시와 〈모심는소리〉의 애정 노랫말에서 공통점을 찾아야 한다. 그 공통점은 '님과 화자'의 애정이란 점이다.[2] 현 채록 〈모심는소리〉에서 화자의 상대는 다양하다. 남성화자인 경우 그 상대에는 님·아내·첩·유흥여성·불특정여성 등이 있고, 여성화자의 경우 그 상대에는 님·남편·선비·불특정남성 등이 있다. 이러한 상대와의 애정에는 성적(性的)인 노출을 통한 해학·남녀 간의 유흥 등 놀이에 대한 지향이 표면에 드러난 노랫말이 있고, 님과의 만남과 이별로 인한 화자의 슬픔·기쁨 등의 감정이 표면에 드러난 노랫말이 있다.[3] 〈모심는소리〉 관련 한시는 화자의

---

2) 영남 지역 〈모심는소리〉에 나타난 애정에는 '님과 화자의 애정'과 '처녀와 총각의 애정' 등이 있다. '님과 화자의 애정'은 〈모심는소리〉와 〈모심는소리〉 관련 한시에 공통될 뿐만 아니라 고전시가와 민요 연구에서 중요한 주제이다. 또한 님에 대한 화자의 태도·이별로 인한 화자의 신세 등이 드러나 문학적 의미도 크다. 이하 본문에서 애정은 '님과 화자의 애정'을 말한다.
3) 강등학 교수는 노동요의 기능에는 작업을 지시하며 독려하는 실무기능, 창자의 생각과

감정 표출이 중심이다. 이에 본고에서는 애정을 화제로 하고 감정 표출이 중심인 노랫말을 대상으로 한다.

　본고의 대상 자료집은 『언문 조선구전민요집(諺文 朝鮮口傳民謠集)』,[4] 「남방이앙가(南方移秧歌)」,[5] 『조선민요선(朝鮮民謠選)』,[6] 『조선민요집성(朝鮮民謠集成)』,[7] 『한국민요집 1』,[8] 『한국민요집 2』,[9] 『경북민요』,[10] 『한국구비문학대계』,[11] 『한국민요대전』,[12] 『울산울주지방 민요자료집』[13] 등이다. 이 자료집에 수록된 〈모심는소리〉의 각편[14] 수와 본고에서 대상으로 하는 각편 수를 표로 제시하면 다음과 같다.

감정을 표출하는 표출기능, 노동의 고됨을 줄게 하는 놀이기능이 있다고 하였다. 강등학, 『한국민요의 현장과 장르론적 관심』(집문당, 1996), 11~33면.

4) 김소운, 『諺文 朝鮮口傳民謠集』(제일서방, 1932). 이 책은 이하 『조선구전민요집』으로 약칭한다.

5) 송석하, 「南方移秧歌」, 『學海』(學海社, 1937. 12), 420~427면에 수록된 〈모심는소리〉이다. 이 논문은 이하 「남방이앙가」로 약칭한다.

6) 임화 편·이재욱 해제, 『朝鮮民謠選』(학예사, 1939). 이 책은 이하 『조선민요선』으로 약칭한다.

7) 김사엽·방종현·최상수 공편, 『朝鮮民謠集成』(정음사, 1948). 이 책은 이하 『조선민요집성』으로 약칭한다.

8) 임동권, 『한국민요집 1』(집문당, 1980). 이 책에는 앞에 제시한 책에 수록된 자료를 재 수록한 경우가 있다. 재 수록된 자료는 원래 있는 책에 수록된 자료로 처리한다. 이 책은 이하 『한국민요집 1』로 약칭한다.

9) 임동권, 『한국민요집 2』(집문당, 1980). 이 책에는 앞에 제시한 책에 수록된 자료를 재 수록한 경우가 있다. 재 수록된 자료는 원래 있는 책에 수록된 자료로 처리한다. 이 책은 이하 『한국민요집 2』로 약칭한다.

10) 조동일, 『경북민요』(형설출판사, 1982). 이 책은 이하 『경북민요』로 약칭한다.

11) 『한국구비문학대계』경상북도편·경상남도편(한국학중앙연구원, 1980~1986). 이 책은 이하 『대계』로 약칭한다.

12) 『한국민요대전』경상북도편·경상남도편(문화방송, 1994~1995). 이 책은 이하 『대전』으로 약칭한다.

13) 울산대학교 인문과학연구소 편, 『울산울주지방 민요자료집』(울산대학교 출판부, 1990). 이 책은 이하 『울산민요』로 약칭한다.

14) 본고에서 각편은 4음보 2행을 단위로 한 독립된 노랫말 한 편을 말한다. 4음보 2행을 넘는 장형의 노랫말과 4음보 2행에 못 미치는 단형의 노랫말은 참고자료로 한다.

자료집	수록 각편		대상 각편	
	경상북도	경상남도	경상북도	경상남도
『조선구전민요집』	15각편	174각편	0각편	20각편
「남방이앙가」		20각편		5각편
『조선민요선』	27각편	62각편	2각편	4각편
『조선민요집성』	90각편	37각편	13각편	4각편
『한국민요집』1	24각편	30각편	2각편	2각편
『한국민요집』2	52각편	295각편	6각편	65각편
『경북민요』	145각편		27각편	
『대계』	299각편	961각편	46각편	191각편
『대전』	60각편	82각편	9각편	12각편
『울산민요』		193각편		37각편
합	712각편	1854각편	105각편	340각편

2. 〈모심는소리〉의 애정 노랫말에 나타난 정서

2.1. 논의의 전제

정서(情緖)란 현실을 변화시키려는 욕구와 욕구가 이루어질 수 없는 현실 사이의 "모순에서 생긴 감정들을 조화시키는 과정"[15]이다. 정서에 대한 탐색은 모순된 감정을 조화시키려는 과정에서의 방향에 대한 탐색이어야 한다.[16] 모순에서 생긴 감정은 부정적인 상황에서 바라는 바를 욕구할 때 생길 수도 있고, 긍정적 상황에서 더 많은 것을 욕구할 때 생길 수도 있다.[17] 〈모심는소리〉의 애정 노랫말에는 긍정적 상황에서

---

15) 김대행, 『고려시가의 정서』(개문사, 1990), 19면.
16) 김대행, 같은 책, 28~29면.

더 많은 것을 욕구할 때 생기는 감정은 찾기 어렵다. 다음이 그 예이다.

(가) 山도山도 봄철인가 풀이나서 山을 덥네
    님을안ㅅ고 잠이드니 한산소매가 낫츨덥네[18]

(나) 녹음방호라 우거진데 슬피우난 저새소리
    새소리는 조치마는 임의소리 당할소냐[19]

(다) 임의품에 자고나니 아시랑살능 치워온다
    아시랑살낭 치운대는 선살구가 제맛일네[20]

(가)에서 화자는 봄철에 풀이 산을 덮은 것처럼 님의 한삼 소매가 자신을 덮었다고 한다. 님과의 결합에서 생긴 기쁨을 표출하고 그 기쁨을 자연물과의 비교로 강조한다. 기쁨만 드러날 뿐 화자의 욕구를 찾기는 어렵다. (나)에서 화자는 녹음방초의 새소리가 좋기는 하지만 함께 있는 님의 소리가 더 좋다고 한다. 님과의 결합에서 생긴 기쁨만 있다. (다)에서 화자는 님의 품에 자고 나니 선살구가 제 맛이라고 한다. 님과의 결합으로 생긴 기쁨을 신맛을 찾게 된다며 강조한다. 긍정적 상황에서는 화자의 긍정적 감정만 확인된다. 따라서 〈모심는소리〉에서는 부정적인 상황에서 생긴 감정이 중요하다.[21]

부정적 상황에서 생긴 감정은 단편적으로 표출될 수도 있고 구체적으로 표출될 수도 있다. 기쁨과 슬픔의 감정이 직설적으로 드러난 것이

---

17) 김대행, 『노래와 시의 세계』(역락, 1999), 51~56면.
18) 『조선구전민요집』 경상남도 창원 #1153 312면. #은 작품번호로 이하 같다.
19) 『대계』 경상남도편 8-5 거창군 남상면 〈모심기 노래(1)〉 934면.
20) 『조선구전민요집』 경상남도 창원 #1179 316면.
21) 본고의 대상 자료는 총 445각편이다. 이 가운데 긍정적 상황에서 긍정적 감정을 표출한 노랫말은 96각편이고, 님의 배신이나 님과의 이별과 같은 부정적 상황에서 감정을 표출한 노랫말은 349각편이다. 본고는 445각편을 분석하였고, 349각편을 주된 자료로 삼는다.

단편적인 표출이다. 이에 비하여 기쁘고 슬픈 감정이 형상화된 것이 구체적인 표출이다. 감정의 형상화는 묘사를 통한 것,[22] 주객의 대응을 통한 것[23], 어떻게 하여 기쁘게 되고 슬프게 되었다는 과정과 결과를 제시한 것 등이 있다. 감정이 이루어진 과정이란 화자가 감정을 조화시키려는 과정에서 취한 태도를 말한다. 영남 지역 〈모심는소리〉의 애정 노랫말에 드러난 화자의 태도는 다음과 같다.

① 화자가 부정적 상황을 해결하기 위한 기대(期待)의 태도
② 화자가 부정적 상황을 해결하기 위한 시도(試圖)의 태도
③ 화자가 스스로 자신을 위로하여 부정적 상황을 해결하려는 자위
  (自慰)의 태도[24]

---

22) 〈모심는소리〉에서 화자의 신세는 구체적 사물을 통한 換喩로 표현되거나 창자의 작업이나 소유물을 매개로 한 代喩로 표현된다. 이러한 사실로 보아 〈모심는소리〉에는 감정의 단편적인 표출보다 구체적인 표출로 되어 있음을 알 수 있다. 본고에서는 화자의 신세를 보여주거나 이별하는 모습을 보여 줌으로써 감정이 형상화되는 것을 묘사를 통한 것으로 본다. 〈모심는소리〉에 나타난 환유와 대유에 대한 것은 김대행, 『한국시의 전통 연구』(개문사, 1983), 101면과 윤여탁, 「이앙요연구」(서울대학교 석사 학위논문, 1984), 50면 참조.

23) 김대행 선생은 4음보 2행의 서정민요의 구조는 주객 대응이고 주객 대응에서 주체는 객체와의 비교·대조로 자신을 되돌아보게 되어 悲哀를 형성한다고 하였다. 김대행, 『한국시의 전통 연구』(개문사, 1983), 93~111면; 김대행, 『노래와 시의 세계』(역락, 1999), 51~56면.

24) 박혜숙 교수는 고려속요에 나타난 여성화자는 고독한 상태·버려진 상태에 골몰하며 문제의 핵심을 회피하며 님의 처분에 자신을 맡기는 의존적 존재라고 하였고, 최미정 교수는 고려속요 〈가시리〉에 나타난 여성화자는 님에 대한 자신의 태도 여하에 따라 님이 돌아올 것이라고 확신한다고 하였다. 본고는 두 견해를 참조하여 님에 대한 자신의 생각·행동에 몰두하는 期待와, 님에 대한 의존을 벗어나 스스로 문제를 해결하는 試圖란 개념을 설정하였다. 오세영 선생은 恨은 "좌절과 미련"·"원망과 자책"의 상반되는 감정의 충돌이라고 하였고, 이별을 기정사실로 인정하지 않고 재회의 가능성을 찾으려는 것이 未練이고 원망한 것에 대한 반성이나 이별의 원인이 자신에게도 있다는 감정이 自責이라고 하였다. 〈모심는소리〉에서는 未練이나 自責이 뚜렷하지 않고 상반된 감정의 충돌도 뚜렷하지 않다. 박혜숙, 「고려속요의 여성화자」, 『고전문학연구』 14(한국고전문학회, 1998), 6~27면; 최미정, 『고려속요의 전승 연구』(계명대학교 출판부, 2002), 67~90면; 오세영, 『한국낭만주의시연구』(일지사, 1990), 333~342면.

①과 ②는 화자가 부정적 상황을 해결하려는 태도이다. 〈모심는소리〉는 서정민요이므로 해결에 대한 태도가 서사민요와 같이 시도(試圖)로 일관하지는 않을 것이다.[25] ①에서 기대(期待)란 해결을 바라는 화자의 생각·호소·행동 등이 있고, 화자가 님을 위한 자신의 생각·행동 등에 몰두하여 님에 의하여 해결되기를 바라는 것이다. 화자의 의존적 태도이다. ②에서 시도(試圖)란 해결을 바라는 화자의 생각·호소·행동 등이 있고, 화자가 님에 대한 의존에서 벗어나 직접 적극적으로 행동하거나 님과 대등하거나 우월하다고 생각하여 자신에 의하여 해결되기를 바라는 것이다. 화자의 주체적 태도이다. ③에서 자위(自慰)란 문제의 원인을 회피하며 부정적 상황은 어쩔 수 없는 것이라며 받아들임으로써 슬픔을 위로한 것이다. 문제를 회피한다는 점에서 의존적인 태도이다. 〈모심는 소리〉에서는 서산에 해가 지고 싶어지는 것이 아니라 어쩔 수 없이 지듯이 떠나는 님이 가고 싶어 가는 것이 아니라 어쩔 수 없이 가는 것이라고 토로한 것이 필자가 확인한 유일한 예이다.[26] 이상의 태도는 노랫말 속에 복합될 수도 있고, 화자의 태도에서 그 결과로 전개될 수도 있다.

---

25) 조동일 선생은 서사민요에 공통되는 "유형구조"를 "苦難, 解決의 試圖, 挫折, 解決"이라고 하였다. 서영숙 교수는 "시집식구-며느리 관계 서사민요"에는 기대우위형·좌절우위형·양면복합형이 있으며 기대우위형은 주인물과 상대인물의 갈등에서 주인물이 자기의 요구를 강하게 드러냄으로써 해결을 이끌어 내는 구조라고 하였다. 조동일 선생과 서영숙 교수의 논의에서 기대와 시도에 대한 개념의 설명은 없으나 그 용어가 자아와 세계의 갈등이라는 서사에서 그 갈등을 해결하기 위한 주인물의 행위나 생각이란 뜻으로 이해된다. 이렇게 본다면 본고에서 사용한 기대와 시도란 용어와는 차이가 있다. 본고에서는 현실과 욕구 사이의 모순에서 생긴 감정을 주관적으로 표현하는 서정에서 그 모순된 감정을 조화하기 위한 화자의 행위나 생각이란 뜻으로 이 용어를 사용한다. 감정을 조화하기 위한 화자의 태도가 님에게 의존할 때는 '기대'를 님에 대한 의존을 벗어나 주체적일 때는 '시도'란 용어를 사용한다. 조동일, 『서사민요 연구』(계명대학교 출판부, 1983), 88~94면; 서영숙, 『한국서사민요의 날실과 씨실』(역락, 2009), 77~107면.
26) "저산에 지는해는 지고싶어 지나 / 날버리고 가는님은 가고싶어 가나 / 에야데야 나에좋네 에루마잇어라 사라지를고나"(『대계』 경상남도편 8-2 거제군 사동면 〈에야데야〉 75면).

4음보 2행의 짧은 서정민요인 〈모심는소리〉에서 이러한 복합·전개가 가능한가? 그 가능성을 살펴보자.

〈모심는소리〉는 주지하듯이 4음보 2행의 교환창으로 불린다. 교환창이란 창자가 두 패로 나뉜 것이다. 따라서 창자가 한 명인 독창으로 불린 4음보 2행의 민요와는 다를 것이다. 강등학 교수는 독창으로 불린 〈아라리〉는 전행(前行)과 후행(後行)이 "구조적으로 연계"되어 행간(行間)이 긴밀함에 비하여 〈모심는소리〉는 전행과 후행이 "대등한 관계"로 되어 화제적인 관련성은 있지만 행간이 느슨하다고 하였다.[27] 이렇게 본다면 전행에서 보인 화자의 태도는 행간의 느슨함으로 후행에서는 다른 태도를 보일 수 있고, 전행에서는 화자의 태도가 보이고 행간의 느슨함으로 후행에서는 태도에 대한 결과가 보일 수도 있다. 다음의 노랫말을 보자.

> 찔내야 꽃흘 대치내여 임의보선에 볼을 거러
> 임보고 보선보니 보선줄 뜻이 가망업네[28]

전행에서 화자는 찔레꽃을 데쳐내어 님의 버선을 장식하는 행위를 한다. 후행에서 화자는 그 버선을 보고 님을 보니 보선을 줄 마음이 없다고 한다. 전행은 객관적 사실이고 후행은 주체의 감정이다. 이 노랫말에서 전행과 후행은 사실과 감정으로 화자의 관심이 서로 다르다. 대등한 관계이다. 이러한 객관적 사실과 주체의 감정을 화자의 태도로 바꾸어 보자. 화자가 찔레꽃을 데쳐내어 님의 버선을 장식한 행동은 님을 위한 것이다. 님을 위한 행동에는 님과의 결합이 지속되기를 바라는 화자의 바람이 있다. 님에 대한 의존적 태도로 기대(期待)이다. 후행은 님에게

---

27) 강등학, 「〈정자소리〉의 분포와 장르양상에 관한 연구」, 『한국민요학』 29집(한국민요학회, 2010), 13~21면.
28) 『조선구전민요집』 경상남도 동래 #957 268면.

버선을 주기 싫다는 것이다. 님을 위한 화자의 행동과는 반대되는 결과이다. 좌절(挫折)이다. 〈모심는소리〉는 교환창으로 불려 행간이 느슨하여 전행에는 화자의 태도가 드러나고 후행에는 그 결과가 드러날 수 있음을 확인할 수 있다. 이제 영남 지역 〈모심는소리〉의 애정 노랫말에서 화자의 태도를 중심으로 정서를 살펴보자.

2.2. 애정 노랫말에 나타난 정서

2.2.1. 긍정적 감정에서의 정서

긍정적 감정이란 부정적 상황에서 생긴 화자의 모순된 감정이 조화되는 과정을 거쳐 긍정적으로 끝난 것이다. 긍정적 감정의 표출에는 단편적 것과 구체적 것이 있다. 단편적 것은 전술하였듯이 감정만 드러난 것이다. 다음의 노랫말이 그 예이다.

> 방실방실 웃는님을 못다보고 해가지네
> 걱정말고 한탄마소 새는날에 다시보세[29]

위 노랫말은 두 화자의 대화이다. 전행의 화자가 해가 져 웃는 님을 못 보게 되었다고 하자 후행의 화자는 해가 뜨면 웃는 님을 다시 만날 수 있다고 한다. 노랫말의 표면에 화제에 대한 대립이 있고, 그 대립으로 전행에서 생긴 이별의 슬픔이 후행에서 차단된다. 긍정적 감정으로 귀결된다. 이와 같은 노랫말에는 전행의 화자가 이별을 슬퍼하자 후행의 화자가 삼월에는 돌아올 것이라며 위로하는 것, 전행의 화자가 소년과부가 님을 사별하여 심회난다고 하자 후행의 화자가 소년과부의 심회는 다른 남자와 재가하면 해소된다고 한 것 등이 있다. 구체적 표출은 감정이

---

29) 『경북민요』 #59 23면.

형상화된 것이다. 주로 화자의 태도로 감정이 형상화된다. 다음의 노랫말을 살펴보자.

(가1) 빈대벼룩 끓는방에 구신겉은 저임보소
　　　 함때둠때 굶어나마 같은임을 만나주소[30]

(가2) 석양은 펄펄이 재 넘어 가고 임 가실 길은 천리로고나
　　　 천리 만리를 가이더라도 발병야 엄시 잘 다녀 오소이[31]

(나1) 구름아펄펄 높은하늘에 뜬구름아 날로덮어도라
　　　 우리집에 저둑놈 날찾아서 온다 게나 헤에[32]

(나2) 내정은 청산인데 임의정은 녹수로다
　　　 녹수는 흘러가고 청산인들 변할쏘냐
　　　 녹수청산을 못잊어 빙빙 돌고돌고나 헤에[33]

(가1)에서 님은 빈대와 벼룩이 있는 방에서 귀신과 같은 형용이다. 이러한 부정적 상황에서 화자는 같은 님을 만나기를 바란다고 한다. 님과의 결합이 지속되기를 희망하며, 그 희망은 님에 대한 자신의 절개에 두고 있다. 님에 의존한 기대이다. 이것과 관련하여 참고가 되는 노랫말은 "첩의야방으로 가실라그던 나죽는변으로 보고야가소 / 첩의야방으는 꽃밭이요 이내야방으는 연못이요 / 꽃과야나비는 봄한철이요 연못에꽃으는 사철이로다[34]"이다. 첩의 집에 가는 남편에 대한 아내의 반응이 있는 노랫말은 19각편이 있다. 그 19각편이 모두 이 노랫말과 같다. 님의

---

30) 『울산민요』 #118 118면
31) 『대전』 경상남도편 CD 7-18 하동 모심는소리
32) 『대계』 경상남도편 8-1 거제군 장승포읍 〈모심기 노래〉 474면.
33) 『대계』 경상남도편 8-1 거제군 장승포읍 〈모심기노래〉 476면.
34) 『경북민요』 #118 32면.

배신이라는 부정적인 상황에서 화자는 첩의 집은 꽃밭으로 한 때이지만 자신은 연못으로 님에 대한 사랑이 영원할 것이라고 호소한다. 님을 위한 절개로 님이 돌아오기를 바란다. 기대이다. (가2)에서 님은 갈 길이 멀고 석양이 되어 이제 떠나야만 한다. 부정적인 상황이다. 이러한 상황에서 화자는 님이 무사히 갔다가 돌아오기를 바란다. 님을 위한 축원으로 돌아오기를 바란다. 기대이다. 시련이 제시된 다음 화자의 기대가 제시되기도 한다. "도라지평풍에 연다리속에 잠든아가 문열어라 / 문열기는 어려우나 낭군님소리 아닐래라."[35] 이별로 고독한 상황에서 외간 남자가 문을 열라며 유혹한다. 화자는 낭군님의 소리가 아니라며 거절한다. 님에 대한 절개이다. 이상 (가)에서 화자는 가난한 님·배신한 님·이별한 님·시련 등의 부정적 상황에서도 님과의 결합을 희망하고 님을 위한 생각·행동에 몰두함으로써 그 희망이 이루어지기를 바란다. 기대이다. 이 기대는 결합으로 이어지기도 한다. 그 노랫말이 "사랑앞에 국화숭거 술을걸러 술지웠네 / 술이귀자 치장사오고 치미우자 임이왔네"[36]이다. 화자는 사랑 앞에 국화를 심었고 술을 걸렀다. 님을 위한 행동으로 결합을 바라는 기대(期待)이다. 이어 님이 왔다. 결합이다.

(나1)에서 님은 도둑놈과 같다. 부정적인 상황이다. 이어 구름이 나를 덮어 님이 찾지 못하기를 바란다고 한다. 님에게서 도망가겠다는 것이다. 화자의 적극적인 행위를 통한 시도이다. (나2)에서 화자는 님의 사랑이 흘러가는 녹수처럼 변하는 것이라면 자신의 사랑은 청산과 같이 변하지 않는 것이라고 한다. 님의 배신이라는 부정적인 상황이다. 이러한 부정적인 상황에서 화자는 자신이 님보다 우위에 있다고 생각한다. 주체적 태도에 의한 해결이다. 이 노랫말은 시조를 수용한 것이다.[37] 영남 지역 〈모심

---

35) 『대계』 경상북도편 7-14 달성군 가창면 〈모심기 노래(1)〉 617면
36) 『조선민요집성』 경상북도 성주 〈모숨기노래(十二)〉 186면.
37) 시조의 노랫말은 "내情은 靑山이오 님의 情은 綠水ㅣ로다 / 綠水 흘러간들 靑山이야 변흘손가 / 綠水도 靑山 못니저 밤새도록 우러녠다"이다. 이 시조는 정병욱 편저,

는소리〉에서 '이별(배신) → 시도'로 전개된 노랫말은 총 3각편이 있다. 다루지 않은 1개의 각편이 "나지나밤이나 지은캐자 누년의호리에 넘노는고 / 넘놀기야 넘노라도 정은정대로 두고가오"[38]이다. 화자는 정은 남겨 두고 몸만 가라한다. 님의 몸은 떠나더라도 님의 사랑은 가지고 있겠다는 것이다. 주체적 태도이다. 이 노랫말에서 남편의 외도는 불특정여성에 대한 것으로 유흥공간과 관련되고 화자는 애정을 몸과 정신으로 분리하여 보고 있어 노동요에 나타난 애정과는 다르다. 통속민요가 수용된 것이라 생각된다. 결국 〈모심는소리〉에서 시도가 있는 노랫말은 통속민요·시조 등 다른 장르가 수용된 것이다. 긍정적 감정이 표출된 노랫말의 각편의 수는 다음 표와 같다.

긍정적 감정의 표출양상		각편 수
단편적인 표출	대화를 통한 표출	29각편
화자의 태도를 통한 표출	이별(배신) → 기대	49각편
	이별(배신) → 시도	3각편
	기대 → 결합	4각편

위 표로 보아 '이별(배신) → 기대'로 전개된 노랫말은 49각편이고, '이별(배신) → 시도'로 전개된 노랫말은 3각편이고, '기대 → 결합'으로 전개된 노랫말은 4각편이다. '이별(배신) → 기대'의 전개로 긍정적 감정이 표출된 것이 지배적이다. 또한 화자의 태도에서 기대는 53각편이고 시도는 3각편인 점을 보아 기대(期待)란 정서가 지배적이다.

『시조문학사전』(신구문화사, 1982), 111면에 있는 #441 작품이다.
38) 『조선구전민요집』 경상남도 창원 #1154 312면.

2.2.2. 부정적 감정에서의 정서

부정적 감정이란 부정적 상황에서 생긴 화자의 모순된 감정이 조화되는 과정을 거쳐 부정적인 것으로 끝난 것이다. 그 부정적 감정의 표출에도 단편적 표출과 구체적 표출이 있다. 단편적 표출에는 독백을 통한 표출과 대화를 통한 표출이 있다. 구체적 표출에는 묘사를 통한 것, 주객 대응을 통한 것, 화자의 태도를 통한 것 등이 있다. 다음은 단편적 표출, 묘사를 통한 것, 주객 대응을 통한 것 등의 예이다.

(가1) 영천이라 추남들에 쟁피훑던 저 마느라
      날마다고 가던마는 훑던쟁피 다시 훑네[39]

(가2) 휘영청청 달밝은데 두견새야 왜우느냐
      독수공방 님그리는 내어쩌라 슬피우나[40]

(나) 궁지빠진 갓을씨고 첩우집에 왜년말고
      행주치마 떨처앱고 깡적내야 왜년말고[41]

(다1) 배가고파 지은밥에 미도만코 돌도만타
      돌만코 미만키는 임이업는 탓이로다[42]

(다2) 석양은펄펄 재를넘고 내갈길은 千里로세
      말은가자고 재촉하니 임은잡고 落淚하네[43]

(라1) 진주큰들 큰밭무시 연하고도 달더마는

---

39) 『울산민요』 #158 142면.
40) 『울산민요』 #213 179면.
41) 『울산민요』 #70 92면.
42) 『조선구전민요집』 경상남도 창원 #1162 313면.
43) 『조선구전민요집』 경상남도 창원 #1167 314면.

우러집들 우런님으는 미련하고도 답답하네[44]

(라2) 오늘이해가여 어예됐노 골목골목 연기난다
　　　우리야임으는 어드로가고 연기낼줄 모르는고[45]

　(가)·(나)는 부정적 감정의 단편적인 표출이다. (가1)은 부정적인 님에
대한 원망을 독백으로 표출한 것이고, (가2)는 이별로 인한 비애(悲哀)를
독백으로 표출한 것이다. (나)는 상대에 대한 비판과 원망을 대화로 표출
한 것이다.
　이에 비하여 (다)·(라)는 화자의 부정적 감정이 구체적으로 형상화된
것이다. (다)는 부정적 상황에 대한 묘사로 비애(悲哀)가 형상화된 것이다.
(다1)에서 화자는 배가 고파 밥을 지었다. 님이 없어 그 밥에는 메도 많고
돌도 많다. 이별로 인한 비애(悲哀)이다. 메도 많고 돌도 많다는 것은
화자의 고독한 신세를 묘사한 것이고, 그 소재가 농가생활에서 흔히 볼
수 있는 것이다. 이별하는 상황이 묘사된 것도 있다. 그것이 (다2)이다.
화자의 갈 길은 천리이다. 그런데 님은 잡고 낙루만 한다. 화자가 이별하는
모습을 묘사한 것이다. "까마귀는 깍깍울고 임의병세 짙어간다 / 임의무릎
내가베고 임도울고 나도운다"[46]도 같은 예이다. (라)는 주객 대응으로
부정적 감정이 형상화된다. (라1)은 부정적인 님에 대한 원망이다. 전주
큰 밭의 무는 달고도 연하다. 하지만 우리 집 우리 님은 미련하고 답답하다.
감정의 형상화는 남과의 대조에 있다. 대조되는 대상을 통하여 화자는
자신의 신세를 돌아보게 되고 그 되돌아봄으로써 신세의 비참함을 재확인
하게 된다. 그 재확인에서 비애가 형상화된다. (라2)도 마찬가지이다. 남들
은 모두 님이 있어 연기가 나지만 나는 님이 없어 연기가 나지 않는다.

---

44) 『대계』 경상남도편 8-1 거제군 신현읍 〈모심기 노래〉 141면.
45) 『대계』 경상북도편 7-1 월성군 현곡면 〈모내기 노래(2)〉 490면.
46) 『한국민요집』 2 경상남도 진양 #180 31면.

객체와의 대조로 화자는 자신의 고독한 신세를 재확인한다. 묘사를 통한 표출은 농가생활 상의 소재를 사용하여 비애가 형상화되고, 주객 대응을 통한 표출은 화자가 자신의 비참한 신세를 재확인함으로써 비애가 형상화된다. 이러한 비애의 형상화에는 화자의 태도를 통한 것도 있다.

> (가) 찔레야 꽃흘 대치내여 임의보선에 볼을 거러
>   임보고 보선보니 보선줄 뜻이 가망업네[47]
>
> (나1) 아래웃논 모꾼들아 춘삼월이 어느땐고
>   우리님 길떠날때 춘삼월에 오마더라[48]
>
> (나2) 서울갔던 선부님네 우리선부 안오더나
>   오기사야 오던마는 칠성판에 실려오데[49]
>
> (다1) 임이가 죽어서 제비가 되어 춘새끝에 집지였네
>   들면보고 날면봐도 임인줄로이 내몰랐네[50]
>
> (다2) 수건아 수건아 당포수건 임 떠주시던 당포수건
>   수건귀가 떨어지며 임우야 정도 떨어지네[51]

(가)에서 화자는 찔레꽃을 데쳐내어 님의 버선을 장식하였다. 그런데 님을 보고 버선을 보니 님에게 보선을 줄 뜻이 전혀 없다. 님의 버선에 꽃으로 장식하는 것은 화자가 님을 위한 행동에 몰두한 것으로 그 행동으로 사랑이 지속되기를 바라는 것이다. 기대(期待)이다. 이러한 기대에서

---

47) 『조선구전민요집』 경상남도 동래 #957 268면.
48) 『울산민요』 #145 135면.
49) 『대계』 경상남도편 8-3 진양군 사봉면 〈모심기 노래〉 397면.
50) 『대계』 경상남도편 8-4 진양군 미천면 〈모심기노래(1)〉 375면.
51) 『울산민요』 #140 133면.

님과의 사랑이 지속될 수 없다고 판단하게 된다. 기대가 실패한 것으로 좌절(挫折)이다. 기대라는 화자의 태도가 좌절로 귀결됨으로써 비애가 형상화된다. 이러한 전개는 (나)에서도 확인된다.

(나1)에서 화자는 님이 이별할 때 춘삼월에 온다고 하여 춘삼월이 빨리 되기를 바란다고 한다. 님의 약속을 믿고 님이 돌아오기를 기다린다. 님에만 몰두하여 결합이 이루어지기를 바라는 기대이다. 화자의 기대에 대한 결과는 장형의 노랫말에서 확인된다. 그 노랫말은 두 가지 종류가 있다. 첫 번째 노랫말이 "아래웃논 모꾼들아 춘삼월이 어느땐고/ 우리님 길떠날때 춘삼월에 오라네에/ 삼월이라 삼짇날에 연작은 날아든데/ 슬프다 우리님은 한번가게 다시올줄 모르는고"[52]이다. 제1~2행은 님이 돌아오기를 바라는 기대이다. 제3~4행은 님이 돌아오지 못한다는 것이다. 좌절이다. 두 번째 종류가 "우러님 길떠날깨 춘삼월에 올랐더니/ 춘삼월이야 연연이사 우러님은 어디에갔노/ 너거님은 오시는데 칠성판에 실렸다네"[53]이다. 제1~2행은 님이 돌아오기를 바라는 기대이다. 제3행은 님의 죽음이다. 좌절이다. 이러한 '기대 → 좌절'로의 전개가 표면에 드러난 것이 (나2)이다. (나2)에서 여성화자는 님을 기다린다. 그 기다리는 모습은 서울에 갔다 온 선비들을 잡고 님의 소식을 묻는 대목에 드러난다. 님이 돌아오기를 기대한다. 그 기대의 결과는 님의 죽음이다. 좌절이다. 이 노랫말은 기대와 결과만 제시된다. 좌절이 이루어지게 된 이유나 좌절에 대한 암시가 없다. 급격하게 이루어진 좌절이다. 따라서 그 비애는 클 것이다.[54] 님과의 사별뿐만 아니라 일시적인 이별에서도 이러한 전개

---

52) 『대계』 경상남도편 8-3 진양군 금곡면 〈모심기 노래(2)〉 610면.
53) 『대계』 경상남도편 8-9 김해군 진영읍 〈등지노래(1)〉 293면.
54) 그 비애의 강도를 장형의 노랫말에서 확인할 수 있다. 그 노랫말이 "서울갔던 선부네여 이 우리선부가 안오시나/ 오기사 온다마는 칠성판에도 얹혀오네/ 일산대는 어딜가고 이 명정대가 이웬말고/ 쌍가매는 어딜두고이 꽃가매를 타고오노/ 껌둥각신 신던발에 이 어금신이 이웬말고/ 화복단장 하던몸에이 소복단장이 이웬말고/ 궁초댕기 더린머레이 실댕기가 이웬말고"(『대계』 경상남도편 8-12 울주군 언양면 〈모심기 노래(1)〉

가 확인된다. "암남산 바우틈에 言約草를 심엇더니/ 피는솟치 무슨솟고 이별초가 만발햇네."⁵⁵⁾ 화자는 앞 남산의 바위 틈에 언약초를 심었다. 님과 함께 할 것을 기대한 것이다. 하지만 지금은 이별초가 되었다. 좌절이다. "오동장농 건농안에 금의입성 들었는데/ 뉘를보고도 칠부단장을 내가하리."⁵⁶⁾ 오동·주석으로 만든 장농 안에 온갖 귀한 옷과 물건을 장만하였다. 결합에 대한 기대이다. 하지만 님은 없다. 좌절이다.

(다)는 결합에서 좌절로 전개된 노랫말이다. (다1)에서 님이 제비가 되어 나를 찾아왔다. 화자는 이별한 상황에서 님과의 결합을 바랄 것이다. 그러한 바람에서 결합이 이루어졌다. 그 기쁨은 클 것이다. 그런데 화자는 님이 온 것을 몰라보았다. 표면에는 몰라본 이유나 암시가 없다. 급격한 좌절이다. "뒷방간에라 김선부야 해도떴다 일어나소 / 한삼소매라 눈에덮고 자는듯이 간곳없네."⁵⁷⁾ 방에 선비가 들었다. 결합이다. 그런데 그 님은 어떠한 이유나 암시도 없이 가고 없다. 급격한 좌절이다. (다2)에서 화자는 님에게서 당포수건을 받았다. 결합이다. 그런데 수건귀가 떨어지면 님의 사랑도 떨어진다. 님의 사랑이 떨어진 이유나 암시는 없다. 이상 부정적인 감정이 표출된 노랫말의 각편의 수를 표시하면 다음 표와 같다.

부정적 감정의 표출양상		각편 수
단편적 표출	독백을 통한 표출	17각편
	대화를 통한 표출	2각편
구체적 표출	묘사를 통한 표출	35각편
	주객 대응을 통한 표출	70각편
	화자의 태도를 통한 표출	118각편

605면)이다. 화자는 좌절로 인한 비애를 신세탄식 조로 길게 토로한다.
55) 『조선구전민요집』 경상남도 창원 #1165 314면.
56) 『대계』 경상남도편 8-1 거제군 장승읍 〈모심기 노래〉 463면.
57) 『대계』 경상남도편 8-5 거창군 남상면 〈모심기 노래(2)〉 936면.

부정적 감정인 비애가 단편적으로 표출된 것이 19각편이고 구체적으로 표출된 것이 223각편이다. 구체적으로 표출된 노랫말이 압도적으로 많으므로 〈모심는소리〉에서는 비애가 형상화된 것이 지배적이다. 비애의 형상화는 묘사를 통한 것, 주객 대응을 통한 것, 화자의 태도를 통한 것 등이 있다. 화자의 태도를 통한 것이 정서이다. 그 정서는 기대이다. 노랫말은 '기대(결합) → 좌절'로 전개된다. '기대(결합) → 좌절'에서 좌절은 원인이나 암시가 없이 결과로만 제시된다. 즉 행(幸)과 희망(希望)에서 불행(不幸)과 절망(絶望)으로의 급격한 추락이다. 따라서 그 격차로 비애가 형상화된다.

결국 영남 지역 〈모심는소리〉의 애정 노랫말에서 화자의 태도가 드러난 노랫말은 '이별(배신) → 기대'로 전개되거나 '기대(결합) → 좌절'로 전개된다. 화자는 부정적인 상황에서 생긴 모순된 감정을 조화하기 위하여 기대란 태도로 일관한다.

3. 애정 노랫말에 나타난 정서의 의미

현 채록 〈모심는소리〉에서 화자의 태도를 통한 감정의 표출이 있는 노랫말은 '이별(배신) → 기대'로 전개되거나 '기대(결합) → 좌절'로 전개되고, 정서는 기대라고 하였다. 이 결과를 애정을 화제로 한 〈모심는소리〉 관련 한시와 비교하자. 애정을 화제로 한 〈모심는소리〉와 관련된 한시는 다음과 같다.

이학규(李學逵, 1770~1834), 〈종앙사(種秧詞)〉 제6~8수
이학규(李學逵, 1770~1834), 〈앙가 오장(秧歌 五章)〉 제4~5수
박치복(朴致馥, 1824~1894), 〈이앙사 삼절(移秧詞 三絶)〉 제2~3수

이학규는 신유사옥(辛酉邪獄, 1801)에 연루되어 능주(綾州, 현 : 전남 화순)로 유배되었다가 그해 늦가을에 경상남도 김해(金海)로 이배(移配)되어 1824년까지 24년 동안 김해에서 유배 생활을 하였다. 김해에 있을 때 지은 것이 〈종앙사〉와 〈앙가 오장〉이다.

〈종앙사〉는 5언 절구 8수이다. 제1~5수는 모내기하는 모습이다. 새 비가 내려 물이 풍족한 논에서 여인들은 노래를 부른다.[58] 큰 여자아이는 모내기에 능숙하여 손이 춤추는 듯하고 작은 여자아이는 모내기에 미숙하여 머뭇거리기만 한다.[59] 날씨도 좋아 모가 잘 자랄 것이다.[60] 여인들은 물 거머리를 감수하며 알을 품는 사랑으로 모를 심으며,[61] 때때로 크게 웃으며 부른 노래를 서로 서로 들으려고 한다.[62] 제6~8수는 이별한 여인이 등장하는 애정의 노래이다. 제1~5수에서 여인들이 논에서 모내기하며 노래를 부른다고 한 다음 제6~8수가 이어진다. 이것을 보아 제6~8수는 이학규가 모내기하는 여인들이 부른 노래를 듣고 기록한 것으로 이해된다. 〈앙가 오장〉은 5언 고시 5수이다. 제1수에는 모내기하는 모습과 그 때 부른 노래에 대한 해설이 있다. 그 때 부른 노래에 대하여 이학규는 다음과 같이 언급하였다.

모내기도 역시 법이 있으니, 남정네가 앞서고 아낙네가 따르네.

---

58) 이학규, 『洛下生全集』 권上 〈種秧詞〉 제1수 "江城新雨過 江沚聞女歌 溢陽水交會 水田 如滄波". 최재남 · 정한기 · 성기각, 『조선후기 민요자료 정리와 분류』(보고사, 2008), 126면. 최재남 · 정한기 · 성기각, 『조선후기 민요자료 정리와 분류』(보고사, 2008)은 이하 『조선후기 민요자료 정리와 분류』로 약칭한다.

59) 李學逵, 『洛下生全集』 권上 〈種秧詞〉 제2수(『조선후기 민요자료 정리와 분류』, 126 면). "大兒手舞伎 活活牛行水 小妹强扱裙 力弱懍自跱".

60) 李學逵, 『洛下生全集』 권上 〈種秧詞〉 제3수(『조선후기 민요자료 정리와 분류』, 127 면). "高秧寢相扶 低秧亦已蘇 出門好天氣 岡頭一雲無".

61) 李學逵, 『洛下生全集』 권上 〈種秧詞〉 제4수(『조선후기 민요자료 정리와 분류』, 127 면). "生憎馬蜞血 浣兒縚絺潔 常憐蒕卵慈 忍俯秧鷄穴".

62) 李學逵, 『洛下生全集』 권上 〈種秧詞〉 제5수(『조선후기 민요자료 정리와 분류』, 127 면). "所思卽有私 謦欬誰復知 時時一大笑 似欲相聞之".

남정네는 다만 귀를 어지럽게 노래하고, 아낙네는 새로운 노랫말로
노래하네.
새로운 노랫말 사 오결을, 차례로 듣네.
벼줄기는 올라 바람을 따르는 솜꽃과 같고, 가늘기는 연기 실과 같네.
이에 원사(怨思)가 있는 것 같으니, 원사(怨思)는 장차 누구에게
하는가?[63]

남녀가 함께하는 모내기에서 작가는 여인들이 부른 노랫말을 듣는데
그 노랫말에는 원사가 있다. 원사란 원망과 비애이다.[64] 제2수는 시집간
여인이 귀녕(歸寧)갈 것을 기다린다는 내용이다. 부모와 이별한 비애이
다. 제3수는 자신을 모함한 오빠를 원망하며 자신의 억울함을 토로한
내용이다. 오빠에 대한 원망이다. 제4~5수는 님과 이별한 여인의 비애이
다. 모내기하는 여인들이 원사가 담긴 노랫말을 부른다는 제1수의 기록
다음에 원사가 담긴 제2~5수가 이어진 것을 보아 제2~5수는 모내기하는
여인들이 부른 노래를 이학규가 듣고 기록한 것으로 이해된다.[65] 그
가운데 제4~5수는 이별한 여인의 비애를 노래한 것이다.

박치복은 경상남도 함안(咸安)에서 출생하여 1860년 가족을 이끌고
삼가(三嘉, 현: 경남 합천)의 황매산(黃梅山)에 들어가 향촌의 제자들을
교육하는 삶을 산 경상 우도(右道)의 대표적인 재야학자이다. 경남 지역
에서 재야학자로 있으면서 지은 것이 〈종앙사 삼절〉이다.

〈종앙사 삼절〉은 7언 절구 3수이다. 제1수는 "대추 꽃 이미 지고 왕골
꽃 푸르니, 철 따른 만물과 경치 흘러 멈추지 않네. 방죽의 물 항상 한가지

---

63) 李學逵, 『洛下生全集』 권上 〈秧歌 五章〉 제1수(『조선후기 민요자료 정리와 분류』,
    128면). "…揷秧亦有法 男前而女隨. 男歌徒亂耳 女歌多新詞. 新詞四五闋 次第請聞之.
    稍揚若風絮 轉細如煙絲. 若是乎怨思. 怨思將爲誰…".
64) 『한어대사전 7』(한어대사전 출판사, 1995), 449면. "怨恨悲傷".
65) 백원철 교수는 〈앙가 오장〉의 제2~5수를 "민요를 한역"한 것이라고 하였다. 백원철,
    『낙하생 이학규 문학연구』(보고사, 2005), 192~195면.

로 푸르고, 삼베 치마의 모내기 노래를 시내를 사이에 두고 듣네"이다.[66] 제2~3수는 이별한 여인의 비애를 내용으로 한다. 제1수에서 모내기하는 여인들이 부른 노래를 들었다고 한 다음 제2~3수가 이어진 것을 보아 제2~3수는 모내기하며 부른 여인들의 노래를 박치복이 듣고 기록한 것으로 이해된다.

이상을 보아 이 작품들은 당대 〈모심는소리〉와 관련이 있다. 그런데 작가가 당대 〈모심는소리〉를 듣고 기록하였다면 노랫말에서 그 근거가 무엇인가 하는 점이 의문이고, 이학규는 민요취향을 수용하면서 민중들의 천연한 정감을 담으려고 하였는데[67] 한시에 나타난 민중들의 천연한 정감 즉 민요적 정서란 것이 무엇인가 하는 점도 의문이다. 다음의 노랫말은 이학규의 〈종앙사(種秧詞)〉 제6~8수이다.

> 손윗누이는 남편을 좋아하나, 서울에서 소식이 멀기도 머네.
> 항상 거처하는 것은 문을 밟지 않고, 하는 것은 곧 키질과 빗질이네.[68]
>
> (제6수)
>
> 다시 주막에 당도함을 듣고, 비단 저고리를 입었네.
> 여행객이 많아, 출입하는 성곽 문에서 헤매었네.[69]   (제7수)
>
> 작년에 부쳤던 편지 이르러, 나에게 서로 만날 것을 헤아린다 말하네.
> 모내기가 또한 앞에 닥쳤는데, 어찌 이 뜻을 기필하겠는가?[70]
>
> (제8수)

---

66) 朴致馥, 『晚醒集』 권1 〈移秧詞 三絶〉 제1수(『조선후기 민요자료 정리와 분류』, 132면). "棗花已落莞花靑, 節物風光流不停. 陂水每每一樣綠, 布裙秧唱隔溪聽".
67) 백원철, 앞의 책, 190면.
68) 李學逵, 『洛下生全集』 권上 〈種秧詞〉 제6수, (『조선후기 민요자료 정리와 분류』, 127면). "阿姊好夫婿 京城信迢遞 常居不躡門 所事卽箕箒".
69) 李學逵, 『洛下生全集』 권上 〈種秧詞〉 제7수(『조선후기 민요자료 정리와 분류』, 127면). "近聞復當壚 被腹羅紈襦 遊人萬萬輩 出入迷閭閻".
70) 李學逵, 『洛下生全集』 권上 〈種秧詞〉 제8수(『조선후기 민요자료 정리와 분류』, 127면). "前季寄書至 道我數相值 秧事且當前 何由必此意".

제6수의 화자는 남동생이다. 누이는 남편을 좋아하지만 남편은 서울로 떠난 뒤 소식이 없다. 이별한 상황이다. 그런데도 누이는 문 밖을 나서지 않고 키질과 빗질만 한다. 키질과 빗질은 남편이 돌아오기를 바라며 남편을 중심에 두고 그를 위해 하는 행동이다. 남편에 의존한 태도로 기대이다. 제7~8수의 화자는 여인이다. 제7수에서 화자는 남편에 대한 소식이 주막에 있다는 이야기를 듣자 비단 저고리를 차려 입고 주막으로 나선다. 화자가 남편이 있는 곳을 찾아간 것이 아니라 남편이 돌아오기를 바라며 그를 위하여 마중한 것이다. 남편에 의존한 태도로 기대이다. 하지만 성문에는 행인(行人)이 많아 소식을 듣지도 못하고 헤매기만 한다. 기대가 실패로 돌아간 좌절이다. 제8수에서 남편의 편지가 왔고 그 편지에 만나자는 약속이 있다. 결합이다. 하지만 모내기철이 다가와 만나지 못할 형편이다. 화자의 의지와는 상관없이 피칠 못할 사정으로 만나지 못한다. 좌절이다. 결국 〈종앙사〉 제6~8수는 그 노랫말이 '이별 → 기대'로 전개된 것, '기대 → 좌절'로 전개된 것, '결합 → 좌절'로 전개된 것이 있다. 이러한 양상은 〈모심는소리〉에서 화자가 이별한 님이나 배신한 님에게 영원한 절개를 지키며 기다린다고 하는 것, 화자가 서울에 갔다 온 선비들에게 님의 소식을 물으며 결합을 기대하지만 님은 칠성판에 실려와 좌절하게 된다는 것, 님이 제비가 되어 찾아왔으나 알아보지 못하여 좌절하게 된다는 것과 같다. 이러한 전개는 당시 애정을 화제로 한 〈모심는소리〉 관련 한시에 공통되는 것인가? 아니면 이학규의 작품에만 나타나는 것인가? 박치복의 〈이앙사 삼절〉 제2~3수를 살펴보자.

　　　작년 가을 나의 집에서 푸른 등불로 길쌈하였는데, 끝내지 못한 삼과
　　　모시 시렁 위에 있네.
　　　수풀의 가지에 작은 달 오르기 기다려, 북 울려 베 짜는 소리 다시
　　　듣네.71)　　　　　　　　　　　　　　　　　　　　　　　　　　　　(제2수)

돌아올 기약 버드나무 끝이 푸른 때에 있으니, 홑옷 겹옷 오히려
상자 속에 머물러 있네.
앵도나무 보리가 익는 밭, 오네 못 오네 거울 소리에 기대네.72)

(제3수)

박치복의 〈이앙사 삼절〉의 제2수와 제3수는 이어지는 것으로 여인의
독백이다. 제2수에서 여인은 작년 가을에 길쌈을 하다 끝내지 못해 시렁
위에 두었다. 지금 그것을 다시 꺼내 길쌈을 시작한다. 이 길쌈은 제3수로
보아 님의 홑옷과 겹옷을 만들기 위한 것이다. 님의 옷을 만들기 위해
베를 짜는 것은 님이 돌아오기를 바라는 마음에서 님을 위한 행동이다.
기대이다. 제3수는 기대에 대한 결과이다. 돌아온다고 기약한 버드나무
끝이 푸르게 된 봄도 지나가고 보리가 익는 가을이 되었다. 그래도 님은
돌아오지 않는다. 님을 위해 지은 옷은 상자 속에만 있다. 좌절이다. 이어
화자는 오는지 못 오는지 거울 소리[鏡聲]로 점만 친다. 〈모심는소리〉에서
화자가 님이 돌아오기를 바라며 님을 위하여 금의(錦衣)를 준비하였으나,
님이 없어 단장을 하지 못한다고 한 것73)과 유사하다. 이러한 사실로
보아 이학규와 박치복의 한시에는 〈모심는소리〉의 정서가 수용되어 있다.
그 정서는 기대이고, 노랫말은 '기대(결합) → 좌절'로 전개된다.

이학규가 원사(怨思)의 노랫말을 담으려고 한 점과 이별한 여인을 화자
로 한 점과 작품의 결말이 좌절이란 점 등을 보아 그의 〈모심는소리〉
관련 한시에는 비애가 담겨 있다. 그런데 전술하였듯이 비애의 형상화는
묘사에 의한 것, 주객 대응에 의한 것, 화자의 태도에 의한 것 등이 있다.

---

71) 朴致馥, 『晩醒集』 권1 〈移秧詞 三絕〉 제2수(『조선후기 민요자료 정리와 분류』, 132
면). "前秋我屋績燈靑 未了麻枲架上停 待得林杪微月上 鳴梭軋軋更堪聽".
72) 朴致馥, 『晩醒集』 권1 〈移秧詞 三絕〉 제3수(『조선후기 민요자료 정리와 분류』, 132
면). "歡歸期在柳梢靑 單袷衣猶篋裏停 含桃中食麥登圃 來不來兮憑鏡聽".
73) "온갖 오동장농 건농안에 금의입성 들었는데 / 뉘를보고도 칠부단장을 내가하리"(『대
계』 8-1 거제군 장승포읍 〈모심기노래〉, 463면).

이 가운데 이학규는 화자의 태도에 의한 것을 선택하였다. 이 선택은 의도적인 것으로 보인다. 이학규는 〈모심는소리〉 관련 한시에서 화자의 태도에 특히 주목하였다. 〈종앙사〉에서 의존적 태도가 있음은 살펴보았다. 〈앙가 오장〉에서는 주체적 태도가 보인다. 다음은 〈앙가 오장(秧歌 五章)〉의 제4수이다.

> 일찍이 들었네 주흘봉, 상봉은 하늘의 서쪽 언덕.
> 구름 역시 한 번 쉬고, 바람 역시 한 번 쉬네.
> 호걸한 매 해동청 보라매도, 우러러 보고 다시 근심하네.
> 나는 약한 다리의 여인, 걷는 신도 단지 사발처럼 작네.
> 즐거움이 있는 곳을 안다면, 높은 고개는 곧 평평한 밭두둑이네.
> 천 걸음에 한 번 쉬지도 않고, 꼭대기에 날아오를 것이네.[74]

화자는 구름도 쉬어 넘고 바람도 쉬어 넘고 해동청도 넘을 것을 걱정할 정도로 험난한 주흘봉 너머에 님이 왔다고 하면 비록 약한 다리와 작은 발이지만 넘어갈 것이라고 한다. 화자의 적극적이고 주체적인 태도를 확인할 수 있다. 이 노랫말과 같은 작품을 시조에서 찾을 수 있다.[75] 또한 화자가 사랑하는 마음이 님보다 우위에 있다는 주체적인 태도를 보인 노랫말이 제5수에서[76] 확인된다. 그런데 이러한 화자의 주체적 태도

---

74) 李學逵, 『洛下生全集』 권上 〈秧歌 五章〉 제4수(『조선후기 민요자료 정리와 분류』, 128면) "曾聞主紇嶺, 上峰天西陬. 雲亦一半休, 風亦一半休. 豪鷹海青鳥, 仰視應復愁. 儂是弱脚女, 步履只甌婁. 聞知所歡在, 峻嶺卽平疇. 千步不一喙, 飛越上上頭".

75) "바람도 쉬여 넘는 고기 구름이라도 쉬여 넘는 고기 / 山眞이 水眞이 海東靑 보라미라도 다 쉬여 넘는 高峯 長城嶺고기 / 그넘어 님이 왓다ᄒ면 나는 아니 흔番도 쉬여 넘으리라"(정병욱 편저, 『시조문학사전』(신구문화사, 1982), 202면에 있는 #825).

76) 李學逵, 『洛下生全集』 권上 〈秧歌 五章〉 제5수(『조선후기 민요자료 정리와 분류』, 129면). "청컨대 馬州의 저울 가지고, 당신이 나를 사랑하는 뜻 달아보소. 청컨대 海倉의 휘 가지고, 나의 恩義를 되어보소. 아니면 아울러 덩어리로 만들어, 열 겹 치마폭에 싸고, 얽어매고 다시 묶어서, 한 담궤를 만들어. 양 어깨에 담궤를 짊어지고, 천 걸음에 백 번은 넘겨져. 차라리 짐에 눌려 죽더라도, 이 마음 당신에게 부끄럽지 않으리[請將馬州秤, 秤汝憐儂意. 請將海倉斛, 量儂之恩義. 不然並打圍, 十襲裹衣帔.

가 드러난 노랫말은 현 채록 〈모심는소리〉를 보아 특수한 것이고 시조에서 가져온 것이다. 따라서 이학규 당시에도 이러한 노랫말을 찾기는 쉽지 않았을 것이다. 이러한 특수한 노랫말을 찾아 〈앙가 오장〉에 드러내고, 〈모심는소리〉에 보편적으로 나타난 화자의 태도를 〈종앙사〉에 드러내었다. 이러한 사실로 보면 그는 〈모심는소리〉에서 비애를 형상화하는 자질로 화자의 태도에 주목하였다는 것을 알 수 있다.

또한 이학규의 한시에서 '기대(결합) → 좌절'이란 전개도 비애의 형상화를 위하여 의도된 것으로 보인다. 그 의도가 박치복이 쓴 한시와의 비교로 드러난다. 전술하였듯이 박치복은 '기대(결합) → 좌절'이란 전개를 두 수에 걸쳐 배치하였다. 즉 첫 번째 작품에는 기대를 두 번째 작품에는 좌절을 배치하였다. 이에 비하여 이학규는 한 수에 '기대(결합) → 좌절'을 배치하였다. 이러한 배치는 현 채록 〈모심는소리〉에 맞을 뿐만 아니라 중간의 설명이나 단계가 생략되고 압축된 것이다. 이학규가 화자의 태도에 주목하였고 그의 작품이 '기대(결합) → 좌절'로 압축된 것을 보아, 그가 비애의 형상화에 화자의 태도를 선택한 것은 의도된 것이다. 이러한 사실에서 추정해 보면 이학규는 민중의 천연한 정감을 기대란 정서로 보았고, 그 기대란 정서는 비애와 관련되며 그 비애는 '기대(결합) → 좌절'이란 전개로 형상화된다고 보았을 것으로 이해된다.

4. 맺음말

영남 지역 〈모심는소리〉는 애정이란 화제를 지닌 노랫말이 풍성한 노동요이고, 교환창으로 부른 노동요이다. 노동요에 나타난 정서가 무엇인가 하는 점과 교환창 민요에 나타난 정서가 무엇인가 하는 점에 의문을

縈之復結之, 裝作一擔蕢. 擔在兩肩頭, 千步百顚躓. 寧被擔磕死, 此心無汝媿]."

품고 논의를 시작하였다. 화자의 태도를 중심으로 정서의 양상을 살펴 그 결과를 애정을 화제로 한 〈모심는소리〉 관련 한시와 비교하였다. 그 결과를 요약하면 다음과 같다.

첫째, 영남 지역 〈모심는소리〉의 애정 노랫말에 나타난 정서이다.

〈모심는소리〉에서 애정을 화제로 한 노랫말에 나타난 화자의 감정에는 긍정적인 것과 부정적인 것이 있고, 그 감정의 표출에는 단편적인 것과 구체적인 것이 있다. 구체적인 표출에는 묘사를 통한 것, 주객 대응을 통한 것, 화자의 태도를 통한 것 등이 있다. 정서란 모순된 감정을 조화하는 과정이므로 화자의 태도를 통한 감정의 표출에 정서가 나타난다. 〈모심는소리〉에 나타난 정서는 화자가 님을 위한 생각·행동에 몰두함으로써 결합이 이루어지기를 바라는 기대이다. 그 정서를 바탕으로 감정이 표출되는데 긍정적 감정이 표출될 때에는 '이별(배신) → 기대'로 노랫말이 전개되고, 부정적 감정이 표출될 때에는 '기대(결합) → 좌절'로 노랫말이 전개된다.

둘째, 영남 지역 〈모심는소리〉의 애정에 나타난 정서의 의미이다.

애정을 화제로 한 이학규의 〈모심는소리〉 관련 한시와 박치복의 〈모심는소리〉 관련 한시에 나타난 화자의 감정은 비애이다. 그 비애의 형상화는 화자의 태도를 통한 것이다. 화자의 태도는 기대이고 노랫말은 '기대(결합) → 좌절'로 전개된다. 이학규는 민중의 천연한 정감을 드러내기 위하여 민요취향을 수용하였다. 민요취향을 수용한 그의 〈모심는소리〉 관련 한시에서는 비애가 드러난다. 비애의 형상화에서 그는 화자의 태도를 중시하였고, 한 수의 작품에 '기대(결합) → 좌절'이란 전개를 압축하여 드러내었다. 이러한 사실로 보아 이학규는 민중의 천연한 정감을 기대(期待)란 정서로 보았고, 비애는 '기대 → 좌절'의 전개로 형성되는 것으로 본 것으로 이해된다.

본고는 〈모심는소리〉에 나타난 정서를 살펴보았다는 점과 〈모심는소리〉 관련 한시에 나타난 민요적 정서를 구체적으로 살펴보았다는 점에 의의가 있다. 하지만 애정을 화제로 한 〈모심는소리〉 관련 한시에 나타난 민요적 정서를 찾는 데에 치중하여 민요적 정서를 민요 내에서의 상관성 속에서 살펴보지 못하였고 통속민요와 기록 시가로 그 단계를 나누어 살펴보지 못한 한계가 있다. 그리고 민요적 정서의 의미를 민중의 삶에서 해석하지 못한 한계도 있다. 이러한 점들은 이후의 연구에서 지속적으로 보완할 것이다.

제5장

영호남 지역 〈논매는소리〉에 나타난
애정(愛情)의 양상과 배경

1. 머리말

〈논매는소리〉는 전국적으로 불린 민요이고, 선후창이란 가창방식이 지배적이며, 무더운 날씨에 세 번 또는 네 번에 걸친 고된 노동에서 불린 민요이다. 전국적인 분포를 보인 민요라는 점에서 노랫말에 나타난 농부들의 생각·감정이 대표적일 것이라 생각되고, 고된 노동에서 불린 민요라는 점에서 노랫말에 노동에서 생긴 농부들의 생각·감정이 여실히 드러날 것이라 생각된다. 노동에서 생긴 농부들의 생각·감정은 기록시가에 드러난 화자의 생각·감정과는 다를 것이다. 따라서 〈논매는소리〉의 노랫말에 드러난 농부들의 생각·감정을 찾는 작업이 중요하다. 이러한 중요성에도 불구하고 〈논매는소리〉에 나타난 농부들의 생각·감정을 정리한 선행 연구를 찾기는 어렵다. 그 이유는 〈논매는소리〉의 음악과 노랫말이 지역별로 다양하여 권역별로 묶기도 어렵고 권역별 특징을 찾기도 어렵기[1] 때문인 것으로 보인다. 이러한 상황에서 〈논매는소리〉

에 나타난 농부들의 생각·감정을 찾기 위해서는 특정 지역으로 연구 영역을 제한할 필요가 있고, 화제(話題)의 영역도 제한할 필요가 있다.

본고에서는 영호남 지역의 〈논매는소리〉에 나타난 애정을 중심으로 살펴보고자 한다. 영호남 지역 〈논매는소리〉에 나타난 화제에는 작업에 대한 지시, 인생무상, 노동의 고통, 애정, 신세탄식 등이 있다. 이 가운데에서 애정이란 화제가 문학적 의미가 크고 애정 가운데에서도 '님과 나의 애정'이란 화제가 문학적 의미가 크다.[2] 뿐만 아니라 애정이란 화제는 영호남 지역 〈논매는소리〉에 공통되어 비교도 용이하다. 나아가 민요에 나타난 화자의 신세탄식을 정리하는 기초 작업이 될 수 있고, 향토민요와 통속민요의 비교·민요와 기록시가와의 비교에도 용이하다. 영남 지역에는 애정이란 화제가 풍성한 〈모심는소리〉가 있어 지역적 특징을 살펴보기에도 용이하다. 이런 점에서 영호남 지역 〈논매는소리〉에 나타난 애정은 연구 의의가 크다.

선행 연구에서는 경상도 지역의 〈논매는소리〉에 대한 음악적 연구[3], 경북지역 〈논매는소리〉의 지역적 판도에 대한 연구[4], 영남 지역 〈논매는

---

1) 강등학 교수는 〈모심는소리〉는 하나소리·아라리·상사소리·정자소리 등 4종의 노래들이 전국을 과점하는 양상을 보이지만, 〈논매는소리〉는 나름대로 세력을 강하게 형성한 노래들이 전국적인 거대국면을 형성하는 데까지 나아가지 못하고 국지적 상황을 이루는데 머물러 있다고 하였다. 강등학, 「〈모심는소리〉와 〈논매는소리〉의 전국적 판도 및 농요의 권역에 관한 연구」, 『한국민속학』38(한국민속학회, 2003), 70~72면.
2) 〈논매는소리〉에 나타난 애정에는 님과 나의 애정, 처녀와 총각의 애정 등이 있다. 두 가지를 모두 다루기에는 본고의 한계가 있다. 처녀와 총각의 애정은 구애라는 화제가 지배적임에 비하여 님과 나의 애정은 구애·고독·성적 욕구 등의 화제들이 있어 그 양상이 다양하다. 또한 시가와 민요 연구의 중요한 주제인 님에 대한 화자의 태도·이별로 인한 화자의 신세 등이 나타나기도 한다. 이런 점에서 님과 나의 애정이 처녀와 총각의 애정에 비하여 문학적 의미가 크다. 이하 본고에서 애정은 '님과 나의 애정'을 말한다.
3) 김인숙, 「경상도 논농사 소리의 음악적 특징과 분포-모심는 소리와 논매는 소리를 중심으로」, 『한국민요학』12집(한국민요학회, 2003), 41~74면.
4) 김헌선, 「논농사민요의 지역적 분포와 상관관계」, 『한국구전민요의 세계』(지식산업사, 1996), 342~382면; 강등학, 「경북지역 〈논매는소리〉의 기초적 분석과 지역적 판도」, 『한국민속학』40(한국민속학회, 2004), 217~251면.

소리〉에 나타난 사설의 특질에 대한 연구[5], 〈논매는소리〉를 포함한 전남 지역 들노래에 대한 연구[6] 등이 있으나 노랫말에 대한 문학적인 연구는 소략한 편이다.

문학적 연구에서는 권오경 교수의 논의와 나승만 교수의 논의가 주목된다. 권오경 교수는 영남권 〈논매는소리〉의 노랫말에서 빈도가 높은 것에는 청춘 · 탄로 · 인생무상, 신세한탄, 임의 이별(부재), 노동의 고됨에 대한 노래 등이 있고 빈도가 낮은 것에는 노동현장에 대한 지시, 권농, 부모공양과 풍년, 기타 등이 있으며 빈도가 높은 노랫말은 대부분 부정적인 내용을 담고 있다고 하였다.[7] 호남 지역 〈논매는소리〉와 관련하여 나승만 교수는 전남지역 들노래에 나타난 애정에는 여성과의 성적 관계 맺음을 염원하는 노골적인 사설 · 이별의 슬픔 · 임에 대한 그리움 · 임과의 즐김 · 기생과의 향락 · 여성의 유혹을 받는 내용 등이 있고 이 내용들은 노동의 피로를 이완하는 역할을 한다고 하였다.[8] 본고는 이 결과를 수용하지만, 다음과 같은 의문이 있다.

① 영호남 지역 〈논매는소리〉에 나타난 애정의 양상은 무엇인가?
② 애정의 양상이 나타나게 된 배경은 무엇인가?

영남 지역 〈논매는소리〉는 호남 지역 〈논매는소리〉와 님에 대한 그리움 · 이별의 슬픔 등을 공통으로 하는데 두 지역의 〈논매는소리〉에는 차이가 없는 것인가? 호남 지역의 노동요에서는 님에 대한 그리움 · 이별의 슬픔 등이 노동의 피로를 이완하는 역할을 한다고 하였는데 어떻게 부정적인 내용들이 노동의 피로를 이완하는 역할을 하는가? 이 의문들은

---

5) 권오경, 「영남권 〈논매는소리〉의 전승양상과 사설구성의 특질」, 『한국민요학』12집(한국민요학회, 2003), 5~251면.
6) 나승만, 「전남지역의 들노래 연구」(전남대학교 박사학위논문, 1990).
7) 권오경, 앞의 논문, 5~251면.
8) 나승만, 앞의 논문, 139~145면.

'〈논매는소리〉에 나타난 애정의 양상은 무엇인가?'라는 문장으로 요약된
다. 양상이 확인되었다면 그 양상이 나타나게 된 배경이 있을 것이다.
그 배경을 영남 지역 〈모심는소리〉와의 비교로 살펴보고자 한다.

영호남 지역 〈논매는소리〉에 나타난 애정의 양상은 노랫말이 분포된
정도로 확인되어야 한다. 그런데 〈논매는소리〉는 그 노랫말에 순차적인
전개가 없고 여러 화제들이 섞여있다. 각편에 따라 애정의 화제가 풍부할
수도 있고 빈약할 수도 있다. 각편의 수로 분포를 확인하기에는 곤란하다.
따라서 여러 화제가 섞인 노랫말에서 애정을 화제로 한 단위를 설정하고
그 단위의 수로 분포를 확인하는 것이 적당하다. 애정을 화제로 한 단위를
설정하는 기준은 다음과 같다.

첫째, 단위에 화자의 생각·감정이 있어야 한다. 화자의 생각·감정은
주제에 해당하므로 단위에 화자의 생각·감정이 없다면 그 노랫말은
애정이 아닌 다른 화제가 될 수 있다. 다음의 예문을 보자.

일낙서산에 해 떨어지고 월출동산 음영달 묻어오네 / 아헤아허이여
헤야 에헤에 에헤라 방애나놀자[9][10]

'해가 지다'라는 시간적 경과를 알 수 있지만, 해가 져서 '어떠하다'라는
화자의 생각·감정은 알 수 없다. 이러한 노랫말은 단위가 될 수 없다.
만약 이 노랫말이 해가 져서 님을 못 보게 되었다고 한다면 님을 못
보게 된 화자의 안타까움이라는 감정이 드러나므로 단위가 된다.

둘째, 단위는 단위 내에서는 결속력을 보이지만 다른 단위와는 독립적
이어야 한다. 다음의 예문을 보자.

---

9) 『대계』 전라남도편 6-3 고흥군 강동면 〈논매기 노래(1)〉 706면.
10) 인용문의 빗금은 필자가 한 것으로 이하 같다.

① 술과 담배는 내 심중 아는데 한품에 잠자는 님으는 내 심중 모르시
네/ 아하 이앵 히아(이하 받는소리 생략) / ② 해다 졌네 해 다
졌네 석수야 갱변에 해 다 졌네/ 방글병실 웃는 님은 못 다 보고
해 다 졌네/[11][12]

①에 드러난 화자의 감정은 님에 대한 불만이다. 애정을 화제로 한
단위이다. ②에 드러난 화자의 감정은 이별의 안타까움이다. 애정을 화제
로 한 단위이다. ①과 ②는 애정이란 화제는 같지만 화자의 감정·생각은
서로 다르다. 따라서 ①과 ②는 각각 독립적이다. 위 노랫말은 2개의 단위
이다. 두 가지 기준을 충족시킨 단위를 본고에서는 단락(段落)[13]이라고
한다. 즉 단락이란 애정을 화제로 한 노랫말 가운데 화자의 생각·감정이
나타나고 다른 단위의 노랫말과는 독립적인 것이다. 〈논매는소리〉의 각편
은 한 개의 단락으로만 이루어지기도 하고 여러 개의 단락으로 이루어지기
도 있다. 단락의 수가 분포된 정도로 그 양상을 확인하기에 적당하다.
    본고의 대상 자료집은 현장 상황이 최대한 반영된 자료집인『한국구비
문학대계』[14],『한국민요대전』[15],『경북민요』[16] 등과 민요를 채록한 최고
(最古)의 자료집인『언문 조선구전민요집』[17]이다. 이 자료집에 수록된
〈논매는소리〉 가운데 애정이란 화제가 나타난 노랫말을 대상으로 한

---

11) 『대전』경상북도편 11-19 울진 논매는 소리.
12) 인용문의 괄호문자와 원문자는 필자가 한 것으로 이하 같다.
13) 段落의 사전적인 뜻은 긴 글을 내용에 따라 나눌 때 하나 하나의 짧은 이야기 토막이다.
    본고에서는 일정한 화자의 생각과 감정이 드러난 단편적인 단위의 노랫말이란 뜻으로
    사용한다. 단락에 대한 것은 졸고,「상여소리의 구성과 죽음의식에 대한 연구」(서울대
    학교 석사학위논문, 1994), 12면 참조.
14) 『한국구비문학대계』(한국학중앙연구원, 1980~1988)의 전라북도편·전라남도편·경
    상북도편·경상남도편이다. 이 책은 이하『대계』로 약칭한다.
15) 『한국민요대전』(문화방송국, 1991~1996)의 전라북도편·전라남도편·경상북도편·
    경상남도편이다. 이 책은 이하『대전』으로 약칭한다.
16) 조동일,『경북민요』(형설출판사, 1982). 이 책은 이하『경북민요』로 약칭한다.
17) 김소운,『諺文 朝鮮口傳民謠集』(제일서방, 1932). 이 책은 이하『조선구전민요집』으
    로 약칭한다.

다.[18) 이 자료집에 수록된 〈논매는소리〉의 각편 수와 본고에서 대상으로 하는 각편과 단락의 수를 표로 제시하면 다음과 같다.

	영남 지역				호남지역			
	경상북도		경상남도		전라북도		전라남도	
	수록	대상(단락)	수록	대상(단락)	수록	대상(단락)	수록	대상(단락)
『대계』	23각편	5각편(7)	12각편	5각편(7)	10각편	1각편(2)	41각편	16각편(32)
『대전』	54각편	17각편(16)	7각편	1각편(1)	70각편	33각편(52)	81각편	44각편(64)
『경북민요』	15각편	2각편(5)						
『조선구전민요집』					1각편	1각편(1)		
대상각편(단락)합	24각편(28)		6각편(8)		35각편(55)		60각편(96)	

---

18) 〈논매는소리〉의 노랫말 가운데 다른 노래의 노랫말임이 분명한 것은 참고자료로 한다. 그 노래는 〈달거리〉·〈진주낭군〉·〈베틀가〉·〈어사용〉 등이다. 각편은 다음과 같다. 〈달거리〉: 『대계』 경상북도편 7-14 달성군 화원면 〈오호방해야〉 205면. 〈진주낭군〉: 『대계』 경상남도편 8-7 밀양군 무안면 〈논매기 노래〉 681면. 〈베틀가〉: 『대계』 경상북도편 7-9 안동군 서후면 〈아이(애벌) 논매기 소리〉 631면, 『대계』 경상북도편 7-9 안동군 서후면 〈두벌 논매기 소리〉 635면. 〈어사용〉: 『대전』 전라북도편 9-1 김제 논매는소리 〈산유화〉, 『대전』 전라북도편 9-8 김제 논매는소리 〈산야〉, 『대전』 전라북도편 9-13 김제 논매는소리(만두레) 〈산야(만두리소리)〉.

2. 〈논매는소리〉에 나타난 애정의 양상

애정에는 화자가 님과 함께 있는 결합의 상황, 님이 부재하는 이별의 상황, 님과는 성격이 '다른 님'에게 사랑을 구하는 상황이 있을 수도 있다.[19] 이러한 사랑의 제 상황에 해당하는 노랫말들은 창자들에게 일정한 역할을 할 것이다. 그 역할에는 노동의 피로를 이완하는 놀이기능, 창자의 생각·감정을 표출하는 표출기능이 있다.[20] 놀이기능을 하든 표출기능을 하든 애정을 화제로 하므로 화자는 님과의 관계에서 일정한 태도를 취할 것이다. 그 태도는 크게 의존적 태도와 주체적 태도로 나눌 수 있다.[21] 본고에서는 애정의 노랫말이 하는 역할과 노랫말에 나타난 화자의 태도를 중심으로 애정의 양상을 살펴보고자 한다.

2.1. 화자와 다른 님과의 애정

영호남 지역 〈논매기노래〉에 나타난 화자와 다른 님과의 애정은 '다른 님'에 따라 종류를 나눌 수 있다. 남성과 첩의 애정·남성과 유흥 여성의 애정·남성과 불특정 여성의 애정 등은 공통된다. 호남 지역 〈논매는소

---

19) 본고에서는 님과는 성격이 다른 님을 '님'과 구별하기 위하여 '다른 님'이라고 한다.
20) 강등학 교수는 노동요의 기능에는 작업을 지시하며 독려하는 실무기능, 창자의 생각과 감정을 표출하는 표출기능, 노동의 고됨을 줄게 하는 놀이기능이 있다고 하였다. 강등학, 『한국민요의 현장과 장르론적 관심』(집문당, 1996), 11~33면.
21) 의존적 태도란 화자가 버려진 상태·고독한 상태에만 골몰하며 문제의 핵심을 지적하기를 회피하거나, 님의 처분에 맡기며 님을 위한 자신의 생각과 행동에 중점을 둔 태도이다. 이에 비하여 주체적 태도란 화자가 문제의 핵심을 지적하거나, 님에 대한 의존에서 벗어나 주체적으로 문제를 처리하려는 생각과 행동에 중점을 둔 태도이다. 박혜숙 교수는 고려속요에 나타난 여성화자는 의존적 존재라고 보았고, 최미정 교수는 고려속요 〈가시리〉에 나타난 여성화자는 님에 대한 자신의 태도의 여하에 따라 님이 돌아올 것이라고 확신한다고 하였다. 본고는 두 견해를 참조하여 의존적 태도에 대한 개념을 설정하였다. 박혜숙, 「고려속요의 여성화자」, 『고전문학연구』14(한국고전문학회, 1998), 6~27면; 최미정, 『고려속요의 전승 연구』(계명대학교 출판부, 2002), 66~72면.

리)에 불특정 화자와 불특정 상대의 애정, 여성과 불특정 남성의 애정
등이 있음이 특징적이다. 단락의 수와 비율을 표로 제시하면 다음과 같다.

다른 님과의 애정	영남	호남
남성 – 첩[22]	1단락	11단락
남성 – 유흥 여성[23]	2단락	16단락
남성 – 불특정 여성[24]	1단락	5단락
불특정 화자 – 불특정 상대[25]		15단락
여성 – 불특정 남성[26]		1단락
단락 수 (단락 / 총 단락), 비율	4단락(4/36), 11%	48단락(48/151), 32%

영남 지역 〈논매는소리〉에서는 다른 님과의 애정이 4개의 단락으로

---

22) 남성-첩 : 영남(1단락)『대전』경북10-16예천. 호남(11단락)『대전』전북1-11진안,『대
전』전북3-22임실,『대전』전북4-3임실,『대전』전북4-11순창,『대전』전북4-14순창,『
대전』전북6-5순창,『대전』전북6-15남원,『대전』전북7-1남원,『대전』전북7-2남원,『
대전』전남3-6곡성,『대전』전남3-9곡성.
23) 남성-유흥 여성 : 영남(2단락)『대전』경북6-12상주,『대계』경남8-4진양 747면. 호남
(16단락)『대전』전북1-10진안,『대전』전북1-13진안,『대전』전북4-12순창,『대전』전
북11-7고창,『대전』전북11-14고창,『대전』전남2-4고흥,『대전』전남11-1영광,『대전』
전남17-3함평(3개),『대전』전남17-6함평,『대계』전남6-1함평 280면,『대계』전남6-1
함평 848면,『대계』전남6-10화순 394면(2개).『대계』전남6-8장성 744면.
24) 남성-불특정 여성 : 영남(1단락)『대계』경북7-5성주 75면. 호남(5단락)『대전』전북4-6
임실,『대전』전북12-22고창,『대전』전남5-16담양,『대전』전남11-4영광,『대계』전남6
-10화순 381면.
25) 불특정 화자-불특정 상대 : 호남(15단락)『대전』전북1-10진안,『대전』전북1-13진안,
『대전』전북4-6임실,『대전』전북4-16순창,『대전』전북5-15순창(2개),『대전』전북6-4
순창,『대전』전북6-9남원,『대전』전북9-7김제,『대전』전북9-9김제,『대전』전북11-24
고창,『대전』전남2-2고흥,『대전』전남2-4고흥,『대전』전남20-6화순,『대계』전남6-6
신안 747면.
26) 여성-불특정 남성 : 호남(1단락)『대계』전북5-1남원 28면.

전체 애정을 화제로 한 노랫말에서 11%를 차지한다. 호남 지역 〈논매는소리〉에서는 48개의 단락으로 전체 애정을 화제로 한 노랫말에서 32%를 차지한다. 이러한 차이는 무엇을 의미하는가? 다음의 노랫말을 살펴보자.

(가1) 장태골에 첩을 두고/ 오호라 방해야(이하 받는소리 생략)/ 첩으 집에 놀러가세/ 첩으 집에 놀러가니/ 첩은 이미 잠이 들고/ 나 오는 줄 모르는고/[27]

(가2) 술상머리 앉으나 임은/에히요라 방아야(이하 받는소리 생략)/ 꽃도 같고 임도나 같네/ 꽃이거든 저지를 말고/ 임이거든 늙지를 마소/[28]

(가3) 실시리 동남풍이/ 에이러차 헤에야(이하 받는소리 생략)/ 시원하는 그바람이/ 큰애기죽어는 넋이런가/ 저지랑밑으로 살살도네/[29]

(나1) 일락서산 해 떨어지고 월출동령 달 돋아온데/ 아리씨구나 아헤 에헤이 이히이 에허야 아헤 헤에이 말이요(이하 받는소리 생략) / 저 산 너메 소첩을 두고 밤질 걸기 내 난감허네/[30]

(나2) 가세 가세 월선이 집으로/ 호호호하 헤 들래호(이하 받는소리 생략)/ 월선이 집으로를 놀러를 가네/ 월선이는 어디를 가고/ 걸렸구나 걸렸구나/ 거문고만 걸렸구나/[31]

(나3①) 저 건너 저 처녀 앞가슴 좀 보소 보기좋은 수박이 두덩이나 열렸네/ 에헤기야 어허히 마허 허언개로오세에/[32]

(나3②) 춥냐 덥냐 내 품에 들거라하 벨 것이 없으면 내 폴을 비어라/ 얼씨구나야 가 갔시믄 갔지 제가 설마나 갈소냐/[33]

---

27) 『대전』 경상북도편 10-16 예천 논매는 소리 〈방아소리〉.
28) 『대전』 경상북도편 6-12 상주 논매는 소리 〈방아소리〉.
29) 『대계』 경상북도편 7-5 성주군 월항면 〈논매기노래〉 75면.
30) 『대전』 전라북도편 3-22 임실 논매는소리 〈문이가〉.
31) 『대전』 전라남도편 17-3 함평 논매는 소리 1 〈긴 들래기소리〉.
32) 『대전』 전라남도편 5-16 담양 논매는 소리 2 〈방개타령〉.
33) 『대전』 전라북도편 6-9 남원 장원질소리 〈질꼬내기〉.

(나4①) 온디 간데다 정들여 놓고/ 이별이 잦아해 내가 못 살겠네/³⁴⁾

(나4②) 청사초롱 불 밝히고 임으 실로 놀로 가자 혜 에헤야노 아혜
헤헤이 연계로고나³⁵⁾

(나5) 우리댁 서방은 남평장을 갔네 저달이 떳다지도록 놀다나 가게/
에헤이야 에헤야 에헤기야 양산도로다³⁶⁾

　(가)는 영남 지역 〈논매는소리〉이고 (나)는 호남 지역 〈논매는소리〉이
다. (가1)·(나1)은 남성과 첩의 애정이고, (가2)·(나2)는 남성과 유흥
여성의 애정이며, (가3)·(나3)은 남성과 불특정 여성의 애정이다.

　(가1)에서 화자는 청자를 향하여 '첩의 집에 놀러 가자'라고 한다. 청유
형을 사용한 것을 보아 노동현장에 있는 선소리꾼의 목소리에 가깝고
첩에게 가는 것을 '노는 것'으로 보았다. 이어 화자는 첩의 집에 갔으나
첩은 내가 오는 줄 모른다고 하였다. 첩의 집에 가고 싶다는 화자의
바람이 제시되었다. 청자를 끌어들여 나의 바람을 공유하도록 한 것이다.
가창상황에 대한 기록에 따르면 이 노랫말은 논을 다 맬 때 흥겨운 분위기
에서 부른다.³⁷⁾ 이러한 사실로 보면 이 노랫말은 청자들에게 노동을
다하였으니 피로를 풀기 위하여 놀러 가자는 뜻이 담겨 있다. 노동의
피로를 이완하는 놀이기능을 한다. 이러한 놀이기능의 노랫말은 호남
지역의 〈논매는소리〉에서도 공통된다. (나1)에서 서산에 달이 돋는 노동
이 끝나는 시간이 되었으니 첩의 집에 놀러 간다고 한 것, (나2)에서
월선이 집에 놀러간다고 한 것 등이 예다. 화자가 여성과 만나고 싶다는
욕구를 드러난다. 놀이기능의 노랫말은 이것뿐만 아니라 해학이 드러난
것도 있다. (가3)과 (나3①)·(나3②)가 그것이다. (가3)에서 남성화자는

---

34) 『대전』 전라남도편 2-4 고흥 풍장 소리 〈질가락〉.
35) 『대전』 전라북도편 4-6 임실 논매는소리 〈연계타령〉.
36) 『대계』 전라북도편 5-1 남원군 남원읍 〈지심매기노래〉 28면.
37) "논을 다 매고 나오면서 부르는 '방아소리'"(『대전』 경상북도편 10-16 예천 논매는
　　소리 〈방아소리〉).

무더운 날씨에 논매기를 하는데 바람이 불어 시원하고 그 시원함이 큰애기의 넒이 속옷 밑에 들어오는 것과 같다고 한다. 남성화자가 성적 욕구를 표출하여 해학을 유발한다. 이러한 성적 욕구의 표출은 (나3①)·(나3②)에서도 같다. 단락 수의 분포로 보아 영남 지역 〈논매는소리〉에서는 놀이기능이 약하고 호남 지역 〈논매는소리〉에서는 놀이기능이 강하다.

이러한 놀이기능의 강약(强弱)은 화자의 성격과도 관련된다. 그 노랫말이 (가2)와 (나4①)이다.

(가2)와 (나4①)에는 화자가 상대와 이별하기 싫어하는 감정이 있다. (가2)에서 화자는 술상에 앉은 상대가 꽃과 같다고 생각하고 꽃과 같은 대상이므로 늙지 말기를 바란다고 한다. 상대에 대한 감정이 분명하다. 화자는 특정인이다. 이에 비하여 (나4①)에서는 화자의 감정이 크게 공감되지 않는다. 화자는 '간 데 마다 정을 들인' 사람이다. 불특정 다수를 상대한 사람이다. 상대가 불특정인이므로 화자의 정체도 모호하다. 애정의 주도자가 남성이라는 선입견을 배제하고 본다면 유흥가의 여성이 여러 남자를 만난 것으로 볼 수 있고, 남성이 여러 여성과 만난 것으로도 볼 수 있다. 어떤 상황의 감정인지 모호하다. 따라서 이 노랫말은 불특정 화자가 '다수의 이성(異性)을 만났다'라는 화제가 중심이다. (나4②)도 같은 예이다. '님에게 놀러 가세'라고 하였다. '놀로 가자'는 것은 놀이기능을 하는 노랫말이다. 놀이기능이 있는 이 노랫말에서 화자는 불특정인이다. 님을 이별한 여성일 수도 있고, 님이 없어 남성을 구하는 여성일 수도 있고, 여성을 구하는 남성일 수도 있다. '이성과의 만남에 대한 욕구'라는 화제가 중심이다. 이성과의 만남에 대한 욕구는 전술하였듯이 노동의 피로를 이완하는 놀이기능을 한다.

호남 지역 〈논매는소리〉에서는 여성화자가 불특정 남성을 유혹하는 노랫말도 있다. 그 예가 (나5)이다. 여성화자는 남편이 집에 없으니 달이 지도록 놀다 가라며 다른 남성을 유혹한다. 여성의 외도라는 점과 여성의

적극적이고 주체적인 태도라는 점에서 비일상적이다. 이러한 비일상성
으로 해학이 유발된다.

2.2. 화자와 결합한 님과의 애정

화자와 결합한 님과의 애정에서 영호남 지역 〈논매는소리〉에 공통된
화제는 화자가 님과의 결합에 대한 기쁨을 표출한 것, 여성화자가 님을
걱정한 것, 남성화자가 님을 비판한 것, 여성화자가 님을 비판한 것 등이
다. 단락 수와 비율을 표로 제시하면 다음과 같다.

결합한 님과의 애정	영남	호남
결합에 대한 기쁨38)	2단락	6단락
여성화자의 님에 대한 걱정39)	2단락	1단락
남성화자의 님에 대한 비판40)	1단락	3단락
여성화자의 님에 대한 비판41)	2단락	6단락
단락 수(단락 / 총 단락), 비율	7단락(7/36), 19%	16단락(16/151), 11%

위 표로 보아 영호남 지역 〈논매는소리〉에서 화제의 측면에서는 크게

---

38) 결합의 기쁨 : 영남(2단락)『대전』경북6-17상주, 『대계』경남8-9김해 311면. 호남(6단
락)『대전』전북6-5순창, 『조선구전민요집』전북 임실 #516 131면, 『대전』전남5-15담
양, 『대계』전남6-1진도 254면, 『대계』전남 6-7신안 747면, 『대계』전남6-10화순 394면.
39) 여성화자의 님에 대한 걱정 : 영남(2단락)『대전』경북12-2의성, 『대계』경남8-4진양
747면. 호남(1단락)『대계』전남6-2함평 643면.
40) 남성화자의 님에 대한 비판 : 영남(1단락)『대전』경북5-14문경. 호남(3단락)『대전』전
남14-6장성, 『대계』전남6-3고흥 708면, 『대계』전남6-7신안 747면.
41) 여성화자의 님에 대한 비판 : 영남(2단락) :『대전』경북11-19울진, 『대계』경북7-9안동
1212면. 호남(6단락)『대전』전북6-8남원, 『대계』전북5-1남원 28면, 『대전』전남5-15담
양, 『대전』전남20-7화순, 『대계』전남6-2함평 643면, 『대계』전남6-6신안 747면.

차이가 없다. 화자의 태도에 차이가 있다. 다음이 그 노랫말이다.

(가1) 창 밖에 국화를 심어/ 치나 칭칭 나네(이하 받는소리 생략)/ 국화 밑에다 술 빚어 놓고/ 술 익자 국화꽃 피자/ 달도 뜨자 님 보네/ 동녀야 국화주 걸러라/ 오날 저녁에 맘껏 놀자/[42]

(가2) 디여 허이 징개 명개 치바지뜰에 쟁피 훑는 저 여자야 날 마다 고 떠나더니 쟁피떠레기 못민하는구나 아하 상사로구나/ 에헤 헤에 아헤이요호오 상사디여/[43]

(나1) 저 달 뒤에는 별 따라 가는데 우리 님 뒤에는 내가 간다/ 오오오 오 오오헤 헤루사 사아뒤여[44]

(나2) 죽일 년아 살릴 년아 어린 자식 잠들여 놓고 반봇짐 싼단 말이 웬 말인가 어리청춘 드실로/ 오호호 오호호 오호에로 사아든 실로[45]

(나3) 어서매고 집이를가세 사랑하는 아내와 놀다가세/ 아하하 하하 하하하하 에헤 헤헤야절로(이하 받는소리 생략)/ 저놈의계집 년 이쁠을보게 홍당무걸는가 야단이세/[46]

(가)는 영남 지역 〈논매는소리〉이고 (나)는 호남 지역 〈논매는소리〉이다. (가1)와 (나1)은 님과의 결합에 대한 기쁨을, (가2)와 (나2)는 남성화자의 님에 대한 비판을 노래한 것이다.

(가1)에서 화자는 창 밖에 국화를 심었고 그 국화 밑에다가 술을 빚어 놓았다. 국화를 심고 술을 빚어 놓는 것은 님이 왔을 때를 대비한 것이다. 화자가 님과의 만남을 기대한다. 이어 국화에서 꽃이 피고 술이 익자

---

42) 『대전』 경상북도편 6-17 상주 논매는 소리.
43) 『대전』 경상북도편 5-14 문경 논매는 소리.
44) 『대전』 전라남도편 5-15 담양 논매는 소리 1.
45) 『대전』 전라남도편 14-6 장성 풍장소리.
46) 『대계』 전라남도편 6-1 진도군 군내면 〈절로소리(논매기노래)〉 254면.

님을 만난다. 기대에서 만남으로 전개된다. 이러한 전개를 통하여 기쁨의 감정이 구체화된다. 또한 화자가 님을 중심에 두고 님을 위하여 행동하는 의존적 태도가 드러난다. 호남 지역 〈논매는소리〉에서도 님과의 만남에 대한 기쁨을 표출한 노랫말이 있다. 그것이 (나1)이다. 화자는 저 달 뒤에 별이 따라가는 것처럼 님 뒤에는 자신이 따라간다고 한다. 님과의 만남만 확인되고 님에 대한 화자의 태도가 확인되지 않는다.

다음으로 남성화자의 여성에 대한 비판이 있는 노랫말이다. (가2)와 (나2)가 그것이다. (가2)에서 남성화자는 아내가 자신을 경제적으로 무능하다고 버렸으나 그녀는 지금도 가난한 생활을 벗어나지 못한다고 비판한다. 남편을 버린 여인의 비참한 모습으로 여성의 남성에 대한 의존적 태도를 강조한다. 이에 비하여 (나2)에서 남성화자는 아내가 어린 자식을 두고 반봇짐을 싼다며 비판한다. 여성은 님에 대한 불만에서 가정과 자식까지 버리는 주체적인 태도를 취한다. 그런데 그 주체적인 태도는 가정과 자식을 버리는 비일상적인 것이다. 이러한 비일상성으로 해학을 유발한다. 이 노랫말은 논매기가 끝날 무렵 논바닥을 밟고 돌아다니며 풍물을 치며 흥겹게 노래하는 풍장소리에서 불렸다고[47] 한다. 이러한 여성의 주체적 태도를 통한 해학이 잘 드러난 것이 (나3)이다. (나3)은 호남 지역 〈논매는소리〉에만 보인다. (나3)의 화자는 남성이다. 청자들에게 어서 매고 집에 가자고 한다. 노동의 피로를 이완시키는 놀이기능을 하는 노랫말이다. 화자가 집에 오니 아내는 남편과 성적인 관계를 맺기 위하여 홍당목 이불을 걷는다고 야단이다. 여성의 주체적인 태도가 드러난다. 이 노랫말이 놀이기능을 한다는 점을 감안할 때 여성의 님에 대한 주체적 태도는 여필종부(女必從夫)·남존여비(男尊女卑)를 벗어난 비일상성으

---

[47] "이 마을에서 풍장소리란 풍물을 치며 소리하는 '사아든실로', '각가롱저롱' 두 곡을 통틀어 일컫는다. '사아든실로'는 세벌 논매기 끝 무렵에 논바닥을 밟고 돌아다닐 때 부르는 소리이다."『대전』전라남도편14-6 장성 풍장소리〈사아든실로〉.

로 해학을 유발하는 것이다. 농사로 지친 농부가 집에 오자 아내가 대문에서 빨리 오라 재촉하고 아내와 힘 쓸 일을 생각하니 농부가 야단이 났다고 한 것도 같은 예이다.[48]

2.3. 화자와 이별한 님과의 애정

이별한 후에 화자는 고독한 슬픔을 토로하거나 해결을 지향한다. 슬픔을 토로한 경우 그 슬픔을 '님이 없다, 그립다, 슬프다, 외롭다'와 같이 단편적으로 토로한 것이 있고, '어떻게 하여 고독하다' 또는 '어떻게 하였는데도 고독하다'와 같이 구체적으로 토로한 것이 있다. 해결을 지향할 경우에 화자는 님을 위한 행동으로 결합이 이루어지기를 기대하는 의존적 태도가 있을 수 있고, 문제가 일어난 원인에 주목하고 스스로 결합을 시도하는 주체적 태도가 있을 수 있다. 이러한 항목에 따라 단락 수와 비율을 표로 나타내면 다음과 같다.

이별한 님과의 애정	표현과 태도	영남	호남
고독한 슬픔을 표출한 것	단편적인 고독[49]	8단락	40단락
	구체적인 고독[50]	5단락	
해결에 대한 지향을 표출한 것	의존적인 태도[51]	11단락	16단락
	주체적인 태도[52]	1단락	31단락
단락 수(단락 / 총 단락), 비율		25단락(25/36) 70%	87단락(87/151) 57%

---

48) "日落西山에 해써러지고 月出東嶺에 달돗는데 한農夫 擧動봐라 弱한심(힘)에 섭플지고 집이라고 드러가니 黑脚발톱에 다목다리 몽당치마를 썰쳐입고 새립박게 빗겨섯다 오는 農夫 재촉하니 이른야단이 쏘잇는가"『조선구전민요집』전라북도 임실 〈農夫歌 十四篇〉 #516 131면. "논 맬 째 노래"란 부대 기록이 있다.

위 표로 보아 영남 지역 〈논매는소리〉와 호남 지역 〈논매는소리〉에는 모두 고독의 슬픔에 대한 단편적인 토로가 있다.[53] 다른 점은 영남 지역 〈논매는소리〉에서는 고독의 슬픔이 구체적이고 화자의 태도가 의존적이란 것이다. 다음의 그 노랫말을 보자.

---

49) 단편적 고독 : 영남(8단락) 『대전』경북3-2고령, 『대전』경북11-19울진, 『대전』경북12-7의성, 『대전』경북12-20청도, 『대계』경북7-9안동 1212면, 『경북민요』안동 #169 50면, 『대계』경남8-7밀양 681면, 『대계』경남8-9김해 311면. 호남(40단락) 『대전』전북4-4임실, 『대전』전북4-13순창, 『대전』전북5-7순창, 『대전』전북5-15순창, 『대전』전북6-4순창, 『대전』전북6-9남원, 『대전』전북7-1남원, 『대전』전북7-2남원, 『대전』전북8-23옥구, 『대전』전북8-24옥구(2개), 『대전』전북9-12김제, 『대전』전북11-23고창, 『대전』전남3-4곡성, 『대전』전남3-5곡성, 『대전』전남3-7곡성, 『대전』전남5-15담양, 『대전』전남6-2담양, 『대전』전남6-5담양, 『대전』전남6-15무안, 『대전』전남8-9신안(2개), 『대전』전남8-11신안(2개), 『대계』전남6-7신안 475면(3개), 『대계』전남6-7신안 747면(2개), 『대전』전남10-2여천(2개), 『대전』전남10-4여천, 『대전』전남14-5장성, 『대전』전남15-7진도, 『대전』전남17-10함평, 『대계』전남6-2함평 643면, 『대전』전남18-12해남, 『대전』전남20-6화순.

50) 구체적인 고독 : 영남(5단락) 『대전』경북9-12영주, 『대전』경북13-12청송, 『대계』경북7-5성주 382면, 『대계』경북7-5성주 411면, 『대계』경남8-8밀양 457면.

51) 의존적인 태도 : 영남(11단락) 『대전』경북1-18달성, 『대전』경북7-23성주, 『대전』경북6-1봉화, 『대전』경북6-3봉화, 『대계』경북7-9안동 1212면, 『경북민요』성주 #163 41면, 『경북민요』안동 #169 49면(2개), 『대전』경남1-5거제, 『대계』경남8-8밀양 244면, 『대계』경남8-8밀양 457면. 호남(16단락) 『대전』전북6-2순창, 『대전』전북7-1남원, 『대전』전북7-2남원, 『대전』전북11-23고창, 『대전』전남2-2고흥, 『대전』전남3-7곡성, 『대전』전남3-8곡성, 『대전』전남3-10곡성, 『대전』전남11-4영광, 『대전』전남14-7장성, 『대전』전남15-7진도, 『대전』전남17-3함평, 『대전』전남18-12해남, 『대전』전남18-13해남, 『대전』전남20-3화순, 『대계』전남6-7신안 747면.

52) 주체적인 태도 : 영남(1단락) 『대전』경북12-5의성. 호남(31단락) 『대전』전북1-12진안, 『대전』전북4-16순창, 『대전』전북5-15순창, 『대전』전북8-23옥구, 『대전』전북8-24옥구(2개), 『대전』전남2-1고흥, 『대전』전남3-6곡성, 『대전』전남6-2담양, 『대전』전남6-5담양, 『대전』전남6-15무안, 『대전』전남7-5보성, 『대전』전남8-10신안, 『대계』전남6-6신안 148면, 『대계』전남6-6신안 509면, 『대전』전남11-1영광, 『대전』전남11-2영광, 『대전』전남12-7영암, 『대전』전남15-6진도(2개), 『대계』전남6-1진도 498면(2개), 『대전』전남17-10함평, 『대계』전남6-2함평 282면, 『대계』전남6-2함평 643면(2개), 『대전』전남18-12해남, 『대전』전남18-13해남, 『대전』전남20-8화순, 『대전』전남20-9화순, 『대계』전남6-10화순 381면.

53) 단편적 토로 가운데 자연물·타인과의 대비로 고독을 표출한 것도 있다. 영호남 지역 〈논매는소리〉에 공통된다.

(가1) 서산이라 지는해는 지고싶어 진단말가/아어헤에하 조구호여
　　　(이하 받는소리 생략)/ 골골마중 연기나고 우리집에는 연기도
　　　안난다/ 불쌍하고 불쌍하여 우복실댁이 불쌍하여/누를보고
　　　산단말고/[54]

(가2) 아이고 아이고 니죽어도 내못살고 내죽어도 내못산다 니와내
　　　가 만냈은게 청실홍실 걸어놓고 이거루로 만냈던가 니와내가
　　　만날적에 열두폭 치알밑에 장닭암닭 놓고썰로 만냈더나/ 아이
　　　고 아이고 못살겠다 못살겠다 이니죽어도 내못살게 내죽어도
　　　니못살고 백년함께 살라했더이 니죽으이 허사더라 니가죽으니
　　　날생각은 뉘하던것고 내죽으면 잊을수없데 세월아 봄철아 니
　　　가지 마라 이알뜰헌 요놈의 청춘 이 다늙어졌다에이 원수야백
　　　발 날침노하야 아깝은 요놈의청춘 다늙어졌다 다늙어졌다[55]

(나) 오동 초 초야 달은 밝고/ 임의 생 생각 절로 나네/[56]

　(가)는 영남 지역 〈논매는소리〉이고 (나)는 호남 지역 〈논매는소리〉이
다. (가1)은 농가생활 상의 소재로 화자의 신세를 묘사하여 고독한 슬픔을
구체화한 노랫말이다. 남들은 님과 함께 있어 저녁밥이 있는데 화자는
님이 없어 저녁밥이 없다. 저녁밥이라는 농가생활 상의 소재로 화자의
신세를 묘사한 것이다. 그 소재는 청중들도 공유하는 것이므로 청중들이
화자의 슬픔에 공감하기에 쉽다. 화자의 고독한 슬픔을 구체화하는 방법
가운데 하나가 노랫말을 전개적으로 구성한 것이다. (가2)가 그것이다.
(가2)에서 화자는 결혼할 때 청실홍실 매고 수탉·암탉을 두어 백년해로
하려 하였다. 그런데 지금은 님과 이별하게 되었다. 님과 영원히 함께
하려는 기대에서 지금은 고독하다는 것이다. 기대에서 좌절로의 전개이

---

54) 『대계』 경상북도편 7-5 성주군 벽진면 〈논매기노래〉 382면. 이 노랫말에서 "우복실댁"
　　은 가창자의 택호이다.
55) 『대계』 경상남도편 8-8 밀양군 상동면 〈논매기 노래〉 457면.
56) 『대전』 전라남도편 3-4 곡성 논매는 소리 1 〈방개타령〉.

다. 시도에서 좌절로 전개된 노랫말도 있다.[57] 요약하면 다음과 같다. 화자는 기러기에게 편지를 부탁하나 기러기는 그냥 날아간다. 그래서 화자는 직접 편지하려고 한다. 이어 화자는 편지는 발이 없어도 님에게 가지만 자신은 발이 있어도 님에게 가지 못한다고 토로한다. 화자는 기러기와 편지를 통하여 님과의 만남을 시도한다. 하지만 화자는 이 시도들은 자신이 직접 가서 만나는 것이 아니므로 고독하다고 한다. 시도에서 좌절로의 전개이다. 기대·시도에서 좌절로 전개된 노랫말은 단편적 토로에 비해 기대·시도가 있다. 기대·시도에서 화자는 님이 자신에게 어떻게 하였다는 것에 대한 관심은 없다. 님을 위한 행동과 님에 대한 정성에만 골몰한다. 님에 의존한 태도이다.

이에 비하여 호남 지역 〈논매는소리〉에서는 화자가 불특정인으로 님에 대한 태도가 뚜렷하지 않다. 그 예가 (나)이다. 그 노랫말에서 화자는 달이 밝아 님의 생각이 절로 난다고 한다. 님의 생각이 절로 나는 사람은 님을 이별한 여성일 수도 있고, 님이 없는 여성일 수도 있으며, 여성과의 만남을 욕구하는 남성일 수도 있다. 화자는 불특정인이다. 이별에 대한 슬픔이란 감정보다는 이성(異性)과의 만남에 대한 욕구라는 화제가 중심이다. 이성과의 만남이라는 욕구는 전술하였듯이 노동의 피로를 이완하는 놀이기능을 한다. 이 점은 이 노랫말에 대한 가창상황의 기록이 있는 12개 단락 가운데 8개 단락이 흥겨운 분위기에서 불린다는 기록[58]으로

---

57) "황성낙일 찬바람에/ 얼럴럴 상사디여(이하 받는소리 생략)/ 울고가는 저기러기/ 한양 서울 지나거든/ 요내소식 전해주게/ 원통하다 가련하다/ 울고가는 저기러기/ 두나래 툭툭치고/ 대중없이 날아간대이/ 동자야 벼루내게/ 흑지백지 종이로소/ 두어자로 기록하여/ 정든님의 편지하재이/ 편지는발이 없어도/ 임계신곳을 가건마는/ 요내나는 발을두고/ 임계신곳 왜못가노/ 발음어는 손이없어도/ 만수장님 흔드는데/ 요내나는 손발두고/ 만수장님 못흔든대이"『경북민요』안동군 도산면〈두불논매기〉#169 47면.
58) 이 노랫말은 총 25개의 단락이 있고, 가창상황에 대한 기록이 있는 것이 12개 단락이고, 흥겨운 분위기에서 불렀다는 기록이 있는 것이 8개 단락이다. 8개 단락은 다음과 같다. ① 청중과 가창자가 흥겨워하며 부른 것 : "논을 메다가 중간에 허리를 펴고 쉴 때는 〈일서시고〉라 해서 경쾌하게 외치는 소리를"할 때 부른 것(『대전』 전라남도편

뒷받침된다. 화자의 해결 지향이 있는 것도 마찬가지이다.

> (가1) 애전복 손에 들고 첩우집에 잠자러 갔나 우리 집에 오신 우리
>   낭군님은 언제 다시 오려무네/ 아하 에헤이 우여 어찌구나[59]
> (가2) 짚신도 짝이있고 미신도 짝이있는데 이나는우애 짝을잃노 니
>   와내가 묵을라고 이러구로 지어난농사 배가 부리나 목이걸리
>   니 안넘어간다 동글동글 수박깨우 밥담어가다 기다린다 도리
>   동산 동굴판에 수지놓고 간진놓고 임자오도록 나는나는 기다
>   린다/[60]

> (나1) 신철철꿋으면 오신다드니 모두골로뛰어도 아니오네/ 아하아
>   하 아하하하하 에헤헤에야 절로[61]
> (나2) 간다간다 나는간다 임을따라서 나는가네[62]

(가)는 영남 지역 〈논매는소리〉이고 (나)는 호남 지역 〈논매는소리〉이
다. (가1)에서 화자는 남편이 첩의 집에 잠자러 가 고독한 상황이다.
그래도 화자는 님이 돌아올 때를 기다리겠다고 한다. 해결의 지향이 있다.
그 지향은 님을 위한 절개이다. 의존적인 태도이다. (가2)도 마찬가지이
다. 다른 사물은 짝이 있으나 화자는 짝이 없다. 고독한 신세이다. 이어

8-9 신안 논매는 소리 1 〈일서시고〉). ② 풍물을 치며 흥겨운 분위기에서 논매기를
마무리할 때 부른 것 : "논을 다 매고 나올 때 부르는 노래로 논바닥에서 풍장꾼들이
풍물을 치며 놀"때(『대전』 전라남도편 6-15 무안 논매는 소리 〈들래기소리〉), "논매기
시작할 때"와 "논을 다 매고 논에서 나올 때"(『대전』 전라북도편 4-4 임실 논매는소리
〈문열가(이슬털이)〉), 풍물을 치며 풍장굿을 벌이는 "만드리 때"(『대전』 전라남도편
14-5 장성 논매는 소리 3 〈잦은두름박소리〉). ③ 풍물을 치며 흥겨운 분위기에서
집으로 돌아올 때 부른 것 :『대전』 전라북도편 7-2 남원 장원질소리 〈소탄소리〉,
『대전』 전라남도편 15-7 진도 풍장소리 1 〈질꼬내기〉,『대전』 전라남도편 6-5 담양
풍장소리 3,『대전』 전라북도편 6-9 남원 장원질소리 〈질꼬내기〉.
59)『대전』 경상북도편 6-3 봉화 논매는 소리
60)『대계』 경상남도편 8-8 밀양군 상동면 〈논매기 노래〉 457면.
61)『대계』 전라남도편 6-1 진도군 지산면 〈절로소리(논매기노래)〉 498면.
62)『대계』 전라남도편 6-1 진도군 지산면 〈절로소리(논매기노래)〉 498면.

화자는 님과 같이 먹으려고 농사를 지었고 그 농사의 결과물로 밥을 하여 둥근 식기에 수저를 준비하여 님을 기다리겠다고 한다. 화자는 님을 위한 행동으로 결합을 기대한다. 의존적인 태도이다.

(나1)에서 화자는 님이 신발을 끌게 되면 온다고 하였는데 모둠발로 뛰어도 오지 않는다고 한다. 님이 약속을 하였고 그 약속을 지키지 않았다는 것이다. 화자가 고독하게 된 문제의 원인을 님의 무신(無信)에 두고 있다. 문제를 직시하는 화자의 주체적 태도이다. 이러한 주체적 태도의 대부분을 차지하는 것이 (나2)이다.[63] (나2)는 표면적으로는 주체적 태도이다. 님을 따라간다는 것이다. 그런데 그 주체적 태도가 님에 대한 태도라고 단정하기에는 주저된다. 님을 따라 가겠다는 말이 나오게 된 구체적 상황이 없고 님을 따라 가겠다는 욕구만 있기 때문이다. 화자는 님을 이별한 여성일 수도 있고, 님이 없는 여성일 수도 있으며, 여성과의 만남을 바라는 남성일 수도 있다. 불특정 화자이다. 이성과의 만남을 바라는 욕구가 중심이다. 이성과의 만남에 대한 욕구는 전술하였듯이 놀이기능을 한다. 이 점은 이 노랫말에 대한 가창상황의 기록이 있는 17개 단락 가운데 16개 단락[64]이 흥겨운 분위기에서 가창된 사실로 뒷받침된다.

---

63) 주체적인 태도를 보인 30개 단락 가운데 26개 단락이 이 노랫말이다.
64) 이 노랫말은 총 26개 단락이 있고, 가창상황에 대한 기록이 있는 것이 17개 단락이고, 흥겨운 분위기에서 불렸다는 기록이 있는 것이 16개 단락이다. 16개 단락은 다음과 같다. ① 청중과 창자가 흥겨워하며 부른 것 : "노래를 부르자 청중들도 너나없이 후렴귀를 맞춰서 흥에 겨워했다. 더구나 조동엽씨(필자주 : 가창자)는 무릎을 치면서까지 장단을 맞추고 흥겨워하는 모습이 역력했다"(『대계』 전라남도편 6-10 화순군 도곡면 〈김매는 소리〉 381면). ② 노랫말을 빠르게 부른 것 : "잦은 절로소리"(『대계』 전라남도편 6-1 진도군 지산면 〈절로소리(논매기노래)〉 498면), "두벌매기때 부르는 소리로 빠르고 경쾌한 느낌을 준다"(『대전』 전라남도편 18-13 해남 논매는 소리 2 〈절로소리〉), "호무로 잦게 매면서"(『대전』 전라북도편 8-23 옥구 논매는소리 〈오호타령(방아타령)〉), "호무로 잦게 매면서"(『대전』 전라북도편 8-24 옥구 논매는소리 〈자진 산타령〉). ③풍물을 치며 흥겨운 분위기에서 논매기를 마무리할 때 부른 것 : "풍장 소리"(『대계』 전라남도편 6-2 함평군 월야면 〈논매기 노래〉 643면), "논을 다 매고 나올 때 부르는 노래로…논바닥에서 풍장꾼들이 풍물을 치며 논다"(『대전』 전라남도편 6-15 무안 논매는 소리 〈들래기소리〉), "만물때 부르는 소리"(『대전』 전라남도편

3. 〈논매는소리〉에 나타난 애정의 배경

제2장에서 영호남 지역 〈논매는소리〉에 나타난 애정의 양상을 살펴보았다. 그 결과를 표로 나타내면 다음과 같다.

	다른 님과의 애정	결합한 님과의 애정	이별한 님과의 애정
영남 지역 〈논매는소리〉	특정 화자	전개적 구성 여성의 의존적 태도	전개적 구성 여성의 의존적 태도
호남 지역 〈논매는소리〉	불특정 화자 여성의 주체적 태도	여성의 주체적 태도	불특정 화자 여성의 주체적 태도

영남 지역 〈논매는소리〉에는 여성의 의존적 태도가 있고, 노랫말이 전개적으로 구성된다. 결합의 기쁨과 이별의 슬픔에 대한 토로에서 여성은 의존적인 태도를 취한다. 이러한 의존적 태도 속에서 노랫말은 전개적으로 구성되어 감정이 구체화된다. 이러한 사실은 영남 지역 〈논매는소리〉가 표출기능이 강하다는 것을 말한다. 호남 지역 〈논매는소리〉에는 여성의 주체적 태도가 있고, 불특정 화자가 있다. 여성의 주체적 태도로 해학이 유발되어 노랫말은 놀이기능을 한다. 불특정 화자가 드러난 노랫말에서 화자는 이별한 여성일 수도 있고, 여성과의 만남을 욕구하는 남성일 수도 있다. 따라서 화자의 심각한 감정보다는 '이성과의 만남에 대한

7-5 보성 논매는 소리 〈개고리타령〉), "만드리 때 부르는 소리이다. …풍물이 동원되어 소리의 흥을 돋구기도"(『대전』 전라남도편 15-6 진도 논매는 소리 〈절로소리 잦은소리〉), "논매기를 마무리하는 마지막 소리"(『대전』 전라북도편 4-16 순창 논매는소리 〈잘룬 사허소리〉), "만드리 때…논에서 풍장굿을 치며 부르는 '풍장소리'"(『대전』 전라남도편 11-1 영광 논매는 소리 2 〈풍장소리〉), "만드리 때…부르는 풍장소리"(『대전』 전라남도편 17-10 함평 풍장소리 〈에로지풍장〉). ④ 풍물을 치며 흥겨운 분위기에서 집으로 돌아올 때 부른 것 : "장원질노래"(『대계』 전라남도편 6-2 함평군 월야면 〈논매기 노래〉 643면), 『대전』 전라남도편 6-5 담양 풍장소리 3, 『대전』 전라남도편 8-10 신안 풍장소리 〈질꼬내기〉.

욕구'란 화제가 중심을 이루고, 그 화제로 인하여 노랫말은 놀이기능을 한다.

결국 영남 지역 〈논매는소리〉에 나타난 애정의 노랫말은 표출기능이 강하고, 여성의 의존적 태도가 있음이 특징이다. 호남 지역 〈논매는소리〉에 나타난 애정의 노랫말은 놀이기능이 강하고, 여성의 주체적 태도가 있음이 특징이다. 왜 영남 지역 〈논매는소리〉는 표출기능과 의존적 태도가 주를 이루고, 호남 지역 〈논매는소리〉는 놀이기능과 주체적 태도가 주를 이루는가?

첫 번째로 가정해 볼 수 있는 것은 창자의 성별(性別)이 다르다는 점이다. 영남 지역과 호남 지역에 창자의 성별이 다르기 때문에 노랫말에 나타난 양상이 다르다는 추정이다. 영남 지역 〈논매는소리〉에서 여성 창자가 부른 노랫말은 2개의 단락[65]이 있다. 영남 지역 전체 노랫말의 6%이다. 호남 지역 〈논매는소리〉에서 여성 창자가 부른 노랫말은 23개 단락이 있다. 호남 지역 전체 노랫말의 15%이다. 호남 지역에 여성 창자가 많다. 화제를 살펴보자. 영남 지역 〈논매는소리〉에서 여성 창자가 부른 2개의 단락은 농가생활 상의 소재로 고독한 슬픔을 표출한 것이다. 호남 지역 〈논매는소리〉에서 여성 창자가 부른 단락들은 불특정 화자의 불특정 상대에 대한 애정을 토로한 것이 1개 단락[66], 화자가 님과의 결합에 대한 기쁨을 토로한 것이 1개 단락[67], 고독한 슬픔을 토로한 것이 12개 단락[68], 여성의 주체적인 태도가 드러난 것이 9개 단락[69]이 있다. 호남 지역

---

65) 『대계』경북 7-5 성주 383면(서갑선, 여·66)과 『대계』경북 7-5 성주 411면(정재선, 여·75).
66) 『대계』전남6-6신안 747면(정금례, 여·74).
67) 『대계』전남6-7신안 747면(박소예, 여·70).
68) 『대전』전남15-7진도(조공례, 여, 1925) 2개 단락, 『대계』전남6-6신안 747면(박소예, 여·70) 3개 단락, 『대계』전남6-7신안 475면(김순례 여·64) 3개 단락, 『대전』전남8-9 신안(강부자, 여, 1938) 2개 단락, 『대전』전남8-11신안(정석심, 여, 1921) 2개 단락.
69) 남성화자가 여성의 주체적인 태도를 드러내 해학을 유발한 것(2개 단락) : 『대계』전남 6-1진도 254면(최소심, 여·72. 손판기, 남·61), 『대계』전남6-7신안 747면(박소예,

여성 창자가 영남 지역에 비하여 노랫말에 주체적인 태도를 표출하는 경향이 있다. 이러한 주체적인 태도가 드러난 노랫말은 전술하였듯이 놀이기능을 한다. 따라서 호남 지역에 여성 창자가 많이 참여하여 놀이기능의 노랫말이 드러난다고 볼 수 있다. 하지만 이것은 부분적인 요인이다. 영호남 지역 여성 창자들이 부른 노랫말은 남성 창자들이 부른 노랫말에 크게 차이가 없기 때문이다. 따라서 영호남 지역 〈논매는소리〉의 차이는 다른 요인이 있을 것이다.

두 번째로 가정해 볼 수 있는 것은 창자들의 장르 인식이 다르다는 점이다.

영호남의 창자들이 〈논매기노래〉를 다르게 인식하기 때문에 노랫말의 양상이 다르다는 것이다. 창자들의 장르 인식을 조사한 자료는 없다. 다만 영남 지역 〈모심는소리〉와 비교하여 그 인식을 살펴보고자 한다. 전술한 기준에 따라 영남 지역 〈모심는소리〉의 노랫말[70]을 분류하고 그 분류에 따라 각편[71]의 수를 표로 제시하면 다음과 같다.

	항목	각편의 수
다른 님과의 애정(109각편)	남성-첩	25각편
	남성-유흥 여성	29각편

여·70). 여성화자가 남성에 대한 비판 또는 원망을 표출한 것(4개 단락) : 『대계』전남 6-1진도 498면(조공례, 여·55), 『대전』전남15-6진도(조공례, 여, 1925), 『대계』전남6-6신안 747면(정금례, 여·74), 『대전』전남8-11신안(정석심, 여, 1921). 불특정 화자가 주체적인 태도를 표출한 것(3개 단락) : 『대계』전남6-1진도 498면(조공례, 여·55), 『대전』전남15-6진도(조공례, 여, 1925), 『대전』전남8-10신안(강부자, 여, 1938).

70) 노랫말은 『대계』경상북도·경상남도편과 『대전』경상북도·경상남도편과 『경북민요』와 울산대학교 인문과학연구소 편, 『울산울주지방민요자료집』(울산대학교 출판부, 1990)과 『조선구전민요집』에 수록된 것이다. 울산대학교 인문과학연구소 편, 『울산울주지방민요자료집』(울산대학교 출판부, 1990)은 이하 『울산』으로 약칭한다.

71) 영남 지역 〈모심는소리〉에서 각편은 4음보 2행을 단위로 한 독립된 노랫말 한 편을 말한다. 4음보 2행을 넘는 장형의 노랫말과 4음보 2행에 못 미치는 단형의 노랫말은 참고자료로 한다.

	남성-불특정 여성	40각편
	불특정 화자-불특정 상대	7각편
	여성-불특정 남성	8각편
결합한 님과의 애정(54각편)	님에 대한 비판	16각편
	배신한 님에 대한 태도	38각편
이별한 님과의 애정 가운데 해결 지향	해결지향의 노랫말	16각편

영남 지역 〈모심는소리〉의 다른 님과의 애정에는 남성과 첩의 애정·
남성과 유흥 여성의 애정·남성과 불특정 여성의 애정 등이 있고, 남성화
자의 성적인 욕구의 표출로 해학이 유발되기도 한다. 이것은 영호남 지역
〈논매는소리〉와 같다. 특히 영남 지역 〈모심는소리〉에는 불특정 화자와
불특정 상대의 애정, 여성과 불특정 남성의 애정 등이 있다. 이것은 호남
지역 〈논매는소리〉와 같다. 다음이 그 노랫말이다.

　　(가) 달이돗네 달이돗네 비개모에 달이돗네
　　　　 달이돗고 쏫핀방에 놀다가도 무관이요[72]

　　(나) 해빌놈발빌놈 나매바지 궁딩이 붓끄러 못살겟네
　　　　 덥허줌세 덥허줌세 한산소매로 덥허줌세[73]

　　(가)는 불특정 화자와 불특정 상대의 애정이고, (나)는 여성과 불특정
남성의 애정이다. 불특정 화자의 불특정 상대에 대한 애정에서 화자는
'놀러 가라'고 한다. 노동의 피로를 이완하는 놀이기능을 하는 노랫말이
다. 뿐만 아니라 이 노랫말의 화자는 불특정인이다. 님을 이별한 여성일

---

72) 『조선구전민요집』 경상남도 울산 〈移秧歌 四篇〉 #932 264면.
73) 『조선구전민요집』 경상남도 창원 〈農謠 九十二篇〉 #1175 315면.

수도 있고, 님이 없는 여성일 수도 있고, 여성과의 만남을 바라는 남성일 수도 있다. '이성과의 만남에 대한 욕구'라는 화제가 중심이다. (나)에서는 여성화자가 주체적으로 성적인 욕구를 표출한다. 해학이 유발된다.[74] 이것은 호남 지역 〈논매는소리〉와 같다. 따라서 영남 지역에 여필종부(女 必從夫)·남존여비(男尊女卑)란 윤리가 지배하기 때문에 영남 지역 〈논 매는소리〉에 표출기능과 의존적 태도가 있다고는 볼 수는 없다. 그렇다 면 무엇 때문에 영남 지역 〈논매는소리〉에 표출기능과 의존적 태도가 보이는가? 다음의 노랫말을 살펴보자.

> (가) 씰내야 꽃흘 대치내여 임의보선에 볼을 거러
>   임보고 보선보니 보선줄 뜻이 가망업네[75]

> (나) 첩의야방으로 가실라그던 나죽는변으로 보고야가소
>   첩의야방으는 꽃밭이요 이내야방으는 연못이요
>   꽃과야나비는 봄한철이요 연못에꽃으는 사철이로다[76]

> (다) 담안에라도 붉은열매 따고보니 앵두로다
>   앵두랑따서 쟁반에담고 임오시기 기다린다[77]

> (라) 저기가는 저선부님네 우리님은 안이오나
>   오시기야 온다마는 칠성판에 실녀오네[78]

---

74) 여성화자는 남성과 성적인 관계를 맺은 다음 벌거벗은 체 있으므로 남성에게 몸에 옷을 덮어 달라고 한다. 여성화자의 적극적인 성적 욕구의 표출로 해학이 유발된다. 관련 기록은 다음과 같다. "구연자들 스스로 상당히 노골적인 성적 희롱을 담고 있음을 인식하고 있었다. C29 창자는 이 노래에 대해 '일을 치르고 나니 엉덩이가 시러운데도 덮어주지 않아서 덮어달라고 하는 것'이라고 설명함"(『울산』 #63 89면).
75) 『조선구전민요집』 경상남도 동래 〈農謠 二十篇〉 #957 268면.
76) 『경북민요』 영덕군 영덕면 〈모내기노래〉 #118 32면.
77) 『대계』 경상남도편 8-14 하동군 횡천면 〈모내기 노래(3)〉 733면
78) 『조선구전민요집』 경상남도 함안 〈정지 五十七篇〉 #1045 290면.

(가)·(나)는 결합한 님과의 애정이다. (가)에서 화자는 찔레꽃으로 님의 버선을 장식하며 정성스럽게 버선을 만들었다. 그런데 님을 보고 자신이 만든 버선을 보니 님에게 줄 마음이 없다. 화자는 님과의 결합이 지속되기를 기대하며 님을 위하여 행동한다. 의존적 태도이다. 결합이 지속되기를 기대하는 내용이 있는 16개 단락 가운데 의존적인 태도가 보인 것이 15개 단락이다. (나)에서 화자는 배신한 님에게 일정한 태도를 취한다. 첩은 꽃밭으로 한철이지만 자신은 연못으로 사철이라고 한다. 화자는 님을 위하여 영원히 절개를 지킬 수 있다고 호소한다. 님에 의존한 태도이다. 님의 배신에 대한 태도가 드러난 38개 단락 가운데 님에 대한 절개를 노래한 것이 34개 단락이다. (다)·(라)는 이별한 님과의 애정이다. (다)에서 화자는 고독한 신세에서 해결을 지향한다. 님을 위하여 앵두를 따 쟁반에 담는다. 님을 위한 행동으로 결합이 이루어지기를 기대한다. 의존적 태도이다. 해결을 지향한 노랫말은 총 16개 단락이 있고 의존적 태도가 드러난 것이 16개 단락이다. 특히 (라)가 주목된다. 화자는 고독한 처지에서 서울 갔던 선비에게 님의 소식을 묻는다. 님이 돌아오기를 기대한다. 님의 처분에 맡긴 의존적 태도이다. 이어 님이 죽었다는 소식을 알게 된다. 기대에서 좌절로 전개된다. 전개적 구성이다. 전개적 구성이 화자의 슬픔을 구체화하는 점은 앞에서 살펴보았다. 이상 영남 지역 〈모심는소리〉의 결합한 님과의 애정·이별한 님과의 애정에서는 여성이 의존적인 태도를 취하는 것이 지배적이다.

이러한 사실로 보아 영남 지역 〈모심는소리〉는 '다른 님과의 애정'에서는 놀이기능에 맞게 불특정 화자와 여성의 주체적인 태도가 드러나고, '결합한 님과의 애정'·'이별한 님과의 애정'에서는 표출기능에 맞게 여성의 님에 대한 의존적 태도가 드러난다. 이에 비하여 호남 지역 〈논매는소리〉에서는 놀이기능이 강화되어 '결합한 님과의 애정'·'이별한 님과의 애정'에서도 여성의 주체적인 태도와 불특정 화자가 드러난다. 영남 지역

〈논매는소리〉에서는 표출기능이 강화되어 '다른 님과의 애정'이란 화제를 지닌 노랫말이 적고 '결합한 님과의 애정'·'이별한 님과의 애정'에서는 여성의 의존적 태도와 전개적인 구성이 드러난다.

결국 영남 지역 〈논매는소리〉에 화자의 의존적 태도와 전개적인 구성이 있는 것은 창자들이 〈논매는소리〉를 표출기능을 하는 것으로 인식하였기 때문이고, 호남 지역 〈논매는소리〉에 화자의 주체적 태도와 불특정 화자가 있는 것은 창자들이 〈논매는소리〉를 놀이기능을 하는 것으로 인식하였기 때문이다. 곧 영호남 지역 〈논매는소리〉에 나타난 애정의 양상은 영호남 지역 창자들의 〈논매는소리〉에 대한 장르 인식이 배경이 된다.

4. 맺음말

〈논매는소리〉는 노동하며 부른 민요로 농부들의 생각·감정이 여실히 드러날 것이라고 생각한다. 이러한 생각에서 영호남 지역 〈논매는소리〉에 나타난 애정의 양상과 배경을 살펴보았다. 그 결과를 요약하면 다음과 같다.

첫째, 애정의 양상이다.

애정에는 화자와 다른 님과의 애정, 화자와 결합한 님과의 애정, 화자와 이별한 님과의 애정이 있다. 화자와 다른 님과의 애정이 드러난 노랫말은 영호남 지역 〈논매는소리〉에서 노동의 피로를 이완하는 놀이기능을 한다. 노랫말이 분포된 정도로 보아 영남 지역 〈논매는소리〉의 노랫말은 놀이기능이 약하고 호남 지역 〈논매는소리〉의 노랫말은 놀이기능이 강하다. 놀이기능의 강약은 화자의 성격과 관련된다. 영남 지역 〈논매는소리〉에서 화자는 특정인으로 님에 대한 감정이 분명하다. 호남 지역 〈논매는소리〉에서는 화자가 불특정인으로 님에 대한 감정이 불분명하여 '이성과의 만남에 대한 욕구'라는 화제가 중심이다. 여성의 주체적 태도가 드러나 해학이 유발되기도 한다. 화자와 결합한 님과의 애정에서 영남 지역 〈논매는소리〉에서는 여성의 님에 대한 의존적 태도가 드러난다. 노랫말은 전개적으로 구성되어 감정이 구체화된다. 호남 지역 〈논매는소리〉에서는 여성의 주체적인 태도가 드러나 해학이 유발되기도 한다. 화자와 이별한 님과의 애정에서 영남 지역 〈논매는소리〉에서 화자는 여성으로 님에 대한 의존적인 태도가 드러난다. 노랫말은 전개적으로 구성되어 화자의 감정이 구체화된다. 호남 지역 〈논매는소리〉에서 화자는 불특정인으로 님에 대한 태도가 드러나지 않고 '이성(異性)과의 만남에 대한 욕구'라는 화제가 중심이다. 결국 영남 지역 〈논매는소리〉에 나타난 애정의 양상은 노랫말이 표출기능을 하고 여성이 님에 대하여 의존적인 태도를 취한 점이고 호남 지역 〈논매는소리〉에 나타난 애정의 양상은 노랫말이 놀이기능을 하고 여성이 님에 대하여 주체적인 태도를 취한 점이다.

둘째, 애정의 양상이 나타나게 된 배경이다.

영남 지역 〈모심는소리〉에서 놀이기능과 여성의 주체적 태도가 드러난 노랫말은 '다른 님과의 애정'에만 나타나고, 표출기능과 의존적 태도가 드러난 노랫말은 '결합한 님과의 애정'·'이별한 님과의 애정'에만 나타난다. 이러한 사실로 보아 영남 지역 〈논매는소리〉는 표출기능이 강하기 때문에 '다른 님과의 애정'이란 화제의 노랫말이 빈약하며 여성의 의존적 태도와 노랫말의 전개적 구성이 드러나고, 호남 지역 〈논매는소리〉에서는 놀이기능이 강하기 때문에 '결합한 님과의 애정'·'이별한 님과의 애정'에서도 여성의 주체적인 태도와 불특정 화자가 드러남을 알 수 있다. 결국 영호남 지역 〈논매는소리〉에 나타난 애정의 양상은 영호남 지역 창자들의 〈논매는소리〉에 대한 장르 인식을 배경으로 한다.

본고는 영남 지역 〈논매는소리〉에 나타난 애정에는 "부정적인 내용"이 있고, 호남 지역 〈논매는소리〉에 나타난 애정에는 "노동의 피로를 이완" 하는 역할이 있다는 선행 연구의 결과에서 출발하였다. 이 선행 연구로 영남 지역 〈논매는소리〉와 호남 지역 〈논매는소리〉의 차이점에 대한 대강은 짐작할 수 있다. 본고는 그 차이점을 노랫말 분석과 뒷받침 자료로 살펴보려 하였고 그 차이점이 나타나게 된 배경을 살펴보려 하였다는 점에 의의가 있다. 하지만 작품 외적인 사항을 고려하여 배경을 살펴보지 못한 한계가 있다. 그리고 처음에 제기하였던 화자의 태도가 민요와 기록 시가에 따라 어떻게 다른가하는 점에 대한 전망을 제시하지 못한 한계도 있다. 이 점은 앞으로 해결해야 할 과제로 보인다.

제6장

문집 소재 조선후기 민요자료에 나타난 민요의 통시적 양상

1. 머리말

문집 소재 조선후기 민요자료는 현존 채록 민요의 역사적 근원을 밝힐 수 있는 자료라는 점에서 중요하다. 또한 민요와 한시·시가 등의 갈래 교섭이 문학사의 중요한 관심사란 점에 비추어 볼 때 조선후기 민요자료의 정리는 민요와 기존시가와의 관련성을 밝힐 수 있다는 점에서도 중요하다. 이와 같은 중요성에서 볼 때 기존에 개인적인 연구자들에 의하여 부분적으로 수집 소개되었던 것을 확장하여 문집에 수록된 조선후기 민요자료를 전면적으로 수집할 필요가 있다. 이러한 필요에서 본 연구팀은 1년간(2004. 9. 1~2005. 8. 31) 문집소재 조선후기 민요자료의 정리·분류를 목표로 영인본으로 간행된 『한국문집총간』 전340책, 『한국역대문집총서』 전3000책, 국립중앙도서관 소장 6400여 종의 문집, 서울대학교 규장각 소장 838종의 문집, 경상대학교 문천각 소장 526종의 문집을 조사하였다.[1]

이렇게 수집된 민요자료가 의미를 얻기 위해서는 이 자료를 토대로 조선후기 민요의 통시적 양상을 정리하는 것이 필요하다. 민요의 통시적 양상은 현재 채록된 민요의 역사성을 밝힐 수 있을 뿐만 아니라 민요와 한시·시가의 관련성을 확인할 수도 있다. 민요의 통시적 양상은 당대에 채록된 민요를 대상으로 하는 것이 가장 적합하지만 현재 조선후기 당시에 불렸던 민요를 수록한 자료가 따로 마련된 것이 아니기 때문에 엄밀한 실상을 파악하기는 쉽지 않다. 다만 문집 소재 조선후기 민요자료들을 통하여 시기별로 부각된 민요의 종류, 민요를 수용하는 태도 등 민요에 대한 전반적인 모습을 정리하는 것은 가능하다. 전반적인 모습의 정리는 민요의 역사적 변모에 대한 본격적인 고찰의 전단계이기는 하지만 조선후기 민요의 전체적인 실상을 확인할 수 있다는 점에서 필요한 작업이라 생각한다.

　　문집 소재 조선후기 민요자료를 통한 민요의 시대별 성격에 대하여 최재남 교수는 "17세기에는 단편적 언급이나 부분적인 관심"을 보이고 18세기에는 "매우 적극적인 입장에서 민요를 채록하거나 민요를 수용"한 것과 모내기 노래가 등장한 것이 보이고, 19세기에는 "민요의 대폭적인 확산"이 보인다고 하였다.[2] 본고도 앞의 견해를 수용하나, 확보한 민요자료의 각편 수가 확대되었다는 점에서 부각된 민요의 종류를 확정하고, 민요에 대한 수용 태도에서 구체적인 양상을 제시할 것이다.

---

1) 민요자료의 수집 및 정리에 대한 경과는 최재남, 「문집 소재 조선후기 민요자료 정리 및 분류」, 『배달말』 38(배달말학회, 2006), 216~218면 참조.
2) 최재남, 「조선후기 민요의 실상과 한시의 민풍 수용」, 『장르교섭과 고전시가』(월인, 1999), 187면.

2. 민요의 통시적 양상에 대한 접근 방식

조선후기 민요의 통시적 양상이란 임란이후 17세기에서부터 19세기까지의 민요의 모습을 말한다.

그 모습을 파악하기 위해서는 먼저 민요자료를 확정하는 것이 필요하다. 본고에서 말하는 '민요자료'란 '민요와 관련된 자료'이다. 민요와 관련된 자료는 민요를 한역하였다고 인정할 만한 것·일의 현장을 보고 지은 것·일의 종류를 소재로 활용한 것·민요를 변용한 것·민풍만 받아들인 것 등을 포함한다. 조선후기 민요의 모습은 엄밀한 의미에서 민요를 한역한 자료만 대상으로 하는 것이 가장 적합할 것이다. 하지만 이와 같은 자료는 민요의 모습을 적시하는 장점이 있지만, 그 수집된 자료의 수가 적어 민요의 통시적인 전체 양상을 파악하기에는 무리가 있다. 따라서 민요의 '통시적인 양상'을 조망하는 데에는 '민요와 관련된 자료'를 포괄하는 것이 타당하다고 생각한다.[3] 민요를 한역한 것·일의 종류를 소재로 활용한 것 등을 포함한 민요와 관련된 자료를 문집에서 수집한 결과는 대분류에서 농가(農歌)가 324제 452각편, 초가(樵歌)가 144제 231각편, 어가(漁歌)가 39제 59각편, 기타 69제 223각편이다.[4] 이 가운데에는 각편의 수가 적은 것들이 있다. 대분류에서 어가가 그 예이고, 농가·초가의 중분류에서 조심기·보리심기 등이 그 예이다. 적은 수를 보이는 민요자료로 민요의 통시적 양상을 살펴보기에는 어려움이 있다. 이러한 점을 감안하여 10각편 이상의 자료가 확보된 것과 벼타작·벼베기 등과 같이 현 민요와 직접적인 관련성이 있는 자료를 주 자료로 한다. 이렇게 선정된 자료는 농가의 경우 중분류에서 보리베기·보리타작·벼베기·벼타

---

3) 다만 민요를 한역한 경우와 일의 종류를 소재로 활용한 경우는 민요를 수용하는 태도가 다른 것이므로 이것에 대한 별도의 논의가 '시기별로 부각된 민요의 종류'에서 이루어질 것이다.

4) 민요자료의 분류와 각편 수는 최재남, 앞의 논문, 2006, 223~225면 참조.

작·모내기·김매기·방아찧기·농요·전가요·각 지역의 농가이고, 초가의 경우 중분류에서 풀베기·나무베기·초부가·초가·산유화· 나물캐기·각 지역의 초가이다. 이 가운데 산유화는 그 기능이 다양하므로 항목을 달리하여 살펴보기로 한다.

다음으로 민요자료의 시대를 확정하는 것이 필요하다. 자료의 정확한 시대는 자료가 채록·창작된 시기이다. 그런데 수집된 민요자료는 채록·창작된 시기가 미상인 경우가 대부분이다. 단지 민요자료를 기록한 작자의 생몰 연대를 확인할 수 있을 뿐이다. 이와 같은 상황을 감안하면 작자의 주된 활동 시기로 시대를 확정하는 것이 유효하다.

이렇게 선정된 민요자료를 대상으로 본고에서 살펴볼 민요의 통시적 양상은 다음과 같다.

첫째, 시기별로 부각된 민요의 종류이다.

시기별로 부각된 민요의 종류는 현재 채록된 민요의 역사성을 밝힐 수 있을 뿐만 아니라 민요와 한시·시가의 교섭에 관련되었을 민요의 종류를 확인할 수도 있다. 이러한 민요의 종류를 파악하는 기준으로는 민요자료의 시제(詩題)가 주요하다. 그 이유는 민요자료의 시제(詩題)는 현존 민요의 제목과 유사한 것이 대부분이고, 당대에 민요를 분류한 경우에도 현재의 분류인 농업노동요·벌채노동요·어업노동요에 해당하는 농가·초가·어가라는 시제가 보이는 것이 주종을 차지하고, 민요의 제목이나 농사를 소재로 한 한시에서도 그 시제에 해당하는 민요의 실상을 간접적으로 보여주는 기록들이 있기5) 때문이다.

민요자료의 시제로 민요의 종류를 파악하더라도 그 민요자료에는 민요

---

5) 김윤백(金綸栢, 1836~1911)의 〈이앙(移秧)〉이 그 예이다. 이 자료는 민요의 제목이나 농사를 소재로 한 한시에 가깝지만 그 자료에 "앞에서 부르고 뒤에서 호응하네(前呼後應)"라는 기록이 있어 모내기 노래가 불린 현장의 모습이 제시되어 있다. ("卽從春到戴 星耕 出水靑秧己把盈 西揷東移千野闊 前呼後應四隣迎 炊烟乍起爭筐出 山日將斜手愈 輕 頭白老人歌帝力 儘知化裏自生成"『琴隱集』).

를 채록한 것에서 민요 제목을 활용한 한시에 이르기까지 다양하다. 민요 자료에 병서 등의 부대기록으로 채록임이 확실한 경우·민요자료의 내용이 현존 채록 민요와 유사할 경우에는 당대에 불렸던 민요로 간주할 수 있다. 하지만, 부대기록이 없고 현존 채록 민요와 대비할 것이 없는 경우도 있다. 부대기록과 현존 채록 민요와 대비할 것이 없는 경우에는 민요가 민(民)의 노래라는 점과 민요가 노동에서 발생한 것이라는 점[6]을 감안하면 민요자료에서 '화자가 농가(農家)에서 생활하는 자(農夫·樵夫·농부의 아내·농부의 아이)'일 경우가 민요의 채록에 가까울 것이다. 또한 민요의 형태상 특징으로 거듭 거론된 것이 '반복'인 점에서 반복구가 빈번하게 보이는 민요자료가 민요의 채록에 가까울 것이다. 특정 시기에 민요의 채록이거나 한역에 가까운 민요자료가 다량 보인다면 그 시기에 민요가 왕성하게 불렸다고 파악하는 데에 무리가 없을 것이다.

둘째, 시기별로 나타난 민요에 대한 수용태도이다.

시기별로 민요는 문인들에 의하여 적극적으로 수용될 수도 있고 소극적으로 수용 될 수도 있다. 적극적으로 수용된 특정 시기는 민요가 상층의 문학으로 크게 각광받았음을 의미하며 민요와 한시·국문시가와의 교섭이 활발하게 이루어졌을 개연성이 크다. 따라서 적극적으로 수용된 시기를 파악하는 것은 갈래교섭과 민요의 역사적 전개에 큰 의미가 있을 것이다. 민요자료의 다양성에 비추어 볼 때 민요를 채록한 것에 가까울수록 민요의 적극적인 수용이 될 것이며 농사현장의 모습을 구체적으로 드러낸 것일수록 적극적인 수용이 될 것이다. 또한 당대 문인들에 의하여 의도적이지는 않더라도 민요에 대한 분류가 이루어졌다면 그 시기는 당대 문인들이 민요를 더 세분화하고 구체적으로 인식하였음을 의미하므로 민요의 적극적인 수용과 관련될 것이다.

---

6) 고정옥, 『조선민요연구』(수선사, 1949), 13~18면.

3. 민요자료에 나타난 민요의 통시적 양상

민요자료에 나타난 조선후기 민요의 통시적 양상을 민요자료 작자의
생몰 연대로 자료의 시기를 확정하고, 농가·초가·산유화를 주된 대상
으로 하여, 민요의 종류·민요에 대한 수용 태도 등을 중심으로 살펴본다
고 하였다. 본 장에서는 이러한 기준에 의거하여 각 시기별 민요의 양상을
제시할 것이다.

3.1. 17세기 민요의 양상

문집 소재 조선후기 민요자료에 나타난 17세기 민요의 양상은 다음과
같다.

첫째, 17세기에 농가(農歌)에서는 보리타작·보리베기 노래 등의 민요
는 있었던 것으로 추정되지만, 모내기·김매기 노래 등의 민요는 그 가창
이 미약하였을 것으로 보인다. 농가 민요자료의 각편 수를 표로 제시하면
다음과 같다.

중 분류	작가와 작품 (출전)
보리베기	李達(1539~1612), 〈刈麥謠〉(『東詩雋』) 외 5제 9각편
보리타작	李民宬(1570~1629), 〈打麥詞〉(『敬亭先生文集』권2) 외 2제 2각편
벼베기	확인된 자료 없음
벼타작	확인된 자료 없음
모내기	裵幼章(1618~1687), 〈移秧〉(『楡巖集』) 외 1제 1각편
김매기	宋英耈(1556~1620), 〈浦口耘歌〉(『瓢翁先生遺稿』) 외 4제 4각편

방아찧기	盧欽(1527~1602), 〈相杵歌〉(『立齋先生文集』) 외 2제 2각편
농요	확인된 자료 없음
전가요	李弘相(1619~?), 〈田家謠〉(『李氏聯珠集』)
각 지역 농가	郭說(1548~1630), 〈後野農歌〉(『西浦集』) 외 15제 15각편
기타 특이 민요자료	李達(1539~1612), 〈拾穗謠〉·〈撲棗謠〉(『蓀谷詩集』) 외 3제 3각편

위의 표에서 보듯 보리베기 민요자료는 6제 10각편이고 보리타작 민요자료는 3제 3각편이다. 이것에 비하여 모내기 민요자료는 2제 2각편으로 보리베기·보리타작 등의 민요자료에 비하여 소략하다. 뿐만 아니라 보리베기·보리타작 민요자료는 모내기·김매기 민요자료와 자료의 특징에도 차이가 있다.

보리베기 민요자료인 진경문(陳景文, 임란전후)의 〈예맥 사장(刈麥四章)〉과 이달(李達, 1539~1612)의 〈예맥요(刈麥謠)〉를 보자. 〈예맥 사장〉은 5언 절구 4각편의 연작으로 되어 있으며 각 편마다 "예맥부예맥(刈麥復刈麥)"이라는 구를 반복하고 있다. 그 내용은 농부가 보리를 베어도 이웃에 빌린 적미(糴米)를 갚고 세금을 내면 자식들이 굶주리게 된다고 토로한 것이다.[7] 반복구가 있으며 화자는 가난한 현실을 토로하는 농부이고, 농부의 농가 생활이 구체적이다. 이달(李達, 1539~1612)의 〈예맥요(刈麥謠)〉에서는 촌부(村婦)가 비가 오는 가운데에서도 보리베기·땔나무하기·아이보기 등 쉴 틈 없이 일하는 모습이 구체적으로 드러난다.[8] 이러한 농가의 구체적인 생활상은 보리타작 민요자료에서도 확인할 수 있다. 이민성(李民成, 1570~1629)의 〈타맥사(打麥詞)〉에서는 보리베기·

---

7) "刈麥復刈麥 朝朝在南陌 青青不待黃 泣把三五束" "刈麥復刈麥 春之不盈斗 何以償隣糴 何以供南畝" "刈麥復刈麥 有吏來催租 入門苦索飯 猛怒嚴於虎" "刈麥復刈麥 作飯不得食 不得食奈何 兒飢其可惜" 陳景文, 〈刈麥 四章〉(『刻湖先生文集』 권上)
8) "田家少婦無夜食 雨中刈麥林中歸 生薪帶濕烟不起 入門兒女啼牽衣" 李達, 〈刈麥謠〉(『東詩雋』 제7책)

보리쌓기 · 보리타작으로 이어지는 작업 과정이 사실적으로 묘사되어 있다.9)

이에 비하여 모내기 · 김매기 관련 민요자료에는 그 양상이 다르다. 모내기 민요자료인 오희창(吳喜昌, 1656~?)의 〈이앙(移秧)〉을 보자. 화자는 정자 위에서 아직 자라지 않은 벼를 바라보며 비속에서 울려 퍼지는 농부들의 노래를 듣는 관찰자이고, 주된 내용은 농부들이 풍년을 바라는 것이다.10) 김매기 민요자료는 5제 5각편이다. 이 각편들은 특정 지역의 풍경을 읊은 작품들 가운데 한 편이다.11) 비록 제목은 운가(耘歌)이지만, 풍경의 하나로 간주될 개연성이 크다. 또한 그 내용은 농부들이 부르는 노래가 태평성대의 격양가이거나 농부들이 풍년을 기다린다는 것이다.12) 화자는 일하는 농부가 아니고, 그 내용도 농사현장의 모습이 드러난 것이 아니다. 이러한 사실로 보아 17세기에는 보리타작 · 보리베기 노래 등이 있었을 것으로 보이나, 모내기 · 김매기 노래 등은 그 가창이 미약하였을 것으로 보인다.

17세기 농가 가운데 동요에 가까운 작품들은 민요를 채록 또는 한역한 것에 가깝다. 이달(李達, 1539~1612)의 〈박조요(撲棗謠)〉 · 〈습수요(拾穗謠)〉 등이 그 예이다. 〈박조요〉에서는 농가의 아이들이 대추를 몰래

---

9) 최재남, 「이민성의 삶과 시세계」, 『한국한시작가연구』 9(한국한시학회, 2005), 87면.
10) "太牛空郊綠片時 小亭觀覽箇中宜 奇功倍得夸娥手 霽色偸來造化兒 遇早可沾西澗水 至秋應瑞北山芝 農人樂有豊登象 雨灑歌聲白日移" 吳喜昌, 〈移秧〉(『栗里笑方』 권2).
11) 黃暹(1544~1616)의 隴頭耘歌는 〈栢巖金參判功希玉東浦別墅十景次韻〉(『息庵先生文集』 권1)의 제10수이고, 宋英耉(1556~1620)의 浦口耘歌는 〈十六景 己亥〉(『瓢翁先生遺稿』 권1)의 제10수이고, 金榮祖(1577~1644)의 夏畦鋤禾는 〈園亭 四絕〉(『忘窩集』 권2)의 제2수이고, 李敏求(1589~1670)의 栗島耘歌는 〈黃綠堂 八詠〉(『東州先生集』 권24)의 제5수이고, 李晬光(1653~1628)의 隴頭耘歌는 〈金參判東浦 十景〉(『芐槎錄』)의 제10수이다.
12) 黃暹(1544~1616)의 隴頭耘歌에서 "耘歌無曲譜 大旨祝豊穰"(제3~4구), 宋英耉(1556~1620)의 浦口耘歌에서 "莫言長短皆閑慢 要待登場納地征"(제3~4구), 金榮祖(1577~1644)의 夏畦鋤禾에서 "曲中還奏屢豊年"(제4구), 李敏求(1589~1670)의 栗島耘歌에서 "村謳不成曲 知是太平音"(제3~4구), 李晬光(1653~1628)의 隴頭耘歌에서 "唱歌猶作太平聲"(제4구) 등이 그 예이다.

따자 주인 노인이 아이를 뒤 쫓아 오고 주인을 향해 응대하는 아이들이 말이 드러난다.[13] 화자는 농가의 아이들이다. 〈습수요〉에서는 이삭 줍는 아이가 이삭을 주우며 이삭까지 관에 모두 바쳐 주을 것이 없다고 불평하는 말이 드러난다.[14] 화자는 농가의 아이들이다. 동일한 작품이 류신노(柳莘老, 1581~1648)의 〈박조요(撲棗謠)〉·〈습수요(拾穗謠)〉(『춘포유고(春圃遺稿)』 권1)에서도 확인되므로 대추를 따거나 이삭을 주을 때 부른 아이들의 노래가 당대에 있었을 것으로 추정된다.

둘째, 초가에서는 풀베기·나무베기·초부가·초가·나물캐기·각 지역의 초가와 관련된 민요자료들이 확인된다. 나무꾼 노래는 있었던 것으로 보이나, 나물캐기 노래는 그 가창이 미약하였을 것으로 보인다. 초가 민요자료의 각편 수를 표로 제시하면 다음과 같다.

중 분류	작가와 작품(출전)
풀베기	李簫(1629~1710), 〈折草〉(『景玉先生遺集』)
나무베기	李栽(1657~1730), 〈臨河伐木歌〉(『密菴先生文集』)
초부가	鄭昌冑(1608~1664), 〈樵翁問答〉(『晩洲集』) 외 4제 4각편
초가	任相元(1638~1697), 〈樵歌〉(『恬軒集』) 외 1제 1각편
나물캐기	朴泰淳(1653~1704), 〈春菜謠〉(『東溪集』)
각 지역 초가	權韠(1569~1612), 〈蘆岸樵歌〉(『石州集』) 외 10제 10각편

풀베기·나무 베기·초부가 등의 민요자료에서는 나무꾼의 체험과 나무꾼의 말이 드러난다. 작품의 예를 보기로 하자. 이보(李簫, 1629~1710)의 〈절초(折草)〉에서는 나무꾼이 새벽녘 어둑할 때 산에 올라가 악충에 다리

---

13) "隣家小兒來撲棗 老翁出門驅小兒 小兒還向老翁道 不及明年棗熟時" 李達, 〈撲棗謠〉(『蓀谷集』 全).
14) "田間拾穗村童語 盡日東西不滿筐 今歲刈禾人亦巧 盡收遺穗上官倉" 李達, 〈拾穗謠〉(『蓀谷詩集』 권6).

를 쏘이며 풀을 베고서 미끄러운 돌길에 무거운 짐을 지고 다 늦은 저녁녘
에나 마을로 돌아오는 고생을 그리고 있다.[15] 화자가 나무꾼을 향하여
'왜 고생스럽게 절초를 하는가?'라고 묻자 나무꾼은 '다만 바라는 것은
농사에 때 맞춰 내리는 비와 쬐이는 햇볕과 현명한 관리뿐이니, 나의
수고가 어찌 고통스럽겠는가?'라고 답한다. 절초하는 고생을 감내하는
자는 나무꾼이고, 나무꾼의 말도 드러난다. 홍석기(洪錫箕, 1606~1680)의
〈초부행(樵夫行)〉은 초부가 매일 계곡을 오가며 나무하는 고생을 토로한
것이다.[16] 화자는 나무꾼이다. 정창주(鄭昌冑, 1608~1664)의 〈초옹답문
(樵翁答問)〉은 나무꾼에게 묻는 말과 나무꾼이 답하는 방식 즉 문답식으
로[17] 이루어져 나무꾼 노래의 연행 상황을 짐작하게 한다. 민요에서
빈번하게 보이는 문답식 표현을 채용한 점을 보아 민요의 채록에 가깝다.
17세기 초가 민요자료에서는 나무꾼이 자신의 체험을 토로하는 것, 나무
꾼 노래의 연행 상황이 제시된 것이 확인되는 점을 보아 나무꾼 노래가
불렸을 것으로 보인다. 나물캐기 민요자료는 1제 1각편으로 각편의 수가
적고, 이 자료에서 화자는 풀을 뜯어 연명하는 노인의 가난한 삶을 관찰하
고 있어[18] 농가에서 생활하는 자가 아니고, 18세기에서도 확인된 나물캐

---

15) "朝折草上山阿 曉色曚曚迷宿莽 暮折草下山阿 里巷家家局外戶 草頭濃露濕短衫 草間
   惡蟲螫雨股 石逕嵯嵯泥又滑 負重身疲或顚仆 問汝折草何所爲 秋爲種麥春秔秮 秔秮
   如山麥如雲 收聚穰穰滿倉庚 但願雨暘時若官吏賢 區區自勞何足苦" 李蕙, 〈折草〉(『景
   玉先生遺集』 권1).

16) "昨日南溪南 今日北溪北 採薪還負薪 力疲閒不得 憔夫向余言 此意人不識 雖云採薪苦
   亦有採薪樂 平生山峽間 採薪是吾役 利斧與利鎌 狂歌入深谷 四顧無所見 蒼蒼林木束
   斫之斫滿意 多少隨我力 歸來白雪中 落照柴門夕 我室土突溫 我釜豆粥熟 土突煖我身
   豆粥飽我腹 身煖寒不憂 腹飽貧亦足 我聞樵夫言 一笑一歎息 嗟我迷不復 十年趁紫陌
   歸田苦不早 昨非今始覺 我與爾相好 分山不負約" 洪錫箕, 〈樵夫行〉(『晩洲遺集』 권5).

17) "問樵翁 天寒日暮山谷裡 胡爲遑遑行未已 霜濃木石滑 雪甚風刀利 腹飢膚折擔肩頹
   何乃自苦至於此" "樵翁答 一生生事只餔石 我是野人本勞力 我朝出伐薪 我夕歸煮菉
   我雖勞力不勞心 猶勝風塵名利客 名利客 雖有文繡榮其軀 金石美其輝 照耀乎皇都 不
   過勞心勞力紛紛然 昏夜乞哀者 何曾比於擔負吾 吾雖擔負心則安 不願奔走朱門途 朱
   門途笑矣乎 朱門之所貴 朱門能賤之 何如無憂無樂 採山釣水而魚鳥爲友" 鄭昌冑,
   〈樵翁答問〉(『晩洲集』 권3).

기 민요자료가 없다는 점에서 이 시기 나물캐기 노래의 가창은 미약하였던 것으로 보인다.

셋째, 17세기 민요 〈산유화〉는 농업노동요로 불렸다. 17세기 민요 〈산유화〉의 관련 자료는 다음과 같다.

> 권극중(權克中, 1585~1659), 〈산유화(山有花)〉
> 이사명(李師命, 1647~1689), 〈산유화가음(山有花歌吟)〉

권극중(權克中, 1585~1659)의 7언 6구로 된 〈산유화(山有花)〉의 제5~6구에서는 "물이 고인 논에서는 산유화(山有花)가 울린다"라고 하였다.[19] 논농사를 하면서 산유화를 부른 것을 알 수 있다. 총 5수로 이루어진 이사명(李師命, 1647~1689)의 〈산유화가음(山有花歌吟)〉 가운데 제1수에서는 "유녀(遊女)들의 노래(〈산유화〉)가 수전(水田)에서 가득하다"고 하였다.[20]

3.2. 18세기 민요의 양상

문집 소재 조선후기 민요자료에 나타난 18세기 민요의 양상은 다음과 같다.

첫째, 농가(農歌)에서는 17세기와 마찬가지로 보리베기·보리타작·

---

18) "野田日暖雨初晴 雜菜迎春皆怒生 羊蹄馬齒又鷄腸 靑蘹白蒿黃精 勾者戴土拳木張 突者出芟頭如芒 凶歲農畝少昨收 村家恃此以爲糧 平朝老嫗携兒女 遵彼山坡仍澗傍 長日身饑困無力 竟夕采采不盈筐 米雜陳根半塵沙 十步一休歸到家 老翁捨薪俟 小兒亢火至 老嫗語老翁 有菜無鹽豉 長者或可食 兒小嗔不得 老翁低首不答言 出門獨坐長嘆息" 朴泰淳, 〈春菜謠〉(『東溪集』권3).

19) "山有花 刺農政廢也. 淸明寒食皆已過 昨聞布谷今鳴蛙 農書不煩田畯廢 春事闌珊山下家 賴有耕夫識時候 水中有蒲山有花" 權克中, 〈山有花〉(『靑霞集』권2).

20) "江南五月草如烟 遊女行歌滿水田 終古遺民悲舊主 至今哀唱似當年" 李師命, 〈山有花歌吟〉(『扶餘郡誌』).

방아찧기 민요들이 불렸고, 17세기와 달리 모내기·김매기·벼타작·벼
베기 등 논농사와 관련된 민요가 적극적으로 불리기 시작하였다. 민요자
료의 특징에서 화자를 농가(農家)의 생활자로 하는 17세의 양상을 계승하
였을 뿐만 아니라 연작시·장편의 형태로 농사 현장을 담은 자료를 확인
할 수 있어 당대 문인들이 민요를 적극적으로 수용하였음을 알 수 있다.
농가 민요자료의 각편 수를 표로 제시하면 다음과 같다.

중 분류	작가와 작품(출전)
보리베기	曺錫基(1667~1724), 〈刈新麥〉(『芋溪逸稿』) 외 6제 7각편
보리타작	李文輔(1698년생, 1719년 생원), 〈打麥詞〉(『伊山世稿』) 외 3제 3각편
벼베기	李英輔(1687~1747), 〈前郊刈稻〉(『東溪遺稿』) 외 4제 4각편
벼타작	姜浚欽(1768~1833), 〈打稻 十韻〉(『三溟集』 권7)
모내기	金履萬(1683~1758), 〈移秧〉(『鶴皐先生文集』) 외 1제 9각편
김매기	朴昌元(1683~1753), 〈洗鋤飮〉(『朴澹翁集』)
방아찧기	李重廷(1711~1794), 〈水春歌〉(『陋室集』) 외 3제 11각편
농요	姜必恭(1717~1783), 〈農家謠〉(『寡諧詩集』)
전가요	鄭宗魯(1738~1816), 〈田家雜謠〉(『立齋集』 권1) 외 1제 13각편
각 지역 농가	河世應(1671~1727), 〈平村農謳〉(『知命堂遺集』) 외 5제 5각편
기타 특이 민요자료	洪良浩(1724~1802), 〈叱牛〉(『耳溪集』, 「北塞雜謠」)

보리베기 민요자료는 7제 8각편이, 보리타작 민요자료는 4제 4각편이,
방아찧기 민요자료는 4제 12각편이 확인된다. 민요자료의 각편 수를 보아
보리베기·보리타작·방아찧기 민요는 17세기 이래로 18세기에도 불렸
을 것으로 보인다. 특히 방아찧기 민요가 불렸음은 경남 거창 지역의

방아찧기 노래를 5언 절구 9수로 한역한 윤동야(尹東野, 1757~1827)의 〈용가 구절(舂歌 九絕)〉(『현와집(弦窩集)』권1)[21]로 확인된다. 18세기에 새롭게 확인되는 것은 벼베기 민요자료 5제 5각편·벼타작 민요자료 1제 1각편이다. 벼베기가 5제 5각편인 점을 보아 벼베기가 중요한 소재로 시화되었으며 그 노래가 가창되었을 가능성이 큰 것으로 보인다. 벼타작 민요자료는 18세기 말에서 19세기 초에 걸쳐 있는 강준흠(姜浚欽, 1768~1833)의 〈타도 십운(打稻 十韻)〉이 확인된다. 5언 24구로 비교적 장편에 속하며 농부들이 벤 벼를 묶고 즐겁게 타작하는 구체적인 모습이 제시된[22] 점을 보아 이 시기 벼타작 노래가 가창되었을 가능성이 큰 것으로 보인다.

또한 이 시기 호미씻이와 관련된 민요자료도 확인된다. 호미씻이는 주지하듯이 농촌에서 세벌논매기를 끝낸 음력 칠월에 일정한 날을 잡아 일군들의 노고를 위로하기 위한 놀이이다. 호미씻이 관련 자료의 확인으로 이 시기 김매기 노래가 불렸을 것으로 추정된다. 이러한 추정을 뒷받침하는 것이 이철보(李喆輔, 1691~1770)가 1750년에서 1751년 사이에 쓴 〈기음노래〉이다. 〈기음노래〉는 가사(歌辭) 작품으로 글로 쓰느라고 약간 다듬어지기는 했지만 논매기를 하면서 부른 민요를 그대로 적었다고 인정되는 자료이다.[23] 이러한 사실로 보아 18세기에는 민요 김매기 노래가 있었고, 이것이 문인들에게 수용되었을 가능성이 크다.

모내기 관련 민요자료는 2제 10각편으로 17세기와 마찬가지로 각편의

---

21) 최재남, 「윤동야의 〈용가〉와 며느리형상의 해석 방향」, 『조선후기 시가와 여성』(월인, 2005), 415~434면.
22) "薄土耕耘早 豊年子粒稠 通期同稧會 因事作嬉遊 國俗飯崇椀 村心酒滿甌 穫殘霜後畝 囇趁雨前疇 多少從心束 高低儘力投 紅珠跳更轉 黃髮擺難收 篅秸移相續 秕穬掃未休 簸箕風力猛 量斗夕陰幽 篅較前年出 罌留卒歲憂 時平無野盜 民樂有春謳 害極猶羞鳥 功成不飼牛 人情何厚薄 一笑晚山秋" 姜浚欽, 〈打稻 十韻〉(『三溟集』).
23) 가사 〈기음노래〉의 작자와 성격은 졸고, 「가사 〈기음노래〉의 작자와 창작 배경」, 『고전문학연구』30집(한국고전문학회, 2006), 183~205면 참조.

수가 적다. 하지만 민요자료의 양상이 17세기와는 다르다. 17세기 모내기 민요자료에서는 화자가 농부를 관찰하는 자이고 주된 내용이 풍년에 대한 바람으로 한시에 가까운 것이다. 이에 비하여 이 시기 민요자료에는 모내기의 노동 현장이 재현된 것이 보인다. 윤동야(尹東野, 1757~1827)의 〈앙가 구절(秧歌 九絶)〉이 그 예이다. 〈앙가 구절〉은 5언 절구 9각편으로 모내기의 과정과 실제 일의 현장이 드러난다. 다음은 〈앙가 구절(秧歌 九絶) 가운데 제3수 · 제5수이다.

중년 아낙네는 옛 가락을 잘하고, 젊은 아낙은 오늘 소리를 잘하네.
농서를 누가 다시 모을까, 빈송(邠頌)은 절로 이루어진 것이네
中婦能古調 小娃善時聲
農書誰復探 邠頌自然成

여러 일꾼들은 기러기처럼 서고, 주인은 갈매기 행렬 같네.
봄빛과 물빛이, 손을 따라 태평을 그리네
輩用如雁序 主翁似鷗行
春光與水色 隨手畵太平24)

제3수에서는 중년의 여인은 옛 노래를 잘 부르고 젊은 아낙네는 오늘날의 노래를 잘 하는 모내기 현장의 모습이 제시되었다. 제5수에서는 일꾼들이 한 줄로 서서 모를 심는 것이다. 모내기 현장의 모습이 구체적이고 그 구체적인 현장에서 중년 아낙네와 젊은 아낙네가 일노래를 부르고 있다. 18세기에는 모내기 노래가 불렸음을 알 수 있다. 벼베기 · 벼타작 · 모내기 · 김매기 노래 등이 불렸다는 것은 이 시기에 논농사와 관련된 민요가 17세기에 비하여 다양해지고 관심의 대상으로 크게 부각되었음을 의미한다.

---

24) 尹東野, 『弦窩集』 권1.

농요·전가요와 관련된 민요자료에서는 연작 또는 장편의 형태로 농가 생활이 종합적이고 구체적으로 표현된 것이 확인된다. 5언 16구로 된 강필공(姜必恭, 1717~1783)의 〈농가요(農家謠)〉가 농요의 예이다. 내용은 농부들이 해가 뜨자마자 김매기를 시작하여 찌는 더위로 얼굴이 붉게 타는 고생을 하지만, 그들은 풍년을 바라며 장가(長歌)를 부르면서 이러한 고생을 잊으며 용인들을 독촉한다는 것이다.[25] 농부의 김매기하는 모습에 대한 세밀한 관찰이 보인다. 전가요 민요자료의 예는 7언 절구 13각편으로 이루어진 정종로(鄭宗魯, 1738~1816)의 〈전가잡요(田家雜謠)〉·5언 절구 4각편으로 이루어진 이조원(李肇源, 1758~1832)의 〈전가요(田家謠)〉이다. 이조원(李肇源, 1758~1832)의 〈전가요(田家謠)〉에서는 화자가 "나 스스로의 힘으로 밭에서 먹고 산다"고 하여 밭에서 일하는 화자가 제시되었고, 각편마다 농사를 제시한 다음 농부인 화자와 '고량진미(膏粱珍味)의 저 사람'·'비단 옷의 저 사람'·'수놓은 이불에 누워있는 사람'·'부귀한 사람'들을 대비하여 농부와 부귀자(富貴者)의 대립이라는 동일한 구도를 반복하고 있다.[26] 화자가 일하는 농부이고 반복형식이 있다는 점에서 민요에 근사하다. 농사현장을 세밀히 관찰한 자료가 부각된 점을 보아 민요를 적극적으로 수용하였음을 알 수 있다.[27]

---

25) "農人待日出 荷鋤呼四鄰 男女歸田疇 向夕移手頻 曜靈何赫烈 長歌忘苦辛 俯首論禾好 仰首語傭人 所以終歲勤 有此禾如薪 莫道田厚薄 厚薄由我民 耕耘苟以時 磽确亦盈困 人事孰不然 聽此書諸紳" 姜必恭,〈農家謠〉(『寡諧詩集』권1).

26) "終歲服田疇 吾力吾自食 膏粱彼其子 五穀名不識"之二 麻綿種而織 寒暑倶可免 錦衣彼其子 麻綿看不辨"之三 落日伐柴歸 巖蹊氷雪厚 繡褓裹臥者 問人有寒否"之四 農桑雖云勞 心界則安逸 富貴莫自矜 五臟病寒熱" 李肇源,〈田家謠〉(『玉壺集』권1).

27) 적극적인 민요수용의 예로 洪良浩(1724~1802)의 〈叱牛〉를 들 수 있다. 〈叱牛〉에서는 농부가 논밭을 갈며 소를 재촉하는 말이 제시되어 있다. 이 자료는 강원도 철원지방과 함경도 지방에서 부르는 논밭을 갈 때 부르는 민요와 친연성이 확인된다. 〈질우〉에 대한 것은 진재교, 『이계 홍량호 문학 연구』(성균관대학교 대동문화연구원, 1999), 206면을 참조하였고, 〈질우〉의 원문은 다음과 같다. "叱牛上山去 山高逕仄牛喘息 把犁將墢土 土硬人汗犁不入 牛兮努力莫退恸 爾喘我汗亦奈何 今也不畊時不及" 洪良浩,〈叱牛〉(『耳溪集』「北塞雜謠」).

둘째, 초가에서는 17세기와 마찬가지로 나무꾼을 화자로 나무꾼의 체험을 표현한 자료와 나무꾼 노래의 연행 상황을 제시한 자료가 확인된다. 이것을 보아 나무꾼 노래가 불렸을 것으로 보인다. 나물캐기 민요자료가 확인된 것이 없는 것을 보아 나물캐기 민요의 가창은 미약한 것으로 보인다. 초가 민요자료의 각편 수를 표로 제시하면 다음과 같다.

중 분류	작가와 작품(출전)
풀베기	확인된 자료 없음
나무베기	金履萬(1683~1753), 〈伐木〉(『鶴皐先生文集』)
초부가	柳後玉(1702~1776), 〈樵童唱酬〉(『壯巖世稿』) 외 6제 7각편
초가	朴贊珣(1754~1815), 〈樵歌〉(『珍原世稿』) 외 1제 1각편
나물캐기	확인된 자료 없음.
각 지역 초가	權榘(1672~1749), 〈短稿樵歌〉(『屛谷先生文集』) 외 12제 12각편

이 시기 초동·초가·벌초·벌목·초부 등의 시제를 지닌 자료들에서 나무꾼의 체험을 드러낸 것이 확인된다. 그 예가 김경찬(金景澯, 1680~1722)의 〈초부사(樵夫詞)〉이다. 이 자료에서 화자는 앞에는 도끼를 쥐고 소를 타고 산에 들어가 힘이 다할 때까지 나무하는 나무꾼이며 그의 체험이 드러난다.[28] 또한 나무꾼 노래의 연행 상황을 보여주는 자료도 확인된다. 그 자료는 류후옥(柳後玉, 1702~1776)의 〈초동창수(樵童唱酬)〉로 다음과 같다.

　　초동이 노래하네. 이 산에는 재목이 있는가 없는가?

---

[28] "抱斧牛亦駕 白犬先我行 隔越聞虎豹 山氣晦復明 層崖松栢老 丁丁響滿谷 薪多氣力疲 下飮深潭曲 皤皤兩仚翁 無乃赤松子 雲柹鬪黑白 柯爛忘家累 仙鄕歲月遲 人世丘陵陊 何處是壚里 千年但流水" 金景澯, 〈樵夫詞〉(『聞韶世稿』 권20).

사람이 말하네. 이 산에는 재목이 없네.

가시나무가 창창하여 산에 해가 지네.

땔나무를 하고 하여 아궁이를 따뜻하게 하네.

초동이 노래하네. 이 산에는 재목이 있는가 없는가?

사람이 말하네. 이 산에는 재목이 역시 있네.

지난 밤 큰 나무가 땅에서 나와, 삼백척이 되었네.

땔나무를 하고 하여 아궁이를 따뜻하게 하네.

樵童唱 此山有材否

人言 此山材不有

刑棘蒼蒼山日暮

采得薪薪溫突口

樵童酬 此山有材否

人言 此山材亦有

昨夜梗楠出地 三百尺何如

采得薪薪溫突口[29]

　　초동이 노래하고 이것에 대하여 사람이 말하는 방식 즉 창수(唱酬)식으로 되어 있다. 17세기 나무꾼 노래의 자료로 살펴보았던 정창주(鄭昌冑, 1608~1664)의 〈초옹답문(樵翁答問)〉이 나무꾼에게 묻는 말과 나무꾼이 답하는 문답식으로 이루어진 점을 볼 때 17세기 이래 나무꾼 노래에서 창수(唱酬)·문답(問答)이 하나의 형식이었을 것으로 추정된다.

　　셋째, 18세기에 민요 〈산유화〉는 농업노동요·모내기 노래·나무꾼 노래·나물캐기 노래·비기능요로 불렸다. 17세기에 비하여 민요 〈산유화〉의 기능이 확대된다. 18세기 민요 〈산유화〉 관련 자료는 다음과 같다.

　　金昌翕(1653~1722), 〈竹林亭 八詠〉 제3수 南畝農謳

　　金履萬(1683~1753), 〈醉樵歌〉

---

29) 柳後玉, 『壯巖世稿』 권3 「蘭溪遺稿」.

姜必愼(1687~1756), 〈素履亭 八詠〉 제7수 平郊農唱

李思質(1705~?), 〈於難難曲〉

權思潤(1732~1803), 〈聞山有花有感〉

權攇(1713~1770), 〈山花詞〉

李奎象(영정조), 〈山有花詞〉

　농업노동요로 불린 것을 확인할 수 있는 자료는 이사질(李思質, 1705~?)의 〈어난난곡(於難難曲)〉·김창흡(金昌翕, 1653~1722)의 〈죽림정 팔영(竹林亭 八詠)〉 제3수 남무농구(南畝農謳)·이규상(李奎象, 영정조)의 〈산유화사(山有花詞)〉이다. 이사질(1705~?)의 〈어난난곡〉에는 "산유화혜고유란(山有花兮皐有蘭)"이란 반복되는 구절이 있어 〈산유화〉 노래라는 것을 알 수 있고, 총 9각편 가운데 제7수에서 "(백제의) 남겨진 곡을 농녀(農女)가 부른다"라는 언급이 있어 농업노동요로 불렸음을 알 수 있다.[30] 김창흡(金昌翕, 1653~1722)의 〈죽림정 팔영〉 제3수 남무농구에서 작자는 비 갠 뒤에 농가의 집집마다 북소리가 들리고 수천 종류의 전요(田謠)를 들었으나 (그 가운데) 산유화(山有花)를 즐겨 듣는다고 하였다.[31] 북소리가 들리는 것은 농사의 시작을 알리는 것이고 전요(田謠)란 농사지을 때 부르는 노래이다. 작자는 농사를 지을 때 부르는 노래 가운데 산유화가 가장 좋다고 하였으므로 산유화가 농업노동요로 불렸음을 알 수 있다. 이규상(李奎象, 영정조)의 〈산유화사〉는 작자가 백제의 옛 자취를 보고 느낀 감회를 읊은 것이다. 이 자료에서 작자는 '밭가에 있는 농부들이 산유화를 다투어 부른다'라고 하였다.[32] 농업노동을 할

---

30) "其七 態津春色古今闌 山有花兮皐有蘭 遺曲謾敎農女唱 麥田何處問朱欄" 李思質, 〈於難難曲〉(『翁齋集』 권9).

31) "黃梅雨新歇 土皷發家家 田謠千百種 愛聽山有花" 金昌翕, 〈竹林亭 八詠〉 제3수 南畝農謳(『三淵集遺稿』 권2).

32) "白馬江頭滿白沙 扶餘遺恨舊白沙 田邊農夫爭歌何興 落日爭歌山有花" 李奎象(영정조), 〈山有花詞〉. 김영숙, 「산유화가의 양상과 변모」, 『민족문화논총』 2·3호 합집(영남대학교 민족문화연구소, 1982), 128면 재인용.

때 산유화(山有花)를 부른 것을 알 수 있다. 모내기 관련자료는 강필신(姜必愼, 1687~1756)의 〈소구정 팔영(素履亭 八詠)〉 제7수 평교농창(平郊農唱)이다. 작자는 모내기할 때 "부어(扶蕪)의 민간 노래인 산화(山花)를 들을 수 있다"고 하였으므로[33] 모내기할 때 〈산유화〉가 불렸다.

나무꾼 노래로 불렸음을 확인할 수 있는 자료는 김이만(金履萬, 1683~1753)의 〈취초가(醉樵歌)〉이다. 이 자료의 제1~2구에서 "어부는 창랑가를 부르지 마시오, 취한 초부가 산유화를 부르네"라고 하였다.[34] 초부(樵夫)가 부른 〈산유화〉란 점을 보아 나무할 때 부른 노래임을 알수 있다. 나물캐기 노래로 불렸음을 확인할 수 있는 자료는 권사윤(權思潤, 1732~1803)은 〈문산유화유감(聞山有花有感)〉이다. 이 자료의 병서에서 작자는 돌아오는 길에 나물 캐는 여인(採女)들이 길을 가면서 부른산유화를 들었다고 하였다.[35] 나물캐는 여인들이 부른 〈산유화〉를 확인할 수 있다.

비기능요로 불린 것을 확인할 수 있는 자료는 권헌(權攇, 1713~1770)의 〈산화사(山花詞)〉이다. 이 자료의 병서에서는 작자가 기양(岐陽, 현 : 평안남도 강서군)을 여행하였을 때 "할미와 아동들이 무리를 지어 춤추며 〈산유화〉를 부르는 것을 들었는데 지금 전하는 옛날의 곡들은 〈산유화 고유란(山有花 皐有蘭)〉 등 몇 개에 불과하고 그 노래가 여항의 설음(媟呷)·번만(繁蔓)·창녕(傖儜)함이 섞여 있어 내가 〈산화사(山花詞)〉 15수를 지어 남녀들로 하여금 부르게 하여 소리를 바르게 한다"라고 하였

---

33) "長郊秧馬簇如雲 素帕青簑什百羣 最是扶蕪謠俗在 山花舊曲詎堪聞" 姜必愼, 〈素履亭八詠〉 제7수 平郊農唱(『慕軒集』 권3).
34) "漁父莫歌滄浪歌 醉樵自歌山有花 樵人一醉亦有時 醉臥不知山日斜 壚頭酒價問幾何 美酒休言斗十千 枯柴一束足一飲 濁醪一盞論一錢 醉樵之歌歌一曲 爛柯日月壺中天" 金履萬, 〈醉樵歌〉(『鶴臯先生文集』 권2).
35) "余自孤露以後 心事常悽感 雖野村謳野謠 苟有思親之語 未嘗不傷神而釀涕也 一日往陶沙省塋歸路 見採女且行且歌 其歌曰 歸兮歸兮 親在家兮欲歸家 願二親兮眉壽 畫鷄鳴兮喬成麻 其聲悽惋其辭悲惻 有足感動人者 遂飜出其語 因以所感者足成" 權思潤, 〈聞山有花有感〉(『信天齋集』 권1).

다.36) 할미와 아동들이 무리지어 춤추며 부른 〈산유화〉를 확인할 수 있다.

3.3. 19세기 민요의 양상

문집소재 조선후기 민요자료에 나타난 19세기 민요의 양상은 다음과 같다.

첫째, 농가(農歌)에서는 18세기에서 확인된 보리타작 · 벼베기 · 벼타작 · 모내기 · 김매기 · 방아찧기 노래 등의 민요가 불렸다. 특히 모내기 · 김매기 노래 등의 민요는 이 시기에 왕성한 가창이 이루어졌다. 이에 비하여 보리베기 노래는 그 가창이 점차 약해져갔다. 농가 민요자료의 각편 수를 표로 제시하면 다음과 같다.

중 분류	작가와 작품(출전)
보리베기	李厚(20세기 초), 〈刈麥〉(『朗山先生文集』)
보리타작	丁若鏞(1762~1836), 〈打麥行〉(『與猶堂全書』) 외 30제 37각편
벼베기	姜世晋(1717~1786), 〈穫稻〉(『警弦齋集』) 외 4제 4각편
벼타작	姜復善(1852~1891), 〈打稻〉(『敬軒遺稿』) 외 2제 2각편
모내기	姜浚欽(1768~1833), 〈造山農歌〉(『三溟集』) 외 6제 14각편
	吳仁兌(1818~1898), 〈移秧〉(『海隱遺稿』) 외 22제 44각편
	李洙夏(1861~1932), 〈移秧〉(『金溪集』) 외 58제 61각편
김매기	吳仁兌(1818~1898), 〈耘草〉(『海隱遺稿』) 외 11제 11각편
방아찧기	梁進永(1788~1860), 〈春歌〉『晚羲集』 외 2제 2각편

---

36) "予居岐陽 農婆江童 結團揚袂 歌山有花數疊 緩聲促辭 間以凄調節其曲 其聲哀傷過甚 雖不協正音 而按節 激仰有竹枝 縹緲之思 但其舊曲所傳 不過山有花皐有蘭等數曲 而雜以閭巷媟音 繁蔓傯儜 亦不足以觀其變焉 遂作山花詞十五疊 使里中男女十數輩 唱之 以正其音 蓋欲取適於聽聆 云爾" 權擻, 〈山花詞〉(『震溟集』 권4).

농요	姜男鎔(1773~1830), 〈農歌〉(『松西先生文集』) 외 12제 41각편
전가요	李象秀(1820~1882), 〈田家夏日雜謠 三首〉(『峿堂集』) 외 1제 1각편
각 지역 농가	丁若鏞(1762~1836), 〈長鬐農歌〉(『與猶堂全書』) 외 52제 70각편
기타 민요 자료	洪錫謨(1781~1850), 〈叱牛吟〉(『陶厓詩集』)

모내기와 김매기 민요자료는 각편 수에서 17세기·18세기와는 현격하게 차이가 난다. 17세기·18세기에는 19세기에 비하여 간행된 문집의 수가 적은 점을 감안하더라도 이러한 작품 수의 현격한 차이는 이 시기 모내기 노래와 김매기 노래가 왕성하게 불렸을 근거의 하나가 된다.

김매기 민요자료인 오인태(吳仁兌, 1818~1898)의 〈운초(耘草)〉에서 도롱이와 쇠코잠방이를 입고 남북과 앞뒤로 오가며 김매기를 하는 구체적인 모습[37]이 확인되므로 자료의 내적인 양상에서도 김매기 노래의 왕성한 가창이 이루어졌을 가능성을 뒷받침한다.

모내기 민요자료에서는 실제 가창되었을 법한 민요를 채록하거나 모내기의 현장을 드러낸 것들이 다수 확인된다. 가창되었을 법한 민요를 채록한 예는 강준흠(姜浚欽, 1768~1833)의 〈조산농가(造山農歌)〉이고[38], 모내기 현장을 드러낸 예는 변영규(卞榮圭, 1826~1902)의 〈앙가 십오절(秧歌 十五絶)〉(『효산집(曉山集)』)[39]과 〈이앙가 사절(移秧歌 四絶)〉이다. 다음은 정영호(鄭泳鎬, 1867~1954)의 〈이앙가 사절(移秧歌 四絶)〉의 제3수이다.

삼곡(三曲)의 모내기 노래 정히 좋으니, 앞에 부르고 뒤에 응함에

---

37) "七八月間苗勃興 西疇耘盡又東陵 烟簑着出前溪雨 犢鼻栽成昨夜燈 自北自南來次次 或先或後伏層層 及時耕耨無相失 爭道今年歲大登" 吳仁兌, 〈耘草〉(『海隱遺稿』 권3).
38) 최재남, 앞의 논문, 1999, 176~180면 참조.
39) 변영규의 〈앙가 십오절〉은 윤동야의 〈앙가 구절〉을 수용한 것으로 모내기의 과정과 실제 일의 현장을 드러낸다. 〈앙가 십오절〉이 윤동야의 〈앙가 구절〉을 수용한 점은 최재남, 앞의 논문, 1999, 221면 참조.

한결같이
즐거워하네.
삿갓과 도롱이로 곳에 따라 쉬니, 이로부터 농부의 본 모습이라 하겠네.
三曲秧歌歌正好 前呼後應一般欣
雨笠烟蓑隨處憩 自是農人本態云[40]

삿갓 쓰고 도롱이 입으며 모내기하는 현장에서 모내기 노래를 "전호후
응(前呼後應)"으로 부른다고 하였다. 모내기 노래가 불리는 현장의 모습
을 보여준다. 이상의 민요자료들을 보아 19세기 모내기 노래가 왕성하게
불렸고, 수집된 민요자료의 각편수로 보아 가창 지역도 광범위하였을
것으로 추정된다.

이 시기 주목되는 것은 보리베기 민요자료가 1편만 확인된 점이다.
보리베기 민요자료는 17세기에 6제 10각편 18세기 7제 8각편이었다. 이
현황으로 보아 보리베기 노래는 17세기에서 18세기까지 꾸준히 채록자들
의 관심 대상이 되었다가 19세기 이래 관심에서 멀어졌음을 알 수 있고,
보리베기 노래가 17세기에서 18세기까지 농사현장에서 전승되다가 19세
기에는 농사현장에서 불리지 않았을 가능성이 큰 것으로 보인다.

농요·전가요란 시제(詩題)의 민요자료는 18세기와 마찬가지로 연작
형의 작품이나 장편의 작품이 지어진다. 연작형의 작품은 최승우(崔昇羽,
1770~1844)의 〈농구 십사장(農謳 十四章)〉·김희령(金羲齡, 19세기)의
〈농요 구수(農謠 九首)〉 등이다. 최승우(崔昇羽, 1770~1844)의 〈농구 십
사장(農謳 十四章)〉은 각 장마다 우양약(雨暘若, 제1장)·권로(捲露, 제2
장)·영양(迎陽, 제3장)·제서(提鋤, 제4장)·토초(討草, 제5장)·과농
(誇農, 제6장)·상권(相勸, 제7장)·대엽(待饁, 제8장)·고복(鼓腹, 제9
장)·망추(望秋, 제10장)·경장무(竟長畝, 제11장)·수계명(水雞鳴, 제

---

40) 鄭泳鎬, 『小坡集』 권1.

12장) · 일함산(日啣山, 제13장) · 탁족(濯足, 제14장)이란 제목이 부기되어 있다. 제목에서 알 수 있듯이 이 자료는 농부들이 김매기 하는 농사현장의 모습 · 농사후의 농가생활의 모습 · 가을의 수확을 기다리는 모습을 그린 것이다. 김희령(金羲齡, 19세기)의 〈농요구수(農謠九首)〉에서는 농부가 지방 관리의 횡포와 과다한 조세 등으로 인한 곤경을 토로하였다. 화자가 농부이다. 이것을 보아 19세기에는 농요 · 전가요란 시제로 연작형의 작품이나 장편의 작품이 보이는데 이것은 농부의 농사현장을 종합적이고 구체적으로 담으려는 의도가 있음을 알 수 있다.

둘째, 초가에서는 나무하는 초부들의 생활상을 담으려는 자료가 보이고, 나물캐기 민요자료가 확인되는 것도 주목된다. 초가 민요자료의 각편 수를 표로 제시하면 다음과 같다.

중 분류	작가와 작품(출전)
풀베기	郭鍾錫(1846~1919), 〈折草〉(『俛宇集撮要』)
나무베기	郭鍾錫(1846~1919), 〈幽僑日用 三十詠〉제13수 析木 (『俛宇集撮要』)
초부가	李周冕(1795~1875), 〈樵夫詞〉(『至樂窩遺稿』) 외 8제 12각편
초가	梁進永(1788~1860), 〈樵歌〉(『晩羲集』) 외 7제 9각편
나물캐기	安英老(1797~1846), 〈幽崖採謠〉(『勉庵集』) 외 3제 3각편
각 지역 초가	李象唆(1769~?), 〈水山樵唱〉(『河上隨錄』) 외 33제 40각편

초가에서는 초가의 연행 상황이 제시된 민요자료는 확인되지 않으나, 연작시 또는 장편으로 나무꾼의 생활을 구체적으로 드러낸 자료들이 확인된다. 초부가 9제 13각편 가운데 3제 3각편이 10구 이상의 장편이고[41] 이석희(李錫熙, 19세기말)의 〈초부가 오절(樵夫歌 五絕)〉은 7언 절

---

41) 5언 12구로 된 李周冕(1795~1875)의 〈樵夫詞〉(『至樂窩遺稿』 권1), 7언 16구로 된 白晦純(1828~1888)의 〈樵夫歌〉(『藍山先生文集』 권1), 5언 38구로 된 裵聖鎬(1851~1929)의

구 5수로 이루어진 연작시란 점이 그 예이다. 땔나무를 하면서 부른 민요와 관련된 것으로 보이는 김재홍(金在洪, 1867~1939)의 〈채초음(採樵吟)〉·민병직(閔丙稷, 1874~1938)의 〈채신행(採薪行)〉 등의 자료들이 각각 5언 44구와 7언 18구의 장편으로 이 시기에 처음 확인되고[42] 7언 절구 8수로 된 이학규(李學逵, 1770~1834)의 〈상동초가(上東樵歌)〉와 7언 절구 9수로 된 신용태(申龍泰, 1862~1898)의 〈도양초가 구장(道陽樵歌 九章)〉이 확인된다.

나물캐기 노래의 민요자료는 17세기 1제 1각편이 확인되었고 18세기에는 확인된 것이 없다. 19세기에는 4제 4각편이 확인된다. 이러한 각편 수에서 뿐만 아니라 자료의 특성에서도 주목된다. 김영락(金榮洛, 1831~1906)의 〈채채사(採菜詞)〉에서는 화자가 나물 캐는 여인이고 그녀의 고생스런 삶이 드러난다.[43] 다음에 제시하는 것은 김윤식(金允植, 1835~1922)의 〈귀천기속시 이십수(歸川紀俗詩 二十首)〉 제2수 춘일여자 채청행가(春日女子采靑行歌)로 현 채록 민요와 유사함을 확인할 수 있다.

서쪽 산골에서 미나리를 캐어도 치마에 채우지 못하고, 풀싹의 향기가 손끝에 물들었네.
누이는 시집살이의 고통을 아는가, 시아버지가 산초나무와 같네.
采芹西澗不盈襜 烏觜香芽入指尖
阿妹應知新嫁苦 棘椒爭似舅家嚴

이 작품의 아래에는 "향속(鄕俗)에 채근요(采芹謠)가 있는데 아래에 있

〈樵夫吟〉(『錦石文集』 권1).

42) 땔나무 할 때 부른 민요와 관련된 19세기 이전 자료는 權攄(1713~1770)의 〈折薪行〉(『震溟集』 권4)이 유일한데 7언 10구로 19세기 자료에 비하여 짧은 편이다.

43) "採菜城南婦 採菜不盈筥 回首歌一曲 落花寂寂 靑山暮山 路多石角 纖纖弱手 空辛苦 春日遲遲兮 腰帶減一圍 子規一聲腸欲斷 怊悵獨何歸 江邨斜日雨霏霏 溪畔裊裊垂楊 裏 堪把長條惱欲眠 採菜婦採菜婦情 可憐爲汝歌一曲 山蒼蒼 水涓涓" 金榮洛, 〈採菜詞〉(『龜溪遺稿』 권1).

는 두 구는 그 노래의 노랫말이다"[44]라는 구절이 부기(附記)되어 있다. 두 구는 민요 〈시집살이〉에서 며느리가 시아버지를 산초나무에 비유한 대목과 유사하다. 이학규(李學逵, 1770~1834)의 〈전하산가(前下山歌)〉·〈후하산가(後下山歌)〉는 소녀들이 산나물을 캐면서 부르는 민요를 작가가 듣고 지은 것이란 부대기록이 있고 소녀들이 산을 내려오면서 먼저 부르면 그에 화답하는 형식이다. 민요에 근접한 것이다.[45] 나물캐기 민요자료에서는 나물 캐는 여인의 체험이 드러나고, 현 채록 민요와 유사한 것이 확인된다. 이 시기에 나물캐기 노래가 왕성하게 불렸을 것으로 보인다.

셋째, 이 시기 문인들은 민요의 분류체계를 의도하지는 않더라도 어느 정도 분류를 의식하면서 민요를 수용·채록한 것으로 보인다. 민요자료 가운데 농가·초가·어가 등의 분류가 보이는 것은 다음과 같다.

張思敬(1756~1817), 〈道南書社 八景〉 蓮渚漁唱(제5수)·松坡農談 (제7수)[46]
丁若鏞(1762~1836), 〈耽津農歌〉·〈耽津漁歌〉·〈耽津村謠〉[47]
李學逵(1770~1834), 〈江滄農歌〉·〈南湖漁歌〉·〈上東樵歌〉[48]
金濟學(19세기), 〈樵歌〉·〈漁歌〉[49]
梁進永(1788~1860), 〈五歌〉 樵歌·農歌·春歌·漁歌·絃歌[50]
鄭泰桓(1805~1877), 〈月岳精舍 十景〉 淸溪漁歌(제6수)·蓮塘農歌 (제7수)[51]

---

44) "鄕俗有採芹謠 下二句卽其歌中之辭" 金允植, 〈歸川紀俗詩 二十首〉 제2수 春日女子采 靑行歌(『雲養集』 권1).
45) 백원철, 「낙하생 이학규의 시 연구」(성균관대학교 한문학과 박사학위논문, 1991), 105면.
46) 張思敬, 『耳溪先生文集』 권1.
47) 丁若鏞, 『與猶堂全書』 권4.
48) 李學逵, 『洛下生全集』 상 「因樹屋集」.
49) 金濟學, 『龜菴集』 제3책.
50) 梁進永, 『晩羲集』 권6.
51) 鄭泰桓, 『蒙養齋遺稿』 권1.

金鵬海(1827~1916), 〈聽農歌〉·〈漁歌〉·〈樵歌〉[52]
白樂元(1847~1916), 〈晚悔亭 八景〉 鶴坪農謳(제5수)·鷹峯樵歌(제6수)[53]

18세기에는 1편의 민요자료에서 분류 인식이 보인다. 장사경(張思敬, 1756~1817)의 〈도남서사 팔경(道南書社 八景)〉에서 연저어창(蓮渚漁唱)과 송파농담(松坡農談)의 구분이 그것이다. 그런데 그 시제가 어가·농가가 아닌 어창·농담으로 되어 있으며 초가가 빠져 있고, 분류를 보인 민요자료가 1편이란 점에서 분류를 구체적으로 인식하였다고는 볼 수 없다. 19세기 이후에는 분류 인식이 보인 민요자료가 7명의 작자들의 작품들에서 확인된다. 이것을 보아 분류가 구체화된 것을 알 수 있다. 분류의 양상은 농가·어가인 경우, 농가·어가·초가인 경우, 초가·어가인 경우, 농가·초가인 경우 등이 있으나 농가·어가·초가로 분류한 민요자료가 가장 많은 수를 차지한다. 이러한 사실로 보아 18세기에 분류에 대한 인식이 싹트기 시작하여 19세기에는 분류에 대한 인식이 어느 정도 확립된 것으로 보인다.

넷째, 19세기 민요 〈산유화〉는 농업노동요·모내기 노래·나무꾼 노래·나물캐기 노래로 불렸다. 다음은 19세기 민요 〈산유화〉 관련 자료이다.

姜浚欽(1768~1833), 〈造山農歌〉
李學逵(1770~1834), 〈山有花歌〉·〈山有花〉
李周冕(1795~1875), 〈樵夫詞〉
李濟永(1799~1871), 〈山有花六曲〉
梁湜永(1816~1870), 〈山中謠〉
金鎭宇(1867~?), 〈薇田軟菜〉
裵重煥(생몰미상), 〈襄陽 八景 醴泉〉 제3수 松浦耘歌

52) 金鵬海, 『韻堂集』 권1.
53) 白樂元, 『晚悔堂遺稿』 권1.

농업노동요로 〈산유화〉가 불린 것을 확인할 수 있는 자료는 배중환(裵重煥, 생몰미상)의 〈양양 팔경 예천(襄陽 八景 醴泉)〉 제3수 송포운가(松浦耘歌)이다. 이 자료는 예천지방의 팔경 가운데 하나로 농사하는 모습을 읊은 것이다. 이 자료에서는 계곡에서 산유화가 울려 퍼지는데 그 노래는 태평가로 농사꾼들이 강을 사이에 두고 다투어 부른다고 하였다.[54] 농업노동요로 〈산유화〉가 불린 것을 확인할 수 있다. 모내기 할 때 민요 〈산유화〉가 불린 것을 확인할 수 있는 것은 강준흠(姜浚欽, 1768~1833)의 〈조산농가(造山農歌)〉이다. 이 자료의 병서[55]를 통하여 황해도 조산 지역의 농부들이 농사할 때 산유화를 부른 것을 알 수 있다. 특히 〈조산농가〉의 노랫말은 농부들의 모내기 노래를 거의 그대로 한역해 놓은 것이다.[56]

나무꾼 노래로 〈산유화〉가 불린 것을 확인할 수 있는 자료는 이주면(李周冕, 1795~1875)의 〈초부사(樵夫詞)〉·이제영(李濟永, 1799~1871)의 〈산유화 육곡(山有花 六曲)〉이다. 〈초부사(樵夫詞)〉는 5언 12구인데 그 가운데 제3~4구에서는 "산유화 한 곡을 부르며, 계곡에서 벌목(伐木) 하네"라고 하였다.[57] 〈산유화〉가 나무할 때 부른 노래임을 알 수 있다. 〈산유화 육곡〉은 7언 절구 6수로 되어 있는데 그 가운데 제1수는 나무꾼의 노래인 어사용으로 알려진 현존 채록 민요인 '구야 구야 지리산 갈가마구야'의 표현과 유사하므로[58] 나무꾼이 나무할 때 부른 민요를 채록한 것으로 볼 수 있다.

---

54) "口角生風山有花 臨江爭唱太平歌 痛飮城中一椀酒 夕陽斜路舞烟簑" 裵重煥, 〈襄陽 八景 醴泉〉 제3수 松浦耘歌(『荷汀詩稿』 권1).

55) "殷栗縣前有造山坪 農者齊聲唱山有花曲 辭甚俚淺想 古皇華折楊下里巴人污不至此 彼蚩蚩者豈知有十二國風 而其詞往往自合於比興遺旨 豈詞曲出自性情天機所動 無古今殊歟 余於閑中譯而成文以俟采詩者" 姜浚欽, 〈造山農歌〉(『三溟集』).

56) 〈조산농가〉가 모내기노래를 거의 그대로 한역해 놓은 것에 대한 구체적인 논의는 최재남, 앞의 논문, 1999, 177~180면 참조.

57) "不獲鉏商麟 不遇蕉隍鹿 山有花一曲 伐木巖之谷 腰下有小鎌 血脂呑聲哭 平生大椀飯 曾不負此腹 此腹胡負汝 手足俱胼胝 却羨霤戚歌 白石擧之牛 口爲君師" 李周冕, 〈樵夫詞〉(『至樂窩遺稿』 권1).

58) 이제영의 〈산유화 육곡〉 제1수와 '어사용'을 제시하면 다음과 같다. "智異山中飢啄鴉 去含蟹足遺阿那 且向故林不可止 空城洛日行人遮" "구야구야 까마구야 지리동산 까마

나물캐기 노래로 〈산유화〉가 불린 것을 확인할 수 있는 자료는 양식영 (梁湜永, 1816~1870)의 〈산중요(山中謠)〉·김진우(金鎭宇, 1867~?)의 〈미전연채(薇田軟菜)〉이다. 〈산중요(山中謠)〉에서는 젊은 여아들이 산에 나물을 캐러 왔다가 산화(山花)를 다 부르자 돌아가는데 숲의 새들도 놀라지 않는다고 하였다.[59) 〈미전연채〉에서는 고비 밭에 나물 캐러 온 채녀(採女)들이 다투어 산유화를 부른다고 하였다.[60) 이 자료를 보아 19세기 〈산유화〉가 채녀들이 나물캐기할 때 부른 것임을 알 수 있다. 이학규(李學逵, 1770~1835)의 〈산유화가(山有花歌)〉·〈산유화(山有花)〉 병서에서는 〈산유화〉가 영남지방에서는 매년 봄에 나물캐기를 하거나 모내기를 할 때 부른다고 하였다.[61) 〈산유화〉가 나물캐기와 모내기 할 때 모두 불렸음을 확인할 수도 있다.

4. 맺음말

본고에서는 문집소재 조선후기 민요자료를 통하여 조선후기 민요의

구야/ 검다골랑 설워마라 겉만 조금 검다 뿐이지/ 속조츨랑 검을손가 이후후후/ 어떤 사람 팔자가 좋아/ 고대광실 높은집에 부귀공명 누리건만/ 이내 나는 첩첩산중 파묻혀서 이놈의 농사 어쩐일고" 이제영의 〈산유화 육곡〉은 『東阿集』 권2에 수록된 것이고, '어사용'은 진정효, 『구야구야지리산갈가마구야』(참, 1992), 275면을 재인용한 것이다. 〈산유화 육곡〉이 '어사용'을 채록한 것이란 논의는 최재남, 앞의 논문, 1999, 195~196면에서 이루어진 바 있다.

59) "青春兒女愛芳菲 三五提籠躡翠嶽 唱盡山花歸去晚 慣人林鳥不驚飛" 梁湜永, 〈山中謠〉(『竹坡遺集副聽溪遺集』 권1).

60) "春雨濛濛濕 薇蕨細生茅 採女携筐去 爭唱山有花" 金鎭宇, 〈做山雜詠 并嶺內勝蹟〉 제10 수 薇田軟菜(『素窩集』 권1).

61) 〈山有花歌〉의 병서에는 "山有花 本洛東里娘爲江上棄婦作……每春時采山及種秧 聞其曼聲 嗚咽纏綿悽惻……"(『洛下生全集』 상「因樹屋集」)이라는 기록이, 〈山有花〉의 병서에는 "山有花 本一善里婦香娘怨歌……作山有花曲……今其詞已失 聲調猶傳 嶺外每春時采山及挿秧 聞其曼聲 嗚咽纏綿悽惻……"(『洛下生全集』 상「嶺南樂府」)라는 기록이 있다.

통시적 양상을 살펴보았다. 그 결과를 요약하면 다음과 같다.

첫째, 조선후기 민요 종류의 통시적 양상이다.

17세기에 농가(農歌)에서는 보리베기·보리타작·방아찧기 노래 등의 민요가 있었고, 모내기·김매기 노래는 그 가창이 미약하였다. 초가(樵歌)에서는 나무꾼 노래가 있었다. 18세기에 농가(農歌)에서는 보리베기·보리타작 노래 등의 민요가 있었고, 논농사와 관련된 벼베기·벼타작·모내기·김매기 노래가 적극적으로 불렸다. 초가(樵歌)에서는 나무꾼 노래가 있었다. 19세기에 농가(農歌)에서는 보리타작·방아찧기·벼베기·벼타작·모내기·김매기 노래가 있었다. 모내기·김매기 민요는 민요자료의 각편 수를 보아 전국적인 가창이 이루어진 것으로 추정된다. 이에 비하여 보리베기 노래가 이 시기에 가창이 미약해진다. 초가(樵歌)에서는 나무꾼 노래가 있었고 나물캐기 노래가 이 시기에 부각되기 시작하였다.

둘째, 민요에 대한 수용 태도의 통시적 양상이다.

17세기에는 보리타작·보리베기·나무꾼 노래 등에서 '화자를 농가생활자로 설정'하는 정도로 민요를 수용하는 소극적 태도를 보인다. 18세기에는 '화자를 농가생활자로 설정하는 것'·'농사현장에서 민요의 연행 상황'·'연작시 또는 장편의 형태로 농부들의 농사현장을 종합적이고 구체적으로 제시'하는 것으로 적극적인 수용태도를 보인다. 19세기에는 18세기에서 보였던 수용의 태도에 민요의 분류에 대한 인식이 이루어져 18세기에 단초를 보였던 민요에 대한 적극적인 태도가 더욱 확대된다.

셋째, 민요 〈산유화〉의 통시적 양상이다. 17세기에는 민요 〈산유화〉가 농업노동요로 불렸다. 18세기에는 농업노동요·모내기·나무꾼 노래·나물캐기 노래·비기능요로 불려 기능이 확대된다. 19세기에는 농업노동요·모내기·나무꾼 노래·나물캐기 노래로 불려 18세기에 확립된 기능이 고정되어 간 것으로 파악된다.

제7장

서인순(徐璘淳)의 〈전가부(田家婦)〉에 나타난 여성형상의 문학적 위치

1. 머리말

〈전가부(田家婦)〉는 경남 함양의 향촌사족인 서인순(徐璘淳, 1827~1898)[1]이 전가(田家)의 부(婦)를 소재로 지은 5언 40구의 고시로 그의 문집인 『화헌유고(華軒遺稿)』 권3에 수록되어 있다. 조선후기 서민 여인을 소재로 한 한시는 민요취향, 민요시 등으로 한시사에서 주요한 자료로 취급되고 그 문학적 의미가 풍성하게 논의되었다.[2] 이와 같은 한시에

---

1) 徐璘淳(1827~1898)은 본관이 達成이고 字가 殷鄕 호가 華軒이다. 그는 부친 徐麒輔와 모친 金寧 金氏 사이에서 다섯 아들 가운데 季子로 1827년 경남 함양에서 출생하였다. 어릴 때부터 孝行이 뛰어났고, 5세 때 스스로 塾舍에 배움을 청할 정도로 학문에 대한 열의가 대단하였다. 18세 때까지 鄕試에 여러 차례 합격하였으나, 京試에서는 번번이 낙방하였다. 이에 그는 과업을 포기하고 평생 향촌에서 학문과 稼穡에 힘쓰는 삶을 살았다. 『華軒遺稿』 권5, 〈行狀〉.

2) 이동환, 「朝鮮後期 漢詩에 있어서 民謠趣向의 擡頭」, 『한국한문학연구』 3・4집(한국한문학연구회, 1979); 안대회, 「杜機 崔成大詩의 민요적 발상과 서정」, 『연세어문학』 22집(연세대학교 국어국문학과, 1990); 강혜선, 「崔成大의 古艷雜曲 十三篇 研究」, 『한국한시연구』 2(한국한시학회, 1994); 조동일, 『한국문학통사3』(지식산업사, 1997); 박영민, 『한국 한시와 여성 인식의 구도』(소명출판, 2003).

나타난 여성은 도시의 서민 여인으로 그 여인들의 정감이나 정서는 부요 (婦謠)에 닿아 있다는 것이 그간 논의의 주요한 결과이다. 부요의 개념은 다양할 수 있으며 그 개념에 따라 대상 자료도 다양할 수 있다. 하지만, 현재 채록된 민요 자료를 토대로 한다면 "여성이 노동을 할 때" 부르는 노래[3]라는 개념이 자료의 실상에 근접한 것이다. 이러한 개념을 적용한 다면, 시정의 여인이 등장하는 작품보다 향촌의 여인이 등장하는 작품이 부요에 근접할 것이다. 본고에서 〈전가부(田家婦)〉에 주목한 이유도 여 기에 있다.

〈전가부(田家婦)〉에 나타난 여성은 향촌의 여인이며 그 삶은 향촌에서 의 노동과 관련되어 있다. 그런데 이러한 조건만으로 〈전가부(田家婦)〉를 민요시 또는 민요취향의 시로 단정지을 수는 없다. 한시의 관습적인 창작 에서 연유한 것일 수도 있기 때문이다. 관습적 창작의 여부를 가리기 위해서는 유사한 소재를 지닌 한시 작품과의 대비가 필요하다. 그 대비는 소재의 동일성에서 기준을 정하는 것이 적당하다. 동일한 소재는 노동하 는 향촌의 여인 즉 전가부(田家婦)이다. 이러한 여성은 작가가 그 여성을 묘사하든 그 여성이 발화하든 노동에 대한 일정한 태도를 표명할 것이며 그것으로 인하여 그 여성의 일정한 모습이 작품에 형상화될 것이다. 결국 이러한 여성형상이 대비의 기준이 된다. 이러한 대비의 결과로 〈전가부(田 家婦)〉의 문학적 위치가 밝혀 질 것이다. 아울러 그 문학적 위치를 모색하 는 과정에서 〈전가부(田家婦)〉에 나타난 민요취향도 드러날 것이다.

---

3) 고정옥은 민요는 "어떠한 내용의 노래를, 누가, 무엇을 할 때, 부르는 노래냐"하는 것으로 나눌 수 있다고 하였다. 이 기준을 적용한다면 婦謠란 여성이 노동을 할 때 부르는 노래가 된다. 고정옥, 『조선민요연구』(수선사, 1949), 101~102면.

2. 전가부(田家婦)를 소재로 한 한시의 종류

〈전가부(田家婦)〉와 전가부(田家婦)를 소재로 한 한시와 대비하기 위하여 대상 자료를 찾고, 여성형상에 따라 작품의 종류를 나누기로 한다.

전가부(田家婦)는 전술하였듯이 노동하는 향촌의 여인이다. 따라서 그 소재는 '노동'과 '향촌의 여인'이라는 조건을 충족시켜야 한다. 〈전가부(田家婦)〉에 나타난 노동은 베짜기(織), 김매기(耘), 들 밥하기(饁)이다. 이러한 세 가지 노동은 고정옥이 제시한 여성의 작업요 10가지에 나타난 노동에서 크게 벗어나지 않으므로[4] 소재를 찾는 기준으로 적당하며, 시집살이는 부요 가운데 주요한 내용이므로 이 또한 기준이 된다.[5] 이러한 노동과 시집살이를 기준으로 『한국문집총간(韓國文集總刊)』에 수록된 문집과 국립도서관에 소장된 문집에서 서인순의 활동시기까지의 자료를 찾은 결과 작품은 총 39제(題) 46수(首)이다.

이러한 작품을 종류로 나누는 기준은 여성형상이다. 본고에서 말하는 여성형상이란 노동에 대한 일정한 태도를 통하여 형상화된 여인의 모습을 뜻한다. 결국 작품에 나타난 여성의 노동에 대한 태도가 분류의 기준이 된다. 노동에 대한 태도는 크게 긍정적인 태도와 부정적인 태도로 나눌 수 있다. 이러한 태도는 표현 방식에 따라 여성화자가 직접적으로 표출하는 경우와 작가에 의하여 간접적으로 표출하는 경우로 나눌 수 있다. 이것을 종합하면 작품은 노동에 대하여 간접적으로 긍정적인 태도를

---

4) 고정옥은 婦謠에는 시집살이노래, 作業謠, 母女愛戀歌, 女歎歌, 烈女歌, 꽃노래가 있으며, 작업요에는 ①베틀노래 ②삼삼기노래 ③물레노래 ④밭매기노래 ⑤목화따기노래 ⑥부엌일노래 ⑦맷돌노래 ⑧빨래노래 ⑨바느질노래 ⑩해녀노래가 있다고 하였다. 베틀(노래), 삼삼기(노래), 물레질(노래)은 베짜기(織)와 관련이 있고, 밭매기(노래)와 목화따기(노래)는 김매기(耘)와 관련이 있으며, 부엌일(노래)와 멧돌(노래)는 들밥하기(饁)와 관련이 있다. 고정옥, 앞의 책, 287~447면.

5) 향촌의 여인이 하는 노동에는 이외에 '방아찧기'가 있다. 그런데 '방아찧기'의 경우 〈田家婦〉에 나타난 노동에 포함되지 않는 것이므로 이 글에서는 대상 자료에서 제외한다.

표출하는 여성형상이 있는 경우, 노동에 대하여 직접적으로 긍정적인 태도를 표출하는 여성형상이 있는 경우, 노동에 대하여 간접적으로 부정적인 태도를 표출하는 여성형상이 있는 경우, 노동에 대하여 직접적으로 부정적인 태도를 표출하는 여성형상이 있는 경우로 나눌 수 있다. 뿐만 아니라 노동을 소재로 하나 사랑이나 그리움 교훈 등과 같이 노동과 관련 없는 주제로 표출된 경우가 있을 수 있다. 각 종류별로 작품을 살펴보기로 하자.

첫째, 전가부(田家婦)의 노동을 소재로 하나 노동과 관련 없는 주제를 표출한 경우이다. 작품은 다음과 같다.

李穡(1328~1396), 〈蠶婦詞後篇〉(5언 16구)
李達衷(1309~1385), 〈田婦歎二首 見靑邱風雅〉(7언 절구 2수)
孫肇瑞(15세기), 〈織婦〉(7언 절구)
崔成大(1691~1761), 〈村婦詞〉(7언 6구)
李裕元(1814~1888), 〈村女織二首〉(5언 절구 2수)

이색(李穡)의 〈잠부사후편(蠶婦詞後篇)〉에서는 누에치는 여인을 소재로 하여 그 여인이 부지런히 뽕잎을 따는 노동을 언급하다가 『시경(詩經)』 빈풍(豳風)을 인유하여 군자는 근본에 힘 써야 된다("君子但務本")고 하였다.[6] 양잠(養蠶)을 소재로 하나 그 주제가 교훈에 있다. 손조서(孫肇瑞)의 〈직부(織婦)〉와 이유원(李裕元)의 〈촌녀직이수(村女織二首)〉는 남편에 대한 사랑을 주제로 한 경우이다. 손조서(孫肇瑞)의 〈직부(織婦)〉에서는 여인이 밤을 새워 베를 짜는 것은 전장에 나간 남편의 떨어진 옷을 걱정하기 때문이며 그 여인은 꿈속에서 남편이 있는 먼 오랑캐 땅을

---

6) "豳風興雅頌 桑蠶半農功 載績朱孔陽 願被公子躬 靄然有和氣 足見於君忠 於戲篤公劉 推心與民同 子孫得天下 擧世臻時雍 君子但務本 一家無困窮 奇技淫巧作 天祿其求終 蠶詩雖鄙俚 或可告臣工" 李穡, 〈蠶婦詞後篇〉(『牧隱詩稿』권16).

달려간다고 하였다.[7] 베짜기를 소재로 하나 그 주제는 사랑이다. 이유원(李裕元)의 〈촌녀직이수(村女織二首)〉에서 첫 번째 작품은 소녀가 햇살을 받으며 실 뽑기와 베짜기 하는 모습이 그려져 있고, 두 번째 작품은 여인이 베를 재단하여 옷을 지어 상자에 넣고 "낭군은 가을에 춥지 않으리(郎君秋不寒)"라고 하는 것으로 끝이 난다.[8] 베짜기를 소재로 하나 그 주제는 남편에 대한 사랑이다. 이달충(李達衷)의 〈전부탄이수(田婦歎二首)〉는 남편과 자식을 잃은 과부의 외로움을 호소한 작품이고[9], 최성대(崔成大)의 〈촌부사(村婦詞)〉는 농염하고 색정적인 아낙네를 소재로 하고 있다.[10]

둘째, 노동에 대하여 간접적으로 긍정적인 태도를 표출하는 여성형상이 있는 경우이다. 이 경우 작가가 노동에 대한 여성의 태도를 대신 표현한 것인데 표현의 양상에 따라 전가부(田家婦)의 노동과 외모만을 제시한 경우와 노동과 외모를 제시한 다음 작가의 평이 이어진 경우로 다시 나눌 수 있다. 주로 전자에 속한 작품만 확인된다. 다음 작품은 전가부(田家婦)의 노동과 외모만 제시한 것이다.

> 安軸(1287~1348), 〈三陟西樓八詠〉 여섯 번째 작품 壟頭饁婦(7언 절구)
> 李穀(1298~1351), 〈次三陟西樓八詠詩韻〉 여섯 번 째 작품 隴頭饁婦(7언 절구)
> 李達衷(1309~1385), 〈三陟八景 見勝覽〉 다섯 번 째 작품 隴頭饁婦(7

---

7) "深憶征夫已弊衣 挑燈徹夜促寒機 夷山不是曾遊處 魂夢常馳板屋飛" 孫肇瑞, 〈織婦〉(『格齋先生文集』권2).
8) "高燥秋陽曝 早綿已繰絲 機頭少女坐 十指交相隨" "其二 三日成端疋 倩人刀尺完 捲入竹箱子 郎君秋不寒" 李裕元, 〈村女織 二首〉(『嘉梧藁略』제3책).
9) "霖雨連旬久未炊 門前小麥正離離 待晴欲刈晴還雨 謀飽爲傭飽易飢" "又 夫死紅軍子戍邊 一身生理正蕭然 揷竿冠笠雀登頂 拾穗擔筐蛾撲肩" 李達衷, 〈田婦歎二首〉(『霽亭先生文集』권1).
10) "深村有婦人不知 新鬂揷釵開容儀 見客低頭不肯語 紅潮着面偸眼時 若敎置在歌舞地 儒州妓女應羞死" 崔成大, 〈村婦詞〉(『杜機詩集』권4).

언 절구)

　金時習(1435~1493), 〈鰥婦〉(7언 절구)

　成俔(1439~1504), 〈竹西樓八詠韻〉 세 번째 작품 隴頭饁婦(7언 절구)

　申光漢(1484~1555), 〈竹西樓八詠韻〉 세 번째 작품 隴頭饁婦(7언 절구)

　崔演(1503~1549), 〈次安謹齋 軸三陟八詠韻〉 여섯 번째 작품 壟頭饁
婦(7언 절구)

　李獻慶(1719~1791), 〈駒城僑居雜詠〉 아홉 번째 작품 饁婦(5언 절구)

　尹愭(1741~1826), 〈戲詠田家秋事八首〉 두 번째 작품 田婦(5언 율시)

　작품은 팔영시(八詠詩)에 속한 것으로 들 밥을 나르는 여인[엽부(饁婦)]
을 주된 소재로 하고 있음이 공통적이다. 안축(安軸)의 〈농두엽부(壟頭饁
婦)〉에서는 엽부(饁婦)가 저녁밥을 차린다고 여인은 저녁을 먹지 못하고,
새벽이 되자 마음은 벌써 밭에 가 있으며, 낮에는 재촉하여 들 밥을 낸다
고 그리고 있다.[11] 엽부(饁婦)의 바쁜 일상이 소개되어 있으나, 노동에
대한 태도가 표명된 것은 아니다. 이곡(李穀)의 〈농두엽부(隴頭饁婦)〉에
서는 "서로 생각하는 것은 저녁밥을 더 먹도록 권하는 것이니, 부인은
밥을 나르고 남편은 김매기를 하며 한 해를 마치네"라고 그리고 있다.[12]
부부가 밥을 서로 권하는 평화로운 모습을 볼 수 있다. 이달충(李達衷)의
〈농두엽부(隴頭饁婦)〉에서는 부부가 저녁밥도 먹지 못한 체 일하고 있으
나, 수확으로 부족한 세금을 메울 수 있다고 말한다.[13] 노동의 고통보다는
희망찬 미래를 꿈꾸는 부부의 모습을 볼 수 있다. 신광한(申光漢)의 〈농두
엽부(隴頭饁婦)〉에서는 새벽에 밥을 준비하여 낮에 들 밥을 나르는 바쁜
일상, 헝클어진 가시나무 비녀라는 초라한 외모 등이 소개되고, 헝클어진

---

11) "婦具農飧自廢飧 曉來心在夏畦間 壟頭日午催行邁 餉了田夫信步還" 安軸, 〈三陟西樓
八詠〉 여섯 번째 작품 壟頭饁婦(『謹齋先生集』권1).
12) "相思寧復勉加飧 婦餉夫耕了世間 以色事人多見棄 顔華一去不曾還" 李穀, 〈次三陟西
樓八詠詩韻〉 여섯 번째 작품 隴頭饁婦(『稼亭先生集』권20).
13) "夫婦辛勤不素飧 餉耕園坐草萊間 有心秋獲聊相語 欠額年租庶可還" 李達衷, 〈三陟八景
見勝覽〉 다섯 번째 작품 隴頭饁婦(『霽亭先生文集』권1).

가시나무 비녀를 꼽은 초라한 모습이지만 남편을 공경으로 상대한다고 하였다.[14] 엽부(饁婦)가 바쁜 일상에서도 남편을 공경으로 대하는 모습을 볼 수 있다. 이와 유사한 것이 최연(崔演)의 〈농두엽부(壟頭饁婦)〉이다. 남편은 김매고 아내는 새벽밥을 준비하는 바쁜 일상을 보내지만, 부부가 마치 손님처럼 밭두둑에 앉아 있다.[15] 서로 공경하는 부부의 모습만 그려져 있다. 윤기(尹愭)의 〈전부(田婦)〉에서 수련과 함련에서는 어린 며느리가 수줍어하며 들 밥을 나르는 모습이, 경련과 미련에서는 전가부(田家婦)의 바쁜 일상(새벽에 밥하기 낮에 들 밥 나르기 저녁에 먼저 돌아와 보채는 아이 돌보기 등)이 제시되어 있다.[16] 전가부(田家婦)의 바쁜 일상은 수련과 함련에서 고통으로 형상화되지 못하고 전원의 평화로운 모습을 제시한 경향을 보인다.

이상의 작품에서 작가는 전가부(田家婦)의 노동이나 외모만을 그리고 있다. 그 모습은 부부의 정다움, 평화로움 등으로 전원의 모습이 그려져 있다. 이것으로 인해 여성의 노동에 대한 태도가 표명되지 않아 여성형상이 미약하며 전가부(田家婦)가 전원 속에 하나의 풍경으로 제시된 것으로 보인다.[17]

셋째, 노동에 대하여 직접적으로 긍정적인 태도를 표출하는 여성형상

---

14) "隣鷄喔喔具晨餐 往餉春耕斷隴間 縱有荊釵相對敬 更無人載後車還" 申光漢, 〈竹西樓八詠韻〉 세 번째 작품 隴頭饁婦(『企齋別集』권2)
15) "夫耕妻在備晨餐 相對如賓坐壟間 去歲納租無袴着 未終長畝不須還" 崔演, 〈次安謹齋三陟八詠韻〉 여섯 번째 작품 壟頭饁婦(『艮齋集』권4).
16) "農家年少婦 出野亦羞人 遂伴忽忽步 裸頭箇箇中 犬隨遙饁午 鷄唱獨炊晨 日暮恒先返 兒飢啼必頻" 尹愭, 〈戲詠田家秋事八首〉 두 번째 작품 田婦(『無名子集』제1책).
17) 金時習의 〈蠶婦〉는 이와는 그 형상화 방식에 차이가 있다. 작가에 의하여 잠부가 그려진 점은 같으나, 전원 풍경이 아니라 한 인물을 미화하고 있다. 기구에서는 저녁 해가 꽃가지를 비추는 배경을 승구에서는 蠶婦가 실을 뽑아 내는 모습을 절구에서는 蠶婦의 모습을 결구는 蠶婦가 고치가 자라 실을 뽑아 내기를 근심하는 모습을 읊고 있다. 저녁 해가 꽃가지를 비춘다는 배경이나 잠부의 모습을 예쁜 눈과 눈썹으로 표현한 것은 잠부의 일을 미화한 것이라고 볼 수 있다. 金時習의 〈蠶婦〉는 다음과 같다. "屋頭斜日映花枝 戞戞車煮雪絲 糚嫩低眉緣底事 只愁分繭效功時" 金時習, 〈蠶婦〉(『梅月堂詩集』권4).

이 있는 경우이다. 작품은 다음과 같다.

    劉荃(1051~1122), 〈織婦詞〉(7언 절구)
    李穡(1328~1396), 〈蠶婦詞〉(7언 9구〔제1구는 6언〕)
    徐居正(1420~1488), 〈三陟竹西樓八詠稼亭韻〉 여섯 번 째 작품 隴頭
饁婦(7언 절구)
    丁壽崗(1454~1527), 〈蠶婦〉(5언 절구)
    高允植(1831~1891), 〈田婦〉(7언 율시)
    崔馨植(1825~1901), 〈隣家織女〉(7언 율시)

    유전(劉荃)의 〈직부사(織婦詞)〉에는 직부의 바쁜 일상이나 외모가 소
개되어 있지 않다. 기구에서는 계절적 배경을 승구 이하에서는 직부의
태도를 보이고 있는데 직부(織婦)는 부유한 여인들의 호화로운 생활을
비웃고, 유협(遊俠)들이 천하게 여기는 시선을 무시할 정도로 자신의
일에 만족하며 자신감을 보인다.[18] 이색(李穡)의 〈잠부사(蠶婦詞)〉에서
제2~3구는 새벽녘 얇게 깔린 이슬을 맞으며 잠부(蠶婦)가 광주리를 쥐고
서 밤낮 없이 일하는 모습을 그리고 있으며 이러한 바쁜 일상에 대하여
잠부(蠶婦)는 제4~5구에서 자신을 기꺼이 수고롭게 하며 제복(祭服)과
조삼(朝衫)이 새로 만들어짐을 기대하고 있다고 하였다.[19] 여성화자의
노동에 대한 태도가 직접적으로 표출되어 있고, 그 태도가 미래에 대한
희망 등으로 긍정적이다. 서거정(徐居正)의 〈농두엽부(隴頭饁婦)〉에서
는 아침에 들 밥을 내고 곧이어 저녁밥을 지어야 하는 바쁜 일상, 반쯤
터진 베 적삼을 입고 굽은 가시나무 비녀를 꽂은 초라한 외모 등에서

---

18) "桑蠶養得載陽春 却賣新絲善耐貧 堪笑城東羅綺女 不知遊冶賤其身" 劉荃, 〈織婦詞〉
    (『竹諫先生逸集』권1).
19) "蠶上箔桑婦樂 閑閑桑林露氣薄 我執懿筐馳日夕 敢憚旬月勞我身 祭服朝衫當致新 一
    家禦冬苟平均 願輸我稅奉主人 黼黻千春臨紫宸 匪須茂渥霑群臣" 李穡, 〈蠶婦詞〉(「牧
    隱詩稿』권29).

전가부(田家婦)의 노동에 대한 고통을 볼 수 있으나, 결구에서 엽부(饁婦)는 날마다 밭두둑을 오갈 수 있다고 하여 일에 대한 긍정적 태도를 보인다.[20] 정수강(丁壽崗)의 〈잠부(蠶婦)〉에서도 잠부는 매년 뽕을 따는 고통이 있고, 머리에는 초록빛 두건을 쓰고, 비단 옷은 알지 못할 정도로 가난하지만, 스스로 일을 기꺼이 여긴다고 한다.[21] 고윤식(高允植)의 〈전부(田婦)〉에서는 전가부(田家婦)가 전가의 시집에서 느끼는 재미를 말하고 있다. 부부의 정, 수레에 가득한 곡식, 겨울에 먹을 가득한 음식들, 사방의 절구질 등 향촌의 풍요로운 모습이 제시되어 있다.[22] 여성화자가 직접적으로 표출하였다는 점만 차이가 있지 작가가 전원의 풍화로운 풍경을 그린 두 번째 경우와 크게 다르지 않다.

넷째, 노동에 대하여 간접적으로 부정적인 태도를 표출하는 여성형상이 있는 경우이다. 이 경우 작가가 노동에 대한 여성의 태도를 대신 표현한 것인데 표현의 양상에 따라 전가부의 노동과 외모만을 제시한 경우와 노동과 외모를 제시한 다음 작가의 평이 이어진 경우로 다시 나눌 수 있다. 작품은 다음과 같다.

> 李穡(1328~1396), 〈蠶婦詞前篇〉(5언 16구)
> 李穡(1328~1396), 〈蠶婦〉(5언 율시)
> 徐居正(1420~1488), 〈田婦嘆 二首〉(7언 절구 2수)
> 成俔(1439~1504), 〈蠶婦歎〉(7언 18구)
> 成俔(1439~1504), 〈蠶婦歎〉(7언 12구)
> 李健(1614~1662), 〈蠶婦〉(5언 절구)
> 李星益(17세기) 〈村婦詞 二首〉(7언 절구 2수)

---

20) "饉饁晨飧又午飧 野蔬山蕨雜中間 布衫半綻荊釵曲 日日田頭解往還" 徐居正, 〈三陟竹西樓八詠稼亭韻〉 여섯 번째 작품 隴頭饁婦 (『四佳詩集』권2).

21) "年年採桑苦 頭上只蒙巾 不知紈綺者 其肯念蠶人" 丁壽崗, 〈蠶婦〉(『月軒集』권1).

22) "嫁與田家世味濃 卉鬟草屨畫邨容 龍鬚一席陽臺雨 牛背千車石廩峯 滿屋匏瓜冬蓄旨 四隣春火夜聽鐘 木棉歲稔農工歇 更有紡燈巷裏從" 高允植, 〈田婦〉, 『泰廬文集』권2.

林昌澤(1682~1723)〈田婦〉(5언 절구)
尹孝寬(1745~1823),〈田婦詞〉(5언 절구)

먼저 작가가 전가부(田家婦)의 노동과 외모만을 제시하여 노동에 대한
부정적인 태도를 형상화한 경우이다. 이색(李穡)의 〈잠부(蠶婦)〉에는 잠
부의 노동과 외모만 제시된 경우인데 그 노동을 "아침저녁으로 땀흘리며
달리다(流汗走朝夕)"로, 외모를 "몸 위에 옷과는 인연이 없네(非緣身上
衣)"로 표현하였다.[23] 그 외모를 통한 전부의 고통이 드러나고 이에 대한
작가의 동정적인 시각을 볼 수 있다. 윤효관(尹孝寬)의 〈전부사(田婦詞)〉
에서도 작가는 전가부는 밤늦게 땔나무를 하고 집에 돌아와 보채는 아이
들을 위하여 방아를 찧어 밥을 하고, 이러한 일로 외모는 가지런하지
못하다고 하여[24] 노동과 외모를 제시하여 여성의 노동에 대한 부정적인
태도가 보이는 점이 일치한다.

다음으로 작가가 전가부의 노동과 외모를 제시한 다음 이에 대하여
작가가 평을 하여 노동에 대한 부정적인 태도를 형상화한 경우이다. 이색
(李穡)의 〈잠부사전편(蠶婦詞前篇)〉에서는 아침저녁으로 뽕잎을 따는
잠부의 노동, 바지와 저고리가 없는 잠부의 외모를 제시한 다음 작가의
평으로 이어진다.[25] 작가는 "짐작하노라 눈서리 속에 너 혼자 바지나
속옷이 없는 줄을(懸知霜雪中 爾獨無袴襦)"이라고 하여 잠부를 동정하였
다가 이어 겹 갖옷을 껴입은 데다가, 취하여 소리쳐 노래까지 부르는(加之
以重裘 乘醉仍歌呼) 조정의 혁혁자(赫赫者)들을 비판한다. 하지만 이러

---

23) "城中蠶婦多 桑葉何其肥 雖云桑葉少 不見蠶苦饑 蠶生桑葉足 蠶大桑葉稀 流汗走朝夕
非緣身上衣" 李穡,〈蠶婦〉(「牧隱詩稿」권22).
24) "荷鋤田婦覓枯松 帶月歸時不整容 兒子牢衣啼橐飯 忙忙下杵麥難舂" 尹孝寬,〈田婦
詞〉(『竹麓遺稿』권1).
25) "新繭如黃金 不愁露肌膚 採桑走朝夕 艱哉小女奴 懸知霜雪中 爾獨無袴襦 當朝赫赫者
車馬溢通衢 國恩豈不厚 密室敷氍毹 加之以重裘 乘醉仍歌呼 輕羅翦春服 肯復流汗珠
人生有定分 敢怨充官租" 李穡,〈蠶婦詞前篇〉(『牧隱詩稿』권16).

한 부정적인 태도는 뒤이어 "인생에 정한 분수가 있으니 어찌 관세의 충당을 원망하리요(人生有定分 敢怨充官租)"라고 하여 긍정적인 태도로 전환한다. 작가는 전가부(田家婦)와 부유층을 대비하여 전가부를 동정한 다음 부유층에 대한 비판을 하고 있으나, 그 비판의식이 지속되지 못하고 긍정적인 태도로 전환한 한계가 있다. 이러한 작품 전개와 태도는 여러 작품에서 확인된다. 성현(成俔)의 〈잠부탄(蠶婦歎)〉(7언 18구)에서 처음 부분은 잠부가 누에치는 일을 하기 전의 배경에 해당하고, 중간 부분은 종일 베짜기를 하는 노동에 해당하고 마지막 부분은 이에 대한 작가의 평이다.[26] 작가는 잠부가 부지런히 베를 짜는 것이 결국 다른 사람에게 넘어가니 "부귀한 자는 이 고통을 알지 못하여 제 몸에 비단을 두르고 으스대네(豪兒不知此間苦 共將羅綺誇諸身)"라고 하며 부귀한 자를 비판하나 그것이 지속되지 못하고 "세상 만사가 모두 이와 같다(世間萬事亦如此)"라고 하여 긍정적인 태도로 전환한다. 성현(成俔)의 〈잠부탄(蠶婦歎)〉(7언 12구)에서도 처음 부분에서는 잠부가 누에치기를 시작하기 전 상엽(桑葉)이 새로 날 때 누에치는 상을 청소하고 누에를 올리는 배경을 제시하고, 중간 부분에서는 밤새도록 베짜기를 하는 잠부의 노동과 헝클어진 머리카락 화장하지 않은 얼굴 등의 외모를 제시한 다음, 마지막 부분은 작가의 평이다.[27] 작가는 잠부와 장안의 부유한 자(長安甲弟朱門戶)를 대비하며 "누가 이 여인의 신고를 알겠는가(誰知此婦良辛苦)"라고 부귀한 자를 비판한다. 이건(李健)의 〈잠부(蠶婦)〉에서는 잠부(蠶婦)의 노동과 외모가 구체화되어 있지 않으나 "베가 양잠아에게 도달하지 못하

---

26) "桑葉尖新綠初美 晴窓少婦掃玄蟻 蜎蜎初生若有亡 悠忽三眠已成就 夜來食葉風雨聲 千箔萬箔更縱橫 苦心作繭繭愈大 黃白每目光熒熒 牀頭終日鳴繅車 曙星出沒盆中波 織得成衣雲錦新 一朝捲却輸他人 豪兒不知此間苦 共將羅綺誇諸身 不獨蠶家有此事 世間萬事亦如此 弱者多爲强所食 小者亦爲大所使" 成俔, 〈蠶婦歎〉(『虛白堂集』권1).

27) "桑葉尖新生雀觜 羅敷親掃纖纖蟻 傾筐採葉不知勞 滿箔蠶寒眠不起 雲鬢歷亂未東粧 夜深無寐責燈光 機車鴉軋鳴正苦 玉手難做綠絲長 長安甲第朱門戶 越羅蜀錦鬧歌舞 爭新鬪美樂不足 誰知此婦良辛苦" 成俔, 〈蠶婦歎〉(『虛白堂集』권2).

네(不到養蠶兒)"라고 하여 잠부와 부귀한 자의 대비를 통하여 작가의 비판이 드러난다.[28] 이상의 작품들은 '전가부의 노동과 외모→작가의 평'으로 전개된다. 작가의 평에는 부유한 자에 대한 비판이 주를 이루나 그 어조가 사대부들의 가난한 자에 대한 관심을 촉구하는 정도이다. 그리고 작가에 의한 것이므로 여성형상은 노동에서 유발된 고통에 대하여 동정을 유발하는 정도로 부정적인 태도가 직접 드러난 단계로 나아가지는 못한다.

다섯째, 노동에 대하여 직접적으로 부정적인 태도를 표출하는 여성형상이 있는 경우이다. 작품은 다음과 같다.

  徐居正(1420~1488), 〈題姜景愚畵 八首〉 첫 번째 작품 田婦汲水(7언 절구).
  徐居正(1420~1488), 〈織婦行〉(7언 14구).
  申益愰(1672~1772), 〈織婦歎〉(7언 16구).
  작자미상(18세기), 〈村女〉(5언 16구).
  李安中(1752~1791), 〈苦苦苦〉(3언 6구 제6구는 4언).
  李亮淵(1771~1853), 〈村婦〉(5언 율시).
  李濟永(1799~1871), 〈嘲內四首〉(7언 절구 4수).

이상의 작품은 여성화자가 부정적인 노동의 상황에서 취하는 태도의 양상에 따라 몇 가지로 나눌 수 있다. 첫째 부정적인 노동의 상황에 대하여 탄식하는 태도이다. 서거정(徐居正)의 〈직부행(織婦行)〉에서 처음 부분은 겨울철 얼어붙은 베틀에 앉아 거북 등 껍질 같은 손으로 베를 짜는 노동을, 중간 부분은 직부가 스스로 자신의 몸이 다른 사람의 베를 짜는 신세에 대한 한탄과 관조사채(官租私債)로 남는 것이 없는 신세에 대한 탄식을, 마지막 부분은 자신이 이미 전가의 부(婦)가 되었으니 옷이

---

28) "經春採桑葉 長夏理新絲 機中千匹錦 不到養蠶兒" 李健, 〈蠶婦〉(『葵窓遺稿』권1).

없더라도 창기의 노래는 배우지 않겠다는 긍정적 태도를 드러낸다.[29] 중간 부분까지 부정적인 태도가 마지막에 긍정적인 태도로 전환하였다. 부정적인 태도에서 여성화자의 탄식이 주를 이루고 욕구가 표출된 것은 아니다. 작자미상(18세기)의 〈촌녀(村女)〉에서는 산에 올라 땔나무를 하고 저녁에 집에 돌아와 방아찧어 밥을 하는 노동과 반백의 헝클어진 머리와 때가 낀 얼굴의 외모가 표현된 다음 이와 같은 일에 대하여 전가부가 부유한 여자는 백년동안 몸은 한가하면서도 의식은 풍족하다(君不見 富家女百年 身閑衣食足)며 자신의 신세를 한탄한다.[30] 둘째, 부정적인 노동의 상황에서 새로운 것을 하고 싶다는 욕구를 표출하는 태도이다. 첫째 경우보다는 좀더 적극적이다. 서거정(徐居正)의 〈전부급수(田婦汲水)〉에서는 전부(田婦)의 물긷기와 절구질이라는 노동과 헝클어진 머리카락 가시나무 비녀라는 외모를 제시한 다음, 전가부는 이러한 자신의 처지를 장문궁의 늙은 미녀와 대비하여 "장문궁의 오래된 항아리 되고 싶다"고 한다.[31] 전가부는 노동에 대한 부정적 태도를 직접 드러내고, 다른 대상이 되고 싶다는 욕구를 표출한다. 이러한 여성화자의 욕구가 표출된 것은 이제영(李濟永)의 〈조내사수(嘲內四首)〉에서도 확인할 수 있다. 첫 번째 작품에서 전가부는 종일 고사리 캐고 새벽까지 방아를 찧는 노동을 한 다음 "차라리 옛집의 송아지가 되고 싶다"는 욕구를 표출한다.[32] 차라리 송아지가 되어 노동에서 벗어나 쉬고 싶다는 것이다.

---

29) "霜風昨夜如箭臂 機上絲頭半凍裂 機邊織婦續斷絲 兩手龜盡寒砭骨 理絲軋軋鳴寒梭 自恨身爲他人織 織成下機催刀尺 官租私債迷緩急 官私兩糶那可辜 此身寧忍無裙襪 嗚呼旣作田家婦 卒歲甘分無衣褐 終然不學娼家兒 爲人歌舞衣滿篋" 徐居正, 〈織婦行〉(『四佳詩集』권29).

30) "村女髮半白 采薪在空谷 蓬鬢復垢面 手鎌腰帶索 上山刈松枝 松硬力難析 在野剪萬榛 棘多手付赤 日暮下山來 頭上戴西束 空廚焚春蔬 無鹽菜難食 耦飯半糠粃 弊布露肘脚 君不見 富家女百年 身閑衣食足" 작자미상, 〈村女〉(『漫興』).

31) "蓬鬢荊釵茜色裙 一生井臼爾辛勤 長門寂寂蛾眉老 爭似渠家老瓦盆" 徐居正, 〈題姜景愚畵 八首〉 첫 번째 작품 田婦汲水(『四佳詩集』권12).

32) "盡日靑山採蕨還 月懸春杵曉歌寒 多羨鄰家曲角犢 夜來猶得一番閒" 李濟永, 〈嘲內四首〉 첫 번째 작품 (『大東詩選』권8).

세 번째 작품은 답청을 가고 싶은데 그렇게 하지 못함을 탄식한 것이고 네 번째 작품은 마음껏 잠자고 단장하고 싶은데 현실에서 그렇게 하지 못하여 이상적인 세계를 꿈꾸는 것이다.[33] 답청을 가고 싶다는 욕구와 잠자고 단장하고 싶다는 욕구가 표출되어 있다. 셋째, 욕구를 표출할 뿐만 아니라 고통이 유발된 원인을 인식하는 태도이다. 신익황(申益愰)의 〈직부탄(織婦歎)〉은 밤새도록 베를 짜지만 이정(里正)의 세금 독촉에 남는 것이 없어 남편이 이것을 소원하러 관청에 갔다가 매만 맞고 돌아와 유리걸식하게 되었다는 내용이다.[34] '직부의 노동→친척들의 포흠(逋欠) 과 이정의 독촉→남편의 해결시도와 좌절→유전'이라는 서사적인 전개를 보이고 있다. 직부의 노동은 작가의 관찰로 되어 있으나, 서사적인 전개를 보이는 대목은 직부의 말로 되어 있다. 이러한 말을 통하여 고통을 유발하는 원인에 대한 직부의 인식이 구체화되어 있다. 이양연(李亮淵)의 〈촌부 (村婦)〉에서는 친정에 가고 싶다는 욕구가 있으나 시아버지(시집식구) 때문에 가지 못한다는 촌부의 인식이 드러난다.[35] 이제영(李濟永)의 〈조 내사수(嘲內四首)〉에서 두 번째 작품은 잠을 자고 싶으나, 시집식구들에 의하여 욕구가 좌절된 경우이다. 두 작품 모두 시집살이를 소재로 하여 '욕구→(시집식구에 의한)좌절'로 전개되고 여성화자의 말이 중심이다. 여성화자의 욕구가 표출된 점, 고난의 원인에 대하여 인식하고 있는 점이 특징이다. 이러한 특징은 민요와 같은 것으로 보인다. 다음은 이제영(李濟 永)의 〈조내사수(嘲內四首)〉 가운데 두 번째 작품과 〈시집살이 노래〉를

---

33) "接屋葱葱媤外家 佳期每趁踏靑娥 洽到笑叢恥不任 背人掀却玉梅花 / 夢裡重行茶院天 人間樂國是親邊 多情三月長長雨 一月梳頭一月眠" 李濟永, 〈嘲內四首〉세 번째 작품 과 네 번째 작품(『大東詩選』권8).

34) "秋日苦短秋夜遲 熠熠亂向東家飛 東家少婦藝松明 更深織布無休時 去歲親戚多負逋 里正向我索秋租 昨日夫壻入官府 訴冤反遭鞭箠歸 不怨他人但怨有此身 靑天白日無光 輝 縱令織布成十匹 一尺難作身上衣 我家今歲亦流顚 不知辛苦移誰邊 停梭太息淚如 雨 還對殘燈機上眠" 申益愰, 〈織婦歎〉, 『克齋先生文集』권1.

35) "問君母年幾 我母常多病 了鋤合一歸 舅嚴不敢請 君家遠邊好 未歸猶有說 而我嫁同鄕 慈母三年別" 李亮淵, 〈村婦〉(장지연 편, 『大東詩選』권8).

제시한 것이다.

　〈嘲內四首〉
　시어머니께서 새벽잠을 달게 잔다고 화를 내시나,
　시어머니께서도 저녁잠을 좋아함을 내가 아네.
　함께 시아버지께 가니 판별하시기를,
　"저녁잠은 여자가 의당하고 새벽잠은 남자가 의당하네"
　阿姑嗔我曉眠甘　姑嗜昏眠我熟諳
　幷詣舅前優辨得　昏眠宜女曉宜男[36)]

　잠아잠아 오지 말아 자부다가 혼난 분다
　혼난이사 보지마는 오는 잠을 어짜란고
　메늘 얘기 자분다고 씨어머니 訟事가네 (中略)
　넴일레라 넴일레라 사또하나 넴일네라
　송사가든 사흘만에 썩문 三千도 맞었다네 (下略)[37)]

- 경남 통영

　잠을 자고 싶다는 화자의 욕구가 시어머니에 의하여 좌절된 점이 공통적이다. 〈시집살이 노래〉는 시집살이 전체에 대한 고통을 노래한 것과 시집식구와의 관계에서 유발된 고통을 노래한 것이 있다. 시집식구와의 관계에서 고통이 유발된다는 것은 화자가 고통의 그 원인을 인식하고 있다는 것이다. 위의 인용문에서 두 자료는 여성화자의 욕구와 좌절의 원인이 표출되어 있다. 뿐만 아니라 잠을 자고 싶은데 시어머니가 방해하고, 결국 송사를 하여 판결을 받는데 그 판결자가 시어머니 편을 든다는 작품의 세부적인 내용까지 일치한다. 따라서 이제영(李濟永)의 〈조내사수(嘲內四首)〉 가운데 두 번째 작품은 민요로 볼 수 있다. 〈조내사수(嘲內

---

36) 李濟永, 〈嘲內四首〉(장지연 편, 『大東詩選』권8).
37) 고정옥, 앞의 책, 297~298면.

四首)〉를 기준으로 한다면 민요취향의 조건은 여성화자가 자신의 욕구를 표출하고 고통의 원인을 인식하는 여성형상이다.[38]

노동에 대하여 직접적으로 부정적인 태도를 표출하는 여성형상이 있는 경우 부정적인 태도의 양상에 따라 여성화자가 탄식하는 경우, 욕구를 표출하는 경우, 욕구를 표출하고 고통의 원인을 인식하는 경우가 있다. 〈시집살이 노래〉와 비교하였을 때 민요취향은 욕구를 표출하고 고통의 원인을 인식하는 여성형상, 욕구를 표출하는 여성형상, 고통을 탄식하는 여성형상의 순서로 근접하고 있음을 확인하였다. 이와 같은 결과를 보았을 때 〈전가부(田家婦)〉에 나타난 여성형상은 어떤 위치를 차지하는가? 다음 장에서 살펴보기로 하자.

3. 〈전가부(田家婦)〉에 나타난 여성형상의 문학적 위치

〈전가부(田家婦)〉는 7언 40구의 고시이다. 그 내용에 따라 크게 세 부분으로 나누어 볼 수 있다.

---

38) 이동환 선생은 민요취향 한시의 시 세계에 대하여 서민사회의 여인에게서 제재를 취하고 여성적 정서를 기초로 하며, 서민사회의 삶을 생생하게 표현하는 리얼리티를 획득하며, 민중의 생산을 위한 노동의 현장이나 사회경제적 조건 아래에서의 그들의 삶이 표출되어야 한다고 하였다. 본고에서는 이러한 견해를 수용하여 田家婦를 소재를 한 한시에서 민요취향은 여성, 여성의 노동현장에서의 삶을 소재로 한 것으로 제한하였다. 여성정서는 여성의 욕구가 현실에서 실현되지 못한 불만을 자신의 말로 토로된 것으로 해석된다. 그런데 이러한 기준에서 '현실에 대한 불만'의 개념이 모호하다. 민요 〈시집살이 노래〉의 경우 여성화자의 불만에는 자신의 욕구가 현실에서 실현되지 못한 원인이 제시되어 있다. 이것을 참조하면 불만이란 욕구가 좌절된 원인에 대한 인식이다. 이것을 종합하면 田家婦를 소재로 한 한시에서 민요취향은 여성의 노동현장에서의 삶을 소재로 하여 그 작품 속에 여성화자, 여성화자의 욕구, 욕구가 좌절된 원인에 대한 인식이라는 세 가지 요건을 갖춘 여성형상을 기준으로 한다. 결국 본고에서 사용한 민요취향이란 개념은 이동환의 견해를 수용한 것이나, 그 개념을 좀더 엄격하게 적용한 것이다. 이동환, 「朝鮮後期 漢詩에 있어서 民謠趣向의 擡頭」, 『한국한문학연구』 3・4집(한국한문학연구회, 1979), 52~61면 참조.

첫 번째 부분은 작가가 전가부의 노동과 외모를 묘사한 것으로 그 구절은 다음과 같다.

〈전가(田家)의 여인〉

전가의 젊은 며느리 무엇을 탄식하나, 몸에는 네 가지 근심 마음에는 다섯 가지 슬픔.

시집온 지 삼일만에 시어머니의 가르침을 받들어, 베 짜기 김매기를 때에 맞게 하네.

농사는 보리 싹이 핌에 한 해 마칠 때를 기약하고, 베 짜기는 세금을 내기 위하여 별이 옮기는 것을 보네.

석창(夕悤)에 베 짜기의 촛불은 새벽까지 끊고, 때 붙은 뺨에서 눈물은 얼룩져 흘러내리네.

부부의 정은 깊으나 즐길 겨를이 없으니, 밤은 어찌 길고 낮은 또한 더딘지.

제비가 둥지로 날아들고 죽순이 대나무가 되니, 호미 쥐고 괭이 잡고 남편 뒤를 따르네.

낮에 남쪽 교외에서 김매고 들 밥까지 차리니, 땀이 홑적삼을 적시며 팔다리에 흐르네.

달빛 받으며 집에 돌아와 베틀에 오르기를 재촉하고, 등불을 태워 보조개를 검게 그슬려 곱지 않네.

팔월 구월 가을이 되니, 베는 구름 비단 같고 곡식도 쌓여 있네.

공적인 적미(糴米)와 사적으로 빌린 돈을 모두 갚고 나니, 곡식은 한 석(石)도 남지 않고 상자에는 실도 없네.

큰 아이 작은 아이 서로 울며 보채고, 버선도 얻지 못하는 생활로 다리는 굳은살이네.

田家婦

田家少婦何所歎　身備四愁心五悲

新嫁三日承姑訓　織絹耘畝宜及時

農乃登麥期卒歲　布欲供稅看星移

夕窓紡燭晨繼爨　垢膩頬淚斑斑垂
夫婦情深無暇樂　夜何漫漫日又遲
鷰入巢兮筍成竹　把鉥持鎛良人隨
日午南郊耨且馌　汗沾單衫流四肢
帶月歸家催上機　燈煒拕黯不嫌黧
八月九月秋乃成　正如雲錦稼如茨
公糴私貸都償了　穀無擔石箱無絲
大兒小兒泣相語　生不得襪脚胼胝

전가부는 시집 온 지 삼일만에 베짜기와 김매기를 시작한다. 세금을 바치기 위하여 새벽까지 베를 짠다. 밤 새워 켜둔 촛불의 그을음에 두 뺨이 그슬려 검게 되었는데 여기에 전가부가 흘린 눈물로 얼룩지게 된다. 낮에는 김매기를 하고 들 밥을 내어 팔다리는 땀에 젖을 정도이다. 밤 새워 베를 짜니 부부의 정은 즐길 겨를도 없다. 이렇게 고생하여 얻은 곡식과 베도 공적미(公糴米)와 사채(私債)를 갚고 나면 남는 것이 없어 아이들은 배가 고프다고 보채고, 자신은 평생 버선을 사서 신지 못할 지경이다. 이러한 전가부의 고생이나 곤궁한 모습은 앞에서 살펴본 노동에 대한 부정적인 태도를 드러낸 작품에서 '전가부의 행위와 외모'에 포함된 것들이나, 좀 더 구체적이고 생생하게 표현되어 있다. 이와 같은 구체적이고 생생한 표현은 다음에 이어질 전가부의 말을 유도하는 효과가 있다. 참다못한 전가부는 남편에게 그 불만을 토로하고 남편이 이에 응대한다. 다음은 그 구절이다.

아내가 말하기를
"낭군은 무엇으로 살려 하십니까? 저의 말은 꾸짖는 것도 비방하는 것도 아닙니다.
어제 도성의 남쪽 부귀한 집의 문 앞을 지났는데, 비단 휘장 화촉에 웅비(熊羆)를 꿈꾸는 듯하였습니다.

사시(四時)에 부지런하지 않아도 옷이 풍족하니, 살아 앙모(仰慕)하지 못함에 죽어 기약하고자 합니다."

남편이 말하기를

"당신은 가난뱅이 선비의 아내를 보시오, 책상에서는 서책만 대하고 부엌에는 솥이 걸려 있소.

밤 되어 집에 오니 그 아내는 부끄러운 얼굴로, 含淚에 물을 건널 정도이고 아이는 굶주림으로 보채고 있소.

만약 내가 밭일하지 않음을 편안히 여긴다면, 겨울에는 솜옷을 여름에는 칡 베옷조차 입을 수 없을 것이오"

婦曰阿郎何由活　我言非諂亦非訾
昨過城南豪貴門　錦帳花燭夢熊羆
四時不勤衣廩足　生未仰止死爲期
郎曰婦看措大妻　案對黃券廚懸錡
近夜還家妾羞面　含淚渡水兒呼飢
使吾自安不服田　冬未著綿夏未絺

전가부가 부유한 집과 대비하여 자신의 처지를 탄식하는 것은 앞에서도 살펴보았다. 하지만, 앞에서 본 작품과는 그 양상이 다르다. 전가부의 말은 남편을 향하고 있고, 그 말이 남편의 생계 능력과 관련된 것이기 때문이다. 즉 앞에서 살펴본 작품에서 전가부는 자신의 고난에 대한 원인을 크게 인식하지 못하고 있으나, 여기서는 전가부의 말에 고난의 원인이 암시되어 있다. 성 남쪽의 호귀(豪貴)한 집은 사시(四時)에 부지런하지 않아도 옷이 풍족한데 자신은 평생 밤낮으로 일을 하여도 버선을 살 형편도 되지 못한다. 이렇게 차이가 나는 이유는 인용문 첫 구절 "낭군은 무엇으로 살려 하십니까?"로 유추해 볼 수 있다. 이 구절이 평생 버선이 없어 굳은살이 박힌 처지라는 구절 바로 뒤에 이어졌다는 점에서 전가부 자신의 누추한 처지에 대한 불평이며 이러한 처지의 원인으로 남편을 지목한 것이다. 이러한 추정은 성 남쪽의 부유한 집을 보면서 언급한 전가부의 말에서 확인된다. 비단 휘장이나 화촉은 부귀를 의미하기도 하지만, 웅비(熊羆)가 아들을 낳을 길조라는 뜻이므로 신혼부부가 아들을 낳을 꿈을 꾸는 결혼식 장면을 의미한다. 전가부가 부귀한 집을 지나며 신혼부부의 결혼식을 본 것은 결국 남편을 만나는 것과 관련된다. 또한 전가부는 살아서는 이와 같은 생활을 꿈꾸지 못하므로 죽어서 기약하고자 한다. 현재의 남편을 만남으로 생전에는 이루어질 수 없는 삶이라는 의미가 내포되어 있다. 남편의 말에서도 이와 같은 것을 확인할 수 있다. 전가부의 말을 이어서 남편은 만약 가난뱅이 선비를 만났다면 지금보다 훨씬 비참한 지경이 될 것이라고 말한다. 이 말은 전가부의 말에 응대한 것이므로 전가부의 말에 현재 남편을 만난 것이 고생스런 삶의 원인이라는 불평이 있음을 뜻한다. 특히 그 표현이 대화로 되어 있는데 대화는 상대방을 전제로 한 것이므로 독백에 비하여 비난의 정도가 강하다. 박영민 선생은 최성대(崔成大)의 〈아녀편(阿女篇)〉에서 편지의 형식을 통하여 딸과 아버지의 대화가 이루어지는데 그 대화는 명령과 은미한 반향으로 되어 있어 대립적이며 이와 같은 대립에서 딸의 답장은 "은미하게 반항하는 여성상"을 형성한다고 하였다.[39] 이 견해를 참조하면 〈전가부(田家婦)〉에서 대화는 대립을 형성하고 그 대립을 통하여 남편에게 은미하게 반항하는 여성상을 형성하는 효과가 있다. 그 효과는 현재의 고통의 원인에 대한 전가부의 인식을 좀 더 선명하게 드러내는 역할을 한다. 결국 〈전가부(田家婦)〉에 나타난 여성은 노동에 대한 부정적인 태도를 보이고 부귀한 삶을 바라는 자신의 욕구가 표출되어 있으며 그러한 욕구가 좌절되는 원인을 인식한 모습을 보인다.

이러한 점은 앞에서 살펴 본 민요취향의 한시에 나타난 여성형상과 유사하다. 전술하였듯이 전가부를 소재로 한 한시에서 민요취향을 보이

---

39) 박영민, 『한국 한시와 여성 인식의 구도』(소명출판, 2003), 226면.

는 작품은 노동에 대하여 직접적으로 부정적인 태도를 표출하고, 욕구를 표출하고, 고통의 원인을 인식하는 여성형상이 조건이라고 하였다. 〈전가부(田家婦)〉의 여성화자의 말에 나타난 여성형상도 이 세 가지를 갖추고 있다. 또한 마지막 대목에서 전가부는 "제가 이 노래를 잠시 근심을 풀었습니다(我姑歌此聊寫憂)"라고 하였다. 노래는 인물의 말을 전제로 하므로 "이 노래"는 중간 부분 전가부의 말이다. 따라서 전가부의 말은 비록 한시로 옮겨지기는 하였지만, 민간에서 불려지던 민요일 가능성이 있다. 하지만, 전가부의 말이 민요취향을 보인다고 하여 작품 전체가 민요취향을 보인다고 볼 수는 없다. 다음은 〈전가부(田家婦)〉의 마지막 부분이다.

"낭군의 말씀이 이치가 있고 가엽게 여길 만하나, 고생으로 눈살을 찌푸렸습니다.
한 평생 김매고 베를 짜는 것이 본분이니, 저나 낭군이나 다시 어찌하겠습니까?
제가 이 노래를 불러 잠시 근심을 없앴으니, 여리(閭里)의 고생을 누가 알겠습니까?"

郎言有理足相憐　敢將辛苦作皺眉
一生耕織是本分　妾兮郎兮復奚爲
我姑歌此聊寫憂　閭里艱難有誰知

위 인용구절에서 주목되는 것은 전가부가 남편을 대하는 태도이다. 남편을 잘못 만나 고생한다는 생각을 은연중에 드러내었던 그녀가 마지막 부분에서 남편의 말이 이치가 있고, 그의 행동이나 생활을 가엽게 여길 만하다고 동조하고 있다. 민요에서 남편이나 시집식구에 대한 적극적인 비판으로 일관하는 것과는 다르다. 이와 더불어 전가부는 자신의 고통을 감수하는 태도를 보이고 있다. 한평생 김매고 베짜는 것이 본분이라고 한 대목이 그것이다. 전가부는 노동에 대한 부정적인 태도에서 긍정적인 태도로 전환한다. 이러한 태도는 전가부(田家婦)를 소재로 한 한시 가운데 노동에 대하여 간접적으로 부정적인 태도를 표출하는 여성형상이 있는 작품에서 찾을 수 있다. 이색(李穡)의 〈잠부사전편(蠶婦詞前篇)〉에서 "인생에는 정해진 본분이 있으니, 조세를 충당하는 것을 감히 원망하겠는가(人生有定分 敢怨充官租)"라고 한 것, 성현(成俔)의 〈잠부탄(蠶婦歎)〉(7언 18구)에서 "이 일은 잠가(蠶家)만이 아니라 세상 만사가 이와 같다(不獨蠶家有此事 世間萬事亦如此)"라고 한 것, 서거정(徐居正)의 〈직부행(織婦行)〉에서 "아아 이미 전가의 여인이 되었으니, 죽을 때까지 옷이 없는 생활을 분수로 여기겠네(嗚呼旣作田家婦 卒歲甘分無衣褐)"라고 한 것이 그 예이다. 결국, 〈전가부(田家婦)〉 전체에서 여성화자의 노동에 대한 부정적 태도에서 긍정적인 태도로 전환하는 전개와 처음 부분 전가부의 노동과 외모에 대한 표현은 고려시대 이래 전가부를 소재로 한 한시를 계승한 것이다.

이러한 사실로 보면 〈전가부(田家婦)〉는 전통적인 한시 창작의 관습적인 면과 민요취향이라는 새로운 경향이 복합된 이중적인 구조로 짜여져 있다. 특히 민요취향을 보이는 대목은 본문에 노래(歌)로 지칭되고, 그 내용이 19세기 이제영(李濟永)이나 이양연(李亮淵)의 민요취향 한시와 유사하므로 민간의 민요가 삽입된 것으로 보인다. 이와 관련하여 좀더 적극적인 가설을 제시한다면 〈전가부(田家婦)〉는 향촌 여인의 노동을 소재로 한 한시의 작가 지향의 창작이라는 전통적인 관습이 지배적인 속에 19세기 민요취향 한시가 대두되던 당대 문화적 분위기를 받아들여 현재의 작품이 이루어진 것으로 파악된다.

4. 맺음말

한시에서 민요취향은 시정의 여성화자가 등장하고 그 여성화자의 사랑을 주된 내용으로 하는 일련의 작품들보다 향촌의 여성화자가 등장하고 그 여성화자의 노동을 주된 내용으로 하는 작품들이 실상에 근접한 것이라고 생각한다. 이러한 생각에서 19세기말 향촌 사족이 지은 〈전가부(田家婦)〉에 주목하였고, 그 작품의 문학적 위치를 확인하기 위하여 여성형상을 기준으로 동일한 대상을 소재로 한 한시와 대비하였다. 그 결과를 요약하면 다음과 같다.

〈전가부(田家婦)〉와 전가부를 소재로 한 한시를 대비하기 위하여 노동에 대한 태도를 통하여 드러난 여성형상을 기준으로 그 한시의 종류를 나누었다. 그 결과는 다음과 같다.

첫째, 전가부의 노동을 소재로 하나 노동과 관련 없는 주제가 표출된 작품이다. 이에 해당하는 작품들은 그 주제가 교훈, 사랑 등이다.

둘째, 노동에 대하여 간접적으로 긍정적인 태도를 표출하는 여성형상이 있는 경우이다. 작가는 전가부의 노동이나 외모만을 그리고 있다. 그 모습은 부부의 정다움, 평화로움 등으로 전원의 평화로운 모습이다. 여성의 노동에 대한 태도가 표명되지 않아 여성형상이 미약하며 전가부가 전원 속에 하나의 풍경으로 제시된다.

셋째, 노동에 대하여 직접적으로 긍정적인 태도를 표출하는 여성형상이 있는 경우이다. 여성화자의 노동에 대한 직접적인 태도의 표명은 있으나, 긍정적인 태도로 일관한다.

넷째, 노동에 대하여 간접적으로 부정적인 태도를 표출하는 여성형상이 있는 경우이다. 작품들은 '전가부의 노동과 외모'만 제시되거나, '전가부(田家婦)의 노동과 외모→작가의 평'으로 전개된다. 작가의 평에는 부유한 자에 대한 비판이 주를 이루나 그 어조가 그들의 가난한 자에 대한 관심을 촉구하는 정도이다. 그리고 작가에 의한 것이므로 여성형상은 노동에서 유발된 고통에 대하여 동정을 유발하는 정도로 부정적인 태도가 직접 드러난 단계로 나아가지는 못한다.

다섯째, 노동에 대하여 직접적으로 부정적인 태도를 표출하는 여성형상이 있는 경우이다. 이 경우 부정적인 태도의 양상에 따라 여성화자가 탄식하는 경우, 욕구를 표출하는 경우, 욕구를 표출하고 고통의 원인을 인식하는 경우가 있다. 〈시집살이 노래〉와 비교하였을 때 민요취향은 욕구를 표출하고 고통의 원인을 인식하는 여성형상, 욕구를 표출하는 여성형상, 고통을 탄식하는 여성형상의 순서로 근접하고 있음을 확인하였다.

이러한 결과를 〈전가부(田家婦)〉와 대비하여 〈전가부(田家婦)〉 문학적 위치를 살펴보았다.

〈전가부(田家婦)〉는 '전가부의 노동과 외모→전가부의 탄식과 남편의 응대→전가부의 수긍'으로 전개된다. 전가부의 탄식에는 욕구를 표출할 뿐만 아니라 고통의 원인을 인식하는 여성형상이 나타난다. 이러한 여성형상은 본문에 노래(歌)로 지칭되고 그 내용이 민요취향의 한시와 유사하므로 민요를 수용한 것이라 볼 수 있다. 이러한 사실로 보아 〈전가부(田家婦)〉는 전통적인 한시 창작의 관습적인 면과 민요취향이라는 새로운 경향이 복합된 이중적인 구조로 짜여져 있다. 이러한 구조는 향촌 여인의 노동을 소재로 한 한시의 작가 지향의 창작이라는 전통적인 관습이 지배적인 속에 19세기 민요취향 한시가 대두되던 당대 문화적 분위기를 받아들인 결과로 파악된다.

제8장

조선후기 〈모심는소리〉 관련 한시에 나타난 작자의식

1. 머리말

〈모심는소리〉는 농부들이 생활 현장에서 느낀 정서를 읊은 노래이다. 이러한 생활 속에서의 정서는 시대·사회를 막론하고 있었을 것이므로 현대를 사는 우리에게도 시사점을 줄 수 있다. 뿐만 아니라 민요와 밀접한 관련이 있는 시가에서 '생활 속의 서정'이란 특징을 살펴볼 수 있는 자료를 제공하기도 한다. 따라서 〈모심는소리〉에 나타난 정서를 살펴보는 것이 중요하다.

〈모심는소리〉의 정서는 현 채록 민요로 살펴볼 수 있다. 현 채록 〈모심는소리〉는 그 채록 시기의 최고(最古)가 1920년대 경이다. 현대로 오면서 변모를 거쳤을 것이므로 옛 〈모심는소리〉의 정서가 온전히 남아있다고 확언하기 어렵다. 〈모심는소리〉의 옛 모습을 찾는 것이 필요하다. 옛 〈모심는소리〉는 채록 자료가 남아 있지 않아 온전한 모습을 찾기는 어렵다. 다만 문집에 수록된 〈모심는소리〉 관련 한시를 통하여 옛 모습의 대강은 짐작할 수 있다.

〈모심는소리〉 관련 한시란 〈모심는소리〉를 소재로 한 한시를 뜻한다.

그 한시에는 모내기의 현장을 작자가 관찰한 것, 모내기에 대한 작자의 생각·감정을 표출한 것, 〈모심는소리〉를 듣고 작자의 생각·감정을 표출한 것, 모내기를 하는 농가생활자들의 생각·감정을 표출한 것 등이 있다. 작가의 생각·감정이 표출된 것과 농가생활자들의 생각·감정이 표출된 것으로 대별할 수 있을 듯하다. 이러한 대별에서 민요에 근사(近似)한 것은 무엇인가? 고정옥 선생은 민요란 노동현장에서 발생한 민중의 집단 노래라고 하였다.[1] 노동현장이란 농가(農家)에서의 노동(勞動)·생활(生活)이 될 것이고, 민중이란 농가생활자(農家生活者)가 될 것이다. '농가생활자가 농가생활에서 생긴 생각과 감정'을 읊은 〈모심는소리〉 관련 한시가 민요에 근사할 것이다. 그런데 이 한시들은 〈모심는소리〉 그대로가 아니라 〈모심는소리〉를 소재로 하여 작자가 기록한 것이다. 한시에 나타난 농가생활자의 생각·감정을 민요적 정서로 보기 위해서는 이것을 기록한 작자의식이 먼저 고려되어야 한다. 이런 점에서 이들 한시에 나타난 작자의식을 정리하는 것이 중요하다. 이러한 생각에서 본고는 조선후기 〈모심는소리〉 관련 한시에 나타난 작자의식을 살펴보는 데에 목표를 둔다. 이 작자의식을 살펴보기 위하여 본고는 다음과 같은 자료[2]를 대상으로 한다.

---

1) 고정옥 선생은 민요의 성립은 노동에 있다고 하였고, 민요란 민의 노래로 민은 개인에 대한 집단이고, 君官에 대한 민중이라고 하였다. 고정옥, 『조선민요연구』(수선사, 1949), 10~19면.

2) 대상 자료는 최재남·정한기·성기각 공저, 『조선후기 민요자료 정리와 분류』(보고사, 2008)의 "1-02-02 모내기 노래" 항목에 수록된 것이다. 작품 앞의 숫자는 이 책에 실린 작품 번호로 이하 같다. 본고에서는 한시 작품의 首를 各編이라 한다. 〈모내기노래〉가 한역된 것뿐만 아니라 채록된 것 등의 다양한 형태로 있음을 염두에 둔 것이다. 최재남, 「문집 소재 조선후기 민요자료 정리 및 분류」, 『배달말』 38(배달말학회, 2006)에서도 각편이란 용어를 사용한 바 있다. 최재남·정한기·성기각 공저, 『조선후기 민요자료 정리와 분류』(보고사, 2008)는 이하『조선후기 민요자료 정리와 분류』로 약칭한다.

∘ 18세기 말엽~19세기 초엽

尹東野(1757~1827), 〈1-02-02-04 秧歌 九絶〉3)

姜浚欽(1768~1833), 〈1-02-02-06 造山農歌〉4)

李學逵(1770~1834), 〈1-02-02-09 種秧詞〉5)

李學逵(1770~1834), 〈1-02-02-10 秧歌 五章〉6)

∘ 19세기 중엽~19세기 말엽

朴致馥(1824~1894), 〈1-02-02-17 移秧詞 三絶〉7)

卞榮圭(1826~1902), 〈1-02-02-19 秧歌 十五絶〉8)

文聲駿(1858~1930), 〈1-02-02-37 移秧 六〉9)

鄭泳鎬(1867~1954), 〈1-02-02-44 移秧歌 四絶〉10)

金秉厚(1871~1922), 〈1-02-02-49 挿秧〉11)

위 자료들은 〈모심는소리〉 관련 한시 가운데 연작(連作)으로 된 것이다. 연작은 1각편으로만 된 절구·율시에 비하여 모내기에 대한 다양한 내용을 담고 있다. 다양한 내용을 담았다는 점에서 연작의 한시로 〈모심는소리〉와 관련된 내용들을 종합적으로 파악할 수 있다. 그리고 윤동야의 〈앙가 구절〉과 변영규의 〈앙가 십오절〉의 예에서 보듯 노랫말의 유사성이 확인되는 경우도 있다.12) 유사성이 확인된다는 점에서 연작의 한시로 노랫말의 계승과 변모를 살펴볼 수도 있다. 위 자료들의 작자들은

---

3) 5언 4구 총 9각편.

4) 7언 4구 총 5각편.

5) 5언 4구 총 8각편.

6) 제1수 5언 48구, 제2수 5언 20구, 제3수 5언 12구, 제4수 5언 12구, 제5수 12구 총 5각편.

7) 7언 4구 총 3각편.

8) 5언 4구 총 15각편.

9) 7언 8구 총 6각편.

10) 7언 4구 총 4각편.

11) 7언 4구 총 3각편.

12) 두 작품의 노랫말이 유사하고 두 작품의 비교가 필요하다는 것을 최재남, 앞의 논문, 2006, 221면에서 언급한 바 있다.

주로 영남 지역에 거주하며 출사(出仕)하지 않고 학문하고 교육하는 삶을 산 재야학자이거나, 영남 지역의 문화에 조예가 있는 인물이다.13) 이러한 사실로 보아 위 자료들은 영남지방 〈모심는소리〉와 관련이 있을 것이다. 이러한 목표와 자료로 본고에서는 조선후기 〈모심는소리〉 관련 한시에 나타난 소재의 양상을 살펴보고, 그 결과를 바탕으로 〈모심는소리〉 관련 한시의 특징을 살펴보고 이 특징을 종합하여 작자의식을 살펴보는 순서

---

13) 윤동야(1757~1827)는 경상남도 거창에서 평생을 보낸 재야 학자이다. 강준흠(1768~1833)은 시흥의 난곡(현, 서울시 관악구 신림동 일대)에서 태어나 자랐고, 26세 때 정시문과에 급제한 이후 사간원 정언과 사헌부 지평 수안(遂安)군수 동부승지 등을 역임하다가 1833년 생을 마쳤다. 〈조산농가〉는 황해도 은율현(殷栗縣) 조산(造山)지방의 〈모심는소리〉를 "거의 거대로 한역해 놓은 것"으로 인정되는 자료이다. 초창(初唱)과 답창(答唱)으로 짝을 이루고 있어 현 영남지방 〈모심는소리〉의 교환창 형식과 유사하다. 그 노랫말도 현 영남지방 〈모심는소리〉에서 확인할 수 있다. 이러한 사실로 보아 〈조산농가〉는 영남 지역 〈모심는소리〉와 관련된 것으로 보인다. 이러한 관련성은 강준흠이 박손경(1713~1782)·정종로(1738~1816)·이병연(李秉延, 1732~1769) 등 영남에 기반을 둔 학자들과 친밀하였고 정종로를 사사하기도 하여 영남 지역의 문화에 정통하였기 때문인 것으로 추정된다. 이학규(1770~1834)는 경상남도 김해(金海)에서 1802년부터 1819년까지 유배생활을 하였다. 그곳에서의 경험을 토대로 〈종앙사〉와 〈앙가 오장〉을 지었다. 박치복(1824~1894)은 경상남도 함안(咸安)에서 출생하여 1860년 가족을 이끌고 삼가(三嘉, 현 : 경상남도 합천)의 황매산(黃梅山)에 들어가 향촌의 제자들을 교육하는 삶을 산 경상 우도의 대표적인 재야학자이다. 변영규(1826~1902)는 윤동야가 살았던 곳인 경상남도 거창에 거주하며 향촌의 수재들과 경의를 강론하거나 자제들을 교육하는 삶을 살았다. 문성준(1858~1930)은 간재(艮齋) 전우(田愚, 1841~1922)를 사사한 행적은 확인할 수 있으나 그 외의 행적은 자세하지 않다. 정영호(1867~1954)는 1867년 대구에서 출생하여 경상북도 진량(珍良)에서 향촌의 학자들과 경의를 강론하는 삶을 살다가 1954년에 경상북도 하양(河陽) 북동에 묻혔다. 김병후(1871~1922)는 1871년 증산(曾山, 현 : 경상남도 거창과 양산의 중간 영취산 자락에 있는 마을로 추정)에서 출생하여 향촌의 자제들을 교육하는 삶을 살다가 1922년 공성면(功城面, 현 : 경상북도 상주군)에 묻혔다. 윤동야에 대한 것은 최재남, 「윤동야의 〈용가〉와 며느리 형상의 해석 방향」, 『조선후기 시가와 여성』(월인, 2005), 415면 참조, 강준흠에 대한 것은 이현일, 「강준흠과 삼명시화」, 『삼명시화』(소명출판, 2006) 참조, 〈조산농가〉에 대한 것은 최재남, 「조선후기 민요의 실상과 한시의 민풍 수용」, 『장르교섭과 고전시가』(월인, 1999), 177면 참조, 이학규에 대한 것은 백원철, 『낙하생 이학규 문학연구』(보고사, 2005), 31~39면 참조, 박치복에 대한 것은 윤호진(尹浩鎭), 「박치복」, 『한국민족문화대백과사전』(한국학중앙연구원, 1991) 참조, 변영규에 대한 것은 『曉山集』 권9 〈行狀〉 참조, 문성준에 대한 것은 『經巖私稿』 〈跋〉 참조, 정영호에 대한 것은 『小坡文集』 권4 〈家狀〉 참조, 김병후에 대한 것은 『錦石遺稿』 권2 〈家狀〉 참조.

로 진행한다.[14)

2. 〈모심는소리〉 관련 한시의 소재 양상

〈모심는소리〉 관련 한시에는 작자의 생각·감정이 우세한 것과 농가
생활자의 생각·감정이 우세한 것이 있다고 하였다. 본장에서는 두 가지
경우로 나누어 소재의 양상을 살펴보기로 한다.

2.1. 작자의 생각·감정이 우세한 각편의 소재 양상

첫째, 작자가 관찰한 농가생활의 모습이다. 그 모습에는 농가생활의
전체적인 것 즉 원경(遠景)인 경우, 모내기 현장의 세밀한 모습 즉 근경(近
景)인 경우가 있다. 박치복의 〈이앙사 삼절〉 제1수는 "대추 꽃 이미 지고
왕골 꽃 푸르니, 철 따른 만물과 경치 흘러 멈추지 않네. 방죽의 물 항상
한가지로 푸르고, 삼베 치마의 모내기 노래 시냇물 사이에서 들리네"이
다.[15) 대추 꽃·푸른 왕골 꽃·푸른 물이란 주변 경치 속에 〈모심는소리〉
가 불린 현장이 배치되었다. 멀리 떨어진 곳에서 본 농사현장의 전체적인
모습이다. 모내기 현장에 대한 세밀한 모습이 제시된 경우도 있다. 운동
야의 〈앙가 구절〉 제3수에서는 중년 아낙네는 옛날 소리를 잘하고 젊은
아낙네는 오늘 소리 잘 한다고 하였다.[16) 농사현장에서 부른 〈모심는소
리〉에 대한 세밀한 묘사이다.

---

14) 문집소재 조선후기 〈모내기노래〉 관련 한시에 나타난 작자의식에 대한 연구는 전무한
   편이며, 졸고, 「조선후기 민요자료에 나타난 민요의 통시적 양상」, 『문집소재 조선후
   기 민요자료 정리와 분류』(보고사, 2008), 19~55면에서 18세기와 19세기 민요자료에
   대하여 부분적으로 언급하였다.
15) "1-02-02-17-01 棗花已落莞花靑 節物風光流不停 陂水每每一樣綠 布裙秧唱隔溪聽."
16) "1-02-02-04-03 中婦能古調 小娃善時聲 農書誰復採 邪頌自然成."

둘째, 작자의 농가생활에 대한 만족이다. 작자는 농가생활의 모습을 제시하고 그 생활에 만족한다는 순서로 진술한다. 변영규의 〈앙가 십오절〉의 제4수는 "새 며느리 밭에 음식 나르러 가고, 늙은이는 젖먹이 손자를 안고 있네. 임금에 감사함을 무엇으로 보답하리요, 내가 먹는 것 은혜 아님이 없네"이다.[17] 작자는 며느리가 들밥을 나르고 늙은이가 손자를 돌보는 농가생활의 모습을 제시한 다음 이 생활이 임금의 은혜라며 그 생활에 만족한다.

셋째, 작자의 교훈이다. 윤동야의 〈앙가 구절〉 제4수가 예이다. 화관에 흰 모시 적삼을 입고 쪽머리에 패옥을 한 아가씨가 청춘에 손가락도 움직이지 않더니 늙어 후회하게 될 것이란 내용이다.[18] 사치하면 늙어 후회하게 된다는 교훈이다. 변영규의 〈앙가 십오절〉 제7수는 어느 집 며느리가 옥홀 소리를 울리는 사치스런 복장으로 장사를 하는데 가을이 되면 곡식이 귀하게 되어 남편이 후회하게 될 것이란 내용이다.[19] 농사에 힘쓰지 않아 나중에 후회하게 된다는 교훈이다.

넷째, 작자의 〈모심는소리〉에 대한 찬양이다. 윤동야의 〈앙가 구절〉 제2수에서 작자는 고금의 악부 중에서 이 곡이 으뜸이라고 하였다.[20] 이 곡이란 〈모심는소리〉를 말한다. 〈모심는소리〉가 악부 가운데에 으뜸이라고 찬양한다. 변영규의 〈앙가 십오절〉 제6수에서 작자는 천하의 음조를 들었고 좋은 시를 말하였는데 빈풍이 절로 이루어진 것 같다고 하였다.[21] 작자가 〈모심는소리〉를 듣자 고상한 음조나 시보다 좋아 『시경』 빈풍과 같다는 것이다. 같은 작품 제14수에서는 〈모심는소리〉에 성인의 가르침이 있다고 하였다.[22]

---

17) "1-02-02-19-04 新婦餉田去 老翁抱乳孫 感君何以報 粒我莫非恩."
18) "1-02-02-04-04 花房白苧娘 高髻鳴環佩 青春不動指 老來方自悔."
19) "1-02-02-19-07 倚市誰家婦 琮諸雜佩 秋如穀未賤 能不爾夫悔."
20) "1-02-02-04-02 君不歌采蓮 儂不知折柳 古今諸樂府 此曲當爲首."
21) "1-02-02-19-06 聽儂天下調 謂我善詩聲 邠雅諧和送 自然不學成."
22) "1-02-02-19-14 青青上下田 盡是歌中揷 此曲誰先製 聖人教有法."

이상에서 살펴본 작자의 생각·감정이 우세한 각편의 소재 양상을
표로 제시하면 다음과 같다.

작자, 작품, 각편 수	농가생활의 모습	농가생활에 대한 만족	교훈	〈모심는소리〉에 대한 찬양
尹東野,〈秧歌 九絶〉 9각편 중 6각편	제3수, 제5수, 제6수, 제7수		제4수	제2수
姜浚欽,〈造山農歌〉 5각편 중 0각편				
李學逵,〈種秧詞〉 8각편 중 4각편	제1수, 제2수, 제3수, 제5수			
李學逵,〈秧歌 五章〉 5각편 중 1각편	제1수			
朴致馥,〈移秧詞 三絶〉 3각편 중 1각편	제1수			
卞榮圭,〈秧歌 十五絶〉 15각편 중 7각편	제11수	제4수	제2수, 제5수, 제7수, 제5수,	제6수, 제14수
文聲駿,〈移秧 六〉 6각편 중 3각편		제5수	제3수, 제6수	
鄭泳鎬,〈移秧歌 四絶〉 4각편 중 2각편	제3수	제1수		
金秉厚,〈揷秧〉 3각편 중 1각편	제2수			
총 58각편 중 25각편	13각편	3각편	6각편	3각편

2.2. 농가생활자의 생각·감정이 우세한 각편의 소재 양상

첫째, 농가생활자의 농사에 대한 기대감이다. 주로 농사 후의 결과에 대한 기대감이 나타난다. 그 예는 윤동야의 〈앙가 구절〉 제8수이다. 제8 수의 제1~2구에서 화자는 조상에 제사하고 국세를 납부할 것이라 하고, 제3~4구에서 화자는 이 마음을 하늘이 알아 풍년을 주실 것이라고 한 다.[23] 제1~2구의 화자는 농부이고, 제3~4구는 농부의 말을 평가하는 작자이다. 농부는 농사한 결과로 조상에게 제사하고 국세를 납부할 것을 기대한다. 또한 모가 잘 자라 풍년 되기를 기대하는 경우도 있다. 이학규의 〈종앙사〉 제4수에서 물 거머리를 감수하며 모를 심고 닭이 알을 품는 사랑으로 모를 본다는 것[24]이 그 예이다.

둘째, 농가생활자의 농사가 중요하다는 생각이다. 윤동야의 〈앙가 구절〉 제1수에서 화자는 남들은 모내기를 싫어하지만 자신은 모내기를 좋아하는데 모내기는 보리가 다할 때를 대비할 수 있다고 하였다.[25] 화자인 농부는 모내기가 먹고 사는 데에 중요한 것이라고 생각한다. 변영규의 〈앙가 십오절〉 제1수에서 화자인 농부는 농사일에 힘 기울이지 않으면 먹을 것을 얻지 못한다고 생각한다.[26]

셋째, 농가생활자의 농사에 대한 고통이다. 강준흠의 〈조산농가〉 제4 수는 "먹고 쉬고 쉬다가 매느라고 긴긴 밭에 호미가 더딘 것 같네. 초창(初 唱) 물레와 쇠꼬챙이 안배가 늦어 둥근실이 반규도 못 되네. 답창(答唱). ○부이면서 흥이다. ○해가 저물어 농사하는 것이 늦어지는 것을 걱정하여 노래를 부르고 여자가 화답한다"[27]이다. 농부가 해는 저무는데 농사일

---

23) "1-02-02-04-08 祭祀爲吾祖 租稅爲吾主 此心良已好 天必錫穰穰."
24) "1-02-02-09-04 生憎馬蜞血 浣兒綈絺潔 常憐菢卵慈 忍俯秧鷄穴."
25) "1-02-02-04-01 人道秧時苦 我愛秧時好 此日不爲此 麥盡那復稻."
26) "1-02-02-19-01 所量人間事 移秧第一好 及時不努力 那有食夫稻."
27) "1-02-02-06-04 喫了方休休了耔 長田一頃若鋤遲 初唱 紡車鐵串安排晚 輪得絲來未半
     規 答唱 ○賦而興也 右午後歌 此夏日晚耘遲唱而女和也."

은 많다고 토로한다. 농부의 노동현장에서 생긴 고통이다. 이와는 다르게 농부가 일상적으로 해야 하는 농사일들과 조세에서 생긴 고통을 토로하기도 한다. 문성준의 〈이앙 육〉 제1수가 그 예이다. 화자는 농부이다. 모내기 철에 땀을 비 오듯 흘리며 모를 심고, 여인들은 새벽에 일어나 늦게까지 일하고 저녁에는 밥하러 가는 전가(田家)의 고통을 궁궐에 알리고 싶다고 하였다.[28] 모내기 철에 땀을 흘리며 일하는 것, 새벽에 일어나 늦게까지 일하는 것 등은 농부가 해야 하는 일상적인 농사들이다. 일상적인 농사에서 생긴 고통이다.

넷째, 농가생활자의 청자에 대한 말건넴이다. 윤동야의 〈앙가 구절〉 제9수의 제1~2구에서 화자는 청자에게 모내기를 언제 하려는지 묻고 자신은 내일 한다고 하고, 제3~4구에서 화자는 이것이 일에 법도가 있는 것이라고 한다.[29] 제1~2구의 화자는 농부이고, 제3~4구의 화자는 농부의 말을 평가하는 작자이다. 농부가 청자에게 말을 건넨다.

다섯째, 여인의 사랑에서 생긴 감정이다. 화자는 여인이며 이별한 임(남편)을 기다린다. 이학규의 〈앙가 오장〉 제4수에서 화자는 임이 왔다고 하면 험난한 고개라도 단숨에 넘겠다고 한다.[30] 화자는 여성이며 이별한 임을 기다리고 있다. 박치복의 〈이앙사 삼절〉 제2~3수에서 화자는 임과 이별하자 길쌈을 중단하였다가 임이 온다는 소식이 있자 길쌈을 다시 하며 임을 기다린다.[31]

여섯째, 여인의 농가생활에서 생긴 감정이다. 화자는 여인으로 농가생

---

28) "1-02-02-07-01 筍芽初長柿花稀 秧務力時及不違 手着生春靑滿野 汗揮成雨赤霑衣 男貪睡渴朝慵起 婦問炊遲暮憊歸 辛苦田家今日象 有誰圖畵獻彤闈."
29) "1-02-02-04-09 君秧欲何日 我秧明將挿 隣農不相妨 此事頗有法."
30) "1-02-02-10-04 曾聞主紇嶺 上峰天西陬 雲亦一半休 風亦一半休 豪鷹海靑鳥 仰視應復愁 儂是弱脚女 步履只颮颸 聞知所歡在 峻嶺卽平疇 千步不一喙 飛越上上頭."
31) 제2수 "1-02-02-17-02 前秋我屋績燈靑 未了麻枲架上停 待得林杈微月上 鳴梭軋軋更堪聽", 제3수 "1-02-02-17-03 歡歸期在柳梢靑 單袷衣猶篋裏停 含桃中食麥登圃 來不來兮憑鏡聽."

활에서 생긴 감정을 토로하거나, 농가생활 속의 인물에서 생긴 감정을
토로한다. 농가생활에서 생긴 감정의 예는 이학규의 〈앙가 오장〉 제1
수32)가 유일하게 확인된다. 내용은 다음과 같다. 모내기에서는 남정네가
앞서고 아낙네가 따른다. 남정네의 모내기 노래는 귀만 어지러운 소리이
지만 아낙네의 모내기 노래는 새로운 노랫말이 있다. 그 새로운 노랫말의
4~5결을 작자가 듣게 된다. 이어 아낙네들이 부른 4~5결의 노랫말이다.
나는 세 오빠를 위로 둔 막내로 태어나 집에서 귀여움을 받으며 자랐다.
자라 강남으로 시집가게 되었다. 강남과 자신이 자란 강북과는 풍토가
다르다. 남편은 어부로 오랫동안 집을 비운다. 연세 많은 시어머니와는
대화가 되지 않는다. 어머니 생각이 절로 난다. 여인의 생활은 적응하기
어려운 풍토, 집을 자주 비우는 남편, 대화가 되지 않는 시어머니로 둘러
싸여 있다. 농가생활에서 생긴 화자의 감정이다. 생활 속의 인물에 의하
여 유발된 것도 있다. 변영규의 〈앙가 십오절〉 제9수가 그 예이다. 제9수
에서 화자는 농사로 바쁘게 생활하지만, 시누이는 도와줄 생각도 않고
한가하기만 하다.33) 생활 속의 인물인 시누이 때문에 생긴 감정이다.
　이상에서 살펴본 농가생활자의 생각·감정이 우세한 각편의 소재 양상
을 표로 제시하면 다음과 같다.

---

32) "1-02-02-10-01 今日晴復陰 雨脚來輕颸 新秧□□棵 駄向前陂時 娟娟新嫁娘 姊妹相
携持 揷秧亦有法 男前而女隨 男歌徒亂耳 女歌多新詞 新詞四五闋 次第請聞之 稍揚若
風絮 轉細如煙絲 若是乎怨思 怨思將爲誰 儂家雉東里 三男美須髭 儂生三男後 父母之
所慈 千錢買長髻 百錢裝匲資 一棹便斷送 送嫁江南兒 兼是暮春日 回頭何限思 惜惜白
茅屋 歷歷靑楓枝 江南異江北 事在艖魚鰤 三月送郞行 九月迎郞期 江潮日兩回 燕子春
深知 潮回復燕去 敎人長別離 鮮鮮鼓子花 蔓絶花亦萎 阿姑自老大 言語太差池 出門試
長望 涕泗霑兩腮 隔江父母家 烟波正無涯 哀哀乎父母 生儂太不奇 當日不生儂 今日無
儂悲."
33) "1-02-02-19-09 恩恩手段忙 西日下前山 不趂夕炊去 小姑已習閒."

작자, 작품, 각편 수	농사에 대한 기대	농사의 고통	농사의 중요성	농부의 말건넴	여인의 사랑	여인의 생활
尹東野, 〈秧歌 九絕〉 9각편 중 3각편	제8수		제1수	제9수		
姜浚欽, 〈造山農歌〉 5각편 중 5각편	제3수	제4수 제5수		제1수 제2수		
李學逵, 〈種秧詞〉 8각편 중 4각편	제4수				제6~8수	
李學逵, 〈秧歌 五章〉 5각편 중 4각편					제4수 제5수	제1수 제3수
朴致馥, 〈移秧詞 三絕〉 3각편 중 2각편					제2~3수	
卞榮圭, 〈秧歌 十五絕〉 15각편 중 8각편	제12수 제3수	제10수	제1수 제5수	제8수 제15수		제9수
文聲駿, 〈移秧 六〉 6각편 중 3각편	제2수	제1수 제4수				
鄭泳鎬, 〈移秧歌 四絕〉 4각편 중 2각편	제4수	제2수				
金秉厚, 〈挿秧〉 3각편 중 2각편	제1수					제3수
총 58각편 중 33각편	8각편	6각편	3각편	5각편	7각편	4각편

3. 〈모심는소리〉 관련 한시의 특징과 작자의식

〈모심는소리〉 관련 한시에는 작자의 생각·감정이 우세한 것과 농가생활자의 생각·감정이 우세한 것이 있다고 하였다. 농가생활자의 생각·감정이 우세한 것에는 여인의 사랑과 생활에서 생긴 감정도 포함된다. 그런데 여인의 사랑과 생활에 대한 것이 11각편이나 되어 논의의 분량이 많고, 여인의 사랑과 생활은 농사와는 떨어진 소재로 농사에 밀착된 소재와 함께 논의하기에 어려움이 있다. 이런 점에서 '여인의 사랑과 생활에서 생긴 감정'을 하나의 항목으로 하여 논의한다. 각 항목별로 특징을 살펴보고 그 특징을 종합하여 작자의식을 살펴보는 순서로 진행한다.

3.1. 작자의 생각·감정이 우세한 각편의 특징

첫째, 19세기 초엽 이전의 한시에서는 농가생활의 근경(近景)이 부각됨에 비하여 19세기 중엽 이후의 한시에서는 농가생활의 원경(遠景)이 부각되고 농가생활에 대한 작자의 만족이 부각된다. 근경이 묘사된 19세기 초엽 이전의 각편은 8개이고, 19세기 중엽 이후의 각편은 2개[34]이다. 19세기 이전에는 각편의 수가 많을 뿐만 아니라 농가생활이 노동의 현장이고, 그 모습이 세밀하고 다양하다. 윤동야의 〈앙가 구절〉 제3수에서는 늙은 여인과 젊은 여인에 따라 〈모심는소리〉를 구분하는 세밀함이 있다. 이학규의 〈앙가 오장〉 제1수에서도 남정네의 모내기 노래는 귀만 어지러

---

34) 정영호의 〈이앙가 사절〉 제3수에서 〈모내기노래〉를 앞에서 부르고 뒤에서 응대한다고 하여("1-02-02-44-03 三曲秧歌歌正好 前呼後應一般欣 雨笠烟簑隨處憩 自是農人本態云") 〈모내기노래〉의 가창방식을 포착한 것, 김병후의 〈삽앙〉 제2수에서 여인들이 모내기 할 때 걸음걸이와 숙이는 것이 한결 같다며("1-02-02-49-02 赤脚青裙共出閭 水中奇技學游魚 退步沈潛無別態 春田漠漠一連如") 모내기 모습을 제시한 것 등이다.

운 소리이지만 아낙네의 노래는 새로운 노랫말이 있다고 하여35) 남성과
여성에 따라 〈모심는소리〉를 구분하는 세밀함이 있다. 모심는 모습에
대한 세밀한 관찰도 있다. 윤동야의 〈앙가 구절〉 제5수에서 일꾼들은
기러기가 줄을 선 듯하고, 주인은 갈매기의 행렬과 같다고 한 것36)은
농부들이 일렬로 서 모를 심는 모습이다. 모심는 모습뿐만 아니라 모내기
현장에서 일어난 일을 제시하기도 한다. 윤동야의 〈앙가 구절〉 제6수에
서 권농관이 밭두둑에 올라 관청의 세금을 내라고 독촉하는 모습37), 제7
수에서 들밥을 인 아낙네가 와서 고수레를 하고 일꾼들에게 많이 먹으라
고 권하는38) 들밥 먹는 모습, 이학규의 〈종앙사〉 제5수에서 농부들이
쉴 때 서로 이야기를 나누며 웃는 모습39), 이학규의 〈종앙사〉 제2수에서
큰 계집애는 모심기에 능숙하여 손으로 기예를 뽐내는데 작은 계집애는
힘이 약하여 모내기에 머뭇거리는 모습40) 등이다. 이것을 보아 19세기
초엽 이전의 한시에서 작자는 농사현장의 세밀한 모습을 담으려는 의도
를 있음을 알 수 있다.

이에 비하여 19세기 중엽 이후의 한시에서는 작자의 농가생활에 대한
만족이 집중적으로 보인다. 앞에서 언급한 변영규의 〈앙가 십오절〉 제4
수가 그 예이다. 문성준의 〈이앙 육〉 제5수에서 작자는 주인이 새벽에
모 품팔이꾼을 모아 들밥과 술을 제공하고 때 맞춰 비가 내리고 늦게까지
일하는 것이 전가의 즐거움이라 하였다.41) 작자는 농가생활에 만족한다.
이러한 작자의 만족은 정영호의 〈이앙가 사절〉 제1수에서 아낙네가 들밥

---

35) "1-02-02-10-01 ……揷秧亦有法 男前而女隨 男歌徒亂耳 女歌多新詞 新詞四五闋 次第
　　請聞之……."
36) "1-02-02-04-05 羣傭如鴈序 主翁似鷗行 春光與水色 隨手畵太平."
37) "1-02-02-04-06 田畯自郡府 揚揚登隴呼 官家祈雨返 明當給倉租."
38) "1-02-02-04-07 饁婦趍午至 塊飯餉田神 有饎加新進 待傭如待賓."
39) "1-02-02-10-04 所思卽有私 譬謔誰復知 時時一大笑 似欲相聞之."
40) "1-02-02-10-02 大兒手舞伎 活活牛行水 小妹强扶裙 力弱懷自跱."
41) "1-02-02-37-05 主人晨起雇奴呼 募得三都幾健夫 羹筍湯蔥供午饁 兼魚雜菽飮晡壺 雨
　　澤及時催隴鳿 農歌唱晩起汀鳬 不知鐘鼓樓臺下 也有田家此樂無."

을 준비하고 모내기를 재촉하는 북소리가 울리는 가운데 농가의 즐거움이 있다고 한 것[42]에서도 확인된다.

둘째, 작자의 교훈이 19세기 초엽 이전에서는 삶에 대한 것이나 19세기 중엽 이후에는 권농에 대한 것이다. 대표적인 것이 윤동야의 〈앙가 구절〉 제4수와 변영규의 〈앙가 십오절〉 제7수이다. 다음은 그 구절이다.

화관의 흰 모시 적삼의 아가씨, 높은 쪽머리에 패옥이 울리네.
청춘에 손가락도 움직이지 않더니, 늙어 바야흐로 절로 후회하네.[43]
尹東野, 〈秧歌 九絶〉 제4수

시장의 장사꾼 어느 집의 며느리인가, 옥홀은 잡스런 노리개 소리 울리네.
가을에는 곡식이 천하지 않으니, 너의 남편을 후회하게 하지 말라.[44]
卞榮圭, 〈秧歌 十五絶〉 제7수

〈앙가 구절〉 제4수에서 화관에 흰 모시 적삼을 입고 쪽머리에 패옥을 한 아가씨는 청춘에 손가락도 움직이지 않더니 늙어 후회한다. 젊어 노동하지 않다가 늙어 후회한다는 것이다. 삶에 대한 교훈이다. 〈앙가 십오절〉 제7수는 노리개로 치장한 며느리가 시장에서 장사를 하다가 가을이 되면 곡식이 귀해져 남편이 후회하게 된다는 것이다. 농사에 힘 써 후회가 없도록 하라는 것이다. 이러한 작자의 권농은 19세기 중엽 이후에 집중적으로 보인다. 변영규의 〈앙가 십오절〉 제2수에서 옛날에는 산에서 과일을 따는 생활을 하였는데 신농씨가 농사를 가르쳐 오늘에 이르게 되었다고 한 것[45], 제5수에서 순임금이 곡식을 중히 여겨 후직에게 농사가 으뜸

---

42) "1-02-02-44-01 一曲秧歌歌始發 農家滋況樂相同 炊烟餹婦園蔬折 漏鼓聲中報午童."
43) "1-02-02-04-04 花房白苧娘 高髻鳴環佩 靑春不動指 老來方自悔."
44) "1-02-02-19-07 倚市誰家婦 琮□響雜佩 秋如穀未賤 能不爾夫悔."
45) "1-02-02-19-02 在昔鴻荒世 徒能就食木 不有神農氏 誰知藝五穀."

이 되도록 백성을 가르치도록 명령하였다고 한 것[46] 등은 농사로 채취생활의 어려움을 벗어날 수 있게 되었다는 농사의 중요성으로 농사를 권장한 것이다. 문성준의 〈이앙 육〉 제3수에서 농사는 한가함 속에도 바쁨이 있어 자손에게 교훈이 된다고 한 것[47], 제6수에서 부지런히 일하면 풍공(豐功)을 이룰 것이니 안일하지 말고 모내기로 시험해 보라고 한 것[48] 등은 직설적으로 권농한 것이다.

3.2. 농가생활자의 생각 · 감정이 우세한 각편의 특징

첫째, 농가생활자의 농사에 대한 기대와 농사가 중요하다는 생각은 19세기 초엽 이전과 19세기 중엽 이후의 한시에 공통적이며, 유교적 경전(經典)에 바탕을 둔 것이다. 농사에 대한 기대가 나타난 각편이 19세기 초엽 이전에 3개이고, 19세기 중엽 이후에 5개이다. 비슷한 비중을 차지한다. 농사의 중요성이 나타난 각편이 19세기 초엽 이전에 1개 19세기 중엽 이후에 2개로 비슷한 비중을 차지한다. 각편 수뿐만 아니라 내용도 유사하다. 다음은 농가생활자의 농사에 대한 기대와 농사가 중요하다는 생각이 나타난 각편이다.

> 우리 조상에게 제사하고, 우리 임금에게 조세하네.
> 이 마음이 어질고 좋으니, 하늘이 반드시 풍년을 주실 것이네.[49]
>
> 尹東野, 〈秧歌 九絶〉 제8수

---

46) "1-02-02-19-05 在昔西都敎 如何先種柳 有虞重穀意 命稷最居首."
47) "1-02-02-37-03 老夫無事獨憑軒 婦饁男耕曠一村 鷄啄庭中晴曝麥 狵眠樹下晝關門 罇收野色添新綠 詩采農歌刪舊繁 閒裏誰知忙在此 菑畬經訓課兒孫."
48) "1-02-02-37-06 勸君莫羨逸平生 請把移秧試說明 縱得天時同早晚 那期地道異枯榮 若爲勤力其中積 第見豐功以後成 自笑痴儂頭已白 尙思賢達起躬耕."
49) "1-02-02-04-08 祭祀爲吾祖 租稅爲吾主 此心良已好 天必錫穰穰."

사람들은 모내기 때가 힘들다고 말하지만, 나는 모내기 때가 좋아 사랑하네.

오늘 이 일을 하지 않으면, 보리가 다한다면 어찌 벼를 돌아보겠는가?50)

尹東野의 〈秧歌 九絶〉 제1수

증오스럽기는 물 거머리의 피, 아이의 더럽혀진 주름 삼베옷을 깨끗하게 하네.

항상 알을 품는 사랑으로 어여삐 여기고, 모의 구멍을 참고 굽어보네.51)

李學逵, 〈種秧詞〉 제4수

소중한 인간사에서, 모내기가 제일 좋네.

이때에 미쳐 노력하지 않으면, 어찌 먹을 벼가 있으리요?52)

卞榮圭의 〈秧歌 十五絶〉 제1수

모내기에 무슨 연고로 선후를 다투는가? 일년 생계가 달려있으니 가볍지 않네.

들판을 멀리 초록색 도롱이로 두르고, 밭의 가운데를 맑은 삿갓으로 나누네.

어린 송아지는 배가 고파 어미 소를 핥고, 강건한 닭은 들밥을 재촉하며 사람을 향해 우네.

우리 농부 몸이 고달프다 말하지 마시오, 임금님과 부모님을 받들어 태평을 누리네.53)

文聲駿, 〈移秧 六〉 제2수

윤동야의 〈앙가 구절〉 제8수에서 농부는 농사로 조상에게 제사하고 국세를 납부할 것을 기대한다. 이 구절은 농사로 조상을 제사하고 국세를

---

50) "1-02-02-04-01 人道秧時苦 我愛秧時好 此日不爲此 麥盡那復稻."
51) "1-02-02-09-04 生憎馬蜞血 浣兒縐絺潔 常憐抱卵慈 忍俯秧鷄穴."
52) "1-02-02-10-01 所重人間事 移秧第一好 及時不努力 那有食夫稻."
53) "1-02-02-37-02 秧事緣何後先爭 一年生活係非輕 郊原遠帶煙簑綠 畎澮中分雨笠晴 乳犢啼飢從母舐 健鷄催饁向人鳴 我農莫道身勞苦 供奉君親享太平."

납부할 수 있기 때문에 중요하다는 뜻으로도 해석된다. 〈앙가 구절〉 제1수에서 농부는 모내기로 보리가 다했을 때 벼를 얻어 식량을 해결할 수 있기 때문에 모내기를 좋아한다고 하였다. 농사로 먹고 사는 것을 기대하거나 농사가 먹고 사는 것의 근본이기에 중요하다 뜻으로 해석된다. 농사로 먹고 사는 것, 부모를 봉양하고 처자를 양육하는 것, 조상에게 제사하고 국가에 충성한다는 내용은 19세기 중엽 이후의 한시에도 보인다. 위에 인용한 변영규의 〈앙가 십오절〉의 제1수에서 화자는 인간의 소중한 일들 중에서 먹을 벼를 얻는 모내기를 제일 좋아한다고 하였다. 농사의 중요성을 먹고 사는 것에 두고 있다. 문성준의 〈이앙 육〉 제2수에서 농부는 모내기로 몸은 비록 고달프지만, 모내기는 생계가 달려 있고 모내기로 가을이 되어 임금과 부모님을 받들 수 있어 중요하다고 하였다. 농사로 생계를 해결하고 국왕에게 충성하고 보모를 봉양한다는 것이다. 이러한 농가생활자의 생각과 기대는 유교 경전에서 찾을 수 있다. 『시경』의 칠월(七月)조에서는 천시(天時)로 농사일을 알아 아랫사람으로서의 노릇을 하고, 아버지와 남편으로서의 노릇을 하고, 노인을 봉양하고 어린이를 사랑하며, 자신의 힘으로 먹고 약한 자를 도와주며, 제사를 때에 맞게 하고 연향을 절도에 맞게 하는 것이 칠월(七月)의 뜻이라고 하였다.[54] 『맹자』에서는 백성들의 일정한 산업으로 부모를 봉양하고 처자를 기를 수 있다고 하였다.[55]

　농사에 대한 기대에는 모가 잘 자라 풍년이 되기를 기대하는 것도 있다. 위에서 인용한 이학규의 〈종앙사〉 제4수에서 화자인 농부가 알을 품는 사랑으로 모를 보는 것이 그 예이다. 이러한 모의 성장과 풍년에

---

[54] "王氏曰 仰觀星日霜露之變 俯察昆蟲草木之化 以知天時 以授民事 女服事乎內 男服事乎外 上以誠愛下 下以忠利上 父父子子 夫夫婦婦 養老而慈幼 食力而助弱 其祭祀也時 其燕饗也節 此七月之義也" 『시경』「빈풍」 칠월.

[55] "是故明君制民之産 必使仰足以事父母 俯足以畜妻子 樂歲終身飽 凶年免於死亡然後 驅而之善 故民之從之也輕" 『맹자』「양혜왕 상」.

대한 기대는 19세기 중엽 이후의 한시에 집중적으로 나타난다. 변영규의 〈앙가 십오절〉 제12수에서 성왕이 낙토를 줘 모가 무성하게 자라 가을에 곧 익을 것이라 한 것[56], 김병후의 〈삽앙〉 제1수에서 모내기 하는 아이 십여 명이 일 년 동안 농사에 노력하여 가을에 많은 낟알을 기대한다고 한 것[57] 등이 그 예이다. 여타의 한시에서도 확인된다. 김기욱(金淇郁, 1852~1927)의 〈이앙(移秧)〉에서 화자가 심겨진 모의 뿌리는 춘풍을 받아 튼튼해 질 것이고 줄기와 잎은 여름의 햇빛으로 자랄 것이라고 한 것[58], 여건상(余健相, 1846~1915)의 〈이앙(移秧)〉 제5~6구에서 어린 뿌리가 흙에 뿌리 내리고 약한 잎이 빼어나고 푸르게 된다고 한 것[59], 오정관(吳正館, 1865~1948)의 〈이앙(移秧)〉 제3~4구에서 약한 뿌리는 햇볕으로 성장하고 잎은 안개로 날씬해 질 것이라고 한 것[60], 신응휴(申應休, 1868~?)의 〈앙(秧)〉 제4~8구에서 모가 처음에 보리 뾰족한 것 같았으나 점점 자라 갈대 만할 것이라고 한 것[61] 등이 예이다.

둘째, 농가생활자의 말건넴은 19세기 초엽 이전과 19세기 중엽 이후의 한시에 공통적이며, 동료(同僚)관계에서의 말하기로 지시적인 것과 친교적인 것이 있다. 농부의 말건넴이 각각 19세기 초엽 이전의 한시에 3개의 각편이고, 19세기 중엽 이후의 한시에 2개의 각편으로 비슷한 비중을 차지한다. 다음은 농부의 말건넴이 있는 각편이다.

---

56) "1-02-02-19-12 樂土伊誰賜 情田有聖王 油油秧已好 秋必熟穰穰."
57) "1-02-02-49-01 倦僕頑童十數餘 水田終日揷靑疎 一年勞力農家事 豫望來秋萬顆儲."
58) "1-02-02-31 秧不失時農不遑 平郊處處綠微微 芽根早托春風暖 莖葉初長夏日暉 村猺 隨饁緣溪出 野老忘勞灌水歸 秀實皆從移揷得 東城朝雨浥蓑衣."
59) "1-02-02-25 南風日氣雨餘涼 稼事忙忙起四方 分手春光隨處散 將樽野味此中長 稚根 入土如將仆 弱葉經霖已秀蒼 第待西風新熟日 先輸精實供吾皇."
60) "1-02-02-41 秧時不失可占年 冒雨相招一耟邊 拳底微根成有日 眼前綠葉弱棲煙 家家 野饁携筐急 岸岸農旅結社圓 田舍種移俱苦樂 民生元是食爲天."
61) "1-02-02-45 乳養新秧惠霈沾 農談處處有年占 旣非播晚天時失 又是耕深地力添 漸碩 將如蘆笋大 初生僅若麥芒尖 寸心欲報神農德 看作春暉不怕炎."

너는 모내기 언제 하려나? 나는 내일 심으려네.
이웃 농가에서 서로 방해하지 않으니, 이 일에 자못 법도가 있네.[62]

尹東野의 〈秧歌 九絶〉 제9수

긴 자루 호미 멘 노인, 사람들에게 일자 걸음 가르치네.
앞서지도 말고 뒤서지도 말고, 앞의 땅은 균평하게 하라.[63]

卞榮圭, 〈秧歌 十五絶〉 제8수

　말건넴에는 노동현장에서의 지시적인 것과 농가생활에서 농부들이
상부상조(相扶相助)한다는 친교적인 것이 있을 수 있다. 윤동야의 〈앙가
구절〉 제9수에서 화자는 다른 농부에게 그의 농사를 물으며 서로 돕자는
뜻으로 말을 건넨다. 노동현장의 말건넴이라기 보다 친교적인 말건넴이
다. 화자는 농부이고, 청자도 농부이며 화제는 농사일이다. 화자는 청자
와 동료관계에서 말한다. 강준흠의 〈조산농가〉 제1수에서도 말건넴이
있다. 제1수는 "나비야 서산 가자 범나비 너도 가자. 초창(初唱). 같이
가다가 저물거든 꽃가지에서 자고 가자. 답창(答唱). ○비이다. ○아침을
먹기 전의 노래이다. 농부가 서로 부르는 말이다."[64]이다. 농부가 다른
농부에게 빨리 일하자는 것이다. 노동현장에서 일을 독려하는 것으로
지시적인 말이다. 19세기 중엽 이후의 자료인 변영규의 〈앙가 십오절〉
제8수에서 제1~2구는 작자가 호미를 멘 노인이 농부에게 농사를 가르치
는 것을 관찰한 것이고, 제3~4구는 노인의 말이다. 그 말은 농부가 농사할
때 일자로 진행하고, 앞서지도 뒤서지도 말고, 앞의 땅을 골고루 평평하게
하라는 것이다. 노인의 말은 노동현장에서의 지시이다. 이때 화자는 농부
이고 청자도 농부이며 화제는 농사일이다. 화자는 청자와 공통 관심사인

---

62) "1-02-02-04-09　君秧欲何日　我秧明將揷　隣農不相妨　此事頗有法."
63) "1-02-02-19-08　長柄荷鋤叟　敎人一字行　不先後去　前地任均平."
64) "1-02-02-06-01　蝶汝西山共我之　雙飛虎蝶汝宜隨　初唱　同行若也山光暮　花裡應多可宿
　　枝　答唱　○比也　○右食前歌　農者相招之辭."

농사일에 대하여 동료관계에 있는 청자에게 말한 것이다. 같은 작품 제15수의 제1~2구에서 농부는 네가 모내기 할 때 게걸음을 배우게 되면 오랜 작업에도 허리가 아프지 않을 것이라고 하고, 제3~4구에서 작자는 민요를 채집하는 관리가 있다면 이 노래를 채집하여 토속을 보완할 수 있을 것이라고 한다.[65] 제1~2구에서 농부는 청자에게 '게걸음을 하라'고 한다. 농사현장에서 일에 대한 지시와 유사이다.

셋째, 농가생활자의 농사에 대한 고통에 차이가 있다. 다음은 농가생활자의 농사에 대한 고통이 있는 각편이다.

먹고 쉬고 쉬다가 매느라고 긴긴 밭에 호미가 더딘 것 같네.

初唱

물레와 쇠꼬챙이 안배가 늦어 둥근실이 반규(반달)도 못 되네.

答唱

○ 부이면서 흥이다. 점심을 먹은 뒤의 노래이다. 이것은 해가 저물어 김매는 것이 늦어지는 것을 걱정하여 노래를 부르고 여자가 화답한다.[66]

姜浚欽, 〈造山農歌〉 제4수

다리의 괴로움 어깨의 통증으로 게으름을 이기지 못하나, 몇일을 이웃에 품팔이 하러 가네.
비를 무릅쓰고 땔나무하여 저녁에 불 피우고, 구름 헤쳐 보리를 베어 새벽에 방아찧기 재촉하네.
소와 말은 풀려 풀밭에서 자는데, 어린아이는 문을 기대어 저녁 종소리를 세네.
행인(行人)에게 나타함을 책망하는 말 말라 전하노니, 오늘 아침 겨우 작년의 바칠 것을 마쳤다네.[67]

---

65) "1-02-02-19-15 勸君且學步 蟹步不勞腰 太史如能採 土風可補謠."
66) "1-02-02-06-04 喫了方休休了耔 長田一頃若鋤遲 初唱 紡車鐵串安排晩 輪得絲來未半規 答唱 ○賦而興也 右午後歌 此夏日晩耘遲唱而女和也."
67) "1-02-02-37-04 脚苦肩痛不勝憊 幾日鄰家去賣傭 冒雨負薪昏乞火 披雲刈麥曉催舂 羸牛解駕眠芳草 稚子候門點暮鐘 寄語行人休責懶 今朝纔畢去年供."

강준흠의 〈조산농가〉 제4수는 농사의 고통에 대한 것이다. 해는 저물어 가는데 화자인 농부는 농사일이 아직 많이 남았다며 걱정한다. 농사현장에서 생긴 고통이다. 같은 작품 제5수에서 여행자로 비유된 화자가 해는 저물고 힘은 다하여 농사를 끝내지 못해 걱정하는 것[68]도 같은 내용이다.

19세기 중엽 이후의 자료인 문성준의 〈앙가 육〉의 제4수도 농사의 고통에 대한 것이다. 화자는 품팔이꾼의 농부이다. 다리의 고통 어깨의 통증으로 쉬고 싶지만 그럴 수 없어 아픈 몸으로 정해진 날에 품팔이를 하러 가고, 품팔이 후에는 집안일을 한다. 비를 맞으며 땔나무를 하고, 보리를 베어 타작한 다음 새벽에 일어나 아침밥에 필요한 보리를 준비한다. 아침부터 새벽까지 쉴 틈 없이 노동한다. 이러한 노동에도 불구하고 작년의 조세를 겨우 갚았을 뿐이다. 품팔이 일, 나무하기, 방아찧기 등은 농부의 일상적인 일들이다. 일상적인 일이 많을 뿐 아니라 조세도 내야 한다. 여기서 고통이 생긴다. 농부의 일상적 일들과 조세로 생긴 고통은 19세기 중엽 이후에 집중적으로 보인다. 변영규의 〈이앙 십오절〉 제10수에서 "새론 제사의 착수를 재촉하지 마시오, 수레로 작년의 조세를 바쳤네"라고 한 것,[69] 정영호의 〈이앙사 사절〉 제2수에서 "거듭 거듭 게걸음에 수고로움이 많으니, 누가 농사가 낱알 낱알마다 고생인 것을 알겠는가?"라고 한 것[70] 등이 그 예이다. 그 밖의 자료에도 오인태(吳仁兌, 1818~1898)의 〈이앙(移秧)〉에서 화자인 농부가 비바람이 치는 추운 날씨에 새벽에 나가 늦은 밤까지 일하다 오는 것이 농가의 일이라고 한 것[71],

---

68) "1-02-02-06-05 天際斜陽欲下山 前程千里杳茫間 初唱 靑騾倦矣行難盡 任汝徐行莫着鞭 答唱 ○比也 ○右夕陽歌 此悶向暮力罷也."
69) "1-02-02-19-10 微雨絲絲過 田中有鳥好 莫催新袷着 輪與去年租."
70) "1-02-02-44-02 二曲秧歌歌正暢 長郊散作手中春 重重蟹步多勞力 誰識農功粒粒辛."
71) "1-02-02-15 風簑雨笠不嫌寒 東作農功日欲闌 天序有聲鳴布穀 人時無驗問星官 待晴出野雲猶濕 乘暮歸家露未乾 事事田家苦如是 食貧生計正堪難."

권직희(權直熙, 1856~1913)의 〈영평농가(永坪農歌)〉에서 근고(勤苦)가 백성의 업임을 알리면 빈풍의 그림이 다른 곳에 없고 이 시를 보면 안다고 한 것[72] 등이 그 예이다.

3.3. 여인의 사랑과 생활에서 생긴 감정의 특징

첫째, 여인이 이별한 임에 대한 사랑을 읊은 각편은 19세기 초엽 이전과 19세기 중엽 이후의 한시에 크게 차이가 없다. 여인의 사랑에서 생긴 감정의 특징을 살펴보자. 여인은 임과의 이별로 생긴 갈등을 조화하려 시도한다. 그 시도에서 화자는 임과 자신에 대하여 일정한 태도를 취한다. 그 화자의 태도가 〈모심는소리〉 관련 한시에서의 특징이 될 것이다. 다음은 여성의 사랑으로 생긴 감정이 나타난 각편이다.

> 손윗누이는 남편을 좋아하나, 서울에서 소식이 멀기도 머네.
> 항상 거처하는 것은 문을 밟지 않고, 하는 것은 곧 키질과 빗질이네.[73]
>
> 李學逵, 〈種秧詞〉 제6수

> 다시 주막에 당도함을 듣고, 비단 저고리를 입었네.
> 여행객이 많아, 출입에 성곽 문에서 헤매었네.[74]
>
> 李學逵, 〈種秧詞〉 제7수

> 작년에 부쳤던 편지 이르러, 나에게 서로 만날 것을 헤아린다 말하네.
> 모내기가 또한 앞에 닥쳤는데, 어찌 이 뜻을 기필하리오[75]
>
> 李學逵, 〈種秧詞〉 제8수

---

72) "1-05-02-58 憫農古調永坪歌 秧雨炎天五月多 欲知勤苦蒼生業 圖畵豳風不外他."
73) "1-02-02-09-06 阿姊好夫婿 京城信迢遞 常居不躡門 所事卽箕篲."
74) "1-02-02-09-07 近聞復當壚 被腹羅紈襦 遊人萬萬輩 出入迷闉闍."
75) "1-02-02-09-08 前季寄書至 道我數相値 秧事且當前 何由必此意."

작년 가을 나의 집에서 푸른 등불로 길쌈하였는데, 끝내지 못한 삼과 모시 시렁 위에 있네.
수풀의 가지에 작은 달 오르기 기다려, 북 울려 베 짜는 소리 다시 듣네.[76)]

朴致馥, 〈移秧詞 三絶〉 제2수

돌아올 기약 버드나무 끝이 푸른 때에 있으니, 홑옷 겹옷 오히려 상자 속에 머물러 있네.
앵도나무 보리가 익는 밭, 오네 못 오네 거울 소리에 기대네.[77)]

朴致馥, 〈移秧詞 三絶〉 제3수

이학규의 〈종앙사〉 제6~8수의 주인물은 남편을 기다리는 여인이다. 서술자는 남편을 좋아한 누이는 서울로 떠난 남편이 소식이 없더라도 문밖을 나서지 않고 집안에서 키질과 빗질만 한다고 소개한다. 이어 화자인 여인이 토로한다. 자신은 남편에 대한 소식이 주막에 있다는 이야기를 듣고 비단 저고리를 차려 입고 성문으로 간다. 하지만 성문에는 행인(行人)이 많아 소식을 듣지도 못하고 헤매기만 한다. 이후 남편의 편지가 왔고 그 편지에 만나자는 약속이 있다. 여인은 모내기철이 다가와 만나지 못할 형편이라 한다. 집안에만 있던 여인은 남편의 소식에 성문으로 달려 갈 정도로 오랫동안 만남을 기다렸다. 그러던 그녀가 모내기철을 운운하는 것은 무엇을 의미하는가? 여인은 오랜 기다림에서 뛰어갔지만, 소식을 듣지 못한 좌절을 맛본다. 남편의 소식이라는 만남의 가능성이 제시되어 기대감이 컸고, 이러한 기대감에 이은 좌절이므로 그 좌절감은 컸을 것이다. 이러한 좌절감에서 여인은 남편을 원망하지 않으며, 남편에 대한 만남보다 모내기가 더 중요하다고 한다. 이제 화자에게 있어 만남과 이별은 크게 중요하지 않다는 것이다. 이렇게 본다면 여인의 시선은 남편에

---

76) "1-02-02-17-02 前秋我屋績燈靑 未了麻枲架上停 待得林杪微月上 鳴梭軋軋更堪聽."
77) "1-02-02-17-03 歡歸期在柳梢靑 單袷衣猶篋裏停 含桃中食麥登圃 來不來兮憑鏡聽."

있지 않고 자신에게 있으며, 여인은 자신의 관심을 다른 데로 돌려 갈등을 조화한다. 여인은 시선을 자신에 둔다는 점에서 내향적이고, 스스로 해결하려한다는 점에서 주체적이다.

이러한 여인의 내향적이고 주체적인 태도는 여인의 사랑에서 생긴 감정이 있는 〈모심는소리〉 관련 한시에 공통적인 듯하다. 박치복의 〈이앙사 삼절〉의 제2~3수에서 화자인 여인은 길쌈을 중단하고 길쌈하던 것을 시렁 위에 올려놓는다. 임은 버드나무 끝이 푸르게 되는 봄이 오면 돌아온다고 기약하였다. 이 기약을 믿고 길쌈을 다시 시작하여 임의 옷을 준비한다. 그러나 앵도나무와 보리가 익는 가을이 되어도 소식은 없다. 이에 화자는 거울 소리로 임이 오는지 못 오는지 점을 친다. 임의 부정적인 모습이나 임에 대한 화자의 부정적인 감정을 읽을 수 없다. 봄에 온다는 약속으로 화자의 기대감은 클 것이고 이러한 기대감에 이은 좌절이므로 그 좌절감은 컸을 것이다. 이러한 좌절에서 여성은 임을 원망하지 않는다. 점으로 좌절감을 위로하며 임을 기다리겠다는 것이다. 이렇게 본다면 화자는 시선을 자신에 둔 내향적 태도이며 스스로를 위로하는 주체적인 태도이다. 사설시조 "바룸도 쉬여 넘는 고기"[78]와 유사한 이학규의 〈앙가 오장〉 제4수에서 화자는 임을 만나기 위해 험준한 고개를 한 번도 쉬지 않고 넘겠다고 하였다. 주체적인 태도이다. 같은 작품 제5수에서 화자인 여인은 임이 사랑하는 것과 자신이 사랑하는 것을 담은 담궤를 짊어지고 백번은 넘어지고 짐에 눌려 죽더라도 부끄럽지 않다고 한다.[79] 백번이나 넘어지고 짐에 눌려 죽더라도 둘의 사랑을 담은 담궤를

---

78) 〈앙가 오장〉 제4수와 사설시조는 다음과 같다. "1-02-02-10-04 曾聞主紇嶺 上峰天西阰 雲亦一半休 風亦一半休 豪鷹海靑鳥 仰視應復愁 儂是弱脚女 步履只甌妻 聞知所歡 在 峻嶺卽平疇 千步不一喙 飛越上上頭", "#825 바룸도 쉬여 넘는 고기 구름이라도 쉬여 넘는 고기 山眞이 水眞이 海東靑 보라미라도 다 쉬여 넘는 高峯 長城嶺고기 그넘어 님이 왓다ᄒ면 나는 아니 흔番도 쉬여 넘으리라" 사설시조의 원문은 정병욱 편저, 『시조문학사전』(신구문화사, 1982), 202면에 있는 것이고, # 뒤의 숫자는 이 책에 실려 있는 작품번호이다.

계속 유지하려는 화자의 생각을 읽을 수 있다. 화자의 태도는 주체적이다.

둘째, 여인의 생활에서 생긴 감정에서도 19세기 초엽 이전과 19세기 중엽 이후의 한시에 차이가 없다. 여인의 생활에서 생긴 감정의 특징을 살펴보자.

가늘고 가는 쌍납가락지, 문지르는 다섯 손가락.
멀리 있으면 달이라 여기고, 가까이 오니 그 사람이라 하네.
오빠의 입매는 좋은데, 말이 매우 경솔하네.
내가 자는 방에, 숨소리가 둘인 것 같다고 하네.
나는 본래 황화자라, 몸가짐을 삼갔더니.
지난 밤 거센 남풍으로, 풍지가 울린 것이네.[80]

李學逵, 〈秧歌 五章〉 제3수

바쁘고 바쁘게 일처리가 바쁜데, 서쪽의 해는 앞산으로 넘어가네.
저녁 불 때러 감을 피하지 않는데, 작은 시누이는 이미 한가함을 익혔네.[81]

卞榮圭, 〈秧歌 十五絶〉 제9수

삼삼오오 답가를 천천히 부르니, 푸른 치마 물에 젖는 것도 잊었네.
집에 돌아가 남편이 책망할 것이 두려워, 석양에 걸어 놓고 홀로
주저하네.[82]

金秉厚, 〈揷秧〉 제3수

이학규의 〈앙가 오장〉 제3수에서 여인은 다섯 손가락으로 쌍납가락지를 문지른다. 사람들이 이 모습을 멀리서 보면 달과 같다고 여기고, 가까이

---

79) "1-02-02-10-05 請將馬州秤 秤汝憐儂意 請將海倉斛 量儂之恩義 不然並打團 十襲褁衣 岥 縈之復結之 裝作一擔箕 擔在兩肩頭 千步百顚躓 寧被擔磕死 此心無汝媿."
80) "1-02-02-10-03 纖纖雙鐲環 摩挲五指於 在遠人是月 至近云是渠 家兄好口輔 言語太輕 踈 謂言儂寢所 鼾息雙吹如 儂實黃花子 生小愼與居 昨夜南風惡 紙窓鳴嘘嘘."
81) "1-02-02-19-09 悤悤手段忙 西日下前山 不趁夕炊去 小姑已習閒."
82) "1-02-02-49-03 三三五五踏歌徐 忘却靑裳濕水濊 歸家恐有郎君責 掛暴斜陽獨趑趄."

오면 그 여인이라는 것을 알 정도로 그녀는 아름답다. 여인의 오빠는 여인이 자는 방에 사람이 있는 것 같다고 한다. 여인은 오빠의 말은 모함이고 자신은 성적(性的)인 잘못을 범하지 않은 황화여자(숫처녀)라고 항변한다. 서사민요 〈쌍가락지요〉와 유사하다.[83] 화자인 여인의 감정은 가족인 오빠의 '의심과 오해'에서 생긴다. 의심과 오해는 상대방이 화자를 적대시한 것이다. 적대시란 갈등 관계이다. 결국 화자의 감정은 화자의 일방적인 것이 아니라 갈등 관계에 있는 가족에 의하여 유발된 것이다.

갈등 관계에 있는 가족에 의하여 유발된 감정이란 특징은 여인의 생활을 소재로 한 〈모심는소리〉 관련 한시에 공통된 것으로 보인다. 변영규의 〈앙가 십오절〉 제9수는 화자가 시누이를 비판한 말이다. 해는 서산으로 넘어가려 하는데 화자는 하루에 해야 할 농사일을 아직 끝내지 않아 마음이 조급하다. 이런 바쁜 중에도 화자는 저녁밥을 하러 가야 한다. 화자는 자신과는 반대로 시누이는 한가함만 즐긴다며 비판한다. 시누이의 한가함 속에는 시누이가 화자의 상황을 무시하거나 무관심해 하는 태도가 포함되어 있다. 시누이와 화자는 갈등 관계이다. 김병후의 〈삽앙〉 제3수에서 주인물은 아내이다. 여인들이 삼삼오오 모내기를 부르며 모를 심다가 어떤 여인이 노래와 모내기에 몰두하다가 치마가 물에 젖는다. 그 여인은 그 일로 남편이 책망할까 두려워 집에 돌아가지 못하고 주저한다. 여인은 무엇을 두려워하는가? 치마가 젖는다는 것은 성적인 행위와 관련된 것으로 추측된다. 여인은 늦게까지 밖에 있었고 게다가 치마가 물에 젖어 성적인 부정을 하였다고 남편이 의심·오해할까 두려운 것이다. 이렇게 본다면 화자는 '의심·오해'하는 남편과 갈등 관계에 있다.

---

83) 백원철, 앞의 책, 193~195면; 최재남, 앞의 논문, 1999, 210면; 조동일, 『(제4판) 한국문학통사 3』(지식산업사, 2006), 254면.

3.4. 특징의 종합과 작자의식

〈모심는소리〉 관련 한시에 나타난 특징을 정리하면 다음과 같다.

    (1) 공통점
        ① 농사에 대한 기대, 농사의 중요성, 농부의 말건넴
        ② 사랑에서 여인의 내향적이고 주체적인 태도, 생활에서 갈등
          관계에 있는 가족으로 생긴 감정
    (2) 차이점
      〈18세기 말엽~19세기 초엽〉
      ① 작자의 농가생활에 대한 근경의 묘사, 삶에 대한 교훈
      ② 농가생활자의 농사현장에서 생긴 고통
      〈19세기 중엽~19세기 말엽〉
      ① 작자의 농가생활에 대한 원경의 묘사와 농가생활에 대한 만
        족, 농사에대한 교훈
      ② 농가생활자의 일상적인 농사들과 조세에서 생긴 고통

〈모심는소리〉 관련 한시에 나타난 공통점은 농부가 농사로 먹고 사는 것의 해결·국세납부·앙사부육을 기대하거나 중요하다고 생각하는 것, 모가 잘 자라 풍년이 되기를 기대하는 것, 농부가 동료관계에서 청자에게 친교적·지시적인 말을 건네는 것, 사랑에서 여인이 내향적이며 주체적이고, 생활에서의 감정은 갈등 관계에 있는 가족에 의해 생긴다는 것 등이다.

〈모심는소리〉 관련 한시에 나타난 차이점은 다음과 같다. 19세기 초엽 이전의 〈모심는소리〉 관련 한시에서 작자는 농가생활의 근경(近景)인 농사현장을 세밀하게 묘사한다. 이에 비하여 19세기 중엽 이후의 한시에서 작자는 농가생활의 원경(遠景)을 묘사하고, 그 원경 속에서 농가생활에 만족한다. 이러한 사실로 보아 19세기 초엽 이전의 한시에서 작자는

자신의 의도를 되도록 배제하고 농사현장의 모습을 그대로 보여 주려하였고, 19세기 중엽 이후의 한시에서 작자는 농사현장의 모습을 작자가 생각하는 방향으로 보여 주려하였던 것으로 보인다. 19세기 중엽 이후의 한시에서 작자의 개입이 두드러진다. 이러한 점은 19세기 초엽 이전의 한시에서는 삶에 대한 교훈이 보이나, 19세기 중엽 이후의 한시에서는 농사를 권장하는 교훈이 보인 점에서도 확인할 수 있다. 그렇다면 작자는 어떤 의식을 개입하였는가? 작자의식은 농가생활자의 고통에서 찾을 수 있다.

19세기 초엽 이전의 한시에서 농부는 농사현장에서 생긴 고통을 표출한다. 이에 비하여 19세기 중엽 이후의 한시에서 농부는 자신이 해야 할 일상적인 농사들과 조세들로 고통을 표출한다. 작자는 왜 일상적인 농사들과 조세들로 농부의 고통을 드러내는가? 19세기 중엽 이후의 한시에서는 작자가 농부의 고통을 재상자(在上者)에게 알리려는 의도를 보인 각편들이 다수 확인되고, 그 각편에서 농부들의 고통은 일상적인 농사들과 조세로 유발된다. 문성준의 〈앙가 육〉 제1수에서 화자인 농부는 '땀이 비 오 듯 흘러 옷을 젖힐' 정도로 새벽부터 늦게까지 일하는 전가(田家)의 고생을 "누가 그림을 그려 붉은 대궐에 바치겠는가?"라고 토로한다.[84] 이 작품에서 농부는 새벽부터 늦게까지 땀이 비 오듯 할 정도로 열심히 일상적인 노동들을 수행하는 모습이다. 이어 이 모습을 그려 대궐에 알리고 싶다고 하였다. 즉 작자의 의도는 농부의 고생하는 모습을 형상화하여 대궐에 알리는 것이다. 정영호의 〈이앙사 사절〉 제2수에서 "누가 농사가 낟알 낟알마다 고생인 것을 알겠는가?"라고 하여 작자는 농부의 모습을 알리려 하였고, 권직희의 〈영평농가〉 제8수에서는 백성의 근고를 알리기 위한 빈풍의 그림이 시에 있다고 하여 백성의 고통을 시로 써 알리려고

---

84) "1-02-02-07-01 筍芽初長柿花稀 秧務力時及不違 手着生春靑滿野 汗揮成雨赤霑衣 男貪睡渴朝傭起 婦悶炊遲暮憊歸 辛苦田家今日象 有誰圖畵獻彤闈."

하였다. 이러한 사실로 보아 19세기 중엽 이후 한시에 나타난 농부의 일상적 농사들과 조세로 인한 고통은 작자가 백성들의 고통을 재상자에게 알리려는 의식에 기인한 것으로 보인다.[85]

4. 맺음말

〈모심는소리〉는 농가생활에서 생긴 농부의 정서를 노래한 것으로 '생활 서정'을 담고 있고, 시가의 서정에 자양분을 제공하는 것이라고 생각한다. 현 채록 민요와 더불어 〈모심는소리〉의 옛 모습을 살펴본다면, '생활 서정'의 특징과 시가와의 관련성을 논의할 수 있을 것이다. 〈모심는소리〉의 옛 모습은 조선후기 〈모심는소리〉 관련 한시로 살펴볼 수밖에 없다. 그 한시는 〈모심는소리〉 그대로의 모습은 아니고, 작자가 〈모심는소리〉를 소재로 지은 것이다. 따라서 〈모심는소리〉 관련 한시를 지을 때 개입되었을 작자의식을 찾는 것이 우선 해결해야 할 문제라고 생각한다. 이런 생각에서 본고는 조선후기 〈모심는소리〉 관련 한시에 나타난 작자의식

---

85) 이러한 작자의식은 조선후기 시경론과 시의식의 흐름과 관련된 것으로 보인다. 조선 후기 시경론과 시의식에서 17세기 중엽의 朴世堂(1629~1703)과 18세기 중엽에서 말엽 사이의 이옥(李沃, 1641~1698) · 홍세태(洪世泰, 1653~1725) · 이정섭, 1688~1744) 등에게서 "인위적인 장식이나 조작이 가해지지 않은 사람의 본원적인 심성"이 긍정되었다. 19세기 초엽 정약용(丁若鏞, 1762~1836)에 의하여 간서(諫書)로써 시경이 체계화된다. 간서론(諫書論)이란 『시경』이 백성들의 다양한 삶을 드러내고, 통치자가 『시경』을 통하여 백성들의 다양한 삶에서 야기된 고통을 알아 통치에 도움을 주는 간서로써 『시경』이 의미가 있다는 생각이다. 정약용 이후 간서론은 19세기 중엽 강위(姜瑋, 1820~1884)로 이어진다. 이러한 흐름에서 보면 19세기 중엽 이후『시경』의 중요성이 간서(諫書)에 있다는 생각이 사대부들 사이에 퍼졌을 것이다. 19세기 중엽 이후의 〈모내기노래〉 관련 한시의 작자들도 간서론(諫書論)의 영향을 받았을 것이며, 『시경』이 민요의 채록과 관련된 경서라는 점에서 〈모내기노래〉를 소재로 한시를 지을 때 간서론에 입각하여 지었을 것으로 보인다. 조선후기 시경론과 시의식의 흐름은 김흥규, 『(재판) 조선후기의 시경론과 시의식』(고려대학교 민족문화연구원, 1988), 155~232면 참조.

을 살펴보았다. 그 결과를 요약하면 다음과 같다.

첫째, 조선후기 〈모심는소리〉 관련 한시의 소재 양상이다.

작자의 생각·감정이 우세한 각편에서는 작자가 관찰한 농가생활의 모습, 작자의 농가생활에 대한 만족, 작자의 교훈, 〈모심는소리〉에 대한 찬양 등의 소재가 있다. 농가생활자의 생각·감정이 우세한 각편에서는 농가생활자의 농사에 대한 기대, 농사의 중요성, 농사의 고통, 농부의 말건넴, 여인의 사랑과 생활에서 생긴 감정 등의 소재가 있다.

둘째, 조선후기 〈모심는소리〉 관련 한시의 특징과 작자의식이다.

19세기 초엽 이전의 한시와 19세기 중엽 이후의 한시에서 농사에 대한 기대, 농사의 중요성, 농부의 말건넴, 여인의 사랑과 생활에서 생긴 감정의 소재에서는 공통적이다. 말건넴의 특징은 농부가 다른 농부에게 동료 관계에서 친교적·지시적인 말을 건네는 것이고, 사랑에서 생긴 감정의 특징은 여인이 내향적이고 주체적인 태도라는 것, 생활에서 생긴 감정의 특징은 그 감정이 갈등 관계에 있는 가족에 의하여 유발된다는 것이다. 19세기 초엽 이전의 한시와 19세기 중엽 이후의 한시에서 농가생활의 모습, 농가생활에 대한 만족, 교훈, 농가생활자의 농사에 대한 고통 등의 소재에서는 차이가 있다. 19세기 초엽 이전의 한시에서는 농가생활의 모습이 근경으로 농사현장이 세밀하게 묘사되고 삶에 대한 교훈이 있고, 19세기 중엽 이후의 한시에서는 농가생활의 모습이 원경이고 작자의 농가생활에 대한 만족이 있고 농사를 권장하는 교훈이 있음이 특징이다. 이 특징으로 보아 19세기 초엽 이전의 한시에서는 작자가 농사현장을 그대로 보여 주려 한 반면, 19세기 중엽 이후의 한시에서는 작자가 개입하려 한다는 것을 알 수 있다. 19세기 초엽의 한시에서 농가생활자는 농사현장에서 생긴 고통을 토로하나, 19세기 중엽 이후의 한시에서 농가생활자는 일상적인 농사들과 조세에서 생긴 고통을 토로하는 특징이 있다. 이 특징을 보아 19세기 중엽 이후의 한시에 나타난 작자의식은 한시로 농부의 고통을 형상화하여 재상자에게 알리려는 간서론(諫書論)이다.

본고는 조선후기 〈모심는소리〉 관련 한시에 나타난 시기별 특징에 주목하여 작자의식을 살펴보았다. 처음에 제기하였던 농가생활자의 정서를 심도 있게 다루지 못하였다. 농가생활자의 정서가 지닌 의미는 현채록 민요와의 대비, 고전시가와의 대비를 통하여 획득될 것이다. 이것을 이후의 과제로 남긴다.

벌채(伐採)를 소재로 한 한시의 통시적 양상과 민요적 정서

1. 머리말

벌채(伐採)란 나무를 베거나 풀을 베는 노동이다. 이러한 벌채를 소재로 한 한시에는 나무꾼노래(樵歌·樵唱·樵謳 등)를 시제로 한 것, 벌채하기(伐木, 析木, 採樵, 樵, 伐薪, 採薪, 折薪, 折草)를 시제로 한 것, 나무꾼(樵夫, 樵父, 採薪者, 樵翁, 樵童, 樵兒, 樵奴 등)을 시제로 한 것 등이 있다. 필자가 확인한 자료에 따르면 15세기 이승소(李承召, 1422~1484)의 〈잠령초가(蠶嶺樵歌)〉에서부터 20세기 초 박균진(朴均鎭, 1895~1942)의 〈초동(樵童)〉에 이르기까지 그 역사가 오래이다. 이러한 오랜 역사에서 보면 벌채를 소재로 한 한시에는 시대에 따라 변화가 있을 것이다. 그 변화의 하나가 민요취향의 수용이라 보인다.

조선후기 한시에 민요취향이 수용된 점은 주지의 사실이다. 이러한 한시에 수용된 민요취향에 대하여 이동환(李東歡) 선생은 "여류감정"·"민중의 삶의 현장의 표출"이라 한 바 있다.[1] 이후 이 연구를 계승하여

---

1) 李東歡, 「朝鮮後期 漢詩에 있어서 民謠趣向의 擡頭」, 『한국한문학연구』 3집·4집(한국한문학회, 1978), 29~71면.

개별 작자에 대한 연구가 광범위하게 이루어졌다. 이 가운데 민요취향과 관련된 주요한 연구들은 진재교(陳在敎), 최재남(崔載南), 박영민(朴英敏), 백원철(白源鉄) 등에 의하여 이루어졌다. 홍량호(洪良浩)의 작품에 "민족정서"가 표출된 점이 주목되었고[2], 민요취향의 수용이 "서정시의 방향"과 관련됨이 강조되었고[3], 최성대(崔成大, 1691~1761)·강박(姜樸, 1690~1742)·이안중(李安中, 1752~1791)·이옥(李鈺, 1760~1812) 등의 작자들의 작품에 나타난 "여성정감"이 주목되었으며[4], 백원철(白源鉄) 교수의 연구에서는 이학규(李學逵, 1770~1834)의 작품에 "여류정서"의 수용·"남녀애정"이 긍정된 점이 주목되었다.[5] 이상의 선행 연구는 민요 취향의 핵심이라고 할 수 있는 정서에 주목하였고, 개별 작품에 나타난 민요취향을 넘어 "한국 서정시의 방향"에 대한 논의의 가능성이 언급되기도 하였다. 본고에서는 이상의 연구 결과를 모두 수용한다. 수용에서 보더라도 다음과 같은 의문이 있다.

첫째, 수용된 민요취향이란 무엇인가?
둘째, 민요취향이 수용되었다면 어떤 과정을 거쳐 수용되었는가?

선행 연구에서는 민요취향을 "여류정감(여성정감, 여류정서)"·"민중의 삶의 현장의 표출"·"민족정서"라고 하였다. 민요취향에 대한 범위가 넓다. 구체적으로 민요적인 여류정감, 민요적인 민중의 삶에 대한 표출, 민요적인 민족정서가 무엇인가 하는 점이 의문이다.

고정옥(高晶玉) 선생은 민요란 노동현장에서 발생한 민중의 집단 노래라고 하였다.[6] 노동현장(勞動現場)이란 농가(農家)에서의 노동과 생활이

---

2) 陳在敎, 『耳溪 洪良浩 文學 研究』(성균관대학교 대동문화연구원, 1999), 171~196면.
3) 崔載南, 「조선후기 민요의 실상과 한시의 민풍 수용」, 『장르교섭과 고전시가』(월인, 1999), 167~237면.
4) 朴英敏, 『한국 한시와 여성 인식의 구도』(소명출판, 2003).
5) 白源鉄, 『낙하생 이학규 문학 연구』(보고사, 2005), 199~211면.

될 것이고, 민중이란 농가에서 생활하는 자 즉 농가생활자가 될 것이고 노래란 생각과 감정의 표출이 될 것이다. 고정옥(高晶玉) 선생의 견해를 기준으로 한다면 민요취향이란 '농가생활자가 노동과 생활에서 느낀 생각과 감정'이 된다. 이 생각과 감정은 노동을 소재로 한 한시에 잘 드러날 것이다. 그래서 본고에서는 벌채라는 노동을 소재로 한 한시를 대상으로 한다. 한시에 나타난 농가생활자의 노동과 생활에서 느낀 생각과 감정이 현 채록 민요에서 확인된다면 그 생각과 감정은 민요에 근사할 것이다. 본고에서는 이것을 민요적 정서로 본다.

동일한 소재로 지은 한시를 대상으로 하더라도 그 한시에는 소재를 다루는 전통적인 관습이 있을 것이고 이러한 관습 속에서 민요취향이 수용되었을 것이다. 따라서 동일한 소재로 지은 한시의 통시적(通時的)인 양상을 살펴보는 것이 필요하다. 이에 본고에서는 벌채를 소재로 한 한시의 통시적 양상과 민요적 정서를 살펴보는 것을 목적으로 한다.[7] 2장에서는 통시적 양상을 살펴볼 것이고, 3장에서는 민요적 정서를 살펴볼 것이며 작자의 삶에 따른 민요적 정서의 수용을 살펴볼 것이다.

자료는『한국문집총간』에 영인된 문집 · 국립중앙도서관 소장 문집 ·『조선후기 민요자료 정리와 분류』[8]에 수록된 것 등이다.

2. 통시적 양상

벌채를 소재로 한 한시의 통시적 양상을 살펴보기 위하여 화자의 벌채

---

6) 高晶玉,『朝鮮民謠研究』(수선사, 1949), 9면.
7) 벌채를 소재로 한 한시에 대한 연구는 전무한 편이다. 拙稿,「조선후기 민요자료에 나타난 민요의 通時的 양상」,『조선후기 민요자료 정리와 분류』(보고사, 2008), 19~55면에서 부분적으로 살펴본 바 있으나, 작품의 현황에 치중하여 내용 분석이 소략한 편이다.
8) 최재남 · 정한기 · 성기각 공저,『조선후기 민요자료 정리와 분류』(보고사, 2008). 이 책은 이하(以下)『조선후기 민요자료 정리와 분류』로 약칭한다.

생활에 대한 만족과 불만족으로 내용을 분류한다. 단순한 분류이지만, 분류 속의 다양한 양상을 포괄하기 위해서 요긴하다.

2.1. 벌채생활에 대한 만족이 표출된 작품의 통시적 양상

벌채생활에 대한 이른 기록은 『시경(詩經)』 「위풍(魏風)」 벌단(伐檀)조이다. 주자(朱子)는 벌단(伐檀)에 대하여 밭을 갈지 않으면 곡식을 얻을 수 없고, 사냥을 하지 않으면 짐승을 얻을 수 없다고 하였다.[9] 모서(毛序)에서는 탐욕스러움을 풍자한 것이라고 하였다.[10] 스스로의 힘에 의하여 얻어진 소박한 생활에 만족해야 한다는 뜻으로 이해된다. 이러한 소박한 생활에 대한 만족은 조선조 선비들의 강호에 대한 지향에도 확인할 수 있다. 강호에 대한 지향은 경국제민에 대한 이념과 강호에 대한 동경(憧憬) 사이의 복합심리의 산물로, '세속-강호'의 양분법에서 세속의 부귀공명을 버리고 강호의 빈천한 환경을 이상화한 것이다.[11]

벌채생활에 대한 만족이 표출된 이른 시기의 작품들은 이러한 강호지향을 확인할 수 있다.

15세기의 작품에서 화자는 관찰자로 벌채를 산수자연의 경치 가운데 하나로 관찰한다. 이승소(李承召, 1422~1484)의 〈잠령초가(蠶嶺樵歌)〉에서 화자는 나무꾼이 낫을 차고 집을 나서 나무를 한 다음 장가와 단가를 부르며 돌아오는 것을 본다.[12] 벌채가 하나의 경치이다. 이러한 경치는

---

9) 『詩經』「魏風」伐檀. "坎坎伐檀兮, 寘之河之干兮, 河水淸且漣猗. 不稼不穡, 胡取禾三百廛兮, 不狩不獵, 胡瞻爾庭有縣貆兮. 彼君子兮, 不素餐兮. ○ 詩人, 言有人於此, 用力伐檀, 將以爲車而行陸也, 今乃寘之河干, 則河水淸漣而無所用, 雖欲自食其力, 而不可得矣. 然其志則自以爲不耕則不可以得禾, 不獵則不可以得獸. 是以, 甘心窮餓而不悔也. 詩人, 述其事而歎之, 以爲是眞能不空食者, 後世若徐穉之流, 非其力不食, 其勵志蓋如此".
10) 『詩經』「魏風」伐檀. "伐檀, 刺貪也. 在位貪鄙, 無功而受祿, 君子不得進仕爾".
11) 金炳國, 『한국 고전문학의 비평적 이해』(서울대학교 출판부, 1996), 58~90면.
12) 李承召, 『三灘先生集』권1 〈淡淡亭十二詠〉제10수. "腰鎌出郭向山阿, 時復長歌更短歌. 日暮倉皇歸路暗, 過江風雨一番多".

강희맹(姜希孟, 1424~1483)의 〈잠령초가(蠶嶺樵歌)〉[13]・임억령(林億齡, 1496~1568)의 〈대추초가(大秋樵歌)〉[14] 등에서도 확인된다.[15] 16세기에는 화자가 관찰자로 벌채생활에 대한 관찰자의 생각이 표출된다. 김인후(金麟厚, 1510~1560)의 〈벌목정정산갱유(伐木丁丁山更幽)〉에서 화자는 두건과 지팡이로 산에 올라 숲에서 일하는 나무꾼을 보고 그 나무꾼은 진환(塵寰)에 마음을 향하지 않는다고 하였다.[16] 관찰자가 나무꾼의 벌채생활을 보고 그 생활이 세속을 멀리하고 강호를 지향한 것이라 생각한 것이다.[17]

17세기 이후의 작품에는 화자가 나무꾼으로 강호지향을 표출하기도 한다. 홍석기(洪錫箕, 1606~1680)의 〈초부행(樵夫行)〉이 그 예이다.

---

13) 姜希孟,『私淑齋集』권1 〈淡淡亭十二詠〉 제10수.

14) 宋純,『俛仰集』권7 俛仰亭雜錄 金河西 〈俛仰亭三十詠〉 제11수.

15) 이러한 양상은 15세기 이후부터 20세기 초의 박균진(朴均鎭, 1895~1942)의 〈樵童〉(『松溪三世錄』,『조선후기 민요자료 정리와 분류』, 242면)까지 전시기에 확인된다. 이후 이러한 양상에 대한 언급은 생략한다.

16) "雨晴巾杖起登山, 碧玉溪流春意閒. 伐木中林何處客, 不將心事向塵寰" 金麟厚,『河西先生全集』권6.

17) 이러한 양상은 16세기 이후 19세기까지 지속된다. 16세기에는 류희경(劉希慶, 1545~1636)의 〈鴈巖採樵(鴈巖採樵)〉(『村隱集』권1 〈枕流臺二十詠〉 제4수)에서 확인되고, 17세기에는 이재(李栽, 1657~1730)의 〈고경초가(古經樵歌)〉(『密菴先生文集』권1 〈노현팔영(蘆峴八詠)〉 제7수,『조선후기 민요자료 정리와 분류』, 281면)에서, 18세기 권구(權榘, 1672~1749)의 〈남록초가(南麓樵歌)〉(『屛谷先生文集』권1 〈敬次李父長隱八景韻 壬寅〉 제7수,『조선후기 민요자료 정리와 분류』, 284면), 조태억(趙泰億, 1675~1728)의 〈상고초가(商皐樵歌)〉(『謙齋集』 권11 〈深川八景〉 제7수), 김경찬(金景澯, 1680~1722), 〈초부사(樵夫詞)〉(『聞韶世稿』권20 〈松鶴居士遺稿〉,『조선후기 민요자료 정리와 분류』, 238면) 등에서, 19세기에는 조수삼(趙秀三, 1762~1849)의 〈벌목정정산갱유(伐木丁丁山更幽)〉(『秋齋集』권1), 김계온(金啓溫, 1773~1823)의 〈청문초구(靑門樵謳)〉(『吟哦錄』제1책 〈東里八詠〉 제8수,『조선후기 민요자료 정리와 분류』, 288~289면), 심순모(沈珣模, 1833~1909)의 〈가원초가(柯原樵歌)〉와 〈한치초가(寒峙樵歌)〉(『草史集』권3 〈丹谷精舍 八景〉 제1수와 〈汀灑八景〉 제7수,『조선후기 민요자료 정리와 분류』, 291면), 정홍수(丁弘秀, 1871~1918)의 〈지등초가(芝嶝樵歌)〉(『輝山詩稿』권1 〈星樓八景〉 제3수,『조선후기 민요자료 정리와 분류』, 296면), 황영소(黃永紹, 1877~1939)의 〈문초가(聞樵歌)〉(『逸菴文集』권1,『조선후기 민요자료 정리와 분류』, 246면), 한중석(韓重錫, 1898~1964)의 〈독초가(獨樵歌)〉(『翠松堂遺稿』권1,『조선후기 민요자료 정리와 분류』, 246~247면) 등에서 확인된다.

어제는 남쪽 골짜기이고, 오늘은 북쪽 골짜기이네.

땔나무하여 짊어지고 돌아와, 피곤하지만 쉴 틈이 없네.

초부(樵父)가 나를 향해 말하기를, 이 뜻을 사람들이 알지 못하네.

나무하기 비록 고달프다하나, 나무하기에 또한 즐거움도 있다네.

평생 산협(山峽)의 사이에서, 나무하기 이것이 나의 일이라네.

날카로운 도끼와 낫을 들고, 광가(狂歌)를 부르며 깊은 계곡에 들어가네.

사방에 뵈는 것 없고, 푸르고 푸른 나무들이 묶여 있네.

베고 베어 채우려는 뜻, 모두 나의 힘에 따르네.

돌아오는 길은 흰 구름 속이고, 낙조(落照)는 저녁의 사립문에 비치네.

나의 집에 온돌이 따뜻하고, 나의 솥에 콩국이 익었네.

온돌은 나의 몸을 따뜻하게 하고, 콩국은 나의 배를 부르게 하네.

몸이 따듯하여 추위 걱정이 없고, 배가 불러 또한 빈곤을 충족시키네.

내가 초부의 말을 듣고, 한 번 웃고 한 번 탄식하네.

아아! 미혹됨을 다시는 않으려니, 십년을 자맥(紫陌)으로 옮겨 다녔네.

귀전(歸田)이 늦은 것이 고통스러우니, 지난 잘못을 지금 처음 깨닫겠네.[18]

관찰자가 나무꾼을 관찰하고, 나무꾼이 말한 다음, 관찰자가 말하는
순서이다. 나무꾼은 스스로의 힘으로 얻은 소박한 삶에 만족한다고 한다.
모든 것이 자신의 힘으로 얻어진 것이기 때문에 세속에서처럼 벼슬살이
에 분주하게 마음을 쓰지 않아도 된다. 나무꾼의 말을 듣고 관찰자는
과거 벼슬살이에 골몰하였던 삶을 부정한다. 나무꾼의 말을 통하여 스스
로 일하는 만족감(滿足感)은 벼슬살이의 분주한 마음과는 반대인 '마음의
평안'에 있음을 짐작할 수 있다. 이러한 마음의 평안이 직접 드러난 것이
정창주(鄭昌胄, 1608~1664)의 〈초옹답문(樵翁答問)〉이다. 화자는 초옹

---

18) 洪錫箕,『晚洲遺集』권5 〈樵夫行〉(『조선후기 민요자료 정리와 분류』, 235면). "昨日南
溪南, 今日北溪北. 採薪還負薪, 力疲閒不得. 樵父向余言, 此意人不識. 雖云採薪苦,
亦有採薪樂. 平生山峽間, 採薪是吾役. 利斧與利鎌, 狂歌入深谷. 四顧無所見, 蒼蒼林
木束. 斫之斫滿意, 多少隨我力. 歸來白雪中, 落照柴門夕. 我室土突溫, 我釜豆粥熟.
土突煖我身, 豆粥飽我腹. 身寒不憂, 腹飽貧亦足. 我聞樵父言, 一笑一歎息. 嗟我迷
不復, 十年趨紫陌. 歸田苦不早, 昨非今始覺. 我與爾相好, 分山不負約".

(樵翁)에게 서리가 많아 돌처럼 미끄러운 나무와 칼처럼 날카로운 바람이 부는 상황에서, 배고프고 살갗 부르트고 어깨가 붉어지는 고생을 왜 하는지 묻는다. 초옹(樵翁)은 힘으로 먹고 사는 것이 마음이 쓰이지 않고 지게를 져도 근심·걱정 없이 마음이 평안하며, 명리객(名利客)들이 어지럽게 마음을 쓰는 것보다 낫다고 한다.[19] 스스로 일하는 것을 마음의 평안에 두고 있다. 마음의 평안은 18세기에서 19세기까지의 작품들에서 확인된다. 18세기 서명응(徐命膺, 1716~1787)의 〈우잠채초(牛岑採樵)〉에서 화자는 나무꾼으로 자신의 힘으로 먹고 사는 것이 마음을 수고롭게 하지 않는다고 하였고,[20] 19세기 신태용(申泰龍, 1862~1898)의 〈도양초가 구장(道陽樵歌 九章)〉 제9수에서 화자는 나무꾼으로 때에 따라 배부르고 따뜻하니 시비(是非)에 골몰하여 여기저기 돌아다녀 온돌이 따뜻할 날이 없었던 묵적(墨翟)은 헛된 것이라고 하였다.[21] 화자는 나무꾼으로 세속을 거부하고 마음의 평안을 주는 벌채생활을 긍정한 것이다. 강호지향이다.

18세기 이후 작품에는 강호지향이 지배적인 속에서도 앞의 작품들과는 다른 양상을 보인다. 그 양상은 다음과 같다.

첫째, 관찰자는 벌채생활에서 일어난 나무꾼들의 모습을 묘사한다.

---

19) 鄭昌冑, 『晚洲集』 권3 〈樵翁答問〉(『조선후기 민요자료 정리와 분류』, 235~236면). "問樵翁 天寒日暮山谷裡 胡爲遑遑行未已 霜濃木石滑 雪甚風刀利 腹飢膚折擔肩頹 何乃自苦至於此. 樵翁答 一生生事只顁石 我是野人本勞力 我朝出伐薪 我夕歸煮粟 我雖勞力不勞心 猶勝風塵名利客 名利客 雖有文繡榮其軀 金石美其輝 照耀乎皇都 不過勞心勞力紛紛然 昏夜乞哀者 何曾比於擔負吾 吾雖擔負心則安 不願奔走朱門途 朱門途笑矣乎 朱門之所貴 朱門能賤之 何如無憂無樂 採山釣水而魚鳥爲友于". 해석은 崔載南, 앞의 논문, 1999, 197~198면을 참조하였다.

20) 徐命膺, 『保晚齋集』 권1 〈西湖十景 古今體〉 제10수. "幽幽牛岑, 蔚蔚平林. 侯鎌侯斧, 三兩其任. 朝披行露, 夕憩松陰. 後先載路, 翼彼羣禽. 蔚蔚平林, 幽幽牛岑. 以刈以束, 十千其擔. 朝涉深澗, 夕偃篷簷. 我食我力, 不勞我心. 心之不勞, 其用遏覃. 爨我甘饙, 煖我布衾. 想彼萬竈, 望我實深. 于以市之, 貴賤與咸".

21) 申泰龍, 『道陽集』 권1 〈道陽樵歌 九章〉 제9수(『조선후기 민요자료 정리와 분류』, 293~295면). "朝采南山山有薇, 北山樗櫟暮薪歸. 時來煖飽怡然笑, 墨突徒勞有是非".

정세풍(鄭世豐, 18세기)의 〈탕현초가(碭峴樵歌)〉가 그 예이다. 제3수에서 관찰자는 나무꾼 아이들이 돌아올 때 나무를 누가 많이 하였는지 자랑한다고 하였고, 제4에서는 나무꾼 아이들이 돌아올 때는 야유(揶揄)하는 소리가 진동한다고 하였다.[22] 벌채생활의 현장(現場)에서 있을 법한 나무꾼들이 나무한 것을 자랑하거나 야유(揶揄)하며 장난하는 모습에 대한 묘사이다. 이러한 나무꾼들이 서로 자랑하고 야유하는 모습은 18세기 이후의 작품에서 빈번하게 확인할 수 있다. 김종후(金鍾厚, 1721~1780)의 〈초부가(樵夫歌)〉에서는 품팔이 나무꾼과 아이 나무꾼이 짝을 지어 나무하러 갔다가 돌아온다. 그 가운데 한 아이가 짐을 지지 못해 자주 떨어뜨린다. 그 아이는 다른 아이들을 보며 자신이 나무한 것은 다른 아이들만 못하나 독서는 다른 아이보다 낫다고 한다. 그러자 다른 아이들은 자신들은 나무한 것이 많아 상(賞)을 받지만 너는 피곤하여 책도 못 볼 것이라고 한다.[23] 한 나무꾼 아이가 나무를 많이 하지 못해 변명하고 다른 아이가 나무한 것을 자랑하며 그 아이를 놀리는 문답(問答)이다. 그 내용이 자랑과 야유이다. 유후옥(柳後玉, 1702~ 1776)의 〈초동창수(樵童唱酬)〉에서는 나무꾼 아이가 이 산에 재목이 있느냐고 반복해서 묻고, 어떤 사람이 이 산에 재목이 없다고 답하였다가 다시 이 산에는 재목이 있다고 답한다.[24] 그 내용이 서로 즐겁게 장난하는 것에 가깝다. 야유하

22) 鄭世豐, 『近思齋遺稿』 「碭峴樵歌」(『조선후기 민요자료 정리와 분류』, 289면). "其三 春山多雜柹, 童子日來歌. 人語白雲地, 斧鳴老樹阿. 齊呼石上坐, 獨唱柳邊過. 柴課執高下, 入門相與誇"(제3수), "其四 靑林白水聽樵歌, 木柄長鑱人在阿. 斫出亂荊干脂澁, 束來高楚兩肩過. 行輕□ 呼相集, 頭揷紅花笑自誇. 一路溪前連野直, 揶揄聲動暮山□(제4수).

23) 金鍾厚, 『本菴續集』 권1 「樵夫歌」(『조선후기 민요자료 정리와 분류』, 239면). "緇撮衣窄袖, 木架掛背短鎌手. 出門儔儷同, 東家傭夫西家僮. 行轉山阿深林入, 風來擧腋淸颯颯. 仰首斬枯藤, 俯身拾墮枝. 墮枝枯藤不知數, 擔起不得屢損之. 不盈半負行徐徐, 顧語同伴莫笑余. 余背不如爾負薪, 爾口不如余讀書. 待我去坐書窓下, 背上口中較何如. 同伴答謂曰. 吾歸吾家後, 下得百許斤擔薪. 供給使令無不有, 知子之歸力已倦. 讀書幾巡而掩卷, 且莫閒爭執少多. 爲我行請杞菊齒, 賦出一闋樵夫歌".

24) 柳後玉, 『壯巖世稿』 권3 蘭溪遺稿 「樵童唱酬」(『조선후기 민요자료 정리와 분류』, 238

는 모습을 확인할 수 있다.[25] 19세기 백회순(白晦純, 1828~1888)의 〈초부
가(樵夫歌)〉에서는 한 나무꾼이 신선과 자신 사이에 얽힌 이야기를 과장
스럽게 이야기하자 그 이야기를 들은 다른 아이들이 박수치며 웃는다고
하였다.[26] 나무꾼들이 야유하는 모습이다. 박상태(朴尙台, 1838~1900)의
〈태수초가(台峀樵歌)〉에서는 나무꾼이 "나의 나무한 것도 적지 않고 너
의 나무한 것도 많네"라고 하였다[27] 나무한 것을 자랑하는 모습을 확인할
수 있다.

둘째, 강호지향 속에서 나무꾼은 벌채가 생계(生計)의 수단이라는 생각
을 드러낸다.

벌채생활은 스스로 일하여 얻은 소박한 삶으로 마음의 평안을 얻는
것임을 앞에서 살펴보았다. 18세기 이후의 한시에는 스스로 일하는 것이

면). "樵童唱. 此山有材否. 人言. 此山材不有, 刑棘蒼蒼山日暮. 采得薪薪溫突口. 樵童
酬. 此山有材否. 人言. 此山材亦有, 昨夜梗楠出地 三百尺何如. 采得薪薪溫突口".

25) 성기각 선생은 문집에 수록된 자료들을 살펴 나무꾼 노래는 여러 사람이 함께 부르는
것이며 서로 주고받는 것이라고 하였다. 이 점에 비추어 보면 〈초동창수(樵童唱酬)〉는
문답으로 진행되므로 현재 독창으로 불리기 이전의 나무꾼 노래의 가창 모습이라고도
볼 수 있다. 본고에서는 노래하는 모습일 가능성을 배제한 것은 아니다. 다만 〈초동창
수(樵童唱酬)〉가 그때 불린 노랫말로 단정하기에는 주저되는 바가 있어 그때 '나무꾼
사이에 있었던 일로 포괄적으로 본 것이다. 나무꾼 노래의 가창방식(歌唱方式)에 대한
본격적인 연구가 요망된다. 성기각 선생의 글에서 빠진 자료를 첨가하면 다음과 같다.
이승소(李承召, 1422~1484)의 〈잠령초가(蠶嶺樵歌)〉 제2구 "時復長歌更短歌", 고경명
(高敬命, 1533~1592)의 〈대추초가(大秋樵歌)〉 제3구 "勞歌時互答", 이소한(李昭漢,
1598~1645)의 〈후산초창〉 제3구 "相酬長短自諧音", 남용익(南龍翼, 1628~1692)의 〈국
곡초가(菊谷樵歌)〉 제2구 "長歌互答樵兒", 어유봉(魚有鳳, 1672~1744)의 〈병산초부(屛
山樵夫)〉 제2구 "前者招呼後者謳", 백회순(白晦純, 1828~1888)의 〈초부가(樵夫歌)〉 제
4구 "長歌互答無愁惱". 성기각, 「조선후기 민요자료를 통해 본 민요의 가창방식」, 『조
선후기 민요자료 정리와 분류』(보고사, 2008), 72~79면.
26) 白晦純, 『藍山先生文集』 권1 〈樵夫歌〉(『조선후기 민요자료 정리와 분류』, 240~241
면). "九月風高木葉橋, 石逕人稀白雲倒. 負薪歸來山日西, 長歌互答無愁惱. 出谷相須
班荊語, 此山有仙聞風早. 偶上雲臺得一見, 兩耳垂肩長眉好. 手把驪圖觀象數, 石室松
壇淨灑掃. 謂我仙才贈一丸, 服之令人久不老. 明日東上蓬萊巓, 拍肩洪崖採瑤草. 語終
因成蕉掌笑, 欄柯山色連蒼昊".
27) 朴尙台, 『鶴山文集』 권2 〈次河江界兼洛 華山亭八景韻〉 제8수(『조선후기 민요자료
정리와 분류』, 292면). "棲息山中無外事, 我樵非少爾樵多. 所嗟生晚陶唐世, 不學康衢
擊壤歌".

란 점은 같지만 마음의 평안을 얻는 것과는 다른 양상을 보인다. 다음은 이동표(李東標, 1644~1700)의 〈초부사(樵夫詞)〉이다.

> 푸르고 푸른 남산의 소나무, 위는 성글고 아래는 가지도 없네.
> 허리에 두른 도끼날이 이미 오래되었으니, 어렵고 쉬움을 모두 절로 아네.
> 길을 들어설 땐 혼자 와서, 해가 지자 짝을 따라 돌아오네.
> 음산한 바람은 밤 되어 급히 불고, 백설은 띠 집을 덮었네.
> 새벽에도 불 땐 연기 일지 않고, 추위에도 어린 아이 옷이 없네.
> 나무하기가 어찌 궁함이 있으리요 마는, 生理가 더욱 어렵고 위태하네.
> 집을 떠나 도시에 있어보니, 처음으로 지난 생각이 잘못이란 것을 알겠네.[28]

〈초부사(樵夫詞)〉에서 화자는 나무꾼이다. 나무한 지 오래되어 일의 어렵고 쉬운 것을 절로 알며 돌아올 때는 짝과 함께 오는 즐거운 생활이다. 집을 떠나 도시에 와 보니 자신의 생활에 대하여 불평하였던 것이 잘못이라는 것을 안다. 도시와 강호의 양립이 있으며 도시를 부정하는 강호지향이다. 이러한 강호지향 속에서 나무꾼은 추운 바람이 불고 눈이 집을 덮는 추위 속에서 새벽이 되어도 불 때지 못하고 어린 자식들에게 옷을 마련해 주지도 못한다. 벌채로는 불 때어 밥하지 못하고 추위에도 옷을 마련하지 못하여 생계가 어렵다는 것이다. 나무꾼은 벌채를 생계의 수단이라고 생각한 것이다.

박윤묵(朴允默, 1771~1849)의 〈영채신자(詠採薪者)〉에서 관찰자는 벌채라는 것이 한 달을 힘씀으로 삼동(三冬)을 살아갈 수 있는 중요한 산업(産業)으로, 나무꾼이 옷과 바지가 타지고 찢어지고 손발은 트고 굳은살

---

28) 李東標, 『懶隱集』 권1 〈樵夫詞〉(『조선후기 민요자료 정리와 분류』, 237면). "青青南山松, 上疎無低枝. 腰斧日己久, 難易皆自知. 尋逕時獨往, 日暮隨伴歸. 陰風夜來急, 白雪覆茅茨. 炊烟曉不起, 穉子寒無衣. 薪樵豈有窮, 生理轉艱危. 攜家在城市, 始覺夙計非".

이 박이는 고생을 하더라도, 먹고 사는 것을 보존할 수 있어 근심을 하지 않으니, 이 생활이 밖을 버리고 안을 기르는 것이고 곤궁함을 편안히 여기는 것이라고 하였다.[29] 전체적으로 나무꾼이 곤궁함을 편안하게 여기고 밖의 부귀를 멀리하는 강호지향이다. 그런데 나무꾼이 곤궁함을 편안하게 여기는 이유는 먹을 것이 떨어진 삼동(三冬)에도 벌채로 먹고 사는 것을 보존할 수 있기 때문이다. 관찰자가 벌채가 생계의 수단으로 중요하다는 나무꾼의 생각을 드러낸 것이다. 관찰자에 의하여 나무꾼의 생각이 제시되었으므로, 관찰자의 목소리가 우세하다. 그 우세한 목소리를 직접 확인할 수 있는 것이 산업으로써 벌채가 중요하다는 것이다.

이러한 교훈의 목소리가 확대된 작품이 19세기 유진성(柳晉成, 1826~1894)의 〈절초(折草)〉이다. 관찰자는 가을의 풍요를 위해서는 봄 사월(四月)에 풀베기를 먼저 해야 한다고 한다.[30] 강호지향이나 나무꾼의 고생하는 모습은 없다. 절기(節氣)에 따른 농사의 하나로 벌채가 중요하다는 것이다.[31]

셋째, 강호지향 속에서 나무꾼이 불우하다는 감정을 표출한다.

배성호(裵聖鎬, 1851~1929)의 〈초부음〉과 이석희(李錫熙, 19세기)의 〈초부가 오절(樵夫歌 五絶)〉 등이 그 예이다.

배성호(裵聖鎬, 1851~1929)의 〈초부음(樵夫吟)〉[32]에서 화자는 나무꾼

---

29) 朴允默, 『存齋集』 권22 「詠採薪者」. "嗟彼山中人, 産業薪爲大. 一月不費力, 三冬都無賴. 所以屝食去, 行露披蔚薈. 衣袴皆綻裂, 手足亦胼胝. 上下山麓間, 艱難不自知. 何足恤筋力, 庶可保口腹. 遺外而養內, 亦足安窮獨".

30) 柳晉成, 『東溪文集』 권1 「折草」(『조선후기 민요자료 정리와 분류』, 229면). "春草漸長四月天, 田家是事最爭先. 靑山斫盡斜陽夕, 酒後街謠話有年".

31) 郭鍾錫(1846~1919)의 「折草」와 郭鍾錫의 시를 次韻한 李種杞(1837~ 1902)의 「折草」도 같은 내용이다. 郭鍾錫, 『俛宇集撮要』 권1 「幽僑日用三十詠」 제13수(『조선후기 민요자료 정리와 분류』, 229면); 李種杞, 『晩求先生文集』 권1 「和郭鳴遠幽僑日用雜詠」 제13수.

32) 裵聖鎬, 『錦石文集』 권1 「樵夫吟」(『조선후기 민요자료 정리와 분류』, 241~242면). "我愛稽山好, 雲岑截彼嶢. 琤琤澗觸石, 蒽蒨樹交條. 鹿子馴無狄, 松花老不飄. 箇中開者孰, 自少隱於樵. 蘿皮裁野服, 茶飯爨春窯. 貧豈取金者, 心長伐木謠. 芒鞋織前夜, 林雨霽

이다. 화자는 산에 머무는 것을 사랑하며 부귀를 멀리한다. 나무를 베는 것처럼 세상의 요사한 기운, 뱀·돼지를 제거하고, 계주와 요동을 안정시키기를 원하지만 때를 만나지 못하였다. 집에 돌아와 진세의 생각을 버리고 스스로의 힘으로 먹고 사는 것에 만족한다. 나무꾼은 진세(塵世)를 멀리하고 스스로의 힘으로 먹고 사는 삶에 만족하면서도, 포부를 펼칠 기회(機會)를 만나지 못하였다는 불우의 심정을 토로한다. 그 포부는 세상의 요사(妖邪)한 기운을 제거하는 것이다. 나라를 경영하고 백성을 구(救)한다는 포부 즉 경국제민의 포부이다. 강호지향이 '경국제민의 이념과 강호에 대한 동경'의 복합심리란 점을 상기한다면 이 작품에서 화자의 불우는 강호지향을 벗어난 것은 아니다.[33] 이석희(李錫熙, 19세기)의 〈초부가 오절(樵夫歌 五絶)〉은 그 양상이 다르다.

> 장안(長安)의 시장(市場)에 날마다 땔나무가 달리고, 부잣집 동노(銅奴)들이 연이어 있네.
> 땔나무 제 값 받기를 바라며 달려가지만, 온 성의 불 때는 사람들 알아주지 않네[34]

이석희(李錫熙, 19세기)의 〈초부가 오절(樵夫歌 五絶)〉의 제1~3수는

今朝. 早起樵車著, 行尋石逕遙. 高原通極目, 平楚長齊腰. 曲鐵用時利, 穹林嘯罷寥. 願將此斬伐, 往掃世氛妖. 一劍除蛇豕, 三隅定薊遼. 男兒時不遇, 草木奈同凋. 微煙起澗戶, 夕照下山椒. 山菊和薪束, 巖蜂貼負喓. 不欲觀仙局, 言歸度石橋. 閒臥土床暖, 悠然塵慮消. 我自樂耕鑿, 世何問舜堯. 高車駟馬客 畢竟還無聊".

33) 화자의 불우가 경국제민의 포부와 관련된 것으로 전편이 강호지향으로 일관한 것을 김재홍(金在洪, 1867~1939)의 〈채초음〉에서도 확인할 수 있다. 화자는 어린 시절 스승의 가르침에 따라 도를 추구하는 삶을 살았는데 세상이 시서(詩書)를 싫어하고 음란한 것을 추구하는 것으로 변하자, 은거(隱居)하여 벌채생활을 하며 소박한 삶에 만족하고 몸을 깨끗하게 한다고 하였다. 세상에 도가 있으면 경국제민의 포부를 펼치고, 세상에 도가 없으면 강호 속에서 결신자수(潔身自守)하는 강호지향(江湖志向)과 같다. 金在洪, 『遂吾齋集』 권1(『조선후기 민요자료 정리와 분류』, 232~233면).

34) 李錫熙, 『一軒集』 권2 「樵夫歌 五絶」 제4수(『조선후기 민요자료 정리와 분류』, 243면). "長安市上日馳薪, 朱戶銅奴萬萬緡. 得直縱多吾怕佳, 滿城烟火不知人".

벌채를 경치의 하나로 본 것이다.[35] 강호지향이다. 위에 인용한 것은 제4수이다. 표면적으로는 화자가 땔나무를 팔지 못하였다는 것이지만, 그 이면에는 자신을 알아주는 사람을 만나지 못했다는 불우의 감정이 있다. 그 불우가 경국제민의 기회와 관련된 것인지 개인적인 기회와 관련된 것인지 제시되어 있지 않다. 전체 내용은 시장에는 부잣집 동노(銅奴)들이 연이어 있고, 화자는 땔나무를 살 사람을 만나지 못하였다는 것이다. 전체 내용에서 보면 화자의 불우는 부잣집 동노와 관련이 있을 듯하다. 동노란 하남(河南)의 평음(平陰)에 사는 방검(龐儉)이란 사람이 우물을 파다가 우연히 동(銅)을 얻어 부자가 되었고, 그 재산을 관리할 늙은 노비를 고용하였는데 그 노비가 우연히 과부가 된 방검의 어머니와 옛날에 사랑한 사람이라는 것이 알려져 노비도 부유하게 되었다는 이야기이다. 우연히 행운을 얻어 부유하게 된 사람의 이야기이다. 즉 시장에는 행운을 만나 부귀하게 된 자들이 많은데, 화자는 사람을 만나지 못하였다. 이렇게 본다면 화자의 불우는 행운을 만나 부유하게 될 기회와 관련된다. 개인적인 불우이다.

2.2. 벌채생활에 대한 불만이 표출된 작품의 통시적 양상

벌채생활에 대한 화자의 불만에는 체제 모순에 대하여 비판한 것이 있고, 비판은 약화되고 나무꾼의 고생에 대한 비탄(悲嘆)이 중심인 것이 있다. 통시적 양상을 살펴보자.

필자가 확인한 벌채생활에 대한 불만이 표출된 이른 시기의 작품은 성현(成俔, 1439~1504)의 〈벌목행(伐木行)〉이다.

---

35) 李錫熙, 『一軒集』 권2 「樵夫歌 五絶」(『조선후기 민요자료 정리와 분류』, 243면). "礪鑊廚人念促禾, 秋高木葉墮曾阿. 離群莫去後山後, 艸長無人嘶虎多"(제1수), "松懸飯裏遠飢鳥, 日午泉林擲與糊. 榛栗滿岩人不食, 一山秋興在狙題"(제2수), "落日負薪行且歌, 廻看樵處白雲多. 篁扉稚子打盹睡, 併候出烟三五家"(제3수).

차가운 바람은 춥고 음산한 구름은 엉겼으며, 천암만학이 모두 얼음이네.

엄동의 쌓인 눈은 둑보다도 높고, 나는 새도 지나고 싶어도 오르지 못함을 근심하네.

산간의 울타리는 쇠락하고 달팽이는 껍질을 움츠리니, 산인(山人)의 생활은 어찌 쓸쓸한가?

넌출 덩굴 끌어와 창문을 수리하고, 굶주림에 상수리나무의 밤을 모아 크게 씹네.

이서(吏胥)는 몰아내기를 성화같이 재촉하니, 남자는 지고 여자는 당기며 높은 곳에 오르네.

백번을 기워도 정강이를 가리기 어렵고, 손은 거북등짝 같고 손가락은 떨어지고 얼굴은 회와(灰) 같네.

큰 재목 다투어 구하나 쓸 만한 것을 찾지 못하고, 쩡쩡한 소리 진동하여 갠 날에 우레이네.

채찍과 태질로 독촉(督促)과 벌(罰)이 심해, 웃통을 벗은 채 '호야'소리 언덕과 산에 중첩되네.

소는 지치고 말은 넘어지고 인력도 수고로우니, 누가 쟁기를 쥐고 봄밭을 갈겠는가?

나는 당음(棠陰)의 선화자(宣化者)로, 눈으로 친히 보지 못하고 마음으로만 근심하네.

망망한 구름으로 대궐이 격하였으니, 백성들이 간난(艱難)이 많다는 것을 어찌 알겠는가?

거필(巨筆)로 그림을 그리지 못함을 부끄러워하니, 영원히 정협(鄭俠)의 죄인이네.[36]

화자는 나무꾼의 삶을 관찰한 관찰자이다. 산은 얼음과 눈으로 덮여

---

36) 成俔, 『虛白堂詩集』 권9 「伐木行」. "寒風慘慘陰雲凝, 千巖萬壑皆明氷. 嚴冬積雪高於防, 飛鳥欲過愁難乘. 山間籬落蝸縮殼, 山人生理何蕭素. 行牽蘿蔓補牎牖, 飢拾橡栗當大嚼. 里胥驅出星火催, 男扶女挽登崔嵬. 懸鶉百結不掩脛, 手龜指落顔如灰. 爭求大材不中用, 丁丁聲振晴雷動. 鞭笞敲朴多督責, 呼爺袒楊丘山重. 牛疲馬斃人力勞, 誰能秉耒耕春皐. 我爲棠陰宣化者, 目不親睹心忉忉. 茫茫五雲隔楓宸, 豈知民物多艱辛. 愧無巨筆編作圖, 永爲鄭俠之罪人".

나는 새도 오르기 어려울 정도이다. 나무하기 어려운 상황이다. 또한 울타리는 쇄락하고 집은 달팽이 껍질 같고 창문은 넌출로 수리하고 상수리나무의 밤을 씹을 정도로 가난하다. 이러한 가난하고 나무하기 어려운 상황임에도 이서(吏胥)는 나무꾼에게 부역(賦役)을 재촉하고, 부역을 하지 않으면 채찍질과 태질의 벌이 가해진다. 나무꾼은 어쩔 수 없이 나무하러 간다. 손은 거북등이 되고 손가락은 떨어질 정도이며 얼굴은 회(灰)와 같다. 나무꾼의 고생이다. 이러한 고생에 대하여 관찰자는 자신이 목민관임에도 유민도(流民圖)를 그려 백성들의 곤궁을 상달(上達)하지 못한 것을 부끄러워한다. 관찰자가 나무꾼의 고생을 통하여 지배층의 부역을 비판한 것이다. 이러한 관찰자에 의한 비판을 18세기까지 확인할 수 있다. 이춘원(李春元, 1571~1634)의 〈벌목행(伐木行)〉에서 화자는 관찰자이다. 중앙정부에서 지방의 백성들에게 벌목의 부역을 시켰고 벌목한 재목들은 공적인 일에 쓰이지 않고 사사로이 공경(公卿)의 집안으로 들어간다.[37] 지배층이 부가한 부역과 그들의 사욕을 비판한다. 이재(李栽, 1657~1730)의 〈임하벌목가(臨河伐木歌)〉에서 관찰자는 임하 지역이 수재(水災)로 백성들의 삶이 어려운 지경이고 이에 더하여 조세(租稅)와 부역으로 고통이 가중됨에도, 지방 관리는 백성들을 살피기에 태만하고 이서는 돈 벌기만 추구하고 강변의 선비는 힘이 미치지 못 한다 근심만 한다며[38] 지방

---

[37] 李春元,『九畹先生集』권1「伐木行」. "南山千聲呼耶許, 北山萬聲呼耶許. 呼耶不絕日復日, 聲聲正在山深處. 丁丁稼稼山殷雷, 平地委積何崔嵬. 白挺如風前導喝, 敬差使者監督來. 曳出層溪作大筏, 萬牛流血皆僵斃. 下者原藪或可移, 高者岩峣不能越. 深山日夜哭鳴鳴, 父收子尸妻載夫. 草衣木食路傍死, 關東水災古所無. 野火焚燒風雨頻, 徒令杞梓終成塵. 千年遺養一日棄, 可憐人物俱傷湮. 龍山江口白如雪, 箇箇自出蒼生血. 南蠻未馴北狄橫, 卑宮土階何時節. 君不見 太廟都監買材分, 紛紛輸入公卿門. 王家法宮半未成, 先起大宅高入雲".

[38] 李栽,『密菴先生文集』권1「臨河伐木歌」(『조선후기 민요자료 정리와 분류』, 230~231면). "臨河山木幾千章, 臨河山水阻且長. 公私材用日流下, 齊民久已困輸將. 積潦今年連數月, 沿江一帶開溟渤. 人畜漂流慘見聞, 陵谷變遷駭心目. 原野初來稼欲穫, 一朝渾成沙礫場. 田家四野哭相向, 秋來下戶多流亡. 承流自是太守職, 其奈越視秦人瘠. 無人作圖獻君門, 安得离明照蓽屋. 無田有稅亦太冤, 杼軸其空悲簋飧. 仍舊何妨魯長府, 擧

관리·이서·선비 등을 비판한다.

　18세기 이후에도 체제모순에 대한 비판이 지배적이다. 그 가운데에서
도 앞의 작품과는 다른 양상을 보이기도 한다. 그 양상은 다음과 같다.

　첫째, 개별화(個別化)된 인간[39]으로서 나무꾼이 형상화된다.

　이른 시기의 작품은 이보(李簠, 1629~1710)의 〈초아탄(樵兒歎)〉이다.
화자는 관찰자이다. 나무꾼 아이는 새벽에 빙설(氷雪)로 미끄러운 산에
들어가 나무를 하는데, 가시나무에 짚신이 뚫리고 석각(石角)에 옷이
찢기는 고생을 하지만, 나무한 것이 한 속(束)도 되지 못한다. 고생스럽기
도 하고 가장(家長)의 성냄이 걱정이 되어 그의 노래에는 기쁨이 없고
고통스럽기만 하다.[40] 나무꾼은 어린 아이이다. 지배층의 부역과 조세에
시달리는 일반적인 나무꾼이 아니다. 가장(家長)의 성냄이라는 특정한
상황에 처한 개별화된 나무꾼이다. 이러한 개별화된 나무꾼의 모습이
18세기 이후에 다양하다. 남용만(南龍萬, 1709~1784)의 〈초노사〉에서
나무꾼은 가난한 집의 늙은 노비이고, 신광수(申光洙, 1712~1775)의 〈채
신행(採薪行)〉에서는 가난한 집의 여자 노비이고, 양진영(梁進永,
1788~1860)의 〈초가(樵歌)〉[41]에서는 남편 없는 여인이다. 이 인물들은

贏還作韓高門. 徵發疲氓孰敢後, 滿山丁丁雷萬斧. 大者連抱小合圍, 短數十尺長丈五.
十牛回首萬夫呼, 終朝薄夜無時休. 陸行一日未十里, 力盡拽下前江流. 今年木綿花不
實, 十月霜風寒砭骨. 兩脚股血十指皸, 下灘上灘聲窸窣. 人情勞苦必呼天, 里胥因緣競
索錢. 井落囂然若經亂, 剜肉醫瘡更堪憐. 江邊腐儒日無事, 倚杖江邊空涕泗. 還嗟所憂
非我力, 不如穩睡烏皮几".

39) 임형택(林熒澤) 교수는 사회 모순이 하나의 개별화된 인간으로 구체적으로 포착되지
　　않은 것은 시인의 비판적 의식 속에서 도출된 것이고, 개별화된 인간으로 포착된
　　것은 현실적으로 제시된 것이라고 하였다. 시인의 주관적인 의식 속에서 도출된 일반
　　화된 인간은 일반적 상황에 있는 인물로 형상화된 것이고, 개별화된 인간은 특정한
　　상황에 있는 인물로 형상화된 것으로 보인다. 林熒澤 편역, 『李朝時代 敍事詩 上』(창
　　작과 비평사, 1992), 14~21면.

40) 李簠, 『景玉先生遺集』 권1 「樵兒歎」(『조선후기 민요자료 정리와 분류』, 237면). "樵兒曉
　　入山, 山路氷雪滑. 草屨鍼棘穿, 石角鉤衣裂. 脚澁畏顚仆, 手凍艱採薪. 採薪不滿擔,
　　歸遭家長嗔. 昨日風正惡, 今日雪又飛. 日日每如此, 何日寒解圍. 腰鎌復上山, 强歌聲
　　無懽. 聲無懽意甚苦, 嗚呼足悲酸".

가난한 집의 노비이거나 여자 노비이거나 남편이 없는 특정한 상황에
있다. 그 특정한 상황으로 나무꾼의 고생이 부각됨에 비하여, 체재 모순과
관련된 비판적인 대상은 뚜렷하지 않다. 남용만(南龍萬, 1709~1784)의
〈초노사〉에서는 가난한 집 노비와 부잣집 노비의 대비가 있으나 가난한
집 노비의 고생을 부각시키는 역할만 한다.[42] 신광수(申光洙)의 〈채신행
(採薪行)〉에서 샌님과 마님이 등장하나 여자 노비의 고생을 부각시키는
역할만 한다.[43] 지배와 피지배의 대립이 뚜렷하지 않다. 결국 개별화된
인간으로서 나무꾼의 슬픔에 초점을 둔 것이다.

둘째, 개별화된 인간으로서 나무꾼의 말이 직접 드러나기도 한다.

이른 시기의 작품은 이보(李簠, 1629~1710)의 〈절초(折草)〉이다. 처음
부분의 화자는 관찰자이고 중간 부분의 화자는 나무꾼이다. 관찰자는
나무꾼이 이슬로 소매가 젖는 이른 새벽에 풀 베러 가서 악충들로 다리를
쐬고 울쑥불쑥한 돌길에 엎어지기도 하다가 집집마다 문을 닫은 다 늦은
저녁에 돌아오는 고생을 관찰한다. 이어 나무꾼에게 농사를 하지 왜 풀베
기를 하느냐고 묻는다. 그러자 나무꾼은 단지 때맞은 비와 현명한 관리를
원할 뿐 자신의 수고는 고통이 아니라고 한다.[44] 지방 관리에 대한 비판이
다. 나무꾼의 말이 있다. 나무꾼을 관찰한 것에 비하여 그 인물을 구체적

---

41) 梁進永,『晩羲集』권6「五歌」제1수(『조선후기 민요자료 정리와 분류』, 245~246면).

42) 南龍萬,『活山先生文集』권1「樵奴詞」(『조선후기 민요자료 정리와 분류』, 239면).
   "朝負樵上山郭, 獵火燒去餘短楂. 暮負樵下山坂, 馬牛牧盡惟新芽. 貧家一奴老不笠,
   木柮在肩鎌在手. 春霖乍霽日欲午, 怒罵色面暗吞口. 大爺已素耐寒濕, 晝曬蒲莞夜舒
   肢. 小爺不習處艱苦, 昨毀圍樊今撤籬. 請看貴家蒼頭, 揚揚得意驕. 日賦柴野人, 不識
   何山可通樵".

43) 申光洙,『石北先生文集』권1「採薪行」. "貧家女奴兩脚赤, 上山採薪多白石. 白石傷脚
   脚見血, 木根入地鎌子折. 脚傷見血不足苦, 但恐鎌折主人怒. 日暮戴新一束歸, 三合粟
   飯不餬飢. 但見主人怒, 出門潛啼悲. 男子怒一時, 女子怒多端. 男子猶可女子難". 작품
   내용과 해석은 林熒澤, 앞의 책, 162~163면을 참조하였다.

44) 李簠,『景玉先生遺集』권1「折草」(『조선후기 민요자료 정리와 분류』, 229면). "朝折草
   上山阿, 曉色曚曚迷宿莽. 暮折草下山阿, 里巷家家局外戶. 草頭濃露濕短衫, 草間惡蟲
   螫雨股. 石逕嵯嵯泥又滑, 負重身疲或顚仆. 問汝折草何所爲, 秋爲種麥春秔稌. 秔稌如
   山麥如雲, 收聚穰穰滿倉庾. 但願雨暘時若官吏賢, 區區自勞何足苦".

으로 느낄 수 있다. 하지만 전편(全篇)이 나무꾼의 말로 된 것이 아니고, 체제 모순에 대한 비판도 있다. 일반화된 나무꾼과 개별화된 나무꾼의 중간으로 볼 수 있다. 전편(全篇)에 화자가 나무꾼인 작품은 김경찬(金景濚, 1680~1722)의 〈벌신(伐薪)〉이다. 화자는 산에 꾸물거리는 것이 있고 어금니와 뿔과 같이 험한 환경을 무릅쓰고 나무를 하여도 땔나무가 드물어 한 속(束)도 못하였다며 탄식한다.[45] 벌채의 고생에 대한 나무꾼의 비탄이다.

3. 민요적 정서

통시적 양상을 정리하면 다음과 같다.

  (1) 벌채생활에 대한 만족
     강호생활로써 벌채에 대한 만족 / 나무꾼의 생각과 감정

  (2) 벌채생활에 대한 불만
     체재 모순에 대한 비판/ 나무꾼의 비탄

벌채를 소재로 한 한시에 나타난 전통적인 관습은 작자가 세속을 거부하고 스스로의 힘으로 얻어진 소박한 삶에 만족하는 강호지향을 드러내거나, 지배층의 부역·조세로 백성들의 고통이 가중된다는 체제 모순에 대한 비판을 드러낸 것이다. 이러한 관습은 15세기에서 19세기까지 공통적이다.

---

45) 金景濚, 『聞韶世稿』 권20 松鶴居士遺稿 「伐薪」(『조선후기 민요자료 정리와 분류』, 231~232면). "伐薪南山側, 山險薪亦稀. 盡日不成束, 嘆息淚盈衣. 蜿蜒彼何物, 牙角厭林巒. 我欲拂虹匣, 一斫良非難. 霜露滿天地, 蛟龍秋水寒".

18세기 이후의 작품에서 작자는 나무꾼의 생활에서 있었던 모습을 묘사하거나, 개별화된 인간으로서 나무꾼을 형상화한다. 이러한 현상은 작자가 나무꾼의 생활에 접근한 결과로 보인다. 이러한 접근으로 나무꾼의 생각과 감정이 시속에 드러나기도 한다. 강호지향 속에서 나무꾼이 벌채가 생계의 수단이라는 생각을 표출하거나, 강호지향 속에서 나무꾼이 개인적 불우의 감정을 표출한 것이 그것이다. 이러한 사실로 보면 작자가 벌채를 소재로 한시를 지을 때 강호지향·체재비판이라는 관습에서 18세기 이후 개별화된 인간으로서 나무꾼의 생각과 감정을 드러내려는 경향이 있음을 알 수 있다. 개별화된 인간으로서 나무꾼의 생각과 감정은 무엇을 의미하는가? 현 채록 민요와의 대비로 그 의미를 살펴보자.

> 깊은 산에 오랜 나무 많아, 낙엽과 마른 가지뿐이네.
> 야부(野夫)는 나무하기에 익숙하여, 산길을 마음으로 절로 아네.
> 새벽에 도끼 메고 가, 저녁 미쳐 땀 흘리며 돌아오네.
> 불 탤 것 부뚜막 가에 두자, 아마도 비가 집에 쌓이려 하네.
> 남은 땔나무 시장에 팔아, 굶주림에 먹고 추움에 옷을 사네.
> 의식(衣食)이 진실로 이에 있음에, 험하고 위험한 곳에 오르는 것을
> 사양하지 않네.
> 하루에 열 속(束)을 하니, 힘으로 사는 직분(職分) 누가 그르다 하리오.[46]

> 이농사를 어서지어/ 안진 聖君 奉養하고/ 上孝父母 모신 後에/ 下育
> 妻子를 것처내고 / 어린 子息을 길너내자[47]

---

46) 鄭宗魯, 『立齋先生文集』 권1 「樵父詞」(『조선후기 민요자료 정리와 분류』, 240면).
  "深山多古木, 落葉兼枯枝. 野夫老於樵, 山路心自知. 凌晨荷斧去, 及暮揮汗歸. 更爨置
  竈陘, 怕雨積茅茨. 餘薪賣野市, 飢食寒且衣. 衣食諒在玆, 不辭登險危. 日行取十束,
  力職人誰非".
47) 金素雲, 『朝鮮口傳民謠集』, 「農夫歌 十四篇」 제4연(제일서방, 1993), 131면. 같은 내용
  이 같은 책 594면에 있는 「農謠 三篇」 제3연에서도 확인된다. 그 노랫말은 "여보아라
  농부를 만들어보게/ 나라국곡을 하려니와/ 부모봉양 느저간다/ 에헤에헤 어허야 싸여
  루 상사데야"이다.

첫 번째 인용문은 정종로(鄭宗魯, 1738~1816)의 〈초부사(樵父詞)〉이다. 관찰자는 나무꾼이 나무하기에 익숙하고 불 땔 것이 쌓여 있어 추위에도 걱정 없으며, 땔나무를 팔아 가족의 의식(衣食)도 걱정 없다고 한다. 스스로 일하여 얻어진 결과로 소박한 삶을 사는 모습이다. 강호지향이다. 이어 관찰자는 나무꾼이 위험을 무릅쓰는 것은 의식을 해결할 수 있기 때문이라고 한다. 스스로 일하여 '마음의 평안'을 얻는 것과는 다르다. 비록 관찰된 것이기는 하지만 나무꾼이 벌채의 고생을 감수하는 것이 가족들의 생계를 위한 것이란 생각을 읽을 수 있다. 앞에서 살펴본 이동표(李東標)의 〈초부사(樵夫詞)〉에서 나무꾼이 벌채로는 밥과 옷을 마련하지 못하여 생계가 어렵다고 토로한 것과 같다. 이러한 벌채가 생계의 수단이 된다는 생각을 현 채록 민요에서 확인할 수 있다. 두 번째 인용문은 현 채록 민요 가운데 이른 시기의 자료인 〈농부가 십사편(農夫歌十四篇)〉의 제4연이다.[48] 이 자료에서 화자는 농사로 나라에 세금을 낼 수 있을 뿐만 아니라 부모를 봉양하고 처자식을 기를 수 있다고 한다. 농사가 생계의 수단이 되므로 중요하다는 것이다. 〈초부사(樵父詞)〉에서 벌채로 의식을 해결한다는 것과 같다. 민요적 정서의 수용이다. 뿐만 아니라 〈초부사(樵父詞)〉에서 관찰자는 이러한 나무꾼의 생활을 보아 나무꾼의 직분이 정당하고 중요하다고 한다. 박윤묵(朴允默)의 〈영채신자(詠採薪者)〉에서 생계의 수단으로써 벌채한다는 나무꾼의 생각과 아울러 산업으로서 벌채가 중요하다는 교훈적(敎訓的)인 목소리를 낸 것과 같다.

이에 비하여 개인적인 불우를 토로한 작품은 강호지향의 전통 속에서 창작되기는 하였으나, 교훈적인 목소리는 없다. 다음은 이주면(李周冕,

---

48) 「農夫歌 十四篇」은 1933년 채록된 것이나 구연자가 30년 전의 기억이라고 하였으므로 적어도 19세기말의 자료이다. 「農夫歌 十四篇」 끝에 "三十年前 記憶 任實出生 吳雲善 唱(六十三歲 앵금쟁이盲翁) 於東萊郡 龜浦市場 孫晋泰 探集"이란 기록이 있다. 金素雲, 앞의 책, 1933, 131면.

1795~1875)의 〈초부사(樵夫詞)〉와 현 채록 나무꾼 노래이다.

> 서상(鉏商)의 기린(麒麟)을 잡지 못하였고, 초황(蕉隍)의 사슴도 만나지 못하였네.
> 산유화(山有花) 한 곡에, 골짜기에서 나무하네.
> 허리에는 작은 낫이 있고, 피 맺힌 손가락에 울음을 삼키네.
> 평생 큰 주발의 밥을 먹었어도, 일찍이 이 배로 짐을 져본 적 없네.
> 이 배로 어찌 너를 지겠는가? 손발이 모두 굳은살이네.
> 영척가(甯戚歌)가 부러워, 흰 돌을 소에게 드네.
> 임금을 위하여 말하네.[49]

> 엄마 엄마 울 엄마요/ 나를 낳아 키울 쩍에/ 진 자리 마른 자리 개레 골래키워 놓고/ 북망산천 가시더니 오늘이도 소식 없네/ 어떤 사람 팔자 좋아/ 고대광실 높은 집이 부귀영화로 지내건마는/ 이내 나는 어찌하여 팔공산 짊어지고 낫자리 품 팔아 먹고/ 산천초목으로 후레잡고 지게로 살려러 거노/ 산천은 보니 청산이요 이내 머리는 백발이 되니/ 불쌍하고 원통하네/ 가는 허리 바늘같은 내 몸에 황쇠같은 병이드니/ 부리는 건 울 엄마요/ 찾는 거는 냉술러라[50]

〈초부사(樵夫詞)〉에서 나무꾼은 서상(鉏商)의 기린(麒麟)을 잡지 못하였고, 초황(蕉隍)의 사슴도 만나지 못하였고, 영척(甯戚)처럼 부름을 받지도 못하였다고 한다. 화자가 불우하다고 생각한다. 그 불우는 노래를 불러 제(齊)나라 환공(桓公)에게 발탁되어 경국제민의 포부를 펼친 영척(甯戚)처럼 자신도 이 노래를 불러 임금을 만나 출사하는 것과 관련된다.

---

49) 李周冕,『至樂窩遺稿』권1「樵夫詞」(『조선후기 민요자료 정리와 분류』, 240면). "不獲鉏商麟, 不遇蕉隍鹿. 山有花一曲, 伐木巖之谷. 腰下有小鎌, 血脂吞聲哭. 平生大椀飯, 曾不負此腹. 此腹胡負汝, 手足俱胼胝. 却羨甯戚歌, 白石擧之牛. 口爲君師".

50) 문화방송국,『한국민요대전-경상북도 민요 해설집』, CD 11-21「울진 어사용」(1993. 3. 17 / 울진군 온정면 덕산1리 광골 / 이해문, 남, 1922).

제9장 | 벌채(伐採)를 소재로 한 한시의 통시적 양상과 민요적 정서　**357**

경국제민의 이념과 강호 동경의 복합심리라는 강호지향과 같다. 그런데 이 작품을 강호지향이 일관하는 것으로 단정하기에도 주저된다. 작품 전체에서 벌채생활의 고생에서 벗어나고자 하는 화자의 욕망을 읽을 수 있기 때문이다. 그렇다면 그의 불우라는 것이 경국제민의 기회와는 다른 측면이 있는 것은 아닌가? 화자는 서상(鉏商)의 기린(麒麟)을 잡지 못하였고, 초황(蕉隍)의 사슴도 만나지 못하였다고 하였다. 서상(鉏商)의 기린(麒麟)이란 춘추시대(春秋時代) 노(魯)나라의 마부(馬夫) 서상이 사냥하다 우연히 기린을 잡았으나 우인(虞人)에게 주어 기회를 살리지 못한 고사이고, 초황의 사슴은 정(鄭)나라 나무꾼이 우연히 사슴을 잡아 황중(隍中)에 감추었으나 다른 사람이 그곳을 찾아 사슴을 얻는 바람에 기회를 살리지 못한 고사이다. 비천한 신분의 사람이 우연히 부유하게 될 행운을 만난 이야기이다. 화자는 그러한 행운을 만나지 못하였다고 하였다. 따라서 그의 불우는 개인적인 것도 포함된다. 우연한 행운은 현재 삶과는 반대되는 것으로 현재의 처지가 부각된다. 이러한 현재 처지는 과거 행적과의 대비로 부각되기도 한다. 그 과거의 행적이란 큰 주발로 밥을 먹어도 짐을 져 본 일이 없다는 것이다. 고생하지 않던 과거 생활과 고생하는 현재 처지의 대비이다. 이러한 사실로 보아 이주면(李周冕)의 〈초부사〉는 강호지향과 현재 처지에 대한 토로가 복합된 것이다. 강호지향 속에서 현재 처지에 대한 토로가 있는 것을 김제학(金濟學, 19세기)의 〈초가(樵歌)〉에서도 확인할 수 있다.[51] 남과의 대비로 현재 처지를 토로

---

51) 〈초가(樵歌)〉는 7언 절구 3수이다. 제1수는 화자가 벌채로 고생하자 인간에게 불을 가르쳐 준 수인씨(燧人氏)를 원망하는 것이다. 제2수는 화자가 속인(俗人)들이 주매신(朱買臣)을 몰라 본 것을 비웃으며 청운(靑雲)은 땔나무가 없는 곳에 이른다고 한 것이다. 제3수는 늙은 나무꾼이 산속 깊이 들어가 선옹(仙翁)과 바둑을 두다가 선옹(仙翁)이 떠나자 상전벽해(桑田碧海)가 되었다는 것이다. 세속과 단절된 신선(神仙)의 세계로 강호지향이다. 전체적으로 강호지향이다. 그 속에 민요적 정서가 수용되었다. 제1수는 현 채록 민요인 "신농씨(神農氏) 무삼일노 / 교인화식(敎人火食) 내여놋코/ 농부(農夫)를 곤(困)케하노"(金素雲, 앞의 책, 〈農夫歌 十四篇〉 제1연, 130~131면)와 유사하다. 제2수에서 주매신(朱買臣)은 전한(前漢) 무제(武帝) 때의 인물로 나무꾼으

한 작품[52]도 있다. 이 작품들에서는 다른 것과의 대비(對比)를 통한 현재 처지의 토로가 지배적이다. 대비로 현재 처지를 토로한 것은 직설적으로 현재 처지를 토로하는 것과는 다르다. 비교·대조함으로써 남과 다른 자신을 돌아보는 것이다. 자신을 돌아본다는 것은 자신의 처지를 인식하는 것이다. 이러한 자신의 처지에 대한 인식에서 표출된 토로에 화자의 신세가 잘 드러날 것이다. 신세한탄은 현 채록 나무꾼 노래에서 쉽게 확인할 수 있다.[53] 두 번째 인용문에서 화자는 과거 부모님의 품속에서 귀하게 자랐다. 그런데 지금은 일만하며 고생하는 처지이다. 과거와의 대비가 있다. 어떤 사람은 고대광실의 높은 집에서 부귀영화로 지내는데 자신은 일만하며 고생하는 처지이다. 남과의 대비가 있다.

이상에서 벌채를 소재로 한 한시에서 작자들은 나무꾼의 삶에 접근하려 하였고, 그 시기는 18세기경이다. 나무꾼의 삶에 접근하면서 벌채가 생계의 수단이라는 나무꾼의 생각과 신세한탄이라는 나무꾼의 감정이 표출된다. 이 생각과 감정을 현 채록 민요에서 확인할 수 있다. 이러한 사실로 보아 벌채가 생계의 수단이란 생각과 신세한탄이란 감정은 벌채를 소재로 한 한시에 수용된 민요적 정서이다. 그런데 작자에 따라 수용된

로 살다가 가난하다하여 그의 아내에게 이별을 당한다. 그후 회계태수(會稽太守)가 되어 내려온다. 이것을 본 주매신의 아내는 자살한다. 이러한 고사를 들어 화자는 출세는 땔나무가 없는 곳에 이른다고 하였다. 주매신(朱買臣) 고사의 내용을 보아 이 시(詩)는 화자가 아내를 향하여 비록 나무를 많이 못하여 가난하지만, 자신도 주매신처럼 될 수 있으니 너무 나무라지 말라는 뜻으로 이해된다. 그가 주매신(朱買臣)처럼 된다는 것은 경국제민의 포부와는 다르다. 출세하여 현재의 가난을 벗어난다는 개인적인 것이다. 金濟學, 『龜菴集』 제4책 「樵歌」(『조선후기 민요자료 정리와 분류』, 247면). "長鑱磨石石生灰, 筋力擔薪唱晩回. 却恨燧皇開弊竇, 敎人多事鑽楡槐"(제1수), "長歌却笑會稽愚, 俗眼當年不識朱. 五馬一朝驚婦孺, 靑雲亦到負薪無"(제2수), "病體樵夫白髮長, 山深偶到爛柯場. 俄然棋罷仙翁去, 桑海悲歌起夕陽"(제3수).

52) 李錫熙(19세기)의 「樵夫歌 五絶」로 앞에서 살펴 본 바 있다.
53) 나무꾼 노래의 중심 내용이 신세한탄(身世恨歎)이란 점은 권오경, 「〈어사용〉의 명칭과 사설 유형」, 『한국민요집』 3(한국민요학회, 1995), 108~112면와 김헌선, 「민요 〈어사용〉의 현지분포 사설유형 시사적 의의 고찰」, 『한국 구전민요의 세계』(지식산업사, 1996), 315~320면 등에서 언급된 바 있다.

것이 다르다. 그렇다면 왜 작자에 따라 민요적 정서의 수용에 차이가 있는가? 최재남(崔載南) 교수는 담당층과 지역에 따라 민요풍이 수용되는 양상이 다양할 수 있으며, 이것을 정리하는 작업이 필요하다고 하였다.54) 본고에서는 작자 삶에 따라 그 양상을 살펴보고자 한다.55)

벌채는 생계의 수단이란 생각을 수용한 작자들은 이동표(李東標, 1644~1700)·박윤묵(朴允默, 1771~1849)·정종로(鄭宗魯, 1738~1816) 등이다. 이동표(李東標)는 1683년 증광문과(增廣文科)에 을과(乙科)로 급제하여 1687년 창락도찰방(昌樂道察訪)을 역임하고, 성균관전적(成均館典籍)·홍문관부수찬(弘文館副修撰)을 역임하다가 기사환국(己巳換局) 때 인현왕후(仁顯王后)의 폐위(廢位)를 반대하다 죄를 입은 박태보(朴泰輔)·오두인(吳斗寅) 등을 신구(伸救)하다가 양양현감(襄陽縣監)으로 좌천당하기도 하였다. 그 뒤 사간원헌납·이조좌랑·홍문관교리 등에 제수되었으나 사직하고, 고향인 경상도 예천(醴泉)으로 낙향하였다. 낙향한 뒤 사헌부집의·호조참의·삼척도호부사 등에 제수되었으나 나아가지 않았다.56) 관인의 삶을 살다가 낙향한 인물이다. 박윤묵도 관인의 삶을 살았다. 그는 규장각의 일원으로 10여 년간 근무하며 정조의 총애를 받았으며, 1831년 동중추부사를, 1834년 평신진첨사를 역임하였다. 평신진첨사에 재임할 때 흉년에 사재로 수백여 포의 쌀을 지급하는 등 백성들을 구휼하는데 힘을 썼다. 이 일로 이임할 때 백성들이 공덕비를 세우기도 하였다.57) 관인들은 백성들의 삶을 살피는 것뿐만 아니라 백성들을 교화에도 관심을 기울였다는 일반적인 사실에 기대어 보면 이동표와 박윤묵

---

54) 崔載南, 앞의 논문, 1999, 199~215면.
55) 본고에서는 벌채를 소재로 한 한시만을 다루어 일을 소재로 한 한시 작자에 대한 전면적인 조사를 하지 못하였다. 그리고 벌채를 소재로 한 한시에는 강호를 지향하고, 백성들의 삶을 살펴 체재 모순을 비판하는 전통적 관습이 있다. 이러한 관습은 김매기·모내기 등을 소재로 한시와는 다를 수 있다.
56) 吳錫源, 「李東標」, 『한국민족문화대백과사전 17』(한국학중앙연구원, 1997), 775면.
57) 朴允默, 『存齋集』 권26 「行狀」(金周敎).

의 작품에는 백성들의 삶을 살피는 것뿐만 아니라 교화의 내용이 있을 가능성이 있다. 박윤묵의 〈영채신자(詠採薪者)〉에서 교훈적 목소리를 확인할 수 있는 것이 그 예이다.

정종로는 40대 때 박손경(朴遜經, 1713~1782)・이상정(李象靖, 1711~1781)・최흥원(崔興遠, 1705~1786) 등을 사사(師事)하였고, 몇 달간 재직한 함창현감을 제외하고는 벼슬에 나아가지 않고, 경상도 상주(尙州)에 살며 성리학을 공부하여 퇴계의 학맥을 계승한 재야학자이다. 그는 학문에 전념하였을 뿐만 아니라 향음주례를 행하는 등 백성들의 교화에도 힘을 쏟았다.[58] 이러한 사실로 보면 그의 작품에도 백성들의 삶을 살피는 것뿐만 아니라 교화의 내용도 있을 것이다. 정종로의 〈초부사(樵父詞)〉에서 교훈적 목소리를 확인할 수 있는 것이 그 예이다.

이상의 사실로 보면 벌채를 소재로 한 한시에서 관인 또는 재야학자인 작자는 백성들의 삶을 살피고 교화하는 삶을 살았고, 그 삶에서 민요적 정서를 수용하면서 교훈적인 목소리를 내는 것이 가능하였을 것이다.

이에 비하여 신세한탄을 수용한 작자는 그 삶이 다르다. 작자는 이주면(李周冕, 1795~1875)・이석희(李錫熙, 19세기)・김제학(金濟學, 19세기) 등이다. 이주면(李周冕, 1795~1875)은 충청도 옥천에 세거하였던 향촌 사족으로 여러 차례 과거시험에 실패하자, 과거시험을 포기하고 진세를 벗어나고자 하는 뜻이 있는 위기(爲己)의 학문을 하였다. 근검・사친과 봉선(奉先)을 실천하고 자손들에게 교훈하기도 하였으며, 가계가 매우 가난하였으나 가족과 친족들에게 화락(和樂)을 실천하고 자손들에게도 교훈하는 삶을 살았다.[59] 향촌의 몰락한 사족으로 현실에서 불우하여

---

58) 朴英鎬,「입재 정종로의 삶과 문학세계」,『동방한문학』25(동방한문학회, 2003), 7~41면; 崔在穆,「입재 정종로의 생애 성리사상 문제의식」,『동방한문학』25(동방한문학회, 2003), 43~80면; 李世東,「입재 정종로의 경학과 경학관」,『동방한문학』25(동방한문학회, 2003), 81~107면; 禹仁秀,「입재 정종로의 영남남인 학계내의 위상과 그의 현실대응」,『동방한문학』25(동방한문학회, 2003), 109~132면.
59) 李周冕,『至樂窩遺稿』「行狀」(朴性陽),「墓誌」(宋近洙).

가난한 삶을 살았고, 과거를 통한 입신을 포기하고 가난을 달게 여기는 강호를 지향하는 삶을 산 것으로 요약된다. 이러한 삶은 이석희와 김제학의 경우도 같다. 이석희는 강호자연 속에서 덕을 편안하게 여기는 위기의 학문을 하였고, 젊은 나이에 죽어 자식이 없었고, 그와 두 형제도 생계를 꾸리기 어려울 정도로 가난하였다.[60] 김제학은 수원에 살았던 사족으로 여러 차례 과거시험에 실패하자 과거시험을 포기하고 위기의 학문을 하였고, 가난하다고 하여 문(文)을 속이고 경(經)을 왜곡하여 과거를 엿보지 말며 근졸(勤拙)·과욕(寡慾)하라는 조부 김정조의 유훈을 실천하는 삶을 살았다.[61] 그 삶으로 보아 이들 작자들은 강호지향이란 전통을 계승하기에 적당하였을 것이다. 자신의 삶이 불우함으로 신세한탄의 민요를 만나기에도 적당하였을 것이다. 또한 빈곤한 가계라는 현실적 기반은 농가생활자의 생활에 접근하기에도 용이하였을 것이다. 이러한 삶이 그들이 쓴 벌채를 소재로 한 한시에 강호지향이란 전통을 계승하면서 신세한탄이라는 민요적 정서를 수용할 수 있게 되었으며, 민요적 정서를 수용하면서 자신의 삶을 투영한 목소리를 낼 수 있게 된 것으로 보인다.

4. 맺음말

조선후기 한시에 민요취향이 수용되었다는 것은 주지의 사실이다. 이러한 사실에서 수용된 민요취향이 무엇인가, 어떤 과정을 거쳐 수용되었는가 하는 점이 의문이다. 수용은 전통적인 작시의 관습이 작용하는 가운데 이루어졌을 것이다. 따라서 같은 소재를 다룬 작품 속에서 살피는 것이 요긴하다고 생각한다. 그 같은 소재는 민요가 노동과 불가분의 관계

---

60) 李錫熙,『一軒集』「序」(宋柱義),「跋」(朴道源).
61) 金濟學,『龜菴集』권3「駕洛金氏世譜記 丁未」,「王考通德郞府君行狀」.

에 있다는 점에서 노동이 유효하다고 생각한다. 이런 생각에서 본고는 벌채를 소재로 한 한시의 통시적 양상과 민요적 정서의 수용을 살펴보았다. 그 결과를 요약하면 다음과 같다.

벌채를 소재로 한 한시에는 벌채생활에 대한 만족이 표출된 작품과 벌채생활에 대한 불만이 표출된 작품이 있다. 각각의 통시적 양상을 정리하면 다음과 같다.

첫째, 벌채생활에 대한 만족이 표출된 작품의 통시적 양상이다. 작자는 나무꾼의 삶으로 세속을 거부하고 스스로 일하여 얻은 소박한 삶에 만족하거나, 마음의 안정을 얻거나, 경세제민의 포부를 표출한다. 이것이 전통적인 관습이다. 18세기경에는 작자가 나무꾼이 일하는 과정에서 있었던 모습을 묘사하기도 한다. 이것은 작자가 나무꾼의 삶에 접근한 결과이다. 이러한 접근으로 나무꾼의 생각과 감정이 드러나기도 한다. 강호지향 속에서 벌채가 생계를 유지하는 수단이란 생각이 드러난 것, 개인적인 불우의 감정이 드러난 것이 그것이다.

둘째, 벌채생활에 대한 불만이 표출된 작품의 통시적 양상이다. 작자가 나무꾼의 삶으로 체제 모순을 비판한다. 이것이 전통적인 관습이다. 18세기경에는 작자가 나무꾼을 개별화된 인간으로 형상화한다. 체제 모순과 관련된 비판적인 대상이 약화되고 개별화된 개인적인 고생에 초점을 둔다. 이것은 작자가 나무꾼의 삶에 접근한 결과이다. 이러한 접근으로 나무꾼 화자의 개인적인 비탄이 드러나기도 한다.

셋째, 18세기경에 작자는 나무꾼이 나무하는 과정에서 일어나 일을 묘사하거나, 개별화된 인간으로서 나무꾼을 형상화하는 등 나무꾼의 삶에 접근한다. 이러한 접근으로 나무꾼의 생각과 감정이 시 속에 드러나기도 한다. 그 생각이 벌채가 생계의 수단이란 것이고, 그 감정이 개인적 불우이다. 그 생각과 감정이 현 채록 민요에서 확인된다. 이러한 사실로 보아 벌채가 생계의 수단이란 생각과 개인적으로 불우하다는 감정이 민요적 정서이다. 이러한 민요적 정서의 수용은 작자의 삶에 따라 다르다. 관인·재야학자들은 백성들의 삶을 살피고 그들을 교화하는 삶을 살아, 벌채를 소재로 한 한시에 민요적 정서를 수용하면서 교훈적인 목소리를 낸다. 몰락한 사족은 현실에서 불우하여 가난한 삶을 살았고 그 가난을 달게 여기는 강호지향적인 삶을 살아, 벌채를 소재로 한 한시에 강호지향이란 전통을 계승하면서 신세한탄이란 민요적 정서를 수용한다.

이상 본고에서는 벌채를 소재로 한 한시의 통시적 양상으로 민요적 정서가 수용되는 과정과 수용된 민요적 정서를 살펴보았다. 그 결과 민요적 정서를 확인하였고, 작자의 삶에 따라 민요적 정서의 수용이 다를 수 있음을 확인하였다. 하지만 수용된 민요적 정서가 어떤 의미가 있는지는 살펴보지 못하였다. 시에 수용된 민요적 정서의 의미는 시에서 민요적 정서가 필요한 이유에 대한 설명이라고 생각한다. 이 점은 지속적인 연구로 보완되어야 할 것이다. 다만 벌채를 소재로 한 한시의 작자에 국한하여 필자가 주목한 것은 향촌의 몰락한 사족들은 민요적 정서를 수용하면서 자신의 삶을 투영한 점이다. 이러한 점을 확대 해석한다면 작자는 개별화된 인간으로서 백성들의 삶을 드러내기 위하여 민요적 정서를 수용할 뿐만 아니라 작자의 삶을 드러내기 위하여 민요적 정서를 수용한 것으로 추측된다.

제10장

가사 〈기음노래〉의 작자와 창작 배경

1. 머리말

〈기음노래〉는 농가생활을 소재로 한 작자미상의 조선후기 가사 작품이다. 원문이 전하지 않으며 활자화된 형태로 이병기 선생의 저서 『국문학개론』에 전문(全文)이 실려 있다.[1] 이 작품을 소개한 이병기 선생은 "농민생활의 감정이 더할 나위 없이 표현"되어 "사미인곡(思美人曲) 속미인곡(續美人曲)에서도 얻어 볼 수 없는 소박 순진(純眞)한 맛을" 얻을 수 있는 "고대 농민문학으로서의 대표적 작품"이라고 하였고[2] 조동일 교수는 "논매기와 밭매기 가운데 어느 쪽을 하면서 부른 것인지 확실하지 않으나, 민요를 그대로 적었다고 인정"되고 "글로 쓰느라고 약간 다듬어지기는 했지만 민요의 실상을 확인할 수 있는 드문 자료"라고 하였다.[3]

---

[1] 이병기 선생은 이 책의 가사(歌詞)라는 장에서 송강가사를 소개한 다음 〈기음노래〉의 전문을 실었는데 소개하게 된 경위에 대한 설명은 없다. 이 작품은 김문기 선생의 『서민가사연구』 자료편에도 그 전문이 실려 있다. 본고에서는 이병기 선생의 『국문학개론』에 실린 작품을 자료로 한다. 이병기, 『(재판) 국문학개론』(일지사, 1971), 137~138면; 이문기, 『서민가사연구』(형설출판사, 1983), 213~215면.
[2] 이병기, 앞의 책, 138~139면.
[3] 조동일, 『(제4판) 한국문학통사 3』(지식산업사, 2006), 241~242면.

〈기음노래〉가 농민의 생활과 감정을 표현한 민요적 성격을 띤 작품으로
높이 평가된 점을 확인할 수 있다.

　이러한 평가에서 보면 〈기음노래〉는 국문시가에 민요가 수용된 양상
과 민요를 수용한 작가의식을 살펴볼 수 있는 자료이다. 또한 가사와
민요의 장르교섭에 따른 조선후기 가사에 나타난 변동의 양상과 그 배경
을 살펴볼 수 있는 자료이다. 국문으로 기록되었다는 점에서 당대 민요의
실상을 살펴볼 수 있는 자료이기도 하다. 이처럼 중요한 자료임에도 불구
하고 〈기음노래〉는 농부가류 가사를 연구하는 데에 부분적으로 언급되
었을 뿐[4] 〈기음노래〉 한편에 대한 연구는 드문 편이다. 그 이유는 작품의
작자·창작 시기 등의 사실이 밝혀지지 않아 본격적인 작품론을 전개하
기에 한계가 있기 때문인 것으로 보인다. 〈기음노래〉를 통하여 가사에
수용된 민요의 양상과 의미·당대 민요의 실상 등을 살펴보기 위해서
먼저 해결해야 할 것이 작자·창작 배경·창작 시기 등 작품에 대한
실증적 사실들이다. 현재 〈기음노래〉는 작자가 밝혀지지 않은 상태이며
원문도 전하지 않아 위작(僞作)의 혐의도 배제할 수 없다. 이 문제를
해결할 수 있는 것이 학계에 소개되지 않은 새로운 자료인 이명재(李命宰,
1837~1905)가 쓴 〈연운가(演耘歌)〉이다. 이 자료는 이언(俚諺)으로 된
노랫말을 4언 132구로 한역한 것으로 그의 문집 『금어유고(琴漁遺稿)』
권3[5]에 실려 있다. 〈연운가〉의 내용을 보았을 때 한역의 대상으로 삼은

---

4) 길진숙은 조선후기 농부가류가사를 연구하는 가운데 〈기음노래〉에 대하여 전반부는
　"양사부육하기 위하여 농사를 지어야 한다고 읊"고 "후반부에서는 농민의 실상을 고발
　하고 호소하는 내용을 담아" 현실비판적 성격이 강화되었다고 하였다. 〈기음노래〉에
　대한 간략한 언급이며 내용 소개에 치우친 감이 있다. 길진숙, 「조선후기 농부가류
　가사 연구」(이화여자대학교 석사학위논문, 1989), 37~38면.

5) 李命宰의 시문집인 『琴漁遺稿』는 9권 4책의 필사본으로 현재 서울대학교 규장각에
　소장되어 있다. 권1~3에는 시 212수·歌 1편·賦 1편이, 권4에는 疏 24편·箚子 3편·
　啓辭 1편·議 1편·箋表 15편·進香文 2편·禮狀 4편·敎旨 2편이, 권5에는 墓碣銘
　2편·墓誌銘 1편·旌閭銘 1편·行狀 1편·書事 1편이, 권6에는 祭文 27편·告由文
　4편·序 13편이, 권7에는 記 5편·識 5편·銘 13편·題跋 15편·上樑文 1편·請詞

이언의 노랫말은 현전하는 가사 〈기음노래〉일 가능성이 크고, 〈연운가〉의 부대기록으로 보아 가사 〈기음노래〉의 작자와 창작 배경을 밝힐 수 있을 것으로 보인다.

2. 〈기음노래〉의 작자

이명재(李命宰, 1837~1905)가 한역의 대상으로 삼은 이언(俚諺)으로 된 노랫말이 가사 〈기음노래〉일 가능성을 살펴보기 위해서는 한역시 〈연운가〉와 〈기음노래〉의 대비가 필수적이다. 대비의 실마리를 이명재의 언급에서 찾기로 하자. 이명재는 이언으로 된 노랫말을 한역하면서 다음과 같이 언급하였다.

> 나의 오세조(五世祖) 지암공(止菴公)께서 관북의 관찰사로 계실 때 이언(俚諺)으로 〈운가(耘歌)〉 한 편을 지으셨다. 보습 질부터 시작하여 벼를 걷을 때까지 농사짓는 어려움의 고통과 세시의 연음하는 즐거움을 널리 채집하여 갖추어 진술하지 않은 것이 없으니 종종 문자로 능히 형용할 수 없는 바가 많았다. 임기를 마치고 (돌아와서) 이에 임금께 백성들의 질고를 살필 것을 고하고 그 뜻을 거듭하여 아뢰었으니 이것(〈운가(耘歌)〉)은 『시경(詩經)』〈칠월(七月)〉편과 『서경(書經)』〈무일(無逸)〉편과 더불어 표리가 될 만하다. 돌아보건대 내가 나의 황루함을 헤아리지도 않고 감히 노래의 뜻을 사용하여 4언 시를 지었는데 무릇 66구이다.[6]

2편 · 律賦 2편이, 권8에는 雜著 4편이, 권9에는 부록으로 家壯 1편 · 祭文 4편이 수록되어 있다. 〈연운가〉는 권3 歌에 수록된 것이다.

6) "我五世祖, 止菴公按節關北時, 俚諺撰耘歌一篇. 始自于耜以至納禾, 田畝艱難之苦, 歲時宴飮之樂, 靡不博採而備陳. 往往多文字之所不能形容. 而其卒業, 乃以告人君察民隱, 重致其意, 斯可與七月無逸相表裏矣. 顧余不揆荒陋, 敢用歌意, 演成四言詩, 凡六十有六句" 李命宰, 『琴漁遺稿』 권3(서울대학교 규장각 소장본)

이 기록을 통하여 다음과 같은 사실을 알 수 있다. 첫째, 이명재의 오세조인 지암공(止菴公)이 함경도 관찰사를 지낼 때 〈운가(耘歌)〉를 지었다. 둘째, 〈운가〉는 농사의 시작에서 추수할 때까지 농사의 전 과정을 소재로 하여 농사짓는 고통과 연음하는 즐거움을 내용으로 한다. 셋째, 〈운가〉는 이언으로 쓴 것으로 한자가 형용하지 못하는 바를 형용하였다. 넷째, 이명재는 〈운가〉를 4언으로 한역하였는데 총 66구이다. 이 가운데 두 번째 사실은 〈운가〉의 내용에 대한 것이고, 세 번째 사실은 〈운가〉의 표현에 대한 것이다. 내용과 표현을 중심으로 〈기음노래〉와 〈연운가〉를 대비하기로 하자.

첫째, 이언의 노랫말은 농사의 시작에서 추수할 때까지 농사의 전 과정을 소재로 하여 농사짓는 고통(田畝艱難之苦)과 연음하는 즐거움(歲時宴飲之樂)을 내용으로 한다. 〈기음노래〉는 총 66행으로 되어 있고, "어유와 계장님늬"라는 어휘가 두 번 나온다. 그 첫 번째가 제1행에서이고, 두 번째가 제46행에서이다. 제1~45행은 우리들이 할 일은 농사밖에 없으며 농사가 앙사부육(仰事俯育)하는 데에 필수적이라는 농사의 중요성, 농부가 하는 계절에 따른 농사와 농부의 여름날 김매기의 고통을 내용으로 한다. 농부의 전무간난지고(田畝艱難之苦)에 가깝다. 제46~66행은 추수 후 마을 사람들과 향임(鄕任)들이 모여 음식과 술을 나누며 즐기다가 갑자기 나타난 면임(面任)의 토색질로 흥이 깨친다는 내용이다. 농부의 세시연음지락(歲時宴飲之樂)에 가깝다. 이와 같은 전체 내용은 한역시 〈연운가〉에서도 일치한다. 뿐만 아니라 〈기음노래〉는 구절별 내용에서도 〈연운가〉와 일치한다. 전문의 대비는 〈부록〉에 있는 자료로 돌리고 부분적인 예를 들기로 한다.

제1행 어유와 계장님늬 이기음 민아스라 기음노릭 늬브름싁

嗟我禊長 聽此耘歌

제2행 텬지 삼기실제 사룸이 갓치나니	肇自剖判 人并生只
제3행 너르나 너른텬하 만흐나 만흔사룸	天地旣廣 生靈亦衆
제4행 현우가 다르거니 귀쳔이 갓틀손가	賢愚自殊 貴賤焉同
제5행 셩인이 법을지어 ᄉ민을 난호시니	聖人立敎 厥民惟四
제6행 힝실닥고 글닑기는 션빈님ᄂ 홀일이오	砥行讀書 士子之事
제7행 민들기는 쟝인이오 밧고기는 쟝ᄉ로다	造作惟工 貿遷是賈
제8행 치치흔 우리들은 홀일이 무어신고	蚩蚩吾儕 其業云何
제9행 속미와 포루는 고금의 흔법이니	粟米布縷 古今一規
제10행 복전녁식이 이아니 근본인가	服田力穡 是爲大本
제11행 죵년 작고 슈곤줄도 알건마는	終歲勞苦 寧不知焉
제12행 앙ᄉ부휵이 이아니면 어이ᄒ리	仰事俯育 非此莫能

위 인용 구절은 〈기음노래〉의 제1~12행과 〈연운가〉의 제1~12구이다. 〈기음노래〉의 제2행은 천지가 생길 때에 사람도 같이 나왔다는 내용이고, 〈연운가〉의 제2구는 '(천지) 부판할 때에 인간도 아울러 생겼네'로 해석되므로 그 내용이 같다. 이러한 점을 염두에 두고 제3~12행까지의 내용을 정리하면 '넓은 천하와 많은 사람(天地旣廣 生靈亦衆)'·'현우와 귀천이 다름(賢愚自殊 貴賤焉同)'·'성인께서 백성을 사민(四民)으로 나눔(聖人立敎 厥民惟四)'·'행실의 닦음과 독서는 선비의 일(砥行讀書 士子之事)'·'만드는 것은 공장이의 일이고 바꾸고 옮기는 것은 장사꾼의 일(造作惟工 貿遷是賈)'·'어리석은 우리들은 할 일이 무엇인가(蚩蚩吾儕 其業云何)'·'곡식과 베는 고금(古今)에 한결같이 중요함(粟米布縷 古今一規)'·'농사짓는 것이 대본임(服田力穡 是爲大本)'·'(농사가) 한 해를 마칠 때까지 노고임을 앎(終歲勞苦 寧不知焉)'·'앙사부육(仰事俯育)을 농사 아니면 할 수 없음(仰事俯育 非此莫能)'이다. 〈기음노래〉 제3행 "너르나 너른 텬하"와 〈연운가〉 제3구 '천지가 이미 넓고(天地旣廣)'는 문장성분의 배열에서만 차이가 있고, 〈기음노래〉 제5행 "ᄉ민을 난호시니"와 〈연운가〉

제5구 '그 백성이 오직 넷이네(厥民惟四)'는 성인의 행위가 지속되느냐 그렇지 않느냐의 미세한 차이만 있을 뿐이다.

이러한 내용을 기준으로 하였을 때, 〈연운가〉가 〈기음노래〉와 다른 대목은 〈기음노래〉에 있는 6음보의 노랫말이 〈연운가〉에서 4언 2개의 구로 한역된 구절(제1구·제66구), 〈기음노래〉에 있는 2음보의 노랫말이 〈연운가〉에서 4언 2개의 구로 한역된 구절(제29구·제30구), 〈기음노래〉의 노랫말이 〈연운가〉에서 순서가 바뀌어 한역된 구절(제24~26구)이다. 순서가 바뀐 구절은 무더운 여름날 화자가 끓는 흙과 풀 속을 위 아래로 오르내리며 김매기를 하니 호미도 녹일 정도임에 살과 피가 견딜 수 없고 땀으로 낯을 씻는다며 고통을 토로한 내용이다.[7] 〈기음노래〉는 '김매기(제24행)→살과 피가 견딜 수 없음(제25행)→오뉴월 삼복더위(제26행)'의 순서이고, 〈연운가〉는 '오뉴월 삼복더위(제24구)→김매기(제25구)→살과 피가 견딜 수 없음(제26구)'의 순서이다. 〈기음노래〉에 있는 제26행이 〈연운가〉에서는 제24구에 한역된다. 비록 순서가 바뀌기는 하였으나, 내용에는 큰 차이가 없다. 문제는 〈기음노래〉의 노랫말이 축약·생략·첨가되어 한역된 경우이다. 다음이 그 노랫말이다.

제1행 어유와 계장님닉 이기음 미아스라 기음노릭 닉브름쇠
　　　　　　　　　　　　　　　嗟我稧長 聽此耘歌
제66행 뉘라셔 우리명샹 그리다가 구듕궁궐의 님계신딕 드리리
　　　　　　　　　　　　　　　誰畵此狀 獻于重宸
제29행 붉은다락 프른난간　　　　瞻彼侯門 碧欄朱樓
제31행 가싀가난 그뉘 알니　　　　稼穡艱難 有誰知者

---

7) 〈기음노래〉의 제24~26행은 "쓸는 흙 찌는 풀속 샹하로 오락가락/ 호믜도 녹으려든 혈육이 견딜소냐/ 오뉴월 삼복더위 땀으로 낫츨 씻고"이고, 〈연운가〉의 제24~26구는 "炎炎三庚 汗流如雨/ 土溽草蒸 上下于茲/ 彼鋤尙鑠 血肉安支"이다. 밑줄과 빗금은 필자가 한 것으로 이하 같다.

〈연운가〉의 제1구에서는 〈기음노래〉의 "이기음 미아스라"라는 노랫말이 생략되고, 제66구에서는 "님 계신덕"가 생략된다. 제29구에서는 〈기음노래〉에 없는 "瞻彼候門(저 부유한 집을 보니)"라는 구절이 첨가된다. 왜 이런 현상이 보이는가? 그 단서를 한역의 부대기록에 있는 네 번째 사실에서 찾을 수 있다. 이명재는 자신이 〈운가〉를 4언으로 한역하였는데 총 66구라고 하였다. 〈연운가〉는 4언 총 132개의 구인데 이명재는 2개의 구를 한 짝으로 하여 66개의 구라고 한 것이다. '2개의 구가 한 짝이 된 것'은 〈기음노래〉의 한 행 4음보에 해당한다. 그런데 위에 제시한 노랫말은 '2개의 구가 한 짝이 된 것'이 4음보에 대응되지 않는 것들이다. 〈기음노래〉 제1행의 "기음노릭 닉 브름식"는 밑에 이어지는 제2행 "텬지 삼기실 제 사름이 갓치 나니"와 연결되지 않으므로 제1행은 6음보이다. 이러한 6음보에서 "이기음 미아스라"를 생략하여 4음보가 되게 한역한 것이다. 제29~31행은 화자가 붉은 다락과 푸른 난간에서 높은 베개를 베고 둥근 부채를 부치며 눕기도 하고 앉기도 하는 등 한가롭게 노닐며 농사의 고통을 모르는 부유한 자를 묘사한 다음 그들과 대비되는 자신의 신세를 토로한 것이다. 제28행은 무더운 여름날 김매기의 고통을 토로한 것으로 제29행과는 화제가 다르다. 제30행은 "놉흔 벼기 둥근 부체 누으락 안즈락"이다. 국문시가의 4음보 한 행에서 4음보의 노랫말은 '전(前)2음보'와 '후(後)2음보' 사이에 중간 휴지(休止)가 있고, '전2음보와 후2음보' 사이에 일정한 관계가 있어야 한다.[8] 이 관계를 가사에서는 주로 전2음보와 후2음보의 통사적 관계에서 찾을 수 있다.[9] 이 통사적 관계를 적용한다면 제30행은 부사어(전2음보)와 서술어(후2음보)의 관계로 4음

---

8) 성기옥, 『한국시가율격의 이론』(새문사, 1986), 202~210면.
9) 17세기 이전에 창작된 가사 55편에서 전2음보와 후2음보 사이에는 ① 서술어와 서술어의 대등적 관계, ② 서술어와 서술어의 종속적 관계, ③ 주어와 서술어의 관계, ④ 목적어와 서술어의 관계, ⑤ 부사어와 서술어의 관계, ⑥ 관형어와 명사의 관계 등의 통사적 관계를 나타낸다. 전2음보와 후2음보의 통사적 관계와 그 예는 졸고, 「추월가 연구」, 『어문연구』 115호(한국어문교육연구회, 2002), 131~132면을 참조하였다.

보에 적합하다. 제31행은 제30행이 4음보에 적합하므로 제30행에 연결할 수 없다. 밑에 이어지는 제32행은 "비오면 쟝마질가 볏나면 가믈세라"로 화자가 농사를 걱정하는 것으로 제31행과는 화제가 다르다. 4음보의 규칙을 적용한다면 제29행·제31행은 각각 2음보 한 행으로 독립시키는 것이 적당하다. 결국 〈연운가〉에서 〈기음노래〉의 한 행 6음보에서 2음보를 생략하여 한역한 것과 2음보를 한 행으로 독립시켜 한역한 것은 4음보를 의식한 한역이라고 판단된다. 4음보를 의식한 한역이라면 이언(俚諺)으로된 〈운가〉는 가사 장르가 적당할 것이다.

둘째, 〈운가〉는 이언으로 표기되어 한자가 형용하지 못하는 바를 형용한 것이 많다(往往多文字之所不能形容). 이것은 〈운가〉의 표현적 특징을 지적한 것으로 보인다. 표현에는 화자의 말을 기준으로 하였을 때 화자가 청자에게 하는 말과 화자가 자신의 감정을 표출하는 말로 그 종류를 나눌 수 있을 것이다. 두 가지 경우를 중심으로 〈기음노래〉와 〈연운가〉를 대비하기로 하자.

청자에게 하는 말은 문장 종결법에서 좀 더 분명하게 확인할 수 있다. 〈기음노래〉에서 청자를 향한 말하기가 두드러진 의문형[10]·명령형·청유형 등의 종결법이 보이는 행은 총 15개이다.[11] 〈기음노래〉에서 청자를 향한 말하기가 두드러진 의문형의 종결법이 보이는 행은 9개이고 〈연운

---

10) 주지하듯이 의문형에는 청자의 대답을 요구하는 판정(判定)·설명(說明)의문형과 화자의 강한 긍정을 표시하는 수사의문형이 있으며, 상황에 따라서는 청자에 대한 명령·금지·권고의 뜻을 나타내는 의문형이 있다. 이 가운데 청자를 향한 말하기가 두드러진 의문형은 수사의문형을 제외한 것이다. 의문형은 남기심·고영근, 『(개정판) 표준국어문법론』(탑출판사, 2002), 349~352면을 참조하였다.

11) 〈기음노래〉 66행 가운데 종결어미로 된 것은 총 42행이다. 의문형이 23개의 행인데 청자를 향한 말하기가 두드러진 의문형은 9개 행(제4행·제8행·제10행·제11~12행·제16행·제18행·제21행·제44~45행·제47행)이고, 화자의 감정·의지 등을 강조하는 수사의문형은 14개 행(제23행·제25행·제27행·제31행·제32행·제51행·제55행·제58행·제59행·제60행·제61행·62행·제65행·제66행)이다. 명령형은 5개의 행(제1행·제20행·제39행·제46행·제48행)이며, 청유형은 1개의 행(제15행)이다.

가〉에서는 '언(焉)·하(何)·영(寧)·기(豈)·기(幾)' 등의 의문사를 사용하여 의문형 종결법을 유지한 행이 6개이다.[12] 명령형의 종결법이 보이는 행은 5개이고, 〈연운가〉에서 청자를 제시하여 명령을 실현하거나 '수(須)' 등의 부사어를 사용하여 명령형의 종결법을 유지한 행이 3개이다.[13] 청유형의 종결법이 보이는 행은 1개이고, 〈연운가〉에서 청유형을 유지하고 있다.[14] 〈기음노래〉에서 15개의 행에 있는 청자를 향한 말하기가 두드러진 문장 종결법이 〈연운가〉의 10개의 구에서 실현되어 약 67%의 일치를 보인다. 이것을 보아 〈연운가〉는 〈기음노래〉에 나타난 청자를 향한 말하기를 유지하려는 경향이 있음을 알 수 있다. 다음은 〈기음노래〉에서 화자가 청자에게 하는 말이 있는 대목과 〈연운가〉의 관련 구절이다.

제8행 치치흔 우리들은 홀일이 무어신고	蚩蚩吾儕 其業云何
제16행 송아지 먹거냐 늙은불셔 가는고나	犢已飼否 人先耕之
제17행 자닉거름 다닉간다 우리씨앗 난화가소	
	子其治糞 吾且分種
제44행 자내밧희 몃뭇신고 내논소츌 이쑌일식	爾田幾秉 我稼如斯
제45행 공수치 다갈희면 남은거시 언마칠고	公私債了 餘者無多

제8행은 화자가 성인께서 백성을 사농공상(士農工商) 넷으로 나누어

---

12) 제4행 "현우가 다르거니 귀천이 갓틀손가"(제4구 : 賢愚自殊 貴賤焉同)·제8행 "치치흔 우리들은 홀일이 무어신고"(제8구 : 蚩蚩吾儕 其業云何), 제11~12행 "종년 작고 슈곤 줄도 알건마는/ 앙수부휵이 이 아니면 어이ᄒ리"(제11~12구 : 終歲勞苦 寧不知焉 仰事俯育 非此莫能)·제16행 "송아지 먹거냐 늙은 불셔 가ᄂ고나"(제16구 : 犢已飼否 人先耕之)·제18행 "압집보십 뒤집쟝기 션후를 닷틀손가"(제18구 : 鄰有耒耟 先後豈爭)·제44~45행 "자내 밧희 몃뭇신고 내논 소츌 이쑌일식/ 공수치 다 갈희면 남은 거시 언마칠고"(제44~45구 : 爾田幾秉 我稼如斯/ 公私債了 餘者無多).
13) 제1행 "어유와 계쟝님닉 이기음 믹아스라 기음노릭 닉 브름식"(제1구 : 嗟我穉長 聽此耘歌)·제39행 "닉일은 들거두싀 새벽밥을 일즉 ᄒ소"(제39구 : 明將穫稻 蓐食須早)·제46행 "어유와 계쟝님닉 이내 말숨 들어 보소"(제46구 : 嗟我穉長 咸聽斯語).
14) 제15행 "밧츠로 가쟈셔라 힝여 잇쩌 일흘셔라"(제15구 : 言稅于田 毋失此時).

각각의 임무를 맡겼는데 어리석은 우리들이 할 일은 무엇인가라고 청자에게 묻는 내용이다. 문면에 드러난 '우리'라는 지칭으로 보아 화자는 사공상(土工商)에 들지 않는 농부이고 청자도 농부이다. 화자가 청자와 동등한 관계에서 말한 것이다. 〈연운가〉에서는 의문사(何)로 의문형을 유지해 청자에게 하는 말임을 재현하고, 오제(吾儕)를 문면에 드러내 화자·청자가 동등한 관계임을 유지한다. 제16~17행은 명령형으로 청자에게 하는 말임에도 권고하고 강제하는 것을 느낄 수 없다. 그것은 '자네'와 '우리'라는 화자·청자의 지칭이 문면에 드러남으로써 '자네'는 거름을 준비하는 농부이고 '우리'는 씨앗을 나누는 농부로 화자·청자가 동등한 관계임을 알려주기 때문이다.[15] 이러한 동등한 관계에서 화자는 "다 닉간다"·"난화가소"라며 말을 건네 농사일을 같이하자는 친근한 모습을 보인다. 〈연운가〉에서도 '자(子)'와 '오(吾)'를 문면에 드러내 화자·청자의 동등한 관계를 유지한다. 제44~45행에서도 화자인 '내'는 청자에게 소출이 얼마인지를 묻고 자신이 지은 농사의 결과가 공사채(公私債)를 갚고 나면 남는 것이 없다며 하소연하는 농부이고, 청자인 '자네'도 소출을 걱정해야 하는 농부이다. 〈연운가〉에서도 '이(爾)'와 '아(我)'를 문면에 드러내 화자·청자의 동등한 관계를 유지한다.

다음으로 〈기음노래〉에 나타난 화자의 감정을 살펴보기로 하자. 선행연구에서는 〈기음노래〉에는 "빈곤한 농민생활의 감정이 더할 나위 없이 표현되었다"라 하였고,[16] "농민이 직접 지었다고 인정되는 가사는 찾기 어려우나, 〈기음노래〉라고 한 것은 그럴 가능성"이 있다고 하였다.[17]

---

15) 송강의 〈훈민가〉 가운데 "어와 뎌 족하야 밥업시 엇디홀고/ 어와 뎌 아자바 옷업시 엇디홀고/ 머흔일 다 닐러스라 돌보고져 ᄒ노라"라는 작품은 "어와 뎌 족하야" "어와 뎌 아자바"라는 호격의 사용으로 조카와 아저씨라는 인간 관계가 설정된다. 이러한 점을 참조하면 〈기음노래〉에서 화자와 청자가 문면에 드러난 것은 화자와 청자의 관계를 설정하는 중요한 요인으로 파악된다. 송강의 〈훈민가〉에 대해서는 권두환, 「松江의 〈訓民歌〉에 대하여」, 『고전시가론』(새문사, 1989), 426~427면을 참조하였다.
16) 이병기, 앞의 책, 138~139면.

〈기음노래〉에 나타난 화자의 감정이 농부의 삶인 농가생활에서 유발된
것임을 강조한 것으로 이해된다. 〈연운가〉의 부대기록에 따르면 〈기음노
래〉에서 농가생활은 농사일(田畝艱難)과 연음(歲時宴飮)이 중심이다. 이
대목에서 화자는 김매기하는 고통, 면임(面任)의 토색질·군역의 폐단으
로 인한 고통을 직설적으로 토로한다.

　이러한 화자의 직설적 토로는 〈기음노래〉에서 주로 수사의문형의 종
결법으로 표출된다. 〈기음노래〉에서 수사의문형의 종결법이 보이는 구
절은 14개 행이다. 〈연운가〉에서는 '안(安)·수(誰)·기(豈)·하(何)·기
(幾)' 등의 의문사, '상(尙)' 등의 부사어, '야(耶)' 등의 어조사 등을 사용하
여 수사의문형을 유지한 것이 10개의 구이다.[18] 이러한 사실로 보아 〈연
운가〉에서는 〈기음노래〉에서 보인 화자의 주관적 토로를 그대로 유지하
려는 경향이 강함을 알 수 있다. 이 결과를 염두에 두고 〈기음노래〉와
〈연운가〉를 대비하기로 하자. 다음은 〈기음노래〉에 나타난 화자가 감정
을 표출한 대목과 〈연운가〉의 관련 구절이다.

　　제22행 엇그제 갓밀 기음 어느 스이 불셔기뇌 昨耘之草 俄頃又長
　　제23행 ᄀᆞ을을 ᄇᆞ라거니 세벌 슈고 ᄭᅥ릴손가 心切望秋 尙悍三勞
　　제32행 비오면 쟝마 질가 볏 나면 가믈셰라 雨或霖耶 暘或旱耶
　　제33행 독훈 안기 모진 ᄇᆞ람 시름도 ᄒᆞ도홀샤 盲風惡霧 許多我憂

---

17) 조동일, 앞의 책, 379면.
18) 제23행 "ᄀᆞ을을 ᄇᆞ라거니 세벌 슈고 ᄭᅥ릴손가"(제23구 : 心切望秋 尙悍三勞)·제25행
　　 "호믜도 녹으려든 혈육이 견딜소냐"(제26구 : 彼鋤尙鑠 血肉安支)·제31행 "가식 가난
　　 그 뉘 알니"(제31구 : 稼穡艱難 有誰知者)·제32행 "비오면 쟝마질가 볏나면 가믈셰
　　 라"(제32구 : 雨或霖耶 暘或旱耶)·제51행 "룡복기 봉탕인들 이에서 나을손가"(제51
　　 구 : 烹龍炮鳳 豈逾斯美)·제58행 "어딕로셔 면쥬인은 불속긔이 오단말고"(제58구 :
　　 何來面任 不速而至)·제59행 "쟌기츰 굵은 호령 반졀은 무슴일고"(제59구 : 數唾囈喝
　　 半拜何禮)·제62행 "향청분부 작청구청 원님인들 어이 알리"(제62구 : 吏鄕私求 官豈
　　 盡識)·제65행 "져 너머 십여 호가 어젯잠의 닷단말가"(제65구 : 隣里幾戶 乘夜盡
　　 散)·제66행 "뉘라셔 우리 명샹 그리다가 구듕 궁궐의 님 계신딕 드리리"(제66구 : 誰
　　 畵此狀 獻于重宸).

〈기음노래〉제22~23행은 화자가 가을의 풍요를 바라는 마음에 세벌 논매기의 고생도 꺼리지 않겠다는 심정을 표현한 것이다. 〈연운가〉에서는 '심절(心切 : 마음으로 간절히)'로 화자의 감정 표출임을 분명하게 한다. 〈기음노래〉제32~33행은 세벌 논매기를 마친 다음 천재(天災)로 농사를 망치지는 않을까 걱정하는 감정을 표현한 것이다. 특히 그 근심하는 내면을 "비오면 쟝마 질가 볏 나면 가믈셰라"로 구체화한다. 〈연운가〉에서는 '아우(我憂 : 나의 근심)'로 화자의 감정 표출임을 분명히 하고, 근심하는 내면을 "雨或霖耶 暘或旱耶"라는 수사의문형을 유지함으로써 구체화한다. 〈기음노래〉에서는 주어가 생략되어 감정의 주체가 모호할 수도 있는데 〈연운가〉에서 심절(心切)이나 아우(我憂) 등으로 감정의 주체를 명확히 하여 그 감정이 문면에 표출되는 방향으로 한역하고 있다. 다음으로 표현에 나타난 차이점을 살펴보기로 하자.

제21행 이삭이 비록션들 갓고와야 아니되랴　茂茂者苗 鋤然後成
제37행 이른논의 참식무리 느즌노의 기러기졔

　　　　　　　　　　　　　　　　山雀俄集 野鴈又來
제38행 늡의자비 모로기는 얄뮈올손 즘싱이라　羣飛亂啄 生憎者此

제18행 압집보십 뒤집쟝기 션후룰 닷틀손가　鄰有耒耟 先後豈爭
제60행 어셔나소 자로나소 반긕인들 내몰손가叫囂喧突 難淹屢刻

　제21행은 의문형으로 청자를 향한 말임에 비하여 〈연운가〉제21구는 '무성한 이삭은, 김 맨 뒤에 이뤄지네'로 평서형이다. 〈기음노래〉에서 청자를 향한 말이 두드러진 의문형·명령형의 종결법이 평서형으로 한역된 것이 5개의 구이다.[19] 〈연운가〉가 〈기음노래〉에 비하여 청자를 향한

---

19) 〈기음노래〉에서 청자를 향한 말이 두드러진 의문형이 〈연운가〉에 평서형으로 된 구가 3개이다. 제10행 "복전 녁식이 이 아니 근본인가"(제10구 : 服田力穡 是爲大本)·

말이 약화된 점을 알 수 있다. 이와 같은 점은 화자가 감정을 표출한 경우에도 확인된다. 〈기음노래〉에서 화자의 감정을 직설적으로 표출하는 수사의문형의 종결법이 〈연운가〉에서 평서형의 종결법으로 한역된 것이 4개의 구[20]라는 점이 그 근거이다. 더불어 구체적인 작품 대비에서도 〈연운가〉에 화자의 감정 표출이 약화된 점이 확인된다. 제38행은 추수를 앞두고 참새와 기러기가 날아들자 화자가 새 떼를 증오한다는 내용이다. 〈기음노래〉에서는 새 떼에 대하여 '남에 대한 자비도 모르는 얄미운 짐승'으로 화자의 감정을 직설적으로 표출한다. 이에 비하여 〈연운가〉에서는 '증오를 일으키는 것은 이것(새 떼)이네'로 '증오와 증오를 일으키는 원인'이라는 사실의 제시에 초점을 두어 화자의 감정표출이 약화된다. 어휘의 면에서도 차이를 보인다. 제18행에서는 '앞집의 쟁기'와 '뒷집의 보습'으로 이웃의 농기구가 구체적임에 비하여 〈연운가〉에서는 '이웃에 있는 농기구'로 한역되고, 제64행에서는 '사돈·권당'으로 친척들이 구체적임에 비하여 〈연운가〉에서는 인족(姻族)으로 한역된다.[21] 제60

제21행 "이삭이 비록 션들 갓고 와야 아니되랴"(제21구 : 瓦瓦者苗 鋤然後成)·제47행 "죵년토록 슈고타가 하로 결을 못 어들가"(제47구 : 終歲勞止 一日其暇). 명령형이 평서형으로 한역된 구가 2개이다. 제20행 "고로로 쎄여셔라 힝여 뷘듸 이슬셰라"(제20구 : 其播也均 片土無餘)·제48행 "건넌 동늬 쩍을 ᄒ고 넘언 마을 술을 빗소"(제48구 : 北里打餠 前村酒熟).

20) 제27행 "헌 삿갓 쇠코 등의 열양을 막을쇼냐"(제27구 : 破笠短褌 莫遮烈陽)·제55행 "잡거니 밀거니 ᄉ양ᄒ며 츄션홀가"(제55구 : 或勸或讓 毋有爭先)·제60행 "어셔나소 자로나소 반딕인들 내몰손가"(제60구 : 叫囂隳突 難淹晷刻)·제61행 "환ᄌ 빗ᄌ 부세 젼령 응당구실 말냐홀가"(제61구 : 還牌稅今 自是應役).

21) 어휘에서 〈기음노래〉가 〈연운가〉에 비하여 구체적인 대목은 본문에 예로 든 것을 제외하고 2개의 행이 더 있다. 제14행 "동풍은 습습ᄒ고 셰우는 몽몽흔듸"(제14구 : 谷風自東 靈雨其濛). 〈기음노래〉에서는 "습습"과 "몽몽"으로 바람이 부는 모습·가랑비가 내리는 모습을 제시하나, 〈연운가〉에서는 '동에서 바람이 불다·가랑비가 오네'로 바람이 불고 비가 오는 사실만 제시한다. 제24~26행 "끌는 흙 쩌는 풀속 샹하로 오락가락/ 호뮈도 녹으려든 혈육이 견딜소냐/ 오뉴월 삼복더위 쌈으로 낫츨 벗고"(제24~26구 : 炎炎三庚 汗流如雨/ 土溽草蒸 上下于玆/ 彼鋤尙鑠 血肉安支). 〈기음노래〉에서는 노동 행위를 '아래위로 오락가락'하는 모습으로 제시하나, 〈연운가〉에서는 '오르고 내리다'는 사실로 제시한다.

행은 추수를 한 뒤 연음(宴飮)할 때 면임(面任)이 갑자기 나타나 소란을 피운다는 내용이다. 〈기음노래〉에서는 "어서나소 자로나소"라며 소란을 피우는 면임의 말을 드러내 소란의 상황이 구체적이다. 이에 비하여 〈연운가〉에서는 면임의 소란을 "규효휴돌(叫囂嶹突 : 부르짖는 소리와 횡행)"로 사실만 제시된다. 그 차이가 비록 부분적이기는[22] 하지만 〈기음노래〉가 〈연운가〉에 비하여 화자가 청자에게 하는 말이 빈번하고 화자의 감정이 직설적이며 어휘·상황이 구체적인 면이 있다. 이러한 차이는 이명재가 〈운가〉는 이언(俚諺)으로 표기되어 "문자가 형용하지 못하는 바가 많다(往往多文字之所不能形容)"라고 한 언급을 보아 〈연운가〉가 한문으로 표기되었기 때문인 것으로 보인다.

이상에서 〈연운가〉가 〈기음노래〉와 부분적인 차이는 있지만, 〈기음노래〉와 내용이 대동소이하고 한 행을 4음보로 의식하여 한역하려는 면이 있고, 화자의 감정임을 명확히 하여 〈기음노래〉에 드러난 화자의 감정 표출과 일치하고, 화자가 청자와 동등한 관계에서 말하는 방식에서 일치한다. 이것을 보아 〈연운가〉는 가사 〈기음노래〉의 축자역(逐字譯)에 가깝다. 이러한 사실로 보아 가사 〈기음노래〉는 〈연운가〉의 한역 대상인 이명재의 오대조 지암공(止菴公)이 쓴 〈운가〉에 가까운 작품으로 볼 수 있다. 지암공(止菴公)은 이명재의 문집 『금어유고(琴漁遺稿)』권9 부록에 수록된 〈嘉善大夫吏曹參判兼同知經筵義禁府春秋館成均館事協辦外務府事府君家狀〉을 보아 지암(止菴) 이철보(李喆輔, 1691~1770)이다.[23]

---

22) 〈기음노래〉에서 청자에게 말하는 종결법이 있는 15개의 행 가운데 〈연운가〉에 일치하는 구가 10개이며 차이가 나는 구가 5개의 구이고, 〈기음노래〉에서 화자의 감정 토로와 관련된 수사의문형의 종결법이 있는 14개의 행 가운데 〈연운가〉에서 일치하는 구가 10개이며 차이가 나는 구가 4개이고, 어휘·상황의 구체적인 표현이 〈연운가〉에서 차이가 나는 구가 5개이다. 이러한 수치로 보아 〈기음노래〉와 〈연운가〉의 차이는 부분적이다.

23) 이명재의 문집 『금어유고(琴漁遺稿)』권9 부록에 수록된 〈嘉善大夫吏曹參判兼同知經筵義禁府春秋館成均館事協辦外務府事府君家狀〉에 따른 그의 간략한 생애는 다음과 같다. 이명재는 자(字)가 성의(聖意) 호가 금어(琴漁)이고 본관은 연안(延安)이다.

3. 〈기음노래〉의 창작 배경

이철보(李喆輔, 1691~1770)가 〈기음노래〉[24]를 지은 시기와 배경을 살펴보기로 하자.

이철보는 자(字)가 보숙(保叔) 호가 지암(止菴)이고 본관은 연안(延安)이다. 부는 호조참판을 지낸 이정신(李正臣)이고 모는 유이진(柳以震)의 딸인 전주(全州) 유씨(柳氏)이다. 그의 선조에는 양대에 걸쳐 이조판서와 문형(文衡)을 지낸 월사(月沙) 이정구(李廷龜)와 백주(白洲) 이명한(李明漢)이 있으며 증조부는 이명한(李明漢)의 셋째 아들인 이만상(李萬相)이고 조부는 옥천 군수를 역임한 이봉조(李鳳朝)이다. 이철보(李喆輔)는 1691년 오남(五男) 이녀(二女) 가운데 넷째 아들로 출생하여 1723년 문과 별시에 합격하여 벼슬길에 오른다. 그는 1759년 예조판서 등을 역임한 다음 기로과에 들어가기까지 지평·병조정랑·동부승지·이조참판·

그의 비조(鼻祖)는 당나라에서 중랑장이란 벼슬을 하였다가 백제를 평정할 때 소정방을 따라와 신라에 머물러 연안백(延安伯)에 봉해진 이무(李茂)이고, 조부(祖父)는 이광우(李光愚)이고 증조부(曾祖父)는 급건(及健) 이시수(李時秀)이며 고조부(高祖父)는 쌍계(雙溪) 이복원(李福源)이고 5대조는 지암(止菴) 이철보(李喆輔)(1691~1770)이다. 그는 1837년 부친인 이공익(李公翼)의 임소인 성천부 관아에서 출생하여 1874년 증광시에 합격하여 예문관 검열을 시작으로 1904년 궁내부 특진관을 사퇴하고 능곡(陵谷)의 집으로 돌아갈 때까지 승정원 동부승지·이조참의·병조참판·이조판서·안동부사·중추원 일등의관·궁내부 특진관 등 내외직을 두루 역임하다가 1905년 69세로 졸하였다. 그의 선조와 관련된 구절은 다음과 같다. "公諱命宰 字聖意 號琴漁 系出延安. 鼻祖李茂 唐中郎將, 從蘇定方平百濟, 留仕新羅, 封延安伯, 我李仍貫焉. 在羅麗世, 有聞人. 入我朝, 有諱石亨, 壯元試三場 判中樞府事, 策佐理勳, 封延城府院君, 諡文康, 號樗軒. 四傳而諱廷龜, 左議政, 諡文忠, 德業文章, 天下誦其名, 世稱月沙先生. 生諱明漢, 吏曹判書, 文靖公, 號白洲, 兩世典文衡. 三傳諱正臣, 參判, 贈領議政. 生諱喆輔, 禮曹判書, 致仕, 奉朝賀, 贈領議政, 號止菴. 於公爲五世祖也. 高祖諱福源, 左議政, 典文衡, 諡文靖, 號雙溪. 曾祖諱時秀, 領議政, 諡忠正, 號及健. … 祖諱光愚, 有文行, 旱世, 贈吏曹判書."

24) 이철보가 지은 작품은 〈운가〉인데 노랫말이 전하지 않는다. 〈연운가〉와 〈기음노래〉를 대비한 결과로 보아 〈운가〉의 노랫말은 〈기음노래〉와 유사할 것으로 추정된다. 이러한 추정에서 전하지 않는 〈운가〉의 노랫말을 지칭하는 뜻으로 〈기음노래〉란 명칭을 사용한다.

도승지·공조판서 등의 내직을 두루 역임하였다. 뿐만 아니라 1730년에 제천(堤川) 현감(縣監)을 역임하고, 1733년에는 관서(關西) 안핵어사(按覈御使), 1735년에 기전(畿甸) 암행어사, 1736년에 호서(湖西) 양정어사(良丁御史), 1738년에 안동부사(安東府使), 1741년에 안변부사(安邊府使), 1749년에 경기감사(京畿監司), 1750년과 1751년 사이에 함경감사(咸鏡監司)를 역임하는 등 여덟 차례 외직을 역임하다 1770년에 졸하였다.[25)]

이철보가 〈기음노래〉를 지은 시기는 그가 함경도 관찰사로 있을 때이 므로(按節關北時 俚諺撰耘歌一篇) 1750년에서 1751년 사이이다.

이철보는 왜 〈기음노래〉를 지었는가? 최재남 교수는 조선후기 민풍 수용은 민요를 포함한 우리말 노래의 정서를 서정의 중심으로 인식하게 된 민요에 대한 인식의 변화, 『시경』의 풍(風)이 지닌 속성을 긍정적으로 받아들여 백성들의 삶을 형상화하여 그 어려운 사정을 알리기 위한 것 등이 그 동기가 되며, 변새나 지방 관리에 부임하였을 경우에는 목민관의 입장에서 민풍을 수습하여 백성들의 어려운 사정을 알리려는 것이 중심을 이룬다고 하였다.[26)] 〈기음노래〉는 이철보가 지방관에 재직할 때 지었으므로 그가 백성들의 어려운 사정을 알리기 위하여 지었을 개연성이 있다. 이명재는 "(이철보가) 임기를 마치고 (돌아와서) 이에 임금께 백성들의 질고를 살필 것을 고하고 그 뜻을 거듭하여 아뢰었으니 이것(耘歌)은 『시경(詩經)』 〈칠월(七月)〉편과 『서경(書經)』 〈무일(無逸)〉편과 더불어 표리가 될 만하다(其卒業 乃以告人君察民隱 重致其意 斯可與七月無逸相表裏矣)"고 하였다. 이 기록은 이철보가 〈기음노래〉를 통하여 임금께 백성의 질고를 살필 것을 아뢰었고 그러한 사실 때문에 〈기음노래〉는

---

25) 이철보(李喆輔)의 생애는 그의 아들 이복원(李福源, 1719~1792)이 쓴 〈先府君行狀〉에 따른 것이다. 이 글은 이복원(李福源, 1719~1792)의 문집인 『쌍계유고(雙溪遺稿)』 권8(『한국문집총간 237』, 민족문화추진위원회, 1997)에 수록되어 있다.
26) 최재남, 「조선후기 민요의 실상과 한시의 민풍 수용」, 『장르교섭과 고전시가』(월인, 1999), 215~227면.

『시경』의 〈칠월〉편과 『서경』의 〈무일〉편과 같은 가치를 지닌다는 뜻으로 해석된다. 이러한 해석에서 보면 〈기음노래〉는 백성들의 질고를 알리기 위하여 지은 것이다. 또한 '임금께 아뢰었다'고 하였으므로 〈기음노래〉를 임금께 바쳤을 가능성도 완전히 배제할 수는 없다. 〈기음노래〉를 임금께 바쳤다면 이철보가 민풍을 수습한 것에는 특별한 계기가 있었을 것이다. 그 계기를 살펴볼 수 있는 자료가 홍량호(洪良浩, 1724~1802)가 홍주목사에 재직하였을 때 풍요(風謠)를 채집하여 지어 영조에게 바친 〈홍주풍요시 십장(洪州風謠詩 十章)〉이다.[27] 홍량호는 이 작품을 1764년 민요를 채록하여 보고하라는 영조의 어명에 부응하여 지었다.[28] 이철보가 지은 〈기음노래〉가 임금께 바쳤을 가능성이 있고, 홍양호의 예에서 보듯이 이철보의 당대에 지방관의 민풍 수습이 영조의 어명과 관련된 점을 보아, 그가 〈기음노래〉를 지은 것은 영조의 어명과 관련이 있을 것으로 추측된다.

그렇다면 이철보는 왜 백성들의 어려운 사정을 알게 되었는가? 이 의문의 답을 이철보가 재임하였던 지방관의 특징적인 면모에서 찾을 수 있을 듯하다.

그가 함경도 관찰사에 재직한 것은 1750년 4월에서 1751년 10월까지 19개월간이다. 『영조실록』에 따르면 그는 1750년 4월 14일 함경도 관찰사에 부임하였다가[29] 그해 9월 25일 함경도에서 일어난 수재(水災)를 자세히 보고하고 영남의 곡식 삼만 석을 더 조치해 주기를 청한다.[30] 이후 1751년 3월 21일 이조참판에 제수되었다가[31] 그해 3월 23일에는 함경도

---

27) 洪良浩의 〈洪州風謠詩 十章〉에 대한 것은 진재교, 『이조 후기 한시의 사회사』(소명출판, 2001) 329면을 참조하였다.
28) "甲申陽至之月, 上御經筵講毛詩. … 乃命八道兩都大小文吏, 各述其職方謠俗巷閭幽隱" 洪良浩, 『耳溪集』 권3(『한국역대문집총서 783』, 경인문화사, 1993).
29) "以李顯重爲正言 … 李喆輔爲咸鏡道觀察使 …"『영조실록』 권71 영조 26년 4월 14일.
30) "咸鏡道觀察使李喆輔上書, 盛陳本道水災, 請加劃嶺南穀數三萬石"『영조실록』 권72 영조 26년 9월 25일.

에서의 진휼(賑恤)이 끝나지 않았다는 이유로 함경도 관찰사에 유임되고,[32] 그해 10월 12일에 가서야 이조참판으로 부임하게 된다.[33] 그가 함경도 관찰사에 부임하여 올린 보고가 수재에 대한 것이고, 내직에 제수되었음에도 불구하고 진휼이 끝나지 않아 관찰사에 유임된 것을 보아 그가 함경도 관찰사에 부임한 것은 백성들의 진휼이 주된 임무이다.

이철보가 맡은 지방관은 이와 같이 대부분 백성들의 고통을 살피는 데 주된 임무가 있는 것으로 보인다. 전술하였듯이 그는 총 여덟 차례 지방관을 역임하였다. 그 가운데 1730년에 부임한 제천 현감과 1741년에 부임한 안변부사는 특정 임무가 주어지지 않은 통상적인 지방관의 임무를 띤 것이다. 이러한 통상적인 지방관 생활에서도 그는 대기근이 연이어 일어나자 침식을 잊으며 백성들을 걱정하고 다른 읍에서 온 유민(流民)들을 관아의 앞에 장막을 쳐 매일 죽을 먹이며 가을 추수를 기다려 돌아가게 하거나[34] 흉년이 거듭되자 곡식을 옮겨줄 것을 상주하기도 하는[35] 등 백성들의 고통에 공감하였다. 1734년에 부임한 관서 안핵어사는 국경 지역에서의 월경(越境)과 월경에서 야기된 살인사건을 해결하기 위한 것이다. 그는 관서 안핵어사를 마치고 돌아오자 그 지역 군민(軍民)의 폐해를 상주하여[36] 국경지역 백성의 생활고를 알린다. 1736년에 부임한

---

31) "以洪象漢爲大司憲 … 李喆輔爲吏曹參判 …"『영조실록』권73 영조 27년 3월 21일.
32) "命仍任咸鏡道觀察使李喆輔, 以賑事未畢也"『영조실록』권73 영조 27년 3월 23일.
33) "以李喆輔爲吏曹參判, …"『영조실록』권74 영조 27년 10월 12일.
34) "庚戌 … 冬, 堤川縣監. 壬子, … 時連歲大饑, 府君夙夜講求, 百方拮据, 計口排日, 至忘寢食. 他邑流氓之來歸者, 設長幕於衙前, 以處之, 每日設粥, 嘗其旨否. 待秋熟, 始送還本土. 堤民爲鐵碑以頌" 李福源, 〈先府君行狀〉『琴漁遺稿』권8(『한국문집총간237』, 민족문화추진위원회, 1997).
35) "安邊府使李喆輔上疏言 : 本邑凶荒比他邑尤甚. 請移嶺南, 浦項倉穀以賑之. 令備局稟處. 備局回啓 : 請以嶺南牟二千斛, 浦項倉太一千斛, 移轉劃給. 上許之"『영조실록』권54, 영조 17년 8월 25일.
36) 이철보는 1733년 겨울에 안핵어사로 파견되었다가 1734년 2월 돌아왔으며, 1734년 3월 조사가 미진하여 다시 안핵어사로 파견된다. 이복원이 쓴 〈先府君行狀〉에서는 1734년 2월 안핵어사에서 돌아왔을 때 군민들의 폐단을 상소하였다(癸丑 … 冬, 因江界殺越事, 特除按覈御史. 甲寅二月, 復命. 退而疏陳江邊軍民弊端)고 하였고, 『영조실

경기 암행어사는 '경기지역 양역의 폐해'를 살피기 위한 것이다. 그는 백성들이 겪는 양역의 폐해에 대한 심각성을 보고하고 그 해결책으로 호포법(戶布法)의 시행을 청한다.[37] 1736년에 부임한 호서 양정어사는 '호서지역 양역의 폐해'를 살피기 위한 것이다. 그는 재임 동안 오래 누적된 인족지징(姻族之徵)을 제거하고 교원액외(校院額外)를 단속하고 지방의 호세가(豪勢家)에 투탁한 경우에도 양역을 부과하여 양역에 궐액(闕額)이 없도록 하였다.[38] 조선후기 군역의 문제점은 공동책납제(共同責納制)로 운영됨에 역을 피하는 자들이 늘어나 지방에 소속된 양민의 군역이

록』영조 10년 2월 29일의 기록에는 군민의 폐단과 시정안으로 그 지역의 병력이 단약하니 군관을 단속하고 대오를 편성할 것, 변란이 발생하면 퇴보하라는 명령이 있어 비축한 식량과 무기가 빼앗길 염려가 있다는 것, 그 지역 인재들이 침체되어 있으니 근신을 보내어 문무를 시취하게 할 것 등을 상주한 내용이 있다(鄭理李喆輔上疏, 論江邊七邑兵力之單弱, 請以納米布軍官團束, 作隊兩營, 巡到試才, 賞以勸之. 又論江邊各鎭堡, 旣設城柵, 且峙械糧, 而又有有難則退保之令, 爲他日藉寇資盜之憂. … 又論江邊人才之沈滯, 請依六鎭, 濟州例, 時遣近臣, 試取文武. 竝令道臣, 擇其俊異, 每於殿最, 登聞奬用).

37) "上引見大臣備堂, 京畿御史李喆輔同入, 守令之慢法者, 論罪有差. 喆輔言; 良役之弊民方倒懸 宜亟行戶布之法"『영조실록』권41 영조 12년 2월 14일.

38) 이철보는 1736년 10월 27일 湖西 지방에 良丁御史로 파견된다. 그 임무가 어사의 이름에서도 나타났듯이 良役의 폐단을 시정하는 것이다. 『영조실록』 1736년 11월 7일 기록에 따르면 영조가 이철보를 인견할 때 이철보는 영조에게 사대부가에서 四祖에 顯官이 없을 경우 모두 良役에 예속시킬 것을 주청하고, 권세가의 서원이나 墓下에 投託하여 양역을 면하는 문제점을 비판하였다(上行晝講. 命湖西良丁御史李喆輔進前, … 喆輔曰: 良丁御史, 名甚不好. 所可慮者, 恐有騷擾耳. 以事目言之, 四祖無顯官者, 皆是應屬. 若一切用此法, 能免者幾人乎? 上曰: 此則決不可行矣. 喆輔曰: 臣當先布德意, 以示安集之意, 而此如操網入江曰: '我非漁也.' 民豈信之乎? 大抵有勢家書院及墓下憑依投托, 吏不敢問. 爲士夫者, 何嘗募民曰: '汝稱吾奴, 汝屬吾籍.' 而人情旣見稱屬, 則必至容隱. 故相臣南九萬退老居鄕, 而監司御史之過其廬也, 輒錄籬底投托之類授之日: '此非吾奴, 任爲之.' 云, 至今傳爲美談. 今之士夫, 安保其能如九萬乎? 臣欲搜括, 如有犯者, 用壓良律, 生進以下刑推, 通籍以上啓聞, 而湖西卽士夫窟穴, 武斷鄕曲, 爲日已久, 其視御史, 便若尋常. 今臣仰稟者, 槪欲預爲傳播, 俾不犯科也). 李福源(1719~1792)쓴 〈先府君行狀〉에서는 그가 어사로 부임하여 오래 누적된 姻族之徵을 제거하고 校院額外를 단속하고 지방의 豪勢家에 투탁한 경우에도 양역을 부과하여 양역에 闕額이 없도록 하였다고 하였다(丙辰 … 冬 以湖西簽丁事 將遣御史 … 入界先布德意 盡除積年隣族之徵 括校院額外 冒錄及豪勢家籬底 投托以塡之 於是良役無闕額 而謗果大騰).

가중된 것에 있다. 그 피역(避役)은 납속 등으로 신분을 상승하거나 이향직에 진출하거나 교원의 액외생이 되거나 지방 토호 또는 유력자에게 투탁하는 것 등이다. 그 개혁안으로 제기된 것이 호포법이다. 호포법은 군역세를 호포란 이름으로 왕자대군과 공경대부로부터 서민·천민에 이르기까지 걷는 것이다. 숙종 때부터 논란이 되었던 것인데 양반층과 양반으로 신분을 상승하려는 욕구를 지닌 층으로부터 강한 반발을 초래하여 정조연간에 평안도의 일부 지방에서 시행되는 정도였고 고종 때에야 본격적으로 시행된다.39) 이철보가 1736년 호서 암행어사로 양민의 누적된 족징(族徵)을 제거하고 피역자(避役者)들에게 군역을 부과한 것은 당대 양역(良役)에 대한 문제점을 깊이 인식하였음을 의미하고, 1736년 경기 암행어사 때에 호포법을 제기한 것은 양역으로 야기된 백성들의 고통을 개선하기 위하여 고민하였음을 의미한다.

이철보가 맡은 지방관은 통상적 임무를 띤 것도 있지만, 수재(水災)·양역(良役) 등 백성들의 고통을 살피는 데 주된 임무를 둔 경우가 대부분이다. 이러한 임무를 띤 지방관으로 그는 백성들의 고통을 목격하였고, 자신이 직접 그들의 고통을 해결하려고 깊이 있게 고민하였다. 이러한 그의 고민을 보아, 그가 맡은 지방관으로서의 임무는 백성들의 삶을 더 자세히 알게 되고 그들의 삶에 관심을 갖게 된 계기가 되었을 것이다. 백성의 사정을 알리는 〈기음노래〉를 짓게 된 것도 백성에 대한 깊은 관심에서 나왔을 것이므로 백성들의 고통의 살피는데 초점을 둔 그의 지방관으로서의 임무가 창작 배경이 된다.

---

39) 군역과 호포법에 대한 것은 고석규, 『19세기 조선의 향촌사회연구』(서울대학교 출판부, 1998), 185~192면을 참조하였다.

4. 맺음말

〈기음노래〉는 가사 작품 가운데 민요적 성격이 가장 잘 드러난 작품으로 평가받는다. 이러한 평가에서 〈기음노래〉에 나타난 민요적 성격이 무엇이고, 〈기음노래〉에 민요를 수용한 양상이 무엇인가 하는 점에 의문이 든다. 이 의문을 해결하기 위해서 먼저 〈기음노래〉의 작자와 창작 배경을 밝히는 것이 관건이라고 생각한다. 이명재(李命宰, 1837~1905)가 쓴 한역시 〈연운가(演耘歌)〉는 〈기음노래〉의 작자를 밝힐 수 있는 실마리를 제공할 것으로 보인다. 본고는 이 자료를 토대로 〈기음노래〉의 작자와 창작 배경을 살펴보았다. 그 결과를 요약하면 다음과 같다.

이명재(李命宰, 1837~1905)가 쓴 한역시 〈연운가〉는 〈기음노래〉와 내용이 대동소이하고, 4음보를 의식하며 한역하였고, 〈기음노래〉에 나타난 화자가 청자에게 하는 말하기 방식, 화자의 감정표출에서 일치한다. 이러한 사실로 보아 〈연운가〉는 가사 〈기음노래〉의 축자역에 가깝다. 이명재가 〈연운가〉는 자신의 오대조인 이철보(李喆輔, 1691~1770)가 쓴 이언(俚諺)으로된 〈운가(耘歌)〉를 한역한 것이라고 언급한 것을 보아 현존하는 가사 〈기음노래〉는 〈운가〉에 가깝고 그에 따라 작자는 이철보이다.

이철보는 함경도 관찰사에 재직하던 1750년과 1751년 사이에 〈기음노래〉를 지었다. 이명재의 기록을 보아 〈기음노래〉는 백성들의 질고를 알리기 위한 것이다. 이철보가 백성들의 질고를 알리게 된 것은 그가 맡은 지방관의 성격과 관련이 있다. 그가 맡은 지방관은 대부분 백성의 고통을 살피는 데 주된 임무가 있다. 그는 임무를 수행하는 동안 직접 백성들의 문제를 해결하거나 개선안을 깊이 고민한 점을 보아, 그가 맡은 지방관의 임무는 백성들의 삶을 더 잘 알게 되고 그들의 삶에 관심을 갖게 된 계기가 된 것으로 보인다. 백성들의 사정을 알리는 〈기음노래〉을 짓게 된 것도 백성에 대한 깊은 관심에서 나왔을 것이므로 백성들의 고통의 살피는데 초점을 둔 그의 지방관으로서의 임무가 창작 배경이 된다.

이상에서 〈기음노래〉의 작자와 창작 배경을 살펴보았다. 새로운 자료의 소개라는 점에 비중을 두고 논의를 전개하였으나, 〈기음노래〉의 문학적 의미를 살펴보는 데까지 나아가지는 못하였다. 〈기음노래〉가 '민요의 실상'에 가까운 작품이라면 〈기음노래〉의 문학적 의미는 18세기의 민요의 실상이 무엇인가 하는 점을 밝히고, 그것을 토대로 〈기음노래〉에 민요가 수용되는 양상을 밝히는 것이다. 이러한 작업을 하기 위해서는 〈기음노래〉와 현존 민요와의 대비가 이루어져야 할 것이며, 농가생활을 소재로 한 가사 작품에 민요가 수용된 양상을 정리하고 〈기음노래〉와의 대비가 이루어져야 하며, 농가생활을 소재로 한 한시 작품에 민요가 수용된 양상과의 대비가 이루어져야 한다. 이와 같은 작업이 이루어진다면 처음에 제기하였던 '민요의 실상'과 '가사와 민요의 장르교섭' 등이 밝혀질 것이다. 본고에서는 이와 같은 작업을 하지 못하였으며 이것을 앞으로의 과제로 남긴다.

※ 부록

〈演耘歌〉

我五世祖 止菴公按節關北時 俚諺撰耘歌一篇 始自于耜以至納禾 田
畝艱難之苦 歲時宴飲之樂 靡不博採而備陳 往往多文字之所不能形容
而其卒業 乃以告人君察民隱 重致其意 斯可與七月無逸相表裏矣 顧余
不揆荒陋 敢用歌意 演成四言詩 凡六十有六句.

嗟我稷長	聽此耘歌	滿野黃雲	一色四方
肇自剖判	人并生只	長夏饞腸	不食自飽
天地旣廣	生靈亦衆	山雀俄集	野鴈又來
賢愚自殊	貴賤焉同	羣飛亂啄	生憎者此
聖人立教	厥民惟四	明將獲稻	蓐食須早
砥行讀書	士子之事	手操利鐮	背荷支機
造作惟工	貿遷是賈	是刈是束	且戴且負
蚩蚩吾儕	其業云何	少打于場	老者簸揚
粟米布縷	古今一規	織包索綯	紛紜其狀
服田力穡	是爲大本	爾田幾秉	我稼如斯
終歲勞苦	寧不知焉	公私債了	餘者無多
仰事俯育	非此莫能	嗟我稷長	咸聽斯語
倉庚有鳴	桑葉初靑	終歲勞止	一日其暇
谷風自東	靈雨其濛	北里打餠	前村酒熟
言稅于田	毋失此時	籬後栗垞	庭際棗落
犢已飼否	人先耕之	紫蟹黃鷄	物物香味
子其治糞	吾且分種	烹龍炮鳳	豈逾斯美
鄰有耒耟	先後豈爭	風憲約正	廷之上座
高低其畝	次第疆理	襱襓襁襗	爰席以齒
其播也均	片土無餘	挈彼瓦盆	酌以匏樽
芃芃者苗	鋤然後成	或勸或讓	毋有爭先
昨耘之草	俄頃又長	水缶草琴	腔調孔嘉
心切望秋	尙愒三勞	酒酣興發	不知蹈舞
炎炎三庚	汗流如雨	何來面任	不速而至

<table>
<tr><td>土潯草蒸 上下于茲</td><td>數唾齇喝 半拜何禮</td></tr>
<tr><td>彼鋤尙鑠 血肉安支</td><td>叫囂嗔突 難淹晷刻</td></tr>
<tr><td>破笠短褌 莫遮烈陽</td><td>還牌稅今 自是應役</td></tr>
<tr><td>麥醪漸醒 鼻歆自停</td><td>吏郷私求 官豈盡識</td></tr>
<tr><td>瞻彼侯門 碧欄朱樓</td><td>一門數口 身役難勘</td></tr>
<tr><td>高枕團扇 宴坐偃臥</td><td>姻族移微 尤極痛心</td></tr>
<tr><td>稼穡艱難 有誰知者</td><td>隣里幾戶 乘夜盡散</td></tr>
<tr><td>雨或霖耶 暘或旱耶</td><td>誰畫此狀 獻于重宸</td></tr>
<tr><td>盲風惡霧 許多我憂</td><td></td></tr>
<tr><td>秋風忽起 白露爲霜</td><td>李命宰(1837~1905),『琴漁遺稿』 권3〈歌〉</td></tr>
</table>

〈기음노래(一名 耘歌)〉

어유와 계장님닉 이기음 믹아스라 기음노릭 닉 브름식/ 텬지 삼기실
제 사롬이 갓치 나니/ 너르나 너른 텬하 만흔나 만흔 사롬/ 현우가
다르거니 귀쳔이 갓틀손가/ 셩인이 법을 지어 스민을 난호시니/ 힝실
닥고 글 닑기는 션빈님닉 홀일이오/ 믠들기는 쟝인이오 밧고기는 쟝스
로다/ 치치흔 우리들은 홀일이 무어신고/ 속미와 포루는 고금의 흔법이
니/ 복젼 녁식이 이 아니 근본인가/ 죵년 작고 슈곤 줄도 알건마는/
앙스부휵이 이 아니면 어이흐리

창경이 처엄 울고 쏭닙히 풀을 적의/ 동풍은 습습ᄒ고 셰우는 몽몽흔
딕/ 밧츠로 가쟈셔라 힝여 잇씩 일흘셔라/ 송아지 먹거나 늠은 볼셔
가는고나/ 쟈닉 거름 다 닉간다 우리 씨앗 난화가소/ 압집보십 뒤집쟝기
션후를 닷틀손가/ 놉흔 언덕 나즌이랑 츠례로 일운 후의/ 고로로 쎄여셔
라 힝여 빈딕 이슬셰라/ 이삭이 비록 션들 갓고 와야 아니되랴/ 엇그제
갓믠 기음 어느 스이 볼셔기니/ ᄀᆞ을을 브라거니 세벌 슈고 쩌릴손가/
쯸는 흙 삐는 풀속 샹하로 오락가락/ 호믜도 녹으려든 혈육이 견딜소냐/
오뉴월 삼복더위 쌈으로 낫츨 벗고/ 헌 삿갓 쇠코 등의 열양을 막을쇼냐

/ 보리술 건듯 ᄊᆡ니 코 노ᄅᆡ도 경이 업ᄂᆡ/ 붉은 다락 프른 난간/ 놉흔 벼ᄀᆡ 둥근 부체 누으락 안즈락/ 가ᄉᆡᆨ 가난 그 뉘 알니/ 비오면 장마질가 볏나면 가믈셰라/ 독ᄒᆞᆫ 안ᄀᆡ 모진 ᄇᆞ람 시름도 ᄒᆞ도홀샤/

츄풍이 건듯 브러 ᄇᆡᆨ뇌 위샹ᄒᆞ니/ 들 가온ᄃᆡ 누른 구름 네녁흐로 ᄒᆞᆫ빗치라/ 왼 녀름 주린 ᄇᆡ속 먹지 아녀 절로 부ᄅᆡ/ 이른 논의 참ᄉᆡ무리 느즌 노의 기러기 쎄/ ᄂᆞᆷ의 자ᄇᆡ 모로기ᄂᆞᆫ 얄뮈올손 즘ᄉᆡᆼ이라 / ᄂᆡ일은 들거두ᄉᆡ 새벽밥을 일즉 ᄒᆞ소/ 낫 갈아 손의 들고 지게 ᄊᆞ며 등의 걸고/ 뷔거니 묵거니 이거니 디거니/ 졈으신ᄂᆡ 도리ᄎᆡ질 늙으신ᄂᆡ 그늬질/ 셔우기ᄂᆡ 삿기 ᄭᅩᄂᆡ 어즈러이 구ᄂᆞᆫ지고/ 자내 밧희 몃뭇신고 내논 소츌 이ᄡᆡᆫ일ᄉᆡ/ 공ᄉᆞ치 다 갈희면 남은 거시 언마칠고/

어유와 계샹님ᄂᆡ 이내 말솜 들어 보소/ 죵년토록 슈고타가 하로 결을 못 어들가/ 건넌동ᄂᆡ 썩을 ᄒᆞ고 넘언동ᄂᆡ 썩을 ᄒᆞ고/ 울뒤희 밤이 벌고 마당가희 대쵸 듯ᄂᆡ/ 게 씬이 닭 살모니 가지가지 향미로다/ 룡복기 봉탕인들 이에서 나을손가/ 김풍헌 니약졍을 좌상으로 뫼신 후의/ 헌펴랑이 뵈무즙이 ᄎᆞ례로 안즌 후의/ 질동이 나아노코 족박잔 ᄀᆞ득 부어/ 잡거니 밀거니 ᄉᆞ양ᄒᆞ며 츄션홀가/ 믈쟝구 초김피리 곡됴도 쇼흘시고/ 술김의 흥이나니 되춤이 절로 난다/ 어ᄃᆡ로셔 면쥬인은 불속ᄀᆡᆨ이 오단 말고/ 쟌기츰 굵은 호령 반절은 무숨일고/ 어셔나소 자로나소 반ᄀᆡᆨ인들 내몰손가/ 환ᄌᆞ ᄇᆡᄌᆞ 부세젼령 응당구실 말냐홀가/ 향청분부 작청구청 원님인들 어이 알리/ ᄒᆞᆫ 집의 세네군포 제 구실도 못ᄒᆞ거든/ 사돈일지 권당일지 일족 무리 더욱 셜워/ 져 너머 십여 호가 어젯잠의 닷단말가/ 뉘라셔 우리 뎡샹 그리다가 구듕 궁궐의 님 계신ᄃᆡ 드리리[40]

이병기, 『(재판) 국문학개론』(일지사, 1971), 137~138면.

---

40) 빗금은 행을 구분하기 위하여 필자가 한 것이고, 단락은 『국문학개론』에서 나눈 바를 따른 것이다.

제11장

가사 〈기음노래〉에 나타난 민요취향(民謠趣向)의 의미

1. 머리말

〈기음노래〉는 지암(止菴) 이철보(李喆輔, 1691~1770)가 함경도 관찰사로 재직하던 1750년에서 1751년에 사이에 김매기 노동을 중심 소재로 지은 가사 작품이다.[1] 이 작품을 학계에 처음 소개한 이병기 선생은 "농민생활의 감정이 더할 나위 없이 표현"되어 "思美人曲 續美人曲에서도 얻어 볼 수 없는 素朴 純眞한 맛을" 얻을 수 있다고 하였고[2] 조동일 선생은 글로 쓰느라고 약간 다듬기는 하였지만 "논매기와 밭매기 가운데 어느 쪽을 하면서 부른 것인지 확실하지 않으나 민요를 그대로 적었다고 인정"되는 자료라고 하였다.[3] 〈기음노래〉는 농민의 생활에서 생긴 감정과 그 감정을 노래로 표출한 민요적 발상 등 민요취향이 잘 드러난 작품이

---

1) 가사 〈기음노래〉의 작가는 미상으로 알려졌다가 필자는 그 작가가 이철보라고 밝혔다. 이철보의 오대 손인 이명재(李命宰, 1837~1905)가 쓴 한역시 〈연운가(演耘歌)〉의 한역 대상이 이철보가 쓴 국문으로 기록된 노래라는 그의 언급과 〈연운가〉가 가사 〈기음노래〉의 축자역에 가깝다는 사실을 근거로 하였다. 졸고, 「가사 〈기음노래〉의 작자와 창작배경」, 『고전문학연구』 30집(한국고전문학회, 2006), 183~211면.
2) 이병기, 『(재판) 국문학개론』(일지사, 1971), 137~139면.
3) 조동일, 『(제4판) 한국문학통사 3』(지식산업사, 2006), 241~242면.

란 뜻으로 이해된다. 이러한 평가에서 다음과 같은 의문이 있다.

　　첫째, 〈기음노래〉에 나타난 민요취향이란 무엇인가?
　　둘째, 〈기음노래〉에 나타난 민요취향의 의미가 무엇인가?

　　조선후기 한시에 민요취향이 수용된 점은 주지의 사실이다. 선행 연구
에서는 조선후기 한시에 나타난 민요취향을 "여류감정과 민중의 삶의
현장의 표출"4)·"민족정서"5)·"여성정감"6)·"여류정서와 남녀애정의
긍정"7) 등이라고 하였다. 민중의 생활에서 생긴 감정에 주목하였고, 그
감정이 민족정서로써의 의미가 있다는 뜻으로 이해된다. 본고에서는 선
행 연구를 모두 수용한다. 수용에서 보더라도 민요취향의 범위가 넓어
구체적으로 드러난 민요취향이 무엇인가 하는 점이 의문이고, 어떤 의미
가 있는가 하는 점도 의문이다.
　　고정옥 선생은 민요란 노동현장에서 발생한 민중의 집단 노래라고
하였다.8) 노동현장이란 농가(農家)에서의 노동과 생활이 될 것이고, 민중
이란 농가에서 생활하는 자 즉 농가생활자(農家生活者)가 될 것이고 노래
란 생각과 감정의 표출이 될 것이다. 이 견해를 기준으로 한다면 민요취향
이란 '농가생활자가 노동과 생활에서 생긴 생각과 감정'이다. 생각은 대상
에 대한 인지(認知)·사고(思考)·세계관(世界觀) 등의 개념적(槪念的,
conceptual)인 것이라면 감정은 대상에 대한 감각·인상 등으로 지각적
(知覺的, perceptual)인 것이다. 개념적인 것과 지각적인 것은 인간의 내면
에서 일어난 현상이므로 내면(內面)이라 볼 수 있다.9) 농가생활자가 자신

---

4) 이동환, 「朝鮮後期 漢詩에 있어서 民謠趣向의 擡頭」, 『한국한문학연구』 3집·4집(한국
　　한문학회, 1978), 29~71면.
5) 진재교, 『耳溪 洪良浩 文學 硏究』(성균관대학교 대동문화연구원, 1999), 171~196면.
6) 박영민, 『한국 한시와 여성 인식의 구도』(소명출판, 2003).
7) 백원철, 『낙하생 이학규 문학 연구』(보고사, 2005), 199~211면.
8) 고정옥, 『朝鮮民謠硏究』(수선사, 1949), 9면.

의 말로 표출하든 작가가 분석하여 드러내든 농가생활에서 생긴 내면이 드러나면 민요취향에 적당할 것이다.

민요가 노동현장에서 발생하였다는 점을 감안하면 민요취향에서는 노동생활이 중심 소재가 된다. 이런 점에서 김매기를 중심 소재로 한 〈기음노래〉는 민요취향을 찾기에 적당한 자료이다. 그런데 민요취향을 찾았다고 하더라도 그 민요취향이 무슨 의미가 있는가 하는 점이 문제이다.[10] 민요취향이 수용된 것은 시에서 민요취향이 필요하였기 때문일 것이다. 민요취향이 없던 것에서 민요취향이 나타날 때 그 필요성에 대한 설명이 용이하다. 이런 점에서 김매기를 소재로 한 시의 통시적 양상 속에서 〈기음노래〉에 나타난 민요취향을 살펴보는 것이 필요하다.

이에 본고에서는 〈기음노래〉에 나타난 민요취향의 의미를 김매기를 소재로 한 한시의 통시적 양상[11] 속에서 살펴보고자 한다. 제2장에서는 김매기를 소재로 한 한시의 통시적 양상을 살펴볼 것이고, 제3장에서는 그 결과를 바탕으로 〈기음노래〉에 나타난 민요취향의 의미를 살펴볼 것이다.[12]

---

9) Seymour Chatman은 개념적인 것과 지각적인 것을 내적(內的, interior)이라고 하였고, 부가간접화법일 경우에는 내적분석이라고 하였고 자유·직접화법일 경우에는 내적독백이라고 하였다. 본고는 시를 다룬 것으로 서사이론을 도입·추종하려는 의도는 없다. 다만 생각과 감정을 포괄할 수 있는 용어로 '내면(內面)'이 적당할 수 있음을 보이려는 것이다. Seymour Chatman, Story and Discourse, Ithaca : Cornell University, 1978, 152~188면.

10) 최재남 교수는 민요적 발상이 시에 수용됨으로써 일어난 방향에 주목하여 "서정시의 방향"에 대한 논의로 나아가야 된다고 강조하였다. 최재남, 「조선후기 민요의 실상과 한시의 민풍 수용」, 『장르교섭과 고전시가』(월인, 1999), 167~237면.

11) 김매기를 소재로 한 시의 통시적 양상은 노동을 소재로 한 한시·시가의 전반적인 경향 속에서 파악되어야 한다. 이러한 작업을 하기에는 필자의 역량이 부족할 뿐 아니라 한편의 논문에 수용하기에도 벅차다. 그리고 김매기를 소재로 한 시조는 그 작품 수가 적고, 가사는 작품이 드물 뿐만 아니라 권농(勸農)이란 교훈이 강하다. 이런 이유로 본고에서는 김매기를 소재로 한 한시에 국한한다.

12) 〈기음노래〉에 대하여 길진숙 선생은 농부가류 가사를 다루는 가운데 "현실에 대한 고발이 담겨 있다"고 간략히 언급하였고, 필자는 작가와 창작배경을 살펴보았다. 〈기음노래〉에 대한 문학적 분석은 전무한 편이다. 길진숙, 「조선후기 농부가류 가사

2. 김매기를 소재로 한 한시의 통시적 양상

2.1. 전가(田家)에 대한 지향(志向)이 표출된 작품의 통시적 양상

전가(田家)문학이란 전원(田園) 및 농가생활을 주요 배경이나 소재로 하여 그 속에서의 소회·흥취를 나타낸 것이다.[13] 강호와 세속의 양분법이 미약하고 전원 및 농가생활을 배경으로 하고 있다는 점에서 강호(江湖)와는 다르다. 하지만 전가(田家)에는 이상화된 태평성대의 곳으로 강호(江湖)에 "인접"한[14] 이념적인 전가가 있을 수 있고, 현실적인 전가도 있을 수도 있다.[15]

다음은 성현(成俔, 1439~1504)의 〈전가사 십이수(田家詞 十二首)〉가운데 제6수와 김륵(金玏, 1540~1616)의 〈포구운가(浦口耘歌)〉, 구사맹(具思孟, 1531~1604)의 〈농두운가(壟頭耘歌)〉이다.

〈전가사 십이수(田家詞 十二首)〉 제6수 육월(六月)
뜨거운 대낮의 햇빛이 구슬도 녹일 듯하여, 논뙈기의 김매기에 늙은이가 고생하네.
밭머리서 부른 노래 밭 끝에서 답하며, 서쪽 김 다 매고 동쪽으로 오네.
점심 먹고 돌베개로 밭두렁에 누우니, 어둑어둑한 나무 그늘에 훈풍(薰風)도 많네.

연구」(이화여자대학교 석사학위논문, 1989), 37~38면; 졸고, 앞의 논문.

13) 김흥규, 「16, 17세기 강호시조의 변모와 전가시조의 형성」, 『욕망과 형식의 시학』(태학사, 1999), 201면.
14) 김흥규 교수는 화평함과 흥취가 있는 전가시조(田家時調)는 강호시조(江湖時調)와 변별적 성격과 모티프를 지닌 작품군으로, 좀더 면밀한 검토가 필요하지만 강호시조(江湖時調)와 "인접해 있"는 것으로 판단된다고 하였다. 김흥규, 앞의 논문, 201면.
15) 김병국 선생은 강호는 빈천을 문학적으로 이상화한 것인데 이상화의 정도에 따라 이념으로써의 전원세계에서 현실으로써의 전원세계로 수직적 스펙트럼을 이룬다고 하였다. 김병국, 「강호가도와 전원문학」, 『한국고전문학의 비평적 이해』(서울대학교 출판부, 1996), 71면.

훈풍이 불어 산머리의 비가 되니, 흰 물결 출렁출렁 흙이 안 보이네.
돌아오며 부들 갓에 소를 거꾸로 타니, 갈피리 한 소리에 날이 저물려
하네16)

〈포구운가(浦口耘歌)〉
석양에 소리 급해져 새론 메벼 다스리고, 어지럽게 들어온 호미머리
푸른 것이 가득하네.
(노래의) 장단을 말하지 마오 모두가 한가하니, 풍년을 기다려 地稅
를 바치네.17)

〈농두운가(壟頭耘歌)〉
노래는 밭두둑에 이어있고 향기론 메벼를 김매기하니, 벼가 높고
잠긴 학은 푸르네.
힘든 농사로도 배부르기 어렵다 말하지 마오, 임금의 어진 정치로
관대한 조세가 있네.18)

〈전가사 십이수(田家詞 十二首)〉는 12개월의 농사를 읊은 것이다. 이
가운데 위의 인용문은 제6수로 6월 여름의 김매기를 소재로 한 것이다.
작가는 6월 하루 동안에 있었던 늙은 농부의 김매기를 관찰한다. 그
내용은 김매기의 노동, 들밥 먹기, 귀가(歸家)이다. 늙은 농부는 구슬도
녹일 듯한 뙤약볕 속에서 서쪽에서 동쪽으로 오가며 김매기를 한다. 농부
의 苦이다. 이어 들밥을 먹은 뒤에는 돌베개로 밭두렁에 누워 쉬고, 훈풍
은 때 맞은 비가 되어 논에는 물이 풍족하고, 부들 갓에 소를 타고 갈피리

---

16) 成俔, 『虛白堂詩集』 권1 〈田家詞 十二首〉 제6수(『한국문집총간 14』). "日輪當午萬珠
融, 鋤禾百畝愁老翁. 田頭放歌田尾和, 西耘已了復徂東. 饁罷支頤臥草隴, 陰陰樹樾多
薰風. 薰風吹作山頭雨, 白浪鄰鄰不見土. 歸來箸笠牛倒騎, 蘆管一聲天欲暮. 右六月".
17) 金玏, 『栢巖先生文集』 권2 〈東浦十六景〉 제10수(『한국문집총간 50』). "夕陽聲急理新
秔, 亂入鉏頭滿意靑. 莫言長短皆閒漫, 要待登場納地征".
18) 具思孟, 『八谷先生集』 권2 〈次東浦十六景韻〉 제10수(『한국문집총간 40』). "歌連阡陌
耨香秔, 已見禾高沒鶴靑. 力穡莫言難飽腹, 聖朝仁政在寬征".

를 불며 돌아온다. 농부의 락(樂)이다. 고(苦)에서 락(樂)으로 전개된다. 이러한 전개는 김매기를 소재로 한 작품에서 확인될 뿐만 아니라 김매기 (또는 김매기 노래)에 대한 작가들의 언급[19]에서도 확인된다. 이러한 사실로 보아 '고(苦)에서 락(樂)으로의 전개'는 김매기 소재를 다루는 관습 적인 의식으로 보인다. 위 〈전가사 십이수〉에서 고(苦)는 '늙은 농부가 정오의 뙤약볕 속에서 김을 맨다'라는 정도이다. 소략하고 일반적인 모습 이다. 락(樂)은 훈풍이 불고 때 맞은 비로 넘실대는 풍요로운 경치 속에서 밭두렁에 누워 쉬고 갈피리를 불며 돌아오는 모습이다. 농부의 풍요롭고 화평한 흥취이다. 농부의 풍요롭고 화평한 흥취가 있는 곳은 이상적(理想 的)인 세계로 이념적인 전가를 나타낸다.

이러한 이념적 전가를 작가가 직접 표출한 것이 두 번째 인용문 〈포구 운가(浦口耘歌)〉이다. 작가는 농부들이 석양에 급히 벼를 다스리고 어지 럽게 호미머리를 휘두르는 김매기의 苦를 관찰한 다음, 농부들의 노래는 한가하고 김매기하는 곳은 풍년이 들 것이라고 한다. 락(樂)이다. 그 락(樂)은 한가롭고 풍요로움이다. 이념적인 전가이다. 세 번째 인용문 〈농두운가(壠頭耘歌)〉도 마찬가지이다. 작가는 상하관계(上下關係)에서 청자에게 교훈한다. 김매기하는 곳은 풍요로운 경치가 있는 곳이고, 임금 의 어진 정치로 관대한 조세가 있는 곳이다. 태평성대가 이루어진 이념적 전가이다. 이념적 전가는 농부의 풍요롭고 화평한 흥취가 있는 곳으로 묘사되거나, 풍년이 드는 곳·태평성대가 이루어진 곳 등으로 직접 표출 된다. 이러한 양상은 필자가 확인한 자료에 따르면 15세기에서 17세기까

---

19) 신광한(申光漢, 1484~1555)의 〈대야운가(大野耘歌)〉에서는 김매기 노래가 노고(勞苦) 가 시강(時康)으로 변한다는 것을 가르친다고 하였고, 이광윤(李光胤, 1564~1637)의 〈후야운가(後野耘歌)〉에서는 노고(勞苦) 뒤에 락(樂)이 있음을 믿는다고 하였다. 申 光漢, 『企齋別集』 권5 〈梨湖十六詠〉 제11수(『한국문집총간 22』). "溝塍綺錯雨微茫, 禾沒肩腰麥已黃. 誰送橫伊長短曲, 却敎勞苦變時康". 李光胤, 『瀼西先生文集』 권2 〈遯 于堂八詠〉 제5수(『한국문집총간 속13』). "疏渠日日理畦禾, 細雨原頭相應歌. 須信苦 中還有樂, 白鼉鳴後可婆娑".

지 지속되고 17세기에 정점을 이루다가 18세기에 뜸하고 19세기까지 지속된다.[20) 왜 18세기에는 뜸한가? 18세기 이후의 양상을 살펴보자.

18세기 이후에는 김매기의 고(苦)에 대한 묘사가 구체적이며, 농부의 내면이 드러난 작품이 확인된다. 고(苦)에 대한 구체적인 묘사는 김매기의 절차[21)와 진행 모습,[22) 머리를 숙였다가 일어나 지시하고[23) 손을 자주

---

20) 15세기의 작품으로 成俔(1439~1504)의 〈田家詞 十二首〉 제6수(『虛白堂詩集』 권1, 『한국문집총간 14』), 申光漢(1484~1555)의 〈大野耘歌〉(『企齋別集』 권5 〈梨湖十六詠〉 제11수, 『한국문집총간 22』) 등 총 2편이 확인된다. 16세기의 작품으로 金玏 (1540~1616)의 〈浦口耘歌〉(『栢巖先生文集』 권2 〈東浦十六景〉 제10수, 『한국문집총간 50』), 黃暹(1544~1616)의 〈隴頭耘歌〉(『息庵先生文集』 권1, 〈栢巖金參判玏希玉東浦別墅十景次韻〉 제10수, 『조선후기 민요자료 정리와 분류』, 155~156면), 裵應褧 (1544~1602)의 〈浦口耘歌〉(『安村先生文集』 권1 〈次金柏巖希玉東浦十景韻〉 제8수, 한국국학진흥원 소장본) 등 총 3편이 확인된다. 17세기의 작품으로 李睟光(1563~1628) 의 〈隴頭耘歌〉(『半槎錄』 〈金參判東浦十景〉 제10수, 『조선후기 민요자료 정리와 분류』, 156면), 李光胤(1564~1637)의 〈後野耘歌〉(『瀼西先生文集』 권2 〈遯于堂八詠〉 제5수, 『한국문집총간 속13』), 鄭允穆(1571~1629)의 〈後墅耘歌〉(『淸風子先生文集』 권1 〈金谷八詠〉 제5수, 『한국문집총간 속17』), 申達道(1576~1631)의 〈夏畦鋤禾〉(『晩悟先生文集』 권1 〈薇山別業四景〉 제2수, 『한국문집총간 속18』), 金榮祖(1577~1644)의 〈夏畦鋤禾〉(『忘窩集』 권2 〈園亭四絕〉 제2수, 『조선후기 민요자료 정리와 분류』, 156면), 金應祖(1587~1667)의 〈夏畦耘歌〉(『鶴沙先生文集』 권1 〈金謙可休寒溪五詠〉 제5수, 『한국문집총간 91』), 李敏求(1589~1670)의 〈栗島耘歌〉(『東州先生集』 권24 〈黃綠堂八詠〉 제5수, 『조선후기 민요자료 정리와 분류』, 156면), 鄭弘溟(1592~1650)의 〈田家四時詞〉 제2수(『畸庵集』 권8, 『한국문집총간 87』), 金烋(1597~1638)의 〈夏畦鋤禾〉(『敬窩先生文集』 권3 〈酉谷草堂四詠〉 제2수, 『한국문집총간 100』), 宋時雍(1601~1676)의 〈月下荷鋤〉(『冶城世稿』 권7 〈好古齋八詠〉 제2수, 『조선후기 민요자료 정리와 분류』, 157면) 등 총 10편이 확인된다. 19세기의 작품으로 姜橒(1773~1830)의 〈農歌〉(『松西先生文集』 권1, 『조선후기 민요자료 정리와 분류』, 182면), 趙秉惠(1800~1870)의 〈雨中見前郊鋤禾〉(『肅齋集』 권1, 『한국문집총간 311』), 閔丙稷(1874~1938)의 〈鋤禾〉(『悟堂集』 권1, 『조선후기 민요자료 정리와 분류』, 161면), 張在九(19세기)의 〈鋤稼〉(『可汕詩稿』 권1, 국립중앙도서관 소장본) 등 총 4편이 확인된다.
21) 조수삼(趙秀三, 1762~1849)은 〈차경직도운(次耕織圖韻)〉 제11~13수에서 김매기를 초벌·두벌·세벌논매기로 나누어 작업 절차를 상세히 하였다. 趙秀三, 『秋齋集』 권3 〈次耕織圖韻〉(『한국문집총간 271』). "一耘. 人與春鋤俯水波, 油油稂莠不耘何. 吾王惠政除民病, 野老秋來進瑞禾"(제11수), "二耘. 雁齒魚頭作隊行, 炙肩赤脚太勞生. 御屏閒有豳風畫, 應軫農家食力情"(제12수), "三耘. 亂草除來碩穎長, 荷鋤人影入陂塘. 南風午過西風起, 早雪紛紛稻吐芒"(제13수).
22) 장재구(張在九, 19세기)는 〈서화(鋤禾)〉에서 김매기의 모습을 농부들이 기러기처럼 한 줄로 논에 선 다음 언덕에 깃발을 꽂고 고기를 꿴 것처럼 한 줄로 진행하며 손은

뒤집는 개인의 동작·김매기에서 생긴 개인의 모습[24] 등이 그 예이다. 작가가 농사현장에 근접하여 관찰한 것이다. 이러한 근접된 관찰로 농부의 내면이 드러나기도 한다. 다음은 정종로(鄭宗魯, 1738~1816)의 〈전가잡요 (田家雜謠)〉 제5~6수이다.

〈전가잡요(田家雜謠)〉
호미가 장찬 밭에 와서 함께 머리를 가지런히 하고, 손놀림이 높고 낮아 잠시도 쉬지 않네.
또한 눈앞을 향하여 잡초 다할 것을 생각하고, 한 마음으로 겨를 없이 추수(秋收)를 생각하네.　　　　　　　　　　　　　　　　(제5수)

야옹(野翁)이 김매기 마치고 밭머리에서 들밥 먹고, 한 낮에 홰나무 그늘에 함께 앉아 쉬네.
매일 배불리 먹고 징조(徵租)가 머니, 절로 여름이 가을보다 낫다고 말하네.　　　　　　　　　　　　　　　　　　　　　　(제6수)[25]

〈전가잡요〉는 7언 절구 13수로 봄의 농사(제1~3수), 여름의 농사(제4~7

자주 뒤집는다고 묘사하였다. 張在九, 『可汕詩稿』 권1 〈鋤禾〉(『조선후기 민요자료 정리와 분류』, 163면). "鋤禾野外動歌群, 穡事知應秋有成. 列似雁行旗立峙, 進如魚貫 手飜輕. 風前圖笠頭欹着, 雨裡短簑腰半橫. 汗滴田中日當午, 家家未饁酒樽淸".

23) 강필공(姜必恭, 1717~1783)은 〈농가요(農家謠)〉에서 퇴약볕 아래에서 농부가 머리를 숙여 김매기를 하다가 머리를 들어 품팔이꾼에게 지시하는 모습을 묘사하였다. 姜必 恭, 『寡諧詩集』 권1 〈農家謠〉(『조선후기 민요자료 정리와 분류』, 178면). "農人待日出, 荷鋤呼四鄰. 男女歸田疇, 向夕移手頻. 曜靈何赫烈, 長歌忘苦辛. 俯首論禾好, 仰首語 傭人. 所以終歲勤, 有此禾如薪. 莫道田厚薄, 厚薄由我民. 耕耘苟以時, 磽确亦盈囷. 人事孰不然, 聽此書諸紳".

24) 정약용(丁若鏞, 1762~1836)은 〈탐진농가 십장(耽津農歌 十章)〉 제4수에서 김매기하 다 방게에 물려 피가 나는 농부의 모습을 묘사하였다. 丁若鏞, 『與猶堂全書』 제1책 권4 〈耽津農歌 十章〉(『조선후기 민요자료 정리와 분류』, 211면). "穮蓘從來不用鋤, 手拏稂莠亦須除. 那將赤脚蚙蚥血, 添繪銀臺遞奏書"(제4수).

25) 鄭宗魯, 『立齋集』 권1 〈田家雜謠〉(『조선후기 민요자료 정리와 분류』, 189면). "鋤來長 畝共齊頭, 手勢高低不暫休. 且向目前思盡草, 一心無暇念登秋"(제5수), "野翁耘罷饁田 頭, 亭午槐陰共坐休. 每日飽湌徵租遠, 自言逢夏勝逢秋"(제6수).

수), 가을의 농사(제8~11수), 겨울의 농사(제12~13수)로 되어 있다. 여름의 농사는 보리타작(제4수), 김매기(제5~6수), 호미씻이(제7수)인데 위의 인용문은 김매기를 소재로 한 것이다. 제5수는 김매기의 고(苦)를 묘사한 것이고, 제6수는 들밥 먹는 모습을 묘사한 것이다. 농부들은 들밥을 배불리 먹고 그늘에서 쉰다. 지금 배부르게 먹고 세금이 멀리 있으니 태평성대라고 말한다. '고(苦)→락(樂)'의 전개이고, 락(樂)은 농부의 화평한 흥취이다. 작품 전체는 이념적 전가이다. 주목되는 것은 고(苦)의 묘사이다. 김매기의 모습은 농부들이 머리를 가지런히 하여 손을 높였다가 낮추는 것이다. 개인의 동작을 묘사한 것으로 농사현장에 근접한 것이다. 이러한 근접으로 작가는 농부들이 김매기를 하며 눈앞의 잡초를 다할 것을 생각(思)하고 마음(一心) 속으로 추수를 생각(念)하는 농부의 내면을 제시한다. 그 내면은 작물의 성장을 걱정하고 농사의 결과를 기대하는 농사현장에 대한 것이다. 이러한 농부의 내면에는 작물의 성장에 대한 걱정, 가족의 생계에 대한 근심 등이 있다.[26] 농부의 내면이 모두 농사현장에 대한 것이다.

　　민요가 노동현장에서 생긴 것이란 점을 감안하면 이러한 농부의 내면은 민요취향(民謠趣向)이라 볼 수 있다. 농부의 내면은 청자에게 하는 말에도 드러난다. 다음은 홍양호(洪良浩, 1724~1802)의 〈전가사시사(田家四時詞)〉 제2수이다.

---

26) 박상태(朴尙台, 1838~1900)의 〈운전(芸田)〉과 장재구(張在九, 19세기)의 〈운무(耘畝)〉 등이 그 예이다. 〈운전(芸田)〉에서 화자는 늙은 농부(老我)로 내년의 양식을 근심하며, 마음의 황폐함은 생각지 않고 산밭의 황폐함만을 생각한다. 농부의 내면은 작물의 성장에 대한 것, 가족의 생계에 대한 것이다. 〈운무(耘畝)〉에서 농부는 김매기에 '여덟 식구의 생계가 달려있다'고 생각한다. 가족의 생계에 대한 것이다. 朴尙台, 『鶴山文集』 권1 〈芸田〉(국립중앙도서관 소장). "兒婦耐糟糠, 常喜充飢腸. 老我心甚長, 憂乏來歲糧. 有田在山傍, 一心祝年康. 傚人鉏稊稂, 形神兩相忘. 不念心田荒, 但念山田荒"張在九, 『可汕詩稿』 권1 〈耘畝〉(『조선후기 민요자료 정리와 분류』, 117면). "勤耘幸免老農嗔, 揮盡輕鋤任屈伸. 四郊穡事無閑暇, 八口生涯做苦辛. 雨晚空呼鶉夫婦, 日長相過蟻君臣. 午鼓一聲來饁畝, 槐陰深處話申申".

〈전가사시사(田家四時詞)〉제2수 하(夏)
내리쬐는 태양빛 강렬하니, 여름이 한창이네.
넓은 저 벌판에 초목이 무성하네.
아 농부들아, 우리 곡식 아주 잘 익었다네.
우리 싹 아주 크니, 저 강아지풀 보아라.
강아지풀 무성하면, 싹과 함께 자라리라.
호미질 뽑지 않으면, 우리 밭 망치리라.
아침나절 밭두둑에 나가니, 아낙네가 광주리를 이고 뒤따르네.
젖은 땀 줄줄 흘러 땅까지 스며들고, 누런 먼저 눈자위에 가득 찼네.
아 농부들아, 힘쓴 뒤라 고달프기도 하리로다.
시간 재촉 힘껏 일을 하여, 조금도 감히 놀지 마소.
하늘이 너희 노고 기억하여, 대풍을 주리로다.[27]

〈전가사시사(田家四時詞)〉는 4언 고시로 사계절(四季節)의 농사를 읊은 것이다. 위 인용문은 제2수 여름 농사로 김매기를 소재로 한 것이다. 제1~20구는 김매기의 모습이고, 제21~22구는 작가의 말이다. 제1~20구는 김매기의 고통(제1~4구), 농부가 청자에게 하는 말(제5~12구), 김매기의 고통(제13~16구), 농부가 청자에게 하는 말(제17~20구)로 전개된다. 김매기의 고통는 강렬한 뙤약볕, 광주리 지고 가는 아낙, 그리고 눈자위에 가득한 먼지, 소금땀을 흘리는 농부 등 농사현장에 근접하여 관찰된 것이다. 제21~22구에서 작가는 상하관계에서 청자에게 열심히 일하면 대풍이 올 것이라 교훈한다. 작가는 "권농적 시선"[28]으로 김매기하는 곳이 대풍이 실현되는 곳으로 보았다. 이념적인 전가이다. 작품 전체는 이념적인

---

27) 洪良浩,『耳溪集』권3〈田家四時詞〉제2수(『한국문집총간 241』). "驕陽烈烈, 朱明盛長. 熙熙隰原, 草木豐芳. 嗟我農夫, 我稼孔臧. 我苗孔碩, 睪彼莠稂. 莠稂桀桀, 與苗爭强. 弗鋤弗柞, 我田其荒. 黽升于隴, 婦隨以筐. 縟汗雨地, 黃埃滿眶. 嗟我農夫, 旣瘁以瘁. 趁時疾力, 毋敢嬉康. 天記爾勞, 錫以穰穰. 右夏". 해석은 진재교,『耳溪 洪良浩 文學 硏究』(성균관대학교 대동문화연구원, 1998), 256면을 참조하였다.
28) 진재교, 앞의 책, 256면.

전가를 지향한다. 그런데 이념적인 전가에 대한 지향이 전편에 일관되는 것은 아니다. 화자가 평교관계(平交關系)에서 청자에게 하는 말이 있기 때문이다. 제5~12구에서 화자는 '우리 곡식' '우리 싹' '우리 밭'이라고 한다. 화자는 청자와 같은 처지에 있고, 작물의 성장을 걱정하는 농부이다. 따라서 청자에게 하는 말은 농부가 농사현장에 대한 것을 다른 농부에게 독려(督勵)하는 것에 가깝다. 농사현장에 대한 것의 독려는 현 채록 민요에서도 찾을 수 있으므로 민요취향이다. 농사현장에 대한 것의 독려는 무엇을 의미하는가?

나승만 교수는 전남지역에서 〈논매기노래〉가 불리는 분위기는 뒷소리꾼이 소리를 받을 때는 김매기를 멈추고 춤을 추는 등 "흥겨움"이 있고, 〈논매기노래〉는 집단적 일체감을 조성하는 면이 있다고 하였다.[29] 〈논매기노래〉로 집단적 일체감을 조성하고 그 일체감은 집단적인 흥겨움을 유발하며 이를 통하여 독려가 이루어진다는 뜻으로 이해된다. 집단적 일체감은 청자를 끌어들일 때 이루어진다. 현 채록 〈논매기노래〉에서 "어루러보세"와 같이 청유형을 빈번하게 사용하여 청자를 끌어들이거나, "우리농부 삼십명은 한일자로 늘어서서"·"우리농군들 잘도허네"와 같이 '우리'를 빈번하게 사용하여 청자를 끌어들이는 것이 그 예이다. 위 〈전가사시사(田家四時詞)〉에서도 '아 농부들아(嗟我農夫)'로 청자를 부른 다음 '우리 곡식(我稼)'·'우리 싹(我苗)'·'우리 밭(我田)'으로 청자를 끌어들인다. 이로 인해 일체감이 조성된다. 현 〈논매기노래〉를 부르는 분위기를 감안하면 이 일체감은 락(樂)을 고조시키는 것이라 볼 수 있다. 〈전가사시사〉에서는 '고(苦)→청자에게 말하기'라는 전개가 2회나 반복된다. 김매기를 소재로 한 한시에서 전가에 대한 지향이 표출된 작품은 '고(苦)→락(樂)'으로 전개된다는 점을 감안하면 '청자에게 말하기'는 락(樂)에 해당한다. 이러한 관점에서 본다면 〈전가사시사(田家四時詞)〉에 나타난 농부의

---

29) 나승만, 「전남지역의 들노래 연구」(전남대학교 박사학위논문, 1990), 115~132면.

농사현장에 대한 것의 독려라는 민요취향은 락(樂)을 형성하는 것이다.[30]

2.2. 타자(他者)에 대한 태도가 표출된 작품의 통시적 양상

본고에서 타자는 '다른 사람·다른 것'이란 사전적인 의미이다.

다음은 소세양(蘇世讓, 1486~1562)의 〈전가고(田家苦)〉와 이규보(李奎報, 1168~1241)의 〈대농부음 이수(代農夫吟 二首)〉 제1수와 강희맹(姜希孟, 1424~1483)의 〈선농구(選農謳)〉 제6수이다.

〈전가고(田家苦)〉
전가는 고통이니, 밤낮 몸을 구부리네.
호미질에 땀이 흐르고, 붉은 해로 정오이네.
농사노래 긴 소리에, 입 속에서 더운 흙이 생기네.
며느리와 시어머니 함께 고생하여, 어린 아이 젖줄 겨를이 있나?
명아주를 찌고 여귀를 삶으러, 밭두둑에서 솥에 불을 때네.
부지런한 농부를 하늘이 가엾게 여기지 않아, 여름에 가뭄 가을엔
비가 많네.
수확도 마치기 전에, 세금 독촉으로 이서(吏胥)가 와서 화를 내네.
집이 비어 네 벽만 서 있으니, 부자(父子)가 삯꾼이 되네.
서로 잡고 통곡하며 이별하니, 누가 전가의 고통을 알겠는가?[31]

---

30) 농부의 청자에 대한 독려가 樂을 형성한다는 주장의 또 다른 뒷받침 자료는 李淞 (1725~?)의 〈爾我謠〉이다. 평교관계의 말하기로 '너와 나' 즉 '우리'가 반복되어 집단적인 일체감을 형성한다. 작가는 이 노래와는 반대로 서울의 거리에서는 날마다 激戰을 치른다고 하였다. 이 노래는 '서울의 激戰'과는 반대이므로 '田家의 樂'을 나타낸다. 李淞, 『老樵集』 권3 〈爾我謠〉(『조선후기 민요자료 정리와 분류』, 157면). "村俗什伍結伴, 輪回相爾我, 卽南楚謠曲. 今日鋤爾豆, 明日耘我粢. 今日烹爾葵, 明日摘我苽. 今日我且勤, 明日爾無慢. 爾田蕪宜先, 我苗稗差緩. 借問紫陌間, 何事日酣戰".

31) 蘇世讓, 『陽谷先生集』 권5 〈田家苦〉(『한국문집총간 23』). "田家苦, 日夜長傴僂. 揮鋤汗如流, 赤日正當午. 農歌一聲長, 口裏生炎土. 婦姑共辛勤, 有兒那暇乳. 蒸藜且煮葵, 壟上炊瓦釜. 勤農天不惜, 夏旱秋多雨. 刈穫未云竟, 催租吏來怒. 家徒四壁立, 父子爲人雇. 相携哭別去, 誰識田家苦".

〈대농부음 이수(代農夫吟 二首)〉 제1수
비 맞으며 김매기 하느라 논바닥에 엎드려 있으니, 그 형상 오죽할까
사람 꼴이 아니네.
왕손공자들이여 우리를 얕잡아 보지 마오, 부귀호사(富貴豪奢)가 우
리들 손에서 나온 것이라네.[32]

〈선농구(選農謳)〉 제6수
엊그제 시장을 지나면서 들렀더니, 얼굴이 꽃 같은 시장 안 사람들이.
앞 다투어 몰려와 노추(老醜)하다 비웃으며, 각자가 화려함을 뽐내었네.
이 늙은이 지팡이 짚고 시장 사람들에게 말했노라, 말리(末利)이나
따지는 걸 자랑이라 하는 거냐.
오랫동안 쌓은 금옥(金玉) 자세히 따져보면, 모두 우리들 농가에서
비롯되었다네.[33]

〈전가고(田家苦)〉의 제1~8구는 김매기의 고에 대한 묘사이다. 제9~16
구는 지배층의 수탈로 인한 농가의 고통을 묘사한 것이다. 제17~18구는
작가의 비판이다. 김매기의 고, 지배층의 수탈로 인한 고통, 비판으로
전개된다. 이 전개는 농부가 김매기에 苦하여도 농부에게 돌아오는 것은
없고 지배층의 수탈로 고통이 가중된다는 뜻이다. 김매기의 고에 대한
묘사가 작가의 비판의식을 강화한다. 이러한 비판의식이 제17~18구에서
"누가 전가의 고통을 알겠는가?"라며 직접 표출된다. 백성들의 고난을
알아야 하는 지배층이 이것을 모른다는 것이다. 작가는 지배와 피지배의
대립적 관계에서 지배층을 보고 있다. 이것은 백성들의 삶을 살펴 상달한
다는 유교이념에 입각한 것이다.[34] 농부가 내면표출로 타자에 대한 태도

---

32) 李奎報, 『東國李相國後集』권1 〈代農夫吟 二首〉(『한국문집총간 2』). "帶雨鋤禾伏畝
中, 形容醜黑豈人容. 王孫公子休輕侮, 富貴豪奢出自儂".
33) 姜希孟, 『私淑齋集』권11 「衿陽雜錄」〈選農謳〉(『한국문집총간 12』). "昨從市中過,
市中諸子顔如花. 爭來嗤老醜, 各自逞奢華. 老夫柱杖語市人, 刀錐末利安肯誇. 長金積
玉細商量, 皆自吾農家. 名言".

를 드러낸 작품도 있다. 위의 두 번째와 세 번째 인용문이 그것이다.

〈대농부음 이수(代農夫吟 二首)〉제1수의 제1~2구는 김매기의 고에 대한 묘사이고 제3~4구는 농부의 말이다. 왕손공자들은 부귀로 농부들을 얕잡아 보고, 농부는 이들에게 반박한다. 대립이 있다. 이 대립은 왕손공자는 부귀를 추구하는 자이고 농부는 근본(根本)을 추구하는 자란 것이다. 부귀와 근본의 대립은 강희맹의 〈선농구〉에서도 같다. 시장사람들은 사치를 뽐내며 농부를 비웃고, 농부는 그들은 말리(末利)를 추구하는 자이고 자신은 근본(根本)을 추구하는 자라고 반박한다. 대립이 있다. 말리(末利)와 근본의 대립에서 근본(根本)에 힘써야 된다는 유교적 이념이다.

17세기 이후 그 양상이 다른 작품이 확인된다. 다음은 박민(朴敏, 1566~1630)의 〈상전가(傷田家)〉와 정해규(鄭海逵, 1893~1946)의 〈운도(耘稻)〉이다.

> 〈상전가(傷田家)〉
> 김매기에 날은 정오라, 땀은 땅에 떨어지네.
> 땀이 땅에 떨어지고, 종세토록 근고(勤苦)하네.
> 종세토록 근고해도, 주림과 근심을 면하지 못하네.
> 오월(五月)에 벌써 조미(糶米)가 다하였으니, 가을 추수와도 무관하네.
> 문 밖에 조세를 재촉하는 이서(吏胥), 또한 어찌나 독하게 으르렁거리는지.
> 매질로 피부가 벗기고, 질고로 기름이 짜이네.
> 열 식구 먹는 것 없고, 아침에도 주리고 저녁에도 주리네.

---

34) 임형택 교수는 현실을 비판한 시에는 사회 모순이 현실적이고 객관적으로 제시되지 않고 시인의 비판의식 속에서 도출된 것과 사회 모순이 현실적이고 객관적으로 도출된 것이 있다고 하였다. 김매기를 소재로 한 한시에서는 사회시·서사시와 같이 구체적인 사회 모순을 드러낸 경우는 드물며 지배층의 苛斂誅求라는 일반적인 것을 드러낸 경우가 대부분이다. 임형택, 「현실주의의 발전과 서사한시」, 『이조시대 서사시상』(창작과 비평사, 1992), 11~35면.

탄식 또 탄식하나, 탄식해도 무엇 하리.

금년이 이와 같고, 내년이 또한 이와 같을 것이네.

복택은 기대할 수 없고, 즐거운 때도 없을 것이네.

그대는 보시오 유협자(遊俠子)들을, 금 안장과 빼어난 말이네.

날마다 취하고 배불리 먹으나, 가색(稼穡)하지 않는 자이네.

또한 보시오 청루(靑樓)의 여인들을, 역시 어찌 서쪽의 밭두둑을 알리오.

상자에는 비단 옷이 있고, 상자에는 옥 빗이 있네.

조화옹이 본래 사심이 없으나, 부명(賦命)이 어찌 균등하지 못한가?

이 이치를 물을 길 없으니, 저 창창한 하늘에.

나는 원하노니 군왕의 마음이, 광명의 촛불로 변화되어.

비단의 잔치만 비추지 마시고, 도망(逃亡)한 집에 두루 비추기를.[35]

〈운도(耘稻)〉

많고 좋은 곡식들이 수중(水中)에서 푸르고, 낱알 낱알들이 모두 고생으로 생겼네.

행인은 단지 격양곡(擊壤曲)으로 듣고서, 너는 그 사이에 있어 세정 (世情)을 보낸다고 하네.[36]

필자가 확인한 〈상전가(傷田家)〉는 중국 당나라 섭이중(聶夷中)의 〈상전가(傷田家)〉와 이직(李稷)(1362~1431)의 〈상전가(傷田家)〉를 포함하여 9편이고[37] 이 가운데 김매기를 소재로 한 것은 김인후(金麟厚,

---

35) 朴敏, 『凌虛先生文集』 권1 〈傷田家〉(『한국문집총간 14』). "鋤禾日當午, 汗滴禾下土. 汗滴禾下土, 終歲且勤苦. 終歲且勤苦, 得無餒而憂. 五月糶已盡, 無關田有秋. 門外催 租吏, 又何酷咆哮. 鞭扑剝爾膚, 桎梏浚其膏. 十口無所食, 朝飢夕又飢. 歎息復歎息, 歎息將何爲. 今年已如此, 明歲又如斯. 流光不相待, 了無逸樂時. 君看遊俠子, 金鞍與 駿馬. 日日長醉飽, 不是稼穡者. 且看靑樓女, 亦豈識西疇. 箱有羅衣裳, 奩有玉搔頭. 造化本無私, 賦命胡不均. 無由詰此理, 于彼蒼蒼旻. 我願君王心, 化作光明燭. 不照綺 羅筵, 遍照逃亡屋".

36) 鄭海達, 『白洛遺稿』 附 「寡悔堂遺稿」 〈耘稻〉(『조선후기 민요자료 정리와 분류』, 162 면). "穰穰嘉穀水中靑, 粒粒皆從辛苦生. 行人但聽擊壤曲, 儂在其間送世情".

37) 丁壽崗(1454~1527)의 〈傷田家〉, 金麟厚(1510~1560)의 〈傷田家〉, 李純仁(1533~1592)

1510~1560)의 〈상전가(傷田家)〉제3수와 박민(朴敏, 1566~1630)의 〈상전가(傷田家)〉이다.

섭이중의 〈상전가〉에서 농부의 고는 지배층의 수탈에서 유발된 것이며 농부는 이 고를 지배층이 알아달라고 호소한다.[38] 내면의 유발과 내면에서의 지향이 지배층을 향한다. 농부는 지배와 피지배의 대립적인 시각에서 타자를 대한다. 이에 비하여 김인후의 〈상전가〉제3수에서 농부는 가라지가 많이 자라 작물이 걱정됨에도 가뭄으로 땅이 말라 호미질이 어려워 시든 벼들만 어루만지며 불쌍히 여기다가(憐) 임금에게 전원을 저버리지 말아달라고 한다.[39] 농부의 내면은 농사현장에 대한 것으로 섭이중의 〈상전가〉에서 비하여 "내부의 관점을 확보한"[40] 면이 있으나, 전체적으로는 대립적인 태도이다. 농부의 대비적인 태도가 보이는 것이 박민의 〈상전가〉이다.

제1~8구에서 농부는 정오의 뙤약볕 속에서 김매기를 하여 땀은 땅에 떨어지며 근고(勤苦)하지만 주림과 근심을 면하지 못하고 오월에 벌써 조미(糶米)가 다하여 가을이 되어도 수확한 것이 자신의 것이 되지 못한다. 김매기의 고(苦)이다. 제9~14구는 지배층의 수탈로 인한 농가의 고통에 대한 묘사이다. 이서는 조세를 독촉한다. 이것을 지키지 못한 백성들은 매질과 질고를 당하고 이것을 지킨 백성들은 아침·저녁으로

의 〈傷田家〉, 沈喜壽(1548~1622)의 〈傷田家〉, 丁運熙(1566~1635)의 〈傷田家 二首〉, 朴敏(1566~1630)의 〈傷田家〉, 申活(1576~1643)의 〈傷田家〉.

38) "이월에 새 고치실을 미리 팔고 오월이면 새 곡식 미리 팔아서, 우선 눈앞의 부스럼은 고치지만 도리어 심장의 살을 도려내누나. 나는 바라건대 우리 임금님 마음이 밝게 비추는 촛불로 변화하사, 화려한 잔치 자리를 비추지 마시고 사방에 유랑한 집들을 두루 비춰 줬으면(二月賣新絲, 五月糶新穀. 醫得眼前瘡, 剜却心頭肉. 我願君王心, 化作光明燭. 不照綺羅筵, 偏照逃亡屋)".

39) 金麟厚, 『河西先生全集』 권8 〈傷田家〉 제3수(『한국문집총간 33』). "稂莠旱猶蓄, 田家苦未言. 地乾鋤不入, 日暵穀難存. 撫萎方憐葉, 培枯更護根. 充飢非所望, 切勿負田園. 右耘苗".

40) 조동일, 「김인후의 민요인식과 민요시」, 『한국시가의 역사의식』(문예출판사, 1994), 231면.

주린다. 제15~32구는 농부의 내면이다. 농부는 매년 이와 같은 고난이 있을 것이라고 절망한다. 이어 유협자들은 농사를 알지도 못하면서 금안 장에 빼어난 말을 지니며 날마다 취하고 배불리 먹고 청루의 여인들은 농사를 알지도 못하면서 상자에는 비단 옷과 옥 빗이 있다. 농부인 자신은 이들과 달라 운명이 균등하지 못하다고 탄식한다. 농부가 타자를 비판하거나 타자가 농부를 조롱하는 내용이 없다. 그들과 농부의 신세가 다른 것은 운명일 뿐이다. 농부의 타자에 대한 태도에는 대립이 없다. 대신 농부는 자신의 신세가 유협자·청루의 여인들과 다른 점을 드러낸다. 그런데 이러한 대비적 태도가 지배층의 수탈에서 유발되었다는 점에서 한계가 있다. 유교적 이념에 입각한 것이다.

〈운도(耘稻)〉는 전체가 작가의 말이다. 이 작품에서 농부는 농사로 고생하지만, 행인(行人)들은 김매기의 모습(또는 그 노래)을 격양곡(擊壤曲)으로 듣고 세태인정이 있다고 한다. 작가는 행인에게 농부의 고통을 알아달라고 호소한 것도 아니고, 지배와 피지배의 대립·세속(末端)과 강호(根本)의 대립에서 행인을 파악한 것도 아니다. 농부의 노동이 행인의 관조(觀照)와는 다르다는 점을 드러낸 것이다. 이러한 대비는 무엇을 의미하는가? 이 작품은 위백규(魏伯珪, 1727~1798)의 〈농가 구장(農歌 九章)〉 제4수에서 김매기하는 농부와 아는 듯이 머무는 길가는 손님의 관계와 같다.[41] 이 작품은 "표현적 기교를 넘어 작가 위백규의 실체험을 반영한" 것이며[42] 노동이 현실 사회와 대립적으로 파악된 것이 아니라 노동이 그 자체로만 파악된 것이다.[43] 농부는 김매기를 하며 행인을 본다. 그 행인은 자신과 지배와 피지배의 관계에 있는 사람이 아니고,

41) 魏伯珪, 〈農歌 九章〉 제4수. "쯤은 듣는 대로 듯고 볏슨 쬘 대로 쬔다 / 청풍의 옷깃 열고 긴 파람 흘리 불 제 / 어듸셔 길 가는 소님넌 아는 듯시 머무는고".
42) 김석회, 『존재 위백규 문학 연구─18세기 향촌사족층의 삶과 문학』(이회문화사, 1995), 245면.
43) 임주탁, 「위백규 「농가」에 관한 연구」, 『관악어문연구』 15(서울대학교 국어국문학과, 1990), 256면.

세속과 강호의 관계에 있는 사람도 아니다. 자신의 노동하는 신세와는
다른 처지에 있는 사람이다.

3. 〈기음노래〉에 나타난 민요취향의 의미

앞에서 김매기를 소재로 한 한시의 통시적 양상을 살펴보았다. 결과를
요약하면 다음과 같다.

> (1) 전가에 대한 지향이 표출된 작품의 통시적 양상
> 이념적인 전가에 대한 지향/ 농사현장에 대한 내면과 농사현장에
> 대한 것의 독려
> (2) 타자에 대한 태도가 표출된 작품의 통시적 양상
> 타자에 대한 대립적인 태도/ 타자에 대한 대비적인 태도

첫째, 전가에 대한 지향이 표출된 작품의 통시적 양상이다.
작품은 김매기의 고(苦)에서 락(樂)으로 전개된다. 김매기의 모습은
생략되거나 최소화되어 있다. 락은 농부의 풍요롭고 화평한 흥취·풍
년·태평성대 등이다. 농부의 고락이 이념적인 전가의 모습이다. 18세기
이후 이념적인 전가에 대한 지향은 계승되면서 변모되기도 한다. 그 변모
가 김매기의 고(苦)에 대한 묘사가 구체적이란 점과 농부의 내면이 드러
난 점이다. 농부의 내면은 작물의 성장에 대한 것, 가족의 생계에 대한
것 등으로 농사현장에 대한 것이다. 락에서도 농부의 내면이 드러난다.
그 내면은 농사현장에 대한 것의 독려이다. 이러한 독려로 집단적 일체감
을 조성하여 락을 형성한다.
둘째, 타자에 대한 태도가 표출된 작품의 통시적 양상이다.
작품은 김매기의 고통에서 타자에 대한 비판으로 전개된다. 김매기의

고를 묘사한 다음 작가가 비판하거나, 농부가 비판한다. 농부의 비판은 지배층에 대한 비판, 세속[末利]에 대한 비판 등이다. 농부는 지배와 피지배의 대립 · 세속[末利]과 강호[根本]의 대립적인 태도로 타자를 대한다. 이것은 유교이념에 입각한 것이다. 17세기 이후에 대립적 태도를 통한 비판이 계승되면서 변모되기도 한다. 그 변모가 타자를 대비적으로 대한 것이다. 이때의 대비적 태도는 유교적 이념에 입각한 것이거나 작가의 말로 표출된 한계가 있다.

이상의 결과를 토대로 〈기음노래〉에 나타난 민요취향과 그 의미를 살펴보자.

이 작품을 한역한 이철보(李喆輔, 1691~1770)의 오대 손(孫) 이명재(李命宰, 1837~1905)는 이 작품은 "전무(田畝)의 고(苦)와 세시(歲時)의 락(樂)을 널리 채집하여 갖추어 진술하지 않은 것이 없으니 종종 문자로 능히 형용할 수 없는 바가 많았다"고 하였다.[44] 널리 채집하여 갖추었다는 것은 무슨 의미인가?

〈기음노래〉는 4음보 66행이고, "어유와 계장님네"라는 어휘가 두 번 나온다. 그 첫 번째가 제1행이고, 두 번째가 46행이다. 제1~45행까지의 내용은 농사의 중요성과 계절에 따른 농사로 전무(田畝)의 고(苦)에 가깝고, 제46~66행은 마을 사람들과 향임(鄕任)들이 모여 음식과 술을 나누며 즐기는 것으로 세시(歲時)의 락(樂)에 가깝다. 크게 두 부분으로 나뉘며 그 두 부분은 고(苦)에서 락(樂)으로 전개된다. 이것은 앞에서 살펴본 전가에 대한 지향이 표출된 작품의 구성과 같다. 그런데 제46~66행의 락(樂)은 갑자기 나타난 면임(面任)의 토색질로 깨진다. 타자에 대한 비판이다. 따라서 전체 구성은 전가에 대한 지향과 타자에 대한 비판이 복합되

---

44) 李命宰, 『琴漁遺稿』권3 〈演耘歌〉(서울대학교 규장각 소장본). "我五世祖, 止菴公按 節關北時, 俚諺撰耘歌一篇. 始自于耜以至納禾, 田畝艱難之苦, 歲時宴飮之樂, 靡不博 採而備陳. 往往多文字之所不能形容. 而其卒業, 乃以告人君察民隱, 重致其意, 斯可與 七月無逸相表裏矣. 顧余不揆荒陋, 敢用歌意, 演成四言詩, 凡六十有六句".

어 있다. 김매기를 소재로 한 시에서 보일 수 있는 주제를 다 갖추었다. 뿐만 아니라 민요취향을 다 갖추기도 하였다. 그것이 전무(田畝)의 고(苦)에 해당하는 계절별 농사(제13~45행)에 잘 드러난다.

계절별 농사에서의 화자는 농부이다. 작품의 일람(一覽)으로도 쉽게 파악되지만, 몇 개의 구절을 예시하면 다음과 같다. 첫째, 화자가 청자에게 하는 말에서 '너' '나'를 사용하여 화자는 청자와 평교관계(平交關系)에 있고, 그 내면은 농사현장에 대한 것이다. 그 예는 "자너 거름 다 늬간다 우리 씨앗 난화가소"(제17행, 子其治糞 吾且分種[45]), "자내 밧희 몃뭇신고 내논 소츌 이쑌일싀"(44행, 爾田幾秉 我稼如斯) 등이다. 한역시에서도 '자(子)-오(吾)', '이(爾)-아(我)' 등을 사용하여 화자가 청자와 평교관계임 분명히 하고 있다. 그 내면은 거름을 준비하는 것, 씨앗을 나누는 것, 소츌에 대한 것 등으로 농사현장에 대한 것이다. 둘째, 화자가 자신에게 하는 말에서 그 내면은 농사현장에 대한 것이다. 그 예는 "엇그제 갓민 기음 어느 수이 불셔기늬 / ᄀ을을 ᄇ라거니 세벌 슈고 쩌릴손가"(제22~23행 昨耘之草 俄頃又長 心切望秋 尚憚三勞), "비오면 쟝마 질가 볏 나면 가믈셰라 / 독흔 안기 모진 ᄇ람 시름도 흣도흘샤"(제32~33행 雨或霖耶 暘或旱耶 盲風惡霧 許多我憂) 등이다. 한역시에서는 화자의 내면 표출임을 분명하게 하기 위하여 "심절(心切)", "아우(我憂)" 등을 사용하였다. 그 내면은 작물의 성장을 위하여 김매기를 다짐하는 것, 작물의 성장과 관련하여 날씨를 걱정하는 것 등으로 농사현장에 대한 것이다. 이제 농부의 내면이 지닌 의미를 살펴보자.

다음 구절은 봄 농사이다.

① 창경이 처엄 울고 쏭닙히 풀을 적의/ 동풍은 습습ᄒ고 셰우ᄂ 몽몽흔듸/ 밧츠로 가쟈셔라 힝여 잇쩍 일흘셔라/ ② 송아지 먹거냐

---

45) 한역시는 이명재의 〈演耘歌〉로 이하 같다.

늙은 블셔 가는고나/ 자닉 거름 다 늿간다 우리 씨앗 난화가소/ ③
압집보십 뒤집쟝기 션후를 닷틀손가/ ④ 놉흔 언덕 나즌이랑 츠례로
일운 후의/ 고로로 쎄여셔라 힝어 뷘딕 이슬셰라[46]

농부인 화자는 평교관계에서 청자에게 말을 건넨다. 이때 농부의 내면
은 전술하였듯이 거름을 준비하고 씨앗을 나누는 것 등 농사현장에 대한
것이다. 농사현장에 대한 것의 독려이다. 이러한 독려는 집단적 일체감을
조성하여 락을 형성한다고 전술하였다. 〈기음노래〉에서 "자닉 거름 다
늿간다 우리 씨앗 난화가소"에서 화자는 '우리'라고 하여 청자를 끌어들였
고, "가쟈셔라" "난화가소" "쎄여셔라"와 같은 청유형이나 "송아지 먹거냐
늙은 블셔 가는고나"와 같은 청유의 뜻을 지닌 의문형 등으로 청자를
끌어들인다. 이것이 총 8행 가운데 6행으로 봄 농사 전체를 차지한다.
김매기를 소재로 한 한시에 나타난 독려하는 말하기가 모두 갖추어져
있다. 뿐만 아니라 이것이 한 대목에 집중되었다. 집중화는 작가의 의도
가 있다는 것이다. 독려가 락의 유발과 관련된다는 점을 앞에서 언급하였
다. 이러한 사실에서 보면은 작가의 의도는 락을 형성하려는 것이다.
①②③④에서 청유형이란 동일한 문장구조를 반복하여 그 반복으로 락을
고조한 점도 이것을 뒷받침한다.
　다음 구절은 여름 농사이다.

　① 이삭이 비록 션들 갓고 와야 아니되랴/ 엇그제 갓민 기음 어늬
수이 블셔기닉/ ㄱ을을 브라거니 세벌 슈고 쩌릴손가/ ② 끌는 흙 쩌는
풀속 샹하로 오락가락/ 호뮈도 녹으려든 혈육이 견딜소냐/ 오뉴월 삼복
더위 쌈으로 낫츨 빗고/ 헌 삿갓 쇠코 등의 열양을 막을쇼냐/ 보리술
건듯 씌니 코 노릭도 경이 업닉/ 붉은 다락 프른 난간/ 놉흔 벼기 둥근
부체 누으락 안즈락/ 가싁 가난 그 뉘 알니/ ③ 비오면 쟝마질가 볏나면

46) 이병기, 앞의 책, 137~138면. 빗금과 원문자는 필자가 한 것으로 이하 같다.

가믈셰라/ 독흔 안기 모진 브람 시름도 흐도홀샤

〈기음노래〉가 농사의 전과정을 말함에도 제목이 〈기음노래〉이고 조동일 선생은 김매기(논매기 또는 밭매기) 노래임에 주목한 바 있다. 그이유는 김매기의 대목이 "농민생활의 감정이 더할 나위 없이 표현"되기 때문인 것으로 이해된다. 농부는 모내기 한 이삭이 바로 자라기 위해서는 김매기를 해야 되는데 엊그제 갓 김을 매었는데 가라지가 벌써 긴 것을 안다. 이어 수확을 위해서는 세벌 김매기의 수고를 꺼리지 않겠다고 다짐하며 김매기를 시작한다. 오뉴월 삼복더위에 땀으로 낯을 씻으며 끓는 흙 찌는 풀 속을 오락가락한다. 호미도 녹을 날씨 속에서 피와 살이 견딜 수가 없어 들밥을 먹으며 마셨던 보리술도 깨이고 콧노래도 절로 멈춘다. 작가의 관찰에서 간접적으로 추측하였던 고를 여기서는 직접 들을 수 있다. 이러한 화자의 육성으로 농부의 고가 부각되며 고통의 절정에서 화자는 외부로 시선을 돌린다. 그 외부는 푸른 난간 붉은 다락의 고대광실에서 높은 베개를 베고 푸른 부채를 부치며 눕기도 하고 앉기도 하며 고생 모르게 지내는 부유한 사람들이다. 화자의 타자에 대한 대립적인 태도나 비판을 읽을 수 없다. 화자가 고통의 정점에서 이것과 반대되는 대상을 본 것이다. 따라서 부유한 사람들은 화자의 신세와 대비된다. 이러한 대비는 그 비참한 신세를 부각시켜 비애의 강도를 크게 한다. 이어 화자는 장마와 가뭄으로 작물이 해를 입지는 않을까 걱정한다. 농부의 내면은 농사현장에 대한 것, 타자에 대한 대비적 태도이다. 김매기를 소재로 한 한시에 나타난 농부의 내면을 모두 갖추어져 있다. 뿐만 아니라 농부가 자신에게 하는 말로 통일되었고 한 대목에 집중되었다. 이러한 집중화는 작가가 농부의 농사현장에 대한 내면으로 고(苦)를 형성하려는 의도를 나타낸다. 이러한 고(苦)의 정점에 농부의 타자에 대한 대비적인 태도가 있다. 대비적 태도는 농사현장에서 유발된 것이란 점에서 전술한 박민의 〈상전가〉보다 완전하며 농부의 말로 되어 있다는 점에서 정해규의 〈운도〉보다도 완전하다.

다음 구절은 가을 농사이다.

> 츄풍이 건듯 브러 빅뇌 위샹ᄒ니/ 들 가온ᄃᆡ 누른 구름 네녁흐로 흔빗치라/ 왼 녀름 주린 비속 먹지 아녀 절로 부릐/ 이른 논의 참식무리 느즌 노의 기러기 쎄/ 눕의 자비 모로기ᄂᆞᆫ 얄뮈올손 즘싱이라 / 닉일은 들거두ᄉᆡ 새벽밥을 일즉 ᄒ소/ 낫 갈아 손의 들고 지게 쑤며 등의 걸고/ 뷔거니 묵거니 이거니 디거니/ 졈으신ᄂᆡ 도리치질 늙으신ᄂᆡ 그늬질/ 셔우기ᄂᆡ 삿기 쏘ᄂᆡ 어즈러이 구ᄂᆞᆫ지고/ 자내 밧희 몃뭇신고 내논 소츌 이쓴일식/ 공ᄉᆞ치 다 갈희면 남은 거시 언마칠고

가을 농사에서 농부의 내면은 들 가운데 누른 황운이 사방에서 볼 수 있어 밥을 먹지 않아도 절로 배가 부르다는 것이다. 풍요로운 결실에 대한 기쁨으로 락이다. 이어 청자에게 "닉일은 들거두ᄉᆡ 새벽밥을 일즉 ᄒ소"라며 평교관계에서 독려하거나, "자내 밧희 몃뭇신고 내논 소츌 이쓴일식"라며 평교관계에서 위로한다. 평교관계의 독려는 집단적 일체감을 조성하여 락을 유발한다. 결국 가을 농사에서 화자는 자신에게 하는 말과 청자에게 하는 말로 농사현장에 대한 내면을 드러내 락을 형성한다. 뿐만 아니라 "닉일은 들거두ᄉᆡ 새벽밥을 일즉 ᄒ소"에서는 청유형이 반복되고, "낫 갈아 손의 들고 지게 쑤며 등의 걸고"에서는 유사한 통사가 반복되고, "뷔거니 묵거니 이거니 디거니"에서는 유사한 어휘가 반복되고, "졈으신ᄂᆡ 도리치질 늙으신ᄂᆡ 그늬질"에서는 유사한 구문이 반복된다. 반복으로 락을 고조한다.

이상 〈기음노래〉에 나타난 민요취향의 의미는 다음과 같다.

첫째, 농부의 고락이 농사현장에서 생긴다는 점을 알려준다는 점에 의미가 있다. 〈기음노래〉에 나타난 농부의 내면은 농사현장에 대한 것(농

사에 대한 걱정, 결실에 대한 기쁨, 청자에 대한 독려, 청자에 대한 위로)과 타자에 대한 태도이다. 17·18세기 김매기를 소재로 한 한시에 나타난 농부의 내면이 모두 갖추어져 있다. 뿐만 아니라 한시와는 다르게 그 내면들이 집중화된다. 봄 농사에서는 농부의 청자에 대한 독려로만 집중화되어 락을 형성하고, 여름 농사에서는 농부가 자신에게 하는 말로만 집중화되어 고(苦)를 형성하고, 가을 농사에서는 농부가 자신에게 하는 말과 청자에 대한 독려로 집중화되어 락(樂)을 형성한다. 농사의 시작과 끝이라는 진행이 '락→고→락'으로 전개되며 이 전개에 맞는 농부의 내면들로 집중화된다. 이러한 집중화는 김매기에서 락은 농사현장에서 농부들의 집단적 일체감으로 생기는 것이고, 고(苦)도 농부들의 농사현장에서 생긴다는 점을 알려준다.

둘째, 농부의 타자에 대한 태도가 유교이념에서 자유롭다는 것을 알려준다는 점에 의미가 있다. 〈기음노래〉에 나타난 타자에 대한 태도는 대비적인 것이다. 17세기 이후 김매기를 소재로 한 한시에 나타난 농부의 타자에 대한 대비적 태도가 갖추어져 있다. 뿐만 아니라 한시와는 다르게 그 태도는 농사현장에서 유발된 것으로 농부의 말로 표출된다. 박민(朴敏)의 〈상전가〉에서 농부의 대비적 태도는 지배층의 수탈에서 유발된 것으로 유교적 이념에 입각한 것이고, 정해규의 〈운도〉에서 농부의 대비적 태도는 작가의 말로 표출된 것이다. 이에 비하여 〈기음노래〉에서 농부의 대비적인 태도는 농사현장에서 유발된 것이다.

4. 맺음말

〈기음노래〉는 이철보(李喆輔, 1691~1770)가 18세기 경 김매기를 중심 소재로 하여 지은 가사작품이다. 이 작품은 민요취향이 드러난 것으로 평가받는다. 〈기음노래〉에 나타난 민요취향이 무엇이고 민요취향의 의미가 무엇인가 하는 점이 의문이다. 〈기음노래〉가 김매기를 소재로 한 作詩의 전통 속에서 파악된다면 민요취향의 의미가 잘 드러날 것이다. 이러한 생각에서 본고에서는 〈기음노래〉에 나타난 민요취향의 의미를 김매기를 소재로 한 한시의 통시적 양상 속에서 살펴보았다. 그 결과를 요약하면 다음과 같다.

첫째, 김매기를 소재로 한 한시의 통시적 양상이다. 김매기를 소재로 한 한시에는 전가에 대한 지향이 표출된 작품과 타자에 대한 태도가 표출된 작품이 있다.

전가에 대한 지향이 표출된 작품은 농부의 고에서 락으로 전개된다. 농부의 苦는 생략되거나 소략하게 묘사된다. 락은 농부의 풍요롭고 화평한 흥취가 있는 모습이거나 풍년·태평시대의 모습이다. 농부의 고락은 이념적인 전가의 모습이다. 18세기 이후에는 이념적인 전가에 대한 지향이 계승되면서 변모가 있다. 그 변모는 고에 대한 묘사가 구체적이고 농부의 내면이 드러난 점이다. 苦에 나타난 농부의 내면은 작물의 성장에 대한 것, 가족의 생계에 대한 것 등 농사현장에 대한 것이다. 락에 나타난 농부의 내면은 농사현장에 대한 것을 독려한 것이다. 농사현장에 대한 독려는 집단적인 일체감을 형성하고, 그 일체감으로 락을 형성한 것이다.

타자에 대한 태도가 표출된 작품은 농부의 고통에 대한 묘사에서 타자에 대한 비판으로 전개된다. 작가가 김매기의 고통을 묘사한 다음 비판하거나, 농부가 비판한다. 농부는 지배와 피지배·세속(末利)과 강호(根本)의 대립 속에서 타자를 대한다. 유교적 이념에 입각한 태도이다. 17세기 이후에 유교적 이념에 입각한 태도가 계승되면서 변모되기도 한다. 그 변모는 타자를 대비적인 태도로 대한 점이다. 하지만 이러한 대비적 태도는 유교적 이념에 입각하거나 작가의 말로 표출된 한계가 있다.

둘째, 〈기음노래〉에 나타난 민요취향의 의미이다.

〈기음노래〉에 나타난 농부의 내면에는 18세기 이후 김매기를 소재로한 한시에 나타난 농부의 내면들이 모두 드러난다. 뿐만 아니라 그 내면들이 집중화되기도 한다. 작품은 봄의 락, 여름의 고, 가을의 락으로 전개되는데 락에서는 농부의 농사현장에 대한 것을 독려하는 것으로 집중화되고, 고에서는 농부의 농사현장에 대한 내면으로 집중화된다. 이러한 집중화는 농부의 고락이 농사현장에서 생긴다는 것을 의미한다. 농사현장에서 생긴 고(苦)의 절정에서 농부는 타자에 대한 대비적 태도를 취한다. 〈기음노래〉에 나타난 농부의 대비적 태도는 17세기·18세기 이후 김매기를 소재로한 한시에 나타난 태도와 유사한 점이 있다. 뿐만 아니라 그 태도가 농사현장에서 유발된 것이고 농부의 말로 표출되었다는 점에서 〈기음노래〉만의특징도 있다. 이러한 특징은 농부의 타자에 대한 태도가 농사현장에서생기는 것이고 유교이념에서 비교적 자유롭다는 것을 의미한다.

이상 〈기음노래〉에 나타난 민요취향을 김매기를 소재로 한 한시의통시적 양상 속에서 살펴, 농부의 고락과 타자에 대한 태도가 농사현장에서 유발된다는 점을 확인하였다. 이 작업은 민요취향을 찾는 작업에서민요취향의 의미를 찾는 작업으로 나아간 점에 의의가 있다. 하지만 김매기를 소재로 한 한시에 대한 작품 외적 사항들을 고려하지 못하였고, 〈기음노래〉의 특징과 관련된 작가 이철보의 삶을 살펴보지 못하였고, 노동을 소재로 한 한시·시가로 일반화할 수 있는가 하는 점에 대한전망도 제시하지 못하였다. 이러한 점은 지속적으로 보완해야 할 것이다.

제12장

〈서동요〉에 나타난 민요적 성격

1. 머리말

　〈서동요〉는 서동이 선화공주를 얻기 위하여 퍼뜨린 노래로, 선화공주
의 적극적인 행위로 서동과의 결연이 이루어짐이 제삼자에 의하여 관찰
보고(報告)된 향가이다. 이 노래는 경(京)에 가득 차고 궁궐에까지 전해질
정도로 널리 퍼졌고, 노랫말의 내용 대로 서동과 선화공주의 결연이 이루
어졌다. 선행 연구에서는 〈서동요〉에서 남녀의 결연을 노래한 것이 결국
이루어지게 된 것에 주목하여 〈서동요〉는 주술적인 노래[1] 또는 참요적인
노래라고 하였고,[2] 〈서동요〉가 사람들에게 널리 퍼졌다는 점에 주목하여
〈서동요〉는 민요적인 성격을 띤 노래로 보기도 하였다.[3] 이 가운데 본고

---

1)　김열규, 「한국시가와 주가」, 『향가문학론』, 김승찬 편, (새문사, 1991), 25~27면; 임기중,
　　「신라가요의 발상과 그 기술물의 화소」, 『향가여요연구』(이우출판사, 1985), 93~97면;
　　김학성, 『한국고전시가의 연구』(원광대학교 출판국, 1985), 90~92면.
2)　김문태, 「〈서동요〉와 서사문맥」, 『새국어교육』 47(한국국어교육학회, 1991), 211~232
　　면; 윤영옥, 「서동요」, 『향가문학론』, 김승찬 편, (새문사, 1991), 168~189면; 김승찬,
　　「서동요 연구」, 『국어국문학』 35집(문창어문학회, 1998), 5~22면.
3)　〈서동요〉는 사랑을 기정사실화한 구애(求愛)의 민요라는 견해와 〈서동요〉는 애정의
　　당사자들을 놀리는 동요라는 견해가 있다. 강혜선, 「구애의 민요로 본 〈서동요〉」,
　　『한국고전시가작품론 1』(집문당, 1992), 35~44면; 박노준, 『신라가요의 연구』(열화당,

에서 주목하는 것은 〈서동요〉가 민요적인 성격을 띤다는 점이다. 선행 연구에서는 〈서동요〉가 사람들에게 널리 퍼질 수 있는 요소를 가졌다는 점[4]에서 민요적 성격을 띤다고 보았고, 노랫말이 단순하고 현재 동요와 구조가 유사하다는 점[5]에서 민요적 성격을 띤다고 보았다. 노랫말이 널리 퍼짐, 노랫말이 단순함 등은 민요 일반에 대한 것이지 〈서동요〉가 지닌 특징적인 면은 아니다. 즉 〈서동요〉는 민요 일반이 지닌 면모가 나타난다는 것은 인정되지만 〈서동요〉만의 민요적 성격이 무엇인가 하는 점은 의문이다. 〈서동요〉만의 민요적인 성격은 〈서동요〉가 형성될 때 바탕이 되었을 민요를 찾는 작업에서 드러날 것이다.

〈서동요〉의 바탕이 된 민요를 찾는 작업과 관련된 대표적인 논의가 박노준 선생과 강혜선 교수에 의하여 이루어졌다. 박노준 선생은 〈서동요〉는 같은 나이 또래의 아이들이 다른 아이들을 놀리면서 부르는 "얼래 껄래 얼래껄래류의 동요"를 서동이 수용하여 서동과 선화공주로 이름만 바꾼 것이라고 하였다.[6] 이 동요는 제삼자에 의하여 관찰 보고된 노래라는 점과 사람들에게 퍼질 수 있는 소문거리가 되는 내용이 있다는 점에서 〈서동요〉와 합치된다. 그런데 이 동요에는 남녀 사이의 결연과 소문거리만 있을 뿐이지 '여인의 적극적인 행위에 의한 남녀결연'은 없다. 여인의 적극적인 행위에 의한 남녀결연이 언급된 것이 강혜선 교수의 견해이다. 강혜선 교수는 〈서동요〉는 원래 1인칭 남성화자가 사랑이 이루어진 상태로 기정사실화하여 부른 구애의 민요가 서동설화에 수용되면서 제삼자에

1990), 289~310면.
4) 장성진, 「장시조의 민요적 발상 소고-서동요형 민요 요소의 수용에 대하여」, 『한국전통 문화연구』 3집(대구가톨릭대학교 인문과학연구소, 1987), 63~81면.
5) 강혜선 교수는 단순하고 소박한 노랫말로 '아무개는 아무개를 알아 놓고, 매일 아무개를 찾아간다'는 식의 현대의 동요나 민요와 다를 것이 없으므로 〈서동요〉는 민요라고 하였고, 조동일 선생은 〈서동요〉는 무슨 소문을 듣고 누구를 놀리자고 부르는 동요의 짜임새를 보이며 이것은 오늘날에 볼 수 있는 것과 같으므로 민요라고 하였다. 강혜선, 앞의 논문, 35~44면; 조동일, 『(제4판) 한국문학통사 1』(지식산업사, 2011), 158~159면.
6) 박노준, 앞의 책, 289~310면.

의한 보고로 바꾼 것이라고 하였고[7] 여인의 적극적인 행위가 있는 소르문 군도의 토인들이 부른 구애의 노래를 예로 들었다. 여인의 적극적인 행위를 통한 결연이란 점은 〈서동요〉와 합치하나 〈서동요〉에 보고라는 표현이 있고 〈서동요〉가 소문거리로 기능하는 점에 대한 설명이 필요하다. 본고는 선행 연구를 모두 수용한다. 그 수용에서 〈서동요〉의 바탕이 된 민요를 찾고자 한다.

〈서동요〉의 바탕이 된 민요를 찾기 위해서는 〈서동요〉와 민요의 대비가 필수적이다. 그 민요는 처녀와 총각의 사랑을 화제로 한 것이어야 한다. 처녀와 총각의 사랑을 화제로 한 민요에는 〈나무꾼노래〉·〈논매는 소리〉·〈밭매는소리〉·〈모심는소리〉 등이 있다. 이 가운데 〈나무꾼노래〉·〈논매는소리〉·〈밭매는소리〉 등은 신세탄식·남녀의 사랑·노동의 고통에 대한 탄식 등이 주된 내용이고 처녀와 총각의 사랑을 화제로 한 노랫말은 그 양이 많지 않다. 또한 노랫말도 신세탄식·남녀의 사랑·노동의 고통에 대한 탄식 등과 섞여 있어 처녀와 총각의 사랑을 화제로 한 노랫말만을 추출하기에도 어렵다. 이에 비하여 영남 지역 〈모심는소리〉는 처녀와 총각의 사랑을 화제로 한 노랫말의 양이 풍성하고, 4음보 2행의 노랫말이 하나의 각편을 이루어 처녀와 총각의 사랑을 화제로 한 노랫말을 추출하기도 쉽고, 1인칭 화자가 구애의 욕구를 토로한 노랫말·처녀와 총각이 대화한 노랫말·제삼자가 총각과 처녀의 사랑을 보고한 노랫말 등으로 표현 방식이 다양하다. 이러한 점에서 본고에서는 〈서동요〉와 비교할 민요를 영남 지역 〈모심는소리〉로 한다.[8] 비교의 결과로

---

7) 강혜선, 앞의 논문, 35~44면.
8) 본고에서 이용할 영남 지역 〈모심는소리〉가 수록된 자료집은 다음과 같다. 김소운, 『諺文 朝鮮口傳民謠集』(제일서방, 1932) 이하 『조선구전민요집』으로 약칭; 울산대학교 인문과학연구소 편, 『울산울주지방 민요자료집』(울산대학교 출판부, 1990) 이하 『울산』으로 약칭; 조동일, 『경북민요』(형설출판사, 1982) 이하 『경북민요』로 약칭; 『한국구비문학대계』(한국학중앙연구원, 1980~1988) 이하 『대계』로 약칭; 『한국민요대전』(문화방송국, 1991~1996) 이하 『대전』으로 약칭.

〈서동요〉의 바탕이 된 민요가 영남 지역 〈모심는소리〉라고 단정하려는 것은 아니다. 영남 지역 〈모심는소리〉의 노랫말이 농업노동요·서정민요·서정시가·서사민요 등 오래 전부터 전승되던 민요들이 복합된 것으로 연원이 오래 되었으며,[9] 〈모심는소리〉의 형식도 연원이 오래 되었을 가능성이 크다는 점[10]에 주목하고자 한다. 〈모심는소리〉의 노랫말에 나타난 내용과 형식이 연원이 오래된 것임을 전제하고, 그 내용과 형식을 살펴 〈서동요〉의 바탕이 된 민요를 찾으려는 것이다.

2. 〈서동요〉의 특징

〈서동요〉의 바탕이 된 민요를 찾기 위해서는 비교 대상을 선별할 기준이 있어야 한다. 그 기준을 〈서동요〉의 특징에서 찾고자 한다. 〈서동요〉의 특징은 노랫말에 나타날 수도 있고, 배경설화에 나타날 수도 있다.

2.1. 노랫말에 나타난 〈서동요〉의 특징

〈서동요〉는 선화공주의 적극적인 행위로 서동과의 결연이 이루어짐이 제삼자가 관찰 보고한 노래이다. 이것이 〈서동요〉의 표현적인 면에서의 특징이다. 형식적인 면에서도 특징이 있다. 형식적인 면에서의 특징을 살펴보기 위하여 어학적인 해석을 살펴보자. 본고에서는 선행 연구의 결과[11]를 중심으로 쟁점을 살펴보고 본고의 입장을 정리하고자 한다.

---

9) 윤여탁, 「이앙요연구」(서울대학교 석사학위논문, 1984), 19면.
10) 〈모심는소리〉의 형식이 오래 되었을 가능성은 〈공무도하가〉의 특징을 영남 지역 〈모심는소리〉와의 관련성 속에서 밝힌 연구와 민요계 향가의 특징을 민요의 가창방식에 따른 형식과의 관련성 속에서 밝힌 연구에서 확인할 수 있다. 성기옥, 「공무도하가 연구」(서울대학교 박사학위논문, 1988); 최재남, 「민요계 향가의 구성 방식과 사랑의 표현」, 『반교어문연구』 29집(반교어문학회, 2010), 163~184면.

〈서동요〉의 해석에서 문제가 되는 것은 제4구 '夕卩乙'과 제2구의 가(嫁)이다.

夕卩는 국어사 자료에서 난(卵)과 묘(卯)의 이체자(異體字)로 사용된 예가 확인된다.[12] 夕卩을 난(卵)으로 본 견해와 묘(卯)로 본 견해가 설득력이 있다. 양주동 선생은 '夕卩乙'를 '묘을(卯乙)'로 보고, '묘을(卯乙)'은 '모른다'의 어근 '몰'이고 '몰'은 '몰래'라는 뜻이라고 하였다. 이 해석은 '몰'이 '래'가 없이 단독으로 '몰래'라는 뜻을 나타낸 용례를 찾기 어렵다는 점에 문제[13]가 있고, 제2구에 '몰래'라는 뜻의 '밀지(密只)'가 있는데 다른 글자를 사용하였다는 점에 문제[14]가 있으며 '모르다'의 뜻으로 '모동(毛冬)'이 널리 쓰이고 있다는 점에 문제[15]가 있다. 김완진 선생은 '夕卩乙'을 '난을(卵乙)'로 보고 '난을(卵乙)'을 '알을'이란 뜻으로 보았으며 제3구의 '서동방을(薯童房乙)'은 '서동방을'로 읽고 '서동의 방으로'란 뜻의 부사어로 보았다. 이 해석은 '서동방을'이라고 하였을 때 '-을'이 목적격이 아니라 처소격으로 사용된 예가 15~16세기 국어사 자료에서 찾기 어렵다는 점에 문제[16]가 있고, '알을 안고 간다'는 것이 무엇을 뜻하는지 명확하지 않다는 점에 문제가 있다.

이상의 해석에서 문제는 제3~4구를 '목적어+부사어'로 볼 것인지 아니면 '부사어+목적어'로 볼 것인지 하는 점이다. 이 문제는 을(乙)의 용법과 관련된다. 을(乙)은 『삼국유사』 소재 향가[17]보다는 고려시대의 향가[18]에

---

11) 양주동, 『증정 고가연구』(일조각, 1965), 432~453면; 김완진, 『향가 해독법 연구』(서울대학교 출판부, 1980), 94~96면; 신재홍, 『향가의 해석』(집문당, 2002), 143~152면; 임홍빈, 「국어학과 인문학적 상상력」, 『국어국문학』 146호(국어국문학회, 2007), 7~34면; 정우영, 「〈서동요〉 해독의 쟁점에 대한 검토-국어학자들의 연구 업적을 중심으로-」, 『국어국문학』 147호(국어국문학회, 2007), 259~294면.
12) 정우영, 앞의 논문, 277면.
13) 홍기문, 『향가해석』(과학원, 1956), 197면.
14) 홍기문, 앞의 책, 197면; 서재극, 『(재판) 신라 향가의 어휘 연구』(계명대학교 한국학연구소, 1979), 24면.
15) 김완진, 앞의 책, 96면.
16) 정우영, 앞의 논문, 276~277면.

빈번하게 보인다. 그 용례로 보아 을(乙)은 명사(名詞) 뒤에는 반드시 조사로 쓰인다. 그 조사는 〈도이장가〉 제1구(主乙 님을)와 같이 목적격인 경우가 대부분이며[19] 부사격인 경우는 〈광수공양가〉 제6구(法叱供乙 留 : 법공양으로)의 예가 유일하다. 부사격 조사일 경우에는 을(乙)의 뒤에 보충하는 말(留)이 붙는다. 이러한 사실로 보면 제3구의 '서동방을(薯童房乙)'에서 서동방(薯童房)은 명사가 확실하므로 '서동방을'이란 목적어로 보는 것이 타당하다고 생각된다.[20] 서동방을 목적어로 보았을 때 '夕卜乙'은 '난을(卵乙)'로 보아 '알을'로 읽고 서동서방과 관련된 목적어로 제3~4구는 이중목적어가 실현되는 것으로 볼 수도 있다.[21] 그러나 하나의 문장에 두 개의 목적어가 있음으로써 의미의 진행이 어색하고, 서동과 관련된 '알'이 구체적으로 무엇인지도 명확하지 않다. 받아들이기에 주저된다. 제3구가 목적어라면 제4구 '夕卜乙'은 부사어가 되는 것이 의미의 진행에 적당하다. 그런데 '夕卜乙'을 '몰래'라는 부사어로 보기에는 앞에서 언급한 문제점이 있다. 그래서 본고에서는 '夕卜乙'을 '묘을(卯乙)'로 보고 묘(卯)의 뜻을 취하여 '덥석'이란 부사어로 해석한 신재홍 교수의 견해를 따른다.[22] 다음으로 제2구의 가(嫁)에 대한 의미이다.

---

17) 〈서동요〉 제3·4구, 〈처용가〉 제8구.

18) 〈도이장가〉 제2구, 〈광수공양가〉 제2·6구, 〈상수불학가〉 제3·6구, 〈수희공덕가〉 제5구, 〈참회업장가〉 제2구, 〈청불주세가〉 제3구, 〈청전법륜가〉 제4·7·9구, 〈칭찬여래가〉 제6구, 〈항순중생가〉 제2·6구.

19) 〈칭찬여래가〉 제6구(身乙 : 몸을), 〈광수공양가〉 제2구(燈乙 : 등을), 〈참회업장가〉 제2구(道乙 : 길을), 〈청전법륜가〉 제4구(法雨乙 : 법우를) 제8구(田乙 : 밭을), 〈청불주세가〉 제3구(手乙 : 손을), 〈항순중생가〉 제2구(迷火隱乙 : 미혹한 사람을).

20) '서동방을(薯童房乙)'을 목적어로 보면 제1~2구에서 '남 몰래 얼어 두다'의 목적어에 해당하는 성분이 다음 절에서도 목적어가 되어 문장이 자연스럽게 연결되는 이점이 있다. 임홍빈, 앞의 논문, 13면.

21) 임홍빈 교수는 '알을'을 '서동의 알몸을'이라고 해석하여 제3~4구에는 '서동방을'이란 목적어와 '알을'이란 목적어가 있는 것으로 보았고, 정우영 교수는 선화공주가 안은 대상은 서동방과 알이고 알의 구체적인 의미는 확정하기 어렵다고 하였다. 임홍빈, 앞의 논문, 14면; 정우영, 앞의 논문, 281면.

22) 신재홍 교수는 묘(卯)는 '모야(冒也)'의 뜻에 따라 훈독을 취하여 '물/몰'로 읽고 을(乙)

제2구 '가량치고(嫁良置古, 얼어두고)'에서 가량(嫁良)은 사동이나 피동형의 '얼이-'가 아니라 자동사 '얼-'이다.[23] 자동사이므로 선화공주는 주체적으로 대상과 '가(嫁)'한다. 가(嫁)에 대하여 양주동 선생은 교합(交合)이라고 하였고 교합(交合)은 육체적인 사통(私通)을 뜻한다고 하였다. 교합(交合)은 가(嫁)의 원의(原義)가 아니라 파생된 것이다. 원의로 해석하는 것이 적당하다. 원의로 해석해야 하는 또 다른 이유는 제2구의 '가량치고(嫁良置古, 얼어두고)'에서 '치고(置古, 두고)' 때문이다. '두다'는 보조용언으로 본용언이 뜻하는 결과를 지속하려는 주체의 의도를 나타내는 말[24]이다. 육체적 교합이라면 선화공주는 서동과 육체적으로 교합한 상태를 지속하면서(1~2구) 다시 서동을 안고 가는 육체적인 교합을 한다(제3~4구). 의미상 연결이 자연스럽지 않다. 따라서 가(嫁)는 원의에 충실한 '시집가다'란 뜻으로 보는 것이 적당하다. 다만 지속을 뜻하는 '두다'를 염두에 두어 '시집간 상태를 지속하다'란 뜻보다는 '시집갈 마음을 지속하다'란 뜻으로 본다.[25] 노랫말 전체의 뜻은 다음과 같다.

　　제1~2구 : 선화공주님은 (서동서방에게) 남 몰래 시집갈 마음을 두고
　　제3~4구 : (선화공주님은) 서동서방을 밤에 덥석 안고 가다

은 어말첨기로 '(ᄋ/으)ㄹ'로 읽으며 '무턱/무턱대고'란 뜻일 수도 있고, 묘(卯)는 '무야(茂也)'의 뜻에 따라 훈독을 취하여 '더믈/ 더불'로 읽을 수 있으며 '덥석/ 덮어놓고'란 뜻일 수도 있다고 하였다. 신재홍, 앞의 책, 149~150면.

23) 신재홍, 앞의 책, 143~152면.

24) 남기심 · 고영근, 『(개정판) 표준국어문법론』(탑출판사, 2002), 121면; 장미라, 「한국어 보조 용언의 상적 · 양태적 의미 기능과 통사적 특징-'놓다, 두다, 버리다, 내다 말다, 치우다'를 중심으로-」, 『배달말』38(배달말학회, 2006), 42~43면.

25) 신재홍 교수도 원의에 주목하여 가(嫁)를 "시집갈 나이가 되다, 시집갈 마음이 들다, 시집가도 좋을 만큼 어른스러워지다, 시집갈 나이가 되어 사랑스런 모습을 띠다"란 뜻으로 해석하였고 그 가운데 "성숙하다"란 뜻을 중심에 두었다. 이러한 해석은 가(嫁)의 정신면을 주목한 것으로 보이며 이 점은 본고와 같다. 본고에서는 '성숙하다'란 뜻으로 보지 않고 '시집갈 마음을 두다'란 뜻으로 본 점이 신재홍 교수의 견해와 다르다. 신재홍, 앞의 책, 143~152면.

제1~2구와 제3~4구는 병렬관계이다. 결연이란 뜻의 어휘를 '시집갈 마음을 두다'와 '안고가다'로 반복한 어휘의 병렬이다. 뿐만 아니라 통사적인 면에서도 병렬된다. 제1~4구에서 생략된 문장 성분들을 첨가하면 위의 구문과 같다. 선화공주님은 '서동서방을 어떻게 하다'라는 동일한 문장의 병렬이다. 이러한 병렬에서 특히 주목되는 것이 제1~2구에서 대상이 생략된 점이다. 제1~2구에서 대상이 생략됨으로써 선화공주는 누군가 모를 대상에게 시집갈 마음을 두었다는 것만 드러낸다. 호기심을 유발한 것이며 문제를 던진 것이다. 이어 제3~4구에서는 서동서방이란 대상을 제시한다. 호기심의 해소이며 문제에 대한 답의 제시이다. 상이한 화제가 대응된 병렬이다. 뿐만 아니라 단일한 인물에 의하여 의미가 전개되는 병렬이기도 하다. 제1~2구에서는 선화공주의 정신적인 면에서의 결연을 나타내고, 제3~4구에서는 선화공주의 육체적인 면에서의 결연을 나타낸다. 선화공주라는 단일한 인물에 의하여 정신적 결연에서 육체적인 결연으로 의미가 전개된다.

2.2. 서동설화에 나타난 〈서동요〉의 특징

서동설화는 주지하듯이 서동의 출생담, 결연담, 미륵사창건담이란 세 가지 상이한 설화가 복합되어 있다. 이 가운데 〈서동요〉가 실린 대목은 결연담이다. 이 결연담은 서동이 〈서동요〉를 통한 위계(僞計)로 선화공주와 결연하고, 선화공주에 의하여 서동은 금을 얻고 왕위에 오르게 된다는 내용이다. 미천한 청년이 위계로 고귀한 여인을 얻어 부귀하게 된다.

배경설화의 내용 가운데 위계라는 점에 초점을 둔다면 〈서동요〉는 소문거리로써 기능한다. 서동이 여인을 얻는 방법에는 몽고의 설화인 〈염소를 탄 장부〉에서 염소치기처럼 자신의 신분을 속이는 거짓말을[26]

---

26) 이안나, 「한국의 서동설화와 몽골의 '염소를 탄 장부' 설화의 서사구조 상관성에 대한

할 수도 있고, 이복휴(李福休, 1729~1800)의 『해동악부(海東樂府)』에 있는 〈서동요(薯童謠)〉의 화자가 "선화가 있으면 신라가 망하고, 선화가 없으면 신라가 창성한다(善花在新羅敗 善花亡新羅昌)"[27]라고 말한 것처럼 선화공주를 비난하는 노래로 모함할 수도 있고, 현전하는 동요인 '얼래껄레 얼래껄래/ 누구누구는 누구누구와 어디어디서 무엇했대요'와 같이 선화공주와 서동의 결연만을 보고한 노래로 모함할 수도 있다. 모두 위계이다. 그런데 서동은 〈서동요〉를 선택한다.[28] 〈서동요〉에서는 여성의 적극적인 행위로 남녀의 결연이 이루어진다. 여성의 적극적인 행위를 통한 결연은 비일상적인 것으로[29] 여타의 위계에 비하여 소문거리로써의 효과가 크다.

배경설화 가운데 미천한 청년이 고귀한 아내도 얻고 부귀함도 얻는다는 점에 초점을 둔다면 〈서동요〉는 민중의 발복(發福)에 대한 바람과 관련된다.[30] 미천한 청년이 고귀한 아내도 얻고 부귀함도 얻는다는 이야기는 서동설화, 〈내복에 산다〉형 설화, 제주도 서사무가 〈삼공본풀이〉, 온달설화, 불전(佛典) 『잡보장경(雜寶藏經)』에 있는 〈선광(善光) 공주이

비교 고찰」, 『민족문화논총』32(영남대학교 민족문화연구소, 2005), 103면.

27) 李福休, 『海東樂府』〈薯童謠〉. 최선경, 「〈서동요〉의 제의적 근거에 관하여」, 『열상고전연구』 15집(열상고전연구회, 2002), 109면 재인용.

28) 서동설화에서는 왜 말로 하지 않고 〈서동요〉를 불렀는가 하는 의문이 제기될 수 있다. 이것은 〈서동요〉가 생긴 배경에 대한 근본적인 물음에 해당한다. 본고는 〈서동요〉의 민요적 성격에 주목하여 〈서동요〉의 발생에 대한 연구는 수행하지 못하였다. 〈서동요〉의 발생에 대한 연구는 정운채, 「선화공주를 중심으로 본 무왕설화의 특성과 〈서동요〉의 출현의 계기」, 『건국어문학』 19·20합집(건국대학교 국어국문학연구회, 1995), 333~355면; 정운채, 「삼장 및 쌍화점과 서동요의 관련양상」, 『고전문학연구』 10집(한국고전문학회, 1995) 참조.

29) 장성진 선생은 〈서동요〉에 나타난 비일상성은 신분상의 거리감의 파괴, 여성이 남성의 방으로 찾아가는 적극적인 행위, 여성이 알을 안고 가는 적극적인 행위 등이라고 하였다. 장성진, 「장시조의 민요적 발상 소고-서동요형 민요 요소의 수용에 대하여」, 『한국전통문화연구』 3집(대구가톨릭대학교 인문과학연구소, 1987), 65~67면.

30) 윤영옥 선생은 서동설화에 반영된 민중의 바람은 "귀공녀와 결연하여 지위가 상승되고 지배계층에 소속되는 것"이라고 하였다. 윤영옥, 앞의 논문, 168~189면.

야기),31) 일본 설화 〈탄소소오랑(炭燒小五郎)〉,32) 몽고 설화 〈염소 탄장부〉 등이 있다. 우리나라에 광범위하게 분포되어 있을 뿐만 아니라 불전을 포함하여 외국에서도 확인할 수 있다. 이러한 사실로 보아 서동설화는 상징적으로 표현된 특수한 이야기33)로 보기보다는 민중의 보편적 이야기로 보는 것이 타당하다. 특히 서동설화에서는 쫓겨난 선화공주가 그녀의 적극적 행위로 미천한 서동을 부귀하게 한다는 내용이 특징적이다. 이와 같이 쫓겨난 여인의 적극적인 행위로 부귀하게 되는 이야기에는 서동설화·〈내복에 산다〉형 설화·서사무가 〈삼공본풀이〉 등이 있다.34) 서동설화의 선화공주·〈내복에 산다〉형 설화의 부잣집 셋째 딸·〈삼공본풀이〉의 감은장애기 등은 쫓겨난 뒤 적극적인 행위로 새로운 공간에서 복(福)을 획득한다는 점이 공통된다. 결국 서동설화에서 선화공주가 미천한 서동를 부귀하게 만든 것은 서동과 같은 미천한 신분의 민중들이 발복되기를 바라는 바람이 반영된 것이다. 이러한 발복의 바람

---

31) 김기흥, 「서동설화의 역사적 진실」, 『역사학보』 205호(역사학회, 2010), 170면.

32) 성기열, 「한일설화 비교연구의 일예-〈온달·무왕〉계 설화와 〈炭燒小五郎〉 설화의 경우-」, 『고전문학연구』 1집(한국고전문학회, 1971), 39~56면.

33) 상징적으로 해석한 것에는 서동이 삭발(削髮)하여 경주로 들어간 것은 구혼여행을 상징하고 마는 여근을 상징하여 서동과 선화공주의 결연은 풍요(豐饒)를 상징한다고 본 것, 삭발은 다른 인생으로 진입하는 입사의례를 상징하고 서동은 속임수를 사용할 줄 아는 뛰어난 능력의 소유자이고 선화공주는 지모신적 존재로 서동과 선화공주의 결연으로 풍요를 상징한다고 본 것, 삭발은 일체의 번뇌와 습인을 제거함을 상징하고 선화공주는 미륵선화의 인간적 화신을 상징하여 서동과 선화공주의 결연은 신앙의 결연을 상징한다고 본 것 등이 있다. 엄국현, 「서동요 연구」, 『한국문학논총』 11(한국문학회, 1990), 59~68면; 최용수, 「서동설화와 〈서동요〉」, 『배달말』 20(배달말학회, 1995), 309~310면; 최선경, 앞의 논문, 96~102면.

34) 서동의 결연담이 자기 집에서 쫓겨난 여인이 발복하게 된다는 여인발복설화와 관련되고 이와 같은 이야기에는 서동설화, 〈내복에 산다〉형 설화, 서사무가 〈삼공본풀이〉 등이 있다고 언급한 논문은 다음과 같다. 최운식, 「쫓겨난 女人 發福說話考」, 『한국민속학』 6집(한국민속학회, 1973), 51~69면; 임재해, 「武王型 說話의 類型的 性格과 女性意識」, 『여성문제연구』 10(대구가톨릭대학교 사회과학연구소, 1981), 33~55면; 민찬, 「서동설화 형성의 설화적 논리」, 『한국언어문학』 50(한국언어문학회, 2003), 42면; 민찬, 「서동요 해독 및 해석의 관점」, 『한국문화』 33(서울대학교 규장각 한국학연구원, 2004), 69~90면.

을 담은 이야기에서 핵심은 여성의 적극적인 행위를 통한 결연이다. 〈서동요〉에도 선화공주의 적극적인 행위를 통한 결연이 있다. 서동설화와 〈서동요〉는 어떤 관련이 있는가? 서동설화의 서술자는 선화공주의 입을 빌어 "〈서동요〉의 영험함을 믿게 되었다(乃信童謠之驗)"고 하였다. 영험함이란 〈서동요〉에 나타난 말이 미래를 예언하는 힘이 있다는 것에 대한 믿음이며, 말을 함으로써 바라는 바가 이루어질 수 있다는 것에 대한 믿음을 의미한다. 〈서동요〉와 서동설화에 여인의 적극적인 행위를 통한 결연이 있고, 서동설화와 관련 설화에서 그 결연은 발복을 의미함을 보아 〈서동요〉에 대한 믿음은 발복에 대한 믿음으로 추정된다.

3. 〈서동요〉에 나타난 민요적 성격

노랫말에서 본 〈서동요〉의 특징은 제삼자에 의하여 보고되고 병렬이란 형식이 있다는 점이다. 배경설화에서 본 〈서동요〉의 특징은 〈서동요〉가 소문거리로써 기능하고 〈서동요〉에 발복의 바람이 담긴 점이다. 정리하면 다음과 같다.

노랫말에서 본 〈서동요〉의 특징 : 보고, 병렬
서동설화에서 본 〈서동요〉의 특징 : 소문거리로써의 기능, 발복의 바람

〈서동요〉에서 처녀는 적극적인 행위로 총각과 결연하며 제삼자에 의하여 보고되며 병렬로 구성된다. 처녀의 적극적인 행위를 통한 결연은 배경설화에서 소문거리로 기능할 뿐만 아니라 발복의 바람과도 관련된 핵심 내용이다. 처녀와 총각의 사랑을 읊은 영남 지역 〈모심는소리〉 가운데 처녀의 적극적인 행위가 나타난 것은 표현 방식에 따라 다양하다.

화자를 기준으로 표현 방식을 나눌 수 있다. 화자는 애정의 당사자인 총각일 수도 있고, 처녀와 총각의 행위를 관찰하는 제삼자일 수도 있다. 화자가 총각일 때 총각은 애정의 당사자이므로 대상과 거리가 없이 주관적인 감정을 토로한다. 화자가 제삼자일 때 제삼자는 처녀와 총각과 거리를 둔 자이므로 그들의 행위를 객관적으로 관찰하여 보고할 수도 있으며, 그들의 행위에 대하여 주관적인 평가를 토로할 수도 있고, 그들의 행위를 객관적으로 보고한 다음 주관적인 평가를 토로할 수도 있다. 이 가운데 처녀의 적극적인 행위가 나타난 노랫말의 표현 방식에는 총각이 주관적으로 토로한 것, 제삼자가 객관적으로 보고한 다음 주관적으로 토로한 것, 제삼자가 객관적으로 보고한 것 등이 있다. 이것을 각각 토로형, 보고토로형, 보고형이라고 하자. 다음은 각각의 노랫말이다.

(가) 날오란다네 날오란다네 산꼴처자가 날오란다네
      천장미조밥에 세우젓노코 혼자묵기심심에서 날오란다네[35]

(나1) 전주골 바램이 내리불어 도론님 선자를 흩날렀네
      어화 그처자 왈자로다 도론님 선자를 조아주네[36]

(나2) 도리도리 삿갓집에 아해도령 병들었네
      숭금씨가 깎은배는 맛도좋고 연할래라[37]

(다1) 운애안개 자욱한대 처자둘이 도망가네
      석자수건 목에걸고 총각둘이 싸라가네[38]

(다2) 어제저녁 순금각시 담장밖을 넘나듯네

35) 『조선구전민요집』, 319면.
36) 『울산』 #188, 162면.
37) 『대계』 경상북도편 7-6 영덕군 창수면 〈모노래(2)〉, 247면.
38) 『조선구전민요집』, 288면.

어제저녁 난죽처녀 저농빼미 디나간다[39]

(가)는 총각이 처녀의 적극적인 행위에 대하여 주관적인 감정을 토로한 토로형이다.

총각은 산골의 처녀가 조밥에 새우젓을 놓고 혼자 먹고 심심하여 같이 먹자며 나를 부른다고 하였다. 산골 처녀의 적극적인 행위가 총각인 나와의 관계 속에서 진술되므로 나의 주관적인 감정이 주를 이룬다. 그 감정은 산골 처녀와 만나고 싶다는 것이다. 그 욕구가 산골 처녀가 나와 만나고 싶다는 것으로 자리바꿈하여 표현되었다.[40] 화자의 구애가 중심이다.

(나)는 제삼자가 처녀의 행위를 보고한 다음 주관적인 평가를 토로한 보고토로형이다.

(나1)에서 제삼자는 전주의 골짜기에서 부는 바람으로 도령의 부채[扇子]가 흩날리자 처녀가 그 부채를 주워 도령에게 준다고 하였다. 처녀가 총각의 사랑을 얻으려는 적극적인 행위를 제삼자가 관찰하여 보고한 것이다. 이어 제삼자는 그녀의 행위를 "왈짜"라고 토로한다. 왈짜란 "말이나 행동이 단정하지 못하고 수선스럽고 거친 사람"[41]이란 사전적인 의미를 감안하면 제삼자는 처녀의 행위가 그녀가 지켜야할 일상성을 벗어났다고 평가한 것이다. 결국 (나1)은 제삼자가 비일상성을 드러내기 위하여 처녀의 적극적인 행위를 보고한 것이다. 처녀가 총각들이 있는 곳에 찾아간다고 보고한 다음 그 처녀가 왈짜라고 평가한 노랫말[42]도 같은 예이다. (나2)에서 도령이 병이 들었다. 비록 생략되기는 하였지만 이어서 순금씨란 처녀가 배를 깎아 준다.[43] 순금씨의 도령에 대한 적극적인 행위를

---

39) 『울산』 #153, 140면. #는 자료집에 실린 작품번호로 이하 같다.
40) 소르몬 군도에서 토인들이 구애를 위해 부른 노래와 유사하다. 소르몬 군도에서 부른 구애의 노래는 강혜선, 앞의 논문, 38면 참조.
41) 『표준국어대사전』
42) "일찍은저녁을 깝치먹고 헤이 총각들청을 놀러갈래 / 어허야그처녀 왈짜로세 헤이 총각들청에 놀러가네"(『대계』 경상남도편 8-9 김해군 주촌문 〈둥지〉, 1197면)

제삼자가 관찰 보고한 것이다. 이어 제삼자는 순금씨가 깎은 배는 맛이 좋고 연하다고 토로한다. 배가 맛이 좋고 연하다는 것은 병이 든 도령의 마음이다. 도령의 마음을 제삼자가 대신 토로한 것이다. 즉 병이 든 도령이 순금씨의 적극적인 행위로 소생(蘇生)의 기분을 느끼게 되었다는 뜻으로 이해된다. 결국 (나2)는 제삼자가 소생이란 의미를 드러내기 위하여 처녀의 적극적인 행위를 보고한 것이다. 이것은 관솔가지가 꺼진 불을 살리듯이 고운 처녀가 죽은 낭군을 살린다는 내용의 노랫말[44]에서도 같다.

(다)는 제삼자가 처녀의 행위를 보고한 보고형이다.[45]

(다1)에서 처녀 둘이 운애(運靄)가 자욱할 때 도망을 하니, 총각 둘이 따라간다. 도망이란 남을 피하여 달아나는 것으로 구속이나 억압을 벗어나려는 적극적인 행위이다. 처녀가 먼저 행위를 시도하자 총각이 처녀를 따른다. 처녀의 적극적인 행위이다. 그 행위는 비밀스럽게 이루어진다. 도망이란 것이 남의 눈을 피하는 비밀스런 것이고, 사람들이 일어나 활동하기 전인 운애(雲靄)가 자욱할 때 이루어지므로 비밀스런 것이다. 비밀스럽다는 것은 다른 사람이 알아서는 안 되는 비일상적인 것임을 말한다. 다른 예에는 사람들이 활동하기 전인 6월의 새벽에 도망하는 것,[46] 해 다지고 저문 날 사방이 어두울 때 도망하는 것, 처녀가 난질가자 총각이

---

43) "아기도령 병이들어 심금시야 배싹아라 / 심금시라 싹근배는 맛도좃코 연할네라"(『조선구전민요집』, 243면)

44) "각시각시 곱은각시 죽은낭군 살렸다네/ 남해남산 관솔가지 꺼진불이 살았다네"(『대계』 경상남도편 8-10 의령군 칠곡면 〈모심기노래(2)〉, 733면)

45) 처녀와 총각의 결연이 보고된 노랫말에는 그 결연이 일상적인 것도 있다. 첫째, 처녀가 구애를 유발할 만한 외모·행위가 제시된 경우이다. "단장안에 씸은하초 단장박글 후아넘네 / 질로가는 호걸양반 그곳보고 질몬간다"(『조선구전민요집』, 267면). 둘째, 처녀와 총각의 결연만 제시된 것이다. "고성학동 긴골목에 처녀한쌍 떠나온다 / 처녀댕기 끝만보고 총각한쌍 간곳없네"(『대계』 서울시편 1-1 도봉구 수유동 〈모심기노래〉, 839면).

46) "유월이라 새벽달에 처자둘이가 도망가네 / 석자수걸 목에다걸고 총각둘이가 뒤따르네"『경북민요』 #151, 36면.

따라가는 것[47] 등이 있다. 난질의 사전적인 뜻은 "여자가 정을 통한 남자와 도망하는 짓"[48]이다. 처녀가 먼저 총각에 정을 두고 도망할 것을 주도하자 총각이 이에 따른다. 처녀의 적극성은 (다2)에서도 확인된다. 순금각씨는 저녁에 사람들 몰래 총각을 보기 위하여 담장을 넘나들고, 총각에게 정을 둔 처녀는 저녁에 사람들 몰래 논두렁을 타고 도망한다. 처녀의 적극적 행위는 비일상성을 의미한다.

처녀의 적극적 행위에 대한 보고는 비일상성이란 의미만 있는가? 그렇지는 않다. 다음의 노랫말을 보자. "유자야탱주는 의가조와 한쪽지에 둘이여네 / 처자총각은 의가조와 한벼게에 잠이드네"[49] 처녀·총각의 결연이 보고된다. 그 결연은 석류가 풍성하게 열매 맺는 것과 같다. 처녀·총각의 결연은 풍요(豊饒)를 의미한다. "구중궁궐 넓은뜰에 꽃과나비가 희롱하네 / 왕자님과 공주님이 풍년노래에 춤춘다네"[50] 왕자와 공주의 결연은 꽃과 나비가 풍년에 춤을 추는 것과 같다.[51] 풍요와 관련하여 강원도 지역에서 〈모심는소리〉로 불린 다음의 자료가 주목된다.

안곡절 중놈에 세모시 고깔 / 정방에 처녀의 솜씨로다
아리아리 아리아리 아라리요 / 아라리 고개로 넘어간다[52]

---

47) "해다여지고도 저문날에 처녀가둘이 난질가네 / 처자야둘이가 난질가니이 석자야 수건을 목에걸고 총각아둘이가 뒤따리네"『대계』경상북도편 7-2 월성군 외동면 〈모노래〉, 511면.
48) 『표준국어대사전』.
49) 『조선민요자료집』, 313면.
50) 『울산』 #69, 92면.
51) 처녀와 총각의 결연이 보고된 노랫말에는 처녀와 총각의 결연이 자연의 당연한 이치란 뜻을 나타내기도 한다. 그 예는 "오늘 해가도 다 겼는가 까막깐치 떼를 지와 잔솔밭을 후아 드네/ 처녀 총각이 쌍을 지와 골방 안으로 자로 든다"(『대전』경상남도편 CD 5-2 산청 모심는소리)이다. 저녁이 되어 까막까치가 떼를 지어 잔솔밭으로 들어가는 것처럼 처녀와 총각이 쌍을 지어 골방 안으로 들어간다.
52) 『대전』강원도편 CD 2-7 명주 모심는소리-자진아라리

강원도 명주지역에서 〈모심는소리〉로 불린 〈자진아라리〉이다. 안곡이란 절에 사는 중의 세모시로 만든 고깔은 정씨 집의 처녀가 만든 것이란 내용이다. 처녀의 적극적인 행위로 남녀의 결연이 이루어짐이 보고된 것이다. 이 자료를 소개한 『한국민요대전』에서는 안곡절은 "안곡 마을에 있는 절"이고, 정방은 "지금의 강릉시 홍제동으로 여서낭의 생가가 있는 곳"이며, 이 노랫말은 "대관령 국사서낭과 여서낭에 관련된 설화를 소재로 하고 있"으며 "설화에서 국사서낭인 범일국사는 이곳 학산 출신이고 여서낭은 홍제동의 정씨 집 딸로 되어 있다"고 하였다.[53] 대관령 국사서낭과 국사여서낭에 관한 설화는 다음과 같다.[54] 대관령 국사서낭이 강릉 홍제동에 사는 정씨의 꿈에 나타나 딸을 아내로 달라고 한다. 정씨는 사람이 아닌 서낭신에게 딸을 줄 수 없다며 거절한다. 그러자 국사서낭은 호랑이를 시켜 정씨의 딸을 대관령으로 데려와 아내로 삼는다. 딸이 호랑이에게 물려간 것을 안 정씨는 대관령에 있는 국사성황사를 찾아갔으나 딸은 죽어 몸만 국사서낭과 함께 비석처럼 서 있었다. 가족들이 화공(畵工)을 불러 딸의 화상을 그리니 비석처럼 서 있던 딸의 몸이 떨어졌다. 이 이야기는 인간과 서낭과의 혼배(魂配)를 다룬 것이다. 대관령 국사서낭은 굴산(掘山, 현재 강원도 강릉시 구정면 학산리)에서 양가 집 처녀의 몸에서 태어난 신라 때의 승려인 범일(梵日, 810~889)이라는 이야기가 일반적이다.[55] 국사서낭이 처녀를 데려와 혼배(魂配)한 날이 음력 4월 15일이다. 강릉단오제에서는 음력 4월 15일부터 5월 5일까지 홍제동에

---

53) 『대전』 강원도편 CD 2-7 명주 모심는소리-자진아라리
54) 김선풍, 「대관령국사여성황사(大關嶺國師女城隍祠)」, 『한국민족문화대백과』(한국학중앙연구원, 1997), 262~263면.
55) 안곡(安谷, 현재 강원도 강릉시 성산면 관음리)에는 예전 안국사(安國寺)란 절이 있어 마을 이름을 안국(安國)이라 하였다가 나중에 곡(谷)자로 바꾸었다고 한다. 국사서낭 범일과 관련이 없는 지역과 사찰이다. 국사서낭 범일과 관련된 지역은 굴산(掘山, 현재 강원도 강릉시 구정면 학산리)이고 사찰은 굴산사(掘山寺)이다. 노랫말에 나온 "안곡절"은 명칭만 바뀐 것으로 보인다. 안곡에 대한 것은 『디지털강릉문화대전』 참조.

있는 대관령국사여성황사에 국사서낭과 국사여서낭을 합사(合祀)한다. 이러한 강릉단오제는 마을의 풍요(豊饒)에 대한 기원이 담겨 있다. 위의 노랫말은 처녀의 적극적인 행위를 통한 남녀의 결연이 압축되어 있다. 이 남녀의 결연은 관련 설화로 보아 풍요의 바람을 담고 있다. 이러한 사실로 보아 (다)에서는 비일상성이란 의미뿐만 아니라 풍요에 대한 바람을 담고 있음을 짐작할 수 있다. 결국 (나)의 보고토로형에서는 처녀의 적극적인 행위가 비일상성 또는 소생이란 의미의 하나로 고정됨에 비하여 (다)의 보고형에서는 처녀의 적극적인 행위가 비일상성과 풍요라는 의미가 복합되어 있다.

처녀의 적극적인 행위가 있는 민요 가운데 노랫말과 배경설화에 나타난 〈서동요〉의 특징과 부합하는 것은 보고형 민요이다. 그런데 원래 민요와 현 〈서동요〉와는 그 모습이 다를 것이다. 〈서동요〉와 〈모심는소리〉 가운데 보고형을 정리하면 다음과 같다.

〈서동요〉
선화공주가 서동과 정신적으로 결연하고, 선화공주가 서동과 육체적으로 결연한다.

〈모심는소리〉에서 보고형 민요
처녀가 총각과 결연하고, 총각이 처녀를 따른다.
A처녀가 총각과 결연하고, B처녀가 총각과 결연한다.

〈서동요〉와 보고형 민요의 공통점은 병렬이다. 영남 지역 〈모심는소리〉는 주지하듯이 4음보 2행이 병렬된 교환창으로 불린 민요이다. 교환창 민요는 가창자가 두 패로 나뉘어 가창되는 것으로 독창의 병렬과는 다르다. 독창 민요는 전행(前行)과 후행(後行)이 구조적으로 연결되어 행간(行間)이 긴밀함에 비하여 교환창 민요는 전행과 후행의 행간이 느슨하다.56) 이러한 느슨함으로 교환창 민요에서 전행과 후행은 상이한 화제의 대응, 상이한 인물의 대응, 상이한 화자의 대응으로 나타난다. 그런데 〈서동요〉에 보인 병렬은 교환창의 병렬이라고 단정하기는 어렵다. 제1~2구의 주인물과 제3~4구의 주인물이 동일하고 그 행위가 전개되어 행간이 긴밀하기 때문이다. 그렇다고 독창이라고 단정하기에도 주저된다. 제1~2구와 제3~4구의 통사적인 병렬이 뚜렷하고, 제1~2구에서는 대상을 생략하여 호기심을 유발하는 문제 제시의 성격이 있고 제3~4구에서는 대상을 밝혀 답을 제시하는 성격이 있어 문제와 답이라는 상이한 화제의 대응이 뚜렷하기 때문이다. 〈서동요〉에는 교환창 병렬의 잔영이 남아 있다. 이러한 사실로 보아 〈서동요〉는 교환창 병렬이 있는 보고형 민요가 수용되어 주인물을 통일시키는 방향으로 변개되어 형성된 것임을 알 수 있다.

처녀가 적극적으로 행동하고 이어 총각이 처녀를 따라가는 모습의 민요가 수용되어 총각이 따라간다는 내용을 생략하고 선화공주가 적극적으로 행동한다는 것을 두 번 반복하는 것으로 변개되는 것이다. 또한 서로 다른 두 명의 처녀가 각각 행동하는 것이 수용되어 선화공주 한 명이 두 번 반복하여 행동하는 것으로 변개된 것도 가능하다. 어느 경우로 보든 선화공주 한 명의 적극적인 행위에 집중된다. 선화공주의 적극적인 행위에 집중된 이유가 무엇인가? 이 집중이 발복의 바람을 강화하는 것은 아니다. 처녀의 적극적인 행위를 통한 결연이란 내용만으로 발복의 바람이 반영되기 때문이다. 이에 비하여 소문거리라는 점은 강화된다. 처녀의 적극적인 행위를 통한 결연이 정신적인 것에서 육체적인 것으로 전개되어 처녀의 비일상성이 구체화되기 때문이다. 서동설화는 결연담이 형성된 다음, 서동을 백제 무왕으로 변신시키며 신이한 출생담이 첨가

---

56) 강등학, 「〈정자소리〉의 분포와 장르양상에 관한 연구」, 『한국민요학』 29집(한국민요학회, 2010), 13~21면; 졸고, 「영남 지역 〈모심는소리〉의 愛情 노랫말에 나타난 情緖와 그 의미」, 『한국민요학』 31집(한국민요학회, 2011), 242~243면.

되어 서동의 영웅담이 부각되고 이어 미륵사연기담이 첨가된다.[57) 서동의 영웅담이 부각되면서 서술의 주된 관점은 서동에 쏠려 여인발복설화와는 달리 서동의 주체적인 역할이 강조된다.[58) 이에 따라 서동이 선화공주를 얻는 것에서도 그의 계략를 쓰는 능력이 강화될 필요가 있을 것이다. 그 능력이란 거짓말이나 직설적인 비난과 같은 모함에 국한된 것이 아니라 소문거리로써 사람들 사이에 널리 퍼질 수 있는 것을 고안하는 것이다. 이러한 소문거리로써의 기능이 강화됨에 따라 교환창의 병렬이란 형식을 지닌 보고형의 민요가 선화공주란 단일한 인물의 적극적인 행위가 반복되는 것으로 변개된 것이다.

4. 맺음말

〈서동요〉는 처녀의 적극적인 행위로 결연이 이루어짐이 보고된 향가이다. 그 노랫말이 사람들 사이에 널리 퍼졌고 노랫말이 단순하다는 점에서 민요가 서동설화에 수용되면서 변개되어 형성된 민요적 성격을 띤 향가로 평가된다. 널리 퍼졌고 노랫말이 단순하다는 것은 민요 일반에 해당하며 〈서동요〉만의 특징적인 것이 아니다. 〈서동요〉의 민요적 성격은 〈서동요〉의 바탕이 된 특징적인 민요라고 생각한다. 본고는 이러한 생각에서 〈서동요〉의 민요적 성격을 살펴보는 데 목적을 두었다. 그 목적을 수행하기 위하여 〈서동요〉와 처녀와 총각의 사랑을 화제로 한 노랫말이 풍성하고 다양한 표현 방식이 드러난 영남 지역 〈모심는소리〉와 대비하였다. 그 결과를 요약하면 다음과 같다.

---

57) 김학성, 「삼국유사 소재 설화의 형성 및 변이과정 시고-향가와 관련설화를 중심으로」, 『관악어문연구』 2집(서울대학교 국어국문학과, 1977), 198~201면.
58) 민찬, 「서동설화 형성의 설화적 논리」, 『한국언어문학』 50(한국언어문학회, 2003), 42면.

첫째, 〈서동요〉의 특징이다.

〈서동요〉와 민요를 대비하기 위해서는 대비를 위한 기준이 있어야 하며 그 기준은 〈서동요〉에 나타난 특징으로 삼는 것이 용이하다. 노랫말에 나타난 특징은 보고와 병렬이다. 〈서동요〉는 제삼자가 선화공주의 행위를 관찰 보고한 것이며, 〈서동요〉에는 선화공주의 정신적인 결연과 육체적인 결연이 병렬되어 있고, 결연의 대상이 생략된 문제와 결연의 대상이 제시된 답으로 병렬되어 있다. 서동설화에 나타난 〈서동요〉의 특징은 〈서동요〉가 소문거리로 기능하고 〈서동요〉에는 발복(發福)의 바람이 담겨 있다는 점이다.

둘째, 〈서동요〉에 나타난 민요적 성격이다.

처녀와 총각의 사랑을 화제로 한 영남 지역 〈모심는소리〉에는 총각이 처녀의 행위에 대하여 주관적인 감정을 토로한 토로형, 제삼자가 처녀의 행위를 객관적으로 관찰 보고한 다음 주관적인 평가를 토로한 보고토로형, 제삼자가 처녀의 행위를 객관적으로 관찰 보고한 보고형이 있다. 토로형은 총각의 구애가 중심이다. 보고토로형은 소문거리와 발복에 대한 바람이 중심이나 각편마다 어느 하나로 고정되어 있다. 보고형은 소문거리와 발복에 대한 바람이 복합되어 있다. 이러한 사실로 보아 〈서동요〉의 바탕이 된 민요는 제삼자에 의하여 처녀의 행위가 객관적으로 관찰 보고된 보고형 민요이며, 교환창 병렬의 형식을 지닌 민요이다. 이러한 민요가 서동설화에 수용되면서 선화공주의 적극적인 행위가 반복되는 것으로 변화된다.

이상 본고는 〈서동요〉의 바탕이 된 민요를 처녀의 적극적인 행위를 제삼자가 보고한 것으로 교환창의 병렬이란 형식을 지닌 민요로 보았다. 이러한 결과는 〈서동요〉가 사랑의 노래로써 뿐만 아니라 민중의 발복에 대한 바람을 표출한 노래로 볼 수도 있음을 살펴보았다는 점에 의미가 있다.

【참고문헌】

《자료》

권영철, 『규방가사 1』(한국학중앙연구원, 1979).

김사엽·방종현·최상수 공편, 『朝鮮民謠集成』(정음사, 1948).

김성배 편, 『향두가·성조가』(정음사, 1975).

金素雲, 『諺文 朝鮮口傳民謠集』(동경 : 제일서방, 1933).

김태준 편, 『朝鮮歌謠集成』(조선어문학회, 1934).

류탁일, 「농부가 주해」, 『한국문학논총』 2집(한국문학회, 1979).

박성의 교주, 『농가월령가·한양가』(민중서관, 1974).

서대석·박경신 편저, 『안성무가』(집문당, 1990).

송석하, 「南方秋秧歌」, 『학해』(학해사, 1937).

신재효·강한영 교주, 『신재효 판소리 사설집』(교문사, 1984).

울산대학교 인문과학연구소 편, 『울산울주지방 민요자료집』(울산대학교 출판부,
        1990).

이용기 편, 정재호·김흥규·전경욱 주해, 『주해 악부』(고려대학교 민족문화연구
        원, 1992).

이창배 편저, 『歌謠集成』(홍인문화사, 1989).

임동권 편, 『한국민요집』 전7권(집문당, 1961~1992).

임형택 편역, 『이조시대 서사시 상』(창작과 비평사, 1992).

임화 편, 이재욱 해제, 『朝鮮民謠選』(학예사, 1939).

장사훈·성경린, 『조선의 민요』(국제문화사, 1949).

정병욱 편저, 『시조문학사전』(신구문화사, 1982).

정재호 편저, 『한국잡가전집』 전4권(계명문화사, 1989).

조동일, 『경북민요』(형설출판사, 1982).

최재남·정한기·성기각 공저, 『문집소재 조선후기 민요자료 정리와 분류』(보고
        사, 2008).

『大東詩選』(국립중앙도서관 소장본).

『夫餘古今詩歌集』(국립중앙도서관 소장본).

『夫餘群誌』(국립중앙도서관 소장본).

『디지털강릉문화대전』

『부여군지 6 부여의 민속문화』(부여군지편찬위원회, 2003).

『詩經』

『樂府詩集』 전4권(北京 : 中華書局, 1979).

『영조실록』

『한국구비문학대계』(한국학중앙연구원, 1980~1988).

『한국민속종합조사보고서』(문화재관리국, 1969~1979).

『한국민요대전』(문화방송국, 1991~1996).

《문집》

姜浚欽, 『三溟集』(탐구당, 1991).

姜必恭, 『寡諧詩集』(국립중앙도서관 소장본).

姜必愼, 『慕軒集』(국립중앙도서관 소장본).

姜希孟, 『私淑齋集』(『한국문집총간 12』).

高允植, 『泰廬文集』(국립중앙도서관 소장본).

具思孟, 『八谷先生集』(『한국문집총간 40』).

權克中, 『靑霞集』(『한국역대문집총서 549』).

權思潤, 『信天齋集』, 『한국역대문집총서 588』).

權攄, 『震溟集』(국립중앙도서관 소장본).

金綸栢, 『琴隱集』(국립중앙도서관 소장본).

金玏, 『栢巖先生文集』(『한국문집총간 50』).

金履萬, 『鶴皐先生文集』(국립중앙도서관 소장본).

金秉厚, 『錦石遺稿』(국립중앙도서관 소장본).

金鵬海, 『韻堂集』(국립중앙도서관 소장본).

金時習, 『梅月堂詩集』(『한국문집 총간 13』).

金榮洛, 『龜溪遺稿』(국립중앙도서관 소장본).

金允植, 『雲養集』(국립중앙도서관 소장본).

金應祖, 『鶴沙先生文集』(『한국문집총간 91』).

金麟厚,『河西先生全集』(『한국문집총간 33』).

金在洪, 『遂吾齋集』(국립중앙도서관 소장본).

金正國, 『思齋集』(『한국문집총간 23』).

金濟學, 『龜菴集』(국립중앙도서관 소장본).

金鎭宇, 『素窩集』(국립중앙도서관 소장본).

金昌翕, 『三淵集遺稿』(국립중앙도서관 소장본).

金烋, 『敬窩先生文集』(『한국문집총간 100』).

金景溁, 『聞韶世稿』(국립중앙도서관 소장본).

金榮祖, 『忘窩集』(국립중앙도서관 소장본).

金弘濟, 『北壁先生文集』(국학진흥원 소장본)

劉希慶, 『村隱集』(『한국문집총간 55』).

文聲駿, 『經巖私稿』(국립중앙도서관 소장본).

閔丙稷, 『悟堂集』(국립중앙도서관 소장본).

朴敏, 『凌虛先生文集』(『한국문집총간 14』).

朴尙台, 『鶴山文集』(국립중앙도서관 소장본).

朴允默, 『存齋集』(『한국문집총간 292』).

朴泰淳, 『東溪集』(서울대학교 규장각 소장본).

裵聖鎬, 『錦石文集』(국립중앙도서관 소장본).

裵應褧, 『安村先生文集』(한국국학진흥원 소장본).

裵重煥, 『荷汀詩稿』(국립중앙도서관 소장본).

白樂元, 『晩悔堂遺稿』(국립중앙도서관 소장본).

白晦純, 『藍山先生文集』(국립중앙도서관 소장본).

卞榮圭, 『曉山集』(국립중앙도서관 소장본).

徐居正, 『四佳詩集』(『한국문집총간 10』).

徐命膺, 『保晩齋集』(『한국문집총간 233』).

徐璘淳, 『華軒遺稿』(국립중앙도서관 소장본).

成俔, 『虛白堂詩集』(『한국문집총간 14』).

蘇世讓, 『陽谷先生集』(『한국문집총간 23』).

孫肇瑞, 『格齋先生文集』(『한국문집총간 15』).

宋純, 『俛仰集』(『한국문집총간 26』).

宋英耈, 『瓢翁先生遺稿』(국립중앙도서관 소장본).

申光洙, 『石北先生文集』(『한국문집총간 231』).

申光漢, 『企齋別集』(『한국문집총간 22』).

申達道, 『晩悟先生文集』(『한국문집총간 속18』).

申龍泰, 『道陽集』(국립중앙도서관 소장본).

申益愰, 『克齋先生文集』(『한국문집총간 185』).

安軸, 『謹齋先生集』(『한국문집총간 2』).

梁湜永, 『竹坡遺集副聽溪遺集』(국립중앙도서관 소장본).

梁進永, 『晩羲集』(국립중앙도서관 소장본).

吳仁兌, 『海隱遺稿』(국립중앙도서관 소장본).

吳喜昌, 『栗里笑方』(국립중앙도서관 소장본).

柳夢寅, 『於于集 後集』(『한국문집총간 63』).

柳莘老, 『春圃遺稿』(국립중앙도서관 소장본).

劉荃, 『竹諫先生逸集』(국립중앙도서관 소장본).

柳後玉, 『壯巖世稿』 권3 「蘭溪遺稿」(국립중앙도서관 소장본).

尹愭, 『無名子集』(『한국문집총간 256』).

尹東野, 『弦窩集』(서울대학교 규장각 소장본)

尹孝寬, 『竹麓遺稿』(국립중앙도서관 소장본).

李健, 『葵窓遺稿』(『한국문집총간 122』).

李穀, 『稼亭先生集』(『한국문집총간 3』).

李光胤, 『瀼西先生文集』(『한국문집총간 속13』).

李奎報, 『東國李相國後集』(『한국문집총간 2』).

李達, 『東詩雋』(국립중앙도서관 소장본).

李達, 『蓀谷詩集』(국립중앙도서관 소장본).

李達衷, 『霽亭先生文集』(『한국문집총간 3』).

李命宰, 『琴漁遺稿』(서울대학교 규장각 소장본)

李敏九, 『東州先生集』(국립중앙도서관 소장본).

李簠, 『景玉先生遺集』(국립중앙도서관 소장본).

李福源, 『雙溪遺稿』(『한국문집총간 237』).

李思質, 『韓山世稿』 「翁齋稿」(국립중앙도서관 소장본)

李思質, 『翁齋集』(『한국역대문집총서』 566~567).

李穡, 『牧隱詩稿』(『한국문집총간 4』).

李錫熙, 『一軒集』(국립중앙도서관 소장본).

李星益, 『龜菴先生集』(국립중앙도서관 소장본).

李晬光, 『半槎錄』(국립중앙도서관 소장본).

李承召, 『三灘先生集』(『한국문집총간 11』).

李安中, 『玄同集』(한국학중앙연구원 소장본).

李亮淵, 『大東詩選』(국립중앙도서관 소장본).

李裕元, 『嘉梧藁略』(국립중앙도서관 소장본).

李周冕, 『至樂窩遺稿』(국립중앙도서관 소장본).

李肇源, 『玉壺集』(국립중앙도서관 소장본).

李種杞, 『晚求先生文集』(『한국문집총간 331』).

李周冕, 『至樂窩遺稿』(국립중앙도서관 소장본).

李春元, 『九畹先生集』(『한국문집총간 79』).

李學逵, 『洛下生全集』(아세아 문화사, 1985).

李獻慶, 『艮翁集』(『한국문집총간 234』).

林昌澤, 『崧岳集』(『한국문집총간 202』).

작자미상, 『漫興』(국립중앙도서관 소장본).

張思敬, 『耳溪先生文集』(국립중앙도서관 소장본).

莊獻世子, 『凌虛關漫稿』(『한국문집총간 251』).

丁壽崗, 『月軒集』(『한국문집총간 16』).

丁若鏞, 『與猶堂全書』(계명문화사, 1990).

鄭泳鎬, 『小坡文集』(국립중앙도서관 소장본).

鄭允穆, 『淸風子先生文集』(『한국문집총간 속17』).

鄭昌冑, 『晚洲集』(보고사, 1994).

鄭泰桓, 『蒙養齋遺稿』(국립중앙도서관 소장본).

鄭弘溟, 『畸庵集』(『한국문집총간 87』).

趙龜祥, 『猶賢集』(국립중앙도서관 소장본).

趙龜祥, 『猶賢集』(국립중앙도서관 소장본).

趙秉悳, 『肅齋集』(『한국문집총간 311』).

趙秀三, 『秋齋集』(『한국문집총간 271』).

趙泰億, 『謙齋集』(『한국문집총간 189』).

陳景文, 『剡湖先生文集』, 『한국역대문집총서』 294~299).

崔成大, 『杜機詩集』(국립중앙도서관 소장본).

崔昇羽, 『蘀窩集』(국립중앙도서관 소장본).

崔演, 『艮齋集』(『한국문집총간 32』).

崔馨植, 『秋溪遺稿』(국립중앙도서관 소장본).

洪錫箕, 『晚洲遺集』(국립중앙도서관 소장본).

洪良浩, 『耳溪集』(『한국문집총간 241』).

黃暹, 『息庵先生文集』(국립중앙도서관 소장본).

《참고 논저》

강등학, 『旌善 아라리의 研究』(집문당, 1988).

강등학, 『한국민요의 현장과 장르론적 관심』(집문당, 1996).

강등학, 「전국 〈논매는소리〉의 기본정보와 분석」, 『반교어문연구』 8집(반교어문학회, 1997).

강등학, 「〈모심는소리〉와 〈논매는소리〉의 전국적 판도 및 농요의 권역에 관한 연구」, 『한국민속학』 38(한국민속학회, 2003).

강등학, 「경북지역 〈논매는소리〉의 기초적 분석과 지역적 판도」, 『한국민속학』 40(한국민속학회, 2004).

강등학, 「〈정자소리〉의 분포와 장르양상에 관한 연구」, 『한국민요학』 29(한국민요학회, 2010).

강문순, 「喪輿소리 研究 – 죽음 意識을 中心으로」(이화여자대학교 석사학위논문, 1982).

강정미, 「〈밭매기 노래〉의 사설 특성 연구」(부경대학교 석사학위논문, 2008).

강혜선, 「구애의 민요로 본 〈서동요〉」, 『한국고전시가작품론 1』(집문당, 1992).

강혜선, 「崔成大의 古艶雜曲 十三篇 研究」, 『한국한시연구』 2(한국한시학회, 1994).

고석규, 『19세기 조선의 향촌사회연구』(서울대학교 출판부, 1998).

고정옥, 『조선민요연구』(수선사, 1949).

권두환, 「松江의 〈訓民歌〉에 대하여」, 『고전시가론』(새문사, 1989).

권오경, 「〈어사용〉의 명칭과 사설 유형」, 『한국민요집』 3(한국민요학회, 1995).

권오경, 「〈사설시조〉와 〈어산영〉의 작시법 비교」, 『어문론총』 30호(경북어문학회, 1996).

권오경, 「영남권 〈논매는소리〉의 전승양상과 사설구성의 특질」, 『한국민요학』 12집(한국민요학회, 2003).

길진숙, 「조선후기 농부가류 가사 연구」(이화여자대학교 석사학위논문, 1989).

김광조, 「朝鮮前期 가사의 장르的 性格研究」(서울대학교 석사학위논문, 1987).

김권호, 「輓歌와 성경에서의 哀歌(Dirge)의 比較研究」, 『논문집』 16집(高神大學, 1988).

김균태, 「〈산유화가〉 연구–부여군 세도면 〈산유화가〉를 중심으로」, 『한국 판소리·고전문학연구』(아세아문화사, 1983).

김기현, 「산유화가의 전승과 교섭 양상」, 『어문논총』 21호(경북대학교 국어국문학과, 1987).

김기흥, 「서동설화의 역사적 진실」, 『역사학보』 205(역사학회, 2010).

김대행, 『한국시의 전통 연구』(개문사, 1983).

김대행, 『시조 유형론』(이화여자대학교 출판부, 1989).

김대행, 『고려시가의 정서』(개문사, 1990).

김대행, 『詩歌 詩學 研究』(이화여자대학교 출판부, 1991).

김대행, 『노래와 시의 세계』(역락, 1999).

김문태, 「〈서동요〉와 서사문맥」, 『새국어교육』 47(한국국어교육학회, 1991).

김병국, 『한국고전문학의 비평적 이해』(서울대학교 출판부, 1996).

김병욱, 「서동요고」, 『백제연구』 7(충남대학교 백제연구소, 1976).

김상호, 「漢代 樂府民歌 研究」(서울대학교 중어중문학과 박사학위논문, 1993).

김석회, 「〈농가월령가〉와 〈월여농가〉의 대비 고찰」, 『국어국문학』 137호(국어국
    문학회, 2004).

김선풍, 「〈山有花歌〉考(其1)」, 『한국민속문화연구총서 5』(중앙대학교 한국민속
    학연구소, 1997).

김선풍, 「대관령국사여성황사(大關嶺國師女城隍祠)」, 『한국민족문화대백과』(한
    국학중앙연구원, 1997).

김성배, 「한국의 향두가 연구」, 『民俗文學研究』(정음문화사, 1985).

김성배, 『韓國 佛敎歌謠의 研究』(문왕사, 1974).

김승찬, 「서동요 연구」, 『국어국문학』 35(문창어문학회, 1998).

김열규, 「한국시가와 주가」, 『향가문학론』(새문사, 1991).

김열규, 『한국인의 시적 고향』(문리사, 1978).

김영숙, 「산유화가의 양상과 변모」, 『민족문화논총』 2·3집(영남대학교 민족문화
    연구소, 1982).

김완진, 『향가 해독법 연구』(서울대학교 출판부, 1980).

김인숙, 「경상도 논농사 소리의 음악적 특징과 분포-모심는 소리와 논매는 소리를
    중심으로」, 『한국민요학』 12집(한국민요학회, 2003).

김종은, 「素月의 病的-恨의 精神分析」, 『문학사상』 20호(문학사상사, 1974).

김주곤, 「回心曲研究」, 『논문집』 4집(대구한의과대학, 1986).

김준오, 『詩論』(삼지원, 1993).

김지영·김기범, 「한국인의 자기신세 조망양식으로서 팔자의 이야기 분석과 통제
    신념과의 관계 분석」, 『한국심리학회지 : 사회문제』 11(한국심리학회, 2005).

김창원, 「조선후기 사족창작 농부가류 가사의 작가의식 연구」(고려대학교 석사학

위논문, 1993).

김태옥, 「시의 형상화 과정과 Discourse Analysis」, 『영어영문학』 31권 4호(한국영어
영문학회, 1985).

김학성, 「삼국유사 소재 설화의 형성 및 변이과정 시고-향가와 관련설화를 중심으
로-」, 『관악어문연구』 2(서울대학교 국어국문학과, 1977).

김학성, 『한국고전시가의 연구』(원광대학교 출판국, 1985).

김헌선, 「논농사민요의 지역적 분포와 상관관계」, 『한국구전민요의 세계』(지식산
업사, 1996).

김헌선, 「민요 〈어사용〉의 현지분포 사설유형 시사적 의의 고찰」, 『한국 구전민요
의 세계』(지식산업사, 1996).

김흥규, 『(재판) 조선후기의 시경론과 시의식』(고려대학교 민족문화연구원, 1988).

김흥규, 「판소리에 있어서의 悲壯」, 『판소리』(전북애향본부, 1988).

김흥규, 「16, 17세기 강호시조의 변모와 전가시조의 형성」, 『욕망과 형식의 시학』
(태학사, 1999).

나승만, 「전남지역의 들노래 연구」(전남대학교 박사학위논문, 1990).

남기심 · 고영근, 『(개정판) 표준국어문법론』(탑출판사, 2002).

류속영, 「김기홍 〈농부사〉의 창작배경과 작가의식」, 『문창어문논집』 38호(문창어
문학회, 2001).

류종목, 『韓國民間儀式謠研究』(집문당, 1989).

류종목, 「葬禮儀式謠의 儀式構造內的 機能」, 『古典詩歌의 理念과 表象』(崔珍源博
士停年記念論叢 간행위원회, 1991).

민 찬, 「서동설화 형성의 설화적 논리」, 『한국언어문학』 50(한국언어문학회, 2003).

민 찬, 「서동요 해독 및 해석의 관점」, 『한국문화』 33(서울대학교 규장각한국학연
구원, 2004).

박노준, 『신라가요의 연구』(열화당, 1990).

박경신, 「巫歌의 作詩原理에 대한 現場論的 研究」(서울대학교 박사학위논문, 1991).

박선애, 「시집살이 노래 연구」(성균관대학교 박사학위논문, 2005).

박영민, 『한국 한시와 여성 인식의 구도』(소명출판, 2003).

朴英鎬, 「입재 정종로의 삶과 문학세계」, 『동방한문학』 25(동방한문학회, 2003).

박태상, 「신라 향가에 나타난 죽음의식의 고찰」, 『논문집』 3집(한국방송통신대학,
1984).

박태상, 「민요에 나타난 한국인의 죽음의식 및 한(恨)에 대한 고찰」, 『논문집』

7집(한국방송통신대학, 1987).

박혜숙, 「〈산유화〉의 창작 근원과 상징 구조 연구」, 『문학한글』 4호(한글학회, 1990).

박혜숙, 「고려속요의 여성화자」, 『고전문학연구』 14(한국고전문학회, 1998).

박희선, 「韓國民謠 輓歌의 文學的 硏究」, 『한성어문학』 2집(한성대학교 국문과, 1983).

백원철, 「낙하생 이학규의 시 연구」(성균관대학교 박사학위논문, 1991).

백원철, 『낙하생 이학규 문학 연구』(보고사, 2005).

서대석, 「판소리와 敍事巫歌의 對比研究」, 『한국문화연구원 논총』 34집(이화여자대학교, 1979).

서대석, 「時調에 나타난 時間意識」, 『韓國詩歌文學研究』(신구문화사, 1983).

서대석, 『韓國巫歌의 研究』(문학사상사, 1992).

서영숙, 『한국서사민요의 날실과 씨실』(역락, 2009).

서원섭, 『時調文學研究』(형설출판사, 1988).

서재극, 『(재판) 신라 향가의 어휘 연구』(계명대학교 한국학연구소, 1979).

성기열, 「한일설화 비교연구의 일예-〈온달·무왕〉계 설화와 〈炭燒小五郎〉 설화의 경우-」, 『고전문학연구』 1(한국고전문학회, 1971).

성기옥, 『한국시가율격의 이론』(새문사, 1986).

성기옥, 「공무도하가 연구」(서울대학교 박사학위논문, 1988).

성범중, 「사숙제 강희맹의 생애와 한시세계」, 『한국한시작가연구』 3(한국한시학회, 1998).

손종흠, 「儀式謠에 나타난 韓國人의 意識」(연세대학교 석사학위논문, 1983).

손찬식, 「〈산유화가〉 연구-문헌 기록으로 본 〈산유화가〉의 계열과 그 성격」, 『인문학연구』 33집(충남대학교 인문과학연구소, 2006).

신은경, 「唱詞의 有機性이 缺如된 詩歌에 대한 一考察 - 雜歌를 중심으로」, 『鄭然粲先生回甲記念論叢』(탑출판사, 1989).

신재홍, 「4행 향가의 문학성」, 『고전문학과 교육』 3(한국고전문학교육학회, 2001).

신재홍, 『향가의 해석』(집문당, 2002).

신찬균, 『韓國의 輓歌』(삼성출판사, 1990).

안대회, 「杜機 崔成大詩의 민요적 발상과 서정」, 『연세어문학』 22집(연세대학교 국어국문학과, 1990).

안동주, 「〈산유화가〉론」, 『한국언어문학』 34집(한국언어문학회, 1995).

양주동, 『증정 고가연구』(일조각, 1965).

엄국현, 「서동요 연구」, 『한국문학논총』 11(한국문학회, 1990).

오규원, 『현대시작법』(문학과 지성사, 1990).

오미지, 「香頭歌 선소리의 性格研究 - 장르論을 중심으로」(중앙대학교 석사학위논
　　문, 1986).

오세영, 『韓國浪漫主義詩研究』(일지사, 1990).

禹仁秀, 「입재 정종로의 영남남인 학계내의 위상과 그의 현실대응」, 『동방한문학』
　　25(동방한문학회, 2003).

耘虛 龍夏, 『佛敎辭典』(동국역경원, 1993).

柳谷洞人, 「勝區古今 錦江의 流域」, 『동아일보』(동아일보사, 1926.7.22).

유동식, 「죽음에 대한 韓國人의 哲學」, 『문학사상』 17호(문학사상사, 1974).

윤여탁, 「이앙요연구」(서울대학교 석사학위논문, 1984).

윤영옥, 「서동요」, 『향가문학론』(새문사, 1991).

이동환, 「朝鮮後期 漢詩에 있어서 民謠趣向의 擡頭」, 『한국한문학연구』 3·4집(한
　　국한문학연구회, 1979).

이문기, 『서민가사연구』(형설출판사, 1983).

이병기, 『(재판) 국문학개론』(일지사, 1971).

이보형, 「메나리조(산유화제)」, 『한국음악연구』 2집(한국국악회, 1973).

이보형, 『서도민요와 경기민요의 선율구조연구』(문화재연구소, 1992).

李世東, 「입재 정종로의 경학과 경학관」, 『동방한문학』 25(동방한문학회, 2003).

이안나, 「한국의 서동설화와 몽골의 '염소를 탄 장부' 설화의 서사구조 상관성에
　　대한 비교 고찰」, 『민족문화논총』 32(영남대학교 민족문화연구소, 2005).

李緩衡, 「韓國 輓歌의 研究」(충남대학교 석사학위논문, 1990).

이인복, 『韓國文學에 나타난 죽음意識의 史的研究』(열화당, 1987).

이정아, 「어사용에 나타난 탄식의 양상과 의미」, 『한국고전연구』 18집(한국고전연
　　구회, 2008).

이종철, 「陰城 良谷 마을 喪禮의 構造와 機能」, 『의식주·관혼상제 민속이론』(민속
　　학회, 1990).

이태진, 「17·8세기 香徒 조직의 分化와 두레 발생」, 『진단학보』 67호(진단학회,
　　1989).

이현일, 「강준흠과 삼명시화」, 『삼명시화』(소명출판, 2006).

이홍우 외 공저, 『한국적 사고의 원형 - 그 원천과 흐름』(한국학중앙연구원, 1988).

임기중, 「신라가요의 발상과 그 기술물의 화소」, 『향가여요연구』(이우출판사, 1985).

임동권, 「香頭 소리」, 『동서문화』 5월호(1978).

임동권, 『韓國民謠硏究』(이우출판사, 1980).

임재해, 「武王型 說話의 類型的 性格과 女性意識」, 『여성문제연구』 10(대구가톨릭 대학교 사회과학연구소, 1981).

임종찬, 『時調文學의 本質』(대방출판사, 1986).

임주탁, 「위백규 〈농가〉에 관한 연구」, 『관악어문연구』 15(서울대학교 국어국문학 과, 1990).

임헌도, 「香頭歌의 分段的 考察」, 『논문집』 17집(공주사범대학교, 1978).

임홍빈, 「국어학과 인문학적 상상력」, 『국어국문학』 146(국어국문학회, 2007).

장덕순 외 공저, 『口碑文學槪說』(일조각, 1971).

장미라, 「한국어 보조 용언의 상적·양태적 의미 기능과 통사적 특징-'놓다, 두다, 버리다, 내다 말다, 치우다'를 중심으로-」, 『배달말』 38(배달말학회, 2006).

장성진, 「장시조의 민요적 발상 소고-서동요형 민요 요소의 수용에 대하여」, 『한국 전통문화연구』 3집(대구가톨릭대학교 인문과학연구소, 1987).

장유정, 「교환창 모노래의 2행시 구성방식 연구」(서울대학교 석사학위논문, 1998).

정대현, 『한국어와 철학적 분석』(이화여자대학교 출판부, 1985).

정동화, 『韓國民謠의 史的 硏究』(일조각, 1981).

정병헌, 「강릉지역 설화의 여성형상」, 『고전문학과 교육』 5(한국고전문학교육학 회, 2003).

정승모, 「喪·葬制度의 歷史와 社會的 機能」, 『韓國 喪葬禮』(국립민속박물관, 1990).

정우영, 「〈서동요〉 해독의 쟁점에 대한 검토-국어학자들의 연구 업적을 중심으로-」, 『국어국문학』 147(국어국문학회, 2007).

정운채, 「삼장 및 쌍화점과 서동요의 관련양상」, 『고전문학연구』 10(한국고전문학 회, 1995).

정운채, 「선화공주를 중심으로 본 무왕설화의 특성과 〈서동요〉의 출현의 계기」, 『건국어문학』 19·20합집(건국대학교 국어국문학연구회, 1995).

정한기, 「상여소리의 구성과 죽음의식에 대한 연구」(서울대학교 석사학위논문, 1994).

정한기, 「추월가 연구」, 『어문연구』 115호(한국어문교육연구회, 2002).

정한기, 「가사 〈기음노래〉의 작자와 창작 배경」, 『고전문학연구』 30집(한국고전문 학회, 2006).

정한기, 「민요 〈산유화〉의 통시적 양상」, 『고전문학과 교육』 17집(한국고전문학교

육학회, 2009).

정한기, 「영남 지역 〈모심는소리〉의 愛情 노랫말에 나타난 情緒와 그 의미」, 『한국 민요학』 31(한국민요학회, 2011).

조동일, 「민요의 형식을 통해 본 시가사」, 『한국시가의 전통과 율격』(한길사, 1982).

조동일, 『敍事民謠硏究』(계명대학교 출판부, 1983).

조동일, 『문학연구방법』(지식산업사, 1990).

조동일, 「김인후의 민요인식과 민요시」, 『한국시가의 역사의식』(문예출판사, 1994).

조동일, 『한국문학통사 3』(지식산업사, 1997).

조동일, 『(제4판) 한국문학통사 3』(지식산업사, 2006).

조동일, 『(제4판) 한국문학통사 1』(지식산업사, 2011).

조세형, 「송강가사의 대화전개방식 연구」(서울대학교 석사학위논문, 1990).

조재훈, 「산유화가 연구」, 『백제문화』 7·8호(공주대학교 백제문화연구소, 1975).

조지훈, 「산유화고」, 『고대신문』, 1948.3.25(『조지훈전집7』, 일지사, 1973).

조해숙, 「농부가에 나타난 후기가사의 창작의식과 장르적 성격 변화」(서울대학교 석사학위논문, 1991).

조흥욱, 「〈서동요〉 작자 재론」, 『어문학논총』 24(국민대학교 어문학연구소, 2005).

진재교, 『이계 홍량호 문학 연구』(성균관대학교 대동문화연구원, 1999).

진재교, 『이조 후기 한시의 사회사』(소명출판, 2001).

진정효, 『구야구야지리산갈가마구야』(참, 1992).

차상찬, 「민요에 나타난 애화(2)」, 『별건곤』 57(1932.11).

천이두, 『韓國文學과 恨』(이우출판사, 1985).

최길성, 『韓國人의 恨』(예전, 1991).

최미정, 『고려속요의 전승 연구』(계명대학교 출판부, 2002).

최선경, 「〈서동요〉의 제의적 근거에 관하여」, 『열상고전연구』 15(열상고전연구회, 2002).

최용수, 「서동설화와 〈서동요〉」, 『배달말』 20(배달말학회, 1995).

최운식, 「쫓겨난 女人 發福說話考」, 『한국민속학』 6(한국민속학회, 1973).

최재남, 「韓國 哀悼詩의 構成과 表現에 대한 硏究」(서울대학교 박사학위논문, 1992).

최재남, 「조선후기 민요의 실상과 한시의 민풍 수용」, 『장르교섭과 고전시가』(월인, 1999).

최재남, 「윤동야의 〈용가〉와 며느리형상의 해석 방향」, 『조선후기 시가와 여성』(월인, 2005).

최재남, 「이민성의 삶과 시세계」, 『한국한시작가연구』 9(한국한시학회, 2005).

최재남, 「문집 소재 조선후기 민요자료 정리 및 분류」, 『배달말』 38(배달말학회, 2006).

최재남, 「민요계 향가의 구성 방식과 사랑의 표현」, 『반교어문연구』 29(반교어문학회, 2010).

崔在穆, 「입재 정종로의 생애 성리사상 문제의식」, 〈동방한문학〉 25(동방한문학회, 2003).

홍기문, 『향가해석』(과학원, 1956).

Abrams, M. H., 최상규 역, 『문학용어사전』(보성출판사, 1991).

Alfred, Lord Tennyson, 박세근 역, 『追慕詩 In Memoriam』(탑출판사, 1986).

Bakhtin, Mikhail Mikhailovich, 전승희 외 역, 『장편소설과 민중언어』(창작과 비평사, 1992).

Booth, Wayne C., 이경우 외 역, 『小說의 修辭學』(한신문화사, 1990).

Chatman, Seymour, Story and Discourse, Ithaca : Cornell University, 1978.

Chatman, Seymour, 김경수 역, 『영화와 소설의 서사구조』(민음사, 1990).

Cumming, J. ed., Encyclopedia of psychology, London : Search Press, 1972.

Dawson, S. W., 천승걸 역, 『劇과 劇的 要素』(서울대학교 출판부, 1984).

English, H. B. and A. C. English, A Comprehensive Dcitionary of psychological and psychoanalytical terms, Longmans Green and Co., 1959.

Finnegan, Ruth, Oral Poetry, Cambridge University, 1977.

Freud, Sigmund, Trauer und Melancholie, Psychologie des Unbewubten BAND 3, S. Fischer Verlag, 1975.

Freud, Sigmund, 김성태 역, 『정신분석입문』(삼성출판사, 1993).

Frye, Northrop, 임철규 역, 『批評의 解剖』(한길사, 1993).

Gennep, Arnold van, 전경수 역, 『通過儀禮』(을유문화사, 1992).

Hall, Calvin S., 지경자 역, 『프로이트심리학입문』(홍신문화사, 1993).

Hernadi, Paul, 김준오 역, 『장르론』(문장, 1983).

Jakobson, Roman, 신문수 편역, 『문학 속의 언어학』(문학과 지성사, 1989).

Jung, Carl Gustav 외, 설영환 역, 『융 심리학 해설』(선영사, 1993).

Jung, Carl Gustav, 설영환 역, 『무의식 분석』(선영사, 1992).

Lord, Albert B., the Singer of Tales, Harvard University Press, 1973.

Peters, R. S., Freud's Theory, SIGMUND FREUD - Critical Assessments, Routl edge, 1989.

Preminger, Alex ed., Princeton Encyclopedia of Poetry and Poetics, Princeton University, 1974.

Todorove, Tzvetan, 최현무 역, 『바흐찐 : 문학사회학과 대화이론』(까치, 1988).

Uspensky, B., 김경수 역, 『소설구성의 시학』(현대소설사, 1992).

松浦友久, 『中國詩歌原論』(東京 : 大修館書店, 1986).